Rosa Cerrato

Das böse Blut der Donna Luna

Nelly Rosso ermittelt

Kriminalroman

Aus dem Italienischen
von Verena von Koskull

atb aufbau taschenbuch

Die Originalausgabe unter dem Titel
»La maman di via del Campo«
erschien 2007 bei Fratelli Frilli Editori

ISBN 978-3-7466-2661-1

Aufbau Taschenbuch ist eine Marke
der Aufbau Verlag GmbH & Co. KG

2. Auflage 2011

Umschlaggestaltung Mediabureau Di Stefano, Berlin
unter Verwendung mehrerer Fotos von iStockphoto:
© Hedda Gjerpen, © Maceofoto, © Vinicius Ramalho Tupinamba,
© Christophe Testi, © sx 70
Druck und Binden CPI – Moravia Books, Pohořelice
Printed in Czech Republik

www.aufbau-verlag.de

I

Die löcherige Schotterstraße – kaum mehr als ein Weg – lag noch im Schatten. Die Luft war erträglich, wenn auch alles andere als frisch. Über der Stadt, die sich wie ein Amphitheater über dem Meer und dem Hafen erhob, hing feiner, regloser Dunst. Selbst die soeben aufgehende Sonne schien blass und trüb. Auf dem räudigen Gestrüpp, den ausgedörrten Bäumen und Sträuchern, die Hang und Böschung überwucherten, lag feiner, goldfarbener Staub. Goldfarbener Sand. Ein dumpfes Raunen stieg aus dem weiten, von der Autobahn durchschnittenen Tal empor.

Wüstenwind. Hat die ganze Stadt mit Staub bedeckt.

Die Frau in weißem Trikot und abgetragenen blauen Trainingshosen trabte in gemächlichem Rhythmus den sanft ansteigenden, unbefestigten breiten Weg entlang, der auf halber Talhöhe rechts von der Straße durch Righi zur »Trattoria delle Baracche« hoch über dem Bisagno-Tal führte. Zu beiden Seiten Bergvegetation, mal dichter, mal spärlicher, Ginsterbüsche, Disteln, Lorbeer, Myrthe, Strandkiefern. Ein Geländewagen hätte ihn mühelos entlangfahren können, doch hauptsächlich wurde er von Fußgängern genutzt, mehr oder weniger einsamen Wanderern, Jägern oder Hundebesitzern. Eine ideale Joggingstrecke, vor allem zu dieser Tageszeit. Es war sechs Uhr morgens an einem Montag, der genauso drückend heiß zu werden drohte wie die Tage zuvor. Bald würde die Sonne erbarmungslos vom Himmel brennen und ganz Genua in ihrer glühenden Umarmung gefangen halten.

Ein Glück, dass ich mich heute Morgen dazu durchgerungen habe, ein bisschen zu laufen, sonst hätte ich den ganzen Tag im Präsidium in meinem eigenen Saft gebrodelt. Und ich dumme Kuh hab mir erst im September Urlaub genommen. Kommissarin Nelly Rosso schnaufte, schweißüberströmt.

In dem Moment hörte sie ein Geräusch, das von jenseits der nächsten Kurve zu kommen schien. Instinktiv legte sie einen Schritt zu.

Hinter der Biegung kauerte ein kräftig gebauter Mann am Wegrand. Beim Näherkommen sah sie, dass er sich übergeben hatte. Als er ihre eiligen Schritte hörte, fuhr er mit einem angstvollen Ausdruck auf seinem breiten, verschwitzten Gesicht herum und stieß einen unverständlichen Laut aus. Er versuchte aufzuspringen, stolperte jedoch und riss schützend die Arme über den Kopf.

»Was ist mit Ihnen? Kann ich Ihnen helfen?«, fragte die Kommissarin, doch als sie die Hand nach dem jungen Mann ausstreckte, wich dieser panisch zurück. Was war ihm bloß zugestoßen? Sie kramte in ihrer Gürteltasche nach dem schwarzen Mäppchen mit ihrer Dienstmarke und dem Ausweis, das sie stets bei sich trug, und hielt es ihm unter die Nase.

»Was ist denn? Hast du Angst vor mir? Ich bin von der Polizei«, sagte sie und wechselte dabei, weil der Kerl so jung war, automatisch zum vertraulicheren Du. Das Wort Polizei zeigte unmittelbare Wirkung. Der panische Ausdruck im Gesicht des jungen Mannes wich einer lauernden Achtsamkeit. Er legte die Hand an die Brust, atmete mehrmals tief durch und versuchte, einen verständlichen Satz herauszubringen.

Nelly runzelte die Stirn und musterte ihn genauer. Der junge Mann war groß und kräftig, mit Speckröllchen auf den Hüften und mit schlaffen Muskeln bepackt. *Vielleicht ist er gejoggt und hat sich plötzlich schlecht gefühlt. Er ist zwar jung, aber bei der Körperfülle und dieser Schwüle …* Die Situation fing an, ihr auf die Nerven zu gehen. Der Kerl klappte den Mund auf und zu, um etwas zu sagen, doch vergeblich. Endlich rang er sich ein hilfloses »Da hinten …« ab, deutete mit einer Kopfbewegung auf ein dichtes Ginstergestrüpp wenige Meter oberhalb des Weges und vergrub das Gesicht in den Händen.

Energisch kletterte sie zu der Stelle hinauf, die offenbar etwas mit dem Schockzustand des jungen Mannes zu tun hatte. Ein dichter Fliegenschwarm surrte über etwas, das sie noch nicht sehen konnte. Ein altbekannter, süßlicher Geruch stieg ihr alarmierend in die Nase. *O Gott, lass es bitte keine … Leiche sein.* Nelly seufzte resigniert.

Zuerst sah sie die Beine – dunkel, schwarz, ebenfalls bedeckt von dem goldenen Sandstaub. Die Frau lag auf dem Bauch, die Beine seitlich angewinkelt. Sie trug naturlederne Flipflops und einen extrem kurzen roten Rock, der kaum ihren Hintern bedeckte. Man konnte sehen, dass sie keinen Slip anhatte. Das verdorrte Gras verdeckte sie halb. Ein winziges Lurex-Top, die Arme verschränkt unterm … Jetzt begriff Nelly, was mit dem Mann los war. Die Arme waren angewinkelt, als müsste der Kopf darauf liegen. Doch da war kein Kopf. Dort, wo das inzwischen geronnene Blut aus dem Hals geströmt war, surrten die Fliegen.

Ich glaub's nicht. Das muss Einbildung sein, die Hitze.

Sie kniff die Augen zusammen, wohl wissend, dass sich dadurch nichts ändern würde, so inständig sie es auch hoffte. Sie öffnete sie wieder, und alles war genau wie vorher: die geköpfte Frau, die Fliegen, das Blut. Sie zog das Handy aus der Gürteltasche, wählte die Nummer der Einsatzzentrale und gab ihren Standort und die Beschreibung der Leiche durch. Dann kehrte sie zu dem Jungen zurück, der am Wegrand stand und sich ein wenig beruhigt zu haben schien.

»Haben … haben Sie gesehen?«, brachte er schließlich mit fast normaler Stimme heraus.

»Ja, habe ich. Wie heißt du? Wo wohnst du?«

»Ich heiße Gianluca Sonni und wohne in Oregina, da unten.« Er machte eine vage Handbewegung. »Hin und wieder komme ich zum Laufen her. Heute Morgen musste ich plötzlich mal … Ich wollte hinter den Busch da gehen, damit mich von der Straße aus niemand sieht. Da hab ich sie gefunden. Normalerweise haut mich nichts so leicht um. Aber das …«

»Du musst dich nicht entschuldigen«, unterbrach Nelly ihn mit flauem Magen. »So ein Anblick lässt auch uns von der Polizei nicht kalt, und wir sehen so einiges. Apropos, der Kopf …« Der Junge fuhr zusammen. »Der muss schließlich irgendwo sein. Du bleibst hier, meine Kollegen sind gleich da. Ich werde mich inzwischen ein bisschen umsehen. Übrigens, als du heute Morgen hier langgelaufen bist, hast du da irgendjemanden gesehen?«, fragte Nelly und kraxelte schon wieder den Abhang hinauf. Vorsichtig, um keine Spuren zu verwischen, begann sie Gras und Gestrüpp abzusuchen. Die Leute von der Spurensicherung hatten für einen kontaminierten Tatort nichts übrig.

»Heute Morgen war hier kein Mensch. Ich hab bei der Hitze kaum schlafen können und bin sehr früh los. Sie sind die Erste, die ich sehe, bis auf … na ja, bis auf die da. Zum Glück sind Sie gekommen, sonst würde ich noch immer schlotternd und kotzend dahocken.«

Nellys Suche hatte nichts ergeben, und sie beschloss, auf die Verstärkung zu warten.

»Hast du sie angefasst?«, fragte sie und warf einen Blick auf seine Hände.

»Gott bewahre, ich hab doch sofort gesehen, dass … dass der Kopf … «

Das Heulen einer Sirene näherte sich, und im nächsten Moment tauchte das Auto des Einsatzkommandos hinter der Kurve auf und hielt mit quietschenden Reifen vor dem Jungen und der Kommissarin.

»Das ging ja schnell«, sagte Nelly und trat den Kollegen entgegen. Am Steuer saß der Polizeibeamte Lombardo, der sie wegen ihres Aufzuges und des Ortes erstaunt und fragend musterte, jedoch kein Wort verlor. Ein mittelgroßer, kräftiger Mann in Zivil mit offenem, freundlichem Gesicht schwang sich sportlich und energisch aus dem Auto.

»Mensch, Nelly, die Scherereien während der Arbeit reichen dir wohl nicht, was? Machst du jetzt auch noch Überstunden?«, witzelte Vizekommissar Marco Auteri.

Normalerweise konnte Nelly über seine Scherze lachen, aber diesmal war ihr nicht danach zumute.

»Komm und sieh dir an, was sie mit der armen Frau gemacht haben«, entgegnete sie ernst. Der Vize begriff sofort, dass die Kommissarin nicht in Stimmung war und folgte ihr zum Ginstergestrüpp. Schweigend nahm er die Leiche in Augenschein. Auch ihm war das Witzeln vergangen.

»Welche Drecksau hat die so zugerichtet? Und was hat er mit dem Kopf angestellt? Eine Farbige, soviel steht fest. Der Kleidung nach zu urteilen möglicherweise eine Prostituierte. Vielleicht eine Fehde im Milieu? Ein ... Kunde von der speziellen Sorte?«, sagte er leise und mehr zu sich selbst als zu Nelly.

»Daran habe ich auch schon gedacht. Dass der Kopf fehlt, macht die Identifizierung allerdings noch schwieriger. Dieser junge Mann hier hat sie übrigens gefunden.« Nelly zeigte auf Gianluca, der ein wenig abseits stand und nervös zu ihnen herüberblinzelte.

»Na, nichts gesehen? Nichts gehört? Was hast du hier um diese Uhrzeit getrieben? Und die da ... kanntest du die?«, wandte sich Auteri brüsk an den Jungen und musterte ihn kalt.

Gianluca sah die Kommissarin hilfesuchend an.

»Ich hab ... ich hab das Gleiche gemacht wie ihre Kollegin. Ich bin gejoggt.«

»Und zum Joggen gehst du hinters Gebüsch, ja? Da geht man doch eher hin, wenn man ungestört sein will, vielleicht mit einer Frau ...«

»He, Moment mal, ich hab mit dieser Sache nichts zu tun. Ich hab gesagt, was ich weiß, und mir ist noch immer speiübel. Glauben Sie, das ist cool, so was plötzlich vor sich zu haben? Und den Kopf hab ich aufgegessen, oder was?«

»Woher weißt du, dass der Kopf weg ist und nicht ein paar Meter daneben liegt?«

»Weil Ihre Kollegin schon vergeblich danach gesucht hat.«

»Komm schon, Marco, wir verhören ihn später auf dem Präsidium, da kann er dann seine Aussage machen. Als ich ihn traf, kotzte er sich gerade die Seele aus dem Leib, so geschockt war er.« Dann wandte sie sich an den jungen Mann: »Ganz ruhig, Gianluca, niemand wirft dir irgendetwas vor. Trotzdem müssen wir dich zur Beweisaufnahme erst einmal mitnehmen.«

»Na schön, aber was sage ich meinem Chef? Ich bin Klempner und angestellt. Ich kann nicht einfach so wegbleiben.«

»Ruf ihn an und sag ihm, dass du als Augenzeuge vernommen werden musst. Wir stellen dir eine Bescheinigung für deinen Vorgesetzten aus.«

»In Ordnung, Commissario. Aber ich hab damit nichts zu tun. O Gott, wieso bin ich heute Morgen bloß hierhergekommen? Hätte ich nicht einfach gemütlich im Bett liegen bleiben können?«

Gianluca vergrub den Kopf in den Händen. Lombardi nahm ihn unsanft beim Ellbogen und ließ ihn ins Auto steigen. Ein zweiter Wagen bog Staub aufwirbelnd um die Kurve: Der Gerichtsmediziner Parodi und Celsi von der Spurensicherung.

Dottor Parodis Glatzkopf glänzte vor Schweiß. Inzwischen war die Sonne über den Berg gestiegen und fing allmählich an, das Grüppchen rings um das Ginstergestrüpp weich zu kochen. Der warme Wind hatte sich gelegt, und es regte sich kein Lüftchen. Vielleicht nur eine kurze Feuerpause. Das Zirpen der Zikaden, die trotz der Hitze selbst nachts keine Ruhe gaben, war ohrenbetäubend.

»Der Tod ist höchstwahrscheinlich vor wenigen Stunden eingetreten«, stellte Parodi schließlich fest. »Es handelt sich um ein junges Mädchen, womöglich sehr jung: siebzehn, höchstens zwanzig

Jahre alt. Ich kann nicht mit Sicherheit sagen, ob sie erst getötet und dann geköpft wurde, dazu braucht es eingehendere Untersuchungen. Jedenfalls scheint aus dem Schnitt Blut ausgetreten zu sein ... Jesses, was für eine üble Geschichte!«

Die Männer von der Spurensicherung, die in ihren Overalls vor Hitze fast zerflossen, suchten das Gelände eingehend nach aufschlussreichen Indizien ab. Sie nahmen Erdproben, machten Fotos. Der ausgedörrte Boden gab nicht viel her, Spuren blieben darauf nicht zurück. Vom Kopf der Toten war weit und breit nichts zu sehen.

»Was hältst du von dem Dickerchen, Nelly? Ist das unser Mann?«

Marco warf ihr einen fragenden Blick zu. Offensichtlich hätte er liebend gern gleich einen Haken hinter diese hässliche Angelegenheit gemacht.

»Ich weiß nicht. Ganz abgesehen vom Kopf selbst, fehlt das Werkzeug, mit dem man ihn hätte abtrennen können. Zumindest haben wir noch keines gefunden. Sicher, den Kopf hätte er natürlich sonst wohin schleudern können, die Böschung runter – übrigens, wir brauchen Hunde, sag Lorenzo Bescheid. Aber wie hätte er sie überhaupt transportieren sollen, ohne sich schmutzig zu machen? Und außerdem scheint er mir einfach nicht der Typ dazu zu sein.«

»Der Typ, der Typ, Nelly, du weißt ganz genau, zu was für Überraschungen solche Typen gut sind. Inzwischen würde ich nicht mal mehr für mich selbst die Hand ins Feuer legen, geschweige denn für dieses Riesenbaby. Vielleicht hat sie zu viel Geld verlangt oder ihn nicht zufriedengestellt oder was weiß ich. Und er könnte die Sache bei sich zu Hause oder sonst wo erledigt und sie dann hier abgeladen haben. Wir müssen mehr über ihn herausfinden.«

»Das auf jeden Fall. Aber dass ich den Mörder auf frischer Tat ertappe, das wäre das erste Mal in meiner gesamten Laufbahn. So ein Glück hat man so gut wie nie. Und wenn er sie hier abgeladen hätte, müsste er zumindest ein Auto in der Nähe haben. Lass das prüfen. Sobald der Staatsanwalt hier ist, fahren wir ins Präsidium. Wir müssen die einschlägigen Zuhälter und *madames* unter die Lupe nehmen.«

Kurz darauf erschien der Staatsanwalt Laurenti wie aus dem Ei gepellt in dunkelblauem Anzug und rosa Krawatte. Seine miese Laune war nicht zu übersehen. Mal wieder eine ermordete Prostituierte, dazu noch eine immigrierte, und das bei der Hitze, zum Kotzen! Ungeduldig wartete er darauf, dass die anderen ihre Arbeit beendeten, gab die Erlaubnis zum Abtransport der Leiche und rauschte in einer Wolke teuren Herrenparfüms mit Lavendelnote, das sich mit dem weniger angenehmen Geruch des Fundortes mischte, davon.

Rund zwei Stunden später saßen die Kommissarin und ihr Vize in Nellys Büro im Präsidium. Der sichtlich niedergedrückte Gianluca Sonni hatte soeben seine Aussage gemacht. Valeria, Nellys rechte Hand, hatte seine Personalien aufgenommen und rasch ein paar Recherchen am Computer durchgeführt. Die Kommissarin bot ihm einen Kaffee an, den er dankbar annahm.

Mit der Polizei zu tun zu haben, und dazu noch wegen so einer Sache, machte ihm Angst, das war nicht zu übersehen. Eine unter den gegebenen Umständen normale Reaktion? Nelly musterte ihn prüfend. Er hatte dunkle Augen, einen rasierten Schädel, dichte, schwarze Brauen, ein robustes, vorstehendes Kinn und Segelohren. Seine Hände hielten nicht einen Moment still.

»Sonni, Gianluca, Klempner von Beruf, achtundzwanzig Jahre alt. Hatten Sie jemals mit der Polizei zu tun, Gianluca?«, fragte Nelly und überflog das Protokoll.

»Ich … ich hab mal ein Moped geklaut, aber da war ich noch minderjährig. Ich wollte nur ’ne Runde drehen.«

Seine Haltung – er war ganz in sich zusammengesackt – und sein ausweichender Blick verrieten, dass da noch mehr war. Dass er log.

Ängstlich starrte er das Blatt Papier an, das Valeria gerade Marco Auteri in die Hand gedrückt hatte.

»Ist das wirklich alles?«

Die Stimme des Vizekommissars klinkte sich kalt und aggressiv in die Unterhaltung ein. Er reichte Nelly das Papier.

»Ach, Mist, ihr kriegt's ja eh raus. Ein Mädchen hat mich wegen versuchter Vergewaltigung angezeigt, aber …«

»… die Anzeige wurde zurückgezogen. Deshalb kam es nicht zum Prozess. Diesmal warst du volljährig«, bohrte Marco.

Gianluca Sonni wurde sehr blass. Er schwitzte heftig. Sein gehetzter Blick irrte durch das Büro wie ein gefangenes Tier.

»Ich weiß, was Sie jetzt denken, aber das war eine Lüge. Diese blöde Tussi war besoffen und voll dabei, aber dann hat sie plötzlich 'nen Flitz gekriegt, hat sich losgerissen und ist die Treppe runtergefallen. Ich wollte ihr aufhelfen, und sie hat wie eine Wahnsinnige losgebrüllt. Da gab's keine sexuelle Nötigung, nicht das kleinste bisschen.«

»Ein paar Ohrfeigen und ein Faustschlag, hieß es erst, was bei deiner Statur nicht ohne sein dürfte. Im Krankenhaus hat sie zunächst gesagt, dass du sie vergewaltigen wolltest und deswegen geschlagen hast, eine Woche später hat sie ihre Aussage geändert. Sie sei betrunken die Treppe hinuntergefallen und du hättest ihr aufgeholfen.«

Nellys Stimme war weder ironisch noch anklagend. Der Mann fing sich wieder ein wenig.

»Und so war es auch.«

»Okay, Gianluca, jetzt gehst du nach Hause und denkst über das nach, was du heute Morgen gesehen, gehört, gerochen, gedacht und was weiß ich noch alles hast, bevor du das Mädchen gefunden hast und in den Minuten danach, ehe ich gekommen bin. Und bleib in der Stadt, denn wir werden dich noch einmal vernehmen müssen.«

»Aber Nelly …«, hob Marco an und biss sich auf die Zunge.

Gianluca traute seinen Ohren nicht. Mit hoffnungsvoller, ungläubiger Miene richtete er sich in seinem Stuhl auf.

»Darf ich wirklich nach Hause gehen? Sie … Sie nehmen mich nicht fest?«

»Sollten wir denn?«, fragte Marco scharf, doch Nelly machte ihm ein Zeichen, zu schweigen.

»Geh nach Hause. Wir werden uns mit dir in Verbindung setzen, und wenn dir etwas einfällt, ruf uns an.«

Das ließ sich der Junge nicht zweimal sagen. Er sprang auf und hechtete zur Tür, als glaubte er, das Ganze sei nur ein Bluff und man würde ihn auf der Schwelle doch noch festnehmen. Über die Schulter warf er Marco einen hastigen, angstvollen Blick zu und war verschwunden.

»Ich hätte den nicht so einfach laufen lassen.« Auteri war verärgert. Kopfschüttelnd sah er Nelly an.

»Meinst du etwa, der haut ab? Wo soll er denn hin?«, entgegnete sie gelassen.

»Man weiß nie. Wenn er's gewesen ist …«

»Wenn er's gewesen ist. Mal schauen, was die Durchsuchung seiner Wohnung bringt, Amanda ist schon unterwegs. Aber mal davon abgesehen, dass es nicht die allerwahrscheinlichste Tageszeit für ein derartiges Stelldichein war, lässt der fehlende Kopf eher an ein Ritual oder an eine grausame Bestrafung im Milieu oder so was denken. Wir brauchen einen Experten von der Sitte.«

Marco nickte abwesend. Es wäre zu schön, den Kopf in Gianlucas Tiefkühlfach zu finden, doch er bezweifelte es.

»Fattori«, sagte er schließlich und wechselte das Thema. »Er kennt das Milieu in und um Genua wie seine Westentasche. Wer, wo, wie, wann, wie viel und warum.«

»Valeria, ist der Polizeivize da?«, fragte Nelly.

»Im Augenblick nicht, aber er sollte am frühen Nachmittag reinkommen«, antwortete sie. Valeria hatte ein ungutes Gefühl, ohne zu wissen, warum. Die Beschreibung des Leichenfundes hatte sie geschockt. Glücklicherweise passierten solche brutalen Verbrechen in Genua nicht so häufig.

»Wenn das nur nicht der Beginn einer Serie ist«, rutschte es ihr heraus. Marco warf ihr einen vernichtenden Blick zu.

»Und wieso sollte es? Wir haben doch zwei ›friedliche‹ Lösungen: unser Riesenbaby mit Vorstrafen oder eine Abrechnung im Prostituiertenmilieu. Also, beschrei es ja nicht!« Dabei griff er sich ungeniert an die Hoden, um Unglück abzuwehren. Valeria wurde rot und warf ihm einen beleidigten Blick zu.

»Bis wann ist Dottor Volponi in Urlaub?«, fragte Nelly ungeduldig.

»Der Polizeipräsident ist vor drei Tagen nach Elba gefahren, wir werden ihn also eine ganze Weile nicht sehen.«

»Gerolamo?«

»Idem. Ist gerade mit der ganzen Familie nach Sizilien abgerauscht. Du musst dich also mit mir begnügen, Nelly«, bemerkte Marco ironisch.

»Eifersüchtig, was?«, stichelte die Kommissarin zurück.

»Ich an Carlos Stelle, würde aufpassen wie ein Luchs«, witzelte ihr Vize. Er war kein bisschen eifersüchtig auf den Assistenten Gerolamo Privitera, der inzwischen zum Chefassistenten aufgestiegen war. Beruflich waren sie ein perfekt eingespieltes Dreiergespann.

»Mal im Ernst, ich wäre froh, wenn er hier wäre. Der Typ hat's einfach drauf.«

»Ganz deiner Meinung. Außerdem denken drei Köpfe besser als zwei«, seufzte Nelly. »Schau bitte mal nach, ob Dottor Fattori im Büro ist«, sagte sie an Valeria gewandt. »Wenn ja, sag ihm, dass wir sofort mit ihm sprechen möchten.«

Franco Fattori war da. Er saß in seinem geräumigen, mit Zettelkästen und Aktenordnern zugekramten Büro. Seit Jahren war der Chef der Sitte für das Ressort Prostitution zuständig und hatte wahrlich alle Hände voll zu tun. Überdurchschnittlich groß, hager und krumm, wie er war, mit seinem graumelierten Haar, das ihm bis über den Kragen fiel, mit hoher Stirn und dicker Brille hatte er eher etwas von einem Universitätsprofessor als von einem Polizisten. Er war ein wahrer Experte der neuen Prostitution, die einige Jahrzehnte schon das alte und relativ friedliche Milieu von einst aufmischte. Seit dem Auftauchen der Sexsklavinnen, wie die Zeitungen sie tituliert hatten, die sich sowieso nur für das Thema interessierten, wenn es ein Verbrechen oder eine Tränendrüsenstory gab nach dem Motto: »Zur Prostitution gezwungene Immigrantin wird von einem verliebten Freier gerettet, der ihren Zuhältern die Stirn bietet.« Ansonsten gingen die Dinge ihren Gang. Natürlich wurde den Frauen, die aus dem Milieu ausbrechen wollten, ein gewisser gesetzlicher Schutz gewährt, doch die Strafen ihrer Ausbeuter waren grausam und abschreckend genug. Viele der Mädchen waren außerdem gar nicht in der Lage, von dieser Möglichkeit Gebrauch zu machen. Sie beherrschten die Sprache nicht, hatten keine Papiere, da sie ihnen von ihren Schindern abgenommen wurden, und setzten so gut wie nie einen Fuß vor die Tür ihrer Kerkerwohnungen. Verschiedene Vereinigungen versuchten, ihnen zu helfen, und rührige, beherzte Pfarrer engagierten sich höchstpersönlich. *Wie Don Silvano Traverso zum Beispiel.*

Nelly hatte sofort an ihn gedacht. Sie wollte ihn so bald wie möglich anrufen. Doch jetzt saßen sie und Marco vor Fattoris aktenübersätem Schreibtisch, auf dem ein brandneuer Computer thronte. Wortlos sahen sie zu, wie er die Aufnahmen begutachtete, die vor wenigen Stunden am Righi gemacht worden waren. Endlich sagte er etwas.

»Senegalesin, würde ich sagen, könnte aber auch Nigerianerin, Sudanesin oder Ghanaerin sein. Seit im Sudan Krieg herrscht, sind viele davon hier angekommen, Flüchtlinge ohne Papiere, wahre Gespenster. Die Senegalesinnen und die aus Ghana kenne ich besser, wir haben auch schon einige Male ein paar Madames festgenommen, ein paar Netzwerke hochgehen lassen, aber die bilden sich sofort neu. Diese Frauen – denn häufig stecken Frauen hinter dem Business – sind gnadenlos. Sie terrorisieren die Mädchen, drohen ihnen mit Hexerei, mit Voodooritualen. Sie nehmen ihnen den Pass weg, wenn sie denn einen haben, und um ihn wiederzubekommen, müssen die Mädchen astronomische Summen blechen. Wenn sie nicht spuren, gibt's Saures. Wenn sie Kinder haben, hier oder in der Heimat, sind sie noch erpressbarer. Ein paar besonders Furchtlose schaffen es, selber Madames zu werden und andere auszubeuten. Wir haben zahlreiche Fahndungsfotos von denen, die uns während der Razzien ins Netz gegangen sind, aber in diesem Fall nützen sie uns wenig«, schloss er und tippte sich vielsagend an den Kopf.

»Stimmt. Aber wir werfen trotzdem einen Blick darauf.«

Nelly seufzte. Die Identifizierung des Mädchens würde nicht einfach werden. Doch sie irrte sich.

»Verdammt noch mal, Nelly, schau dir die hier an. Die hat genau so ein Lurex-Top an wie unsere.«

Aufgeregt zeigte Marco auf ein Foto. Und tatsächlich trug das als Halbfigur abgelichtete Mädchen mit dem breiten, wachen Gesicht und den großen, ausdrucksvollen Augen das gleiche Oberteil wie die Tote.

»Die? Die heißt ... wartet mal ... Paulette N'diaye, aus dem Stall von Claire Ngoro, einer der bekanntesten Madames, zumindest, was uns betrifft. Wir sind schon seit einer ganzen Weile an ihr dran, doch bisher ist sie uns immer durch die Lappen gegangen. Aber ehrlich gesagt quellen die chinesischen Klamottenhöker von diesen knappen Glitzertops geradezu über. Die sind momentan total angesagt, nicht nur unter Prostituierten, bei der Hitze ... Außerdem ist dieses Mädchen hier nicht dabei, weil sie nachweislich eine Prostituierte ist, sondern weil sie bei Claire wohnt. Sie hat noch keine Aufenthaltsgenehmigung, ist ohne geschnappt worden, und wenn sie sich nicht in den nächsten paar Tagen eine besorgt, muss sie das Land verlassen und nach Hause fahren. Oder hätte sie müssen, sollte sie denn euer Opfer sein. Am besten reden wir ein paar Takte mit Madame, ich begleite euch gern.«

Madame Claire Ngoro wohnte in der Via del Campo, doch mit der *graziosa* aus De Andrés Lied hatte sie nicht das Geringste gemein. Sie war groß, rund und stattlich. Ihrer Landestracht entsprechend trug sie einen in Gelb-, Rot- und Grüntönen leuchtenden »Kaftan«, wie Nelly das weite Gewand in ihrer Unwissenheit betitelte, und dazu große, auffällige Ketten und Ohrringe. Sie wirkte weder jung noch alt. Vierzig? Fünfzig? Nelly vermochte es nicht zu sagen. Laut ihrer Akte war sie einundfünfzig. Ihr Haar wurde von einem kunstvoll gebundenen Turban aus dem gleichen Stoff wie ihr Gewand gehalten. Ihr schwarzes Gesicht verriet keine Regung.

Sie hatte die drei Polizisten hereingelassen, sie aufgefordert, sich zu setzen, und selbst auf einem mit großen bunten Kissen bestückten Korbsofa Platz genommen. Mit einem kaum wahrnehmbaren Lächeln auf den üppigen Lippen und ohne ein einziges Mal die Lider zu senken, sah sie sie aufmerksam an. Nelly ließ den Blick durch die geräumige Wohnung im letzten Stock eines baufälligen Mietshauses wandern, das der Sanierung bislang entgangen war. Es gab wenige Möbel, viele Matten, bunte Teppiche, grimmige Masken an den Wänden und afrikanische Skulpturen, Waffen und Musikinstrumente, vornehmlich Trommeln, in jeder Ecke.

»Etwas zu trinken, Signori?«

Claire sprach korrektes Italienisch mit exotischem Akzent. Wie sie mit ihrem Turban in den Kissen lehnte, strahlte sie Kraft und Würde aus. Sie war auf ihrem Territorium. Die Polizisten waren die Eindringlinge. Fattori kam gleich zur Sache.

»Madame Claire, kennen Sie dieses Mädchen?«

Mit herablassender Geste griff Madame Claire nach dem Foto und widmete sich seiner Betrachtung. Dann hob sie den Blick und sah ihn fragend an.

»Und der Kopf?«

»Der Kopf fehlt. Genau das ist unser Problem. Doch wir glauben, dass es sich um eine Ihrer ... Schützlinge handelt, um eine gewisse Paulette N'diaye, die Italien in wenigen Tagen hätte verlassen müssen, da sie keine Aufenthaltsgenehmigung besitzt. Erinnern Sie sich?«

»Und ob ich mich erinnere. Paulette ist meine Nichte, ein tüchtiges Mädchen, das hierhergekommen ist, um zu arbeiten, und ihr habt sie ohne Grund festgenommen und wollt sie fortschicken.«

Die Wut in Claires tiefer Stimme war nicht zu überhören.

»Vielleicht ist sie schon weg, Madame Claire. Im Jenseits. Seit wann haben Sie sie nicht mehr gesehen? Wissen Sie, wo Paulette ist?«

Die Frau schien zu überlegen. Dann sagte sie sehr langsam: »Gestern Abend ist sie nicht nach Hause gekommen. In ihrem Zimmer ist sie nicht. Ich habe gedacht, sie sei ... abgehauen, hätte sich aus Angst, Italien verlassen zu müssen, versteckt. Aber ich habe keine Ahnung, ob diese ... Sache da Paulette ist«, schloss sie entschieden.

»Wir erwarten nicht, dass Sie sie anhand des Fotos wiedererkennen. Dazu wird eine offizielle Identifizierung im Leichenschauhaus nötig sein.«

»Ich verstehe. Einverstanden. Ich will auch wissen, was mit Paulette passiert ist, genau wie ihr, nein, noch viel mehr. Wann gehen wir?«

Sie hatte sich an Nelly gewandt, als wüsste sie, dass sie das Sagen hatte.

»Sofort, wenn es Ihnen recht ist.«

»Das ist mir sehr recht. Ich sage nur schnell Sue und Malina Bescheid, dass sie auf die Kinder aufpassen, dann komme ich.«

Sie verschwand hinter einer von einem geometrisch gemusterten Vorhang verdeckten Tür, durch die gedämpftes Kichern und Kinderstimmen zu hören waren. Nach wenigen Minuten war sie wieder zurück.

»Gehen wir. Ich bin bereit.«

Der Pathologe Dottor Nardini empfing die Polizisten und ihre exotische Begleitung mit gewohnter Gelassenheit. Ihn brachte nichts so leicht aus der Ruhe. Doch Nelly, die ihn gut kannte, bemerkte, dass der Mann in seinem Innersten erschüttert war. Das Mädchen ohne Kopf war offenbar selbst für ihn etwas Neues. Er führte sie in den Saal, in dem Paulette – wenn sie es denn war – unter einem Tuch lag und auf die Autopsie wartete. Das ging schnell, dachte Nelly und bemerkte, dass Madame Claire unter ihrer unerschütterlichen Maske höchst angespannt war.

Als Nardini das Tuch zurückzog, sagte sie mit einem kaum merklichen Beben in der Stimme: »Könnten Sie ihren rechten Arm umdrehen, Dottore?«

Nardini folgte ihrer Bitte, und Claire musterte die Arminnenseite des reglosen Körpers. Ganz oben, fast unter der Achsel, war ein Leberfleck. Sie schwieg für ein paar endlos scheinende Sekunden.

»Es ist Paulette«, sagte sie schließlich. Dann geschah etwas für alle Unerwartetes. Aus den Augen der Frau quollen Tränen. Irritiert fuhr sich Madame Claire mit einem Zipfel ihres weiten Kleides übers Gesicht. Dann wandte sie sich ab, damit die anderen ihren Schmerz nicht sähen. Fattori warf Nelly und Marco einen verdatterten Blick zu. Bei Madame hatte man keine Gefühle erwartet, geschweige denn offen gezeigte Erschütterung. Stumm verließen die vier den Raum.

»Wann haben Sie Paulette das letzte Mal gesehen?«, fragte Nelly sanft. Die Frau schien ihre Selbstbeherrschung wiedergewonnen zu haben.

»Gestern Abend, beim Essen. Sie war sehr traurig, weil sie befürchtete, fortzumüssen. Diese verdammte Aufenthaltsgenehmigung! Zu Hause hatte sie niemanden mehr. Meine Schwester – ihre Mutter – ist vor vier Jahren gestorben. Der Vater ist von zu Hause abgehauen, als sie noch klein war. Sie ist bei katholischen

Ordensbrüdern untergekommen, Franzosen. Ich hatte sie hierhergeholt, sie sollte bei mir leben, doch man hat mir einen Haufen Schwierigkeiten gemacht.«

Ihr Blick wurde eisig und richtete sich auf Fattori, der sich vor Unbehagen wand.

»Sie haben zu viele Nichten, Madame«, bemerkte er ohne Ironie.

»Das mag sein, Dottor Fattori, aber ich habe nun einmal ein großes Herz.«

»Wissen Sie, wo Paulette gestern Abend hingegangen ist, Claire?«

Nelly wollte den leichten Vorteil, den Madames Betroffenheit ihr gab, nicht ungenutzt lassen.

»Paulette war volljährig. Sie ging, wohin sie wollte. Nach dem Abendessen ist sie ausgegangen.«

»Hat sie für Sie gearbeitet?«

»Sie erwarten doch wohl nicht, dass ich Ihnen darauf antworte?«

»Wollen Sie, dass wir Paulettes Mörder finden?«

»Es war ein Simba. Ein Löwe. Eine Bestie, die ihren Kopf als Trophäe genommen hat.«

»Und finden Sie, dieser Simba sollte weiter frei in der Stadt herumlaufen?«

»Nein. Er muss sterben. Sterben.«

»Ihn hinter Gitter zu bringen würde vielleicht schon reichen.«

»Lächerlich. Hinter Gitter? Löwen bringt man nicht hinter Gitter. Man tötet sie, wenn sie einen Menschen getötet haben. Haben sie einmal Menschenblut geleckt, lassen sie nicht mehr davon ab.«

»Mit wem ist Paulette gestern ausgegangen? War sie mit jemandem verabredet?«

»Ich weiß es nicht. Sie war jung und wollte Spaß haben. Sie ist mit Malina ausgegangen, einem Mädchen, das auch bei mir wohnt.«

»Wir würden gern mit dieser Malina reden.«

»Kein Problem. Sie ist zu Hause.«

»Haben Sie sich mit Ihrer Nichte gut verstanden? Ist es vielleicht möglich, dass der Löwe eine Löwin ist? Dass Paulette Sie wütend gemacht hat? Wer weiß, vielleicht hat sie sich nicht erkenntlich genug gezeigt. So was kommt vor.«

Madame Claires Gesichtsausdruck änderte sich schlagartig. Ein unverständlicher Wortschwall brach aus ihr heraus. Es war offensichtlich, dass es sich um Beschimpfungen handelte. Ohne sich aus der Ruhe bringen zu lassen, wartete Nelly ab, bis sie geendet hatte.

»Äußerst schmeichelhaft, vielen Dank. Wir müssen jede Möglichkeit in Betracht ziehen, Madame. Wir wollen herausfinden, wer es gewesen ist. Ihre Empfindlichkeiten interessieren uns dabei nicht.«

Die Frau hatte sich inzwischen wieder gefasst. Mit einer gemessenen Geste zog sie den Ausschnitt ihres langen Gewandes zurecht. Der Zorn war genauso schnell aus ihrem Gesicht gewichen, wie er gekommen war. Ihre ausladende Brust hob und senkte sich rasch.

»Ich verstehe. Aber das ist ein Verdacht, der ... Paulette war wirklich meine Nichte. Sie war erst achtzehn Jahre alt. Bei den französischen Ordensbrüdern hatte sie eine gute Erziehung genossen. Sie war voller Hoffnung. Voller Träume. Ich weiß, was Sie von mir denken. Aber es gibt Grenzen. Ich bin ein menschliches Wesen, auch wenn ihr es nicht glaubt. Auch ich bin in der Lage, jemanden zu lieben.«

Die ganze Rückfahrt über verlor die Frau kein Wort mehr. Sie fragte nur, ob sie Paulettes Leichnam wiederbekommen könnte, um ihn würdig zu bestatten. Als sie erfuhr, dass dies momentan nicht möglich sei, protestierte sie nicht. Sie schien sehr weit weg zu sein. Nelly hatte den Eindruck, als wäre nur ihr Körper anwesend. Ihr Geist war Tausende Kilometer weit entfernt. Vielleicht war er in das Dorf zurückgekehrt, wo sie und Paulettes Mutter geboren worden und aufgewachsen waren, um dann zwei sehr unterschiedlichen Schicksalen entgegenzugehen. Nelly empfand eine instinktive Sympathie für die schwarze Matrone, die bestimmt einiges auf dem Kerbholz hatte.

Unterdessen hatte die Hitze die Stadt wieder voll im Griff. Die dünnen Absätze der Frauensandalen hinterließen Löcher im weichen, von der Sonne geschmolzenen Asphalt. Die Schatten der Häuser und Palazzi in den Gassen verhießen trügerische Erleichterung, doch man schwitzte selbst dort und auch, wenn man sich nicht bewegte. Die typischen Gerüche der Altstadt waren stärker denn je, zuweilen unerträglich. Zum Glück gewöhnte man sich nach einer Weile daran. Einen so glühend heißen Sommer hatte es lange nicht gegeben. Das Wasser wurde knapp, und wenn es nicht bald regnete, musste es rationiert werden. Ein trauriges Genueser Sommerritual.

Die drei Polizisten und die Farbige betraten eine Bar an der Piazzetta del Campo, um etwas zu trinken. Claire bestellte einen heißen Minzetee. Die Temperaturen schienen ihr nicht sonderlich viel anzuhaben. Nelly und Marco warfen sich vielsagende Blicke zu, Fattori setzte sich an eines der wenigen Tischchen vor der Bar und rauchte eine Zigarette nach der anderen. Madame Claire war abwesender denn je. In ihrem Blick lag eine stiere, grimmige Härte. Ein hoch aufgeschossener Senegalese ging an der Bar vorbei, ein echter Riese, ebenfalls in farbenfrohe Landestracht gewandet. Er grüßte Madame ehrerbietig in Wolof. Sie stand auf, ging auf ihn zu und flüsterte ihm rasch etwas ins Ohr. Das Gesicht des Mannes blieb unbewegt, nur die Lider senkten sich kurz und bedeckten die Augen. Nelly, die die Szene beobachtet hatte, nahm an, dass sie ihn über Paulettes Tod informiert hatte. Sie wechselten schnell ein paar Sätze, dann machte der Mann auf dem Absatz kehrt und eilte davon. Mit hartem Blick wandte sich Madame an die drei Polizisten.

»Nun, wollen wir gehen?«

»Sue, Malina«, rief Madame energisch, kaum dass sie die Wohnung betreten hatten. Zwei Mädchen, eine schlank und gut gebaut, die andere rundlicher und draller, erschienen in der Tür, die in die hinteren Zimmer führte. Sie waren westlich gekleidet, wie jedes x-beliebige Mädchen an diesen drückend heißen Sommertagen: Flipflops an den Füßen, farbige Tops und geblümte Miniröcke, die ihre dunkle Haut zur Geltung brachten. Ethnisch anmutende Ketten und Ohrringe, für die Nelly eine Schwäche hatte. Beide trugen das gelockte Haar kurz. Sie lächelten Claire und die Besucher fragend an.

Claire deutete auf den Lederpuff und das Korbsofa, und alle nahmen erwartungsvoll Platz. Ein durchdringender Weihrauchgeruch lag in der Luft, den Nelly beim ersten Besuch nicht wahrgenommen hatte. Claire stellte die beiden Mädchen knapp vor. Die Hübschere war Sue. Malina, die Kräftigere, schien ein paar Jahre älter zu sein.

»Malina, wo bist du gestern Abend mit Paulette hingegangen?«, fragte Claire barsch.

Die junge Frau schien nicht zu verstehen. Sie klimperte mit den Lidern und sah sie fragend an. Madame wiederholte die Frage in ihrer Sprache. Diesmal nicke Malina und antwortete in holprigem Italienisch:

»Ich habe schon heute Morgen gesagt. Als wir gegangen sind, Paulette mir hat gesagt, sie hat wichtige Verabredung, und ist schnell weggegangen.«

»Hat sie gesagt, mit wem?«

Diesmal sah Madame Claire sie eindringlich an. Malina rutschte verlegen hin und her.

»Ich habe schon heute Morgen gesagt, sie wollte nicht sagen.«

»Paulette ist tot. Sie wurde auf abscheuliche Weise umgebracht«, schaltete sich Marco ein. Die beiden Mädchen fuhren erschrocken zusammen, und Malina fing an zu weinen. Auch die andere schien den Tränen nahe. Nelly wartete, bis sie sich ein wenig gefangen hatte, und fragte dann sanft:

»Hat Paulette sich mit jemandem getroffen, seit sie nach Genua gekommen ist? Oder in letzter Zeit?«

Malina warf Madame einen unsicheren Blick zu. Die Frau nickte. Dann wandte sie sich mit zitternder Stimme an Nelly:

»Paulette ist ein paar Mal mit einem Jungen aus Genua ausgegangen. Ein großer Junge, wir sind ein paar Mal … am Meer gewesen, in San Giuliano.«

»Ein großer Junge … Wenn das mal nicht unser Freund Gianluca ist«, raunte Marco Nelly ins Ohr.

»Weißt du, wie der Typ heißt?«, fragte er Malina.

Malina schluckte trocken. Dann sagte sie zögernd: »Der Name erinnere ich nicht. Wir sagten ›großer Junge‹.«

»Wir werden dir ein paar Fotos zeigen. Vielleicht erkennst du den wieder, den ihr am Meer kennengelernt habt. Und du weißt wirklich nicht, mit wem sie sich gestern Abend treffen wollte?«

»Ich nicht sicher. Sie mir immer gesagt, wenn sie ihn getroffen. Gestern Abend nicht. Arme Paulette. So klein.«

Malina brach wieder in Tränen aus. Sue nahm sie in die Arme.

Der schwere Vorhang wurde zur Seite geschoben, ein kleiner schwarzbezopfter Kopf tauchte auf, blickte neugierig in die Runde und fragte: »Warum weinst du, Malina?«

»Geht nach nebenan. Es reicht fürs Erste.«

Madames Ton ließ keine Widerrede zu. Die Mädchen standen hastig auf, verabschiedeten sich kurz und verschwanden mit der Kleinen hinterm Vorhang.

»Madame, Malina soll morgen aufs Präsidium kommen, um einige Erkennungsfotos in Augenschein zu nehmen. Um zwölf Uhr«, sagte Nelly und erhob sich.

»Sie haben also einen Verdacht? Wer ist es?«

Das Gesicht der Frau hatte sich gewandelt. Sie sah aus wie ein zum Angriff bereites Tier.

»Nichts Konkretes. Haben Sie Feinde? Jemand, der Sie vielleicht so sehr hasst, dass er Ihrer Nichte so etwas antun würde, um Sie zu treffen? Transversale Rache nennen wir das.«

»Das ist schwer zu sagen. Selbst wer redlich ist und Gutes tut, wird von der Giftschlange gebissen«, entgegnete Claire unbewegt. »Doch ich kann mir nicht vorstellen, wer mir so etwas antun würde. Nein, keine Ahnung.«

»Vielen Dank für Ihr Entgegenkommen, Madame Claire, und bis bald.«

Mit einem tiefen Seufzer erhob sich Madame und begleitete sie zur Tür.

»Bis bald. Finden Sie den Mörder. Ich verlasse mich darauf, dass Sie ihn finden.«

»Wieso ihn? Es könnte auch eine ›sie‹ sein«, bemerkte Fattori gelassen. Die Frau schüttelte gespielt vorwurfsvoll den Kopf und schloss lautlos die Tür.

»Was sagst du, Nelly? Findest du die Wippchen von der Lieblingsnichte glaubwürdig?«

Marco zog eine Zigarette aus dem Päckchen in seiner Hand und sah seine Chefin an. Die Kommissarin fühlte sich nicht wohl in ihrer Haut, der Schweiß rann ihr über den Körper, und das Haar im Nacken war so nass, als hätte sie gerade gebadet.

»Schon möglich. Aber die ist ein verdammt harter Knochen und bestimmt keine Heilige.«

»Na, da könnt ihr Gift drauf nehmen. Die ist wendig wie ein Aal. Und schlau obendrein. Sie weiß ganz genau, wie sie die Mädchen an sich bindet, nicht nur mit Gewalt und Erpressung. Sie bietet ihnen eine gewisse Sicherheit und Schutz. Für Frauen in so einer Lage, fern der Heimat, mit einem Haufen Problemen ist das von großer Bedeutung. ›Sie löst unsere Probleme‹, hat mir einmal eines ihrer Mädchen gesagt. Bisher hat noch keine gegen sie ausgesagt.« Fattori schien etwas für die Senegalesin übrigzuhaben. Nelly und Marco sahen sich verdutzt an.

»Ich bin verdammt neugierig, wie Malina reagiert, wenn wir ihr Sonnis Foto unter die Nase halten.« Marco blieb stur auf seinem Kurs. Für ihn bestand kaum ein Zweifel, dass Gianluca schuldig war.

»Das wäre allerdings ein Volltreffer, wenn sie ihn wiedererkennen würde. Wir werden sehen«, seufzte Nelly, nicht ganz so überzeugt. »Was haltet ihr davon, wenn wir einen Happen essen gehen? Seit heute Morgen habe ich nur Kaffee und anderes Zeugs getrunken. Nichts gegen viel Flüssigkeit bei der Hitze, aber ich fange langsam an, doppelt zu sehen.«

»Na schön, machen wir eine Pause. Wie wär's damit?«, fragte Fattori und zeigte auf eine Crêperie zu ihrer Linken. Die anderen nickten erschöpft und betraten das verlockend duftende Lokal in der Via Lomellini. Ohne sich an den konsternierten Blicken ihrer Begleiter zu stören, schlang Nelly eine riesige Crêpe mit Nutella hinunter. Anspannung machte sie leider hungrig. Wenn sie einsetzte, wenn sie da war und wenn sie nachließ.

»Geköpft, und der Kopf ist futsch? Wann hat man so was je gesehen, und das hier in Genua! Wir sind doch nicht im Dschungel von Borneo! *Belin**!!«

Der stellvertretende Polizeichef und Leiter des Einsatzkommandos Gaetano Esposito hatte sich ein paar typische Genueser Kraftausdrücke zugelegt, ohne jedoch seinen eleganten neapolitanischen Akzent dranzugeben. In seinem meerblauen Anzug mit weißem Hemd, wie immer ohne Krawatte und mit braunen Segelschuhen an den nackten Füßen, sah er kein bisschen wie ein Bulle aus. Er war noch braungebrannter als sonst, was die hellen Augen in seinem schönen Gesicht besonders zum Leuchten brachte. Nelly hingegen hing vollkommen erledigt und wie ein schlaffer Sack im Sessel vor seinem wuchtigen Schreibtisch. Die Hitze und vor allem das entsetzliche, grausame Verbrechen hatten ihr schwer zugesetzt. Der Mann hielt inne und musterte sie. Das war nicht die Nelly, die er kannte. Sie trug noch immer den alten Trainingsanzug vom Morgen – inzwischen war es später Nachmittag. Ihre sonst so wachen Augen in dem offenen, von Sommersprossen übersäten Gesicht

* Genueser Dialekt für Schwanz, das Lieblingsschimpfwort der Italiener.

(die Sonne ließ sie doppelt sprießen) starrten gedankenverloren ins Leere. Zwischen den Brauen hatte sich eine senkrechte Falte in ihre Stirn gegraben. Der stellvertretende Polizeichef wechselte das Thema.

»Wo ist Carlo eigentlich gerade? Wie geht es ihm?«

Carlo war Nellys Lebensgefährte. Er befehligte Erdgastanker und war wie alle Seeleute viel unterwegs. Sie machte eine vage Handbewegung in die Ferne und seufzte.

»Ich glaub, es geht ihm gut. Er ist irgendwo oben im Norden. Ich weiß es nicht genau. Aber im September ist er wohl wieder zurück.« *Und deshalb habe ich im September Urlaub genommen, verflixt! Dafür verbringe ich den heißesten Sommer des Jahrhunderts im Büro, und als wäre das nicht genug, kommt irgend so ein Gestörter auf die Idee, seine Opfer zu enthaupten.*

Carlo und sie hatten geplant, in die Camargue zu fahren. Wie weit weg die Ferien doch waren, ungefähr genauso weit wie Carlo. Was würde bis September noch auf sie zukommen? *Nichts Gutes*, raunte ihr ein gehässiges Stimmchen zu. Nelly verdonnerte es zum Schweigen, gab sich einen Ruck und richtete sich im Sessel auf. Doch Gaetano Esposito – von seinen Freunden Tano genannt – war nicht entgangen, dass irgendetwas im Argen lag.

»Geh nach Hause, stell dich unter die Dusche und mach dich frisch, dann hole ich dich ab, und wir gehen was essen«, sagte er unvermittelt als Freund und nicht mehr als Kollege.

Ihre Miene hellte sich auf. Ja, essen gehen. Mit Tano.

»Liebend gern. Das ist genau das, was ich nach so einem Tag brauche. Aber … muss ich dann nicht die Rache irgendeiner reizenden jungen Dame fürchten, wenn ich mit dir ausgehe?«

Tano war geschieden und hatte dauernd neue Freundinnen. Die letzte, eine gewisse Milena aus Pavia, hatte Nelly etwas näher kennengelernt. Sie waren ein paar Mal miteinander ausgegangen, zusammen mit Carlo, aber inzwischen hatten die beiden Schluss gemacht. *Umso besser, Milena war nicht so doll.* Eine Steuerberaterin, die für ihre Arbeit lebte, ebenfalls geschieden, kinderlos und nicht im Mindesten daran interessiert, sich mit Tanos Kindern zu befassen, wenn er sie endlich einmal ein wenig bei sich hatte. *Egozentrisch und neurotisch, die war überhaupt nichts für ihn.* Aber für Tanos Frauen hatte sie nie viel übrig. Vielleicht hatte er einfach kein gutes Händchen. Und so ließ er sie nach kurzer Zeit – nach einem, zwei oder drei Monaten – wieder sausen. Oder sie ließen ihn sausen, denn der Polizeivize war auch nicht ohne, so unbeschwert und herzlich er auch daherkam. Die Scheidung hatte ihm schwer zugesetzt, und er litt unter der Trennung von seinen Kindern. Er war misstrauisch und unbeständig (geworden?).

»Was denn für Rache, ich bin der freieste Junggeselle von ganz Genua und Umgebung«, versicherte er ihr mit Unschuldsmiene.

»Na, dann nehme ich die Einladung gerne an. Wir können noch ein bisschen über die heutigen Ereignisse reden und uns entspannen. Wunderbar. Wann kommst du vorbei?«

»Um neun. Bei dieser Hitze kann man um neun gerade mal wieder atmen. Aber kein Wort über die Arbeit.«

»In Ordnung. Wo gehen wir hin?«

»Lass dich überraschen.«

»Noch ein Rätsel, das gelöst werden will. Na gut, *die* Lösung haben wir bald. Also bis um neun.«

Valeria, Informatikexpertin und organisatorisches Rückgrat des Büros, hatte Nelly ausgelaugt beim Vizepolizeichef eintreten sehen und sah sie jetzt frisch und energiegeladen wieder herauskommen, doch sie war zu müde und verschwitzt, um sich darüber Gedanken zu machen. Erleichtert dachte sie daran, dass der Arbeitstag bald zu Ende war und sie sich zu Hause in eine Badewanne mit Eiswürfeln gleiten lassen würde. Davon hatte sie den ganzen Tag geträumt.

So schnell, wie es ihr abgekämpfter Zustand erlaubte, legte Nelly den gewohnten Weg vom Polizeipräsidium zu ihrer Wohnung in der Altstadt zurück, der durch den Verbindungstunnel zwischen

Foce-Viertel und Zentrum führte. Vom Straßenpflaster stiegen Hitzeschwaden auf, und im Tunnel schienen sich die Abgase des gesamten Tages gesammelt zu haben. Man sah die Hand vor Augen nicht. Wie immer hielt Nelly beim Durchqueren des Tunnels den Atem an und kam hustend und halb erstickt wieder heraus. Erleichtert bog sie in die Gassen der Altstadt ein. Noch ein letzter Kraftakt, die fünf Stockwerke per Treppe hinauf, und dann nichts wie in die Wohnung und die Tür zuschlagen. Auf dem Weg ins Bad riss sie sich Schuhe und Kleider herunter und warf sie in die Ecke. Ihr Sohn Maurizio (von allen nur Mau genannt), der auf dem Balkon über seinen Büchern hing, sah sie vorbeihuschen und prustete los.

»Manchmal bist du echt albern, weißt du das?«, rief er ihr nach, während sie mit einem grußähnlichen Grunzen im Bad verschwand. Endlich, was für ein Genuss, das Wasser (das nicht kalt, sondern allenfalls lauwarm aus den glühenden Rohren kam, aber immerhin) und das Duschgel, runter mit dem klebrigen Sand aus Righi, runter mit dem blanken Entsetzen dieses Julimorgens.

Eingehüllt in einen abgetragenen Bademantel und mit tropfnassem rotem Haar ließ sich Nelly auf dem Balkon ihrem feixenden Sohn gegenüber in einen Korbsessel fallen. Minni und Silvestro, zwei der drei getigerten Katzen, die mit ihr und Mau zusammenlebten, strichen ihr schnurrend und einigermaßen beleidigt um die Beine, weil Pippo, der dritte, es als Erster mit einem Satz auf Nellys bequemen Schoß geschafft hatte und sich nun genüsslich darauf zusammenrollte.

»Wenn dich deine Kollegen aus dem Präsidium jetzt sehen könnten!«

»Wie denn? Nass? Erledigt? Na und? Das kann doch meinem Charisma nix anhaben!«

Nelly lehnte sich zurück und saß minutenlang reglos da. Verstohlen musterte sie Mau, dessen Gesicht hinter einem Vorhang rötlichbrauner Dreadlocks verschwand. Zum Glück hatte er aufgehört zu wachsen, ein Meter neunzig waren mehr als genug. Er hatte sogar ein bisschen zugelegt, oder besser gesagt, er war nicht mehr ganz so spindeldürr wie früher. Unter seinen grauen, leicht schrägstehenden Augen lagen tiefe Ringe. Vielleicht zum ersten Mal in seinem Leben hatte Mau richtig zu büffeln angefangen, denn in wenigen Tagen stand seine mündliche Abiturprüfung an. Die tropischen Temperaturen waren diesem für ihn ungewöhnlich großen Opfer alles andere als zuträglich.

»War Moni heute zum Lernen hier?«, fragte Nelly nebenbei. Monica, genannt Moni, war Maus Freundin. Oder hatten sie vielleicht schon wieder Schluss gemacht? Inzwischen kam Nelly nicht mehr mit. Spätestens alle vier Wochen kriegten sich die beiden in die Haare und beschlossen, dass es diesmal wirklich aus sei, endgültig. Die Trennung dauerte im Schnitt zwei Tage.

»Nein. Die lernt am Strand, ich kann das bei der Hitze nicht, da brennt's mir das Hirn weg. Aber wenn bei ihr die Bräune nicht perfekt ist …«

Oha, es roch nach Krach. Besser, man wechselte das Thema.

»Heute war ein richtiger Scheißtag. Wir oder besser ich habe in Righi ein Mädchen ohne Kopf gefunden. Eine achtzehnjährige Senegalesin, stell dir vor. Morgen wird's mit allen Details in den Zeitungen stehen. Schade, dass Sandra in Urlaub ist, darüber könnte sie einen richtig schön reißerischen Artikel schreiben.« Nellys Stimme klang bitter. Ihr Sohn sah sie ernst an.

»Sandra ist eben Journalistin und macht ihren Job. War sie eine Nutte?«

»Wer, Sandra?«, fragte Nelly bestürzt.

»Doch nicht Sandra, die ist vielleicht auch eine, aber wenn, dann nur zu ihrem Vergnügen.«

»Was erlaubst du dir für ein Urteil über deine Patentante, die ist eine hochanständige Frau!«

Nelly machte ein gespielt empörtes Gesicht und lachte dann los.

»Ganz genau, sag ich ja! Also, war sie eine oder nicht? Das Opfer, meine ich.«

»Anscheinend nicht. Ihre Tante leitet einen Prostituiertenring, aber sie gehörte nicht dazu – angeblich. Ach, heute Abend geh ich übrigens essen. Im Kühlschrank ist …«

»Reichlich von allem, danke, hab ich schon gesehen. Schinken, alter Salat und Tiefkühlpizza. Darf man fragen, mit wem?«

Ohne zu antworten, stand die Mutter auf, um sich fertigzumachen. Mau versenkte sich wieder in die leidige Mathematik. Er saß mit nacktem Oberkörper und in verschossenen Boxershorts da, und trotzdem hatte er den ganzen Tag unter der grünen Markise geschwitzt, die die halbe Terrasse mehr recht als schlecht beschirmte. Der Jasmin öffnete zum Abend seine Blüten und verströmte seinen betörenden Duft. Seufzend lag die Stadt da, ihre hitzetrüb flimmernden Lichter brachen sich an der Dunstglocke und hüllten sie in einen kränklichen roten Schein.

Auch Nelly sah von ihrem Schlafzimmerfenster aus die in außerirdisches Licht getauchte Stadt und dachte, dass irgendwo dort unten etwas, jemand Ungutes, Krankes lauerte. Jemand, der irgendwo einen Kopf versteckte, der nicht der seine war.

Tano schellte pünktlich um neun. Mau ging zum Öffnen an die Gegensprechanlage und erfuhr endlich, mit wem seine Mutter verabredet war. Er betrachtete sie eingehend – eine gut gebaute, knackige Vierzigerin in einem schlichten, hauchzarten, hellblau geblümten Kleid, das wellige Haar kurz geschnitten, um den glutheißen Sommer durchzustehen – und urteilte: »Armer Carlo! Geh ruhig, aber mein Schweigen kommt dich teuer zu stehen. Mindestens fünfzig Euro pro Woche, und das ist noch ein guter Preis.«

»Erpresser sind unersättlich, und deswegen geht es ihnen am Ende meist an den Kragen«, sagte Nelly drohend und zog an einer seiner verfilzten Haarsträhnen.

»Ich sag das jetzt so scherzhaft, aber im Ernst, für Carlo tät's mir leid. Er ist ein Schatz, viel zu gut für dich. Aber wenn's nur ein One-Night-Stand ist … ich kann verstehen, dass einem die Hitze nach Monaten sexueller Abstinenz zu Kopf steigt.«

Sie zog ihn noch kräftiger an den Haaren, und Mau flüchtete sich auf die Terrasse.

»Klemm dich hinter die Bücher, statt ungefragt meine Tugend zu verteidigen, und geh mir nicht auf den Senkel.«

»Au Mann, au Mann, au Mann, was ein Elend …«, jammerte Mau.

Nelly schloss die Tür, und ihrem Sohn blieb nichts anderes übrig, als ins Bad zu gehen, den Kopf unter den Wasserhahn zu halten und sich wieder mit dem geöffneten Mathebuch auf den Knien auf die Terrasse zu setzen und übers Meer zu blicken, das sich wie eine riesige, pechschwarze Öllache unter ihm auftat. Sanft gestreichelt von einer schüchternen Brise, nickte er nach ein paar Minuten ein, und Morpheus' barmherzige Umarmung ließ ihn seine Schulsorgen für einen Moment vergessen.

»Großartig, Tano, genau das Richtige für heute Abend. Ich kann verstehen, dass deine Frauen verrückt nach dir sind.«

Nelly blickte sich zufrieden um. Das Restaurant mit Meerblick in Sturla war berühmt für seinen Fisch. Obwohl sie Fisch liebte, bereitete sie ihn nie selbst zu. Die Faulheit siegte über den Appetit. Aber das hier war einfach himmlisch! Lauschige Atmosphäre, Kerzenschein, und vom Meer her schien tatsächlich – oder war es Einbildung? – ein leises Lüftchen zu wehen. Die Mondsichel stand am dunklen Himmel. *Gobba a ponente luna crescente*, dachte die Kommissarin unwillkürlich. Macht sich der Mond nach Westen krumm, wird er rund. Sie hatten Fischsuppe bestellt, und freudig tauchte sie ein Stück geröstetes Brot in die sämige, dampfende Brühe.

Tano lächelte froh und zufrieden. Die richtigen Orte auszuwählen und für die passende Stimmung zu sorgen war seine Spezialität, seine Geheimwaffe, die ihn in Kombination mit seinem fraglos guten Aussehen fast unwiderstehlich machte. Und Nelly war die perfekte Begleitung für diesen Abend; er hatte keine Lust, sich in seiner Junggesellenwohnung zu verkriechen und schwitzend vor dem Fernseher zu hocken oder in ein Lokal an der Küste zu fahren, mit irgendeiner seiner weiblichen Bekanntschaften im Schlepptau, die natürlich etwas von ihm wollten, angefangen bei einer Liebesnacht bis hin zu, wenn sie richtig ehrgeizig waren, einem Leben zu zweit oder, schlimmer noch, der Ehe. Nichts als Scherereien, und wenn sie sich dann auch noch verliebten, war die Katastrophe vollkommen. Mit Nelly hingegen war es entspannt, witzig und geistreich. Diese Frau war eine Bombe. Er sah ihr zu, wie sie sich die Lippen leckte – die Fischsuppe war himmlisch, geradezu überirdisch –, sich ein großzügiges Glas Pigato eingoss und zwischen einem Schluck und dem nächsten mit dem herausrückte, was sie seit dem Morgen umtrieb.

»Tano, ich habe den Verdacht, dass dieses Mädchen ... die Erste einer Serie ist. Seit heute Morgen habe ich ständig diese kleine, gehässige Stimme im Ohr, die ich einfach nicht zum Schweigen bringen kann. Frag mich nicht, warum.« Er wollte etwas erwidern, doch sie hob die Hand. »So ist es, und basta. Ich hoffe inständig, dass mich die Tatsachen eines Besseren belehren werden.«

»Weibliche oder polizeiliche Intuition? Aber hatten wir nicht gesagt, wir wollen nicht von der Arbeit reden?«, erinnerte Tano sie. Der Tag im Präsidium hatte gereicht.

»Ist halt so ein Gefühl. Was macht denn einer mit so einem Kopf? Wenn man aus irgendeinem Grund ein Mädchen umbringt, aus Hass, Rache, Eifersucht, was hat dann der Kopf damit zu tun? Wieso nimmt man den mit?«

»Vielleicht hoffte er, dass man sie so nicht so schnell identifizieren würde. Oder vielleicht war er sentimental und wollte ein kleines Andenken.« Tano versuchte, die Sache ins Witzige zu ziehen, doch Nelly hatte ihm den Geschmack an der guten Suppe schon verdorben.

»Aber so eine Sauerei will vorbereitet sein. Allein der Transport grenzt an ein logistisches Wunder. Die Leiche da raufschleppen und sie ablegen, ohne gesehen zu werden, außerdem ist es ganz offensichtlich, dass er sie nicht wirklich verstecken wollte. Ich glaube, das ist bewusst in Szene gesetzt. Aber wozu? Ein armes, unschuldiges Mädchen. Sie ist nicht mal vergewaltigt worden, das hat die Autopsie schon ergeben. Sie ist weder geschlagen noch misshandelt worden. Sie haben ihr einfach nur, wenn man so sagen darf, den Kopf abgetrennt.«

»Was meint Marco dazu?«, fragte Tano resigniert. Nelly war offenbar nicht zu stoppen.

»Marco hat sich auf den Typen eingeschossen, der sie gefunden hat, ein massiger Kerl, der nicht weit vom Fundort wohnt. Morgen zeigen wir sein Foto einer Freundin von Paulette N'diaye, die einen Italiener kennt, mit dem sich Paulette ein paar Mal getroffen hat. Das wär natürlich ein starkes Stück, wenn es sich dabei um unseren Zeugen handelte …«

»Und was, wenn es eine Art mafiöse Warnung an die Tante wäre? Wenn es darum ginge, diese Madame Claire zu erschrecken und einzuschüchtern? Vielleicht bekommt sie den Kopf zugeschickt. Hübsch eingepackt und mit Schleifchen drum.«

Nelly hatte die Ellbogen auf den Tisch gestützt und das Kinn in die Hände gelegt. Ihre haselnussbraunen Augen waren zu zwei Schlitzen zusammengekniffen.

»Das ist keinesfalls abwegig. Aber auch dann ist nicht ausgeschlossen, dass ein weiteres Mädchen dran glauben muss, oder sogar Claire selbst.«

»Stimmt. Aber heute Abend können wir sowieso nichts tun, außer uns noch etwas zu bestellen. Was nimmst du nach der Fischsuppe?«

Die Ungeduld in Tanos Stimme war nicht mehr zu überhören. Nelly lehnte sich zurück und ließ endlich vom Thema ab.

»*Fritto misto.* Ich trainiere für Olympia, Diskuswerfen.«

»So ein Blödsinn, du bist perfekt. Tipptopp. Wunderschön. Okay, für mich auch ein Fritto misto.« Der Polizeivize lächelte erleichtert und hoffte, dass die Unbeschwertheit von zuvor sich wieder einstellen würde.

II

Der Pigato war Nelly bei der Hitze sofort zu Kopf gestiegen. Oder konnte es daran liegen, dass sie zwei Flaschen geleert hatten? Als sie die Augen öffnete, weil ihr Handy fiepte, konnte sich die Kommissarin nicht mehr genau erinnern, wie der Abend geendet und sie in ihr Bett gekommen war. Zum Glück (?) lag sie allein darin, also war ihre Treue noch unversehrt, dachte sie mit einem flüchtigen Lächeln und ging ans Telefon.

»Nelly?«

»Marco. Was …«

»Wir haben eine weitere Leiche gefunden.«

»Wo?«

»Beim Forte Begato. Diesmal hat ein Hund sie entdeckt, der mit seinem Herrchen beim Frühspaziergang war. Ich bin mit Lombardo schon vor Ort.«

»Ich komme sofort.«

Laut fluchend sprang Nelly in ihre Kleider und stürzte aus dem Haus. Wie bitte, zwei in zwei Tagen? Die gemeine kleine Stimme hatte also recht gehabt. Nelly kannte sie schon lange. Sie ließ nur selten von sich hören, war dann aber äußerst hartnäckig, sagte immer Unglück und Ärger voraus und lag damit meist richtig. Ihre persönliche Kassandra.

Nelly rannte zur Tiefgarage in der Via Madre di Dio, in der ihr alter Punto stand. Die Stadt fing gerade an, sich zu rühren. Nach einer weiteren Nacht, die man japsend auf dem Balkon oder draußen auf der Straße auf der Suche nach einem Lufthauch verbracht hatte, stolperten die Genueser träge und hitzematt aus den Häusern. Als sie beim Forte Begato ankam, sah sie sofort die Streifenwagen der örtlichen Polizei und uniformierte Beamte, die dabei waren, einen Teil des Geländes mit rot-weißem Band abzusperren, während der Vizekommissar und seine Kollegen sich entlang der alten Festungsmauern zu schaffen machten. Hier war es grün und schattig. Leicht abschüssig. Es gab Holztische und -bänke, auf denen normalerweise immer irgendjemand saß, lesende Einzelgänger, picknickende Familien oder alte Leute, die nach einem Spaziergang verschnauften.

Marco hatte Nellys Auto gesehen und winkte sie heran. Auch diesmal ein Ginstergestrüpp, fast direkt am Fuß der Außenmauern. Auch diesmal eine junge Frau – und wieder ohne Kopf. Keine Farbige, sondern eine Weiße, wenn auch braungebrannt, die hellen Streifen des Bikinis waren deutlich zu sehen. Die Beine gekrümmt. Ein Arm angewinkelt, wie beim ersten Opfer, der andere hingegen halb ausgestreckt. Auch diesmal Minirock, keine Unterhose, ein gelbes Top mit dünnen Trägern. Marco zog nervös an seiner Zigarette.

Ein paar Meter entfernt stand ein grauhaariger Mann um die sechzig und sah unsicher zu ihnen herüber. An der Leine hatte er eine Kreuzung aus deutschem Schäferhund und Rottweiler. Der Hund saß reglos da und fixierte sie mit wachsamem und alles andere als freundlichem Blick. Ganz schöne Kampfmaschine, dachte Nelly, als sie auf den Hundebesitzer zuging. Das Tier nahm sofort eine drohende Haltung ein.

»Ruhig, Diavolo«, sagte der Mann und tätschelte ihm den Kopf.

»Hat er sie gefunden?«, fragte Nelly.

»Ja, ich habe Ihrem Kollegen schon alles gesagt. Er hat sich losgerissen und ist geradewegs auf das Gestrüpp zugeschossen, und als er dann nicht gehorchen wollte und nicht aufhörte zu jaulen, bin ich hingegangen, um zu sehen, was er gefunden hatte. Die arme Frau, ein Wahnsinn!«

»Ja, wirklich. Wohnen Sie in der Nähe?«

»Am Righi, nicht weit von der Bergbahn. Ich bin pensioniert, hab ein kleines Häuschen mit Garten. Aber mein Hund braucht Auslauf, und deshalb ...«

»Ja, ja, sicher. Sie sind Signor …«

»Bacigalupo, Anselmo. Ich habe bis vor zwei Jahren im Hafen gearbeitet. Ihr Kollege hat alle meine Daten. Er hat mich gefragt, ob ich was gesehen habe. Ich habe nichts gesehen, hier war keine Menschenseele.«

»Haben Sie die Leiche bewegt?«

»Um Himmels willen, Commissario … Aber Diavolo vielleicht. Ich glaube, er hat sie am Arm gepackt, aus Instinkt.«

»Danke, Signor Bacigalupo, Sie können gehen. Wenn wir Sie noch einmal brauchen sollten, melden wir uns.«

»Vielleicht hätten wir zumindest das hier verhindern können, wenn wir die Drecksau gestern sofort festgenagelt hätten«, knurrte Marco. Er sah noch immer auf die bäuchlings daliegende Tote hinunter, ein zarter Körper mit schlanken Fesseln und schmalen Handgelenken. Auch sie sah sehr jung aus. Wut kochte in ihm hoch.

»Diesmal werden wir bei der Identifizierung wohl weniger Glück haben«, meinte Nelly, ohne auf die Bemerkung ihres Kollegen einzugehen. »Wir müssen die Sache bekannt machen und sehen, was passiert. Vielleicht sucht schon jemand nach ihr.«

»Wo bleibt Parodi? Und der Staatsanwalt? Wie lange brauchen die denn, verdammt noch mal?« Marco war gereizt. Nelly wusste, dass er immer so reagierte, wenn er sich ohnmächtig fühlte.

Wie von Nellys Vize gerufen, tauchte Parodi am Fuß des Abhangs auf und kam mit den Männern der Spurensicherung zu ihnen hinauf. Kurz darauf traf die Hundestaffel ein. Nelly dachte, dass Diavolo es durchaus mit ihr aufnehmen könnte. Womöglich hätte er sie alle in die Tasche gesteckt. Derweil raunte das teuflische Stimmchen ihr zu: *Schwachsinn. Sucht ihr nur. Der Kopf ist nicht hier. Die Köpfe behält er nämlich.*

Er!! O Himmel, jetzt errate ich sogar das Geschlecht der Mörder. Allerdings, um eine Leiche hier raufzuschleppen … »Und außerdem sind fast alle Serienmörder männlich.«

Den letzten Teil des Gedankens hatte sie laut ausgesprochen. Marco sah sie verblüfft an. »Männlich, weiß, zwischen zwanzig und fünfzig Jahre alt und in unserem Fall kräftig gebaut. Wir wissen doch, wie's im amerikanischen Film zugeht, was? Aber stell dir vor, neuesten Untersuchungen zufolge soll Jack the Ripper eine Frau gewesen sein!«

Um dem vernichtenden Blick des Vizekommissars zu entgehen, wandte sich Nelly Dottor Parodi zu, der neben der Toten hockte.

»Genau wie die von gestern, Himmel noch eins, hier geht's ja zu wie in der Französischen Revolution, ob das was mit der Hitze zu tun hat? Diese hier ist ebenfalls vor wenigen Stunden gestorben. Meiner Meinung nach ist sie lebend enthauptet worden. Saubere Arbeit, ausgeführt von jemandem, der sich mit Anatomie einigermaßen auskennt. Ist Nardini mit dem gestrigen Befund schon fertig?«

»Wir warten noch auf die Ergebnisse der toxikologischen Untersuchung. Es wurden weder Traumata noch Verletzungen festgestellt, und wenn sie, wie auch Nardini glaubt, lebend geköpft worden ist, muss sie vorher vergiftet oder unter Drogen gesetzt worden sein.«

Wie eine Fata Morgana erschien Laurenti in ecrufarbenem Leinen mit hellblauer Krawatte am Ort des Verbrechens und war inzwischen weniger verärgert als erstaunt und fasziniert. Die Sache nahm eine unerwartete Wendung. Noch eine, und auf die gleiche Weise? Vielleicht könnte das Ganze doch noch interessant werden und ihm zu gewisser Berühmtheit verhelfen? Denn Ruhm, das war in der Branche allgemein bekannt, ließ den jungen Staatsanwalt einfach nicht kalt.

Die Hitze war noch unerträglicher als in den Tagen zuvor. Die Luft war tropisch. Nelly überlegte, dass man ziemlich durchgeknallt sein musste, um den für diese Verbrechen erforderlichen Aufwand gleich an zwei Tagen hintereinander zu betreiben. Der Mörder musste eine unglaubliche Energie und Entschlossenheit haben. Und die Sache sorgfältig und von langer Hand vorbereitet haben. Oder gab es zwischen den Opfern einen Zusammenhang, und die Zuhälter unterschiedlicher Ethnien begannen sich zu bekriegen? War das vielleicht Madame Claires Antwort an den vermeintlichen Mörder ihrer Nichte? Der Gedanke traf Nelly wie ein Blitz.

»Marco, wir müssen sofort mit Fattori sprechen. Und dann mit Madame Claire«, sagte sie zu ihrem Vize. Er nickte wortlos. Schweigend gingen sie zu Nellys Auto und fuhren Richtung Polizeipräsidium.

Es war bereits früher Nachmittag. Nelly saß in ihrem Büro, trank einen Kaffee und überflog die Zeitung. Im »Secolo XIX« von diesem Morgen stand: »Unbekannte Frau geköpft am Righi gefunden«. Es waren nicht mehr als drei Spalten im Lokalteil. Paulettes Name war noch nicht öffentlich gemacht worden.

Morgen werden die Schlagzeilen größer sein. Zwei in zwei Tagen, und dazu passiert gerade sowieso nicht viel in der Stadt, abgesehen davon, dass das Wasser rationiert wird und man vor Hitze eingeht. Vielleicht noch der Genueser Kultursommer, hier und da ein Konzert, Theater in den Forti, Ballett in Nervi, aber das war's dann auch.

»Nelly, das Mädchen von Madame Claire ist da, Malina Faye. Wir zeigen ihr ein paar Fotos von alten Bekannten und die von dem Kerl. Er ist auch hier, wir haben ihn herbestellt. Er wartet in einem anderen Zimmer und hat sie nicht gesehen.«

Marcos Stimme riss sie aus ihren Gedanken. Malina betrat das Büro und nahm ein wenig befangen vor dem Schreibtisch Platz. Man konnte sehen, dass sie sich im Präsidium nicht sonderlich wohl fühlte. Sie trug ein äußerst knappes, trägerloses weißes Minikleid, das ihre dunkle Haut zur Geltung brachte. Das kurze Haar war unter einer Rastaperücke mit eingeflochtenen Perlen verschwunden. Ihre üppige Weiblichkeit hatte etwas sehr Anziehendes. Wie viele der farbigen Frauen und Mädchen, die in der Altstadt wohnten, strahlte sie eine unbändige Vitalität aus. Nelly empfand jedes Mal Bewunderung, wenn sie sie durch die Gassen laufen und lebhaft aufeinander einreden sah. Selbst denen, die frühmorgens nach einer vermutlich schlauchenden Nachtschicht in den Zügen vom Bahnhof Principe zurückkehrten, haftete noch etwas Spontanes, Unverdorbenes, Ursprüngliches an. Und sie lachten oft.

Paulette ist auch so gewesen. Ein hübsches, blühendes Mädchen, das ein Recht hatte, zu leben.

»Malina, sieh dir diese Männer genau an. Erkennst du jemanden wieder?«, fragte Marco Auteri in ernstem, sachlichem Ton und breitete auf dem Schreibtisch vor dem Mädchen mehrere Fotos aus. Das des Klempners stammte aus dessen Personalausweis und war den anderen entsprechend vergrößert worden. Malina betrachtete sie einen Moment schweigend und konzentriert. Dann deutete sie auf das Bild von Gianluca Sonni.

»Also, Gianluca, fangen wir von vorn an. Du hattest dieses Mädchen – Paulette N'diaye – noch nie vorher gesehen. Als sie noch einen Kopf hatte, meine ich. Und die andere auch nicht, die, die wir heute Morgen am Forte Begato gefunden haben und deren Foto du gerade gesehen hast.«

Nelly wartete geduldig. Marco bebte, am liebsten hätte er den Jungen, der schlaff wie eine angepikste Luftmatratze auf dem Stuhl hing, beim Kragen gepackt und die Wahrheit aus ihm herausgeschüttelt. Mit gesenktem Kopf, die tapsigen Pranken im Schoß, saß Gianluca da und antwortete nicht. Die dunklen Schweißflecke unter seinen Achseln wurden immer größer und flossen fast mit dem feuchten Strich am Rücken zusammen, wo das rote T-Shirt auf der Haut klebte. Über eine Stunde lang hatte er geleugnet, protestiert, geschworen. Jetzt schien er in Starre verfallen zu sein. Nelly machte Lombardo, der neben der Tür stand, ein Zeichen. Er verschwand und kehrte gleich darauf mit Malina zurück. Für einen kurzen Moment erwachte Gianluca aus seiner

Apathie, sah auf und machte ein Gesicht, als hätte er den leibhaftigen Teufel vor sich. Malina wusste nicht, wo sie sich lassen sollte, offenbar hätte sie am liebsten Reißaus genommen. Schließlich gab sie sich einen Ruck und zeigte auf Gianluca.

»Er ist es. Mit ihm ist Paulette ein paar Mal ausgegangen.«

Gianluca sprang auf, und ehe die anwesenden Polizisten reagieren konnten, rammte er seinen Kopf mit solcher Wucht gegen die Wand, dass sie erzitterte. Marco und Lombardo stürzten zu dem Hünen, der taumelnd auf die Knie sackte, und konnten gerade noch verhindern, dass er unsanft auf dem Boden aufschlug. Er hatte eine große Platzwunde an der Stirn.

»Verdammt noch mal, bist du völlig irre geworden, was soll denn das? Schnell, einen Arzt, sonst heißt es noch, wir hätten ihn geschlagen.«

Mit Lombardos Hilfe hievte Marco ihn in einen Stuhl.

»Mir geht's gut, es ist nichts, jetzt geht's mir wieder gut.«

Gianluca schloss die Augen, und Nelly wischte ihm mit einem Taschentuch, so gut es ging, das blutüberströmte Gesicht ab. Malina war von diesem jähen Gewaltausbruch wie gelähmt. Valeria brachte sie hinaus.

Gewaschen und verarztet, mit einem großen Pflaster auf der Stirn und einem Kaffee in der Hand, begann Gianluca etwas später mit kaum hörbarer Stimme zu erzählen.

»Ich hab sie … am Strand kennengelernt, in San Giuliano. Die waren mit Abstand die Braungebranntesten von allen. Zwei hübsche Mädchen. Aber Paulette war … so süß und jung, die hat immerzu gelacht. Ihr gefiel einfach alles hier. Sie konnte ziemlich gut Italienisch, das hatte sie an dieser Ordensbrüderschule bei sich zu Hause gelernt. Ich hab sie ein paar Mal zum Eisessen und ins Kino eingeladen. Sie gefiel mir total gut, aber sie wollte wohl nichts von mir. Sie wollte nur wissen, was die Stadt außer den Gassen sonst noch zu bieten hatte. Wir haben uns eine Weile nicht gesehen. Dann, gestern Morgen …«

»Habt ihr euch wiedergesehen und du hast sie umgebracht, weil sie dich nicht rangelassen hat«, schloss Marco grimmig. Gianluca zuckte zusammen, ließ sich von Marcos Zwischenbemerkung jedoch nicht aus dem Konzept bringen.

»Gestern Morgen hat mich jemand ganz früh angerufen, eine merkwürdige Stimme. Ich hab nicht mal kapiert, ob es ein Mann oder eine Frau war. Sie hat gesagt, Paulette stecke in Schwierigkeiten und müsse mich sehen. Dann hat sie mir genau beschrieben, wo ich sie treffen sollte. Da oben am Righi. Deshalb war ich so außer mir, als Sie kamen, Commissario. Weil ich wusste, wer das Mädchen ohne Kopf war. Dann habe ich eine Scheißangst bekommen, denn immerhin kannte ich sie und war auch noch dort. Außerdem hatte ich ja schon mal ein bisschen Ärger mit der Polizei gehabt. Und wie man sieht, war meine Angst begründet, nicht?«, schloss er verzweifelt und sah Nelly an.

»Du hättest das besser alles sofort erzählt.«

»Na klar, dann hätte ich sofort in der Scheiße gesteckt. Meine Geschichte klingt verrückt und total unglaubhaft, denken Sie, ich wüsste das nicht?«

»Und das andere Mädchen? Wenn du ihr auch ein Eis ausgegeben hast, sagst du uns das lieber gleich.«

Nelly klang verständig, Marco hingegen starrte Gianluca Sonni an, als wolle er ihn fressen.

»Ich hab keine Ahnung, wer die ist. Ehrlich. So, wie die aussieht, könnte das sonst wer sein. Meine Cousine Patrizia zum Beispiel. Ihr müsst was tun, da ist ein Irrer unterwegs.«

»Keine Sorge, wir werden uns schon darum kümmern«, brummte Marco. »Du bleibst jetzt erst mal brav hier, bis wir den Staatsanwalt gehört haben. Ich bin sicher, wenn du nicht mehr auf freiem Fuß bist, hat es mit diesen unerfreulichen Funden ein Ende.«

III

Seit ein paar Tagen saß Gianluca Sonni im Gefängnis von Marassi in Untersuchungshaft. Er wurde des ersten Mordes verdächtigt. Was den anderen natürlich unweigerlich nach sich zog, da er für den Abend vor dem Leichenfund am Forte Begato kein Alibi hatte. Er lebte allein, behauptete, er habe ein Beruhigungsmittel genommen, weil ihn die Erinnerung an Paulettes verstümmelte Leiche derart aufgewühlt habe, und sei früh ins Bett gegangen. Es gab unzählige offene Fragen. Die Durchsuchung seiner Wohnung hatte nichts ergeben, wiewohl in der Garage neben anderem Werkzeug eine vielversprechende kleine Säge gefunden wurde. Für einen Klempner allerdings nichts Ungewöhnliches. Sie sollte auf eventuelle Blutspuren untersucht werden, die für das bloße Auge unsichtbar waren.

Die kleine innere Stimme schwieg, doch es war ein bleiernes, drohendes Schweigen. Nelly saß schwitzend in ihrem nicht klimatisierten Büro und ging Nardinis Bericht noch einmal durch. Beide Verbrechen waren auf die gleiche Weise verübt worden. Keine Gewalt, keine Verletzungen, abgesehen von leichten Abschürfungen an den Handgelenken und Fußknöcheln, die vermuten ließen, dass die Mädchen gefesselt oder festgebunden worden waren. Es gab Spuren von Klebeband. Man hatte sie mit einer Injektion auf Curare-Basis ruhiggestellt.

Die Abtrennung des Kopfes – während die Opfer noch lebten – zeugte von handwerklichem Geschick. Möglicherweise hatte der Täter ein Beil benutzt, vielleicht auch eine Art rudimentäre Guillotine. Die Fachleute berieten noch und untersuchten die Schnitte am Hals, und jeder hatte natürlich eine andere Meinung. Nelly seufzte entnervt. Wie auch immer, ein Klempner war jedenfalls zweifelsohne ein guter, mit vielfältigem Werkzeug ausgestatteter Handwerker.

Die Identität des Mädchens vom Forte Begato blieb weiterhin ein Rätsel. Niemand hatte ihr Verschwinden angezeigt. Es war an der Zeit, mit der Madame aus der Via del Campo ein Schwätzchen zu halten. Allein.

Madame Claire empfing sie diesmal ganz in Weiß, Blau und Grün gekleidet in ihrem Wohnzimmer. Ihre großen, dunklen Augen musterten sie fragend. Mit einer Geste bedeutete sie ihr, Platz zu nehmen, ehe sie sich ihr gegenüber setzte.

»Ist er es, Commissario? Hat der, den Sie festgenommen haben, meine Paulette getötet?«

»Ich weiß es nicht, Claire. Schon möglich.« Nellys Stimme klang unsicher und ein wenig entmutigt.

»Wenn Simba noch frei herumläuft, wird er wieder töten.«

»Kann sein. Hat sich niemand bei Ihnen gemeldet? Haben Sie irgendeine Ahnung, wer das zweite Opfer sein könnte?«

»Ich selber nicht. Doch ich habe da so etwas gehört. Ein Mädchen ist verschwunden, und manche glauben, es könnte das vom Forte Begato sein.«

»Und wieso ist der, der das annimmt, nicht zur Polizei gegangen?«

Es folgte eine lange Pause. Madame Claire sah die Kommissarin forschend an und überlegte, ob sie ihr Wissen preisgeben konnte. Mit der Polizei zu kollaborieren fiel ihr nicht gerade leicht.

»Ich habe gehört, es sei ein Mädchen verschwunden, das für Balmir gearbeitet hat, Balmir Rafsi, den Albaner. Die ging bei der Via di Francia anschaffen. In der Nacht vor dem Fund beim Forte Begato ist sie verschwunden.«

»Danke, Claire.«

»Ich suche Paulettes Mörder. Wenn es nicht dieser Gianluca ist, werden wir ihn finden.«

»Wir?«

»Ich habe Leute, die mir helfen«, schloss Claire und erhob sich, und Nelly begriff, dass die Unterhaltung beendet war.

Fattori hatte Balmir aufs Präsidium bestellt. Er war ein alter Bekannter, hatte bereits wegen Versklavung, Zwangsprostitution und Ähnlichem gesessen, landete aber immer wieder auf den Füßen. Dennoch war ihm jedes Mal mulmig, wenn er das Präsidium betreten musste. Er saß da, und seine kleinen, harten Augen schossen unermüdlich zwischen Fattori und Nelly hin und her.

»Und, Balmir, wie geht's deinen Mädchen?«

»Welchen Mädchen? Ich bin ein anständiger Mann, Dottore, ich mache nichts Unrechtes mehr, ich arbeite von morgens bis abends als Maurer, hab eine Aufenthaltsgenehmigung. Was soll das heißen, wie geht es ihnen? Wem?«

»Dieser hier zum Beispiel geht es nicht so besonders, seit sie den Kopf verloren hat. Hast du eine Ahnung, wer ihn ihr so verdreht hat?«

»Aber Dottor Fattori, Sie haben den Schuldigen doch schon geschnappt. Auch ich lese Zeitung.« Balmir Rafsi spielte den Beleidigten. Sein Frettchengesicht war die reinste, zu Unrecht verdächtigte Unschuld.

»Schon möglich. Bislang wird er des ersten Mordes verdächtigt. Doch das zweite Mädchen wurde noch nicht identifiziert. Ich dachte, du hättest vielleicht eine Idee.«

»Ich? Natürlich nicht, Dottore. Mit gewissen Kreisen habe ich nichts mehr zu tun.«

»Du sagst, du hast eine Aufenthaltsgenehmigung. Dann solltest du zusehen, dass du sie behältst, Balmir. Indem du beispielsweise der Polizei nicht Informationen vorenthältst, die zur Aufklärung eines Mordes führen könnten«, schaltete Nelly sich ein und musterte ihn kalt. Balmir warf ihr einen feindseligen Blick zu.

»Ich weiß nichts und habe nichts getan.«

»Niemand beschuldigt dich. Wir wollen lediglich wissen, wer das Mädchen ist.«

»Und wieso fragen Sie das ausgerechnet mich?«

»Wir kommen so oder so dahinter, Balmir. Und wenn du etwas wusstest und es uns verschwiegen hast, sähe es dumm für dich aus.«

Balmir schwieg einen Moment. Er dachte nach. Dann überwand er sich widerstrebend.

»Ein Landsmann, den ich nur vom Sehen kenne, hat mir gesagt, dass seine Freundin verschwunden ist. Sie heißt Samira. Seit ein paar Tagen ist sie weg. Er meinte, die Tote in der Zeitung … könnte sie sein.«

»Ach ja? Samira, und weiter? Und wieso ist der Kerl nicht zu uns gekommen? Wie heißt er?« Nelly wurde sauer.

»Ich weiß nicht, wie der heißt. Und den Nachnamen seiner Freundin kenne ich auch nicht. Ihn hab ich nur ein paar Mal gesehen, keine Ahnung, wo der wohnt. Kann ich jetzt gehen?«

Fattori hatte Nelly begleitet, um sich unter den Prostituierten rund um die Via di Francia umzuhören. Sie hatten das Foto von der Leiche des zweiten Opfers herumgezeigt. Ein Mädchen hatte es sich zitternd angesehen und war in Tränen ausgebrochen. Sie war zutiefst verängstigt.

»Samira«, stammelte sie schluchzend und fuhr dann in gebrochenem Italienisch fort: »Samira Calvaj … sie sehen aus wie Samira.« Am Abend vor dem zweiten Fund war ihre Freundin Samira in ein blaues Auto gestiegen, vielleicht ein Kleinwagen. Lena Oxa, die Zeugin, kannte sich mit Automarken nicht aus. Ihre Freundin war nicht zurückgekehrt. Sie selbst las keine Zeitung, doch eine ihrer Kolleginnen, die besser Italienisch konnte, hatte ihr von der zweiten ermordeten Frau, die beim Forte Begato gefunden worden war, erzählt.

»Ohne Kopf«, sagte sie schaudernd. Sie habe sofort an Samira gedacht. Nein, sie sei nicht zur Polizei gegangen. Sie habe Angst vor der Polizei. Doch Nelly und Fattori wussten, dass sie in erster

Linie vor Balmir Angst hatte. Die Aussicht, dass sie die beiden Polizisten zur Identifizierung ins Leichenschauhaus würde begleiten müssen, schien ihr gar nicht zu behagen.

Es war einfach viel zu leicht gewesen, geradezu lächerlich. Klar, er hatte es drauf, hatte alle Einzelheiten abgecheckt, aber es war trotzdem lächerlich einfach gewesen. Enttäuschend. Eindeutig unter seinem Niveau. Auf seinen Knien lag »Il Secolo XIX«, aufgeschlagen auf der Seite, auf der stand, dass Gianluca Sonni womöglich angeklagt werden würde. Morden und dann den Verdacht auf jemand anders lenken … ein Kinderspiel. Diese Schwachköpfe von der Polizei hatten einen Gegenspieler wie ihn einfach nicht verdient. Es war an der Zeit, die Fäden wieder in die Hand zu nehmen und ihnen ihre Unfähigkeit unter die Nase zu reiben. Sie lächerlich zu machen. Die Spannung, ehe es losging, diese wohlige Erregung, die vom Unterleib kribbelnd bis in die Haarspitzen aufstieg, das absolute Gegenteil von Langeweile, das Gegengift gegen die Langeweile, die Leere, die Verzweiflung, die ihm so lange das Leben vergällt hatten, fehlte ihm bereits. Er selbst hatte nicht geglaubt, dass die Planung und Durchführung von Verbrechen ihn dermaßen befriedigen würde. Seinen Hunger nach Rache und Vergeltung stillen würde. Doch er, er wusste es. Aber es hielt nur kurz. Nur kurz. Wie ein Drogentrip, der nach einer Weile nachließ. Nach einer allzu kurzen Weile. Es war an der Zeit, die Jagd wieder zu eröffnen und eine arme ›ausgebeutete‹ Frau zu retten.

IV

Das garstige Stimmchen schwieg noch immer. Doch Nelly wusste, warum. Es brauchte gar nichts zu sagen, Nelly war so schon beunruhigt genug, und diese Unruhe hatte weder etwas mit der Rekordhitze zu tun, die einfach nicht nachlassen wollte, noch mit dem Stress der vergangenen Tage oder mit Mau, der mit jedem Tag, den das Mündliche näher rückte, ungenießbarer wurde. Sie wusste, dass ihre Anspannung einen ganz einfachen Grund hatte: Sie hielt Gianluca für unschuldig. Sie war so gut wie sicher, dass Simba – inzwischen hatte sie ihn für sich so genannt – wieder zuschlagen würde. Doch konnte sie ihre Vermutung weder Marco anvertrauen, denn der wäre aus der Haut gefahren, noch Tano, denn dann hätte er sie nicht mehr für voll genommen. Ja, ja, der weibliche Instinkt, sie sah das spöttische Grinsen schon vor sich. Die beiden waren intelligente Burschen, und sie schätzten sie, doch manchmal schlug bei ihnen wie bei (fast?) allen Männern ein unbewusster, sexistischer Reflex durch, ein beschwichtigendes Wohlwollen ihr als Frau gegenüber, das sie zur Weißglut brachte. Wenn schon die Besten so reagierten, wie sah es dann erst bei den anderen aus? Männer hatten eine Urangst vor allem, was irrational, unlogisch und instinktiv war, und Frauen waren das Inbild dafür. Um nur eine der unzähligen Schwierigkeiten zwischen den beiden Geschlechtern zu nennen.

Zum x-ten Mal ging Nelly in ihrem Büro die bis ins winzigste Detail identischen Befunde durch. Die Opfer waren mit einem Curare-Gemisch ruhiggestellt und noch lebend geköpft worden. Wie unglaublich grausam. Von wegen Löwe, nur ein Mensch war in der Lage, sich so ein Verbrechen auszudenken und in die Tat umzusetzen. Ein echter Simba hätte sich mit einem Tatzenhieb begnügt und sein Opfer wenigstens aufgefressen. Dies hier hingegen war eine Art perverses Vergnügen. Eine sorgfältig vorbereitete, durchdachte und sauber ausgeführte Arbeit. *Ein Bewunderer der Französischen Revolution, wie Parodi schon bemerkt hat. Allerdings haben damals hauptsächlich die Adligen ihren Kopf verloren, hier hingegen trifft es Mädchen, die ganz arm dran sind.*

Auf ihrem Schreibtisch lagen mehrere, meist ausländische Bücher über Serienmörder. Einige Autoren setzten beim (bei der?) guten Jack the Ripper oder noch wesentlich früher an und spannten den Bogen bis zu den russischen und südamerikanischen Rekorden sowie der vielfältigen Typologie der Vereinigten Staaten. Es ging um die amerikanischen Experten Howard Teten, Pat Mullany, Dick Ault und Robert Ressler (welcher den Begriff *serial killer* aufbrachte), die sich als erste wissenschaftlich mit dem Phänomen auseinandergesetzt, die Fälle kategorisiert und katalogisiert hatten.

Und wir haben immer gedacht, hierzulande seien wir dagegen immun ... Der übliche Irrglaube. Sie musste an all die Märchen denken, in denen Menschenfresser - manchmal, wenn auch selten, waren es auch Menschenfresserinnen - kleine Buben und Mädchen kochten. Das Volksgedächtnis hatte die Erinnerung an heimische Serienmörder in das Reich der Märchen verbannt. Und wer wusste schon, welche ungeahnten Gräueltaten die Geschichte noch erlebt hatte – von wegen, das Phänomen des Serienkillers wäre neu. Man denke nur an die üble Geschichte von Gilles de Rais, jenem französischen Adligen und Maréchal de France, der im fünfzehnten Jahrhundert mit seinen beiden Dienern Henriet und Poitou Hunderte von Kindern, vor allem Jungen, misshandelte und tötete, wofür er schließlich hingerichtet wurde. Doch fast noch entsetzlicher als dieser Horror war die Tatsache, dass den vom Baron de Rais gebotenen Quälereien zahlreiche ebenfalls hochwohlgeborene Gäste beiwohnten, die einer Strafe entkamen ... Ein Haufen von Psychopathen, die rein zufällig alle in der Nähe von Nantes wohnten? Ziemlich unwahrscheinlich. Was also schlummerte in jedem von uns? Nelly holte tief Luft. Die unerquicklichen Gedanken über die menschliche Natur lasteten noch schwerer auf ihr als die Julihitze, die ein Ventilator einigermaßen erfolglos zu mildern versuchte.

Blaubart, der Ehemann, der seine Frauen zufälligerweise genauso köpfte wie der Baron de Rais, ist eine Jahrhunderte später entstandene Märchenfigur von Perrault und scheint das volkstümliche Abbild jenes realen Grauens zu sein, denn die Orte seiner Morde stimmen mit den Schlössern von Rais überein …

»Also«, schrieb ein anderer, sehr von sich eingenommener Autor, »sind die meisten Serienkiller intrarassisch, da die bessere Kenntnis ihrer Opfer ihnen ein Gefühl der Sicherheit gibt.« Sollte Simba ein Serienmörder sein, bildete er wohl die Ausnahme zu dieser Regel. Ihm war herzlich egal, ob Schwarz oder Weiß, er nahm alles. Ganz offensichtlich musste er sich nicht erst sicher fühlen, um zu töten.

Derweil war Gianlucas vorläufige Festnahme in Haft mit zweifacher Mordanklage umgewandelt worden. Dottor Laurenti hatte sich von der Möglichkeit einer haltbaren Anklage überzeugen lassen – so hatte er sich ausgedrückt, er hatte nicht gesagt, dass er von Gianlucas Schuld überzeugt war. Für Nelly ein beunruhigendes Detail.

Acht Tage seit dem letzten Fund am vergangenen Dienstag. Seither kein neues Verbrechen, heute ist wieder Dienstag, und zum Glück ist nichts mehr passiert …

Sie hatte den Gedanken noch nicht zu Ende gedacht, als das Klingeln des Telefons sie hochschrecken ließ. Mit klopfendem Herzen griff sie nach dem Hörer. Es war Tano.

»Nelly? Sie haben wieder eine gefunden, im Park von Nervi, im Rosengarten.« Seine Stimme klang müde. Auch er hatte gehofft, es sei vorbei. Und jetzt fing alles von vorn an. Nur eine Woche nach dem letzten Fund.

Nelly erkannte Lena sofort an dem geblümten Kleidchen und den unglaublichen, mit Muscheln besetzten Sandalen. Auch an das grüne Plastikbändchen an ihrem Handgelenk erinnerte sie sich. Sie war genauso angezogen wie an dem Tag, als sie mit ihnen zur Identifizierung ins Leichenschauhaus gefahren war. Wieder fehlte der Kopf. Wieder war die Position die gleiche: bäuchlings, die Beine seltsam zu einer Seite gekrümmt, die Arme angewinkelt. Also doch eine Zuhälterfehde, ein Bandenkrieg? Kein Simba, der durch die drückende Nacht schlich, um im nächsten Moment zuzuschlagen? Doch die Art und Weise war zu ähnlich, um von verschiedenen Gruppen ausgeführt worden zu sein. Sie erschien wie ein regelrechtes Markenzeichen. Eines immerhin war sicher: Gianluca Sonni war aus dem Schneider, denn für das dritte Verbrechen hatte er ein bombensicheres Alibi: Er war hinter Gittern. Allerdings machte das Nelly nicht glücklicher. Und Marco ebenso wenig, der neben ihr stand und zornig einen Tatort begutachtete, der inzwischen wie ein widerwärtiges Déjà-vu erschien.

»Was für eine Scheiße ist das denn, verdammt noch mal? Ist da noch einer unterwegs? Oder will jemand unseren Sonni aus dem Knast holen und mordet, um uns auf die falsche Fährte zu locken? Was, wenn es mehr als einen Mörder gibt?«

»Jemand soll so einen Mord begehen, nur um Sonni rauszuhauen? Das erscheint mir nicht besonders wahrscheinlich, Marco.«

Eine Sekunde lang hatte auch sie daran gedacht. Natürlich konnte es zwei Mörder geben. Sie schüttelte den Kopf, für diese Vermutung gab es keinerlei Anhaltspunkte.

»Wir sind wieder ganz am Anfang, Nelly. So ein Dreck! Jetzt werden die Prostituierten richtig Panik kriegen, und nach diesem dritten Mord nicht nur die. Dazu kommt das Sommerloch der Presse, und schon landen wir wieder ganz oben auf der Unfähigen-Hitliste.«

»Das ist wirklich das Letzte, worum ich mir Sorgen mache. Ich hab's satt, arme, junge Frauen zu finden, die auf diese Weise ermordet wurden. Und zu wissen, dass irgendwo jemand rumläuft, der sich dieses Hobby ausgesucht hat, macht mich fertig. Ist das Leben nicht schon hart genug? Muss dem Schmerz, den es in der Welt ohnehin schon gibt, denn noch welcher hinzugefügt werden?«

Der Duft der Rosen erfüllte die Luft, ringsumher bot sich ein wahres Feuerwerk an Farben und Formen. Traurig blickte Nelly sich um. Sie hatte den Rosengarten des Nervi-Parks immer geliebt. Manchmal hatten sie und Carlo sich an einem Frühlings- oder Sommerabend eng umschlungen wie die Teenager auf eine der Bänke gesetzt, hatten hier Eis gegessen. Dieser Ort, an dem Kinder spielten, Alte sich an der Schönheit der Blumen erfreuten und junge Leute turtelten, erschien ihr für immer entweiht, geschändet.

»Dottoressa Rosso, wir haben Spuren auf den Kieswegen gefunden. Spuren eines Handkarrens womöglich, wie die Gärtner oder die Müllmänner sie benutzen. Jedenfalls sind die Reifen dicker als die eines Fahrrads.«

Celsi klang hoffnungsvoll. Bisher hatten die Tatorte nur wenig oder gar nichts hergegeben. Schuhabdrücke verschiedener Größen, 43, 44, 44 1/2, 45. Vielleicht warf er die Schuhe hinterher weg, um die Ermittler irrezuführen. Vielleicht stammten sie von Leuten, die nichts damit zu tun hatten. Nie gab es zwei gleiche.

»Wir müssen herausfinden, ob sie mit den Karrenspuren der Gärtner übereinstimmen oder nicht. Ein Handkarren. Vielleicht ein geschlossener, das wäre ideal für solch einen Transport. Aber wenn er einen Karren der Gärtner benutzt hat, sind wir genauso schlau wie vorher. Gar nicht blöd, unser Freund.«

»Ich habe nie gedacht, dass der blöd oder einfältig ist, Marco. Auch deshalb war ich von Gianluca nicht überzeugt. Viel zu schlicht, kein bisschen raffiniert oder grausam. Nur ein linkischer großer Junge mit einem Haufen Probleme.«

Marco kniff die Lippen zusammen und sagte nichts. Die Kommissarin hatte richtiggelegen, Hut ab. Jetzt musste man Balmir in die Zange nehmen. Wie Samira war auch Lena eines seiner Mädchen gewesen. Die Hypothese einer grausamen Vergeltung im Prostituiertenmilieu wurde wieder wahrscheinlicher.

Als sie ihn zu Lenas Identifizierung herbestellten, war Balmir voller kalter Wut. Diesmal machte er keine Geschichten und identifizierte sie sofort. »Meine Cousine Lena Oxa«, hatte er gesagt. Für ihn ging eine wichtige Einnahmequelle verloren, die zweite innerhalb kurzer Zeit. Mordlust blitzte in seinen Augen, sosehr er sich auch zusammenriss. Sofort hatte er ein Alibi für den Abend und die Nacht vor dem Leichenfund parat. Offenbar konnte oder wollte er keinen Hinweis geben. Nelly war sicher, dass er nicht log. Es war offensichtlich, dass er genauso ratlos war wie sie. Bei der Befragung gaben Lenas Kolleginnen an, dass die Frau am letzten Abend, an dem sie lebend gesehen worden war, in einem hellen Auto weggefahren war. In den dunklen Kleinwagen wäre sie auch bestimmt nicht eingestiegen, denn immerhin hatte sie das Auto von Samiras Mörder gesehen. Hatte sie deshalb sterben müssen?

V

Wie Nelly befürchtet hatte, auch wenn sie zu abergläubisch war, ihre Vermutung laut auszusprechen, machte ein Gärtner des Nervi-Parks am nächsten Tag, dem Mittwoch, die nächste grausige Entdeckung. Eine weitere enthauptete Leiche. Wieder zwei ermordete Frauen innerhalb zweier Tage, genau wie die beiden Fälle von Righi und Begato. Die vierte geköpfte Leiche wurde in der Nähe des Museums gefunden, nicht weit vom Ausgang des Parks, an der Straße, die quer durch den Ort nach Capolungo führte.

Der Kontrast zwischen den grünen Wiesen, den blühenden Hortensienbüschen und gepflegten Bäumen, dem heiteren, erbaulichen Anblick des Ortes und der erbärmlich hinter einem Oleanderstrauch zusammengekrümmten, gesichtslosen Figur war schockierend. Doch auch diesmal war die Tote für Nelly und Marco leider keine Unbekannte. Kaum hatten sie sie gesehen, kreuzten sich ihre Blicke. Sie wussten ganz genau, wer sie war. Sie trug das weiße Strandkleid, das sie bei der Gegenüberstellung mit Gianluca Sonni auf dem Präsidium angehabt hatte. Es war Malina Faye. Wie schon Paulette musste sie nur noch von Madame Claire identifiziert werden.

Diesmal weinte Claire nicht. Malinas Ende schien sie nicht so sehr zu berühren wie Paulettes. Eher kam es einer üblen Ehrverletzung gleich. Einer persönlichen Schmach. Ihr Hass gegen Simba wuchs.

»Wo war Malina gestern Abend, Claire?«, fragte Nelly und beobachtete die Frau, die schweigend auf das geköpfte Mädchen hinuntersah. Wie aufgeschreckt aus einem Traum, antwortete Madame, ohne die Augen von der Leiche abzuwenden: »Bei der Arbeit. Am Hafen. Wie ihr wisst, hat sich Malina so ihren Lebensunterhalt verdient. Allerdings ging das gesamte Geld nicht an mich, nur das für Kost und Logis, den Rest schickte sie nach Hause zu ihrer Mutter. Eine sehr gute Freundin von mir. Jetzt muss ich ihr sagen, dass ihre Tochter tot ist. Und dass sie keine Hilfe mehr bekommen wird. Sie hat noch vier Kinder, die sind noch klein. Malina hatte auch zwei Kinder. Sie leben in ihrem Heimatdorf bei der Großmutter.«

»Sie sind wirklich eine Wohltäterin, Madame Claire«, warf Marco höhnisch ein.

Ohne auf ihn einzugehen, wandte sich die Frau an Nelly:

»Er war also nicht Simba. Der, den Sie festgenommen haben.«

»Nein, Simba läuft noch frei herum«, bestätigte Nelly. Simba? Was redeten die beiden da? Pff. Marco war kurz versucht, sich aufklären zu lassen, besann sich jedoch eines Besseren. In letzter Zeit gingen ihm die Frauen auf die Nerven, und zwar ausnahmslos.

Als sie aus dem Gebäude der Gerichtsmedizin in die gleißende Sonne hinaustraten, von der eine ungute, ungesunde Kraft auszugehen schien – so zumindest empfand es Nelly –, und sich von Madame Claire verabschiedet hatten, wandte sich die Kommissarin nachdenklich an ihren Vize.

»Marco, ich will mit Tano etwas besprechen. Wir haben zwar Psychologen, die wir um Rat fragen können, aber ich würde gerne einen echten Fachmann dazu hören.«

Marco sah sie verständnislos an und runzelte die Stirn.

»Einen echten Fachmann für was?«

»Für Orchideen. – Für Serienmörder natürlich!«

»Nora Risso war immer eine gute Hilfe, die hat wirklich Ahnung. Oder, wenn wir die Sache extra an die große Glocke hängen wollen, die berühmte Polizeieinheit für Serienmörder.«

Nelly ging auf die letzte Bemerkung nicht ein, auch wenn sie sinnvoll war.

»Stimmt, Nora Risso. Eine hervorragende Spezialistin, davon bin ich überzeugt, wir kennen sie schon lange, und sie hat immer gute Arbeit geleistet, doch diesmal würde ich gern jemand anders zu Rate ziehen. Jemanden, der von außen kommt.«

Sie sagte nicht, dass Signora Rissos Einschätzung Gianlucas als »schwache, schizoide Persönlichkeit mit Hang zu unkontrollierten Gewaltausbrüchen« sie kein bisschen überzeugt hatte. Vielleicht war Gianluca tatsächlich eine schwache Persönlichkeit, doch in ihren Augen war er nicht mehr oder weniger gewaltbereit als jeder andere Mensch auch, sie und die Risso eingeschlossen, und zu so einer grausamen Raffinesse fähig schon gar nicht.

»Ich wette, du hast bereits jemanden im Kopf.«

»Ja, Alessandro Palmieri. Ein Kriminologe, der letztes Jahr ein Buch zum Thema veröffentlicht hat. Ich kannte es nicht, hab's erst in diesen Tagen gelesen, als ich mich schlau gemacht habe. Sehr interessant. Es hat den aseptischen, ein bisschen provokanten Titel ›Serienmörder?!‹ und war, scheint's, ein großer Erfolg.«

»Das spricht aus meiner Sicht nicht gerade dafür. Klingt irgendwie flach, populärwissenschaftlich, fürs breite Publikum. Jetzt, wo ich den Titel höre: Ich glaube, ich hab ein paar Rezensionen gelesen. Soweit ich weiß, wohnt der Autor in der Nähe von Mailand.«

»Am Luganer See. Ich glaube aber, er ist in Genua geboren oder hat hier ein paar Jahre gelebt. Nein, es ist nicht populärwissenschaftlich im negativen Sinn. Packend geschrieben, das ja. Und es liefert ganz neue Ansätze. Lies es, Marco. Es wirft ein völlig neues Licht auf das Thema. Ich kann's dir nicht in zwei Worten erklären.«

»Frag doch lieber gleich den Teufel persönlich, der kennt sich mit Serienkillern am besten aus.«

»Lass uns ins Präsidium fahren, ich will sofort mit Tano darüber reden.«

Tano Esposito knetete sich ratlos das Kinn. Seine hellen Augen wanderten zwischen Nelly und Marco hin und her, während sein Hirn auf Hochtouren lief. Keine Frage, der von Nelly vorgeschlagene externe fachliche Beistand ließ sich gewiss organisieren. Außerdem wurde der Fall allmählich genauso heiß wie dieser höllische Juli. Vier Frauen in so kurzer Zeit und auf so haarsträubende Weise, und nichts ließ hoffen, dass es bei dieser Zahl bleiben würde. Die Spezialeinheit der Polizei, die in ähnlichen Fällen schon zum Einsatz gekommen war – nun, sie waren nicht dazu verpflichtet ...

Fragend blickte er die beiden an, die überzeugte Nelly und den skeptischen Marco. Natürlich musste auch der Staatsanwalt dazu befragt werden. Der Polizeivize sah Nora Risso an, die Psychologin, die sie üblicherweise in heiklen Fällen beriet und die der Korrektheit halber dazugerufen und von den Absichten der Kommissarin in Kenntnis gesetzt worden war. Sie war eine eher füllige Frau um die fünfzig, die Gelassenheit und Ruhe ausstrahlte. Ihre gewissermaßen berufsbedingte Selbstbeherrschung half ihr, zu verbergen, wie zutiefst verärgert sie war. Normalerweise verstanden die beiden Frauen sich gut, doch offensichtlich hatte Nelly kein Vertrauen in ihre Fähigkeiten. Die Psychologin fühlte sich in ihrer Berufsehre gekränkt, auch wenn sie sich einzureden versuchte, dass es dafür keinen Grund gab. *Nimm's nicht persönlich, Nora. Tja, aber wie soll man so etwas nicht persönlich nehmen? Die Rosso, diese blöde Kuh!*

»Alessandro Palmieri – ihr wollt also einen richtigen Profiler, wie im amerikanischen Film?«, sagte sie schließlich mit unverhohlener Ironie. »Es wird nicht leicht sein, an ihn heranzukommen, so jemand hat gewiss viel zu tun. Der steht sicher nicht sofort Gewehr bei Fuß, so wie ich, wenn ihr nach mir ruft ...«

Nelly lächelte freundlich.

»Dottoressa, bitte denken Sie nicht, dass wir Ihre Arbeit nicht zu schätzen wissen, doch selbst ein guter Arzt muss sich ab und an Rat bei einem Kollegen holen. Glauben Sie nicht, ein Ideenaustausch mit diesem Alessandro Palmieri könnte für uns und vielleicht auch für Sie interessant und aufschlussreich sein? Uns einen

Fingerzeig geben? Fakt ist, wir stecken fest. Und weiter sterben junge Frauen.«

»Selbstverständlich kann man sich immer eine zweite Meinung einholen, Dottoressa Rosso. Wenn es uns weiterbringt, habe ich natürlich nichts dagegen, wieso auch? Auch wenn ich nicht daran glaube, dass Teams von Experten und Superexperten irgendwelche Wunder vollbringen können, zumal in solch schwierigen Fällen.«

Nora Risso hatte sich wieder gefangen. Dank des ihrem Beruf geschuldeten langen Trainings hatte sie die Kröte offenbar wacker geschluckt. Doch ihr Groll gegenüber Nelly war alles andere als verflogen. Als Nelly ihr in die Augen blickte, wurde ihr klar, dass sie sich eine Feindin gemacht hatte. Sie seufzte. Warum mussten die Leute immer alles so schrecklich persönlich nehmen? Kaum fühlten sie sich in ihrem verdammten Ego verletzt, ging der gesunde Menschenverstand flöten.

»Na dann, schreiten wir zur Tat«, schloss Tano und durchbrach das inzwischen fast bleierne Schweigen. Der vierte grausige Fund hatte das ganze Polizeipräsidium erschüttert wie schon lange nichts mehr, und etwas, irgendetwas zu tun war besser, als dazusitzen und auf die nächste Leiche zu warten.

»Ich ruf Laurenti an. Wenn er einverstanden ist, schicken wir unserem Freund sofort eine Mail mit der Bitte um Beratung. Er soll uns sagen, wie hoch sein Honorar für … ein Profil des Mörders ist, so heißt das doch, oder?«

»Sobald wir das O.K. von Laurenti haben, bitte ich Valeria, ihn zu kontaktieren. Vorausgesetzt, er ist nicht sonst wo, um dieser Bruthitze zu entfliehen«, schloss Nelly strahlend wie ein Kind, das ein neues Spielzeug bekommt. Die Risso warf ihr einen giftigen Blick zu, stand auf, verabschiedete sich und rauschte hinaus. Tano rief sofort bei Laurenti an. Der zeigte sich begeistert von der Idee, einen renommierten Experten zu Rate zu ziehen. Es tat ihm fast leid, dass er nicht selbst darauf gekommen war. Valeria wurde sogleich damit beauftragt, sich mit Alessandro Palmieri in Verbindung zu setzen, und wartete wie immer in null Komma nichts mit den gewünschten Ergebnissen auf: Der Kriminologe hatte umgehend auf Espositos E-Mail geantwortet.

»Er ist dabei. Schon morgen wird er in Genua sein. Er hat gerade Urlaub am Luganer See gemacht, doch das, was hier in Genua passiert, interessiert ihn sehr, und er ist liebend gern bereit, uns zur Hand zu gehen. Er braucht kein Hotel, er hat eine Unterkunft hier.«

Tano hielt Palmieris Nachricht in den Händen. Die Kommissarin und ihr Vize standen vor seinem Schreibtisch. Nelly war zufrieden und auch ein wenig überrascht, ihren Vorschlag so schnell in die Tat umgesetzt zu sehen. Sie hatte sich das Ganze langwieriger und komplizierter vorgestellt. Aber, sieh an ... Marco hingegen war ratlos. Er gab nicht allzu viel auf Psychologen und Kriminologen und verließ sich lieber auf seine Erfahrung und seine Nase. Doch diesmal hatte er mit beidem mächtig danebengelegen.

»Wer holt ihn morgen vom Bahnhof ab? Er kommt um Viertel nach zwölf in Brignole an.« Tano sah sie abwartend an.

»Ich fahr mit Marco hin, okay?«

Nelly machte keinen Hehl daraus, dass sie es kaum abwarten konnte, Alessandro Palmieri zu treffen. Was hatte sie nur so sehr am Buch dieses Kriminologen fasziniert, was hatte sie darin entdeckt, fragte sich Marco unschlüssig. Er drehte das Buch, das Nelly ihm gegeben hatte, in den Händen.

»Ich gebe zu, ich hab's nicht gelesen, nur durchgeblättert. Aber den Kapiteln nach zu urteilen, scheint das, was da drin steht, so neu nicht zu sein. Deviationen, Sex, Rache- und Geltungsbedürfnis, Kindheit, dominante Mutter, kein Vater, sexuelle Gewalt in der Kindheit und so weiter. Eine gute Arbeit, keine Frage, die fast alles bisher Bekannte zum Thema aufgreift und zahlreiche Beispiele aus der Vergangenheit und der jüngsten Zeit auflistet, hübsch geordnet und auch für Laien leicht verständlich – daher womöglich auch der große Erfolg. Aber weshalb glaubst du, dass der Mann uns ausgerechnet in diesem Fall eine Hilfe sein kann?«

Tano antwortete an Nellys Stelle: »Vielleicht kennt unser Serienmörder die Fachliteratur zum Thema. Bringt sich auf den neuesten Stand. Sucht Anregungen. Womöglich kann Palmieri uns helfen, uns sozusagen mit seinem kranken Hirn auf eine Wellenlänge zu bringen.«

Nelly schwieg. Sie dachte über Marcos Frage nach. Sie hätte selbst nicht sagen können, was sie an Palmieris Buch so sehr fasziniert hatte. Es hatte etwas, aber das ließ sich nicht leicht in Worte fassen. Um nicht zugeben zu müssen, dass es nichts weiter als ein Gefühl war, stimmte sie Tano zu. Der Verfasser dieser hellsichtigen und schonungslosen Seiten konnte sie vielleicht wie an einem Ariadnefaden zu ihrem Minotaurus geleiten, so dass sie ihn festnehmen und in Handschellen aus dem Labyrinth herausführen konnten. Doch worauf sich diese Hoffnung gründete, wusste sie beim besten Willen nicht zu sagen. Sie ließ sich das Buch geben, blätterte es durch und fand schließlich das Kapitel mit der Überschrift »Das Verbrechen als Therapie«. An einer Stelle hieß es:

»Wenn jede andere therapeutische Annäherung versagt, verspricht das ritualisierte Verbrechen – wie schon in der dunklen Vergangenheit unserer Menschheitsgeschichte – der verzweifelten Seele Erleichterung. Es vertreibt die Dämonen und erweist sich als die womöglich einzige Art, weiterleben zu können. Man könnte an diesem Punkt also durchaus vom Serienverbrechen als Eigentherapie sprechen.«

Sie las die Zeilen noch einmal und verspürte abermals den kalten Schauder, der ihr beim ersten Lesen über den Rücken gelaufen war.

Als Nelly abends müde und verschwitzt die Tür aufschloss und sich schon auf eine *granita all'amarena** auf der Terrasse freute,

* Sorbetähnliche sizilianische Süßspeise.

schallten ihr zwei wütende Stimmen entgegen, die einander lautstark zu übertönen versuchten. Sie seufzte leise. *Moni und Mau. Endlich mal was Neues.*

Sie setzte ein Lächeln auf und trat auf die Terrasse, wo die beiden sich angriffslustig wie zwei liebestolle Kater gegenüberstanden. Groß und dürr ragte er vor ihr auf und sah aus, als wollte er sie fressen. Sie stand zierlich und gespannt wie ein Flitzebogen mit weit zurückgelegtem Kopf vor ihm und schien ihm gleich ins Gesicht springen zu wollen. Mau war in T-Shirt und karierten Boxershorts, derweil sie selbst in Kampfeslaune und mit wutverzerrtem Gesicht noch hübsch aussah. Vor kurzem hatte sich Monica die blonden Haare wegen der Hitze kurz wie ein Junge schneiden lassen, was ihr feines Profil noch mehr zur Geltung brachte. Sie trug ein mikroskopisch kleines weißes Top, eher eine Art Bustier, das auf der goldbraunen Haut leuchtete. Ihr hübscher kleiner Hintern steckte in knallgrünen, krachend engen Hotpants. Die Hände mit den langen roten Fingernägeln sahen aus, als wollten sie Mau die Augen auskratzen. Als Nelly auftauchte, hielten die beiden inne, sahen sie an, grüßten sie mit einem knappen Nicken und zankten unbeirrt weiter. Worum es ging, war nicht zu verstehen. Nelly hütete sich davor, sich einzumischen (Gott bewahre!), ging in ihr Arbeitszimmer und schloss die Tür.

Die Stimmen der beiden Streithähne waren nur noch gedämpft zu hören, dafür war die Hitze kaum zu ertragen. Nelly warf die Sandalen mit dem kleinen Absatz in die Ecke, zog das braune, bürotaugliche Leinenkleid aus und warf sich auf das geblümte kleine Sofa, fest entschlossen, noch einmal ein paar Seiten in Alessandro Palmieris Buch zu lesen, das sie mit nach Hause genommen hatte. Doch nach wenigen Minuten wurden ihr die Lider schwer, und als Mau und Moni eine halbe Stunde später hereinsahen, um zu fragen, ob sie auch eine Pizza bestellen wolle, lag sie, die Arme über dem Buch auf dem Bauch verschränkt, in Büstenhalter und Unterhose auf dem Sofa und schnarchte leise. Kichernd sahen die beiden sich an und vergaßen einen Moment, weshalb sie vor wenigen Augenblicken noch erbitterte Feinde gewesen waren. Mau deckte seine Mutter behutsam zu und ging leise hinaus. Grunzend drehte sich Nelly zur Wand und schlief weiter.

VI

Als Nelly nach der auf dem schmalen kleinen Sofa zugebrachten Nacht mit steifen Gliedern erwachte, brannte die Sonne bereits erbarmungslos auf die Dächer der ausgelaugten Stadt nieder. Sie wunderte sich, dass sie nicht in ihrem Bett lag, doch dann erinnerte sie sich an den vergangenen Abend, stand auf und öffnete leise die Tür zu Maus Zimmer, das fast vollkommen von einem großen französischen Bett eingenommen wurde, in dem die beiden Feinde vom Vorabend eng umschlungen schliefen. Behutsam zog sie sich zurück und ließ die Tür einen Spaltbreit offen. Das Gurgeln der Mokkakanne und der Duft des Kaffees konnten morgens Wunder vollbringen.

Nach einer schnellen Dusche stellte sich die Kommissarin vor den Einbauschrank in ihrem Zimmer und suchte nach dem passenden Outfit, um den Gast zu empfangen. Das braune Leinenkleid wäre natürlich perfekt gewesen, doch leider starrte es vor Schweiß, der unschöne Ränder hinterlassen hatte. Blieb also nur das blaue Kleid, schlicht, seriös und sehr professionell. Ihr Blick fiel auf das Buch des Psychologen. Palmieris Foto auf der Rückseite gab nicht viel her. Außer einem üppigen schwarzen Bart war kaum etwas zu sehen. Die biografischen Angaben waren ziemlich dürftig. Fünfundvierzig Jahre alt, geboren in Paris, als kleiner Junge mit der Familie nach Genua gezogen, dort aufgewachsen, mittlere Reife und Abitur am D'Oria-Gymnasium, dann (dem Studium geschuldete?) Umzüge nach England, Deutschland und schließlich nach Amerika, wo er mehrere Fälle von Serienmördern vor Ort untersucht und mit dem FBI zusammengearbeitet hatte. Nach einigen Jahren dort lebte er jetzt in Melide am Luganer See und hatte einen Lehrstuhl für Kriminalpsychologie in Mailand inne. Er hatte verschiedene Artikel in Fachzeitschriften und einige Bestseller veröffentlicht, durch die er bekannt geworden war. Regelmäßig wurde er von der Polizei aus unterschiedlichen Ländern bei besonders heiklen und vertrackten Fällen um Mithilfe gebeten, und er hatte häufig zu ihrer Lösung beigetragen. Er schien wirklich äußerst beschäftigt und ständig unterwegs zu sein, und es war wohl ein echter Glücksfall, dass er sich für sie Zeit genommen hatte. Vielleicht, weil Genua seine Heimatstadt war, dachte Nelly. Aber was bedeutete so etwas schon für einen wie ihn, der ständig in der Weltgeschichte herumreiste?

Derweil hatte Nelly sich das nüchterne und schützende dunkle Kleid übergestreift, vergewisserte sich, dass die Kinder aufstanden, stellte Kaffe, Milch und Kekse auf den Terrassentisch und verließ eilig die Wohnung. Wie immer wartete der Cappuccino bei Beppe auf sie.

Das alte Weinlokal um die Ecke war so gut wie leer. Ein paar Gäste standen matt im Halbdunkel. Ein Deckenventilator bemühte sich ächzend, ihre Pein zu lindern. Selbst der unerschütterliche Beppe sah mitgenommen aus und stand schnaufend hinterm Tresen. Sofort ging die Litanei über das unglaubliche Wetter los, das momentane Leitmotiv jeglicher Unterhaltung in der Stadt. Der schlimmste Sommer überhaupt, tropische Temperaturen, das hat man nun davon, dass der Mensch sein Schindluder mit der Natur treibt, und so weiter. Nelly hörte nur mit einem Ohr zu. Sie schlang zwei Scheiben *focaccia** hinunter – die Hitze konnte ihr den Appetit nicht verderben –, und fast wäre ihr ein Bissen im Halse steckengeblieben, als Beppe sie rundheraus fragte: »Was meinen Sie, Dottoressa, liegt das an der Hitze, dass die Leute verrückt spielen und so haarsträubende Verbrechen begehen?«

Der Mensch würde auch ohne Hitze durchdrehen, gab sie

* Ligurische Spezialität: Fladenbrot aus Hefeteig, das vor dem Backen mit Olivenöl, Salz, eventuell auch Kräutern und weiteren Zutaten belegt wird.

zurück, schickte dem Satz ein beschwichtigendes Lächeln nach, bezahlte und trat in die Gasse hinaus, die vom unerbittlich vorrückenden Sonnenlicht noch verschont war.

Die Gerüche, besser gesagt, der Gestank der Altstadt hing wie der Pesthauch einer Giftmülldeponie in der reglosen Luft. Der Tunnel, der das Zentrum mit Foce verband, war seit Tagen schon von einer dichten, gelblichen Abgaswolke vernebelt. Nelly spürte, wie der Schweiß ihr unter den Achseln hinabrann. Gott sei Dank war das Kleid dunkel, und man würde die Flecken nicht sofort sehen. Trotzdem ging sie zügig, sie konnte einfach nicht langsam gehen, und als sie das Präsidium betrat, hatte sie das Gefühl, einem Dampfbad entstiegen zu sein. Selbst ihr Büro mit dem alten, klapprigen Ventilator kam ihr angenehm erfrischend vor. Sie und Valeria begrüßten einander mit einem matten Stöhnen. Auch dieser Morgen würde vorübergehen.

Gegen Mittag tauchte Marco grinsend und – soweit es die Hitze zuließ – wie aus dem Ei gepellt in ihrer Tür auf. Er hatte das Jackett über den Arm gelegt.

»Und, Nelly, holen wir unseren Superprofiler ab?«

»Na klar, ich bin bereit.«

Nelly griff nach ihrer hellen Ledertasche und sprang auf. Sie konnte es kaum erwarten, Alessandro Palmieri kennenzulernen. Sie beschlossen, zu Fuß zum Bahnhof zu gehen, was ungefähr so halsbrecherisch und wagemutig war wie die Rallye Paris-Dakar, doch vom Präsidium bis Brignole lohnte es wirklich nicht, das Auto zu nehmen, und überdies kam das Besteigen eines Wagens einem Sprung in den Backofen gleich.

Als sie den vereinbarten Treffpunkt, die hölzerne Nachbildung einer Karavelle in der Eingangshalle des Bahnhofs, erreicht hatten, mussten sie nicht lange warten. Der Zug aus Mailand war mehr als pünktlich. Während Nelly sich suchend umblickte, hörte sie jemanden fragen: »Commissario Rosso?«

Sie drehte sich um. Alessandro Palmieri war ungefähr so groß wie sie, vielleicht ein bisschen größer, um die eins achtzig, doch weil er sich gebückt hielt, wirkte er kleiner. Er war recht dünn, was den mächtigen Kopf noch größer aussehen ließ, hatte schwarzes, gewelltes, an den Schläfen leicht ergrautes Haar, das er halblang trug, und einen dichten, ebenfalls schwarzen und von vereinzelten weißen Haaren durchzogenen Bart. Seine Augen waren hellbraun mit gelben Einsprengseln. Die Nase war ebenfalls kräftig. Seine Stimme war tief und sonor wie die eines Menschen, der es gewohnt ist, zu sprechen, zu überzeugen, zu überreden. Sich Gehör zu verschaffen. Er hatte sich mit seiner Frage an Marco Auteri gewandt, der ihm hastig antwortete:

»Nein, ich bin Vizekommissar Auteri. Die Signora hier ist Commissario Rosso.« Er zeigte mit galanter Geste auf seine Kollegin. Palmieri verzog keine Miene und reichte Nelly lächelnd die Hand.

»Dottoressa Rosso, ich bin Alessandro Palmieri. Ich freue mich, Sie kennenzulernen.«

Während sie ihm die Hand schüttelte und ihn in Genua willkommen hieß, befand Nelly, dass die Stärken dieses Mannes zweifellos seine Stimme und die magnetischen Augen waren, die den Effekt seines Timbres noch unterstrichen. Der Mann schien sich dessen vollauf bewusst zu sein. Marco musterte ihn skeptisch, Nelly hingegen interessiert.

»Hatten Sie eine gute Reise, Dottor Palmieri?«

»Sehr gut, danke. Wie sieht denn Ihre Planung aus?«

»Wir dachten, wir gehen zusammen einen Happen essen und danach, wenn Sie nichts dagegen haben, ins Präsidium, wo uns um drei Uhr der Polizeivize Dottor Esposito erwartet. Oder möchten Sie lieber zuerst bei sich zu Hause vorbei?«

Wie immer, wenn sie verlegen war, was sehr selten vorkam, strich sich Nelly das lockige rote Haar zurück. Die Augen des Mannes ließen nicht einen Moment von ihr ab und machten sie befangen. Als Palmieri es bemerkte, wandte er den Blick ab.

»Nein, das ist nicht nötig. Ich habe nur diese Tasche bei mir«, sagte er und zeigte auf den teuren, halbleeren Reisesack aus weichem Leder, den er über der Schulter trug. »Ich hatte Ihnen ja geschrieben, dass ich noch eine Wohnung in Albaro habe und recht oft in Genua bin. Ich betreue hier auch ein paar Patienten. Kein Problem also. Wo wollten Sie essen gehen?«

»Wenn es Ihnen recht ist, wollten wir gleich hier um die Ecke in eine *friggitoria* in der Via San Vincenzo gehen«, sagte Marco und sah Palmieri abwartend an. Nelly kannte ihren Vize gut und wusste, was der leicht geneigte Kopf, die halb geöffneten Lippen und der forschend auf sein Gegenüber gerichtete Blick zu bedeuten hatten. Er war misstrauisch, auf der Hut. Palmieri lächelte – ein kaum wahrnehmbares Lächeln zwischen Schnauzer und Bart und in den Katzenaugen.

»Und ob mir das recht ist, die Bratstuben fehlen mir am meisten, wenn ich nicht in Genua bin. Ich weiß genau, welche Sie meinen.«

In wenigen Minuten erreichten die beiden Männer – der eine kernig, sportlich und muskulös, mit kurzem Haar und entschiedenem Schritt, der andere gebeugt und hager, das asketische Gesicht von einer stattlichen Mähne eingerahmt – und die große rothaarige Frau die Friggitoria und setzten sich an einen der schmalen Tische an der Wand. Es gab nur wenige Sitzplätze, doch um diese Uhrzeit – es war gerade halb eins – waren noch nicht viele Gäste da, um *farinata**, Gemüsetorten und Beilagen zu bestellen, nach denen offenbar alle drei süchtig waren. Nelly orderte einen Teller Gemüse, Marco ein großzügiges Stück Zucchinitorte und Palmieri ein Stück Farinata. Niemand bestellte Wein, Marco beschränkte sich auf ein kleines Bier, Nelly nahm eine Cola und Palmieri einen Grapefruitsaft. Sie aßen schweigend und in Gedanken versunken. Hin und wieder sahen sie von ihren Tellern

* Genueser Spezialität: eine Art Pfannkuchen aus Kichererbsenmehl.

auf und ließen den Blick durch das einfache, einladende Lokal wandern, in dem die von Essensdüften gesättigte, brütende Mittagshitze stand, oder blinzelten verstohlen zu ihren Tischnachbarn hinüber. Palmieri brach schließlich das Schweigen.

»Jetzt ist man also in Genua auch darauf gekommen, sich in Sachen Serienverbrechen auf europäischen oder vielleicht gar amerikanischen Standard zu begeben. Soweit ich weiß, ist das jedoch nicht das erste Mal.«

»Nein, leider«, seufzte Nelly. »Bestimmt haben Sie von dem jüngsten Fall in der Zeitung gelesen. Es wurde in den letzten Tagen viel darüber berichtet. Im Sommerloch sind diese Verbrechen für die Medien ein gefundenes Fressen, so zynisch das klingen mag.«

Palmieri verzog das Gesicht und gab mit einer Handbewegung zu verstehen, was er von der Berichterstattung der Medien hielt.

»Insgesamt erschienen die Beiträge in den Zeitungen und im Fernsehen ziemlich vage und ungenau. Ich nehme an, das war von Ihnen so beabsichtigt?«

Die Frage war an Nelly gerichtet, und sein bohrender Blick machte sie abermals verlegen.

»Na ja, zum Teil. Es liegt aber auch daran, dass wir, ehrlich gesagt, vor einem Rätsel stehen. Die Sache ist so irrational grausam … und der Mörder hinterlässt keine Spuren. Gianluca Sonni, der zuerst in Untersuchungsgewahrsam genommen wurde, ist wieder auf freiem Fuß, da er während des dritten Mordes im Gefängnis saß.«

»Dass es keine Spuren gibt, ist für diese Art von Verbrechen typisch. Bisher sind es vier, richtig?«

Nachlässig fegte Palmieri ein paar Krümel vom Holztisch. Marco fasste sich unauffällig an die Eier, um Unglück abzuwehren. *Bisher? Leck mich, du Unke!* Er sah Palmieri grimmig an. Nelly hingegen zuckte zusammen, denn so etwas hatte ihr das böse Stimmchen auch schon zugeflüstert.

Inzwischen war der von Kaffee gekrönte Imbiss beendet. Die

drei machten sich zu Fuß auf den Weg Richtung Präsidium und hielten sich auf der vergeblichen Suche nach Schutz vor der senkrecht am Himmel stehenden Mittagssonne dicht an den Häusern der Via Fiume und der Via Brigate Liguria. Nelly musste daran denken, dass der arme Kriminologe unter seinem Bart und der Mähne geradezu eingehen musste. Doch selbst wenn dem so war, zeigte er es nicht.

Im Präsidium wurden sie sofort von Tano Esposito empfangen, der in seinem Büro das Material zu den vier Verbrechen hatte bereitlegen lassen. Nach der Begrüßung ging es sofort zur Sache. Nelly fasste die Geschehnisse zusammen, präsentierte Beweisfotos und Autopsieberichte, jedes Detail konnte nützlich sein. Dabei durchlebte sie alles noch einmal. Das Grauen, die Wut, die Ohnmacht. Die drückende Hitze, den Gestank, das Surren der Fliegen. Reglos und ohne die bündigen Ausführungen der Kommissarin zu unterbrechen, hörte Palmieri zu. Als sie geendet hatte, konzentrierte er sich auf die Fotos der Opfer und der Tatorte. Er ließ sich die an den Fundorten gedrehten Videos mehrmals zeigen. Dann fragte er, ob die Leichen verrückt worden seien.

»Soweit wir wissen, hat der Klempner, der das erste Opfer gefunden hat und der zunächst unter Tatverdacht stand, die Leiche nicht berührt, zumindest behauptet er das. Auch der Hund hat an der Position des zweiten Opfers offenbar nicht viel geändert, aber ganz sicher ist das nicht. Was Nummer drei und Nummer vier anbelangt, gibt es wenig Zweifel. Die sind höchstwahrscheinlich genau so gefunden worden, wie man sie abgelegt hat.«

Nelly zeigte auf die Fotos, die als Vergrößerungen nebeneinanderlagen.

»Die Arme in Höhe des fehlenden Kopfes angewinkelt, die Beine nach rechts abgeknickt im ersten Fall am Righi, nach links im zweiten Fall beim Forte Begato. Wie gesagt, im zweiten Fall hat der Hund die Leiche möglicherweise am Arm gepackt, er ist leicht nach außen verschoben. Die Fälle vom Nervi-Park sind genau spiegelverkehrt zu den beiden vorangegangenen. Die Arme, hier, und die Beine, wie gesagt, erst nach links, beim Opfer im Rosengarten, und bei der vierten Frau dann nach rechts. Allesamt bäuchlings und ohne Slip. Jedoch keine sexuellen Übergriffe.«

Nelly verstummte und musterte ihren Gast. Palmieri hatte die Angewohnheit, sich beim Sprechen über den dichten schwarzen Bart zu streichen, als könnte er sich dadurch besser konzentrieren. Zuerst legte er die Hand über den Mund, immer die linke – Nelly prägte es sich ein, ohne zu wissen, warum –, griff sich, als wolle er sie zuhalten, mit Daumen und Zeigefinger an die Nase, öffnete die Hand wieder und ließ sie von den Wangen über den Bart abwärts bis zum Hals gleiten. Er legte den Kopf zurück, hob das Kinn und richtete den Blick auf einen unsichtbaren Punkt an der Decke. Die drei Polizisten saßen schweigend da und sahen ihn mit angehaltenem Atem an. Alessandro Palmieri strotzte nur so vor Charisma.

»Wie ich sehe, waren die Opfer bekleidet.«

»Bis auf den Slip, wie gesagt. Wir haben jedoch kein Sperma gefunden und keine Spuren von Gewaltanwendung. Wenn man davon absieht, dass man sie gefesselt, mit einem Muskelrelaxans auf Curare-Basis ruhiggestellt und ihnen dann den Kopf abgetrennt hat.«

»Die Zeiten: eins, zwei – sechs Tage *cooling off* – drei, vier. Das ist eher ein End- als ein Anfangsrhythmus. Er ist schnell, will ich damit sagen. Normalerweise führen Serienkiller ihr erstes Verbrechen relativ linkisch aus und verfeinern dann die Methode. Die Pausen sind anfangs länger, dann immer kürzer, hier hingegen sieht es aus, als wäre alles von vornherein sehr gut geplant gewesen. Das war sorgfältig vorbereitet, lange überlegt. Etwas, das über die Zeit gereift ist. Ein sogenannter ›planvoll vorgehender‹ Serienmörder.«

»Verzeihen Sie, Dottor Palmieri, Kuliwas?«

Marco Auteri sah den Kriminologen mit leicht zur Seite geneigtem Kopf an, und in seinen Augen und seiner Stimme lag leise Ironie. Palmieri war so von seiner Ausführung eingenommen, dass er es nicht zu bemerken schien, doch Nelly warf ihrem Kollegen einen grimmigen Blick zu.

»*Cooling off.* Das ist die englische Bezeichnung für die Pause zwischen einer kriminellen Handlung und der nächsten. Das Abkühlen, gefolgt von einer weiteren Periode, in der das Subjekt immer ungeduldiger wird und schließlich ein neues Verbrechen vorbereitet. Das gilt zumindest für die planvoll vorgehenden Serienmörder, nicht für die planlosen, die Zwangstäter, die nicht viel nachdenken und nur auf die richtige Gelegenheit warten, um zuzuschlagen. Die hinterlassen für gewöhnlich auch mehr Spuren. Hier hingegen haben Sie keine gefunden, richtig?«

»Rein gar nichts. An allen Fundorten waren ein paar undeutliche Spuren, nichts Brauchbares ... Ach, doch, etwas war da. Unser Täter trägt höchstwahrscheinlich Jeans. An sämtlichen Fundorten sind Fasern dieses Stoffes im Gebüsch oder im Gras gefunden worden, jedoch nie an den Leichen.«

»Jeans? Na, dann muss man die Faserproben ja nur mit den Hosen von ein paar Tausend Genuesern vergleichen, und schon hat man den Täter. Entschuldigen Sie die Ironie. Was können Sie mir über die Fundorte sagen? Zweimal am Righi, also auf den Hügeln, und zweimal am Meer, in Nervi, richtig?«

»So ist es. Wenn eine Logik dahintersteckt, dann kennt nur er sie.«

»Wieso sagen Sie ›er‹, Dottor Esposito?«, fragte Palmieri, ließ ihn aber gar nicht zu Wort kommen, sondern fuhr gleich fort: »Natürlich, mit hoher Wahrscheinlichkeit handelt es sich um einen Mann. Es bedarf einer gewissen Kraft, und auch den Statistiken zufolge geht der erste Preis an Täter männlichen Geschlechts. Die Opfer, Frauen und Prostituierte, sehen ebenfalls nach männlicher Handschrift aus. Das ist unsere Arbeitshypothese: ein ziemlich kräftiger Mann. Er hasst und/oder verachtet Frauen/Prostituierte. Hat sexuelle oder zumindest relationale Probleme. Lebt allein oder mit Frauen: Mutter, Schwester, Tante, Großmutter. Wenig Erfolg im Beruf, frustriert. Doch die Variationen des Themas sind beträchtlich. Er könnte auch ordentlich verheiratet sein und einen guten Job haben. Oder ihn gerade verloren haben. Von seiner Frau verlassen worden sein. Solche Stresssituationen können zu Aggression führen, zum Kurzschluss. Das ist natürlich nur ins Grobe gesagt. Um ein Profil zu erstellen, muss ich sämtliche Informationen noch einmal durchgehen. Das braucht allerdings etwas Zeit. Mich interessieren vor allem die Fundorte. Ich würde gern eine Tatortbegehung machen.«

»Schuld sind immer die Frauen, was?«

Nelly hatte provokant geklungen. Doch Alessandro Palmieri war nicht leicht aus der Reserve zu locken.

»Natürlich, Dottoressa Rosso, Schuld haben immer die anderen und für uns Männer vor allem die Frauen, denn die sind unser Problem.«

»Unser Problem hingegen sind Männer, die uns grundlos abmurksen. Man möchte fast meinen, das sei genetisch bedingt.«

»Es ist eben einfacher, sich an einem wehrlosen Mädchen auszulassen als an einem gleich starken Kerl. Da ist man auf der sicheren Seite. Mal abgesehen von dem sexuellen Aspekt.«

»Ganz genau, Tano. Ein Klassiker. Der Vater kriegt von einem größeren, brutaleren Kerl eins aufs Dach, kommt nach Hause und lässt's an der Frau aus, die schlägt dafür ihren Sohn (und setzt den Keim für den zukünftigen Mörder), der Sohn tritt den Hund, der beißt die Katze, die sich auf den Baum flüchtet und einen Spatzen frisst. Und so haben alle wieder ihren Frieden. Geteiltes Leid ist doppeltes Leid. Und immer so fort.«

»Glauben Sie denn nicht, Dottoressa, dass sich die Beweggründe häufig in frühkindlichen Beziehungen ausmachen lassen?«

Palmieris Stimme klang wie üblich melodisch und neutral.

»Mag sein. Ich bin keine ausgewiesene Kriminalistin, auch wenn ich tagtäglich mit Verbrechern zu tun habe und man sich weiterbildet. Eine Sache wie diese ist mir allerdings noch nie untergekommen, und der Gedanke an die ›normalen‹ Morde, bei denen es um Urempfindungen wie Eifersucht, Angst, Gier und Neid geht, löst bei mir nun fast Verständnis und Wehmut aus. Dieser Fall ist so unmenschlich, weil der Mörder die Opfer ihrer Persönlichkeit beraubt. Für ihn sind sie Objekte, er hantiert mit ihnen herum, köpft sie, legt sie in Pose wie kaputte Puppen. Soll daran auch die Mama schuld sein? Oder der Papa? Hätte eine nervtötende Mutter so viel Macht, dann ging's hier überall hoch her. Dann wäre das hier nicht die Ausnahme, sondern die Regel. Wieso steckt die Mehrheit familiäre Spannungen oder Misshandlungen locker weg, oder doch mit überschaubaren Problemen, und andere reagieren darauf als derart bestialische Spätzünder?«

»Gewiss werden wir während unserer gerade begonnenen Zusammenarbeit noch Gelegenheit haben, über diese faszinierenden Themen zu diskutieren, Dottoressa Rosso. Selbst unter den Fachleuten gehen die Meinungen auseinander. Bei brutalen, repetitiven Fällen ist klar, dass die Ursachen psychopathologisch sind. Und über die Gründe dafür, ob physisch und/oder psychologisch motiviert, gibt es wieder endlose Abhandlungen und Beweisführungen. Doch bedauerlicherweise bleiben unser Hirn und unsere Seele ein nahezu unergründliches Geheimnis. Für die anderen und für uns selbst«, schloss Palmieri mit einem leisen Seufzen. Dann verabredete er mit Tano eine Begehung der Fundorte am folgenden Tag und versprach, so schnell wie möglich ein Täterprofil zu erstellen.

Inzwischen war es Abend geworden. Die Teilnehmer der Unterredung wurden sich plötzlich bewusst, wie erledigt sie von der Hitze und der Anspannung waren. Man beschloss, am morgigen Freitag weiterzumachen. Nach und nach löste sich das Grüppchen auf. Palmieri ließ sich von Tano Esposito im Auto nach Hause begleiten. Um acht Uhr waren die beiden mit Laurenti verabredet, der den Kriminologen kennenlernen wollte und ihn und den Polizeivize zum Abendessen eingeladen hatte, da er beim nachmittäglichen Treffen nicht hatte dabei sein können. Marco verdrückte sich wortlos und mürrisch, und Nelly trottete schweißtriefend und wutschäumend nach Hause.

Am Himmel waren schwarze Wolken aufgezogen. Zum ersten Mal seit Tagen wehte ein leises Lüftchen, zwar heiß, aber besser als nichts. *Wenn's doch nur regnen würde, na los, ein ordentliches Gewitter, bitte, Wasser!* Ein fernes Donnergrollen war die Antwort auf Nellys Stoßgebet, alle Passanten hatten die Blicke nach oben gerichtet und schickten vermutlich ähnliche Bitten gen Himmel. Von diesem Abend an sollte das Wasser rationiert werden, eine Qual für die ganze Stadt. Der Stausee von Brugneto war auf niedrigstem Stand, es fehlte nicht viel, und man würde hindurchwaten können. Verflixt, sie hatte vergessen, sich Wasservorräte zuzulegen, nicht mal einen Topf voll. Wann wurde das Wasser abgedreht? Um halb neun, da blieb ihr gerade noch Zeit, zu duschen und ein paar Schüsseln zu füllen.

Fast im Laufschritt hastete Nelly mit letzten Kräften durch den Tunnel, und als sie auf die Piazzetta einbog, erblickte sie zwei altvertraute Gestalten, die lautstark diskutierend vor dem Hauseingang standen. *Mau und Moni, schon wieder! Müssen die eigentlich immer streiten? Elende Masochisten.*

»Hallo, Kinder, wie geht's? Wieso fahrt ihr bei der Hitze nicht nach Boccadasse zum Baden oder geht ein Eis essen? Ich geb euch eins aus.«

Zwei zornige Augenpaare starrten sie an. Monicas waren rotgeweint. Dann kehrten beide ihr den Rücken zu und zogen ohne eine Antwort ab, als wäre sie Luft.

Verdammt noch mal, waren wir etwa auch so? Was ist mit dieser Stadt bloß los? Vorboten der öffentlichen und privaten Apokalypse? Sie lieben sich, sie hassen sich, sie sind zusammen, sie machen Schluss, und ich krieg's immer munter ab. Als könnte ich was dafür. Na ja, schnell nach oben und unter die Dusche, ehe es zu spät ist.

Eine Dusche und mehrere Töpfe voller Wasser später ließ sich Nelly in einen der Korbstühle auf der Terrasse fallen. Stürmischer Wind peitschte die schwarzen Wolken vor sich her, in allzu weiter Ferne grollte der Donner, und Blitze zuckten hie und da über dem Meer. Das Gewitter machte sich einen Spaß daraus, sich in kilometerweiter Entfernung von der Küste zu entladen, ohne dass auch nur ein Tropfen auf die glühende Stadt fiel. Zum Teufel. Mit geschlossenen Augen, Minni auf dem Schoß und einen Ananassaft auf Eis als Abendbrot neben sich, ließ Nelly den Tag noch einmal Revue passieren.

Palmieri faszinierte sie. Seine überlegene Ruhe. Egal, ob echt oder gespielt, sie war beeindruckend. Er ließ keinerlei Emotionen durchblicken, gerade so, als hätte er keine. Als Mann war er nicht besonders interessant, er hatte keinerlei Sexappeal – zumindest für sie nicht – und schien ganz Kopf zu sein. Bei dem Gedanken musste die Kommissarin grinsen, denn der Profiler hatte im Vergleich zum schmächtigen Körper wirklich einen Riesenschädel. Doch er beherrschte sein Handwerk und würde frischen Wind in die Ermittlungen bringen, das spürte Nelly. Eine leichte, vielleicht dem fernen Gewitter geschuldete Brise streichelte ihre nackte Haut. Sie bemerkte noch, wie ihr Atem flacher wurde, und glitt in den Schlaf.

Sie findet sich mitten in einer afrikanischen Nacht wieder, über der Savanne steht ein riesenhafter Mond. Kreischen, Brüllen, Grunzen, Rascheln, um sie herum vollzieht sich das mehr oder weniger lautlose Morden im ewigen Kampf ums Überleben. Jäger und Gejagte, Beute und Räuber sind in ihrem Element. Der eine bereit, Fallen zu stellen und zu töten, der andere, getötet zu werden oder seine Haut zu retten. Ganz in der Nähe das hämische Lachen einer Hyäne. Flüchtige Schatten huschen durchs Mondlicht und verschwinden im Unterholz. Seltsamerweise verspürt Nelly keine Angst, sie fühlt sich wie ein außenstehender Beobachter, als würde sie einen Dokumentarfilm des »National Geographic« sehen. Plötzlich taucht ein großer, regloser Schatten auf und kommt auf sie zu.

»Madame Claire, was machen Sie denn hier?«

»Was, bitte, machst du hier, Commissario? So weit weg von zu Hause?«

Worte im Kopf, lautlos.

»Ich weiß es nicht. Keine Ahnung, wie ich hierhergekommen bin. Hast du mich gerufen?«

»Nein. Die ruhelosen Seelen von Paulette und Malina haben uns gerufen. Sie erwarten von uns Gerechtigkeit. Sie beweinen das grausame Ende ihres Lebens. Sie lassen mich nicht eher gehen, als bis ich ihre Köpfe gefunden und sie zusammen mit ihren Körpern bestattet habe. Und dich werden sie auch nicht gehen lassen, Commissario. Sie haben dich gerufen. Schau!«

Jetzt empfindet Nelly Angst. Ganz langsam treten zwei verschwommene Figuren aus dem Gestrüpp und kommen schweigend auf sie zu. Nelly kann sie nicht genau erkennen, doch sie weiß, wer sie sind.

»Was sollen wir tun?«

»Simba jagen. Simba finden. Simba töten.«

Madame Claires Stimme hallt noch in ihrem Kopf wider, als sie unsanft von Mau geweckt wird.

»Mama, wach auf. Ich muss mit dir reden.«

»Mpff, ja. Was ist denn?«

Nelly fühlte sich wie unter Drogen. Ein Teil von ihr war in der Savanne geblieben. Mühsam versuchte sie, wieder einen klaren Kopf zu bekommen und in ihren Körper, ins Hier und Jetzt zurückzufinden. Sie schüttelte sich, als wolle sie die Bilder in ihrem Hirn verjagen, doch es half nichts. Mau ließ sich schwer in einen Korbsessel plumpsen und fing an zu weinen. Plötzlich war Nelly hellwach.

»Mau, was ist los? Was hast du?«

»Ent... entschuldige wegen vorhin, Mama. Ich stehe echt neben mir. Moni … Moni ist schwanger. Sie will abtreiben. Aber ich nicht.«

Ach, du Scheiße. Das hatte gerade noch gefehlt. »Ist sie sich sicher?«

»Hundert pro. Kein Zweifel.«

»Warte, ich hol mir 'ne Zigarette.«

Eigentlich rauchte Nelly nicht mehr, doch in besonderen Situationen brauchte sie dringend eine Zigarette. Und einen Bourbon. Sie kam mit der glühenden Zigarette, zwei Gläsern, der Flasche Four Roses und ein paar Eiswürfeln zurück. Mau starrte mit leerem Blick in die Ferne, wo die Blitze über dem nachtschwarzen Meer immer seltener wurden und der Mond mit den gräulichen Wolken Verstecken spielte.

»Wie weit ist sie?«

»Ungefähr Ende des zweiten Monats.«

»Und sie will es nicht?«

»Schon, aber sie hat Angst. Dass sie's nicht packt. Dass wir nicht zusammenbleiben. Dass wir nichts mehr auf die Reihe kriegen. Dass wir uns irgendwann hassen. Ich war immer dafür, dass die Frau entscheiden soll, und auch für die Abtreibung, aber ich will nicht, dass unser Kind umgebracht wird. Das macht mich einfach fertig. Ich liebe Moni, ich will nicht, dass sie Probleme kriegt, dass sie so endet wie andere, die ich kenne. Die sind nach der Abtreibung einfach durchgedreht. Ich such mir 'nen Job, ich tu alles, was es braucht, aber das will ich nicht.«

»Ich dachte, ihr wüsstet über Sex und Verhütung Bescheid.« *Ihr elenden Pechvögel.*

»Sie hat die Pille nicht vertragen und sie deshalb abgesetzt, aber wir haben immer aufgepasst. Dachte ich zumindest. Vielleicht kannst du mal mit ihr reden …«

»Wenn du willst, gern, aber ich glaube nicht, dass das was helfen wird. In ein paar Tagen habt ihr Mündliches, Mau. Ich empfehle euch vor allem eins: Versucht das Problem danach anzugehen. Ein paar Tage machen keinen Unterschied. Und in der Zwischenzeit denkt ihr nach, wägt alles sorgfältig ab. Und beruhigt euch. Dann sehen wir weiter.«

»Was meinst denn du dazu? Wäre es wirklich totaler Irrsinn, es zu behalten?«

»Besser, es wäre gar nicht erst passiert, aber nun ist es so. Ein Kind ist kein Irrsinn, sondern das Natürlichste der Welt. Der Verstand sagt, man sollte den richtigen Moment abwarten, um Kinder zu bekommen, ich hab das auch gedacht. Inzwischen stelle ich so manches in Frage. Auf jeden Fall solltet ihr beide das Gleiche wollen, aber die Entscheidung liegt schlussendlich bei der Frau, immerhin spielt sich alles in ihrem Körper ab, da gibt's nichts dran zu rütteln. Wenn Moni sich dem nicht gewachsen fühlt, kann man sie nicht dazu zwingen. Jetzt geh schlafen, und sag ihr morgen, ihr redet nach der Prüfung weiter. Vertagt das Problem auf danach.«

»Das wird nicht leicht.«

»Sich das Abi zu versauen ist keine gute Voraussetzung, wenn ihr das Kind behalten wollt. Und auch, wenn ihr es nicht wollt.«

»Du hast recht, Ma. Du bringst es immer auf den Punkt.«

»Gute Nacht, mein Schatz.«

Getröstet von der Vorstellung, die Entscheidung und die daran geknüpfte Katastrophe ein wenig aufgeschoben zu haben, stand Mau auf und ging schlafen. Nelly trank noch zwei reichliche Schlucke Four Roses, ließ sich angenehm beduselt ins Bett fallen und sank in traumlosen Schlaf.

VII

Ihr armen Bullen, ihr braucht Hilfe. Habt den Experten gerufen. Er hat's gewusst. Ihr Ärmsten, ihr wisst wirklich nicht, wo euch der Kopf steht ... nein, wo ihr den Kopf findet. Ha ha ha ...

Der Witz gefällt ihm so gut, dass er ihn paar Mal leise wiederholt, ihn auskostet wie einen besonderen Leckerbissen. Seit einer Weile – seit jenem ersten Tag – hat sich das Leben verändert, hat endlich einen Sinn. Dieser ganze Blödsinn, den die Zeitungen verzapfen, lässt ihn kalt. Wenn die wüssten ... Wenn die wüssten, wie es wirklich aussieht und wie viel Verantwortung auf seinen Schultern lastet. Doch jetzt muss er die Begierde im Zaum halten, die sich langsam wieder bemerkbar macht. Die Zeit wird kommen, die Dinge müssen geschehen, wenn die Zeit dafür reif ist. Und er wird sich gut fühlen, Angst und Beklemmung werden von ihm abfallen. Seine Feinde werden nicht triumphieren, niemals. Wer zahlen muss, wird zahlen. Im schützenden Schatten bereitet er seinen Heilsweg vor. Lächerlich, die und ihr Vertrauen in den Experten, wirklich lachhaft ...

Am Morgen erwachte Nelly mit pelzigem Gaumen und verkatertem Kopf. Mit wirrem Haar und ebenso wirrem Gemüt machte sie sich einen kräftigen schwarzen Tee und verzichtete ausnahmsweise auf den Kaffee. Das nächtliche Afrika und Maus Beichte kamen ihr in den Sinn, überlappten sich. Paulettes und Malinas Schatten und Madame Claire, wie wirklich ihr die erschienen waren! Und ihr Sohn Mau, der mit gerade neunzehn Jahren – vielleicht – Vater wurde, kam ihr unwirklicher vor als die im Geiste unternommene nächtliche Reise. Es war wohl besser, im Präsidium anzurufen und Marco zu sagen, er solle Palmieri mit Tano zu den Fundorten begleiten. Irgendetwas zog sie unwiderstehlich in die Via del Campo zu Madame Claire. Sie musste sie sehen, mit ihr sprechen.

Unsicher und nervös stand sie wenig später vor Madame Claires Haus und wusste nicht, was sie tun sollte. Die Schraubzwinge um ihren Kopf ließ noch immer nicht locker, ihre Schläfen pochten. Schließlich klingelte sie, die Tür ging auf, und Nelly stieg langsam die Treppen hinauf. Die Wohnungstür stand offen. Drinnen war nichts zu hören.

»Madame Claire, sind Sie da? Ich bin's, Commissario Rosso ...«

Reglos wie in ihrem Traum saß Madame mit dem Rücken zu ihr auf dem Sofa.

»Herein, Commissario. Aber heute Nacht hast du mich geduzt.«

Nellys Herz setzte einen Schlag aus und fing dann wie verrückt an zu rasen. Sie versuchte sich zu fassen und wartete, bis sie meinte, wieder normal reden zu können. Doch kam ihr nicht das über die Lippen, was sie eigentlich hatte sagen wollen. Stattdessen entfuhr es ihr zu ihrer eigenen Überraschung:

»Das heute Nacht war eine besondere Situation. Ein besonderer Ort.«

»Das stimmt. Ein Ort, an dem sich die Seelen der Lebenden und der Toten treffen. Ich war überrascht, dich dort zu sehen. Ich hatte dich nicht gerufen.«

Nelly konnte Madames Gesichtsausdruck nicht sehen.

»Ich war nicht weniger überrascht. Du ... hast du sie gerufen? Paulette und Malina?«

»Sie haben mich gerufen. Und dich. Das bedeutet, dass wir zusammenarbeiten müssen, Commissario. Sie wollen es so.«

»Haben sie etwas ... gesagt?«

Nelly ließ sich wie ein Sack neben Madame Claire auf das Sofa fallen. Sie suchte ihre Augen, ihren Blick, den die schwarze Frau starr geradeaus gerichtet hielt. Schließlich drehte sie sich zu ihr um, und ihre Augen trafen sich, Claires ruhig und gelassen, Nellys vor Aufregung weit aufgerissen.

»Es war keine Rache aus geschäftlichen Gründen oder dergleichen. So viel hat mich ihre Gegenwart spüren lassen. Es war tatsächlich ein Simba, ein Löwenmensch, ein von einem Löwen gebissener Mensch, der sich selbst in einen Löwen verwandelt hat, in eine heillose Bestie. Und er ist mit dem Töten noch nicht fertig. Er ist da draußen, sucht andere Opfer. Andere Trophäen. Wir müssen ihn stoppen.«

»Das ist leicht gesagt«, entgegnete Nelly. »Aber wo finden wir ihn? Können Paulette und Malina uns nicht helfen?«

Sofort biss sie sich auf die Zunge. Wie konnte sie nur so einen Schwachsinn reden, sie war noch nie für übersinnliche oder übernatürliche Phänomene empfänglich gewesen, hatte stets darüber gelacht, wenn bei Ermittlungen um vermisste Personen ein Medium zu Rate gezogen wurde. Das mochte in einem Film oder einem Buch ganz unterhaltsam sein, aber im wirklichen Leben … Humbug!

»Du hast Fähigkeiten, von denen du selbst nichts ahnst«, sagte Claire, als hätte sie ihre Gedanken gelesen. »Sonst wärst du heute Nacht nicht an jenen Ort gekommen, wo die Welten sich berühren. Irgendetwas oder irgendjemand hat unseren Kontakt unterbrochen.«

Nelly war verblüfft. »Mein Sohn ist nach Hause gekommen«, sagte sie zögernd. »Er hat mich geweckt.«

»Richtig, richtig, so war's. Es wird schwierig, die Botschaften zu entschlüsseln, sie sind doppeldeutig. Klar ist nur der Schmerz um den vorzeitigen Verlust des Lebens.«

»Bist du ein … Medium?«

»Ja. Ich habe besondere Fähigkeiten. Aber sie sind nicht immer hilfreich. Manchmal wäre es besser, sie nicht zu haben. Sie können eine Last sein«, schloss sie seufzend und blickte Nelly mit großen, ausdrucksvollen Augen an. Die Kommissarin empfand eine tiefe Sympathie für Claire, etwas wie Hochachtung und Freundschaft, und fragte sich, ob ihre Gefühle erwidert wurden.

»Achte auf den Mond«, fügte Claire im Aufstehen hinzu.

»Was meinst du?«

»Die Jagdphasen. Achte auf den Mond.«

Das Gespräch war beendet, so viel war klar. Ohne ein weiteres Wort verschwand die Afrikanerin hinter dem Vorhang, der den Rest der Wohnung abschirmte und hinter dem Kinderstimmen zu hören waren.

Völlig benommen fand sich Nelly vor der Haustür in der Via del Campo wieder, stand minutenlang da und blickte unschlüssig nach rechts und links. Schließlich gab sie sich einen Ruck und setzte sich Richtung Porto Antico in Bewegung. Am alten Hafen angelangt, ließ sie sich auf eine Bank fallen, saß eine Weile reglos da und betrachtete die vorübergehenden Passanten, die segelnden Möwen, Kähne und Boote, die von den Molen ablegten. Dann öffnete sie den Blick und sah auf die Stadt, die sich im Halbrund an die Berge schmiegte. Allmählich fühlte sie sich besser und zog den Terminkalender hervor, um zu tun, was Claire ihr geraten hatte, und die Mondphasen zu überprüfen.

Das erste Verbrechen war bei zunehmendem Mond verübt worden, und zwar genau in der Nacht vor dem ersten Viertel. Der Nacht von Sonntag auf Montag. Der zweite Mord in der Nacht darauf, der des ersten Viertels. Der dritte war in der Nacht des siebten Tages nach dem zweiten Leichenfund begangen worden, eine Nacht vor Vollmond, und der vierte in der Vollmondnacht. Bis hierhin passte alles. Seit einigen Tagen war alles ruhig (kein neuer Fund), der Mond nahm ab und würde bald das letzte Viertel erreichen, das auf einen Montag fiel, genau wie das erste. Plötzlich musste Nelly an das Abendessen mit Tano in Sturla denken, als die Sache gerade losgegangen war. Macht sich der Mond nach Westen krumm, wird er rund, hatte sie beim Anblick der Mondsichel gedacht. Letzte Nacht war er wegen der Wolken nur hin und wieder sichtbar gewesen, aber er war noch da.

Montag ist das letzte Viertel. Und dann? Was, wenn sich dieser verfluchte Irre tatsächlich nach den Mondphasen richtet? Dann müsste er in der Nacht vor dem letzten Viertel und in der Nacht darauf zuschlagen, dann sechs Tage Pause, in der siebten Nacht wieder ein Verbrechen (vor Neumond) und dann in der Neumondnacht selbst. Du lieber Gott, was für ein Gemetzel! Bitte nicht! Und wo? Und wen? Wahrscheinlich wieder arme, wehrlose Mädchen. Ich glaub's nicht. Ich will's nicht glauben. Genau dann haben Mau und Monica auch noch Mündliches. O Himmel, was für ein Sommer. Und das Kind …

Das Wort »Sommer« brachte ihr schlagartig die abermals zunehmende Hitze wieder ins Bewusstsein, und sie bemerkte, dass sie kurz davor war umzukippen. *Ich hab noch nichts gegessen, deshalb fühle ich mich so schlapp.* Bei diesem plötzlichen, direkt vom Magen ausgesandten Gedanken sprang Nelly auf und machte sich auf den Weg zu ihrer Lieblingsfriggitoria nach Sottoripa, wild entschlossen, einen riesigen Teller *frittelle di baccalà** zu verdrücken. Die Kopfschmerzen waren weg. Der dem Besuch bei Claire geschuldete Schock ebenfalls. Es war Zeit, in die Gänge zu kommen.

Pappsatt von dem angesichts der brütenden Hitze und der frühen Tageszeit denkbar unpassenden frittierten Stockfisch stand Nelly eine Stunde später in Tano Espositos Büro, der ausnahmsweise einmal an Frische und Eleganz vermissen ließ. Er hatte die leichte, cremefarbene Leinenjacke ausgezogen, saß in einem blauen Hemd da, das (zufällig?) genau zu seinen Augen passte, und fächelte sich mit einem Aktendeckel Luft zu. Nach einigen Minuten des Schweigens und wechselseitigen Seufzens gab sich Nelly einen Ruck.

»Und? Was ist mit unserem Freund? Ist er sein Geld wert?«

»Unser Freund hat auf mich einen hervorragenden Eindruck gemacht, aber ein Hellseher ist er nicht. Was seine Interpretation der Fundorte anbelangt, so vermutet er – ich kreuze die Finger –,

* Typisches ligurisches Gericht: im Teigmantel frittierter Stockfisch.

so vermutet er, dass es noch weitere Funde geben wird, sprich, enthauptete Leichen, und zwar paarweise und an Orten, die für den Mörder aus irgendeinem Grund von besonderer Bedeutung sind. Eine Art Schnitzeljagd.«

Es klopfte an der Tür, und Marco kam herein, begleitet von der zum Team gehörenden Inspektorin Amanda Sacco und Chefinspektor Bentivegna. Der Assistent Razzi, der den in seinem geliebten Sizilien urlaubenden und im Grunde unersetzlichen Gerolamo Privitera vertrat, tauchte ebenfalls auf und grüßte.

Amanda war klein und dunkel wie eine Ameise, mit großen, wassergrünen Augen und langen Wimpern. Ihrer zerbrechlichen Erscheinung zum Trotz war sie zäh, hartnäckig und unermüdlich. *Schön für sie, sie ist ja auch erst einunddreißig!* Nelly begrüßte sie mit einem Lächeln, das schmallippig erwidert wurde. Amanda Sacco war äußerst ehrgeizig, und die offene, direkte Art der Kommissarin vertrug sich nicht mit ihrem verschlossenen, unergründlichen und misstrauischen Wesen. Inspektor Tommaso (Tommi) Bentivegna war so hoch wie breit und an den Schläfen ziemlich kahl. Dafür trug er das Haar im Nacken umso länger. Er war zuverlässig, gründlich und kompetent. Ein Einzelgänger ohne Familie. Seine Fettleibigkeit und die Hitze ließen ihn übermäßig transpirieren, und ein beißender Geruch nach Deo und Schweiß umgab ihn.

Beim Kontakt mit Tommis Ausdünstungen kräuselte sich Tanos aristokratische Nase unmerklich, was Nelly jedoch nicht entging. Dann gebot der Polizeivize seiner Mannschaft, sich zu setzen, und jeder suchte sich einen Stuhl. Das Zimmer war in Halbdunkel getaucht, um die Anwesenden vor der Sonne zu schützen, die gnadenlos auf die Stadt niederbrannte. Die aufmerksamen, angespannten Gesichter glänzten dennoch vor Schweiß. Tanos Stimme klang müde, sosehr er sich auch um einen entschlossenen, lockeren Tonfall bemühte.

»Also, wie ich unserer Dottoressa Rosso bereits sagte, nach

Meinung unseres Profilers«, leises Grinsen bei den Anwesenden, deutlicheres Feixen bei Marco, ernstes Gesicht bei Nelly, »führt uns der Mörder dahin, wo er will, indem er Leichen auslegt wie Stationen auf einem irrwitzigen Parcours. Wir müssen uns also aufs Schlimmste gefasst machen, denn nach dem gegenwärtigen Stand der Dinge können wir davon ausgehen, dass er wieder zuschagen wird, allerdings wissen wir weder wo noch wann. Der Polizeichef ist in ständigem Kontakt mit mir und zieht in Erwägung, früher aus dem Urlaub zurückzukehren, was ...«

»... nicht zu wünschen ist«, schlossen die anderen grinsend im Chor. Tano setzte eine tadelnde Miene auf, und die anderen guckten gespielt reuig.

»Spaß beiseite. Es wäre natürlich schön, wenn wir den Fall lösten, ohne ihn bemühen zu müssen, schließlich sitzen uns schon die Presse, das Fernsehen und die öffentliche Meinung im Nacken. Wir arbeiten unter Hochdruck. Ich fasse jetzt die Sachlage kurz zusammen, danach wollen wir uns die neuesten Ermittlungsergebnisse anhören.«

Als Tano geendet hatte, war Amanda Sacco an der Reihe. Sie hatte die Apotheken und Krankenhäuser abgeklappert, um dem Curare-Gemisch auf die Spur zu kommen, mit dem die Opfer ruhiggestellt worden waren. Ohne Erfolg. Gegenwärtig war es unmöglich festzustellen, wie sich der Mörder das Gift verschafft hatte.

»Ein Arzt? Anästhesist? Apotheker? Pfleger? Einer, der jemanden dergleichen in der Familie hat?«, schloss Amanda entmutigt. »Die Möglichkeiten sind endlos, auch wenn's Muskelrelaxans nicht im Supermarkt zu kaufen gibt.«

Ratlose Gesichter, Kopfschütteln. Dann war Tommi Bentivegna dran, der zusammen mit Fattori die einschlägigen Zuhälter und Menschenhändler unter die Lupe genommen hatte. Es waren keine Fehden bekannt. Das Business lief weiter wie bisher, alles war ruhig, und vielleicht auch der Hitze wegen kümmerte sich jeder um seinen eigenen Kram. Natürlich herrschte unter den Frauen und Transen noch immer Angst und Unsicherheit. Die Gruppen misstrauten einander. Die Zuhälter waren auf der Hut und versuchten nach Kräften, die Mädchen aus ihrem Stall im Auge zu behalten und sich die Autonummern der Freier zu notieren, was denen wiederum gar nicht recht war. Sobald sie es bemerkten, machten sie sich mit quietschenden Reifen aus dem Staub. Die Morde waren Gift fürs Geschäft. Sollten die Zuhälter den Mörder zu fassen kriegen, würden sie ihn der Polizei gewiss ganz oder in mundgerechten Happen auf dem viel beschworenen Silbertablett servieren. Nelly bemerkte, dass sie sich wie Palmieri mit der Hand übers Kinn fuhr, und musste lachen.

Dann gab es noch neueste Informationen über die Opfer. die Geschichten glichen sich, auch wenn die Mädchen aus ganz unterschiedlichen Winkeln der Erde stammten: Armut, der Traum von einem besseren Leben, Gewalt und am Ende die Straße. Das galt vor allem für Balmirs Mädchen Samira und Lena. Was Paulette betraf, sah es so aus, als wäre sie nie auf den Strich gegangen, sie war sogar noch Jungfrau gewesen. Malina, das andere Mädchen von Madame Claire, war, wenn man so sagen wollte, mit ihrem Leben zufrieden und Madame dankbar gewesen. Wenn man den Worten der Mädchen von Madame Claire Glauben schenken konnte, empfanden sie ihr gegenüber Hochachtung und Dankbarkeit und nannten sie sogar *maman*. Sie machten einen wohlgenährten, offenen und selbstbewussten Eindruck.

Im Grunde ihres Herzens war Nelly froh darüber. Die Vorstellung, Claire könnte eine üble Ausbeuterin sein, hätte sie traurig gemacht. Jetzt war sie sich sicher, dass Claire nicht zu den schäbigen Gestalten gehörte, die sich sonst in diesem finsteren Milieu herumtrieben. Ihrer ganz persönlichen Meinung nach war sie in gewisser Weise vielleicht tatsächlich eine Wohltäterin. Auch in ihrer Heimat hätten diese bitterarmen Mädchen womöglich den gleichen Weg eingeschlagen, nur mit einer höheren Wahrscheinlichkeit, an Krankheit und Elend zugrunde zu gehen.

Nelly schüttelte den Kopf, um die Rechtfertigung ihrer schwarzen Freundin nicht zu weit zu treiben, doch es war nichts zu machen, Claire gefiel ihr. Unter anderen Umständen hätte die ein ganzes Unternehmen geführt. Aber tat sie das nicht auch so? Dann rief sie sich noch einmal das Vorgehen des Mörders ins Gedächtnis: Die Mädchen, den Spuren nach an Handgelenken und Fußknöcheln gefesselt und geknebelt, waren an einen unbekannten Ort gebracht worden, an dem es jedoch – und das war an allen vier Leichen festgestellt worden – den für die Berge rund um die Stadt typischen Erdboden gab. Man hatte sie durch die Injektion eines Muskelrelaxans' ruhiggestellt und bei Bewusstsein mit einer – dem Schnitt nach zu urteilen – Guillotine oder einer ähnlichen äußerst scharfen Klinge enthauptet. Bei lebendigem Leib. Dann waren die Körper, so gut es ging, gesäubert und mit einem Transportmittel, möglicherweise einem Lieferwagen, an die Fundorte gebracht worden, wo man sie sorgfältig abgelegt und in Positur gebracht hatte. Ohne Hohn, ohne Hass. Wie bei einem Ritual. In diesem Punkt war Palmieri entschieden gewesen. Entgegen den ersten Annahmen schien der Mörder seinen Opfern nicht mit Verachtung zu begegnen – von der Enthauptung einmal abgesehen.

Nelly sah die letzten Augenblicke dieser armen Mädchen vor sich, die bei Bewusstsein und sich bewusst waren, dass das Ende nahte. Sie konnte ihre Todesangst fast körperlich spüren und erschauerte. *Wie kann ein Mensch einem anderen Menschen so etwas antun?* Seufzend schreckte die Kommissarin aus ihren düsteren Phantasien auf, als die anderen begannen aufzustehen und sich zu verabschieden.

Nelly blieb mit Marco und Tano in dessen Büro zurück. Polizeichef Volponi rief an, und Tano ging widerwillig ans Telefon. Mit einem freundlichen Winken machten sich Nelly und Marco hastig aus dem Staub. Valeria bot an, ihnen einen Kaffee zu bringen. Beide nahmen dankend an, und als sich Marco davonschleichen wollte, hielt Nelly ihn zurück.

»Wohin so eilig, Marco? Wollen wir unseren Kaffee nicht in meinem Büro trinken?«

»Na schön, Nelly. Ich bin gerade nur ein bisschen ... neben der Kappe.«

»Das habe ich gemerkt. Liegt's an der Hitze, am Fall, oder ist da noch was anderes?«

Die beiden setzten sich in Nellys Büro, das sehr viel kleiner war als Tanos. Marcos schlechte Stimmung der letzten Tage war nicht zu übersehen gewesen, und Nelly, die ihn gut gelaunt, positiv und als wahre Energiespritze kannte, war ihrer weiblichen Natur entsprechend verwundert und neugierig. Die Frage traf ins Schwarze, und Marco, der auf der anderen Seite ihres Schreibtisches saß und bisher zu Boden gesehen hatte, blickte sie an, entschlossen, sich das Herz zu erleichtern.

»Diese Verbrechen treiben mir das Blut in die Schläfen, und nicht zu wissen, wo man ansetzen oder wie man sie verhindern soll, macht mich rasend. Aber da ist noch etwas anderes. Luciana und ich haben uns getrennt.«

Luciana und Marco waren seit zehn Jahren zusammen. Sie war eine schöne, besitzergreifende und leicht überdrehte Frau, die wegen des gefährlichen Jobs ihres Lebensgefährten ständig in Sorge war. Doch ihre Beziehung schien inzwischen unerschütterlich.

»Oha! Damit hätte ich nicht gerechnet. Luciana vergöttert dich, Marco.«

»So, wie es aussieht, war das einmal. Jetzt verabscheut sie mich und hat mir jeglichen Kontakt mit ihr untersagt. Schluss, aus, Ende. Zehn Jahr für die Katz.«

»Ist denn da das letzte Wort schon gesprochen?«

»Was weiß ich.«

»Wann ist sie gegangen?«

»Von wegen gegangen, sie hat mich rausgeschmissen. Sie hat gemeint, nach zehn Jahren stehe die Wohnung ihr zu, und im Grunde kann ich ihr nicht widersprechen.«

Es folgte ein beklommenes Schweigen. Nelly wollte nicht indiskret erscheinen und nach den Ursachen für diesen plötzlichen Wandel fragen – wenn er denn überhaupt plötzlich war. Marco war unsicher, ob er weiterreden sollte oder nicht, doch dann war der Wunsch, sich zu öffnen und mit jemandem zu reden, stärker als seine Zurückhaltung.

»Luciana wollte ein Kind, und ich nicht.«

Ach du liebes bisschen, da war es schon wieder, das Problem, das Mau und damit auch sie umtrieb.

»Nach zehn Jahren erscheint es mir nicht so abwegig, dass eine Frau von ihrem Mann ein Kind möchte«, sondierte Nelly vorsichtig das Terrain.

»Nelly, du bist in dieser Scheißwelt genauso unterwegs wie ich, jeden Tag hast du's mit unfassbaren Abscheulichkeiten zu tun. Findest du es da richtig, noch eine arme Kreatur in diese Müllhalde zu setzen?«

Eine existentielle Frage. Wie sollte sie mit einem Satz darauf antworten, wenn dazu kaum eine philosophische Abhandlung gereicht hätte?

»Na ja, ich habe ein Kind in die Welt gesetzt, das darüber hoffentlich nicht allzu traurig ist. Und du, Marco, immer optimistisch, voller Biss, Energie und Tatendrang, wärst du lieber nicht geboren worden? Hätten unsere Eltern so gedacht wie du, säßen wir jetzt nicht hier und würden uns unterhalten. Und sag mir nicht, dass die Welt schlechter geworden ist; seit jeher behaupten die Menschen, früher wäre alles besser gewesen. Wann denn früher? Probleme hat es immer gegeben. Habt ihr in den letzten zehn Jahren denn nie darüber gesprochen, ob ihr ein Kind haben wollt oder nicht? Wart ihr euch da nicht einig?«

Marco rutschte schnaubend auf seinem Stuhl hin und her, schließlich stieß er einen Seufzer aus.

»Nein, zum Geier!, nein, darüber haben wir nie gesprochen. Ich dachte, ich wäre ihr genug, und sie dachte, früher oder später würden wir schon ein Kind kriegen. Totales Missverständnis, kolossale Fehlkommunikation. Jetzt ist die Blase geplatzt, und sie wirft mir vor, ich hätte ihr zehn Jahre ihres Lebens gestohlen, ihr die ganze Zeit was vorgemacht. Jetzt hasst sie mich.«

»Und du? Bist du bereit, auf sie zu verzichten?«

Marco ließ sich gegen die Rückenlehne fallen, sah an die Decke und presste die Lippen zusammen, um seine Gefühle im Zaum zu halten.

»Das ist waschechte Erpressung, nichts anderes. Nein, ich bin nicht bereit, auf sie zu verzichten, aber ich bin auch nicht bereit, gleich wie ein Hündchen bei Fuß zu sein. Ich bin verwirrt, sauer, total durcheinander. Ein Kind … Ich weiß noch nicht mal, was das ist, ein Kind. Nie mehr Urlaub in den Tropen, nie mehr Ausgehen mit Freunden, und dann diese ständige Angst, dass ihm was passiert. Vielleicht ist es auch noch 'ne Nervensäge oder ich finde es blöd. Ich kann's jetzt schon nicht ausstehen. Da weiß man noch nicht mal, ob's überhaupt geboren wird, und schon macht es einem das Leben zur Hölle.«

Fast hätte Nelly angesichts dieser verzweifelten Tirade laut losgelacht, aber sie wollte ihren Kollegen nicht verletzen. Sie ließ ihn zu Atem kommen.

»Wie alt bist du, Marco?«

»Achtunddreißig, wie Luciana, das weißt du doch.«

»Du kannst deine Meinung auch noch in zwanzig Jahren ändern. Sie nicht. Wenn du sie liebst, denk darüber nach. Und wirf die Scheißwelt und den Urlaub in den Tropen nicht in einen Topf. Das ist nicht in Ordnung.«

»Vielleicht hast du recht. Luciana und ich sollten darüber reden, wenn wir uns ein bisschen beruhigt haben. Aber im Augenblick steht meine Welt kopf. Alles lief so gut, alles lief so glatt. Findest du auch, dass ich ein gemeiner Egoist bin?«

»Nein. Aber ich glaube, dass du selbst nicht genau weißt, wieso du bei der Vorstellung, ein Kind zu haben, so drastisch reagierst.

Meiner Erfahrung nach verändert ein Kind deine Wahrnehmung, es befreit dich davon, ständig im Mittelpunkt des Universums zu stehen und manisch um dich selbst zu kreisen, auch wenn das vielleicht nicht für jeden gilt. Man hört auf, immer nur an sich selbst zu denken. Vom Kind, das man war, wechselt man in die Rolle der Eltern, man versteht sie besser, man wird erwachsener. Für mich eine unersetzliche Erfahrung. Aber das muss natürlich jeder selbst entscheiden. Wie er will und wie er kann.«

»Mit dir kann man wenigstens vernünftig reden, Nelly. Du hättest sie sehen sollen, sie hat getobt. Wir haben uns grauenhafte Dinge an den Kopf geworfen. Als hätten wir uns nie geliebt, schierer Hass.«

»Aber jetzt tut es dir leid, und ihr vielleicht auch. Und außerdem stecke ich selbst nicht drin. Ich bin nicht diejenige, der du ein Kind verwehrst. Und das nach zehn Jahren Zusammensein.«

»Hmmpf... grmmpf...«

Grummelnd erhob sich Marco und verabschiedete sich mit einem knappen Kopfnicken, als Valeria mit zwei Tassen Kaffee in der Hand hereinkam. Sie sah ihn verdattert an. Nelly lächelte.

»Lass ihn, Valeria, setz dich, dann trinken eben wir beide den Kaffee.«

Tano Esposito und Nelly kehrten von einer Unterredung mit Laurenti zurück, den sie von Palmieris Eindrücken an den Fundorten und dem Stand der Ermittlungen in Kenntnis gesetzt hatten. Schweigend saßen sie in einem Café in der Via XX Settembre und rührten in ihrem Cappuccino herum. Es war noch immer heiß, aber weniger feucht, und man konnte besser atmen als in den Tagen zuvor.

Laurenti gab sich gern sportlich und demokratisch und legte einen jovialen und freundschaftlichen Ton an den Tag. Doch im Grunde hielt Nelly ihn für einen oberflächlichen Ehrgeizling, der sich nicht allzu viele Skrupel machte. Palmieri kennengelernt und mit ihm in Boccadasse gegessen zu haben hatte ihm Auftrieb gegeben. Er hatte Tano und Nelly zugehört und war zu dem Schluss gekommen, man sollte es vielleicht doch der Presse stecken, dass man einen prominenten Kriminologen zu den Ermittlungen hinzugezogen hatte. Das würde ihrer Arbeit Bedeutung verleihen und zeigen, dass man sich ernsthaft ins Zeug legte. Vielleicht sollte man – er natürlich – mit dem bekannten Kriminologen im Fernsehen auftreten, in einer landesweit ausgestrahlten Sendung, die sich mit derartigen Fällen befasste.

Tano und Nelly wollten ihren Ohren nicht trauen. Als der Staatsanwalt ihre Verlegenheit bemerkte, fügte er hastig hinzu: »Natürlich würde an dieser Stelle nur ganz allgemein über das Thema gesprochen und nur auf bereits gelöste oder nicht vollends aufgeklärte, aber verjährte Fälle, auf *cold cases* Bezug genommen werden. Die aktuellen Ermittlungen unterliegen selbstverständlich dem Untersuchungsgeheimnis.«

»Vielleicht sollten wir damit warten, bis der Fall gelöst ist. Zu diesem Zeitpunkt, denke ich, wo wir noch nichts in den Händen haben, würden wir nicht besonders gut dastehen, Dottor Laurenti. Außerdem würde ich davon abraten, Palmieris Namen bekannt zu machen. Immerhin rennt da draußen ein mordender Psychopath herum, der ihn auf seine Abschussliste setzen könnte, meinen Sie nicht?«

»Nun ja, was Palmieri betrifft, haben Sie vielleicht recht, Dottor Esposito. Aber vielleicht hat jemand etwas gehört oder gesehen, und wenn er von dem Fall aus dem Fernsehen erfährt, erinnert er sich daran und ruft an; in Deutschland gibt es so eine Sendung, und die funktioniert ausgezeichnet. Das Fernsehen ist eben nicht nur Schund, es kann auch hilfreich sein.«

Tano und Nelly reagierten noch immer verständnislos. Doch es war klar, dass Laurenti nicht lockerlassen würde. Er wollte ins Rampenlicht, mit oder ohne Palmieri. Nachdem sie sich verabschiedet hatten, waren die beiden schweigend Richtung Bar geschlendert, wo sie noch immer seufzend in ihrem inzwischen lauwarmen Cappuccino herumrührten.

»Ich glaub's einfach nicht«, knurrte Tano als Erster, »der will auf Kosten dieser armen Mädchen Werbung für sich machen.«

»Wenn man heute nicht im Fernsehen auftaucht, ist man eben ein Niemand. Aber das muss er mit seinem Gewissen ausmachen. Nur glaube ich nicht, dass das den Ermittlungen besonders zuträglich sein wird, im Gegenteil. Der Mörder findet es vielleicht toll, so viel Aufmerksamkeit zu bekommen, und bringt noch mehr Leute um. Vielleicht will der ja auch nur ins Fernsehen. Was Palmieri angeht, der ist sowieso oft im Fernsehen, um seine Bücher vorzustellen. Aber ihn mit diesem Fall in Verbindung zu bringen und eventuell die Aufmerksamkeit des Mörders auf ihn zu lenken halte ich nicht für ratsam, da bin ich mit dir einer Meinung. Das könnte für ihn tatsächlich gefährlich werden. Es wäre interessant zu wissen, wie er das sieht. Auch den Narzissmus von Kriminellen. Übrigens, wir treffen Palmieri um fünf, richtig? Hat er dir gesagt, ob er bis dahin schon ein Profil des Täters fertig haben will?«

»Ja, deshalb sollen wir ja zu ihm kommen. An den Fundorten ist er fast in eine Art Trance gefallen. Wie ich Laurenti schon sagte, er meinte, es seien äußerst evokative Orte.«

»Und was evozieren sie? Kennt er noch mehr solcher Orte, wo unser Freund vielleicht das nächste Mädchen ablädt?«

»Er meint, die Berge und der Park von Nervi seien nicht zufällig gewählt worden, um bequem und möglichst unbeobachtet eine Leiche abzuladen, vielmehr seien es Schlüsselorte einer inneren Landkarte, Orte, an denen etwas für ihn Bedeutendes passiert sei, etwas, das ihn geprägt hat. Nach seinem ›Abstieg‹ ans Meer werde er schwerlich wieder in die Berge zurückkehren, wir müssten bald mit einem neuen Verbrechen rechnen – er meint, gegen Ende der Woche, Gott weiß, wieso –, und höchstwahrscheinlich wieder an der Küste oder sogar in der Stadt.«

Nelly zog den Terminkalender aus ihrer geräumigen Wildledertasche und studierte ihn, während Tano seinen Cappuccino austrank.

»Und, Nelly, Ferienpläne? Da musst du dich noch ein bisschen gedulden«, stichelte er. Doch Nelly blieb todernst in ihren Kalender vertieft. Sie hörte ihn nicht einmal. Mit dem Kuli malte sie unverständliche Zeichen und Symbole auf die Seiten. Dann schien ihr wieder einzufallen, dass der Polizeivize neben ihr saß.

»Er könnte recht haben. Nächsten Montag sind wir zum Beispiel im letzten Viertel. Es könnte also genau am Wochenende passieren. Kommt darauf an, ob es ihm wieder gelingt, zwei umzubringen, und wie lang die Pause ist.«

»Letztes Viertel? Ist das jetzt ein Werwolf oder was? Aber die schlagen doch nur bei Vollmond zu. Ein Werwolf, der Überstunden macht?« Tano versuchte witzig zu klingen.

»Wenn wir Palmieri glauben dürfen, folgt er einem eigenen Rhythmus, und sieh dir das erste Verbrechen an – es ist in der Nacht vom Sonntag passiert, wir haben Paulette am Montagmorgen gefunden. Das war die Nacht vor dem ersten Viertel, in der darauffolgenden Nacht ist Samira umgebracht worden. Die haben wir Dienstag gefunden. Dann eine Pause von ... eins, zwei, drei, vier, fünf, sechs Tagen«, zählte Nelly konzentriert. »Sieben, wenn wir den Tag, an dem wir Samira gefunden haben, dazuzählen. Dann sind wir bei Montagnacht – die Nacht vor dem Vollmond –, und Malina wird ermordet. Drittes Verbrechen. Gleich darauf, in der Vollmondnacht, der Nacht vom Dienstag, viertes Verbrechen, die arme Lena.«

Mit gerunzelter Stirn und skeptisch gekräuselten Lippen hörte Tano zu. Sie redete weiter, ohne davon Notiz zu nehmen.

»Mittwoch, Donnerstag, Freitag, Samstag, Sonntag. Heute ist Freitag. Sonntag ist der fünfte Tag nach dem letzten Leichenfund. Montag ist das letzte Viertel. Es kommt darauf an, ob für ihn die Mondphase oder die Pause entscheidend ist oder ob die Pause von der Mondphase abhängt, was weiß ich, aber sie könnten ins Schwarze getroffen haben.«

»Sie? Wer denn noch außer Palmieri? Der hat außerdem gar nicht von Mondphasen gesprochen, sondern nur von der Pause.«

Verdattert suchte Nelly nach Worten. Nein, sie konnte Tano nicht von Claire und schon gar nicht von ihrem Traum, oder was zum Teufel es sonst gewesen sein mochte, erzählen, ohne sich in seinen Augen vollkommen lächerlich zu machen. Es blieb ihr nichts anderes übrig, als zu behaupten, dass die Beobachtung auf ihrem Mist gewachsen sei.

»Entschuldige, ich hab im Plural gesprochen. Palmieri könnte recht haben, meinte ich, weil mir aufgefallen ist, dass zwischen den Morden und den Mondphasen ein Zusammenhang besteht. Ich hab nicht viel drauf gegeben und es deshalb für mich behalten, aber wenn unser Experte meint, der Mörder könnte dieses Wochenende wieder zuschlagen, ist die Idee vielleicht doch gar nicht so abwegig. Nur, was nützt uns das?«, schloss sie, stemmte die Ellenbogen auf das Tischchen, stützte das Kinn in die Hand und sah Tano resigniert an. »Wenn es wirklich so wäre, würden wir annähernd wissen, wann er das nächste Mal tötet, allerdings weder wo noch wen. Es bleibt uns nichts anderes übrig, als auf die traurige Bestätigung zu warten und uns in den Arsch zu beißen.«

Tano riss ihr den Kalender aus der Hand, ließ den Finger über die Tage und Zahlen gleiten, trommelte auf das Tischchen, grunzte, klappte ihn zu und gab ihn zurück.

»Aber Nelly, um Gottes willen, natürlich ist deine Idee alles andere als blöd, vorausgesetzt, es handelt sich eben nicht um eine Abrechnung unter Zuhältern, sondern tatsächlich um einen verdammten Serienmörder, der vorhat, uns den ganzen Sommer auf Trab zu halten. Und ja, ich fürchte, dieses Dreckschwein wird uns die Bestätigung für unsere Annahme liefern. Was können wir tun? Allen Prostituierten in und um Genua verbieten, am Wochenende vor die Tür zu gehen? Sie übers Fernsehen warnen? Kannst du dir die Panik vorstellen? Und würde das was nützen? Palmieri hat auch vorausgesagt, er könnte einen ›Qualitätssprung‹ machen und zu Hausfrauen oder Bankangestellten übergehen. Halb Ligurien unter Ausgangssperre? Was für ein Desaster! Ein Desaster!«

»Hat er das wirklich gesagt? Er könnte sein Beuteschema ändern? Könnte er auf Männer umschwenken?«

»Nein, das ist wohl eher unwahrscheinlich. Palmieri zufolge sind und bleiben es Frauen. Nur die Tatsache, dass es Prostituierte sind oder scheinen, ist nicht zwingend, sondern nebensächlich.«

»Und wieso, zum Henker?«

»*Feeling, feeling*. Eine Frage von Erfahrung und Instinkt. Nichts, was uns Normalsterblichen vergönnt wäre.«

»Na schön, jetzt hast du mich neugierig gemacht, lass uns den Guru in seinem Heiligtum, Verzeihung, in seinem trauten Heim besuchen. Es ist sowieso gleich so weit. Bist du mit dem Dienstwagen hier?«

»Ja, ich stehe in der Via Madre di Dio, da ist es schattig.«

»Genial wie immer. Mist, ich hab meinen Cappuccino ganz vergessen. Jetzt ist er kalt und schmeckt nicht mehr.«

»Ganz schön wählerisch, die Signora. Auch was die Männer angeht, ich muss schon sagen.«

»Du hast gut reden, wechselst die Weiber wie Unterhosen, und nie ist die Richtige dabei.«

Tano hatte das Geld auf den Tisch gelegt, und die beiden standen auf. Nelly warf ihm einen Seitenblick zu. *Wie konnte seine Frau sich so einen nur entgehen lassen? Es müsste viel mehr davon geben!*

Der Polizeivize wirkte plötzlich nachdenklich. Während sie durch die Via Fieschi Richtung Tiefgarage gingen, schwieg er und schien seinen Gedanken nachzuhängen. Dann sagte er plötzlich: »Meine Frau hat mich verlassen, weißt du? Wegen eines anderen. Sie hat vor drei Tagen ein Kind bekommen.«

Nelly war platt und wagte nichts darauf zu sagen.

»Es hat mir wehgetan, damals, als sie gegangen ist, vor allem wegen der Kinder. Aber ich verstehe sie. Ich war nie für sie da. Ich liebte sie nicht mehr. Ich musste mich überwinden, mit ihr zu schlafen. Als wir geheiratet haben, waren wir sehr jung, sie war schwanger mit Massimo.«

O weh, Mau und Moni könnte das Gleiche blühen. Mist, verdammter …

»Dieser Typ, mit dem sie jetzt zusammen ist, ein Anwalt, ist eine ganze Ecke älter als ich und trägt sie auf Händen, er gibt ihr das Gefühl, geliebt und begehrt zu sein. Ich wünsche ihr alles Glück der Welt. Aber ich glaube nicht, dass es mit uns so geendet ist, weil wir so jung waren, weißt du, Nelly. Ich glaube, es liegt an mir. Ich verliere eben schnell das Interesse, das ist es. Es gibt so viele Frauen, ich verliebe mich in eine, schlafe mit ihr und finde es das Größte auf der Welt, dann habe ich es über, die Beziehung geht in Lichtgeschwindigkeit in die Brüche, und ich sehe mich nach einer neuen um. Männer wie ich sollten sich nicht binden.«

»So ein Blödsinn, Tano, was dir passiert ist, kann jedem passieren. Du bist alles andere als oberflächlich, früher oder später kommt die Richtige – zumindest für ein Weilchen«, feixte sie, um die Stimmung aufzuheitern. Auch Tano lachte sein schönes, warmes Lachen.

Unterdessen waren sie beim Parkhaus angelangt, er zahlte das Ticket, sie stiegen ins Auto, tauchten aus den kühlen Eingeweiden der Stadt empor, fuhren Richtung Corso Italia und bogen landeinwärts nach Albaro ab. Zum Glück hatte das Auto, ein Croma, eine gute Klimaanlage, und Nelly wäre am liebsten stundenlang so weitergefahren, geschützt vor der erbarmungslosen Hitze.

Der Corso Italia war menschenleer, die Strände wimmelten von Badenden, die im lauwarmen Wasser dümpelten. Immer wieder ergossen sich halbnackte junge Leute und ein paar wenige Mütter mit Kindern, die es an das verführerisch glitzernde Meer zog, aus den Bussen. Zu ihrer Zeit hatten die Frauen gleich mehrere Kinder auf dem Arm und an der Hand gehabt, erinnerte sich Nelly fast wehmütig. Heutzutage war eine Schwangere eine Seltenheit.

Schon wieder! Der Finger bohrt auch immer weiter in der Wunde. Frauen, Kinder, Schwangerschaften. Themen, die sie jahrelang nichts angegangen waren, als gehörten sie in eine andere Welt. Und jetzt war von nichts anderem mehr die Rede. Würde sie Großmutter werden? Und was würde das für die Kinder und ihr Leben bedeuten?«

»Was stimmt dich so nachdenklich, Nelly? Ich wollte dir mit meinem gescheiterten Privatleben nicht die Laune vermiesen.«

»Ach was, Tano, und wieso gescheitert? Wir Menschen sind, wie wir sind, an uns und unseren Beziehungen ist nichts absolut richtig oder falsch. Wenn eine Geschichte nicht funktioniert oder sich überlebt, können wir uns nicht ewig dafür geißeln. Das macht es auch nicht besser, irgendwann muss man sich damit abfinden und in die Zukunft blicken. Außerdem hast nicht du sie verlassen.«

»Aber ich habe sie dazu gebracht, mich zu verlassen. Und weißt du, was?« Tano sah ihr gerade in die Augen. »Ich bin froh, dass es so gekommen ist. Du hast recht. Wir sind wirklich, wie wir sind. Amen.«

Ein gedankenverlorenes Lächeln lag jetzt auf seinem gebräunten Gesicht. Die Wahrheit war endlich raus, vielleicht zum ersten Mal hatte er sie sich offen eingestanden. Im Grunde eine Erleichterung. Ein gelöster Fall. Ein Startpunkt für die Zukunft.

Inzwischen hatten sie den Corso Italia Richtung Binnenland verlassen und erreichten die Kirche San Francesco von Albaro. Tano parkte den Wagen in eine soeben freigewordene Lücke, und die beiden machten sich zu Fuß auf zu der *creuza*, die laut Wegbeschreibung ganz in der Nähe sein musste. Sie durchquerten ein paar unbekannte Gassen und standen schließlich vor dem gesuchten Gartentor, das in der hohen Mauer entlang dem engen, steilen, mit Ziegelsteinen gepflasterten Weg einen schmalen Durchlass bildete. Sie sahen auf das Namensschild aus angelaufenem Messing und auf den Namen der Villa jenseits des Tors, Villa Camelia. Eine kleine Kamera rechts oben überwachte den Eingang. Nelly pfiff leise.

»Heiliger Bimbam, von wegen Unterkunft in Genua, unser Freund hat ’ne Supervilla hier. Was meinst du, ob die seiner Familie gehörte? Oder hat er sie von seinem Schriftsteller-Psychologen-Kriminologen-sonstwas-Gehalt gekauft?«

»Das lässt sich herausfinden.«

Sie klingelten. Kurz darauf erschien wie durch Zauberhand Palmieri am Tor. Er trug ein weißes Leinenhemd über ebenfalls weißen Leinenhosen. Sein Kopf wirkte noch größer als sonst. Er grüßte mit der ihm eigenen zerstreuten Höflichkeit, öffnete das Tor und schloss es hinter ihnen wieder.

Villa Camelia machte ihrem Namen alle Ehre. Überall standen riesige Kamelienbüsche, die unter der sommerlichen Hitze bereits verblüht waren. Grüne Wiesen und hohe Bäume, meist Magnolien, in verschwenderischer, duftender Blüte. Die Fassade des grauen Gebäudes, das zu den Villen von Albaro gehörte, in die sich einst reiche Genueser Familien mit Dienerschaft, Kind und Kegel zur monatelangen Sommerfrische zurückzogen, war mit Jungfernreben bewachsen. Im ersten Stock, den hohen Fenstern nach zu urteilen die Beletage, waren die Läden geschlossen, ebenso im Dachgeschoss. Das pyramidenförmige Dach war schiefergedeckt. Sie stiegen ein paar Stufen hinauf und traten in eine große Eingangshalle, die wegen der ebenfalls zugezogenen Vorhänge in angenehmem Schatten lag. An den Wänden hingen riesige dunkle Gemälde, in der Mitte plätscherte ein Marmorbrunnen. Die Klimaanlage sorgte für eine erträgliche Temperatur. Eine ausladende Marmortreppe, die sich in zwei Aufgänge teilte, führte ins erste Stockwerk. Von der Halle gingen mehrere Türen ab.

Alessandro Palmieri geleitete sie nach links in einen großen, schmucklosen Saal mit alten Gobelins an den Wänden und dicken Teppichen auf den abgelaufenen Bodenfliesen. Zwischen den hohen Fenstern ein Tisch mit einem umfangreich ausgestatteten Computer darauf, eine Truhe, in der Mitte ein niedriges weißes, kreisförmiges Ledersofa mit einer schmalen seitlichen Öffnung, darin ein weißes, rundes Marmortischchen auf vier Metallkugeln. Auf dem Tisch eine Karaffe mit geeistem Saft (Grapefruit?) und drei Kristallgläser.

Auf dem Boden Papiere und Fotos der Verbrechen, mit Kreisen, Zeichen und Anmerkungen. Auf eine wortlose Geste des Hausherrn hin nahmen die beiden auf dem weißen Sofa Platz. Nelly ließ den Blick über die Wände bis zu der mindestens sieben Meter hohen Decke gleiten, auf deren dunkelblauem Grund goldene Sterne und ein silberner Mond leuchteten. Sie erinnerte an die Decke des Mausoleums der Galla Placidia in Ravenna. Dann entdeckte sie an der Wand zwischen den zwei Fenstern hinter dem Computer ein Bild. Eine junge, dunkle Schönheit blickte auf einen vielleicht achtjährigen, ebenfalls dunkelhaarigen Jungen hinunter, der zu ihren Füßen saß und zu ihr emporlächelte. Beide waren in strahlendes Weiß gekleidet. Die Frau hielt einen Korb roter Kamelien im Schoß. Der Hintergrund erinnerte an den Garten des Hauses. Natürlich, Villa Camelia.

»Meine Mutter, Camélia De Lamanière, und ich. Sie war sechsundzwanzig, ich acht. Mein Vater war Diplomat und ständig in der Welt unterwegs. Er hat sie auf den Antillen kennengelernt und mit hierhergenommen. Hier eingesperrt«, fügte er nach einer winzigen Pause seelenruhig hinzu. Er war Nellys Blick gefolgt und hatte ihre Neugier befriedigt. Oder besser gesagt, sie geweckt.

»Eingesperrt?«, rutschte es ihr denn auch unvermittelt heraus.

»Gewissermaßen. Er war eifersüchtig auf ihre Jugend und ihre Schönheit. Sie war sechzehn, als er sie geheiratet hat, er war neunundfünfzig. Ein schwieriger Mann, der sich nur von Berufs wegen mit anderen Menschen abgab, ein unleidlicher, knurriger Brummbart. Sie dachte, sie könnte sich von den Zwängen ihrer Familie befreien und ein schillerndes Leben in den Botschaften der Welt und Europas führen. Doch nach ein paar Jahren an der Botschaft in Paris hat er seine Laufbahn vorzeitig beendet und sie hierher in das Haus seiner Familie gebracht, das er ihr zu Ehren in Villa

Camelia umtaufte. Er hat überall Kamelien pflanzen lassen und die Tore verriegelt. Er wollte sie ganz für sich allein, wissen Sie. Die zerstörerische Kraft der Leidenschaft oder des Egoismus, wenn Sie wollen.«

Seine Stimme klang ruhig und gelassen, als würde er von Fremden sprechen. Dabei war er mit dieser bildschönen, sicher unglücklichen Kreolin in diesem herrlichen Gefängnis aufgewachsen. Wie hatte er das verkraftet?

»Und wo leben Ihre Eltern jetzt, noch immer hier?«

Tano konnte sich nicht zurückhalten, die Geschichte der jungen Kreolin und des so viel älteren Diplomaten war einfach zu spannend. Alessandro Palmieri schien sich an dieser Verletzung seiner Privatsphäre kein bisschen zu stören.

»Mein Vater hatte einen Unfall auf See und ist gestorben, als ich achtzehn war. Meine Mutter litt jahrelang an Depressionen mit manisch-depressiven Krisen und hat es nicht mehr geschafft, die Tore aufzustoßen und ins Leben zurückzukehren. Sie hat sich umgebracht. Eine traurige Geschichte. Wie viele andere auch. In meinem Beruf habe ich es fast ausschließlich mit solchen Geschichten zu tun. Man versucht zu helfen und scheitert dann doch allzu oft«, sagte er wie zu sich selbst. Die beiden schwiegen betreten.

»Doch wir sollten uns jetzt nicht mehr mit meiner Familiengeschichte befassen, das ist Schnee von gestern. Schließlich haben wir einen aktuellen Fall, der unsere gesamte Aufmerksamkeit fordert, nicht wahr?«

Nelly und Tano nickten brav, obgleich Palmieris kurze und völlig unerwartete Schilderung ihre Neugier geweckt hatte, die alles andere als befriedigt war. Die Familiengeschichte des Psychologen klang wie ein Roman. Sofort war Nellys Phantasie entfacht, und während Tano gleich wieder bei der Sache war und mit Palmieri redete, driftete sie ab und sah eine blühende, lebenshungrige junge Frau durch die schattigen Räume wandeln, und ihren kleinen Sohn, der ebenso einsam war wie sie, vielleicht ihr einzig wahrer

Vertrauter und ihre einzige Gesellschaft. Ein ungutes Gefühl befiel sie. Diese Mauern hatten gewiss eine Menge Tränen und Schmerz erlebt und so viel davon aufgenommen, dass sie sie noch immer ausstrahlten. Wieso merkte der Psychologe das nicht und befreite sich von dieser Last, verkaufte das Haus und schloss mit der Vergangenheit ab? An seiner Stelle hätte Nelly keinen Moment gezögert. Niemals wäre sie in einem Gemäuer mit einem derart schlechten Karma wohnen geblieben. Doch der für die feinsten Schwingungen und Gemütszustände anderer überaus empfängliche Alessandro Palmieri schien gegen den eigenen Seelenballast immun zu sein.

Der muss sich eine mordsmäßige Selbstanalyse verpasst haben, dachte Nelly gerade, als seine Frage sie völlig unvorbereitet traf. Was die Dottoressa darüber denke, wollte der Kriminologe wissen, und die Dottoressa sah sich gezwungen, errötend zuzugeben, dass sie einen Moment nicht bei der Sache gewesen sei. Ob er die Frage freundlicherweise wiederholen könne? Palmieri lächelte leicht ironisch, als hätte er ihre Gedanken gelesen, und fasste die Ergebnisse noch einmal geduldig zusammen.

»Wir haben es mit einem teils typischen, teils atypischen Serienmörder zu tun. Zweifellos gehört er zu der planvollen Kategorie, er bereitet sorgfältig vor und versucht, sich nicht fassen zu lassen. Er verfügt über eine gesunde Intelligenz. Er scheint Frauen nicht wirklich zu hassen, obwohl er sie umbringt. Vielleicht gehört er zum ›missionarischen‹ Typ, der beispielsweise glaubt, sie vor einem schmachvollen Leben zu bewahren. Irgendwo muss dennoch Hass im Spiel sein, ein übermächtiges Kontrollbedürfnis, die Triebfeder für seine Handlungen. Hassliebe, der Wunsch, zu helfen und zu zerstören, eine tödliche Kombination. Nur können uns sämtliche Analysen der Welt leider nicht verraten, ob und wann er wieder von sich hören lassen wird. Auf seine undurchschaubare Art scheint er einen unstillbaren Blutdurst zu haben. Etwas für ihn sehr Schwerwiegendes hat die Hemmschwellen niedergerissen und dafür gesorgt, dass er seine bisherigen Phantasien in die Tat umsetzt. Was, können wir zu diesem Zeitpunkt noch nicht sagen. Eine Kündigung? Eine verwehrte Beförderung? Der Bruch mit dem Partner? Finanzielle Probleme? Was hat ihn so unter Stress gesetzt und seine Krankheit hervorbrechen lassen? Die einzige Möglichkeit, ihn aufzuhalten, ist, seinen inneren Weg nachzuvollziehen, der sich in einem realen, räumlich-zeitlichen und von Blut gezeichneten Weg niederschlägt. Wen bringt diese Person in Wirklichkeit um? Wessen Gesicht will er auslöschen? Oder vielleicht will er das gar nicht, vielleicht will er das Gesicht für sich behalten, und das Abtrennen des Kopfes ist der Versuch, die Frauen, die er umbringt, ganz für sich zu haben. Sie daran zu hindern, ihn zu verlassen. Was haben diese Frauen gemeinsam? Ich habe versucht, auf all diese Fragen eine Antwort zu finden und ein provisorisches Täterprofil erstellt, bis wir weitere Erkenntnisse haben. Hier sind die Kopien meiner Ergebnisse.« Er hielt Tano und Nelly je eine Aktenmappe hin.

Nelly hat ihm mit offenem Mund zugehört. Palmieris Gesicht ist wie verwandelt, seine Worte gleichen Beschwörungsformeln, sie scheinen in der Luft zu hängen wie die Früchte eines vergifteten Baumes.

Seine Analyse trifft ganz bestimmt zu, es ist unglaublich, wie er sich in den Kopf eines anderen hineinversetzen kann, eines verschlungen und verquer denkenden Individuums. Doch wenn wir dessen Geschichte nicht kennen, sind wir trotzdem in den Hintern gekniffen, wir können nicht voraussehen, wo … aber vielleicht wenigstens, wann.

Zögernd wie eine Schülerin vor ihrem Lehrer spricht Nelly von den Mondphasen. Die grünbraunen Augen fixieren sie reglos wie die einer Schlange, ohne einen Funken von Sympathie.

Der Kerl mag mich nicht. Wieso hasst er mich? Der Gedanke durchzuckt sie, doch es ist nur ein flüchtiges Gefühl, da werden Palmieris Augen schon wieder freundlich.

»Eine wirklich interessante Theorie, Dottoressa. Wie sind Sie darauf gekommen?«

»Na ja, dazu muss man kein Genie sein, es reicht ein Blick in den Kalender, nicht wahr?«

Nelly klingt schroff. Der unangenehme Eindruck seines feindseligen Blickes ist noch nicht ganz verpufft. Professionelle Eifersucht? Passt es ihm nicht, dass ein Laie es wagt, eigene Vermutungen anzustellen? Noch so ein verdammter Narziss. Jetzt schaltet sich Tano ein, der Palmieris Blick nicht gesehen hat und sich über die Reaktion seiner Kollegin wundert.

»Lassen Sie uns kurz noch einmal auf die Gemeinsamkeiten zwischen den Opfern zurückkommen. Alles Frauen, alle jung. Fünfzehn, achtzehn, zwanzig Jahre alt, höchstens. Alle nicht aus der EU. Ziemlich zierlich oder zumindest nicht besonders füllig, dunkel, abgesehen von Lena, die hatte hellbraunes Haar. Zwei sogar schwarz. Haben sich durchgeschlagen, so gut es ging. Sie hatten auf ein besseres Leben in Italien gehofft und sind stattdessen auf diesen – verzeihen Sie, Dottor Palmieri – durchgeknallten Scheißkerl getroffen, der sich auf eine Rettungsaktion der ganz besonderen Art eingeschossen hat. Der Punkt ist: Paarweise kannten sie sich. Aber kannten sie sich auch untereinander? Teilten sie etwas? Kannten sie ihren Mörder?«

»Hut ab, Dottor Esposito, das ist rundum korrekt. Ich hätte es nicht besser sagen können.«

Au Mann, was für ein selbstverliebtes Arschloch. Nellys Unmut wächst, aber auch ihre Verstörtheit. Plötzlich hält sie es in diesem düsteren Haus nicht mehr aus, sie will nur noch raus an die Sonne, Hitzeschlag hin oder her. Palmieri sieht sie an, er scheint ihre plötzliche Abneigung zu spüren und bietet all seinen Charme auf, um sie wieder umzustimmen.

»Dottoressa, ist Ihnen nicht gut? Oder habe ich vielleicht etwas gesagt, das Ihren Unmut erregt hat? Das täte mir schrecklich leid, denn ich bewundere Sie sehr und lege großen Wert auf Ihr Urteil.«

Leck mich, du Arsch. »Aber nein, Dottor Palmieri, ganz und gar nicht, alles bestens. Fahren Sie ruhig fort, ich bin ganz Ohr.«

»Um auf Ihre Frage zu antworten, Dottor Esposito, nein, ich glaube nicht, dass die Opfer noch mehr gemein hatten als eine gewisse äußere Ähnlichkeit und den Einwandererstatus sowie die Tatsache, dass leicht an sie heranzukommen war. Ich glaube nicht, dass sie ihren Mörder kannten, mit Ausnahme der Ersten vielleicht, Paulette, vorausgesetzt, sie war wirklich mit ihm verabredet. Aber jetzt sollten wir wenigstens etwas trinken. Und vielleicht vom Nachnamen zum Vornamen übergehen, wo wir schon so intensiv zusammenarbeiten.«

Alessandro klingt versöhnlich, überzeugend wie immer. Die anderen stimmen zu. Sie trinken ihren geeisten Long-Drink auf Grapefruitbasis. Die Versammlung wird vertagt – bis zum nächsten Verbrechen. Nelly kocht vor Wut. Irgendetwas ist schiefgelaufen, sie weiß nur nicht, was. *Raus hier, aber flott, und Schluss mit diesem Theater.* Alessandro Ganz-in-Weiß begleitet sie zum Gartentor und schmeißt seinen Charme noch einmal mit vollen Händen um sich. Kaum sind sie auf der Straße, seufzt Nelly erleichtert und wie von einem Albtraum befreit auf. Ihre Aggression gegenüber Palmieri geht ihr noch immer nach.

»Was für ein elendes Haus!! Wunderschön, okay. Aber ich an seiner Stelle hätte das sofort verkauft, nach all dem Mist, der da passiert ist.«

»Na ja, allzu oft hält er sich da ja nicht auf, höchstens ein paar Tage im Monat, soweit ich weiß.« Tano zieht die Augenbraue hoch und dreht sich noch einmal nach der Villa Camelia um, die in seinen Augen nichts anderes ist als ein schönes, großes Haus.

»Stimmt. Aber allein beim Reingehen würde ich jedes Mal Gänsehaut bekommen. Weg, weg damit, stattdessen was Kleines, Modernes, weit weg von den Erinnerungen. In diesem Haus ist etwas ... das geballte Unglück ...«

Nelly kann sich gerade noch rechtzeitig bremsen, sie merkt,

dass Tano sie mit gerunzelter Stirn und wachsendem Erstaunen ansieht. Vielleicht glaubt er, die Hitze schlägt ihr aufs Hirn. *Und vielleicht hat er recht. Es ist bestimmt schwer, sich von so einem Objekt zu trennen. Generationen haben dort gelebt, es ist voller schöner Dinge, voller Geschichte.*

»Weißt du, was ich glaube, Nelly? Dass unser Freund deswegen Psychologe geworden ist, weil er das Schicksal seiner Eltern begreifen will, die Krankheit seiner Mutter, ihr *drammatisches* Ende. Und um darüber hinwegzukommen.«

»Das glaube ich auch. Dramatisches Ende, Tano, dramatisch, nicht *drammatisch*.«

»Du willst mir wohl auch noch das letzte bisschen Neapolitanität austreiben, was? Ich sag doch schon ›Belin‹, reicht dir das nicht? *Drammmmatisches* Ende, ich bleib dabei.«

»Okay, okay, lass uns kein *Dramma* daraus machen.«

Sie lachen wie die Kinder und vergessen für einen Moment die grausige Wirklichkeit.

»Es ist fast sieben, wenn du willst, bring ich dich nach Hause und springe dann in Punta Chiappa ins Wasser. Oder willst du mich vielleicht begleiten?«

»Danke, Tano, ein andermal gern, aber heute Abend nicht, ich bin am Ende und muss auch noch einkaufen. Mein Kühlschrank weint.«

»Versprochen, ja? Demnächst fahren wir zusammen nach Punta Chiappa und gönnen uns danach den Fisch in dieser Trattoria …«

»Versprochen! Das Angebot mit dem Fisch ist für einen Vielfraß wie mich einfach unwiderstehlich. Eben nur nicht heute.«

Die Zikaden machen noch immer einen Höllenlärm. Hier im Grünen hört man sie sogar in der Stadt. Doch kaum sind sie um die Ecke gebogen und steigen ins Auto, wird die unwirkliche, entrückte Atmosphäre der Creuza vom Verkehrslärm verschluckt und mit ihr der seltsame Zauber der Villa Camelia, der Nelly aufs Gemüt geschlagen ist.

»Ach, Tano, tu mir doch einen Gefallen und lass mich beim erstbesten Supermarkt raus. Ich bin eine Rabenmutter und lasse mein prüfungsgebeuteltes Kind verhungern.«

»Aber gern, und ich warte sogar auf dich, dann kann ich dir die Einkäufe nach Hause fahren. Was macht Mau, lernen?«

»Wenigstens sieht es so aus. Jetzt, wo er sich vor Angst fast in die Hosen macht, schläft er zumindest nicht sofort ein, sobald er ein Buch aufschlägt. Er lernt mit Monica, weißt du?«

»Die blonde Elfe, ich erinnere mich. Was für ein Schnuckelhintern, und was für Augen!«

»Genau, die blonde Elfe ...«

»Ist was nicht in Ordnung, Nelly?«

»Krise zwischen Verliebten, und ich mittendrin, nichts Ernstes«, sagt sie, um weiteren Fragen vorzubeugen. Tano versteht und fragt nicht weiter. Er lässt den Wagen an, und sie setzen sich Richtung Stadtzentrum in Bewegung.

Nelly bedankte sich, stieg aus dem Auto und griff sich die Einkaufstüten. Um Mau wieder milde zu stimmen, hatte sie sogar in der *rosticceria** angehalten und ihm kurz vor Ladenschluss noch Russischen Salat und gefüllte Kalbsbrust gekauft, weil sie wusste, dass er verrückt danach war. Mit Mühe drückte sie die Wohnungstür auf und rief: »Ciao, alle miteinander. Es gibt Futter!!« Unwirkliche Stille. Nur ein verzweifeltes Miauen war zu hören, und als Erstes musste sie die drei hungrigen Katzen füttern. Doch auch ihnen schien die Hitze auf den Magen zu schlagen, sie waren weniger verfressen als sonst.

Auf der Terrasse lagen offene Bücher, von den Kindern keine Spur. Als sie alles in die Küche geschleppt und die Einkäufe bis auf eine ordentliche Scheibe Kalbsbrust im Kühlschrank verstaut hatte, machte sie sich einen gemischten Salat, setzte sich mit dem vol-

* Bratküche.

len Teller auf die Terrasse und ließ den Blick übers weite Meer gleiten. Es war hitzegrau, die Horizontlinie verschmolz mit dem ebenso grauen Himmel. Alles sah aus wie versteinert, der Himmel, das Meer, wie aus Schiefer. Die feuerrote Sonne hatte sich auf der Suche nach Abkühlung ins Meer fallen lassen, und ihre Spuren hatten sich bereits im Grau verloren. *Die hat's gut, ist abgetaucht. Wieso hört man die Stadt hier oben im Sommer eigentlich noch lauter als sonst, wo die Nerven doch ohnehin schon blankliegen wegen der Hitze, und nicht nur deswegen.* Die nach Osten gekrümmte Mondsichel sah aus wie ein matter Silberstreif, der sich kaum vom Grau des Himmels unterschied. Trotz der alles andere als frischen Temperaturen, die sich von der Glut des Tages nur unwesentlich unterschieden, erschauerte Nelly bei seinem Anblick. Wo war Simba? Hatte er sich wieder auf die Jagd begeben, oder war sein Blutdurst gestillt?

Sie las das von Palmieri erstellte Profil noch einmal: Männlich, zwischen zwanzig und fünfundvierzig Jahre alt, intelligent, gerissen. Obsession für einen bestimmten Frauentyp: Ausländerin, Prostituierte? Missionarisch, retten-zerstören, Hassliebe. Aber auch für sich behalten, bewahren. Kontrollieren. Nicht loslassen, Furcht, vielleicht Angst, verlassen zu werden? Hass wegen einer erlittenen oder eingebildeten Trennung? Gegenwärtig unter starkem Stress, zwanghaftes Töten in kurzen Abständen, mögliche Abweichungen vom Verhaltensmuster, von Leichen flankierter Erinnerungsweg, um eine einschneidende Erfahrung, die sich womöglich an diesen Orten abgespielt hat, loszuwerden. Oder sie noch einmal zu durchleben.

Palmieri mag ein komischer und zuweilen zwielichtiger Kauz sein, und vielleicht gehe ich ihm gegen den Strich, aber als Profiler lasse ich nichts auf ihn kommen. Der hat ins Schwarze getroffen, ich spüre, dass er recht hat. Aber diese Vermutungen, dieses Mörderprofil ist nur ein Anfang, ein Versuch, ihn zu durchschauen. Wir haben nichts Konkretes in der Hand. Du bist irgendwo da draußen, du Dreck-

schwein, hübsch versteckt. Nelly blickte auf die Schieferdächer der Altstadt hinunter, deren Grau mit dem des Himmels und des Meeres in einem unwirklichen Dunst verschwamm. *Was denkst du, was planst du, wer bist du? Verflucht seist du für die Zerstörung, die du anrichtest. Wie sehr du auch leidest, du hast kein Recht, unschuldige Leben auszulöschen. Hätten wir nur das winzigste Fitzelchen einer Spur, den Hauch einer Ahnung, eine Möglichkeit, dich festzunageln, ehe du das nächste Mal zuschlägst …*

Der Halbmond war fast perfekt und stand blass schimmernd am Himmel. Wütend stellte Nelly fest, dass sie den entscheidenden Moment verpasst hatte und das Wasser bereits abgestellt war. Keine Dusche heute Abend. Leise fluchend ging sie in ihr Zimmer, zog sich nackt aus, streckte sich auf dem noch von der letzten Nacht zerwühlten Laken aus und schlief ein. Ein rastloser, unruhiger Schlaf. Schwitzend wälzte sie sich im Bett hin und her, wachte aber nicht auf, als der Schlüssel sich vorsichtig im Schloss drehte und Mau lautlos in die Wohnung schlüpfte. Als er durch die halboffene Tür gesehen hatte, dass seine Mutter schlief, schlich er auf der Suche nach etwas Essbarem in die Küche. Die Katzen strichen ihm um die Beine und bekamen einen Extrabissen. Dann erlosch auch das Licht in der Küche, und die Wohnung versank in der bleiernen Finsternis der Sommernacht.

VIII

Samstag, mit einem zusätzlichen Hitzeschub zum Wochenende. Kein Lüftchen regte sich, man schwitzte schon beim Atmen. Zum Glück gab es morgens für zwei Stunden Wasser. Nelly schwang sich aus dem Bett, stürzte unter die Dusche, deren widerlich lauwarmes Geplätscher ihr wie die Rettung erschien. Mit noch nassen Haaren (ah, wie herrlich!) sah sie nach, ob Mau nach Hause gekommen war. Da lag er quer in seinem Bett. *Allein. Gutes Zeichen, schlechtes Zeichen? Na los, einen Kaffee, um es bis zu Beppe zu schaffen, auf geht's.* Sie schlüpfte in eine Art weiten, leichten, orangefarbenen Kaftan, der sich mit ihrer Haarfarbe biss. Flipflops und unter dem Kleid (so gut wie) nichts. *Wen juckt's, schließlich muss diese dämliche Hitze irgendwann einmal ein Ende haben, und wenn nicht, rennen im Präsidium demnächst sowieso alle in Badehose rum.* Sie sah auf Maus Wecker, er hatte ihn auf acht Uhr gestellt, gut, noch eine Viertelstunde. Sie kippte den ersten Kaffee hinunter, steckte die Mappe mit Palmieris Mörderprofil in die große Wildledertasche, schüttete ein paar Brekkies in die Katzenschälchen und stürzte hinaus.

Als sie bei Beppe eintrat, fühlte sie sich wie im Skianzug am FKK-Strand, denn aller Augen waren ausnahmslos auf sie gerichtet. Der »Secolo« lag aufgeschlagen auf dem Tisch vor dem pensionierten Brigadiere Basile, der sie ernst anblickte. Am Nebentisch saß Gianni, ebenfalls pensioniert und beim *scopone** sowie im morgendlichen Kampf um die Zeitung mit dem Brigadiere im ewigen Clinch, und konnte es offensichtlich kaum abwarten, das Blatt in die Finger zu kriegen.

* Italienisches Kartenspiel.

»Tag, Dottoressa«, sagten Basile, Beppe und Gianni wie aus einem Mund, und sie prustete los. Die Spannung in der Luft und in ihrem Kopf löste sich in einem befreienden Lachen. Die drei Männer lachten ebenfalls, und die übrigen Gäste wandten sich wieder anderem zu und behielten die Szene aus dem Augenwinkel im Blick.

»Was gibt's Neues, Basile? Dass die Polizei mal wieder im Trüben fischt? Dass die Hitze uns das Gehirn verschmort hat?«

»Das und Ähnliches, Dottoressa Rosso. Vor allem herrscht Angst. Solche Dinge verbreiten Entsetzen. Langsam machen wir Amerika traurige Konkurrenz.«

»Einen von deinen phantastischen Cappuccinos bitte, Beppe.« Nelly nahm am Tisch des Brigadiere Platz, und Gianni verrenkte sich den Hals, um auch ja alles mitzubekommen. Ein Blick der Kommissarin genügte jedoch, und er wandte sich wieder den Passanten zu, die am Schaufenster des Weinlokals vorübergingen.

»Sie haben recht, Basile. Was gehört? Haben Ihre alten Bekannten Ihnen irgendetwas zugetragen, ganz egal was? Wenn es so weitergeht, sehe ich uns schon auf Knien zur Madonna della Guardia pilgern und sie um Hilfe anflehen. Wir tappen im dichtesten Nebel. Sie wissen, dass ich Ihnen voll und ganz vertraue.«

Basile wurde rot und konnte nur mühsam ein zufriedenes Lächeln unterdrücken. In einem früheren Fall hatte er der Kommissarin einen entscheidenden Hinweis gegeben, und er wartete sehnlichst darauf, sich wieder nützlich machen zu können. Er war ein begnadeter Spürhund, der seinen Beruf geliebt hatte. Bei Ereignissen dieser Größenordnung war es hart für ihn, einfach nur dazusitzen und zuzusehen. Bedauernd schüttelte er den Kopf.

»Hier weiß keiner was, niemand hat etwas gehört oder gesehen. Das muss ein absoluter Einzelgänger sein, ein durchgedrehter Psychopath, der sich an diesen wehrlosen Mädchen auslässt. Die sind alle ratlos, die Unterwelt genauso wie die Leute vom Fach.« Er sah Nellys schiefen Blick. »Verzeihung, Dottoressa, ich wollte damit nicht sagen ...«

»Schon verziehen.«

Sie rührte drei Löffel Zucker in ihren Cappuccino, verzichtete ausnahmsweise auf die Focaccia, trank einen Schluck und sah Basile dabei nachdenklich an, der beflissen durch die Zeitung blätterte. Dann zeigte er auf einen Artikel im lokalen Nachrichtenteil.

»Stimmt das, Dottoressa, oder ist das Pressegeschwätz. Ihr habt einen echten Profiler kommen lassen?«

Er sagte nicht *Profailer*, sondern sprach das Wort aus, wie es geschrieben wurde, und hielt ihr Palmieris Foto hin, das mitten auf der Seite prangte. Nelly verschluckte sich hustend am Cappuccino, und um Schlimmeres zu verhindern, gab ihr Basile ein paar linkische kleine Klapse auf den Rücken. Krebsrot bekam Nelly sich einigermaßen wieder in den Griff, stammelte etwas, das weder ja noch nein hieß, zahlte den Cappuccino, grüßte und stürzte, Verwünschungen murmelnd, aus dem Weinlokal. Dieser Morgen schlug alle Rekorde! Nass geschwitzt, als käme sie frisch aus der Dusche, und heftig keuchend kam sie im Präsidium an. Ohne jemanden zu grüßen, nicht einmal den Beamten Nicola, der gerade ein freundliches »Guten Tag, Dottò« loswerden wollte, aber beim Anblick ihrer Miene verstummte, stürmte sie zu Tano Espositos Büro und riss die Tür auf.

Sie brauchte gar nichts zu sagen, denn vor Tanos Schreibtisch saß bereits Marco Auteri, und der »Secolo« lag, auf der Seite des Anstoßes aufgeschlagen, vor ihm. Ihre Gesichter sprachen für sich. Nelly ließ sich auf einen Stuhl fallen und schwieg einige Minuten, um wieder zu Atem zu kommen, derweil die anderen beiden eine Fülle neapolitanischer und Genueser Schimpfwörter vom Stapel ließen, die das Kapitel »Flüche« eines Dialektwörterbuches hinreichend gefüllt hätten. Offenbar waren sie schon ein paar Minuten zugange.

»Welches gottverdammte Arschloch hat die Sache mit Palmieri der Presse gesteckt?! Wenn ich den kriege, hat der sein Lebtag keine Lust mehr, Dienstgeheimnisse auszuplaudern, um sich damit ein kleines Extra zu verdienen, und das in so einem heiklen Fall, Scheiße noch mal!«

»Laurenti? Das wird doch nicht dieser arme Irre Laurenti gewesen sein, der sich bei einem Interview verplappert und uns noch nicht einmal Bescheid gesagt hat? Für ein bisschen Publicity tut der fast alles. Vielleicht rennt er ja rum und macht diese armen Mädchen kalt, um im Rampenlicht zu stehen. Erinnert ihr euch noch an den Fall Marchini?«

Alle drei Köpfe beugten sich wieder über die Zeitung. Allmählich pendelten sich Nellys Atem und Herzschlag wieder ein. Nein, natürlich war nicht von der Aussage eines Staatsanwaltes die Rede, zumindest nicht ausdrücklich. Die Information galt als gesichert, und damit basta. Es stand alles über Alessandro Palmieri, den »international anerkannten Profiler« drin, fehlte eigentlich nur seine Adresse. Das letzte Buch wurde besprochen, das laut dem Rezensenten »ein neues Zeitalter auf dem Gebiet« eingeläutet hatte.

»Mordswerbung, alle Achtung«, pfiff Marco ironisch. »Unser Kriminologenfreund verdient sich an diesem Artikel eine goldene Nase. Jetzt geht sein Handbüchlein weg wie warme Semmeln, und die Werbung kostet ihn keinen Cent.«

Der Artikel war mit GP unterzeichnet.

»Wer zum Henker ist GP? Kennen wir den oder die? Das ist doch wohl nicht deine Freundin, diese … na, Nelly?«

Wie von der Tarantel gestochen fuhr Nelly zu Marco herum. Atem hatte sie wieder genug.

»Sag mal, du spinnst wohl! Willst du damit unterstellen, ich hätte das ausgeplaudert? Bist du jetzt total durchgedreht, Marco? Ist das die Hitze, oder was? Meine Journalistenfreundin ist mit ihrem derzeitigen Freund auf den Malediven, die Glückliche, und außerdem heißt sie Sandra Dodero. SD.«

»Komm schon, Nelly, ich hab damit überhaupt nicht auf dich anspielen, geschweige denn, dir was unterstellen wollen. Für wen hältst du mich? Ich wollte damit nur sagen, dass sie vielleicht die Verfasserin ist, es tut mir leid, wenn das …«

»Schluss jetzt, kommt mal wieder runter, ihr beiden«, schnitt Tano ihm das Wort ab. »Du rufst sofort beim ›Secolo‹ an und fragst, wer dieser GP ist. Ihr geht beide hin und redet mit dem. Ich will wissen, was er zu sagen hat, und in diesem Fall ist es mir scheißegal, wenn er sich hinter seinem Berufsethos verkriecht. Stellt ihm eine kleine Belohnung in Aussicht, schmiert ihm Honig ums Maul, was auch immer, aber bringt ihn zum Reden.«

GP stand für Gemma Pieretti, eine junge Frau um die dreißig, die entfernt an eine Bulldogge erinnerte, mit breitem Gesicht, Ringerarmen und kurzem, lockigem Haar. Sie hatte kleine, stechend blaue Augen, und man sah sofort, dass sie ihre eigene Mutter verkauft hätte, um an eine gute Geschichte ranzukommen. Mit gerecktem Kinn und vorgeschobener Unterlippe saß sie Nelly und Marco in der Bar dell'Accademia gegenüber und trommelte mit den Fingern nervtötend auf den aufgeschlagenen »Secolo«.

»Und? Stimmt's oder stimmt's nicht? Wenn nicht, hättet ihr schon längst dementiert, richtig? Also stimmt's. Ihr solltet froh sein, dass die Presse schreibt, dass ihr ausnahmsweise mal in die Gänge kommt. Das mit dem Profiler ist obergeil, damit kriegt man die Leute, und früher oder später wäre es sowieso rausgekommen. Was ist denn schon dabei, wenn es bekannt wird?«

Nelly und Marco konnten sich nur mühsam beherrschen. Die junge Frau, die noch nicht lange für die Zeitung arbeitete, spielte seit einer halben Stunde mit ihnen Tauziehen. Die beiden wollten etwas von ihr, und sie wollte etwas von ihnen. Eine komplette Pattsituation. Gemma Pieretti war überheblich, aggressiv, rotzig, knallhart und unerträglich. Ziemlich klein und kräftig, mit plumpen Fesseln, aber zarter Haut und erstklassigen Kurven. Mit flachem Bauch, zur Schau gestelltem Nabelpiercing, rosa T-Shirt und knappen lila Shorts zog sie die Blicke der Männer bereitwillig auf sich. Sie hatte die schreckliche Angewohnheit, ihrem Gegenüber direkt in die Augen zu sehen und nicht wieder lockerzulassen. Wie eine Bulldogge eben. Nelly und Marco hatten alles versucht, oder fast alles. Schmeicheleien, Drohungen. Nelly hatte die Nase voll.

»Hör mal, Mädel, hier geht's nicht nur um deine Scheißkarriere oder darum, das letzte Wort zu haben. Hier wurden vier Frauen ermordet, die in etwa so alt waren wie du. Und es könnte noch weitergehen. Man weiß nicht, wann oder wer oder wo. Hilf uns, und du wirst es nicht bereuen.«

»Was soll das heißen, ich werd's nicht bereuen?«

»Das heißt, du darfst rechts überholen: Wir versorgen dich mit Fakten, die andere nicht haben, die jedoch weder die Ermittlungen beeinträchtigen noch jemanden in Gefahr bringen. Und du sagst uns, wer deine Quelle ist, Namen sind nicht nötig ...«

Gemma überlegte. Sie hatte sich vorgebeugt und gewährte Marco einen großzügigen Blick auf ihre Brüste – nach Lucianas die schönsten, die er in der letzten Zeit zu Gesicht bekommen hatte. Mit einem Stich in der Leistengegend wurde ihm bewusst, dass er seit zwei Wochen nicht mehr gevögelt hatte. Nelly hingegen war ganz auf das Gesicht der Journalistin konzentriert, das ihre hin und her springenden Gedanken preisgab wie eine Mattscheibe.

»Welche Garantien hab ich?«

»Garantien? Das ist deine Karrierechance, Signorina.«

»Wenn ihr mich verarscht, mach ich die ganze Unterredung publik.«

»Werd bloß nicht übermütig, du verbrennst dir nur die Finger.«

»Also, machen wir's kurz. Ich war allein in der Redaktion, weil ich noch einen Artikel fertig schreiben wollte, da klingelt das Telefon, und ein Typ mit einer komisch verstellten Stimme fragt, ob ich an einem saftigen Brocken im Fall der geköpften Mädchen interessiert sei. Ich denke: Der übliche Spinner, aber da zieht er schon das Kaninchen aus dem Zylinder und sagt, die Polizei hätte einen Profiler hinzugezogen. Alles weitere über Palmieri könnte ich problemlos im

Netz finden. Sagt Ciao und legt auf. Das war's. Ich hab gedacht, das ist einer von der Polizei, der sich was dazuverdienen will, oder einer, dem die Sache mit dem Profiler nicht passt, was weiß ich. Aber egal, mal sehen, was passiert. Ich schreibe den Artikel, überrede meinen Chef, ihn zu bringen, und hier haben wir die Reaktion.«

Gemma grinst zufrieden und zündet sich eine Zigarette an (sie sitzen draußen unter den Arkaden, und sie hat schon mindestens zwanzig geraucht, vor ihr im Aschenbecher türmt sich eine ganze Kippenhalde). Nelly und Marco tauschen Blicke.

»So hatten wir nicht gewettet, du musst uns alles sagen, was du weißt. Noch sind wir genauso schlau wie vorher.«

»Aber das ist die reine Wahrheit, versucht mich jetzt nicht zu verarschen, ich hab euch gesagt, wie's war. Ach, halt: Er hat noch was Komisches gesagt, ich wusste nicht, wie ich's einordnen sollte. Er hat gesagt: ›Der Mond schütze dich.‹ So hat er sich verabschiedet.«

Nelly und Marco fahren auf ihren Stühlen hoch. Gemma kann ihren Gesichtern ansehen, was los ist.

»O Himmel, das war nicht irgendein Informant, das war er. Scheiße noch eins, der Killer hat mich angerufen! Der Mond … Was hat denn der Mond damit zu tun? Eine Frist? Wann sind die Verbrechen geschehen?«

Sie kramt einen Terminkalender aus ihrer bunten Basttasche, doch ehe sie ihn aufschlagen kann, hält Marcos Hand sie zurück.

»So ist es, Gemma. Bisher sind es zwei Verbrechen pro Mondphase. Im ersten Viertel und bei Vollmond. Das letzte Viertel beginnt am Montag.«

»Und was mache ich jetzt? Kann ich das mit den Mondphasen schreiben? Und … wieso hat er mir das gesagt? Das war doch wohl nicht so was wie 'ne Drohung?«

»Wir wissen nicht, ob das eine Drohung war, aber er ist aus der Deckung gekommen. Und er beobachtet uns, er weiß, was wir tun. Vielleicht will er Aufmerksamkeit.«

»Wie unser lieber Laurenti.«

Nelly wirft Marco einen vorwurfsvollen Blick zu, denn sofort fragt Gemma, wer Laurenti sei und kommt auch gleich von selbst drauf, ach ja, der Staatsanwalt, den sie nächste Woche interviewen soll. Die zwei sehen sich entmutigt an und nehmen ihr das Versprechen ab, nicht eher über die Mondphasen und das Telefonat mit dem mutmaßlichen Killer zu schreiben, als bis sie ihr das O.K. dazu gegeben haben. Vorher wollen sie mit dem Polizeivize reden. Gemma jubelt, sie fühlt sich bedeutend, sogar die Angst ist für einen Moment vergessen, doch Nelly rät ihr, bei einer Freundin zu schlafen und abends nicht allein nach Hause zu gehen.

»Aber ich wohne nicht allein. Ich bin Ju-Jutsu-Meisterin und mein Freund ist mein Lehrer. Wenn der Killer zu uns kommt, kriegt er was aufs Dach.«

Sie gibt sich unerschrocken, aber ein Funken Verunsicherung bleibt. Sie raten ihr, sich von ihrem Freund von der Arbeit abholen zu lassen, vorsichtig zu sein. Sie verspricht es aufgeregt. Und sie verspricht, bis Montag mit dem Artikel über die Mondphasen und das Telefonat zu warten, aber es ist klar, dass sie sich das teuer bezahlen lässt. Womit? Palmieri. Ein Exklusivinterview mit Palmieri, von ihnen arrangiert. Nelly und Marco knirschen mit den Zähnen. Dafür braucht es dessen Einverständnis. Sie werden es sie wissen lassen.

»Morgen. Ich erwarte die Bestätigung morgen im Laufe des Vormittags.«

»Na schön, aber wenn er nicht will, können wir nichts machen. Und sollte *er* noch mal anrufen, jetzt, wo er deinen Namen weiß und mit dir Kontakt aufgenommen hat, sag uns umgehend Bescheid. Wir schicken sofort jemanden vorbei, der eure Telefone verkabelt.«

Austausch der Handynummern, alles ist gesagt. Gemma steht entschlossen auf, verabschiedet sich und rennt in die Redaktion an der Piazza Piccapietra zurück. Nelly und Marco setzen sich sofort mit Tano in Verbindung, um ihn über die unvorhergesehenen Entwicklungen zu informieren.

Ihr armen Polizisten, flattert herum wie aufgescheuchte Fledermäuse! Nicht ihr habt die Zügel in der Hand, sondern er, und er wird seinen Schutz jenen armen Kreaturen angedeihen lassen, die ihr in diesem Dreckloch hängenlasst. Der Mond bestimmt die Gezeiten, und bald ist ein weiterer Bogen in seinem endlosen Kreislauf vollbracht. Schnell, schnell, wie lange braucht es noch bis zu unserer Erlösung, zu unserer Errettung? Erlösung durch Opfer, Erlösung ist immer an Opfer gebunden, ich fühle mich schlecht, es verlangt mich so sehr … nach …

»Für wen hält die sich, dass sie uns Bedingungen stellt? Was will die, den Pulitzerpreis? Oder gleich den Mond?«

Tano war stinkwütend über das, was Nelly und Marco ihm nach der Unterredung mit Gemma Pieretti berichtet hatten, doch der unglückliche Witz über den Mond hob die Stimmung. Die drei lachten und entspannten sich. Sie warteten im Präsidium auf Palmieri, der eilig hergebeten worden war. Inspektorin Amanda Sacco kam dazu. Irgendwie musste sie noch die Zeit gefunden haben, ins Solarium zu gehen. Sie war knallbraun, und das wassergrüne Kleid brachte ihren Teint noch mehr zum Leuchten. Sie sah Nelly besorgt an, die letzten Neuigkeiten waren zutiefst beunruhigend. Der Mörder suchte das Rampenlicht. Aber klar, das hatte auch Palmieri in seinem Profil erwähnt: Es ist möglich, dass er früher oder später Kontakt sucht. In dem Moment wurde der Kriminologe angekündigt, der diesmal in einem zerknitterten, formlosen blauen Leinenanzug auftauchte. Nur das Hemd war makellos weiß, natürlich ohne Krawatte. Er lächelte höflich und nahm Platz.

»Er hat sich also gemeldet?«

»Ja, Alessandro. Aber das ist noch nicht alles: Der leidige Artikel, von dem ich Ihnen erzählt habe und den Sie gewiss gelesen haben, den im ›Secolo‹, hat er selber angeregt. Er kennt Sie, beobachtet Sie. Er hat uns gegenüber einen Riesenvorsprung.«

Palmieri schwieg betroffen. Sein Panzer hatte einen haarfeinen Riss bekommen, er runzelte die Stirn, strich sich wie üblich über den Bart, legte den Kopf in den Nacken und starrte an die Decke Minuten vergingen, die anderen tauschten ratlose Blicke. Niemand sagte etwas, alle warteten gespannt. Endlich gab er sich einen Ruck.

»Im Grunde war das zu erwarten. Er braucht Anerkennung, Popularität. Das gibt ihm die Bestätigung, dass er existiert. Vielleicht will er sich sogar mitteilen und das Gefühl bekommen, dass das, was er tut, richtig ist, er will es uns beweisen.«

»Ach, du Scheiße ...«, rutschte es Marco heraus. Er stand auf und ging nervös zum Fenster. Die Vorstellung, dass der Mörder sie kannte, gab allen ein ungutes Gefühl. Dass er in gewisser Weise mit ihnen spielte. Sicher hatte er sie beobachtet. Niemand mochte zugeben, dass es auch innerhalb ihrer Truppe eine undichte Stelle geben konnte.

»Alessandro, Sie haben den Ermittlungen bereits sehr auf die Sprünge geholfen. Wir haben sein Profil, und jetzt, angesichts dieser ... beunruhigenden Neuigkeiten, hätte ich vollstes Verständnis dafür, wenn Sie Ihre Aufgabe hier als erfüllt betrachten und einen Zug in die Schweiz oder wohin immer Sie wollen nehmen würden.«

Aufmerksam studierte Tano das Gesicht des Profilers, der endlich aus einer Art Trance zu erwachen schien. Die Atmosphäre im Raum war erdrückend und aufgeladen zugleich. Gespannt wanderten die Blicke der Anwesenden zwischen den beiden Männern hin und her. In dem Moment betrat Tommi Bentivegna keuchend und schwitzend das Büro, er wollte sich für die Verspätung entschuldigen, doch Tano schnitt ihm mit einer brüsken Handbewegung das Wort ab und bedeutete ihm, sich hinzusetzen und den Mund zu halten. Niemand antwortete auf seine fragenden Blicke. Aller Augen waren auf Alessandro Palmieri gerichtet. Er seufzte.

»Tano, meine Arbeit ist keine gewöhnliche Arbeit. Es ist nicht das erste Mal, dass ich vor so einer Situation stehe. Viele meiner Patienten sind, zumindest virtuell gesehen, ebenso gefährlich wie unser Mörder. Gegenwärtig habe ich keine anderweitigen Verpflichtungen, vielmehr wollte ich meinen Aufenthalt in Genua dazu nutzen, meine hiesigen Patienten zu betreuen. Meine Abreise könnte …«, er suchte nach den richtigen Worten, runzelte die Stirn, Marco sah zur Decke, möglicherweise genervt von diesem eitel wirkenden Gehabe, »… ihn zusätzlich destabilisieren … ihn provozieren. Ganz offensichtlich schmeichelt es ihm, dass ich mich seiner Verbrechen annehme.«

Marco konnte sich nicht zurückhalten: »Wie soll das gehen, noch destabilisierter als jetzt?! Und was macht der dann, um sich Ihre Aufmerksamkeit zu verdienen, Alessandro? Richtet er ein Blutbad an wie im World Trade Center?«

Palmieri ging nicht darauf ein.

»Ihm ein Publikum zu nehmen, das ihn befriedigt, ist nicht sinnvoll. So wie es aussieht, sind wir – bin ich – sein liebstes Publikum, neben all den anderen natürlich. Wenn er weiterhin mit uns kommuniziert, könnte er früher oder später einen Fehler machen. Das ist unsere einzige Hoffnung.«

»Und was wird unser Held Ihrer Meinung nach tun, um sich die Aufmerksamkeit dieses ausgewählten Publikums zu sichern? Um uns zu beeindrucken?!« Marco ließ nicht locker.

»Das, was er leider auch bisher getan hat: morden. Aber wie gesagt, im Versuch, sich uns zu nähern, könnte er einen Fehler begehen.«

»Es sind Muskelrelaxantien auf Curare-Basis abhandengekommen. Und zwar im Galliera-Krankenhaus.«

Alle Köpfe fuhren herum. Amanda Sacco schien sich an der plötzlichen Beachtung nicht zu stören. Sie fegte sich seelenruhig einen unsichtbaren Krümel vom wassergrünen Kleid.

»Kleine Mengen, jedoch regelmäßig, vom Kontingent, das für

den OP bestimmt ist. Seit rund einem Monat geht das so, und es fällt kaum auf. Man ist von Fehlern bei der Bestellung oder der Lieferung ausgegangen. Doch da es mehrmals vorkam, hat einer der Apotheker, Dottor Mangini, der bei meinem ersten Besuch nicht da war, Verdacht geschöpft und ist der Sache nachgegangen. Auf dem Weg von der Apotheke zu den einzelnen Krankenhausabteilungen oder sogar in der Chirurgie selbst sind zwei Konfektionen pro Lieferung verschwunden, und das drei Mal. Er hat mich gerade angerufen, um mich davon in Kenntnis zu setzen.«

»Und weiß er auch, für wie viele ›Anwendungen‹ die verschwundenen Mengen reichen?«

»Mehr als zwanzig.«

Ein erschüttertes Schweigen erfüllte den Raum. Bentivegna schwitzte gleich noch mal so sehr und wischte sich mit einem nicht mehr ganz sauberen, aber dafür umso parfümierteren Taschentuch die Stirn. Amanda genoss ihren Moment des Ruhms und warf Tano ein schiefes Lächeln zu.

Ach, du Jammer, die ist auch in Tano verknallt, wie so viele, schoss es Nelly durch den Kopf, doch der Vize schien den schmachtenden Blick nicht bemerkt zu haben. Er runzelte die Stirn und sah Amanda ernst, fast zornig an.

»Hat dieser Dottor Mangini einen Verdacht?«

»Die Gelegenheit, die Dosen zu entwenden, hätten wohl einige gehabt. Ich werde an der Sache dranbleiben.«

Tanos Gesicht entspannte sich.

»Nicht schlecht, unsere kleine Amanda. Endlich tut sich was. Kümmere du dich drum, sprich mit diesem Apotheker, das erscheint mir eine vielversprechende Spur. Ach, übrigens, unser Chefassistent Privitera – ja, unser Gerolamo ist Chefassistent geworden, wusstet ihr das noch nicht? – hat angerufen, er kommt eine Woche früher aus den Ferien wieder.«

Nelly durchfuhr ein freudiger Schauer, sie brauchten Verstärkung, und Gerolamo war der Beste. Typisch für ihn, dass er in einem brütend heißen Juli auf eine Woche Entspannung mit Frau und Töchtern verzichtete, um ihnen zu Hilfe zu eilen. Sie lächelte Marco zu und suchte in seinem Blick eine Bestätigung ihrer Gefühle, doch Marco war grimmig verschlossen und ganz woanders. *Noch immer Luciana? Bei einem Job wie unserem kann einem das Privatleben ganz schön in die Quere kommen, und das mit unvorhersehbaren Folgen.* Nelly zwang sich, nicht an Mau und dessen Probleme zu denken. Sie drehte sich um und sah in Palmieris schillernde Augen, die sie anstarrten. Unergründlich. Der Mund des Kriminologen verzog sich zu einem charmanten, geradezu verführerischen Lächeln. Er beugte sich zu ihr hin.

»Nelly, darf ich Sie morgen Abend zum Essen einladen?«, flüsterte er ihr ins Ohr.

Damit hatte sie nicht gerechnet. Nelly sah ihn unschlüssig an, und er wusste ihre Verblüffung zu nutzen.

»Ich würde mich sehr freuen. Meinetwegen ein Arbeitsessen. Um uns näher kennenzulernen. Um besser zusammenzuarbeiten.«

»Ich ...«

»Ich hatte an eine Trattoria in den Bergen gedacht, so können wir dieser mörderischen Hitze vielleicht für ein paar Stunden entfliehen. Ich hole Sie morgen Abend um acht Uhr ab, in Ordnung?«

»Na schön, zum Abendessen, aber Sie müssen mich nicht abholen, wir können uns an der Piazza De Ferrari vor dem Palazzo Ducale treffen, ist Ihnen das recht?«

»Natürlich. Um halb neun also.«

Tano hatte Laurentis Einverständnis eingeholt und jemanden losgeschickt, um die Telefone des »Secolo« zu verkabeln. Dann ging jeder seiner Wege. Nelly versuchte, Marco aufzuhalten, doch der machte sich mit einer Entschuldigung aus dem Staub. *Na, dann nicht, wenn er mit mir reden will, wird er schon kommen.* Sie verließ das Präsidium und machte sich auf den Heimweg, in der Hoffnung, sich ein bisschen entspannen zu können. Der nächste Tag war bereits Sonntag.

IX

Der Sonntag hatte nichts Neues gebracht. Zum Glück. Alles war ruhig. Nellys Anspannung wuchs dennoch. Dies wäre der Abend vor dem letzten Viertel. Würde wieder etwas Schreckliches passieren? Würde Simba wieder zuschlagen? Wie eine düstere Hintergrundmelodie hatte sie der Gedanke den ganzen Tag nicht losgelassen, der im Übrigen nicht besonders typisch verlaufen war. Sie hatte die wegen der hektischen Ereignisse im Präsidium seit Tagen vernachlässigte Wohnung aufgeräumt, endlich ein paar Trommeln Wäsche gewaschen. Solange es Wasser gab, musste man das ausnutzen. Jeder Handgriff kostete das Doppelte an Schweiß und Erschöpfung. Schließlich hatte ein Blick auf die Uhr Nelly jäh daran erinnert, dass sie mit Palmieri verabredet war. Es war schon fast acht. *Gibt's das denn? Was hab ich bloß den ganzen Tag gemacht?*

In Blitzgeschwindigkeit sprang sie aus den Kleidern und unter die Dusche. Seit dem vergangenen Abend von den Kindern keine Spur. Beim Aufstehen hatte sie einen Zettel mit Maus schöner Handschrift gefunden: »Ma, wir fahren nach Cavi zum Baden, essen abends eine Pizza am Strand. Ciao, ciao«, und darunter eines seiner lustigen Gesichter. Sie trat aus der Dusche, trocknete sich kaum ab, rubbelte sich energisch die Haare, um keinen Fön benutzen zu müssen. *Himmel, viel zu heiß, der Fön!* Sie dachte über die Einladung des Profilers nach und fragte sich, weshalb Palmieri um ein so … informelles Treffen gebeten hatte. *Um uns besser kennenzulernen, um besser zusammenzuarbeiten. Das kannst du einer anderen erzählen.* Dieser Mann faszinierte sie immer mehr, in rein intellektueller Hinsicht, versteht sich. Vielleicht ging es ihm genauso. Erotische Anziehung war es nicht, auch nicht von seiner Seite, da war sie sich sicher. Neugierde? Interesse für einen für ihn ungewohnten Frauentyp? Dennoch war ihr, als stünde eine hauchdünne Glasscheibe zwischen ihnen.

Zwei Tiere völlig unterschiedlicher Rassen, wir sind zwei unterschiedliche Tierarten. Wir ziehen einander an und stoßen einander ab, unsere mentalen und vor allem instinktiven Prozesse sind gänzlich unterschiedlich, vielleicht sogar komplett gegensätzlich. Er mag mich nicht, ich gehe ihm einfach gegen den Strich, da bin ich mir sicher. Und wieso dann die Einladung zum Abendessen? Vielleicht, um mich zu studieren? Und er, gefällt er mir? Ich habe Respekt vor seinem Können. Und ich finde ihn professionell. Aber er ist so schwer greifbar … flutschig wie ein Fisch …

Sie sah die Villa mit den Kamelien wieder vor sich und erschauerte trotz der Hitze, die über der Stadt lag, durch die Straßen strich und die Mauern bis zu ihrer Terrasse heraufkroch. Das Gebäude und selbst der Garten dünsteten etwas Ungutes aus, das sie abstieß, und irgendwie war er Teil dieses Hauses. Nein, er gefiel ihr nicht. Rein instinktiv. *Wir können schließlich nicht jedem gefallen, und umgekehrt genauso.* Sie schüttelte die fast schon trockenen Locken und fischte ein tief ausgeschnittenes, türkisfarbenes Kleid aus dem Schrank, eine Laune des letzten Sommers, Carlo hatte es ihr geschenkt. Gerade sah sie Santa Margherita und die Boutique vor sich, in der sie das Kleid entdeckt hatten, und dachte daran, wie er sie gedrängt hatte, es anzuprobieren, und es ihr trotz ihrer Bedenken gekauft hatte – zu kurz, zu tief ausgeschnitten, zu unverschämt sexy, zu teuer –, da klingelte das Telefon. Sie stürzte hin.

»Carlo! Kaum denkt man an den Teufel, wachsen die Hörner!«

»Was? Bin ich gehörnt? Und mit wem hast du sie mir aufgesetzt, Nelly? Mit dem Lackel aus dem Präsidium? Wenn ich wieder da bin, kann der sich auf was gefasst machen!«

Sie musste lachen, trotz der leisen Verärgerung, die in ihr aufstieg. Das war eine Verletzung der Regeln, und die waren ganz klar: Keine Anrufe während seiner Reisen, nur bei der Rückkehr. Keine Neuigkeiten sind gute Neuigkeiten. Sie sagte es ihm.

»Du brichst das Reise-Schweigen. Ist was passiert?«

»Nelly, selbst hier im hintersten Winkel der Erde hört man von eurem Genueser Serienkiller. Da darf ich mir doch wohl Sorgen machen? Findest du diese Sache mit dem Reise-Schweigen nicht ein bisschen übertrieben?«

»Ich kann jetzt nicht, ich muss los. Können wir morgen Abend um zehn telefonieren?«

»Du gehst aus? Und mit wem, wenn ich fragen darf?«

Die Stimme hatte sich um ein paar Grad abgekühlt. Ein eisiger Hauch in der drückenden Abendluft.

»Siehst du, genau deshalb gibt es das Reise-Schweigen, um derlei Fragen, schlechter Laune und Ähnlichem vorzubeugen, weißt du noch? Ich gehe mit unserem Profiler Palmieri essen, bestimmt hast du gelesen, dass wir uns einen Experten geholt haben. Ein Arbeitsessen. Wir sprechen uns morgen, ja?«

Ein angespanntes Schweigen, dann ein »Okay«, und er legte auf.

Nellys Laune hatte sich verfinstert, Carlos Anruf hatte eine heftige Sehnsucht ausgelöst, das unbändige Verlangen, ihn bei sich zu haben, ihn zu umarmen, zu berühren. Ihn beunruhigt und vielleicht sogar grundlos eifersüchtig auf seinem Gastanker irgendwo auf dem Meer zu wissen tat ihr leid und brachte sie aus dem Tritt.

»Scheiße, Scheiße, Scheiße.«

Wütend zog sie den raffinierten Reißverschluss hoch, der am Busenansatz endete, sprühte sich, weil ihr in der Hektik der Flakon aus der Hand rutschte, überreichlich mit Chanel No. 5 ein und wand sich die lange schwarze Perlenkette um den Hals, *verdammt, noch ein Geschenk von Carlo*! Dann tuschte sie sich die allzu hellen Wimpern schwarz und glosste sich die allzu sinnlichen Lippen, schnappte sich die Ledertasche, die wie Hund zu dem Kleid passte, und stürzte die Treppe hinunter, nachdem Silvestro, ihr verwegener Kater, um ein Haar hinter ihr aus der Tür geschlüpft wäre. Dieses verflixte Viech hüpfte von der Terrasse aus schon immer auf die benachbarten Dächer. Irgendwann würde ein genervter Nachbar ihn in den Kochtopf stecken.

Sie trat auf die Straße hinaus. Die Stadt wirkte wegen der verrammelten Läden trostlos und verwaist. Selbst die meisten Restaurants und Trattorien waren geschlossen. *Und das trotz der Touristen. Ausgerechnet am Sonntag ist im Sommer alles zu.* Ein wenig außer Atem erreichte sie den Palazzo Ducale an der Piazza De Ferrari, konnte Palmieri aber nirgends entdecken. Mit wachsendem Unmut sah sie sich um, als sich plötzlich eine Hand auf ihre Schulter legte und sie wie eine Viper herumfahren ließ.

»Entschuldigen Sie, Nelly, habe ich Sie erschreckt?«

Leck mich, du Idiot. »Aber nein, gar nicht.«

»Türkis steht Ihnen wirklich gut, bei Ihrem Haar. Also, vertrauen Sie sich mir an? Mögen sie Überraschungen?«

»Kommt auf die Überraschungen an.« Pause und schiefer Blick. »Aber es bleibt mir wohl nichts anderes übrig, als mich, wie Sie es nennen, Ihnen anzuvertrauen. Also, keine Fragen?«

»Ganz genau.«

Nelly wurde immer wütender. Sie konnte den Ärger über die Art, wie Palmieri sie ansah, kaum unterdrücken, doch sie verzog die Lippen zu einem gewollten Lächeln und fing an, für einen ihr endlos scheinenden Moment in ihrer Tasche nach den Zigaretten zu kramen.

Palmieri führte sie zu einem unsäglichen gelb-schwarzen 2CV, der an der Piazza Matteotti im Halteverbot stand. Galant hielt er ihr die Tür auf, und schon brausten sie los. *Der muss die Karre völlig entkernt und einen Ferrarimotor eingesetzt haben.* Ohne sich um Palmieris hochgezogene Braue zu kümmern, zündete sie sich eine Zigarette an. *Passt es dir nicht, dass ich rauche? Scheiß drauf.*

Keiner von beiden sagte etwas, während das Auto zügig Kurs auf die Ostküste nahm. Quinto, Nervi, Bogliasco, Sori. Auf der Gegenfahrbahn staute es sich Richtung Genua. Nelly fragte sich, wer noch den Nerv haben konnte, sich auf der Rückfahrt in diese

Blechlawine zu stellen, die ihr selbst den himmlischsten Strandtag vermiest hätte. Aber natürlich flüchteten sich alle ans Meer, Sommerfrischler, Touristen, ausgelaugte Städter.

Nellys schlechte Laune wurde von einem seltsam zeitlosen, unwirklichen Gefühl abgelöst. Was machte sie hier mit diesem undurchschaubaren Mann in weißem Hemd, weißen Knitterhosen und weißen Espadrilles? Unterdessen war Palmieri nach Sori abgebogen und fuhr zielstrebig Richtung Sant'Apollinare, das hoch über der Küste lag. Nelly konnte sich nur noch vage an den Ort erinnern, sie war seit Jahren nicht mehr dort gewesen, und abends noch nie. Während ihrer Fahrt war das Tageslicht über dem Meer langsam erloschen, um den nächtlichen Schatten Platz zu machen. Eine Wolke von Düften umfing Nelly, als sie sich mühsam aus dem Auto schälte. Salbei, Rosmarin, Jasmin, Orangen und Zitronen verbanden sich mit anderen, ihr unbekannten Düften zu einer berauschenden Mischung. Sie schloss die Augen und witterte wie ein Spürhund. Das gedämpfte Rauschen der Wellen, das vom Fuß des Berges heraufdrang, bildete die passende Geräuschkulisse. Mit einem tiefen Seufzer öffnete sie die Augen und erkannte im schwindenden Dämmerlicht die schemenhaften Umrisse von Häusern und Villen, an die sie sich nicht erinnerte und die inzwischen wie Pilze aus dem Boden geschossen waren. Simba, ihre Sorgen, Palmieris Gegenwart waren wie weggewischt. Als sie wieder zu sich kam, stand er da und musterte sie wie immer aufmerksam.

»Und, gefällt es Ihnen hier?«

»Ich glaube, das ist einer der schönsten Orte auf der ganzen Welt.«

»Das glaube ich auch.«

Schweigend wanderten sie eine kleine Straße hinauf und erreichten schließlich eine Osteria, die sich an den Berghang schmiegte. Eine Treppe führte zu einer schummrig beleuchteten Terrasse hinauf. Der Kriminologe wechselte ein paar Worte mit dem Wirt und deutete dann auf einen Tisch am Geländer, der wie ein Ausguck auf das Meer hinausging. Er zündete das Windlicht an, und Nelly verkniff sich die Zigarette und nahm stattdessen ihren Begleiter in Augenschein. Eine Weile saßen sie einander gegenüber und musterten sich stumm, derweil die Meeresbrise für ein wenig Erfrischung sorgte.

Ich sehe bestimmt nicht als Erste weg. Nellys vorübergehendes Wohlwollen war längst wieder verflogen. Der Wirt erschien mit einer Karaffe eiskalten Weißweins und einem Teller *friscieu**, der ihr das Wasser im Mund zusammenlaufen ließ. Offenbar war alles bereits abgesprochen, und statt Fragen zu stellen, machte sie sich über die frittierte Vorspeise her, als hätte sie seit mindestens einer Woche nichts mehr gegessen.

Auf die Friscieu folgte ein in der Folie zubereiteter Seebarsch mit Muscheln, diesmal begleitet von einem Rosé. Dann wurde ein gemischter Salat serviert, und anschließend gingen sie sofort zum Nachtisch über, einem Zitronensorbet, das Nelly die Tränen in die Augen trieb. Zum Schluss folgten Kaffee und ein Amaretto di Portofino. Nicht einmal die strengsten Klosterbrüder hätten ein eiserneres Schweigen einhalten können. Als Nelly den zweiten Amaretto heruntergekippt hatte, ließ sie sich gegen die Rückenlehne sinken und sah mit leicht weinvernebeltem Blick auf das inzwischen tintenschwarze Meer hinaus: Der Mond im letzten Viertel warf einen diffusen Lichtschein aufs Wasser. Nicht eine Wolke stand am Himmel.

»Habe ich mit allem richtiggelegen?«

Palmieri durchbrach die Stille, die ohne den Vorwand des Essens von Minute zu Minute bleierner wurde.

»Perfekt. Wie haben Sie das gemacht?«

»Berufskrankheit. Ich mache mir gern ein möglichst komplettes Bild von einem Menschen, kulinarische Vorlieben eingeschlossen. Das gibt Einblicke in den Charakter, wissen Sie? Sie sind nicht

* Typisch ligurische Vorspeise: Fisch oder Gemüse, im Hefeteig frittiert.

schwer zufriedenzustellen, Sie sind nicht besonders anspruchsvoll oder raffiniert. Sie mögen gute Zutaten und eine einfache Zubereitung. Kochen liegt Ihnen nicht besonders, Sie können aufs Essen verzichten, es als reinen Treibstoff betrachten, doch wenn es Ihnen in ansprechender Atmosphäre serviert wird, wissen Sie es zu schätzen. Im Grunde sind Sie ziemlich faul.«

»Bravo. Eins plus.«

Nellys nussbraune Augen hatten sich zu Schlitzen verengt und musterten ihn ironisch.

»Und jetzt, wo wir ein bisschen mehr über unsere Dottoressa Rosso wissen, verraten Sie mir auch, weshalb wir hier sind?«

»Um noch mehr zu erfahren, meine Liebe. Der Mensch besteht nicht nur aus kulinarischen Vorlieben.« Lächelnd beugte er sich zu ihr herüber, zu weit, für ihren Geschmack: Er drang in ihr Gebiet ein.

»Es ist nicht fair, dass Sie mich erforschen – schließlich bin nicht ich diejenige, von der sie ein Profil erstellen sollen –, während ich keinen blassen Schimmer habe, wer Sie wirklich sind. Aber da ich schon wie eine Schülerin vor dem Lehrer sitze, wollen Sie mir nicht ein paar Tricks verraten? Mir einen Fingerzeig geben? Dieses Abendessen beispielsweise, war das nur nach meinem Geschmack oder auch nach Ihrem, Alessandro?«

»Ich bin ein schwieriger Mann, liebe Nelly. Kompliziert. Aber es lohnt sich nicht, mich verstehen zu wollen, hinter diesem nebulösen Vorhang verbirgt sich nichts, was sonderlich interessant wäre. Im Grunde bin ich ziemlich langweilig. Und traurig obendrein. Wie mein Vater, auch wenn mir das nicht gefällt. Ich will ihm nicht ähnlich sein, doch am genetischen Erbe lässt sich nun mal nicht rütteln. Was das Essen anbelangt, so esse ich gern wenig, doch stets anders, abwechslungsreich, raffiniert, es macht mir Spaß, herauszufinden, was sich hinter einem gut zubereiteten Gericht verbirgt. Ich bin nicht nur langweilig, sondern auch sehr schnell gelangweilt. Auf allen Gebieten.«

»Das genaue Gegenteil von mir also. Das hatte ich mir schon gedacht. Und auch, dass Sie mich nicht besonders leiden können. Doch auch auf die Gefahr hin, mich zu wiederholen, frage ich Sie noch einmal: Jetzt, wo das geklärt wäre, wozu diese Einladung, Alessandro?«

Palmieri hatte sich noch weiter zu Nelly hinübergebeugt, die auf ihrem Stuhl immer mehr nach hinten gerutscht war. Seine Augen ließen sie nicht los, und sie fühlte sich immer unwohler. Er schüttelte den Kopf.

»Ich weiß nicht, wie Sie darauf kommen, dass ich Sie nicht leiden könnte. Ich schätze Sie sehr, auch wenn Sie nicht der Typ Frau sind, der mich persönlich anspricht. Sie haben einen sehr harten Kern, eine unglaubliche Kraft. Sie sind so undifferenziert, dass mir ganz schwindelig wird. Das mag daran liegen, dass ich ständig mit instabilen, vielschichtigen und verletzlichen Menschen zu tun habe. Sie hingegen sind … monolithisch.«

»Ich weiß nicht, ob ich das als Kompliment nehmen soll. Und ich weiß auch nicht, ob ich so bin, wie Sie sagen, kulinarische Vorlieben mal beiseite. Da haben Sie voll ins Schwarze getroffen. Was den Rest betrifft, muss ich Ihnen sagen, dass ich nicht genau weiß, wie ich bin, obwohl ich schon seit Jahren mit mir zusammenlebe. Aber ich denke«, sie stützte die Ellenbogen auf und beugte sich vor, bis ihr Gesicht nur noch wenige Zentimeter von Palmieris entfernt war, »dass ich Sie vor allem als Ermittlerin interessiere. Habe ich recht?«

»Absolut. Wir arbeiten zusammen an einem Fall, da interessiert es mich logischerweise, mit wem ich zu tun habe.«

»Na, und warum haben Sie dann beispielsweise Dottor Esposito heute Abend nicht eingeladen? Er ist ein verdammt interessanter Mann.«

Kaum war der Satz heraus, wusste Nelly, dass sie einen Fehler gemacht hatte, und bekam postwendend die Bestätigung.

»Mir ist klar, dass Dottor Esposito ein faszinierender Typ ist, der Sie sehr interessiert, und Sie ihn, wenn ich das sagen darf. Sie beide gäben ein hübsches Paar ab, und ich habe mich manches Mal gefragt, ob Sie nicht vielleicht schon eines sind.«

»Neugierig, unser Profiler.« Nelly versuchte die Kontrolle über eine Unterhaltung zurückzugewinnen, die in die falsche Richtung abzugleiten drohte. Um dem Schlangenblick ihres Gegenübers einen Moment lang zu entfliehen, kramte sie in ihrer Tasche nach einer Zigarette. »Vielleicht sind wir's, vielleicht nicht, wer weiß. Und da Sie mir bestätigt haben, dass ich nicht Ihr Typ bin, wer ist denn Ihr Typ? Vielfältig und raffiniert wie das Essen? Geheimnisvoll und anlehnungsbedürftig? Oder vielleicht eine knackige junge Kollegin? Übrigens, Alessandro, wo wir schon beim Privaten sind: Sind Sie verheiratet? Leben Sie mit jemandem zusammen? Sind sie hetero? Sind Sie schwul?«

Nelly hatte einfach drauflosgeschossen und hob den Blick, um seine Reaktion zu sehen. Ein Zucken huschte über das vom flackernden Kerzenschein beleuchtete Gesicht, ein leises Schaudern. Getroffen, getroffen!, freute sie sich böse. Palmieri brauchte ein paar Sekunden, um sich zu fangen. Sogleich verschwand das Chaos wieder hinter der Maske.

»Nachdem ich selbst damit angefangen habe, kann ich mich schlecht hinter der Privacy verkriechen. Nein, ich bin nicht schwul. Auch auf spiritueller Ebene sind mir Frauen sehr viel lieber als Männer, die in meinen Augen grob, brutal und egoistisch sind, und sehr vorhersehbar. Nein, ich bin nicht verheiratet. Ja, ich liebe jemanden.«

Zum ersten Mal an diesem Abend wandte Palmieri sich ab, um seine Gefühle vor Nellys gnadenlosem Blick zu verbergen.

»Und, ist es eine glückliche Liebe?«

»Glücklich? Eine glückliche Liebe?«

Ah, du wiederholst die Frage, um Zeit zu schinden, was? Pfeife!

»Ganz genau. Ist Ihre Liebe glücklich, Alessandro?«

Nelly sprach seinen Namen hart aus. Palmieri sah auf und blickte sie an. Das langjährige Training in Selbstkontrolle zahlte sich aus. Er versuchte auszuweichen.

»Welche Liebe ist schon glücklich, Nelly? Unglück, Verlustangst, das Einander-Nachlaufen machen die Liebe nun einmal aus. Der Zweifel, die Qual. Eine glückliche Liebe ist eine tote Liebe, finden Sie nicht?«

»Nein, das finde ich gar nicht. Vielleicht reden wir über zwei verschiedene Dinge, Sie vom anfänglichen Verliebtsein und ich von der befriedigenden Beziehung, in der zwei Menschen einander mit gleicher Leidenschaft und in gegenseitigem Vertrauen gleich viel geben und nehmen. Ihre Liebe ist wohl noch jung, oder irre ich mich?«

»Sie irren sich. Meine Liebe ist lange, ewige Pein.«

Diesmal hatte sich Alessandro Palmieri ins Niemandsland vorgewagt, doch er hatte sich sofort wieder im Griff, während Nelly angesichts dieses unerwarteten Geständnisses irritiert die Stirn runzelte.

Der Profiler machte dem Wirt ein Zeichen, bestellte einen Bacardi und sah Nelly fragend an.

»Einen Four Roses, danke. Ohne Eis.«

Sie nippten an ihren Gläsern und musterten einander. Er warf als Erster hin: »Schön, nun haben wir einander ein wenig hinter die Kulissen unserer Seelen schauen lassen, ich vielleicht sogar ein bisschen mehr als Sie, Nelly. Können wir jetzt vielleicht zu unserem anderen Problem übergehen?«

»Alessandro, sehen Sie mal, der Mond! Er sieht aus wie ... blutbesprenkelt.«

Palmieri erschauerte leicht und sah zur Mondsichel auf, die unmerklich über das Himmelszelt wanderte. Auf ihrer Oberfläche waren fransige, rötliche Reflexe zu sehen, die wie Blutspritzer aussahen. Gebannt starrte er hinauf und konnte die Augen nicht abwenden.

Nelly meinte einen durchdringenden Blick auf sich zu spüren.

Sie sah sich um, doch an den Nebentischen saßen nur zwei Pärchen, außerdem einige Vierer- und Fünfergrüppchen, die lebhaft in von Gelächter unterbrochene Gespräche vertieft waren, und niemand sah zu ihnen herüber. Sie wendete den Kopf und blickte zu dem dunklen Gestrüpp, das die Felswand am Ende der Terrasse bedeckte, die Treppe flankierte und bis zu dem Sträßchen hinunterreichte. Das Gefühl war beklemmend. Es war kaum etwas zu sehen. Sie musste daran denken, dass der Mörder von Palmieri wusste und vielleicht auch von allen anderen im Team, zumindest von den exponierteren, also auch von ihr. War es möglich, dass er sie beobachtete? Dass er ihnen bis hierher gefolgt war?

Palmieri schien ihre Gedanken zu lesen. Mühsam riss er den Blick von der Mondsichel los und sah sie an. In seinen Pupillen blieb ein rötlicher Schimmer zurück und mischte sich mit dem Flackern der Kerze.

»Ob er uns gefolgt sein könnte? Natürlich. Das wäre sogar typisch. Gegenwärtig sind wir ebenso ein Teil seiner Vorstellungswelt, seiner Phantasie, wie die Opfer selbst.«

»Glauben Sie, dass der Mond einen Einfluss auf die, wie Sie es nennen, Vorstellungswelt unseres Freundes haben könnte?«

»Der Mond ist ein in Filmen und Büchern allzu oft missbrauchter Topos. Natürlich hat unser Trabant einen großen Einfluss auf die Natur und seit jeher auf unsere Phantasie. In diesem konkreten Fall ... nein, ich persönlich glaube, der Mond hat nichts damit zu tun, es handelt sich um eine zufällige Koinzidenz. Oder der Mörder könnte bewusst darauf abgezielt haben, um eine falsche Fährte zu legen. Nun ja, letztendlich ist auch nicht ausgeschlossen, dass Sie recht haben. Aber sagen Sie mir, Nelly, und diesmal im Ernst – wie sind Sie darauf gekommen?«

»Das hatte ich Ihnen doch schon gesagt. Durch einen Blick in den Kalender.«

Er musterte sie wachsam und feindselig, wie an jenem Tag in seiner Villa.

»Erlauben Sie mir, dass ich Ihnen nicht glaube?«

Nelly überlegte kurz, ob sie ihm von Claire erzählen sollte, von der Nacht in der Savanne. Dieser Mann war womöglich der Einzige, der sie nicht auslachen würde.

In dem Augenblick meinte sie, einen undeutlichen Schemen auf der Treppe zu sehen. Sie kniff die Augen zusammen, um die Gestalt, die ihr irgendwie bekannt vorkam, besser erkennen zu können. Sie schluckte, und die Worte blieben ihr im Hals stecken. Es war ein hoher, dunkler Schatten, der sich kaum von der nächtlichen Finsternis abhob. Es sah aus wie ein großer Farbiger, wie der, den sie ein paar Tage zuvor mit Claire hatte reden sehen. Er sah sie an und schüttelte den Kopf. *Sag nichts.* Mit offenem Mund beobachtete Nelly, wie der Schatten sich auflöste, und Alessandro, der sich umgedreht hatte, um ihrem Blick zu folgen, sah sie fragend an.

»Glauben Sie, was Sie wollen«, stieß sie mühsam hervor. »Es ist immer noch so verdammt heiß, dass ich eine ganz trockene Kehle habe. Ich hätte gern noch einen Four Roses, mit ganz viel Eis, bitte.«

»Gern.« Er machte dem Wirt ein Zeichen, bestellte und sah sie dann fast zornig an. »Was haben Sie denn so angestarrt, Nelly? Wie ein Schizophrener, der eine Erscheinung hat!«

Sie hatte sich wieder gefangen.

»Vielleicht bin ich wirklich schizophren. Ich dachte, ich hätte jemanden gesehen, den ich kenne, aber das waren wohl nur die Schatten der Lampions, die sich im Wind bewegen. Und Sie, Alessandro – haben Sie nie irgendwelche Visionen, dort in Ihrem großen Haus in der Villa Camelia?«

Schweigen. Sie hätte schwören können, dass Palmieri auf seinem Stuhl erstarrt war.

»Wieso sollte ich?«

»Weil es ein Haus voller Schmerzen ist.«

Alessandro hatte für sich einen zweiten Bacardi bestellt, und der

Wirt, ein großer, kräftiger und leutseliger Mann wie aus dem Bilderbuch, der Alessandro offenbar seit langem kannte, kam mit dem Tablett an ihren Tisch und stellte zwei Gläser und zwei Flaschen ab. Der Profiler nutzte die Unterbrechung, um sich von diesem x-ten Frontalangriff zu erholen. Er goss Nelly den Bourbon ein, schenkte sich einen großzügigen Schluck Rum nach und strich sich zum ersten Mal an diesem Abend mit der Hand über Wangen und Kinn.

»Sehr gut, Nelly, wir sind quitt, ich habe Sie unterschätzt.«

»Aber Sie haben nicht geantwortet.«

»Villa Camelia ist untrennbar mit meinem Leben verbunden. Sich von ihr zu befreien wäre wie mich von mir selbst zu befreien. Doch es stimmt, sie ist voller Schmerz gewesen, aber auch voller Freude. Um das zu begreifen, müssen Sie ebenfalls großen Schmerz erlitten haben, Nelly, einen schweren Verlust. Wie den Ihres Freundes Roberto, Maurizios Vater …«

Kalte, unbändige, vom Alkohol verstärkte Wut stieg in ihr auf.

»Wie können Sie es wagen, in meinem Privatleben herumzuschnüffeln, Sie elendes Stück Dreck? Bringen Sie mich sofort nach Hause, haben Sie verstanden? So-fort!«

Nelly schnappte sich ihre Tasche und stieß dabei das noch halbvolle Glas Bourbon um. Für einen kurzen Augenblick war Palmieri völlig verdattert. Ein Ausdruck ehrlichen Bedauerns erschien auf seinem Gesicht.

»Verzeihen Sie, Nelly, ich bitte Sie. Sie haben doch bestimmt auch Informationen über mich eingeholt, oder nicht? Um mein Bestes zu geben, mache ich mich immer über diejenigen schlau, mit denen ich zusammenarbeiten soll …«

Nelly hörte nicht mehr hin. Hastig und ein wenig unsicher auf den Beinen lief sie zu der kleinen Straße hinunter, die zum Auto führte. Als sie es erreicht hatte, bemerkte sie, dass er ihr nicht gefolgt war.

Noch immer zitternd vor Wut, lehnte sie sich an den Wagen und versuchte, sich wieder in den Griff zu bekommen. Mit der Ruhe kam die Selbstkritik. Sie musste zugeben, dass sie ihn provoziert hatte. Sie hatte ihn aus dem Konzept gebracht, die Rollen vertauscht, und er hatte sich gerächt. Doch dass er solch persönliche Informationen über sie eingeholt hatte … das schmeckte ihr ganz und gar nicht. Sie würde mit Tano darüber sprechen.

Verdammt noch mal. Absolut unprofessionell von mir, aber auch von ihm. Der Panzer des großen Psychologen ist jedenfalls sehr viel dünner, als es auf den ersten Blick scheint. Jede Anspielung auf die Villa Camelia kann zu einem Riss führen. Was sie selbst anbelangte, musste sie sich niedergeschlagen eingestehen, dass die Erinnerung an die Vergangenheit auch sie noch immer erschütterte. Sie atmete ein paar Mal tief durch und sah, dass Alessandro keuchend auf sie zueilte.

»Statt uns auf den Mörder zu konzentrieren, zerfleischen wir uns gegenseitig, was?« Sie versuchte versöhnlich zu lächeln.

»Ich bitte Sie nochmals um Entschuldigung, Nelly, ich schäme mich wie selten in meinem Leben. Aber Sie haben eine so direkte Art, und ich … ich bin es nun mal gewohnt, die Fäden in der Hand zu haben. Ein Narziss, wie Sie bereits bemerkt haben werden, aber eben nicht ganz ohne Selbstkritik. Verzeihen Sie mir?«

Er war ein wenig außer Atem, und die dichte Mähne hing ihm wirr ins Gesicht. Das Ganze schien ihm äußerst peinlich zu sein.

»Vergessen wir das persönliche Intermezzo, Alessandro. Reden wir über unseren Simba.« *Uups …*

»Simba?«

Sofort tat es Nelly leid, dass ihr der Spitzname herausgerutscht war, den sie dem Mörder gegeben hatte, doch zu spät.

»Oh«, sagte sie obenhin, »ich nenne ihn so, Simba, den Löwen. Diese Raubtiere können einem mit ihren Zähnen und Klauen mühelos den Kopf abreißen, und außerdem stammten zwei der Opfer aus Afrika. Daher vielleicht das Bild.«

»Genial, einfach genial. Dass bloß die Presse keinen Wind davon bekommt, die würden sich darauf stürzen. Aber, meine Liebe, in der Tierwelt gehen für gewöhnlich die Weibchen auf die Jagd.«

»Tagsüber, in freier Wildbahn. Und das Männchen liegt gähnend im Schatten und döst. Ich hab an den einen oder anderen vielleicht nicht allzu realistischen Film gedacht, wo ein oder mehrere Männchen durchdrehen, nachdem sie Menschenblut geleckt haben, und nachts um die Dörfer streichen, um sich irgendeinen armen Menschen zu schnappen. Wir sind dermaßen durch Filme und Bücher verdorben, dass wir uns eine Phantasiewelt aus zweiter und dritter Hand konstruieren, die ein Teil unserer Wirklichkeit wird, ganz egal, ob die verwursteten Informationen wahr oder falsch sind.«

»Genial: Simba!«

Er schien völlig verzückt zu sein. Nelly zog irritiert die Augenbraue hoch. Er wirkte wie ein Zwölfjähriger mit einer Schwäche für Abenteuergeschichten.

»Realität und Phantasie hin oder her, der Name ist perfekt. Wirklich perfekt. In gewissem Sinne psychologisch perfekt. Auch Simba ist vielleicht ein verstoßener, traumatisierter Löwe. Verlassen. Rachedurstig. Wie unser unbekannter Mörder.«

Nelly durchschoss ein Gedanke, und sie fragte ihn, ob ihm Fälle mit einem ähnlichen oder gleichen Modus operandi untergekommen seien. Alessandro schwieg einen Augenblick nachdenklich und sagte dann, das Gedächtnis würde ihm manchmal Streiche spielen. Er meinte, etwas Ähnlichem begegnet zu sein, könne sich jedoch nicht mehr erinnern, wann und wo. Er müsse sich informieren. Dann wechselte er das Thema, und sie redeten darüber, wie man Simba aus der Deckung locken könne. Er wiederholte den Namen, als zerginge er ihm wie Puderzucker auf der Zunge. Vielleicht mit Hilfe der Journalistin, die diesen Artikel über ihn veröffentlicht hatte. Bei dieser Gelegenheit hätte Nelly ihn fragen können, ob er sich zu dem geforderten Interview mit Gemma bereit erklären würde, doch etwas – sie hätte nicht sagen können, was – hielt sie davon ab.

Es war spät geworden, schon fast ein Uhr. Sie stiegen ins Auto und fuhren schweigend in die Stadt zurück. Der Abschied war noch immer lauernd und argwöhnisch, aber sehr viel friedlicher. *Von Sympathie kann man hier wirklich nicht sprechen, aber zumindest lässt es sich auf diesem Level irgendwie zusammenarbeiten.* Nachdem sie sich von ihm verabschiedet hatte, ging Nelly zu Fuß zur Piazzetta, an der ihr Haus lag. Wenn der Armleuchter wissen wollte, wo sie wohnte, sollte er das gefälligst selbst herausfinden.

Nelly fuhr erschrocken zusammen, als sie neben ihrer Haustür einen dunklen Schatten gewahrte. Er war deutlich kleiner als der in Sant'Apollinare. Sie griff in die Tasche und tastete nach der Pistole, die sie immer bei sich trug, doch der Schatten löste sich aus dem Dunkel und trat auf sie zu.

»Bitte erschießen Sie mich nicht, Dottoressa. Ich bin's nur.«

»Gerolamo, verdammt, willst du mich zu Tode erschrecken, oder was? Was machst du hier um diese Zeit?«

»Ich bin ziemlich spät gelandet und wollte Sie so schnell wie möglich sprechen, Sie aber nicht auf dem Handy stören. Also habe ich hier auf Sie gewartet, und die Zeit ist wie im Fluge vergangen.«

»Gerolamo, ich bin ja so froh, dich zu sehen! Das ist eine dermaßen üble Geschichte, es ist zum Verrücktwerden! Vor allem die ständige Furcht, dieses Dreckschwein könnte weiter morden. Unser Profiler sagt …«

»Wenn Sie mich hereinbitten würden, könnten wir besser reden.«

»Komm, komm rauf, ich bin sowieso nicht mehr müde, ich war's auch gar nicht. Ich habe einen … beunruhigenden Abend verbracht.«

Die Wohnung war leer und still. Die Kinder waren (noch?) nicht da. Sie setzten sich auf die Terrasse, und Nelly berichtete eine Stunde lang, ohne dass Gerolamo sie ein einziges Mal unterbrach. Als sie fertig war, ließ sie sich erschöpft gegen die Rückenlehne des Korbsessels fallen, und ihr Kollege schwieg nachdenklich.

»Was können Sie mir über diesen Berater, diesen Palmieri, sagen, Dottoressa? Bringt er die Ermittlungen voran?«

Nelly schnaubte zögernd und versuchte, die Eindrücke und Gedanken des Abends zu ordnen.

»Das ist ein eigenartiger Typ. Er gibt sich undurchschaubar, doch hin und wieder lässt er durchblicken, dass er in der Vergangenheit ein paar schwere Kratzer abbekommen hat. Ich will mehr über ihn herauskriegen. Sein Profil erstellen. Verdammt, Gerolamo«, sie hielt die Luft an, »im Grunde wäre er der perfekte Kandidat. Für Simba, meine ich.«

»*Minghia!** Dann stellen wir ein paar Ermittlungen über ihn an. Man könnte ihn überwachen lassen ... sein Telefon abhören ...«

»Das ist natürlich nur eine abenteuerliche Vermutung oder nein, keine Vermutung, sondern nichts als ein beschissener Eindruck. Eine verflixte Intuition. Wenn ich Dottor Esposito oder Laurenti davon erzähle, lassen die mich einweisen. Von wegen staatsanwaltliche Verfügung, das Telefon abzuhören ... auf welcher Grundlage denn?«

»In unserem Job sind beschissene Eindrücke manchmal Gold wert, Dottoressa.«

»Vielleicht liegt es einfach nur daran, dass ich ihn nicht ausstehen kann. Ich glaube nicht, dass man ihn überwachen lassen muss. Laurenti fährt voll auf ihn ab. Er will mit ihm ins Fernsehen, stell dir vor.«

Gedankenverloren streichelte sie Minni, die ihr schnurrend auf den Schoß gehüpft war. Wie immer hatte die Berührung mit dem weichen Katzenfell etwas Beruhigendes.

Gerolamo sagte, er sei schon neugierig, ihn zu treffen, stand auf und verabschiedete sich. Nachdem er gegangen war, schälte sich Nelly mühsam aus dem türkisfarbenen Kleid, das nach dem Essen wie eine Wurstpelle an ihr klebte, ließ es zu Boden gleiten, warf sich aufs Bett und war, noch ehe sie die Matratze berührte, eingeschlafen.

* Sizilianisch für Schwanz.

X

»Ma, aufwachen, ich hab dir einen Cappuccino gemacht!!«

»Hm? Was, wie …?«

Die Sonne schien gleißend ins Zimmer, Nelly lag in einer Lache von Schweiß, doch offenbar war sie dermaßen müde gewesen, dass sie einfach weitergeschlafen hatte. Sie blinzelte zum Wecker, fast neun. Montag. Mau musste geglaubt haben, sie sei tot, und war eingeschritten.

»Mist, Mau, wieso hast du mich nicht eher geweckt? Ich muss den Wecker gestern Morgen ausgemacht und vergessen haben, ihn wieder einzuschalten.«

»Na und? Du warst eben müde. Was kann ich dafür, wenn du jeden Abend mit 'nem anderen ausgehst? Meiner Meinung nach hättest du dir heute gut einen freien Tag nehmen können. Aber statt mir dankbar zu sein … Wäre ich nicht reingekommen, hättest du bis heute Mittag geschlafen.«

»Woher willst du denn wissen, dass ich mit einem Mann aus war? Du verzapfst in letzter Zeit einen Mist …«

Ehe sich das Geplänkel hochschaukeln konnte, surrte Nellys Handy. Widerwillig griff sie danach, und Mau, der sie noch immer grimmig anfunkelte, bekam einen Schreck, als er ihre Miene sah.

»Scheiße, Scheiße, Scheiße, verdammte! Ich komme, bin schon da.«

»Aber, was …«, fragte er besorgt. Ohne ihn – wie er es ausdrücken würde – auch nur mit dem Arsch anzusehen, sprang seine Mutter hastig in ein weites, schwarzes Kleid, schnappte ihre Tasche und stürzte, ohne sich zu kämmen, die Treppe hinunter. Mau schüttelte seufzend den Kopf, setzte sich auf die Terrasse und überlegte, dass das Leben als Sohn einer Polizeikommissarin ganz schön seltsam und unvorhersehbar sein konnte. So vor sich hin grübelnd trank er auch Nellys Cappuccino aus. Seine Gedanken wanderten zum üblichen Thema: Moni, das Kind, die Zukunft, und gerieten wie immer völlig durcheinander.

»Diesmal zwei auf einen Schlag? Nicht zu fassen, ich fasse es einfach nicht.«

Nelly schüttelte den strubbeligen Kopf und starrte mit roten und vor Müdigkeit dunkel umrandeten Augen auf die beiden Leichen, die im Valbisagno nahe Prato ordentlich nebeneinander am rechten Flussufer lagen. Genauer gesagt, lagen sie einander gegenüber, die Beine spiegelgleich gebeugt, die Arme angewinkelt. Das Ergebnis war ein perverses Arrangement, eine grauenerregende Komposition. Sie hätten sich ansehen können, wären sie am Leben gewesen. Hätten sie Köpfe gehabt. Nelly musste an eine makabre Kunstinstallation denken. *Die würden bei der Biennale prima ankommen. Eine echte Sensation, endlich mal was Originelles.* Sofort schämte sie sich für diesen zynischen Gedanken.

Marco war als Erster am Fundort eingetroffen. Ein Mann aus der Gegend hatte sie entdeckt, der wie der Großteil der Bevölkerung vor Hitze nicht hatte schlafen können und im Morgengrauen das Haus verlassen hatte, um nach seinem Schrebergarten zu sehen und die Pflanzen zu wässern. Beim Anblick der beiden Leichen war er fast in Ohnmacht gefallen und hatte einen Moment gebraucht, um sich wieder zu fassen. Dann hatte er einen Barmann gesehen, der in einem Lokal unweit des Fundortes die Tische auf der Terrasse zurechtstellte, und ihn schreiend herbeigewunken. Die Rufe des Mannes hatten auch einige – wenige – Leute neugierig gemacht, die mit ihrem Hund spazieren gingen oder schon auf dem Weg zur Arbeit waren. In dem ganzen schauerlichen Durcheinander hatte sich der Anruf bei der Polizei ein wenig verzögert, und der bei Nelly ebenfalls, da jeder irrtümlich glaubte, jemand anders hätte sie bereits benachrichtigt.

Jetzt standen sie stumm vor dem irrealen Bild, während die glühende Sonnenscheibe immer höher über den Horizont stieg. *Der Sprung ins Meer hat sie kein bisschen abgekühlt. Himmel, was ich für einen Schwachsinn denke.* Sie wählte Gerolamos Nummer. Dann konzentrierte sie sich wieder auf die Opfer. Sie waren jung, das verrieten die straffen Körper, und zierlich, auch wenn die eine große Brüste hatte, die in einem zum Zerreißen gespannten rosa T-Shirt steckten. Mit dunklem Teint, der eher auf die Hautfarbe als auf Sommerbräune schließen ließ. Noch waren Celsis Leute von der Spurensicherung damit beschäftigt, den Fundort präzise und systematisch nach dem kleinsten Hinweis, dem kleinsten Indiz abzusuchen. Sie sammelten, tüteten ein, fotografierten. War dem Mörder diesmal endlich ein Fehler unterlaufen? Ein Ausrutscher? Die Uferkiesel ringsum waren hier und da verrutscht, doch schließlich waren auch viele Leute darübergelaufen: der Mann, der die beiden Leichen gefunden hatte, der Barmann und die Neugierigen, die von den panischen Schreien angelockt worden waren.

Tano traf ein, er wirkte blass unter seiner Bräune, und man sah, dass er hastig in die Kleider gesprungen war. *Trotzdem sexy.* Inzwischen waren Nellys Gedanken außer Kontrolle. Laurenti kam, zufrieden wie eine Katze, der man eine, nein zwei saftige, appetitliche Mäuse vorgesetzt hat, dicht gefolgt von einem unerschütterlichen Alessandro Palmieri.

Und wenn es wirklich dieses Arschloch ist, um sich Geltung zu verschaffen? Wieder ein alles andere als sachlicher Gedanke, und Nelly wusste nicht mal, ob er auf Palmieri oder auf Laurenti gemünzt war. *Zwei richtige Mordskerle, die beiden, die schrecken vor gar nichts zurück.* Laurenti nickte ihr abschätzig zu. *Stimmt, der junge Herr hält nicht viel von mir. Er findet, ich sei ein plumpes Trampeltier, und versäumt keine Gelegenheit, mich das spüren zu lassen. Ich schätze Sie auch sehr, Dottor Laurenti.*

Nachdem der Staatsanwalt die Szene ohne ersichtliche Gefühlsregung betrachtet hatte, nahm er den Profiler beiseite und murmelte erregt auf ihn ein. Palmieri lauschte ernst. Tano und Nelly wechselten einen Blick, der so viel bedeutete wie »Was für Arschlöcher«, dann ging Tano entschlossen auf die beiden zu, um deutlich zu machen, dass auch er ein Wörtchen in der Sache mitzureden hatte und sich nicht behandeln ließ wie ein kleiner Junge, den man nicht mitspielen lassen wollte. Palmieri begrüßte ihn höflich, der Staatsanwalt fast ungehalten, was Tano jedoch völlig ignorierte, und das Pärchen musste für ihn wohl oder übel ein winziges Stückchen auseinanderrücken. Nelly hütete sich davor, sich dazuzugesellen. *Die dämliche Territoriumsmarkiererei überlassen wir doch lieber den Männern.*

Nachdenklich konzentrierte sie sich wieder auf den Ort des Verbrechens und ließ den Blick über die Umgebung wandern, über das nahegelegene Schilfdickicht. Die Vegetation wucherte üppig in dem von der Sommerhitze ausgetrockneten Kiesbett des Bisagno und würde bei den heftigen Niederschlägen im Herbst zum Problem werden. Sie ging die unterschiedlichen Zugangsmöglichkeiten zum Flussufer durch. Dort, wo die Leichen der beiden armen Mädchen abgelegt und kunstvoll arrangiert worden waren, war es einfach zu erreichen und vor neugierigen Blicken geschützt. Ein kleiner Pfad führte zur Straße. *Parken, hintransportieren, ablegen. Und gleich zwei, was für ein Risiko … Vielleicht hat er denselben Weg zweimal machen müssen. Bestimmt hat er sie in irgendetwas eingewickelt, um keinen Verdacht zu erregen … Müllsäcke zum Beispiel.*

Der Barmann, ein knapp zwanzigjähriger, hübscher, braungebrannter Junge, saß auf einem großen Stein neben dem gärtnernden Frühaufsteher, einem mageren, blassen Mittfünfziger. Neben ihnen stand Inspektor Bentivegna, der gerade ihre Aussagen aufgenommen hatte. Nelly ging zu ihnen.

»Wie heißen Sie? Was haben Sie hier heute Morgen um halb sieben gemacht?«

»Habe ich doch gerade gesagt, ich heiße Benedetto Mazzone

und bin Mechaniker. Bei der Hitze hab ich kein Auge zubekommen, und weil ich in der Via Piacenza wohne, hab ich nicht den Bus genommen, sondern bin zu Fuß gegangen – frühmorgens geht das noch, später krepiert man –, um meinen Garten zu wässern. Das mache ich jeden Tag, wenn's Wasser gibt, sonst vertrocknet mir alles. Ich weiß, eigentlich sollte man die Gärten bei dieser Wasserknappheit nicht gießen, aber ich kann doch nicht alles eingehen lassen, ich hab da so viel Arbeit reingesteckt ...«

Er war zutiefst erschüttert, und Nelly konnte ihn verstehen. Schließlich fand man nicht jeden Tag zwei Frauen ohne Kopf neben seinem Tomatenbeet.

»Und Sie haben nichts gesehen, nichts bemerkt?«

»Gar nichts. Nur ... diese beiden Leichen. Von hier konnte man nicht genau erkennen, was es war, also bin ich näher rangegangen und fast umgefallen.«

»Haben Sie etwas angefasst?«

»Nicht für eine Million Euro hätte ich die angefasst.«

»Und Sie heißen ...« Der Junge hatte zugehört und antwortete sofort. »Marietto Lagomarsino. Ich bin Kellner hier in der Pizzeria Sorrento. Gestern Abend war hier ein Fest von ein paar Leuten aus dem Viertel, sie haben einen Geburtstag gefeiert. Wir haben spät zugemacht, und ich hab alles so gelassen, wie es war, deshalb bin ich heute ganz früh wiedergekommen, um aufzuräumen. Ich hatte gerade angefangen zu arbeiten, als er« – er zeigte mit dem Kopf auf den Mechaniker – »mir schreiend vom Ufer aus zugewunken hat, aber zuerst hab ich gar nicht verstanden, was er wollte. Er hat mir Zeichen gemacht, zu ihm zu kommen, also bin ich hin, und dann ... hab ich verstanden, wieso er wie ein Irrer geschrien hat.«

»Gibt es hier nachts einen Wachmann?«

»Ach was, normalerweise machen wir um Mitternacht zu, und dann gehen alle, auch der Chef«, und er zeigte auf einen fülligen Mann um die fünfzig, der halb ungläubig, halb schockiert beobachtete, was sich um ihn herum abspielte. Nelly ging auf ihn zu.

»Sie sind …«

»Adriano Piu, ich bin der Betreiber des Sorrento, ich habe das Gefühl, als wäre hier gerade ein Ufo gelandet.«

»Wie meinen Sie das, bitte?«

»Diese irre Sache, diese armen Mädchen, und Sie von der Polizei, die jeden wie den letzten Dreck behandeln, wie einen potentiellen Mörder, also … wir sind alle redliche Bürger und zutiefst erschüttert, Herrgott …«

»Wieso, was haben die Kollegen Ihnen denn getan?«

»Nichts, aber es ist der Ton, die Art …«

»Seien Sie nicht so empfindlich, Signor Piu, denken Sie daran, was diesen Frauen passiert ist. Wo waren Sie letzte Nacht? Und heute früh?«

»Na bitte, da haben wir's, werde ich vielleicht verdächtigt?«

»Hören Sie damit auf und antworten Sie, bitte.«

»Zum dritten Mal: Kurz nach Mitternacht sind die letzten Gäste gegangen, wir haben die Küche aufgeräumt, die Lichter ausgemacht, und dann sind der Koch, der Kellner und ich endlich nach Hause gegangen. Total erledigt von der Hitze und der Arbeit, unserer ehrlichen Arbeit. Ich …«

»Das bezweifle ich nicht. Und heute Morgen, als die Leichen gefunden wurden?«

»War ich bei mir zu Hause in der Via Molassana hier um die Ecke und hab neben meiner Frau Elvira den Schlaf des Gerechten geschlafen.«

»Sie Glücklicher. Und als Sie gegen zwölf oder halb eins nachts das Lokal verließen, haben Sie nichts gesehen oder gehört?«

»Nein, *Madonna mia*, nein. Außerdem sieht man dieses Uferstück von der Pizzeria aus gar nicht, wenn's dunkel ist. Hier hätte eine ganze Werwolfversammlung stattfinden können, und wir hätten's nicht gemerkt.«

»Und finden die hier regelmäßig statt? Wie häufig ungefähr?«

»Was?«

Die großen, dunklen Augen des Mannes wurden noch größer vor Verblüffung, und er starrte sie mit geöffneten Lippen an. Nelly musste lächeln.

»Na, diese Werwolfversammlungen, von denen Sie eben geredet haben.«

»Hören Sie mal, also, ich muss schon sagen …« Doch Nelly hatte ihm bereits den Rücken zugewandt und ging zu Tommi und Amanda hinüber. Amanda war gerade angekommen und gähnte genervt.

»Name, Nachname und Adresse von allen, die hier in der Gegend arbeiten, Kontrolle der Vorstrafenregister, der Alibis und so weiter.«

Amanda sah sie jetzt nicht mehr genervt, sondern wütend an. Sie stand immer ein bisschen in heimlichem Wettstreit mit der Kommissarin. Sie nickte grimmig.

»Überprüft auch die Häuser zur Straße hin, bei der Hitze heute Nacht hat vielleicht jemand …«

»Ist doch klar, Dottoressa Rosso«, fiel Amanda ihr unwirsch ins Wort, wie die Klassenbeste, die von der Lehrerin zu Unrecht verbessert wurde. Nelly ging darüber hinweg, Amanda war nervig und streberhaft, aber fachlich in Ordnung. Sie sollte ihren Hintern bewegen.

Auf ihrem Rückweg am Ufer entlang Richtung Schrebergarten sah Nelly Gerolamo, der mit finsterem, alarmiertem Gesicht ein Treppchen herabstieg und auf sie zukam.

»Schau dir diesen Horror an. Ich kann es einfach nicht glauben, dieser Mistkerl läuft frei herum, und wir sammeln die Leichen ein. Er hat auch noch die Ladung erhöht, diesmal sind es zwei. Zwei zum Preis von einer, Sonderangebot. Und genau in dieser Nacht. Letztes Viertel.«

Gerolamo nickte und ging zu Marco Auteri hinüber, der mit dem Blick noch immer die unmittelbare Umgebung der Leichen absuchte und sich am Kopf kratzte. Er empfing ihn mit einem breiten Lächeln und drückte ihm die Hand. Nelly sah zu einer Gruppe Schaulustiger hinauf, die das Hin und Her der Polizisten beobachteten, und fuhr zusammen. Sofort stürzte sie den Uferweg hinauf und nahm die wenigen Stufen, die zur Straße hochführten. Keuchend blieb sie stehen und sah sich suchend um, während die in kleinen Grüppchen zusammenstehenden Passanten sie verwundert anblickten. Sie drängelte sich durch die Menschentraube und entdeckte endlich, wen sie suchte, doch zu spät: Es war Gianluca Sonni, der hastig in einen weißen Lieferwagen mit schwarzer Aufschrift geklettert war (ein Fiat Ducato?) und Richtung Stadt davonbrauste. Sauer, weil sie ihn nicht hatte aufhalten können, stieg Nelly die Treppe wieder hinunter und kehrte zum Fundort zurück, wo Dottor Parodi, der mit seiner Arbeit fertig war, sie ebenso wie Marco und die anderen überrascht anblickte.

»Was ist passiert, Nelly?«

»Ich hab einen alten Bekannten gesehen, aber er ist mit fliegenden Fahnen im Auto davongebraust. Gianluca Sonni war hier.«

Marco Auteri horchte auf und ließ ein vielsagendes »Aha!« hören. »Und wenn sie doch zu zweit wären? Der Spur müssen wir gründlich nachgehen. Gianluca ist beim dritten Verbrechen glimpflich davongekommen, weil er im Knast saß. Aber wenn er einen Komplizen hatte? Diesmal sind es zwei Opfer. Zu zweit geht die Sache leichter. Was meint ihr?«

Marco hatte ihn nur ungern gehen lassen, er war von seiner Unschuld nie restlos überzeugt gewesen, und jetzt tauchte der Klempner an einem taufrischen Tatort auf. Wie beim ersten Mal. Ein Zufall? Der Vizekommissar blickte Nelly erregt an. Sie hob die Augenbraue und zog die Schultern hoch. Ehe sie antworten konnte, gesellte sich das »Chef«-Trio zu ihnen, und Marco fragte Palmieri sofort, was er von seiner Theorie halte. Ob es seiner Meinung nach möglich sei, dass es sich um zwei Mörder handelte. Konnte die Tatsache, dass der von Anfang an verdächtigte Sonni hier auftauchte, vielleicht bedeuten, dass er ihre Hilflosigkeit auskosten wollte? Und ließ ein doppeltes Verbrechen und der damit verbundene Transport nicht darauf schließen, dass es sich möglicherweise um zwei Mörder handelte?

Palmieri strich sich, wie sollte es anders sein, mehrfach mit der Hand über Gesicht und Bart. So gedankenversunken er auch wirkte, war klar, dass der Guru es genoss, die Blicke sämtlicher der Erleuchtung harrender Anwesender auf sich zu spüren. *Selbst der aufgeblasene Laurenti hängt an seinen so eindrucksvoll geöffneten Lippen.* Nelly fühlte sich besonders gehässig.

»Es gibt Fälle von Serienkillerpaaren, und nicht einmal wenige, normalerweise bestehend aus einer dominanten Person und einem Helfer, zum Beispiel ...«, und wie ein Uniprofessor, der seinen gebannt lauschenden Studenten eine Kriminologievorlesung hält, schilderte er die Präzedenzfälle. Er wurde von Parodi unterbrochen, den Tano zuvor nach dem ungefähren Todeszeitpunkt der Opfer gefragt hatte:

»Dottor Esposito, ich würde sagen, der Tod ist gestern Abend zwischen acht Uhr und Mitternacht eingetreten. Nardini wird das bestätigen. Die übliche Vorgehensweise: woanders getötet und dann hierhergebracht.«

»In einem Lieferwagen, mit neunzigprozentiger Wahrscheinlichkeit. An der Mündung des Uferweges, der zu dem für uns und die Medien inszenierten Spektakel führt, sind Reifenspuren, die zu einem großen Lieferwagen gehören. Verschiedene Fußspuren auch. Mal sehen, ob wir den Reifentyp rauskriegen. Was die Schuhsohlen angeht und alles Übrige, dafür brauche ich noch etwas Zeit.«

Celsi von der Spurensicherung hatte sich endlich wieder nach vorne gespielt und Parodi und Palmieri die Show gestohlen, der indigniert die Lippen zusammenpresste. Als er merkte, dass er beobachtet wurde, sah er auf, doch Gerolamo guckte hastig weg und blickte in das trockene Flussbett. Tano hatte sich derweil zu Nelly gestellt und warf ihr einen kleinlauten Seitenblick zu, weil er sie vorhin von der Unterredung mit Laurenti und Palmieri ausgeschlossen hatte, doch sie ließ ihn abblitzen. Er beugte sich so nah zu ihr herüber, dass seine Lippen ihre Wange streiften, und flüsterte ihr ins Ohr: »Bist du sauer auf mich, Nelly?«

»Wieso sollte ich? Weil die Männchen das Weibchen bei ihren ach so wichtigen Spielchen nicht mitmachen lassen?«

»Komm schon, du bist doch sonst nicht wegen so einem Blödsinn eingeschnappt. Die beiden Wichtigtuer hatten uns ausgeschlossen, und ich wollte wissen, was die am Kochen haben. Laurenti will jetzt eine kurze Mitteilung an die Presse und das Fernsehen machen. Irgendjemand muss denen einen Wink gegeben haben, und die sind sofort hierhergestürzt. Da sind ein paar Journalisten, die auf Neuigkeiten warten, auch von einem Privatsender. Du sollst wissen, dass ich dich mehr schätze als all die anderen hier zusammen.«

»Besten Dank, Herr Vizepolizeichef.«

Nellys Augen lächelten, sosehr sie sich auch um einen ironischen Tonfall bemühte. Tanos Charme hatte wieder einmal gewirkt. Er drückte ihr vertraulich den Arm. »Schleimer!«, raunte sie ihm zu, und er lachte. Aus dem Augenwinkel bemerkte Nelly, wie Palmieri sie eisig musterte, und machte sich brüsk von dem verdatterten Polizeivize los.

Mehrere Journalisten drängelten sich hinter der Absperrung, um ja nichts zu verpassen. Sie konnten nur mühsam von den Beamten zurückgehalten werden. Nelly erkannte Gemma, machte ein Zeichen, dass man sie durchlassen solle, und hielt sie in gebührendem Abstand von den beiden Leichen zurück. Laurenti hatte inzwischen grünes Licht für deren Abtransport gegeben.

»Ich hab noch nichts von euch gehört. Vergessen Sie Ihr Versprechen nicht, Dottoressa. Nicht bei mir«, raunzte ihr die Journalistin ins Gesicht. Nelly lächelte freundlich. Im Grunde konnte sie sie verstehen. Sie war jung, arbeitete als Volontärin und hoffte sich hervorzutun, um übernommen zu werden.

»Natürlich nicht, Gemma. Staatsanwalt Laurenti hier«, sie zeigte auf ihn, »wird den Medien gleich ein paar kurze Informationen geben, und wegen Palmieri sprechen wir uns später. Aber das mit den Mondphasen kannst du schon mal schreiben, das hat sich leider bestätigt. Und damit bist du bestimmt die Erste.«

Inzwischen hatte sich Laurenti in die Brust geworfen und ging auf die Journalisten und das kleine Team eines lokalen Fernsehsenders zu, die sich vor Sensationslust fast auf ihn stürzten. Nelly und Marco stellten sich ein wenig abseits, und Tano eilte dem Staatsanwalt zur Seite wie ein Knappe seinem Ritter.

Dann war die Show vorbei – mehr oder weniger zehn Minuten hatte sie gedauert, die der Staatsanwalt jedoch gekonnt zu nutzen gewusst hatte. Er sollte Politiker werden, dachte Nelly überzeugt. Er hatte nichts gesagt, aber durchblicken lassen, dass der Fall kurz vor der Auflösung stünde, und dann Fragen beantwortet – nicht alle, eigentlich keine, aber das immer sehr höflich. Er hatte es ihnen entschieden untersagt, sich Palmieri zu nähern und ihn zu interviewen, dafür aber in Aussicht gestellt, versprochen, angedeutet – o Himmel –, dass sie (er und der Profiler) demnächst in einer bekannten TV-Sendung zu sehen wären – daher die Pressekonferenz aus dem Stegreif!

Als die Reporter in ihre Redaktionen abgedampft waren, wurden die Aufgaben rasch verteilt: Amanda und Tommi sollten alle befragen, die etwas gehört oder gesehen haben konnten, Marco und Privitera würden Gianluca Sonni auf den Zahn fühlen. Nelly und Tano fuhren ins Präsidium. Laurenti hatte Palmieri zum Mittagessen eingeladen, wieder in Boccadasse. Auf Staatsanwaltschaftskosten, versteht sich.

Kaum im Büro angekommen, gab Nelly Valeria, die von der Aufregung und dem Schock angesichts der jüngsten Ereignisse und von den Überstunden der letzten höllischen Wochen angegriffen und müde war, präzise Rechercheanweisungen, die möglichst bald zu erledigen waren.

»Klar ist viel zu tun, Valeria, ich weiß, aber wir stecken bis zum Hals im Schlamassel. Ich verlasse mich auf dich, versuch, diese Sachen so schnell wie möglich herauszufinden! Bis morgen Vormittag.«

Nachdem sie die Ärmste derart mit dem Rücken an die Wand gestellt hatte, schaute sie rasch bei Tano vorbei, der über den Berichten schwitzte und gerade von Lullis Yacht in Portofino und einem schönen Sprung ins Meer träumte, und machte sich dann müde, aber entschlossen auf den Weg in die Via del Campo zu Madame Claire. Ein Feuerlauf durch die Stadt, die, obwohl es Montag war, ausgestorben dalag wie in einem amerikanischen Katastrophenfilm. Wer konnte, war geflohen. Die schmalen Gassen der Altstadt entrissen ihr einen Seufzer der Erleichterung, denn obwohl die Sonne hoch am Himmel stand, verirrten sich nur ein paar schräge Strahlen hierher, und selbst der übliche Gestank war erträglicher als die brüllende Hitze auf der Piazza della Vittoria oder der Via XX Settembre. Klitschnass geschwitzt und kurz vor einem Herzinfarkt betrat sie den dunklen und einigermaßen kühlen Hauseingang. Irgendwie schaffte sie es die Treppe hinauf. Die Tür war zu. Sie klopfte verzweifelt. *Mach auf, Claire, bitte, ich muss dringend mit dir reden.*

Als Antwort auf ihr stummes Stoßgebet erschien Claire in der Tür. Aus der Wohnung strömte der Duft von gegrilltem Gemüse, gebratenem Fleisch und Gewürzen. Nelly wurde schwummrig, sie wusste nicht, ob vor Müdigkeit oder vor Hunger. Sie sank gegen den Türpfosten. Madame Claire fing sie auf und führte sie ins Wohnzimmer, wo sie sich aufs Sofa fallen ließ. Mit einem gekonnten Handgriff legte Claire ihr die Beine hoch und verschwand hinter dem Vorhang, hinter dem man wie immer fröhliche Stimmen und Gelächter hörte. Kurz darauf tauchte sie mit einem kühlen Getränk wieder auf, das aussah wie eine Mischung aus Joghurt und Mangosaft. Sie hielt Nellys Kopf und setzte ihr das Glas an die Lippen wie einem kranken Kind.

»Schlaf, Commissario. Wir reden später.«

Das waren die letzten Worte, die Nelly hörte.

Als sie die Augen wieder aufschlug, sickerte gedämpftes Licht durch die Fensterläden. Ein Blick auf die Uhr verriet ihr, dass es halb acht Uhr abends war. Was würden die Kollegen denken? Plötzlich war sie weg gewesen ... Aber sie fühlte sich so gut, dass es ihr gleich war. Sie streckte sich und sah Claire mit einem seltenen Lächeln auf dem breiten schwarzen Gesicht hinter dem Vorhang hervorlugen. Ihre Augen funkelten belustigt.

»Commissario, wenn das dein Kollege Fattori wüsste, dass du bei einem so verrufenen Frauenzimmer wie mir schläfst! Was ist denn dann mit deiner ...«, sie runzelte die Stirn und suchte nach dem richtigen Wort. »Es fällt mir nur auf Französisch ein, *réputation. Ta réputation*.«

»Mein Ruf, es heißt Ruf«, lächelte Nelly zurück.

»Du warst völlig erschöpft. Du solltest dich nicht so schinden.«

»Danke, Claire, die Erholung war dringend nötig. Was hast du mir da eigentlich zu trinken gegeben?«

»Berufsgeheimnis, Commissario. Simba hat wieder zugeschlagen, und zwar richtig, stimmt's?«

»Simba ist ein verfluchter, elender Scheißkerl. Diesmal sind es zwei Frauen.«

»Ich habe gespürt, dass etwas Grauenhaftes geschehen würde. Und du musst dich vorsehen, weißt du?«

»Wieso denn das?« Nelly starrte sie beunruhigt an.

»Ich habe dich gestern Abend gesehen, eine dunkle Wolke lag über deinem Gesicht. Deshalb habe ich dir Robert geschickt.«

»Robert? Und wer, bitte, ist Robert? Der große Schwarze, der mit dir geredet hat, als wir wegen Paulette gekommen sind?«

»Ja und nein. Das ist Roger. Robert sieht aus wie Roger, ist aber nicht aus Fleisch und Blut. Er ist ein Bote. Ein Teil von Roger, der sich von ihm löst, wenn er, wie sagt man doch ... in Trance ist. Besser gesagt, ich bin es, die ihn in Trance versetzt. Er tritt aus sich heraus, verlässt seinen Körper und tut, was ich sage. Danach war ich stundenlang völlig ausgelaugt. Diese Anstrengung saugt einem das Leben aus den Knochen. Ich habe diese Sache – frag mich nicht, wie man sie nennt und wie sie funktioniert – nur selten gemacht, und es klappt nicht immer. Die Kraft, die mentale Energie, die dazu nötig ist, kann einen umbringen.«

»Ich danke dir, dass du dieses Risiko für mich auf dich genommen hast. Ich wollte gerade einem Mann von dir erzählen, da habe ich ihn gesehen, Robert, meine ich. Er hat den Kopf geschüttelt, und ich habe den Mund gehalten. Könnte ... könnte die Gefahr von dem Mann ausgehen, mit dem ich gestern Abend essen war?«

»Wenn ich all das genau wüsste, wenn ich wüsste, wer Simba ist, oder wer sie sind, würden wir beide jetzt nicht hier sitzen und reden, oder? Es sind nur Vorahnungen, Schauder, Zeichen, Gefühle. Bruchstückhafte Visionen. Dieser Mann mit dem großen Bart, hat der einen Lieferwagen?«

»Ich weiß es nicht, Claire, aber ich werde es bald herausfinden. Wieso? Und warum hast du wer ›sie sind‹ gesagt?«

»Ein sehr böser, sehr verrückter Mann ohne Gesicht hat heute Nacht im letzten Viertel den Tod gebracht. Und die Signale, die Schwingungen, die von Simba ausgehen, sind so ungenau und widersprüchlich, dass ich manchmal denke, es könnten mehr als einer sein.«

»Der Mann mit dem Bart kann es nicht gewesen sein, er war mit mir zusammen, als Simba letzte Nacht getötet hat. Ein Lieferwagen, sagst du?«

»Ich habe eine schwarze Schrift auf weißem Grund gesehen. ›*Speranza*‹ – Hoffnung. Ein hübscher Name für eine Totenfähre.«

Nelly brachte sie auf den neuesten Stand. Seufzend fächelte sich Claire mit einem bunten Fächer Luft zu. Bei ihrer beträchtlichen Leibesfülle musste die Hitze ihr ganz schön zusetzen, doch war ihr das nicht anzumerken. Sie schwitzte nicht einmal.

»Dieser Mann, mit dem du zusammen warst, sendet sehr schwer

zu deutende Schwingungen aus. Er ist eine gepeinigte Seele. Er ist von einem Schild aus Schmerz und Wut umgeben, der kaum zu durchdringen ist.«

»Ich weiß. Ich selbst habe ihn nach Genua geholt, weil ich dachte, er könnte bei den Ermittlungen hilfreich sein, aber ...«

»Aber du traust ihm nicht ganz.«

Nelly hatte den Eindruck, als könnte Claire mühelos ihre Gedanken entziffern. Die geheimnisvolle Afrikanerin erriet selbst das, was sie nicht zu Ende zu denken wagte. Sie ließ sich gegen die Sofalehne sinken und holte tief Luft.

»Nein. Sollten wir ihn wegschicken? Ich weiß nicht, ob das an diesem Punkt noch möglich ist und ob es überhaupt gut wäre.«

»Frag die arme Claire nicht so etwas. Sei nur auf der Hut, aber nicht nur vor ihm. Jetzt muss ich gehen. Glaubst du, du schaffst es allein nach Hause? Roger könnte dich begleiten.«

»Danke. Ich würde mich gern ein bisschen mit ihm unterhalten. Und, Claire ... für mich bist du eine Freundin.«

»Du bist süß, Commissario. Du bist eine erwachsene Frau und erinnerst mich an meine arme Paulette. Du glaubst an die Freundschaft, an die Aufrichtigkeit ... ich nicht mehr, aber ich weiß beides zu schätzen, wenn jemand es mir entgegenbringt.«

Sie streichelte Nelly sanft über die Wange und verschwand hinter dem Vorhang. Kurz darauf tauchte der große Schwarze in einem himmelblauen, goldgeränderten Kaftan auf. Auf seinen Locken thronte ein kleines Käppchen, und er machte ein ernstes Gesicht. Er verbeugte sich leicht, Nelly erhob sich ein wenig schwankend, er nahm sie beim Ellenbogen und führte sie bis auf die Straße. Schweigend ging er neben ihr her, den Blick geradeaus gerichtet.

»Kennst du Claire schon lange, Roger?«

»Seit immer. Sie ist die Schwester meiner Mutter. Sie hat mich großgezogen.«

»Dann bist du der Bruder ...«

»… von Paulette? Nein, sie war meine Cousine. Ihre Mutter ist eine andere Schwester.«

Nelly musterte ihn aufmerksam und hatte Mühe, mit seinen langen Beinen Schritt zu halten.

»Weißt du, wo Sant'Apollinare ist?«

»Nein. Aber ich könnte letzte Nacht dort gewesen sein. Claire hat mich ›geschickt‹, aber wenn ich aufwache, erinnere ich mich an nichts mehr.«

Nelly seufzte irritiert. Sie wusste einfach nicht, was sie von dieser Sache halten sollte. War die Geschichte mit dem Boten wahr? Oder war Roger in Fleisch und Blut dort gewesen, um ihr nachzuspionieren? Alles erschien ihr so … irrational. Unwirklich war das passende Wort.

»Was passiert, wenn sie dich … schickt?«

Roger schien zu überlegen, ob er auf diese heikle und indiskrete Frage antworten sollte.

»Sie verabreicht mir einen Trank, spricht ein paar Beschwörungsformeln, und ich schlafe ein. Mein Körper schläft, meine Seele löst sich von ihm und geht dahin, wo sie will. Alles passiert wie in einem Traum, an den ich mich nach dem Erwachen nicht mehr erinnere. Frag nicht, wie und warum, es ist einfach so. Es hat was mit meiner Tante zu tun, sie ist ein …«

»Ein was?«

»Ein Medium würde man vielleicht sagen. Ein Mensch mit besonderen Fähigkeiten, die aber immer nur dem Guten dienen. Eine großartige Frau.«

Sie waren bei Nellys Haus angekommen. Sie dankte ihm für die Begleitung und sprang so mühelos wie lange nicht mehr die Treppen hinauf.

Ich muss Claire nach dem Rezept für dieses Gebräu fragen. Eine echte Bombe.

Auf ihrem Weg zur Terrasse durchquerte sie das Wohnzimmer, das aussah, als wäre es gerade vom Staatsschutz auf den Kopf gestellt worden. Mau hing über den Büchern, Monica saß ihm gegenüber und nuckelte abwesend an einem geeisten Pfefferminztee. Zum Glück hatten sie ihren Rat befolgt und die Entscheidung auf nach dem Mündlichen verschoben. Doch das Mädchen war halbnackt, und man fragte sich, wie sich Mau angesichts von so viel gottgegebener Schönheit auf seine Bücher konzentrieren konnte.

Sie bemerkte Nelly als Erste, lächelte ihr zu und fragte, was es Neues gebe. Als sie von dem Doppelmord erfuhr, erschauerte sie. Auch Mau sah auf und starrte sie mit offenem Mund an.

»Zwei? Aber wo sind wir denn hier? Was für eine Scheiße! Und was tut die Polizei? Was tut ihr?«

»Das, was wir können«, entgegnete seine Mutter ruhig, verschwand im Bad und beschloss, wenigstens am letzten Abend vor den Prüfungen für die Kinder zu kochen. Nach der Dusche schlüpfte sie in einen leichten, kurzen Bademantel, ging in die Küche, kochte Pasta mit scharfer Tomatensauce, arrangierte einen Teller mit Wurst, Schinken, Käse und Oliven, schnitt die große Wassermelone, die sie im Supermarkt gekauft hatte, in Scheiben, lud alles auf ein Tablett und trat triumphierend auf die Terrasse.

Die Kinder sahen sie verdattert an, sie waren es nicht gewöhnt, von ihr bekocht zu werden, doch dann schlangen sie alles dankbar und in andächtigem Schweigen hinunter. Obwohl sie wusste, dass sie machten, was sie wollten, bat Nelly sie, nicht allzu lange aufzubleiben, schließlich hätten sie am nächsten Tag Prüfungen. Danach zog sie sich in ihr Arbeitszimmer zurück, um auf Carlos Anruf zu warten. Um Punkt zehn klingelte das Telefon.

»Nelly?«

»Ja, mein Lieber, entschuldige bitte, dass ich gestern Abend so angespannt war. Jetzt sollte ich es noch viel mehr sein, wir haben nämlich noch zwei Geköpfte.«

»Verdammt!«

»Es kommt mir vor, als wäre ich in einer grauenvollen Parallelwelt gelandet, in der vollkommen verrückte Dinge passieren. Wenn ich über der Hitze, den Verbrechen und den seltsamen Gestalten, die mich umgeben, nicht den Verstand verliere, ist das ein Wunder. Ich wünschte, du wärst hier, aber andererseits ist es vielleicht besser, dass du weit weg bist.«

»Ach ja? Und wieso?«

»Weil alles so hässlich, trostlos, widerlich, brutal und böse ist. Weil du für mich die schöne Seite des Lebens darstellst, und ich würde nicht wollen, dass du in diese ... diese ... Sache verwickelt wirst. Seit Tagen ist mir richtiggehend übel. Diese armen Mädchen, einfach so umgebracht, so vollkommen sinnlos ...«

»Irgendeinen Sinn muss es haben, zumindest für den Mörder. Sonst würde einer so etwas nicht machen.«

»Einen Sinn ...? Ja, du hast recht, für den hat das einen Sinn. Vielleicht will er sie wirklich schützen, sie vor einem unglücklichen oder schmutzigen Leben bewahren, wie Palmieri, der Profiler, vermutet. Wer weiß, ob die beiden von letzter Nacht auch Prostituierte waren. Heute Abend haben sie die Kleidungsstücke und die Leichen in den Acht-Uhr-Nachrichten gezeigt, wenn die meisten Leute vor dem Fernseher sitzen und auch Kinder etwas mitbekommen könnten. Natürlich haben sie die heiklen Sachen ausgeblendet, aber trotzdem ...«

»Hoffentlich erkennt sie jemand und meldet sich. Ich dagegen wäre sehr gern bei dir, um dich nach Kräften vor dieser ganzen Scheiße, die dich umgibt, zu schützen. Pfeif auf das Reise-Schweigen und den ganzen Quatsch und lass mich dir, so gut es geht, helfen.«

»Aber das kannst du nicht, Liebster, leider. Am Telefon bin ich immer ein bisschen gehemmt, das weißt du, und dann kommt es so leicht zu Missverständnissen. Sag mir lieber, wann du zurückkommst.«

»In einer Woche bin ich in Hamburg, und vor dem nächsten Auslaufen bis September habe ich drei Tage Pause. Die nutze ich für einen Blitzbesuch in Genua.«

»Ja, ach ja!«

Und so ging Nelly mit einem Lächeln zu Bett und träumte von Carlo, der auf einem Segelschiff ankam, um sie vor riesigen schwarzen Piraten ohne Kopf zu retten, die wie Zombies um sie herumschlichen. Da verstehe einer das Unterbewusstsein!

XI

Der Wecker riss sie unsanft aus dem Schlaf. Halb benommen stolperte sie in die Küche, wo zwei frisch benutzte Tassen darauf hindeuteten, dass Mau und Monica schon auf waren. Und bereits verschwunden ebenfalls, wie sie mit einem Blick in das Zimmer ihres Sohnes feststellen konnte. Richtig, es war ja Dienstag, der große Tag der mündlichen Abiprüfung. Waren sie unter den ersten Prüflingen? Sie hatte vergessen zu fragen. Oder vielleicht hatten sie es ihr gesagt, als sie gerade im Geiste dem Mörder auf der Spur war? Wie immer nicht richtig hingehört hatte? Das altbekannte Gefühl, ihrem Sohn nicht gerecht zu werden, befiel sie unerwartet und deshalb noch heftiger als sonst. *Komm schon, hör auf damit, schließlich geht er nicht mehr in den Kindergarten, er ist so gut wie erwachsen, so erwachsen, dass er seine Freundin schwängern kann. Der kommt auch ohne seine Mama zurecht, die ihm ständig Händchen hält, oder nicht?*

Das ungute Gefühl blieb, verstärkt durch die Mattigkeit, die der bereits morgens um halb acht herrschenden drückenden Hitze geschuldet war. Nicht der winzigste Lufthauch, wahrscheinlich war es in den Tropen noch kühler. Die Katzen hatten sich im offenbar kühlsten Eckchen der Küche ausgestreckt, und Nelly sah sie neidvoll an. Drei von der Hitze entnervte Augenpaare starrten sie an und flehten, sie solle etwas tun. Es regnen lassen zum Beispiel. Schließlich war sie doch die große, mächtige Oberkatze!

»Wenn ich könnte, meine Lieben, wenn ich könnte«, antwortete sie laut auf ihr stummes Flehen. Sie füllte die Futterschälchen, vor allem die für das Wasser, quälte sich in eine beigefarbene Dreiviertelhose – *Mist, bin ich schon wieder dicker geworden? Aber ich esse doch nichts!* – und ein schwarzes Top und schlurfte in Ethnoflipflops und mit der großen Tasche über der Schulter zu Beppes Weinlokal. Auf dem ersten Tischchen links lag aufgeschlagen vor Gianni und Basile, die angesichts der neuesten Nachrichten ausnahmsweise einmal Frieden geschlossen hatten und sich die Zeitung teilten, der »Secolo« mit einer Skizze der Installation, wie Nelly sie insgeheim nannte, auf der Titelseite. Über die These mit den Mondphasen, die sie Gemma gesteckt hatten, um sie ruhigzuhalten, wurde lang und breit berichtet. Überdies war die Journalistin ihr einziger Kontakt mit dem Mörder. Die beiden Rentner sahen Nelly genauso fragend, flehentlich und vorwurfsvoll an wie ihre Katzen. Tu was, tu endlich was. Das ist alles deine Schuld, die Hitze und die Morde, schienen sie zu sagen. *Vielleicht stimmt es. Und eine beschissene Mutter bin ich auch noch. Eine Null auf ganzer Linie.* Nellys Gemüt tendierte an diesem Morgen zur Selbstkasteiung. Sie gab sich einen Ruck und lächelte.

»Guten Morgen alle zusammen. Schöner Tag, was?«

Ihrem provokant fröhlichen Satz folgte ein verdattertes Schweigen, dann brachen alle in fast hysterisches Lachen aus. Der Bann war gebrochen, und alle redeten gleichzeitig. Kritik, Gemecker, besorgte, empörte, konkrete, vorwurfsvolle Fragen. Nelly absolvierte ihre ganz persönliche Pressekonferenz mit Bravour, indem sie eine Art Abklatsch von Laurenti lieferte. Derweil verschwanden zwei Cappuccini sowie zwei Stück Zwiebelfocaccia in ihrem Bauch. Mit dem wieder einmal eisernen Vorsatz, das Weinlokal bis zur Lösung des verdammten Falles (In einem Monat? Einem Jahr? Nie?) zu meiden wie der Teufel das Weihwasser, schweißüberströmt und mit unangenehm schwerem Magen trat Nelly wieder auf die Straße und war dem abgasverpesteten Tunnel zur Abwechslung einmal dankbar für seinen schützenden Schatten.

Der Beamte Nicola am Eingang des Präsidiums begrüßte sie finster. *Dem muss was auf der Seele liegen, sonst lächelt er immer.*

»Ist was nicht in Ordnung, Nicola?«

»Mein Vater, Dottoressa. Er ... er ist sehr krank.«

Sie meinte ein Glitzern unter Nicolas Wimpern zu sehen und sah woandershin, um ihn nicht in Verlegenheit zu bringen.

»Das tut mir sehr leid. Wann hast du Urlaub und fährst nach Hause?«

»Eigentlich sollte ich morgen fahren, aber nach dem, was passiert ist, herrscht bis auf Weiteres Urlaubssperre.«

»Himmel, ja, richtig.« Nelly überlegte. »Aber Gerolamo Privitera war nicht vorgesehen und ist zurückgekommen. Für ein paar Tage lässt sich da vielleicht was machen, ich rede mit dem Polizeivize.«

»O danke, Dottoressa. Meine Mutter ist allein, wissen Sie. Wir sind alle in Italien und der Welt verstreut, auch meine Schwestern …«

»Das ist hart für alle, ich weiß. Ich werde dir so bald es geht Bescheid sagen.«

Den Dank des jungen Beamten in den Ohren, stieg sie die Treppe hinauf und wurde in ihrem Büro von einer zusehends verstörten Valeria begrüßt.

»Wenn wir diesen verdammten Wahnsinnigen kriegen, falls wir ihn kriegen, können wir uns gleich mit ihm zusammen ins Irrenhaus einweisen lassen«, war ihre Begrüßung. Sie war völlig am Ende.

»Was ist los, Valeria? Welche Laus ist dir denn über die Leber gelaufen?«

»Ich habe die Recherchen gemacht, die Sie mir aufgetragen hatten, Dottoressa Rosso. Den ganzen gestrigen Tag, und das weit über die Arbeitszeit hinaus. Ist ja in Ordnung, aber Dottor Esposito hält das für selbstverständlich, nicht mal ein Dankeschön bekomme ich von ihm.«

Heiliger Bimbam, muss ich hier jetzt auch noch ein schlechtes Gewissen kriegen? Das von der Hitze und der Zwiebelfocaccia verstärkte Unzulänglichkeitsgefühl machte Nelly wütend. Doch sie bemühte sich, vor ihrer Mitarbeiterin die Fassung zu bewahren, schließlich wusste sie, was sie an ihr hatte.

»Das tut mir leid, Valeria, aber wir sind alle am Anschlag, und dann noch diese tropischen Temperaturen ... Hast du denn was Interessantes herausgefunden?« Doch ehe sie eine Antwort erhielt, schneite Tano wie von Valerias Klagen gerufen ins Büro und sagte so knapp, dass er dabei kaum die Zähne auseinanderbekam: »Nelly, sofort zu mir.«

Valeria verzog säuerlich das Gesicht, was so viel heißen sollte wie: Na, was habe ich gesagt?, doch Nelly ignorierte es und folgte hastig ihrem Chef, der sorgfältig die Tür hinter ihnen zuzog.

»Was die beiden letzten Opfer betrifft, sind nach der Fernsehausstrahlung gestern Abend ein Haufen Hinweise eingegangen. Das hier sind die glaubwürdigsten.«

Er zeigte auf zwei Fotos, die auf seinem Schreibtisch lagen. Das erste war ein Passfoto, das eine lächelnde junge Frau mit den für indianischstämmige Südamerikaner typischen hohen Wangenknochen, dunklen, lachenden Augen und glattem schwarzem, zu zwei Zöpfen geflochtenem Haar zeigte.

»Ermelinda Gómez Ventura, dreißig Jahre, aus Quito, Ecuador, verheiratet, zwei kleine Kinder. Sie arbeitet (arbeitete?) als Kindermädchen bei einer Familie in Albaro. Sonntag, an ihrem freien Tag, wollte sie sich mit einer Freundin treffen. Sie hat am frühen Nachmittag das Haus verlassen und ist nicht mehr zurückgekehrt.«

Er zeigte auf das zweite Foto. Ein hübsches Mädchen mit lockigem, offenbar gefärbtem rotem Haar war darauf zu sehen, das lachend einen kräftigen jungen Kerl mit olivfarbenem Teint umarmte. Zwischen ihnen saß ein ungefähr zweijähriges Kind, das zu ihnen aufblickte. Es sah aus wie die Miniaturausgabe seines Vaters, nur lockiger.

»Das ist die Freundin, mit der sie sich treffen wollte. Dolores Nieto Llosa, achtundzwanzig, geboren in Villavicenicio in der Nähe von Bogotá, Kolumbien. Sie arbeitet als Pflegerin bei einer alten Dame in Nervi, in einer kleinen Villa. Die Woche über wohnt sie dort mit ihrem Sohn Felipe, der inzwischen vier ist. Der Mann«, er tippte auf das Foto, »Rodolfo Llosa, ist vor zwei Jahren verschwunden, kurz nachdem das Foto gemacht wurde. Von ihm hat man seitdem nichts mehr gehört.«

»Wer hat die beiden erkannt?«

»Pedro Ventura, der Mann der Ersten. Der war völlig aufgelöst, weil seine Frau am Sonntagabend nicht nach Hause gekommen ist. Er wollte sie schon als vermisst melden, da hat er die Bilder im Fernsehen gesehen und das T-Shirt erkannt. Die Beschreibung des Körpers könnte ebenfalls auf seine Frau passen. Er meinte auch Dolores Nieto Llosa zu erkennen. Heute Morgen hat sich außerdem die Tochter von Signora Arduini gemeldet, bei der Dolores arbeitet. Sie war verzweifelt, weil die Pflegerin verschwunden war und sie nicht wusste, wie sie deren Kind beruhigen sollte. Dolores hatte am Sonntag ein paar Stunden frei und hat den Jungen bei einer Kollegin gelassen, die nicht weit vom Haus der Arduinis arbeitet. Sie hat das Kind heute früh zurückgebracht.«

»O verdammt, wenn es tatsächlich diese beiden Frauen sind! Die armen Kinder …«

»Kümmer du dich um die Identifizierungen. Die Tochter von der Arduini, sie heißt Giulia Bergonzi, und der Mann der Ventura werden um zehn Uhr im San Martino sein. Ein Wahnsinn, ein Wahnsinn, wirklich! Das waren alles andere als Prostituierte, das waren unbescholtene, redliche Frauen, die geschuftet haben, um ihre Familien zu ernähren. Dieses verfluchte Dreckschwein.«

»Wieso, wenn es Prostituierte gewesen wären, wäre es weniger schlimm, oder was?«

Tano kannte Nellys Blick und den Ton in ihrer Stimme, aber er stand zu sehr unter Druck, um sich zu beherrschen.

»Du kannst mich mal, Nelly, du und dein beschissener Piemonteser Moralismus, für was für ein Arschloch hältst du mich eigentlich? Du kennst mich doch nicht erst seit gestern, ich bin der Letzte, der …«

»Genau, du bist das Letzte, ein echter Hurensohn, das hatte ich ganz vergessen.«

Wutschnaubend und mit roten Gesichtern standen sie einander gegenüber. Die Hitze und der Frust pumpten ihnen das Blut in doppelter Geschwindigkeit durch die Adern. Schließlich schlug Tano mit der Faust auf den Tisch, ließ sich auf einen Stuhl fallen und schüttelte entnervt und verbittert den Kopf. Nelly stand kampflustig und mit zusammengepressten Lippen vor ihm.

»Komm schon, Nelly, lassen wir das, entschuldige. Wir dürfen uns nicht auch noch gegenseitig zerfleischen. Aber du solltest wirklich wissen, dass ich beileibe nicht der Typ bin, der so über Prostituierte denkt ... Und lass bitte meine *mamma* aus dem Spiel!«

Die letzten Worte sollten witzig klingen. Nelly zögerte einen Moment, ob sie nach dem angebotenen Ölzweig greifen sollte. Dann setzte sie sich ebenfalls hin und beruhigte sich.

»Ich muss mich auch entschuldigen, das war von mir ein schäbiger Schlag unter die Gürtellinie. Aber ich kann's einfach nicht verknusen, dass viele meinen, Prostituierte seien Menschen zweiter Klasse und ihr Tod eine Art ... Arbeitsunfall. Es sind Frauen wie alle anderen auch, die haben ohnehin schon ein Scheißleben, die Ärmsten, ich ...«

Sie machte eine müde Handbewegung und ließ den Satz unvollendet. Tano griff nach ihrer Hand. Einen Moment lang saßen sie so da und sahen sich an.

Kommissar Lojacono, der geklopft hatte und unaufgefordert eingetreten war, tat so, als wäre nichts und als sähe er nicht, wie sie hastig ihre Hand zurückzog und Tano auf seinem Stuhl wieder Haltung annahm. Doch in seinen flinken Augen blitzte ein Funke Interesse auf, der Nelly nicht entging.

Carmine Lojacono war ein ziemlich unausstehlicher Kollege, der sich immer die Hände rieb, wenn er Leute gegeneinander aufhetzen oder über andere herziehen konnte. Er hatte eine unbezähmbare Wut im Bauch, die sich je nach Gelegenheit in verbaler oder physischer Gewalt Luft machte, weshalb es schon mehrmals Probleme am Arbeitsplatz gegeben hatte. Er hatte nicht viele Freunde unter den Kollegen, man ging ihm aus dem Weg, um nicht in seine Schusslinie zu geraten.

»Dottore, soll ich wegen der Identifizierungen ins San Martino fahren?«

»Nein, Lojacono, das macht Rosso. Ich brauche dich wegen des Toten, der gestern in der Altstadt gefunden wurde, dieser Südamerikaner, um den kümmerst du dich. Wenn es irgendeine Verbindung mit den beiden aus dem Valbisagno gibt, dann will ich, dass du das rauskriegst, verstanden?«

»Aber Dottor Esposito, aller Wahrscheinlichkeit nach war das ein lausiger Kleinkrimineller, ein drittklassiger Dealer, wie soll der da mit drinhängen …«

»Was weiß ich, wie der da drinhängen soll, aber sieh zu, dass du es herausbekommst. Die beiden waren Südamerikanerinnen wie er, und so wie es aussieht, ist sein Tod ein paar Stunden vor dem der Frauen eingetreten. Man hat ihn nur später gefunden, weil er in einem Müllcontainer lag. Versuch rauszukriegen, ob er sie kannte. Rosso«, er nickte zu Nelly herüber, »wird dich gleich über das Ergebnis der Identifizierung unterrichten.«

»Wird erledigt, Dottore.«

Lojacono machte auf dem Absatz kehrt und zog die Tür hinter sich zu. Nelly sah Tano verblüfft an.

»Gestern ist ein dritter Toter gefunden worden? Was, bitte, ist hier los? Und wenn du meinst, es gibt eine Verbindung, wieso kümmert sich Carmine Lojacono darum?«

»Nelly, bisher gibt es, abgesehen von der Nationalität der Opfer, keinerlei Hinweis darauf, dass die Verbrechen irgendetwas miteinander zu tun haben könnten. Wir wissen noch nicht einmal den Namen des Toten, aber den finden wir bald heraus. Man hat ihn in zwei große Müllsäcke gepackt und in einen Container geschmissen. Er hatte keine Papiere bei sich. Tatsache ist, dass es mir an Leuten fehlt, ich habe nicht genügend Beamte für derart umfassende Ermittlungen, im Sommer sind wir immer am Anschlag, wie du weißt, und deshalb halte ich es für richtig, dass Lojacono sich mit Terralba und Benedetti darum kümmert. So hast du weniger um die Ohren, und falls etwas dabei herauskommen sollte, erfährst du das sowieso.«

»Du weißt, was ich von Carmine halte.«

»Da bist du nicht allein. Aber in gewisser Hinsicht ist er ein guter Polizist.«

»Wenn du eine gewisse Sorte Polizist meinst.«

»Manchmal braucht es so einen wie ihn. Eine wütende Bulldogge.«

»Na ja, lassen wir's gut sein. Aber hör mal, ich weiß, dass wir Leute brauchen, doch Nicolas Vater geht's schlecht, und Privitera ist früher aus dem Urlaub zurückgekommen. Könnten wir Nicola nicht wenigstens für ein paar Tage nach Hause fahren lassen?«

»Wie bist du eigentlich bei der Polizei gelandet? Du hättest lieber Sozialarbeiterin werden sollen. Na schön, wir geben ihm fünf Tage frei und werden es hoffentlich nicht bereuen, denn wenn das Arschloch in diesem Takt weitermordet, müssen wir noch die Armee zu Hilfe rufen.«

Tano stand auf und ging um den Schreibtisch herum zu Nelly, die ebenfalls aufstehen wollte, doch er hielt sie zurück. Er beugte sich zu ihr herab und küsste sie auf den Mund, ein sanfter, leichter Kuss, während sie ihn mit aufgerissenen Augen anstarrte.

»Ein Freundschaftskuss, kam mir einfach so, bitte nicht schlagen«, flüsterte er.

Nelly versuchte ihre Verblüffung zu überspielen.

»Und ich hab mir schon Hoffnungen gemacht! Stell dir vor, der liebe Lojacono wäre vor einer Sekunde hereingekommen, das Präsidium stünde kopf!«

»Lojacono kann mich mal, der soll sich um seinen eigenen Scheiß kümmern.«

»Tja, die Pause ist vorbei, ich mach mich an die Arbeit. Es ist schon fast zehn. Ich halte dich auf dem Laufenden. Ciao, Tano.« Und schon war sie weg. Mit unergründlichem Gesichtsausdruck starrte der Mann auf die Tür, die sich hinter Nelly schloss, griff seufzend nach dem Telefonhörer, um den Polizeichef anzurufen, und wappnete sich innerlich für die zu erwartende Szene.

Kopfschüttelnd und mit gerunzelter Stirn saß Nelly auf dem Rücksitz des von Alberighi gesteuerten Dienstwagens und dachte an Tanos Geste. *Komm schon, gib nichts drauf. Eine freundschaftliche Geste, weiter nichts.* Sie sah aus dem Fenster auf die Menschen, die sich resigniert durch den Morgen schleppten, derweil das Thermometer bereits die Dreißig-Grad-Marke erreicht hatte und es dabei nicht belassen würde. Schließlich gab sie sich einen Ruck und wandte sich der Akte zu, die Valeria ihr in die Hand gedrückt hatte. »A. Palmieri« stand auf dem Deckel. Valeria war in Sachen Recherche wirklich unschlagbar.

Also: geboren in Paris, Mutter Französin aus Martinique, in den Antillen. Vater Gianmaria Palmieri, italienischer Diplomat, Konsul da und dort, dann Botschafter, etc. Letzter Posten Paris. Dort wird Alessandro geboren. Drei Jahre später Rückkehr nach Genua. Wohnhaft in der Villa Camelia unter besagter Adresse. Auch verschiedene andere Besitztümer der Familie waren aufgelistet, mehrere Wohnungen in Genua und an der Riviera, eine Villa in Pieve sowie eine Wohnung in Mégève, Frankreich, eine weitere in Paris. Allesamt im Besitz unseres Freundes. Auch die Villa in Melide in der Schweiz, Alessandros Hauptwohnsitz, gehörte ihm, doch die hatte er sich selbst gekauft. Zuerst Privatunterricht, dann Mittel- und Oberstufe am D'Oria-Gymnasium, Abitur mit achtzehn – *o Himmel, Abitur, wer weiß, wie's Mau und Moni geht?*

Das achtzehnte Lebensjahr war Palmieris schwarzes Jahr. Der Vater war eines schönen Maienmorgens mit ihm von Santa Margherita aus zum Segeln rausgefahren, doch es gab einen Manöverfehler, der Baum hatte ihn im Nacken getroffen und ihn ins Meer gestoßen. Der entsetzte Junge hatte ihn in den Fluten ertrinken sehen und hatte das Boot nur mit Mühe in den Hafen zurücksteuern können. Die Leiche war ein paar Monate später an der französischen Grenze angespült worden, man kann sich vorstellen, in welchem Zustand. Sämtliche damaligen Stellungnahmen, Zeugenaussagen, Berichte und Protokolle lagen bei. Ein Foto des lebenden Vaters, eines des toten oder dessen, was von ihm übrig war, dazu das etwas unscharfe Bild eines blutjungen, ranken, attraktiven und sportlichen Alessandro, kein bisschen gebeugt und mit einem ernsten, entschiedenen Ausdruck in den Augen. Als die Leiche des Vaters aus dem Meer gefischt worden war, hatte sich die Mutter zwischen Genua und Savona von einer Autobahnbrücke gestürzt.

Nellys Lektüre wurde von Alberighi unterbrochen, der sie in die Wirklichkeit und zu dem, was ihr bevorstand, zurückholte. Sie hatten das San-Martino-Krankenhaus erreicht. Nelly klappte den Ordner zu, legte ihn auf den Sitz, stieg aus dem Wagen und machte sich auf den Weg in die gerichtsmedizinische Abteilung. Dort warteten nervös und angespannt ein großer, durchtrainierter Mann um die dreißig und eine blonde, elegante Frau undefinierbaren Alters – vierzig? fünfzig? sechzig? – in einem weißen Leinenkleid. Sie vermieden es tunlichst, einander anzusehen. Er rauchte unablässig, und sie wrang ihre rote Ledertasche zwischen den Händen, dass die Fingerknöchel weiß hervortraten. Zuerst warfen sie Nelly einen abwesenden Blick zu, dann begriffen sie, dass die Polizei da war, und bestürmten sie mit Fragen, auf die sie nicht antworten konnte oder wollte.

Schließlich gingen sie hinein, und Nelly erlebte zum x-ten Mal die erschütternde Qual einer Identifizierung. Ventura wurde schlecht, sie mussten ihn stützen und nach draußen bringen. Signora Bergonzi hingegen warf einen kalten Blick auf die arme Dolores und identifizierte den Körper sowie die Kleidung zweifelsfrei, die sie selbst einmal getragen und dann an das Mädchen weiterverschenkt hatte. Dann fragte sie, wann man den kleinen Felipe abholen würde, denn die Pflegerin der Nachbarn, die mit Dolores befreundet war, musste arbeiten und konnte sich nicht um ihn kümmern, und sie und ihre alte Mutter erst recht nicht.

»Wie haben Sie Dolores Llosas kennengelernt, Signora Bergonzi?«

»Über unseren gemeinnützigen Verein ›Eine Chance für die Frauen‹ in der Via Luccoli, der sich um Immigrantinnen oder um Frauen in Schwierigkeiten kümmert, ihnen hilft, Fuß zu fassen, einen Job und eine Unterkunft zu finden. Zweimal die Woche bin ich ehrenamtlich für den Verein tätig. Wir arbeiten alle ehrenamtlich, versteht sich. Der Verein ist von einer Gruppe Genueser Damen gegründet worden, und inzwischen ist er für viele hilfesuchende Frauen zu einer festen Größe geworden.«

»Und der kleine Felipe fällt nicht in ihr karitatives Aufgabenfeld?«

Nellys Stimme klang unüberhörbar ironisch. Die Signora sah sie kalt an.

»Nein, Dottoressa Rosso, ich weiß wirklich nicht, was wir für den Kleinen tun könnten. Darum müssen sich Stellen kümmern, die für verlassene Minderjährige zuständig sind, er muss irgendwo untergebracht werden, was weiß ich, in einer Pflegefamilie oder irgendeiner Einrichtung … Ich glaube nicht, dass er Familie in Italien hat.«

Die Wohltäterin zuckte gleichgültig mit den Schultern. Ventura, der zusammengesunken auf einer Bank saß und dem man ein Glas Wasser gebracht hatte, schien sich inzwischen wieder im Griff zu haben. Er stand auf und kam zu ihnen.

»*Comisario, yo* kann den *niño* nehmen, *mi madre, wissen Sie*, kümmert sich um unsere *hijos*, um Maria *y* Manuel, sie kann auch Felipe nehmen, *pobrecito*. Er kennt uns, wird weniger einsam sein, der Arme …«

Er sprach ein seltsames, spanisch durchsetztes Kauderwelsch, doch man verstand ihn.

»Vielen Dank. Ich glaube zwar nicht, dass das ohne eine offizielle Zuweisung möglich ist, aber vorerst, bis jemand vom Sozialamt sich um ihn kümmert, kann der Kleine bestimmt bei Ihnen bleiben. Er kennt Sie, und das wird den Schock über das Verschwinden der Mutter mildern. Dann sehen wir weiter. Wir können ihn sofort holen gehen. Ich würde sowieso gerne sehen, wo Dolores gearbeitet hat, vielleicht auch mit Ihrer Mutter reden, Signora Bergonzi, wenn das möglich ist. Glauben Sie, Sie können uns begleiten, Signor Ventura?«

»Mir geht es gut, mir geht es gut, es ist vorbei. Vorbei«, wiederholte er leise, doch es war nicht zu übersehen, dass das, was er vor wenigen Minuten hatte sehen müssen, die Leiche der Mutter seiner Kinder, ohne Kopf, ohne Identität, ohne Leben, sich für immer auf seiner Netzhaut eingebrannt hatte.

Die wohltätige Dame stimmte erleichtert der Übergangslösung für das plötzlich zu einer Last gewordene Kind zu. Sie ging ihr Auto holen, einen Smart. Ventura, der zu Fuß gekommen war, stieg mit Nelly in den Dienstwagen.

»Also, Signor Ventura, wann haben Sie das letzte Mal mit Ihrer Frau gesprochen?«

»Samstagabend waren wir zusammen zu Hause. Wir hatten unser Leben, unsere Zukunft. Alles ... Sonntag hat sie meiner Mutter geholfen, die Wohnung aufzuräumen, wir haben zusammen mit den Kindern zu Mittag gegessen. Gegen vier ist sie gegangen, sie war mit Dolores verabredet, sie wollten einen Stadtbummel machen. Ich hatte zu tun und konnte nicht mit. Die haben viel gearbeitet, wissen Sie? Ermelinda arbeitete schon viel, aber Dolores war eine richtige Sklavin. Häufig hatte sie noch nicht einmal einen ganzen Tag in der Woche frei. Und die zahlten so gut wie nichts.«

»Wie, die zahlten ihr nichts?«

»Die Señora Bergonzi hatte ihr die Stelle angeboten, als Rodolfo gerade verschwunden war ... Dolores war völlig aufgeschmissen, allein mit einem Kleinkind in einem fremden Land. Es erschien ihr wie die Rettung, weil sie das Kind bei sich haben durfte. Doch das war nur, um sie zu erpressen und ihr alles Mögliche aufzwingen zu können. Wir haben ihr gesagt, sie soll da weggehen, die würden sie nur ausbeuten, doch sie fühlte sich der Señora verpflichtet. *Pobra chica* ... armes Mädchen! Meiner Frau haben sie auch wenig gezahlt, und sie wollte sich was Neues suchen ... *y ahora*, alles zu Ende.«

»Was machen Sie, Señor Ventura?«

»Ich arbeite als Pizzabäcker in einem Lokal in der Altstadt, ›El Barrio‹. Da kommen viele Landsleute hin, überhaupt viele Südamerikaner, aber auch Italiener und andere. Das Essen ist hervorragend. Gleich daneben ist auch ein sozialer Treffpunkt vom Circolo ARCI*, wo viele ihre Freizeit verbringen, was trinken, tanzen. Er heißt ›Speranza‹. Manchmal gehen wir da mit *las chicas* hin, mit Ermelinda und Dolores, meine ich.«

Seine Stimme verebbte, offenbar war ihm in dem Moment klar geworden, dass er nie mehr mit ihnen dort hingehen würde. Er sah aus dem Fenster, um seine Tränen zu verbergen. Nelly überlegte rasch, wieso bei dem Namen in ihrem Kopf ein Glöckchen klingelte, und fast blieb ihr das Herz stehen.

»›Speranza‹, haben Sie gesagt? Wo ist der? Wer leitet den?«

Unter Venturas verwunderten Blicken schrieb sie sich alles auf. Zufall? Claire hatte den Namen auf der Seite des Wagens »gesehen«, der die Leichen transportierte. ›Speranza‹. Ein erregtes Kribbeln durchfuhr ihren Körper.

Unterdessen hatten sie den Viale degli Aranci in Nervi erreicht und parkten vor dem Bahnhof. Sie gingen ein Stück den Viale ent-

* Größtes unabhängiges soziales Netzwerk Italiens mit zahlreichen Clubs, Restaurants und Treffpunkten.

lang, bogen in eine schmale Straße ein und kamen an ein grünes Gartentor, vor dem bereits ungeduldig und mit der Miene eines Menschen, der seine Zeit nicht gern verplempert, die blonde und möglicherweise extrem geliftete Signora in Weiß wartete. Nelly konnte nicht umhin, sich an eine andere weißgekleidete Figur vor dem Tor einer anderen Villa erinnert zu fühlen. Zugegebenermaßen nahm dieser Mann in ihrem Kopf ziemlich viel Raum ein. Ihre Gedanken umkreisten ihn wie ein vertracktes Rätsel.

Signora Bergonzi zückte einen Schlüsselbund, schloss das Tor auf und bedeutete ihnen, ihr den von gepflegten grünen Beeten und hitzematten, verblichenen rosa und blauen Hortensienbüschen flankierten weißen Kiesweg entlang zu folgen. Sie warf ihnen einen bedauernden Blick zu.

»Ein Unglück kommt selten allein. Diego hat sich auch nicht mehr blicken lassen, weder gestern noch heute Morgen.«

»Diego?«

»Diego Cortez, der Gärtner, Kolumbianer wie Dolores. Er kommt jeden Montag, Dienstag und Donnerstag.«

»Ein weiterer Begünstigter von ›Eine Chance für die Frauen‹? Aber ist das nicht ein Mann?«

Giulia Bergonzi warf ihr einen vernichtenden Blick zu.

»In seltenen Ausnahmen kümmern wir uns auch um Männer oder Heranwachsende, das ist doch klar. Oft sind das Verwandte, Kinder, Ehemänner oder Brüder unserer weiblichen Schützlinge. Diego ist …«

»… el novio de Dolores«, beendete Ventura ihren Satz und wurde ebenfalls mit einem giftigen Blick bedacht.

»Genau. Er ist seit rund einem Jahr in Genua und hat Dolores in diesem Club kennengelernt, wie heißt der doch gleich …«

»›Speranza‹.«

»Richtig. Ein guter Kerl, fleißig, fähig. Dank uns hat er die ganze Woche über Arbeit gehabt, bei mir und bei Freundinnen und Bekannten.«

»Wie sieht dieser Diego denn aus?«

»Mittelgroß, kräftig, ganz normal, würde ich sagen.«

»Ich hoffe, ich muss Sie nicht noch einmal mit einer Identifizierung belästigen.«

Nellys Stimme klang schroff. Die beiden sahen sie erschrocken an.

»Eine Person, auf die diese Beschreibung zutrifft, ist ermordet in einem Müllcontainer in der Altstadt aufgefunden worden. Gestern am späten Nachmittag.«

»Madre de Dios!«

»Jesus!«

Die Ausrufe kamen synchron, während aus der Tür des Hauses ein kleiner, lockiger Junge trat und auf sie zurannte. Er trug kurze blaue Hosen und ein rot-weiß geringeltes T-Shirt, hatte aufgeschürfte Knie und ein verstörtes, ängstliches Gesicht.

*»Tío Pedro, tío Pedro, adónde está mi mamá? Quiero ver a mi mamá!!**«

Er warf sich in Pedro Venturas kräftige Arme, der ihn fest an seine Brust drückte. Einen Moment lang brachte er kein Wort heraus.

»*Felipecito, tu mamá está bien*, deiner Mama geht es gut, aber sie musste wegfahren und hat gesagt, dass du eine Weile bei uns bleiben sollst. Du kannst mit Maria *y* Manuel spielen und mit der Oma, *abuela* Rosita. Würde dir das gefallen?«

»Ist Tante Ermelinda auch da?«

Nelly sah, wie die Farbe aus Pedro Venturas Gesicht wich, er schwankte, fing sich aber wieder.

»Ermelinda ist mit deiner Mama weggegangen, sie kommen dann zusammen wieder.«

Die Frauen betraten das Haus, ein weißes, zweistöckiges Gebäude mit einer kleinen Dachmansarde, einem schmiedeeisernen

* (Span.) Onkel Pedro, wo ist meine Mama? Ich will zu meiner Mama!

Balkon im ersten Stock, zu dem sich eine in der Hitze halb verwelkte rote Kletterrose emporrankte. Die Fensterläden waren dunkelgrün, alles machte einen ordentlichen und frisch sanierten Eindruck. Pedro folgte ihnen mit dem Kind auf dem Arm, das sich an seinen Hals klammerte wie eine Napfschnecke an ihren Felsen. Der Kleine drückte das Gesicht gegen die Brust des Mannes und wollte vom Rest der Welt nichts sehen. Endlich fühlte er sich in Sicherheit.

In der dämmrigen Diele konnte Nelly antike, wuchtige dunkle Holzmöbel erkennen, Töpfe mit Grünpflanzen, Gemälde aus dem neunzehnten Jahrhundert oder zumindest in diesem Stil gemalt: Küsten im Sonnenuntergang, Landschaften mit Schafherden und Hirtenmädchen, farbige Blumenstillleben. Während ihre Blicke alles registrierten, hörte sie eine unsichere Stimme, die in gebrochenem Italienisch rief:

»Guten Tag, Signora Bergonzi. Ihrer Mutter geht es gut.«

Die Angesprochene würdigte die kleine, runde Mittdreißigerin in blauem Kittel und weißem Schürzchen keiner Antwort und stieß energisch die Tür zu ihrer Rechten auf. Ein seltsam fauliger Geruch drang heraus, wie abgestandenes Blumenwasser, gegen den auch der duftende Wunderbaum, der auf einem Bord stand, nichts ausrichten konnte. Neben dem von halb geschlossenen Läden verdunkelten Fenster saß eine winzig kleine alte Frau in einem riesigen Korbsessel, der sie fast zu verschlucken schien. Sie starrte etwas an, weit entfernt in Raum und Zeit, das nur sie allein sehen konnte. Dann drehte sie sich zu den Eintretenden um und blinzelte, um besser sehen zu können. Als sie Giulia Bergonzi erblickte, hellte sich ihr Gesicht auf, und sie streckte matt die Arme aus.

»Ma-ma. Mama …«

Die Tochter kniff die Lippen zusammen und drückte ihr offenkundig angeekelt einen widerwilligen Kuss auf die transparente Stirn.

»Alles in Ordnung, meine Kleine?«

»Do-lores. Wo ist Dolores?«

»Weg. Jetzt ist Amalia hier.«

»Ich habe Hunger. Niemand gibt mir was zu essen«, wimmerte die Frau. Ihre Lippen zitterten, als wollte sie gleich anfangen zu weinen.

»Ich kümmere mich darum. Ciao, und bis bald.« Noch ein flüchtiger Kuss, und Giulia Bergonzi machte den anderen ein Zeichen, mit ihr hinauszugehen.

Doch Nelly trat entschlossen auf die Alte zu und musterte sie. Annalisa Arduini musste einst eine schöne Frau gewesen sein. Feine Züge, himmelblaue Augen, inzwischen verblasst und erloschen, weißes Haar, das wie in einer Parodie früherer Eitelkeit von einem blauen Samtband gehalten auf dem Oberkopf thronte. Sie trug einen leichten, pastellfarben geblümten, vorn geöffneten Morgenmantel mit Schleifen und Rüschen und darunter ein kurzes, spitzengesäumtes Unterkleid aus himmelblauer Seide. An den Füßen weiße Söckchen und rosa Pantoffeln. Sie sah aus wie ein junges Mädchen aus längst vergangenen Zeiten, das ein böser Zauber in eine verhutzelte, todgeweihte Alte verwandelt hatte.

»Wann haben Sie Dolores zum letzten Mal gesehen, Signora Arduini?«

»Machen Sie Witze, Commissario? Lassen Sie meine Mutter in Frieden. Sehen Sie nicht, in welchem Zustand sie ist?«

Nelly schnitt ihr mit einer brüsken Handbewegung das Wort ab und wandte sich wieder an die Alte.

»Dolores, Signora?«

»Dolores weint, hat Weh, *dolore*… la, la, lala, lalalala …«

»Haben Sie sie Sonntag gesehen, Signora?«

»Wieso nennen Sie mich Signora? Ich bin fast zehn und morgen ist mein Geb… urtstag. Dolores … mit einem Mann …«

»Was für ein Mann, Kleines?«

Nelly versuchte, die Aufmerksamkeit der Alten zu gewinnen, doch die fing wieder an zu greinen, sie habe Hunger, und Giulia

Bergonzi nutzte die Gelegenheit, um entschieden dazwischenzugehen. Das Trio verließ den Raum, und Amalia trat mit einem Tablett ein, auf dem ein Teller mit weißlichem Brei und ein Fruchtjoghurt standen. Sie lächelte schüchtern, doch die Tochter der alten Dame würdigte sie wieder keines Blickes. Nelly bat, Dolores' Zimmer sehen zu dürfen, was die Hausherrin mit einem genervten Seufzer quittierte.

Sie stiegen in eine winzig kleine, brütend heiße Dachkammer mit einer Fensterluke hinauf, durch die gedämpftes Licht hereinsickerte. Ein metallener Rost mit Matratze, ein kleiner Schrank, ein Gitterbettchen an der Wand. *Dabei ist das ganze Haus leer. Mieses Luder.* Nelly war empört. Ein gepackter Koffer lag offen auf dem Bett, ein weiterer, leerer auf dem Boden. Der erste enthielt Dolores' wenige Habseligkeiten, der andere gehörte offenbar Amelia. Das durchorganisierte Fräulein Tochter hatte wirklich keine Zeit verloren. Nelly streifte ein paar Handschuhe über, um Dolores' Koffer in Augenschein zu nehmen. Er enthielt vor allem Anziehsachen, Frauen- und Kinderkleidung, eine Madonnenstatue, alte Briefe, die sie einsteckte, um sie später zu lesen, Fotos von Verwandten und aus früheren Tagen in Kolumbien, ein Foto, das sie mit einem lächelnden Mann an einem Restauranttisch zeigte. Nelly steckte sie ein und dachte, dass sie das letzte Pedro Ventura zeigen wollte. Dann schloss sie den Koffer, blickte sich um, ob sie noch etwas übersehen hatte, spähte hinter den Schrank, unter das Bett, in jeden Winkel, wo noch etwas versteckt sein konnte, fand aber nichts. Endlich stieg sie mit dem Koffer in der Hand die Treppe hinunter und fragte die genervte Giulia Bergonzi, die aus ihrem Ärger keinen Hehl machte, wer und wo Dolores' Freundin sei, die in den letzten Tagen auf das Kind aufgepasst habe. Im Haus nebenan, war die schroffe Antwort. Sie heiße Consuelo. Ein weiterer Schützling? Natürlich.

»Wenn wir Sie noch brauchen sollten, lassen wir es Sie wissen, Signora. Auf Wiedersehen. Ach, welche Öffnungszeiten haben

Sie in Ihrem Verein? Ich würde heute oder in den nächsten Tagen gern vorbeischauen oder jemanden vorbeischicken.«

Signora Bergonzi funkelte sie feindselig an und presste zähneknirschend die Sprechzeiten hervor. Nelly verabschiedete sich und ging zu Pedro hinaus, der mit Felipe im Garten spielte. Man hörte das fröhliche Lachen des Jungen. Nelly zog es das Herz zusammen.

Zum zweiten Mal in wenigen Tagen kehrte sie einem Haus erleichtert den Rücken. Sie bat Pedro, noch einen Moment zu warten, ging durch das geöffnete Gartentor hinaus und klingelte an dem der Nachbarvilla. Eine blondgefärbte, mittelgroße, füllige Mittvierzigerin rief einen wütend bellenden Dobermann zurück und öffnete ihr.

»Sind Sie Consuelo?«

»Ja, ich bin Consuelo García, mit wem …?«

»Polizei, Commissario Rosso. Wir sind wegen Dolores Nieto Llosa hier. Sie waren mit ihr befreundet, richtig?«

»Waren? Also ist Dolores wirklich …?«

Als Nelly nickte, schlug sie entsetzt und betroffen die Hände vors Gesicht.

»*Pobrecita*, sie hatte eh schon solches Pech, *pobre* Felipe, das arme Kind, was für ein Unglück!«

»Das war kein Unglück, Consuelo. Das war kaltblütiger Mord.«

»Aber wer kann einer *chica* wie ihr so etwas antun wollen?«

»Wie war Dolores?«

»Gut. Fleißig. Vom Pech verfolgt.« Consuelo brach in haltloses Schluchzen aus. Nelly wartete, bis sie sich wieder gefangen hatte, und behielt dabei argwöhnisch den Dobermann im Auge, der sie noch immer drohend anknurrte. *Wenn du mich anspringst, erschieß ich dich, du Mistvieh.* Der Hund war offenbar mit einem Gedankenlesegerät ausgestattet, denn sofort kniff er den Schwanz ein und lief einer Eidechse hinterher. *Glück gehabt. Braves Kerlchen.* Nelly liebte Katzen, Hunde weniger. Sie mochte sie zwar, aber manche Rassen machten sie einfach nervös. Als hätte er beschlossen, sie eines Besseren zu belehren, überließ der Hund, vielleicht noch ein Welpe, die Eidechse ihrem Schicksal, kam neugierig und schwanzwedelnd auf sie zu und suchte offenbar Kontakt. *Brav, Kleiner, ich hab dich falsch eingeschätzt.* Während Nelly geduldig wartete und den Dobermann hinterm Ohr kraulte, zog Consuelo ein paar Mal die Nase hoch und seufzte.

»Was wird aus Felipe?«

»Fürs Erste kommt er zu Pedro, dem Mann von Ermelinda, dann werden sich die Leute vom Jugendamt um ihn kümmern, sofern er nicht noch Verwandte hat. Wann haben Sie Ihre Freundin zum letzten Mal gesehen?«

»Das war Sonntag um drei. Sie hat mir den Jungen vorbeigebracht, zusammen mit Diego. Sie wollten sich in der Stadt mit Ermelinda treffen, sich ein bisschen amüsieren, glaube ich. *Siempre trabajo*, viel Arbeit, *sabe, comisario …*

»Sie war mit Diego, dem Gärtner, zusammen?« Sie dachte an den Toten im Müllcontainer.

»Ja, mit ihm.«

»Ist das hier Diego?« Nelly hielt ihr das Foto hin, das sie zwischen Dolores' wenigen Habseligkeiten gefunden hatte.

»Ja, Signora, *un hombre muy guapo*, ein gutaussehender Mann! Diego Cortez. *Muy simpático.*«

»Haben Sie Ihnen gesagt, wo genau sie hinwollten?«

»Nein, ich glaube, das wussten sie selbst noch nicht so recht. Ich weiß nur, dass sie mit Ermelinda verabredet waren.«

»Hatten sie ein gutes Verhältnis? Ich meine, Dolores, Ermelinda, Pedro, Diego …«

»O ja, Signora, *buenos amigos*. Dolores war glücklich, seit sie Diego getroffen hatte, so ungefähr vor sechs Monaten. Sie war wie ausgewechselt, vorher hat sie oft geweint, jetzt war sie fröhlich. *Estaba enamorada,* verliebt. Sie hat mir gesagt, sie würde spät abends wieder zurück sein, so gegen elf. Ich habe sie bei Señora

Arduini vertreten und auf das Kind aufgepasst, denn Dolores hat mir schon oft einen Gefallen getan. Wir haben uns gegenseitig geholfen. Als sie nicht zurückkam, habe ich die Tochter der Señora angerufen, die ist sofort gekommen, und dann habe ich das Kind mit zu mir genommen. Aber heute konnte ich ihn einfach nicht länger behalten.«

»Wissen Sie, wer vielleicht etwas gegen Dolores gehabt haben könnte? Oder gegen Ermelinda? Gegen Pedro oder Diego?«

»*Seguro que no*, ganz sicher nicht, alles anständige Leute, immer fleißig, ich verstehe einfach nicht …«

Wieder brach sie in Tränen aus, und Nelly drückte ihr die Nummer des Polizeipräsidiums in die Hand und bat sie, anzurufen, sollte ihr noch etwas Wichtiges einfallen. Schweren Herzens ließ sie von dem Dobermann ab, der ihr unermüdlich die Hand geleckt hatte, und kehrte in den Nachbargarten zurück, um Pedro und Felipe abzuholen.

Unterdessen hatte Inspektorin Amanda Sacco das Auto auf dem kleinen Parkplatz vor der Notaufnahme des Galliera-Krankenhauses abgestellt und dafür gesorgt, dass der Schriftzug »Polizei« gut zu sehen war. Sie strich sich das dichte schwarze Haar zurecht, zog das wassergrüne Kleid glatt, das ihre sonnenbraune Haut zum Leuchten brachte, und ging entschlossenen Schrittes Richtung Krankenhausapotheke. Eine wohltuend klimatisierte Luft empfing sie, doch die bis zum Äußersten gespannte Amanda achtete kaum darauf. Endlich eine wichtige Ermittlung, etwas, das noch einmal wertvoll werden, ihrer Karriere auf die Sprünge helfen konnte. Und außerdem wollte sie vor Tano Esposito glänzen und dieser eingebildeten Kuh von Rosso eins auswischen, die sich für wer weiß was Besonderes hielt, diese arrogante Wuchtbrumme …

»Guten Tag. Ich bin Inspektorin Sacco von der Polizei. Ich suche Doktor Mangini.« Sie zog ihre Erkennungsmarke aus der Tasche.

Die dickliche, schmuddeligblonde Frau, die gerade Schachteln und Packungen mit Medikamenten in ein Regal sortierte, drehte sich wie in Zeitlupe um und musterte sie überrascht, dann ging sie zum Tresen, knetete sich ratlos die Stirn, rückte die dicke Brille zurecht und blinzelte kurzsichtig auf den Ausweis.

»Mangini? Der müsste eigentlich schon längst hier sein, aber ich hab ihn noch nicht gesehen. Ich habe bei ihm zu Hause angerufen, aber er geht nicht ran. Ich weiß nicht, was ich Ihnen sagen soll. Versuchen Sie es später noch mal.«

»Es geht um das Verschwinden einiger Dosen Narcuron in den vergangenen Monaten. Sagt Ihnen das was? Hat Dottor Mangini mit Ihnen darüber gesprochen?«

»Ja, er hat so etwas angedeutet, aber ich war krank und dann im Urlaub, als das passiert ist. Ich bin erst seit ein paar Tagen wieder zurück. Mangini hat mir nichts für Sie hinterlassen, Dottoressa, tut mir leid.«

»Wem werden die Medikamente ausgehändigt, die für die verschiedenen Abteilungen bei Ihnen ankommen?«

»Sie werden über die Apotheke bestellt und dann an die Abteilungen, die bestellt haben, verteilt. Aber da fragen Sie besser Dottor Alberti, der ist für den Einkauf und die Bestellungen zuständig und weiß am besten Bescheid.«

»Danke, das habe ich bereits, und er war … nicht besonders auskunftsfreudig. Ohne Dottor Mangini wäre das Verschwinden des Narcurons vielleicht gar nicht ans Licht gekommen. Das ist eine schlimme Sache, ist Ihnen das klar? Behinderung der Ermittlungen bei mehrfachem Mord, und der Täter läuft noch immer frei herum.«

Vor dem Gesicht der Frau ging eine Art Rollladen herunter, beklommen senkte sie den Blick. Amanda wartete ab und ließ sie nicht aus den Augen.

»Na ja, Dottoressa, so etwas wäre natürlich keine gute Werbung für das Krankenhaus. Irgendwie in die Verbrechen verwickelt zu sein. Auch wenn sich so etwas nicht gänzlich verhindern lässt, das Verschwinden von Medikamenten, meine ich. Da kann man noch so viele Vorkehrungen treffen und Kontrollen durchführen. Doch ich bin sicher, niemand würde freiwillig einen … Mörder decken, nur um den guten Ruf des Krankenhauses oder seiner Abteilung zu wahren. Dazu wäre selbst Dottor Alberti nicht imstande.«

»Vielleicht nicht. Manchmal sind es nur Abwehrreflexe, um das eigene Arbeitsumfeld zu schützen, ohne böse Hintergedanken. Ich werde also noch einmal mit ihm sprechen.«

Verärgert über diesen Fehlschlag – dabei hatte Mangini ihr doch am Telefon versprochen, ihr am Montagmorgen etwas Neues sagen zu können –, suchte Amanda das Büro des Verwalters Dottor Alberti auf, der blass und spitzgesichtig an seinem Schreibtisch saß und Papiere und Rechnungen prüfte. Bei ihrem Anblick konnte er sich eine verdrossene Miene nicht verkneifen, doch er stand höflich auf und bat sie, Platz zu nehmen.

»Guten Tag, Dottoressa, noch immer auf der Jagd nach dem Muskelrelaxans, das hier bei uns – ich betone – verschwunden sein *soll*?«

»Und von irgendjemandem munter auf ziemlich unübliche Weise und nicht gerade zum Wohle der Behandelten verwendet wird. Sie werden doch sicher die Zeitung gelesen haben, Dottor Alberti?«

Alberti hob entsetzt die Hände.

»Reden Sie nicht weiter. Grauenhaft. Sicher, sicher, aber ich sagte Ihnen ja bereits, unsere Kontrollen sind sehr strikt. Wer weiß, wie dieser Irre an das Medikament gekommen ist …«

»Wie es aussieht, Dottor Alberti, indem Ihnen ein paar Dosen Narcuron durch die Maschen gerutscht sind. An Ihrer Stelle würde ich mich nicht darauf versteifen, den guten Ruf des Krankenhauses schützen zu wollen. Da steht etwas ganz anderes auf dem Spiel. Menschenleben, sagt Ihnen das was?«

»Glauben Sie nicht, die Sache ließe uns kalt. Aber können Sie denn beweisen, dass das Narcuron ausgerechnet bei uns abhandengekommen ist? Die Möglichkeit besteht zwar, aber sie ist verschwindend gering, und ich weiß davon nichts. Sie machen sich keine Vorstellung, vor welche Schwierigkeiten einen die Leitung eines so großen Unternehmens stellt. Das ist ungeheuer komplex. Nur um Ihnen ein Beispiel aus einer ganz anderen Ecke zu nennen, eine Kleinigkeit: Soeben haben wir die urologische Chirurgie und die OPs sanieren lassen, nagelneue Rohrleitungen inklusive, und schon gibt es Probleme.«

Irgendetwas rührte sich in Amanda Saccos Brust. Ein fernes Echo. Das sehr schnell deutlicher wurde.

»Wann haben Sie diese Arbeiten durchführen lassen?«

»Vor rund zwei Monaten ging es los, und vor zwei Wochen waren sie beendet.«

»Wie hieß die Firma?«

»Klempnerbetrieb De Marchi Giorgio, aus Molassana. Wieso, Sie glauben doch nicht etwa …? Aber na ja, wer weiß, da herrschte ein derartiges Kommen und Gehen …«

»Danke, Dottore, ich muss los. Diesmal haben Sie mir sehr weitergeholfen.«

Amanda stürzte aus dem Krankenhaus und rief sofort bei Valeria im Präsidium an, die so etwas wie der Datenpool der Ermittlungen war und ihre Vermutung bestätigte: Ja, Gianluca Sonni war Klempner und arbeitete bei einer Firma in Molassana … Klempnerei De Marchi Giorgio, Via Piacenza 48r. Die wie stets professionelle Valeria enthielt sich eines Warum, doch Amandas triumphierender Aufschrei entging ihr nicht. Die Inspektorin klappte das Handy zu, sprang ins Auto und brauste Richtung Valbisagno davon, um Genaueres über die von Gianlucas Arbeitgeber im Galliera-Krankenhaus durchgeführten Arbeiten herauszufinden.

Während Amanda sich im Galliera aufhielt und dann nach Valbisagno aufgebrochen war, hatten Marco Auteri und Gerolamo Privitera sich bereits zum dritten Mal in zwei Tagen auf den Weg zu

Gianluca Sonnis Wohnung gemacht, doch auf ihr wiederholtes Klingeln antwortete niemand. Frustriert und unschlüssig sahen die beiden Männer einander an.

»Scheiße, Gerolamo, und wenn der geflüchtet ist? Was meinst du, macht sich einer, der nichts zu verbergen hat, aus dem Staub, weil er zum zweiten Mal an einem Tatort gesehen wurde?«

Gerolamo zuckte nur mit den Schultern. Der Lieferwagen, in dem Dottoressa Rosso ihn hatte davonfahren sehen, war nirgends zu entdecken. Hatte man sich zu Beginn der Ermittlungen nicht versichert, dass er nur einen Fiesta besaß? Der allerdings stand in der Garage. Die Spurensicherung hatte ihn nach dem ersten und zweiten Mord auf den Kopf gestellt, jedoch keinerlei verdächtige Spuren gefunden. Dass Gianluca ein zweites Auto hatte, war nicht bekannt. Auteri zögerte noch einen Moment, dann suchte er die Telefonnummer der Firma heraus, bei der der Mann arbeitete, und wählte nervös.

»Ist Sonni inzwischen bei Ihnen aufgetaucht, Signorina?«

»Dottor Auteri? Nein, Gianluca hat sich noch nicht blicken lassen, gestern ist er nicht zur Arbeit gekommen und hat sich auch nicht krankgemeldet. Sie haben heute Morgen sehr zeitig angerufen, aber seitdem ist er nicht erschienen. Eigentlich hätte er mit seinem Trupp wegen eines Auftrags nach Sampierdarena fahren sollen. Er hat nicht einmal angerufen ... Wie? Entschuldigen Sie einen Moment.« Die Sekretärin unterbrach das Gespräch, und Auteri war überrascht, die vertraute Stimme der Kollegin Sacco zu hören.

»Bist du das, Marco? Habt ihr Sonni gefunden? Es gibt Neuigkeiten. Im fraglichen Zeitraum, in dem die Dosen des Muskelrelaxans' verschwunden sind, hat Sonnis Firma im Galliera Arbeiten durchgeführt. Ja, sie hatten die Möglichkeit, etwas mitgehen zu lassen. Die Signorina hier wird mir jetzt alles erklären, wie lange sie in der chirurgischen Abteilung zu tun hatten, und so weiter, wie oft er selbst dort gearbeitet hat. Ach, und Marco, ich an deiner Stelle würde mir einen Durchsuchungsbefehl für seine Wohnung beschaffen und mich dort mal umsehen. Oder geh gleich rein und lass dir die Durchsuchung rückwirkend genehmigen …«

»Schau mal an, unsere Amanda, da wär ich von selbst nicht drauf gekommen«, meinte der Vizekommissar ironisch. Er verabschiedete sich und machte Privitera, der aufmerksam zugehört hatte, ein Zeichen, ihm zu folgen. Sie mussten sich einen Durchsuchungsbefehl besorgen oder zumindest nachsehen, ob sich in Gianlucas Wohnung nicht irgendetwas finden ließe, das die Ermittlungen voranbrächte.

»Vielleicht ein Kopf im Kühlschrank?« Gerolamo sah ihn unschuldig an.

»Wieso nicht, immerhin bin ich sicher, dass Gianluca Sonni uns von Anfang an etwas vorgemacht hat. Würde mich nicht wundern, wenn der alte Marco am Ende doch recht behalten würde, Palmieri hin oder her.«

Die Illusion ist das Gesetz des Lebens, Illusion und Täuschung, doch durch Opfer und Läuterung kann man Licht in die Finsternis bringen. Das Böse hinter sich lassen. Ein Jammer, dass die Wahrheit nur wenigen Auserwählten vorbehalten ist, die anderen flattern herum wie Falter um eine Lampe und verbrennen sich, und wie sie sich verbrennen! Sie brauchen Hilfe, finden aber keine. Der Großteil derer, die eingreifen, beistehen sollten, sind nicht in der Lage, die Größe zu begreifen, die die Überwindung der menschlichen Barrieren, Grenzen und Vorurteile erfordert. Sie haben nicht den Mut, den entscheidenden Schritt zu tun und sich auf die Seite der wahren Gerechtigkeit zu stellen. Ihr Polizisten, ihr bedauerlichen Kreaturen, dient der falschen Gerechtigkeit, Hunde eines falschen Herrn. Ihr versucht, den Gerechten an der Vollendung seines Werkes zu hindern. Es wird euch nicht gelingen. Er wird euch daran hindern.

Unterdessen hatte Nelly Pedro nach Hause begleitet. Sie wollte sehen, in welchem Umfeld Felipe landen würde, wenn auch nur für wenige Stunden, bis jemand vom Jugendamt käme, um sich seiner anzunehmen. Außerdem wollte sie Pedro und seine Mutter befragen. Einen Blick in die Wohnung werfen. Sie fuhren in die Via Sampierdarena, die am Rand des gleichnamigen Bezirkes lag, und hielten vor einem Mietshaus, das zweifellos bessere Zeiten gesehen hatte. Ringsherum Werkstätten und Lagerhallen, doch war das Viertel alles andere als heruntergekommen: Hier, ein wenig abseits vom Verkehrslärm, der von der Via Cantore und der Via Buranello, den beiden Hauptverkehrsadern des Viertels, herüberdrang, war die Straße voller geschäftiger, arbeitender Menschen. Sie stiegen in den dritten Stock. Mit weit aufgerissenen Augen blickte sich Felipe in der ungewohnten Umgebung um und fragte, ob Maria und Manuel zu Hause seien. Als Ventura bejahte, verzog sich sein Mund zu einem breiten Lächeln.

Pedro schloss die Tür auf. Sie betraten eine frisch sanierte Wohnung, die noch nach Farbe roch. In der Tür zur Wohnküche tauchte eine kleine, magere Frau mit weißmeliertem Haar auf. Die Ähnlichkeit mit Pedro war nicht zu übersehen. Stumm fragend blickte sie ihren Sohn an. Er schüttelte den Kopf und senkte den Blick. Die Frau schlug die Hände vor der Brust zusammen und lehnte sich an die Wand. Bestimmt wäre sie in Tränen ausgebrochen, wenn hinter ihr nicht ein ungefähr dreijähriges Mädchen aufgetaucht wäre, das fröhlich rief: »Papa, du hast ja Felipe mitgebracht, wie schön!« Und auch Felipe stieß kleine Freudenschreie aus und wurde von ihr in ein winziges Zimmerchen gezerrt. Nelly, Pedro und seine Mutter schwiegen einen Moment; der Schmerz der beiden war nicht in Worte zu fassen. Endlich streckte Pedro die Hand aus und streichelte die magere Schulter der Mutter.

»Ja, Mamá, es ist leider wahr. Das Unglück hat an unsere Tür geklopft. Wir dürfen den Mut nicht sinken lassen. Felipe bleibt ein Weilchen hier bei uns, dann wird er abgeholt. Seine Mutter ist mit Ermelinda von uns gegangen, mit unserer Ermelinda …«

»Der Herr hat uns schweres Leid auferlegt, er wird uns auch die

Kraft geben, es zu ertragen«, wisperte die Frau mit zitternden Lippen. Endlich schien sie Nelly zu bemerken. Sie forderte sie auf, sich zu setzen, und bot ihr einen Orangensaft an, den Nelly gern annahm. Nelly setzte sich an den Tisch der geräumigen Wohnküche und blickte sich aufmerksam um. Die Räume waren heiter und sehr sauber, die Möbel neu. Auch die Küche war neu, Ikea, dachte Nelly. Pedro folgte ihrem Blick.

»Wir haben alles auf Raten gekauft, Ermelinda *y yo*, sogar ein Darlehen für die Wohnung haben wir aufgenommen. Ich weiß beim besten Willen nicht, wie wir das jetzt schaffen sollen ... aber irgendwie wird es schon gehen.«

Dann zeigte er ihr das Schlafzimmer der Mutter, das von ihm und Ermelinda und das kleine, aber fröhliche, bunte Kinderzimmer, in dem Felipe und Maria auf einem blauen Teppich lagen und ausgelassen quietschend etwas aus Lego bauten. Es stand ein Stockbett darin, mit einem dritten Bett zum Ausziehen darunter.

»Wir werden das Jugendamt informieren, die sehen dann bei Ihnen vorbei, keine Ahnung, was die entscheiden werden. Aber wo ist Ihr zweites Kind – Manuel, richtig?«

»Manuel ist sechs, er hat die ganze Zeit nach der Mama gefragt. Der kriegt schon einiges mit und war ziemlich beunruhigt. Jetzt ist er hier bei einer Nachbarin und spielt mit seinem Freund aus dem Kindergarten, ich hab gehofft, das könnte ihn ein bisschen ablenken. Im September kommt er in die erste Klasse. Ermelinda hat ihm schon das Schulkittelchen gekauft ...«

Die alte Frau konnte sich nicht mehr zurückhalten und flüchtete in ihr Schlafzimmer. Durch die geschlossene Tür drang gedämpftes Schluchzen.

»Meine Mutter hatte Ermelinda sehr gern. Zum Glück, denn manchmal sind Schwiegermutter und Schwiegertochter ...«

»Und Sie, Pedro, wie war Ihr Verhältnis zu Ihrer Frau?«

»Ich liebte Ermelinda. Ich liebe sie noch. Wir haben alles gemeinsam aufgebaut. Es war ... zu schön, um zu bestehen.«

Seine Stimme erstickte.

»Hatten Sie Freunde, Feinde?«

»Feinde, wir? *Nadie, nadie!* Ein paar Freunde. Dolores, Diego, ein paar andere, mit denen wir uns getroffen haben, meistens im Club ›Speranza‹. Wir haben unsere wenige freie Zeit entweder da oder am Strand mit den Kindern verbracht. Ich habe kein Auto, wenn wir Spaziergänge am Meer oder in den Bergen gemacht haben, sind wir mit dem Bus gefahren. Oder der Bergbahn. Ab und zu. Wir arbeiten fast rund um die Uhr. Wir hatten gehofft, dass wir später ... aber jetzt wird es kein Später mehr geben.«

Ein Blick auf Ermelindas Habseligkeiten bot wenig Aufschluss. Wie bei Dolores: Souvenirs, Familienfotos, ein paar Gegenstände aus der Heimat, eine italienische Grammatik. Heftiger Groll über die Ungerechtigkeit, die diesen unschuldigen Menschen widerfahren war, schnürte Nelly die Brust zu, als sie zum dritten Mal mit egoistischer Erleichterung in die Sonne hinaus trat und dem Schmerz den Rücken kehrte. Schweigend ließ sie sich ins Zentrum fahren, verabschiedete sich von Alberighi und machte sich mit Palmieris Akte in der geräumigen Ledertasche auf den Weg zu Don Silvanos Verein. Schon seit langem hatte sie dort hingehen wollen. Sie rief Tommi Bentivegna an, gab ihm die Adresse von Ermelindas Arbeitgebern und bat ihn, hinzufahren und sich umzuhören.

Der von Don Silvano Traverso geleitete Verein »Mani amiche« – Helfende Hände – befand sich in der Altstadt und nahm fast einen ganzen antiken, meerseitig gelegenen Palazzo hinter der Via Balbi ein. In gewissem Sinne war er ein Musterbeispiel dafür, wie man mit geringen Mitteln viel erreichen konnte. Dass der Wille tatsächlich Berge versetzte. Don Silvano war ein kräftiger und energischer Priester Mitte vierzig mit kastanienbraunem Haar und durchdringenden schwarzen Augen. Er war ständig in Bewegung, als liefe er dauernd hinter etwas her. Man sah sofort, dass er kein einfacher Mensch war. Vor zwanzig Jahren hatte er angefangen, sich um

Drogensüchtige zu kümmern, dann hatte er seine Tätigkeiten auf Immigranten ausgeweitet, vor allem auf Risikokandidaten. Ohne einen Cent und nur mit dem Willen, etwas zu bewegen, war es ihm gelungen, das schäbige Loch im Parterre, in dem er angefangen hatte, mit Hilfe von Spenden, Privatfonds und freiwilligen Helfern zu erweitern, bis er schließlich das gesamte Gebäude eingenommen hatte, in dessen Erdgeschoss sich jetzt die Vereinsbüros und Werkstätten befanden, wo jeder, der wollte, ein Handwerk erlernen konnte. In den Stockwerken darüber gab es Schlafräume für Obdachlose und Mini-Appartments für Familien, die natürlich chronisch überbelegt waren und den Bedarf nicht im Mindesten decken konnten. Dazu hatte der Verein ein Haus mit Vieh und Ländereien im Hinterland erhalten und saniert, das den Härtefällen vorbehalten war, Langzeitsüchtigen, die sich von der Altstadt und ihren Verführungen fernhalten mussten und durch den Kontakt mit der Natur und vor allem durch Arbeit wieder zu sich selbst finden sollten. Mit den landwirtschaftlichen Erträgen dieser Wohn- und Arbeitsgemeinschaft wurde die Bedürftigenmensa versorgt, die Don Silvano im ersten Stock betrieb. Eine unglaubliche Leistung, die dem Priester physisch und womöglich auch psychisch einiges abverlangt hatte. Der Wille hatte jedoch nicht gelitten.

Als Nelly eintraf, war Don Silvano gerade dabei, einem reumütig dreinblickenden Jungen mit aufgekrempelten Hemdsärmeln und schweißglänzender Stirn die Leviten zu lesen. Der Priester drehte sich zu ihr um und nahm sie mit seinem typischen prüfenden Blick ins Visier, der sie wie immer ein bisschen befangen machte, als hätte er sie bei etwas erwischt. Seine Schützlinge und Mitarbeiter hatten es bestimmt nicht immer leicht mit ihm. Und die, die ihm aus irgendeinem Grund gegen den Strich gingen, erst recht nicht.

»Dottoressa Rosso, wie geht's? Es ist immer schön, Sie zu sehen. Probleme?«

»Und ob, Don Silvano. Schlecht geht's. Sie werden bestimmt die Zeitungen gelesen haben.«

»Kommen Sie mit in mein Büro, dann reden wir.«

Der Junge nutzte die Gelegenheit und machte sich offensichtlich erleichtert aus dem Staub, während Nelly mit einem resignierten Seufzer dem Priester folgte. Sie betraten einen Raum voller Regale, die von Akten und Karteikästen überquollen. Hinter einem Schreibtisch saß ein junger Mann, der eifrig in den Computer tippte.

»Lass uns bitte allein, Luigi.«

Luigi hastete hinaus und stieß in der Eile fast seinen Stuhl um. Don Silvano schloss die Milchglastür. Er setzte sich an den Schreibtisch, den der Junge eben verlassen hatte, und bedeutete Nelly, ihm gegenüber Platz zu nehmen.

»Also, Dottoressa, was gibt's? Ist es wegen dieser Verbrechen? Ich habe Sie schon seit einer Weile erwartet.«

Es klang vorwurfsvoll. Sofort hatte Nelly ein schlechtes Gewissen und fühlte sich genötigt, sich zu rechtfertigen: Sie hatte schon längst vorbeikommen wollen, seit die ganze Sache losgegangen war (wahr), doch die Ereignisse hatten sich dermaßen überschlagen, dass es einfach nicht möglich gewesen war (nur zum Teil wahr), aber jetzt war sie endlich hier und brauchte seine Hilfe (sehr wahr).

Don Silvano schwieg, das Kinn auf die gefalteten Hände gestützt, die Ellenbogen auf den Schreibtisch gestemmt. Die folgende halbe Stunde sagte er kein Wort, derweil Nelly ihm zahlreiche Fakten darlegte (außer jenen natürlich, die dem Untersuchungsgeheimnis unterlagen), um sich dann erschöpft gegen die Rückenlehne fallen zu lassen und vergeblich auf einen Kommentar zu warten. Endlich gab sich der Priester einen Ruck. Er sah ihr direkt in die Augen und ließ die Bombe platzen.

»Ich kannte alle Mädchen. Alle.« Er setzte sich auf, um die Reaktion der Kommissarin parieren zu können.

Du kanntest sie alle? Und das sagst du mir einfach so?

»O Scheiße«, entfuhr es Nelly, doch Don Silvano schien davon keine Notiz zu nehmen. Ehe sie noch etwas sagen konnte, redete er weiter.

»Ja, ich hatte zu unterschiedlichen Zeiten mit ihnen zu tun, mit manchen zur gleichen Zeit, aber ich habe sie alle gekannt, wenn auch nur oberflächlich. Ermelinda und Dolores kannte ich ein bisschen näher, zwei großartige Frauen. Wir haben ihnen mehrmals unter die Arme gegriffen. Leider haben sie sich von dieser Bergonzi und ihrem Verein bezirzen lassen. Sie sagten mir eben, Nelly, Sie hätten sie bereits kennengelernt, nicht wahr?«

»Ja, heute Morgen.«

»Signora Bergonzi und ihre Freundinnen haben eine ziemlich zweifelhafte Hilfsorganisation ins Leben gerufen. Ich weiß, es ist nicht besonders christlich von mir, so zu urteilen, aber ich bin der Meinung, sie tun damit vor allem sich selbst Gutes. Vielleicht ja sogar in gutem Glauben. Fakt ist, sie beschaffen sich billige Arbeitskräfte und vermitteln sie an Leute aus ihren Kreisen. Köche, Zimmermädchen, Kinderfrauen, Gärtner und vor allem Pflegerinnen, die so gut wie keine Freizeit haben. Sie melden sie an, und auf den ersten Blick ist alles legal und in Ordnung. Ich habe mich oft gefragt, ob ich da irgendwie eingreifen soll, aber …«, er machte eine vage Handbewegung, »vielleicht wäre mir das als Konkurrenzverhalten ausgelegt worden, ein Begriff, der so gar nicht zum Konzept der Wohltätigkeit passt. Kurzum, ich glaube nicht, dass sie Böses tun, aber sie nutzen die Bedürftigkeit anderer zu ihrem Vorteil aus. Und letztlich gibt es viel Schlimmeres, als ausgenutzt zu werden. Sie haben Lena kennengelernt, nicht wahr? Und kennen Sie Balmir?«

Die Befangenheit, die Nelly manchmal in Don Silvanos Gegenwart befiel, war kalter Wut gewichen.

»Sie kannten also auch Lena und Samira. Woher?«

»Um ihren Fall habe ich mich nicht persönlich gekümmert,

sondern ...« Er öffnete eine Datei im Computer und suchte kurz. »Da haben wir's: sondern vor allem Chicco. Federico Manara.«

»Der da wäre?«

»Einer meiner besten Mitarbeiter, ein Freiwilliger, der sich unserer schwierigsten Fälle annimmt. Er ist Anwalt, widmet sich jedoch hauptsächlich dieser verdienstvollen Arbeit und gibt uns kostenlosen Rechtsbeistand. Leider ist er heute nicht hier. Er hat seine Kanzlei in der Via XX Settembre, zusammen mit seinem inzwischen sehr alten Vater und dem Bruder. Allesamt gute Christen.«

»Sie wissen nicht, weshalb er sich der Fälle von Lena und Samira angenommen hat? Und wie die Sache ausgegangen ist?«

»Leider kann ich mich nicht um jeden Fall persönlich kümmern, das ist einfach unmöglich. Aber Chicco hilft Ihnen sicher weiter. Hier steht außerdem ... äh, dass Samira aus dem Milieu rauswollte, Lena schließlich auch, das war vor ungefähr einem Jahr, aber warum daraus nichts wurde, ist hier nicht ersichtlich.«

So wie sie Balmir kannte, konnte sich Nelly denken, weshalb daraus nichts geworden war, aber sie schwieg. Stattdessen fragte sie den Pater, wie er Paulette und Malina kennengelernt hatte. Weil sie katholisch waren, lautete die Antwort, und Paulette war ihm von einem französischen Ordensbruder anempfohlen worden, dem er vor Jahren im Senegal begegnet war. Paulette wollte eine Aufenthaltsgenehmigung bekommen, um arbeiten zu können, und Malina wollte ihre zweijährige Tochter und den fünfjährigen Sohn nach Italien holen. Leider war die Sache nicht gut ausgegangen, doch gerade als die beiden Mädchen ermordet wurden, sollte das Verfahren in die Berufung gehen. Jetzt war es natürlich geschlossen. Giuliano Zanni hatte sich darum gekümmert, ein junger Jurist, der seinen Zivildienst beim Verein gemacht hatte und nun als Federico Manaras Assistent arbeitete. War er da? Ja, er war da. Doch vorher wollte Nelly noch Don Silvanos Meinung hören.

»Wie alle Bürger bin ich über diese bestialischen Verbrechen entsetzt und empört ... Sosehr ich mir darüber auch den Kopf zerbreche, ich habe nicht die leiseste Ahnung, wer so etwas Grauenvolles tun könnte, sonst hätte ich Sie angerufen, glauben Sie mir. Wer konnte diesen armen, unglücklichen Frauen so etwas antun? An eine Abrechnung innerhalb des Milieus, zwischen Zuhältern, habe ich allerdings nie geglaubt. Paulette war ein unschuldiges Mädchen, Malina eine junge Mutter, die jeden Cent sparte, um ihre kleinen Kinder zu sich holen zu können, und die unter Madame Claires Schutz ein unbescholtenes Leben führte. Lena und Samira sind bedauerlicherweise in den Stall und unter die Fuchtel ihres Zuhälters zurückgekehrt, insofern … Seit Tagen martere ich mir das Hirn, Dottoressa, aber es führt zu nichts.«

Nelly schwieg, während sie innerlich kochte. *Ach, du zermarterst dir also das Hirn? Du hättest mir Bescheid sagen müssen, Mistkerl. Wieso hast du's nicht getan? Was verheimlichst du mir?*

»Nun, Don Silvano, finden Sie nicht, dass Sie mich vielleicht trotzdem hätten anrufen können – anrufen sollen? Statt abzuwarten, bis ich komme? Ihr Verein bildet das erste und einzige Bindeglied zwischen den ermordeten Frauen, auf das wir bisher gestoßen sind. Wir könnten schon viel weiter sein. Vielleicht hätten wir das eine oder andere Leben retten können.«

Don Silvanos Gesicht wurde erst aschfahl und dann rot. Einen Moment lang fehlten ihm die Worte, um die er sonst nicht verlegen war.

»Was wollen Sie damit sagen? Dass es hier jemanden geben könnte … Unmöglich! Das hätte ich bemerkt, hier gibt es nur Nächstenliebe und guten Willen. Sie wollen doch hoffentlich nicht schlechtmachen, was ich in so vielen Jahren aufgebaut habe? Und das auch noch ohne Grund. Ohne Beweise.«

»Ich will Sie keinesfalls beleidigen, Don Silvano. Aber versuchen Sie bitte, einen Moment lang sachlich zu bleiben. Sechs Frauen aus verschiedenen Teilen der Welt, davon manche Prostituierte und manche nicht, werden ermordet, ohne dass sich zwischen ihnen die kleinste Verbindung herstellen ließe, nur paarweise. Doch hier gibt es eine Gemeinsamkeit zwischen allen sechs, verstehen Sie? *Alle* sind in Ihrem Verein gewesen. Und Sie haben es nicht für nötig befunden, den Hörer in die Hand zu nehmen und mich anzurufen. Ist Ihnen das klar?«

Nellys Stimme klang tief und eisig. Vorwurfsvoll.

»Unmöglich, wie ich schon sagte. Außerdem frequentieren Immigranten häufig dieselben Treffpunkte, dieselben Vereine, ohne sich deshalb untereinander zu kennen. Es ist doch gar nicht gesagt, dass diese armen Mädchen sich hier kennengelernt haben. Ich habe viel darüber nachgedacht, aber ...«

Don Silvano hielt inne, als er sah, wie Nelly die Augenbraue hochzog und ihn anklagend ansah.

»Die Sache hatte Sie stutzig gemacht. Sie haben darüber nachgedacht. Wieso haben Sie mich nicht angerufen, Don Silvano? Hatten Sie Angst, Ihr Verein könnte in schlechtes Licht geraten, Sie selbst könnten verdächtigt werden? Sagen Sie es mir.«

Der Priester schüttelte zerknirscht den Kopf und schwieg. Mit einem Mal wurde ihm klar, dass er sich die ganze Zeit selbst belogen hatte. Er vergrub sein Gesicht in den Händen.

»Der Herr vergebe mir, wenn ich aus Stolz gesündigt habe, weil ich im Grunde meines Herzens tatsächlich nicht wollte, dass ›Mani amiche‹ in diese grauenvolle Mordserie hineingezogen wird. Doch ich schwöre Ihnen, Dottoressa, dass ich sämtliche Mitarbeiter und sämtliche von uns Betreute unter die Lupe genommen habe, alle. Ich halte es wirklich für unmöglich ... Wenn ich einen Verdacht gehabt hätte, hätte ich Sie sofort und ohne Rücksicht auf nichts und niemanden angerufen. Das versichere ich Ihnen.«

»Ich will Ihnen glauben, Don Silvano. Dennoch wäre es sehr viel besser gewesen, wenn *wir* sämtliche Personen, die mit dem Verein im Zusammenhang stehen, unter die Lupe genommen hätten. Ihr Blick könnte durch Gewohnheit und Zuneigung beeinträchtigt sein. Es gibt außerdem Ermittlungen, die Sie nicht durchführen können. Was nicht bedeutet, dass ›Mani amiche‹ tatsächlich irgendetwas mit der Sache zu tun haben muss«, schob sie hastig hinterher, als sie das aufrichtig reuevolle Gesicht des Geistlichen sah.

»Gott bewahre mich davor, dass ich einem Mörder aus purem Stolz Hilfestellung geleistet habe, Dottoressa. Dass könnte ich mir niemals verzeihen.«

Und so sah sich Nelly plötzlich gezwungen, Don Silvano zu beschwichtigen, obwohl sie ihn viel lieber geohrfeigt hätte. Schließlich führte er sie in ein Büro nebenan, wo ein großer, athletischer Junge mit stoppelkurzem, blondem Haar gerade einen Kaffee schlürfte. Er sah auf und blickte Don Silvano und Nelly aus offenen, freundlichen kastanienbraunen Augen an. Giuliano Zanni schien wirklich in Ordnung zu sein. Kaum hatte Don Silvano mit gesenktem Kopf und von Zweifel zerfurchtem Gesicht den Raum verlassen, suchte er in seinem Computer nach der Datei von Paulette und Malina.

Da waren sie, mit Foto, Vor- und Nachname, Geburts- und Wohnort, Geburts- und Todesdatum. Auch der Stand der noch offenen Verfahren bezüglich ihrer Anträge war vermerkt. Zanni erklärte Nelly, leider hätte sich die Tatsache, dass die beiden bei Claire wohnten, die bei den Behörden als Zuhälterin galt, auch wenn sie aus Mangel an Beweisen nie offiziell verurteilt worden war, nachteilig ausgewirkt. Ihre Mädchen arbeiteten stets außer Haus, brachten nie Männer mit zu ihr, achteten sehr auf ihre Gesundheit, ließen sich regelmäßig auf AIDS testen, waren nie in Schlägereien verwickelt und fielen auch sonst nicht störend auf. Alle hielten sich peinlich genau an die Vorschriften.

Doch die Entscheidungen der Einwanderungsbehörde waren in erster Instanz negativ ausgefallen – Malinas Kinder betreffend unter Verweis auf die »ungeeignete« Umgebung, in der sie lebte, und bezüglich Paulettes Aufenthaltsgenehmigung vielleicht aus Sorge, die blutjunge Farbige könnte in die Fußstapfen von Madame Claires anderen Schützlingen treten. Paulette war angehalten und kontrolliert worden und hatte keine Aufenthaltsgenehmigung vorweisen können. Es war ein Abschiebungsverfahren gegen sie eingeleitet worden, über das man sie rund zehn Tage vor ihrem Tod unterrichtet hatte. Er hatte es angefochten, doch das Mädchen war ganz verzweifelt gewesen bei der Vorstellung, Italien verlassen zu müssen, und sie hätte das Ergebnis des Revisionsverfahrens in ihrem Heimatland abwarten müssen. Leider war dies nun für beide hinfällig. Nelly fragte Giuliano, ob er die zwei gut gekannt habe.

»Gut? Gott, ja, es kommen so viele in unser Büro, und wir versuchen, ihnen eine möglichst persönliche Hilfestellung zu geben, aber dann … Ich habe sie ein paar Mal gesehen, um mit ihnen die Revisionsanträge auszufüllen. Sie kamen fast immer zusammen, waren fröhlich, sympathisch. Als sie hörten, dass die Dinge nicht so liefen, wie sie es sich gewünscht hatten, weinten sie wie die Schlosshunde und flehten mich an, ihnen zu helfen. Besonders Paulette war in letzter Zeit ziemlich bedrückt. Sie wollte auf keinen Fall abgeschoben werden, sie fühlte sich wohl in Italien. Die armen Mädchen.«

»Wann haben Sie sie zum letzten Mal gesehen?«

»In der Woche bevor Paulette umgebracht wurde, am Dienstag«, antwortete er, nachdem er einen Blick in die Datei geworfen hatte. Nelly fragte, ob sie noch jemanden vom Verein gekannt, sich mit jemandem getroffen hätten. Soweit er wisse, keinen, sie waren nur wegen des juristischen Beistands gekommen.

Nachdem Nelly erfahren hatte, dass der Anwalt Federico Manara nachmittags im Verein sein würde, verabschiedete sie sich, stürzte in eine Bar in der Via Balbi, verputzte die letzten drei Scheiben Focaccia und zwei Tramezzini mit Thunfisch und Salat aus der Vitrine, trank fast einen Liter Mineralwasser und zwei pechschwarze Espressi und versuchte mehrmals erfolglos, Mau zu erreichen. Inzwischen war es nach zwei, und sie begann schon unruhig zu werden, als das blöde Ding endlich fiepte.

»Mau, endlich. Und?«

»Alles gut, Ma, auch für Moni. Achtzig ich und vierundneunzig sie. Die Bracco hat's uns heimlich gesagt, die Italienischlehrerin, weißt du. Die ist ein Engel, hättest du nicht gedacht, was?«

»Großartig, Mau, super, mein Schatz! Ihr seid beide toll. Wo seid ihr?«

»Im Zug nach Cavi di Lavagna, den Nachmittag am Strand haben wir uns verdient. Wir sehen uns später, Küsschen.«

Wenigstens das hatte geklappt. Vor Freude gönnte sich Nelly auch noch einen Babà mit Rum und einen dritten Kaffee, was soll's. *Eine Sorge weniger, was für eine Erleichterung.* Inzwischen hatte sie Tano und Lojacono über Diego Gómez unterrichtet, und dass es sich bei dem jüngsten Toten aller Wahrscheinlichkeit nach um ihn handelte. Sie sollten Pedro Ventura um eine Identifizierung bitten. Und übrigens, wie war der Kolumbianer gestorben? Man hatte ihm die Kehle durchgeschnitten, hatte Lojacono knapp geantwortet, ganz offensichtlich verärgert darüber, dass »seine« Ermittlungen womöglich in den Fängen von Nelly & Co. landen würden, wie er das für die Fälle der enthaupteten Frauen zusammengestellte Team nannte, obwohl eigentlich Esposito die Ermittlungen leitete.

Blödmann, als würde die Konkurrenz angesichts solcher Gräueltaten eine Rolle spielen. Doch sie wusste nur zu gut, wie menschlich der Groll des Kollegen war. *Verständlich, aber nicht verzeihlich. Das Wichtigste ist doch, dieser Bestie das Handwerk zu legen, oder nicht?* Sie sah Laurentis scheinheiliges Gesicht vor sich. Ja, auch für ihn war es wichtig, den Mörder zu stoppen, doch ganz oben auf der Liste stand noch immer seine eigene Person und alles, was ihn ins rechte Licht setzen konnte.

Ach, apropos Laurenti, für den nächsten Morgen war eine Pressekonferenz angesetzt, um die sie allerdings herumzukommen hoffte. Sie riss sich aus ihren Gedanken, sah auf die Uhr, zahlte und machte sich so langsam, wie es die Verdauung und die Hitze geboten, wieder auf den Weg zu »Mani amiche«.

Vor dem leuchtend grün wie die Hoffnung – ›Speranza‹!! – gestrichenen, weit geöffneten Tor wartete noch immer eine lange Schlange von Leuten, die glücklicherweise im Schatten für das kostenlose Mittagessen anstanden. Die Räumlichkeiten reichten nie aus, um alle unterzubringen. Nelly musterte sie im Vorbeigehen. Wie viele Kinder dabei waren, und ihre Eltern sahen nicht alle nach Immigranten aus. Das war die neue Armut, von der die Presse sprach, das waren die, deren Geld nicht bis zum Monatsende reichte und die sich irgendwie durchschlagen mussten. Die versuchten, zu überleben und eine Würde zu bewahren, die die Umstände ihnen verwehrten. Sie bemerkte, dass die Kinder keinen Mucks machten und sich beklommen umblickten, als würden sie sich schämen.

In der Eingangshalle sah sie Giuliano Zanni leise und lebhaft mit einer offenbar verärgerten Frau mittleren Alters diskutieren. Als er Nelly sah, deutete er mit einem Kopfnicken auf eine Tür am Ende des Flurs. Federico Manara war gekommen. Eine Sekunde lang blieb Nelly unschlüssig vor seinem Büro stehen, doch ehe sie anklopfen konnte, sagte eine leise Stimme: »Kommen Sie herein, bitte«, und sie trat ein.

»Ich habe Ihren Schatten durch die Glastür gesehen, Signora. Wie kann ich Ihnen helfen?«

»Sind Sie *avvocato* Federico Manara?«

»J-ja, das bin ich. Mit wem habe ich die Ehre …?«

Der Mann war alles andere als alt. Nelly schätzte ihn auf fünfundvierzig bis fünfzig, doch er hatte etwas seltsam Schwächliches, Kränkliches an sich. Oder lag es am Licht, dass das Gesicht mit dem Kinnbärtchen so blass wirkte? Er hatte graumeliertes Haar und kleine Augen, deren Farbe hinter den Brillengläsern nicht auszumachen war. In seinem langen, pferdeähnlichen Gesicht thronte eine große Nase. Er war distinguiert, wenn auch dezent gekleidet, alles saß perfekt und war von bester Qualität, der dunkelblaue Anzug, die hellblaue Krawatte (Himmel, bei der Hitze!!), das blaugestreifte Hemd mit weißem Kragen und weißen Manschetten. Während Nelly sich rasch alles einprägte, sah der Anwalt sie fragend an.

»Ähm, ja, entschuldigen Sie, ich bin Commissario Rosso von der Genueser Polizei, Morddezernat. Heute Morgen habe ich mit Don Silvano gesprochen …«

»Ach ja, Dottoressa. Don Silvano hat mich darüber in Kenntnis gesetzt. Sie sind wegen dieser armen Mädchen hier, Samira Calvaj und Lena Oxa. Richtig?«

Nelly verwünschte innerlich Don Silvano und seine Einfältigkeit. Konnte der nicht den Schnabel halten, wo blieb da der Überraschungseffekt? Jetzt war das Kind in den Brunnen gefallen. Nicht zu ändern.

»Sie haben sich also um den Fall der beiden gekümmert, richtig, Avvocato? Was hatte sie zu Ihnen geführt?«

»Als die Calvaj das erste Mal zu mir kam, sah sie schrecklich aus. Sie hatte ein blaues Auge, das Gesicht war geschwollen. Sie war völlig verängstigt. Sie hatte unsere Adresse von einer … Kollegin, der wir einige Zeit zuvor geholfen hatten, abzutauchen und ihrem Kuppler zu entkommen.«

Kuppler. Wie vornehm. Das klang natürlich gediegener als Zuhälter oder Loddel.

»Und wer war diese Kollegin?«

»Ich kann Ihnen den Namen nicht nennen. Eine, der wir geholfen haben und die ein neues Leben fern von der Straße angefangen hat.«

»Ich weise Sie darauf hin, Dottor Manara, dass wir es mit Ermittlungen zu sechs, ich wiederhole, sechs Mordfällen an Frauen zu tun haben, die in irgendeiner Weise mit Ihrem Verein in Verbindung standen. Meinen Sie nicht, dass das Beharren auf der beruflichen Schweigepflicht in einem solchen Fall völlig fehl am Platz ist?«

»Entschuldigen Sie, wenn ich widerspreche, Dottoressa Rosso, aber Regeln sind dazu da, eingehalten zu werden. Überdies hat die fragliche Person sowieso nichts damit zu tun, sie ist schließlich nicht umgebracht worden. Ihre Privatsphäre ist sakrosankt, ebenso ihre Sicherheit, gerade angesichts solcher Fälle wie dem, mit dem Sie es gerade zu tun haben, meinen Sie nicht?«

»Sie wollen mir ihren Namen also nicht nennen?«

»Nein, bedaure.«

Seine Stimme klang noch immer tonlos und unmelodiös, fast stumpf. Nicht besonders angenehm, überlegte Nelly und dachte an Alessandro Palmieris einschmeichelnden Bass. Oder an Tanos männliche Stimme. Aber es wurde nun einmal nicht jeder von Mutter Natur so großzügig bedacht. Graue Augen, Avvocato Manara hatte kleine, graue Augen. Flink, erstaunt, weder feinselig noch freundlich. Mauseaugen.

»Belassen wir's fürs Erste dabei. Wären Sie denn hinsichtlich Ihrer verstorbenen Mandantinnen Lena Oxa und Samira Calvaj ein wenig gesprächiger?«

»Aber sicher, wenn ich helfen kann, tue ich das gern. Ich hatte Samira Calvaj geraten, Balmir Rafsi, der sie ausbeutete und so zugerichtet hatte, anzuzeigen und die Sache uns zu überlassen, aber sie hatte schreckliche Angst. Sie blickte sich die ganze Zeit um wie ein gehetztes Reh. Am Ende hat sie gesagt, sie würde darüber nachdenken. Schließlich können wir niemanden zwingen. Nach einer Weile ist sie mit Lena Oxa wieder aufgetaucht, die beiden hatten sich gegenseitig Mut gemacht. Ich habe ihnen erklärt, wie wir in solchen Fällen vorgehen und dass sie vollstes Vertrauen zu uns haben könnten, wir würden sie verstecken, eben alles, was wir in derartigen Situationen tun. Aber es war nichts zu machen. Die andere zitterte auch wie Espenlaub, sie haben sich aufgeregt in ihrer Sprache unterhalten. Dann meinten sie, sie würden darüber nachdenken … und wurden nicht mehr gesehen. Oder doch«, seine Stimme klang leicht gebrochen, »auf den Titelseiten der Zeitungen.«

»Glauben Sie, es könnte ihr … Kuppler gewesen sein?«

Nelly konnte sich einen ironischen Unterton nicht verkneifen. Der Anwalt bemerkte es nicht und grübelte mit ernster Miene über die Frage nach.

»Das frage ich mich, seit ich die Fotos dieser armen Mädchen in der Zeitung gesehen habe. Ich weiß nicht, was ich antworten soll. Zu dem Zeitpunkt lag ihr zaghafter Versuch, sich zu befreien, schon eine Weile zurück. Recht lang sogar. Sie gingen weiter brav ihrer traurigen Tätigkeit nach, und vielleicht hat dieser fürchterliche Kerl, der sie ausbeutete, auch nie von ihrem gescheiterten Ausstiegsversuch erfahren. Ich glaube nicht, dass er es war, aber wie kann man da sicher sein? Welche Spur verfolgen Sie, Dottoressa? Können wir darauf hoffen, dass dieses … Gemetzel bald ein Ende hat?«

»Bisher haben wir verschiedene Spuren. Die wichtigste führt zu Ihnen, Avvocato Manara. Ich fürchte, Sie müssen uns Einsicht in die Akten Ihrer Schützlinge gewähren. Wenn Sie sich weigern, sind wir gezwungen, uns die entsprechenden Verfügungen zu besorgen. Es ist nicht ausgeschlossen, dass unter den anderen unter Ihrem Schutz stehenden Frauen potentielle Opfer sind.«

Der Anwalt sog hörbar die Luft ein, als hätte er Mühe zu atmen. Seine Rattenäuglein hinter den dicken Brillengläsern wurden weit vor Angst.

»Wie können Sie etwas Derartiges behaupten? Wollen Sie etwa unterstellen, der Mörder könnte einer unserer Schützlinge sein? Oder gar einer unserer Helfer? Das kann doch nicht Ihr Ernst sein! Seit über zwanzig Jahren widmet sich Don Silvano dieser wohltätigen Einrichtung, die der ganzen Stadt zugutekommt. Wenn Sie wüssten, wie viele Leben wir gerettet haben … «

Manaras Augen waren noch weiter geworden vor ungläubiger Entrüstung. Seine Stimme klang schrill vor Erregung. Nelly verzog keine Miene.

»Avvocato Manara, wir können rein gar nichts ausschließen. Wir müssen Alibis kontrollieren und sind dabei mit Sicherheit auf Ihre Mitarbeit angewiesen. Wir werden versuchen, so diskret wie möglich vorzugehen und die Presse so lange wie möglich von Ihnen fernzuhalten …«

Auf dem knochigen Gesicht des Anwalts spiegelte sich das blanke Entsetzen. Doch er hatte sich schnell wieder im Griff.

»Ich verstehe, selbstverständlich, Sie müssen Ihre Arbeit machen … Aber allein der Gedanke erschüttert mich, wissen Sie. Dies hier ist eine Oase der Güte und der Nächstenliebe, ich halte es einfach für ausgeschlossen … Natürlich gibt es unter unseren Schützlingen welche, die mit dem Gesetz aneinandergeraten sind und denen wir helfen, wieder auf die richtige Bahn zu kommen … vielleicht einer der ehemaligen Drogenabhängigen, wer weiß, oder einer, der noch im Entzug ist, sicher sein kann man sich nie … Ach, übrigens, ich will niemanden beschuldigen, Gott bewahre, und vielleicht ist es Ihnen bei der Überprüfung seiner Vergangenheit auch schon untergekommen und ich sage Ihnen nichts Neues. Wussten Sie, dass der erste Verdächtige, Gianluca Sonni, wegen Heroinsucht drei oder vier Jahre bei uns in Therapie war? Das war vor rund zehn Jahren, da war er noch sehr jung. Er war in der Wohngemeinschaft, hat dann bei uns eine Klempnerlehre gemacht und sich wieder perfekt integriert. Ein toller Junge, wirklich, er hat's geschafft und ist wieder auf der Schiene, ich will ihn beim besten Willen nicht in schlechtes Licht rücken, ganz im Gegenteil … Sie haben ihn ja auch wieder auf freien Fuß gesetzt … Er zum Beispiel geht uns hin und wieder zur Hand und hilft denen, die in der gleichen Lage sind wie einst auch er. Der hat es hundertprozentig geschafft. Um ein Beispiel zu geben, was wir hier leisten.«

Nelly traf fast der Schlag. Mit offenem Mund starrte sie Manara an. *Und dieses Arschloch von Don Silvano hat »vergessen«, mir das zu sagen! Verfluchte Scheiße! Dem werde ich heimleuchten, diesem schoflen Wohltäter! Scheinheiliger Lügner!* Sie versuchte, sich nichts anmerken zu lassen.

»Nein, ich glaube nicht, dass uns das bei den ersten Ermittlungen untergekommen ist, diese Jugendsünden und seine derzeitigen Aktivitäten, meine ich. Wann hilft er denn hier aus? Denn wie es aussieht, ist er verschwunden, wissen Sie. Seit vorgestern.«

»Verschwunden? Aber ich bitte Sie, Dottoressa ...! Allerdings habe ich ihn seit ein paar Tagen nicht gesehen, ich glaube, er ist morgen für die Mensa eingeteilt.«

»Schön, wir werden das kontrollieren. Und sollten Sie ihn sehen oder sprechen, seien Sie so freundlich und geben Sie uns Bescheid. Und jetzt sagen Sie mir bitte noch, kannten Sie auch die letzten Opfer, Ermelinda Gómez Ventura und Dolores Nieto Llosa? Hatten auch sie Ihren Rechtsbeistand eingeholt?«

»Die sind in den vergangenen Monaten mehrmals hier gewesen, konnten sich aber auch nicht entschließen. Diese Menschen haben Angst vor Repressalien, wissen Sie, und sie haben nicht ganz unrecht. Ein gewisser Diego Cortez hatte sie überredet, zu mir zu kommen, der Freund von der Nieto Llosa.«

»Und wieso sind sie hier gewesen?«

Manara nahm seufzend die Brille ab und blickte Nelly aus seinen kurzsichtigen Mäuseaugen an. Graublau, korrigierte Nelly. Blinder als ein Maulwurf. Er war in der Zwickmühle, unschlüssig, ob er weiterreden sollte oder nicht.

»Na los, Avvocato, ihre Mandantinnen sind tot. Raus damit.«

»Haben Sie ... Giulia Bergonzi kennengelernt? Dolores' Arbeitgeberin?«

»Ah, verstehe. Es geht um ›Eine Chance für die Frauen‹. Don Silvano hat mir angedeutet, dass da was nicht ganz koscher ist, aber das hatte ich schon selbst vermutet.«

»Na ja, deren Wohltätigkeit hat einen recht eigennützigen Zug. Ehrlich gesagt wäre ich froh, wenn ich die für ihre Verlogenheit drankriegen könnte. Aber auch deren Schützlinge haben Angst, den Mund aufzumachen, oder sie tun es nicht aus einer verqueren Dankbarkeit heraus. Auch Dolores, und es ging vor allem um sie, traute sich nicht, die Bergonzi wegen ihrer, sagen wir mal … arbeitnehmerfeindlichen Art anzuzeigen. Eine Sklavin, glauben Sie mir. Doch sie konnte ihren Sohn bei sich haben, und das war das Allerwichtigste für sie. Dann hatte sie diesen Mann kennengelernt, Diego, und wollte mit ihm zusammenziehen, doch damit wäre sie bei der Bergonzi in Ungnade gefallen – und ich versichere Ihnen, mit der ist nicht gut Kirschen essen. Diego und sie hätten ihre wenn auch schlecht bezahlte Arbeit verloren. Er war dazu bereit, sie war unentschlossen. Ich habe ihnen versprochen, alle Hebel in Bewegung zu setzen, um ihnen zu helfen, doch am Ende haben sie sich dagegen entschieden.«

»Wann haben Sie sie zum letzten Mal gesehen?«

»Gesehen? Das ist noch nicht lange her, am Sonntag, glaube ich.« Manara dachte angestrengt nach. »Ja, so gegen vier, halb fünf nachmittags. Ich kam gerade vom Verein, und Dolores, Ermelinda und Diego saßen an einem Tisch vor dem Club der ARCI, dem ›Speranza‹. Wir haben uns gegrüßt, sonst nichts. Ich hatte keine Ahnung, dass ich sie nie wiedersehen würde.«

»Tja. Und was haben Sie dann gemacht, Dottor Manara?«

»Ich bin ein wenig durch die Gassen gebummelt, auf der Suche nach ein bisschen Abkühlung, aber ohne Erfolg.«

»Und wie haben Sie den Abend verbracht?«

»Zu Hause, zuerst auf der Terrasse und dann im Bett. Ich führe ein sehr ruhiges Leben, Dottoressa. Mein Vater und mein Onkel können Ihnen alles bestätigen. Wir wohnen zusammen an der Salita Santa Caterina in einem alten Palazzo, dort, wo früher das Goethe-Institut war, wissen Sie?«

»Ja, natürlich, da habe ich vor Jahren mal einen Deutschkurs gemacht.«

»Wir sind alle in dieser Wohnung geboren worden, meine Brüder Ambrogio und Valente und ich, ich bin der Jüngste. Ambrogio und Valente haben geheiratet und sind weggezogen und ich bin bei meinen Eltern und meinem Onkel Lucrezio geblieben.«

Das Pferdegesicht wurde traurig, der Blick leer.

»Vor einem Jahr ist meine Mutter gestorben. Eine Tragödie. Ein wunderbarer Mensch, einzigartig. Ich ... bin fast depressiv geworden. Die Arbeit hier hat mich davor bewahrt.«

»Das verstehe ich, es ist schrecklich, wenn die Eltern uns verlassen. Wie alt war denn Ihre Mutter?«

»Fünfundachtzig, wie mein Vater. Mein Onkel ist jünger, er ist erst achtzig. Papas Bruder, wissen Sie. Er hat über dreißig Jahre an der Uni gelehrt. Er ist ein hervorragender Gräzist.«

Nelly versuchte sich das Leben dieses Mannes unter einem Dach mit drei alten Leuten vorzustellen, doch die erdrückende Klaustrophobie, die sie dabei überkam, ließ sie den Gedanken sofort weit von sich schieben.

»Das verstehe ich«, sagte sie noch einmal, obwohl sie weit davon entfernt war. »Gut, Dottor Manara, ich zähle also auf ihre Mitarbeit. In den nächsten Tagen werden ich oder meine Kollegen wieder bei Ihnen vorbeischauen.«

»Sie sind immer willkommen, Dottoressa. Ich hoffe jedoch sehr, dass ihre Ermittlungen unserer Arbeit nicht schaden, sie ist ohnehin schon schwer genug.«

Nelly nickte abwesend und erhob sich. Der Anwalt brachte sie förmlich zur Tür, und Nelly bemerkte, dass sie sich geirrt hatte, dass Federico Manara zwar hager, aber alles andere als schwächlich, sondern zäh und sehnig war. Er überragte sie um rund zehn Zentimeter.

Nelly machte sich auf den Weg ins Büro und konnte es kaum erwarten, Tano und die anderen über die Neuigkeiten des Tages in Kenntnis zu setzen. Als sie das Präsidium betrat, kam ihr Marco Auteri entgegen, und noch ehe sie ihn grüßen konnte, bedeutete er ihr hastig, ihm zum Polizeivize zu folgen.

Verdutzt betrat Nelly Tanos Büro und sah Amanda Sacco in ihrem inzwischen nicht mehr ganz makellosen wassergrünen Kleid vor dem Schreibtisch sitzen. Tano beugte sich mit jener aufmerksamen Miene zu ihr herüber, die Frauenherzen normalerweise höher schlagen ließ, und hörte sich an, was sie ihm mit vor Erregung geröteten Wangen zu berichten hatte. Ihre klaren grünen Augen, die fraglos das Schönste an ihr waren, leuchteten vor Erregung. Als die beiden Neuankömmlinge eintraten, sahen sie auf. Der Gesichtsausdruck des Polizeivizes bekam etwas leicht Gereiztes.

»Ah, Nelly, wo warst du die ganze Zeit? Ich hab versucht, dich zu erreichen, aber ohne Erfolg.«

O Mist! Nach der Nachricht von Maus Prüfung hatte sie das Handy automatisch und ohne nachzudenken wieder ausgeschaltet. Aber was war das überhaupt für ein Ton? Es ging um ein paar mickerige Stunden, verdammt!

»Entschuldige bitte, aber ich hatte gerade mit einer ziemlich aufschlussreichen Recherche zu tun. Ich hab herausgefunden …«

»Na gut, Nelly, das kannst du uns später erzählen. Inzwischen hat Amanda« – *seit wann Amanda?* Tanos Verhalten brachte ihr Blut noch mehr zum Kochen, als es die extremen Temperaturen ohnehin schon taten – »herausgefunden, dass Gianluca Sonni als Klempner auf der Station im Galliera-Krankenhaus gearbeitet hat, auf der das Muskelrelaxans im Umlauf war, und zwar genau in der Zeit, in dem die fraglichen Dosen verschwunden sind. Eine davon haben Auteri und Gerolamo in seiner Wohnung gefunden, stell dir vor. Und wie es aussieht, mit seinen Fingerabdrücken darauf.«

Dramatische Pause, doch Nelly blieb ungerührt. *Und? Weiter!* Als von ihrer Seite weder Ausrufe des Erstaunens noch Fragen kamen, fuhr der Polizeivize leicht irritiert fort.

»Außer der Packung haben sie auch Sonni gefunden. Tot in der Badewanne, die Pulsadern im heißen Wasser aufgeschnitten wie die alten Römer.«

Nelly hütete sich, ihre Überraschung zu zeigen. Gelassen schlug sie die Beine übereinander, ohne zu Amanda hinüberzusehen, die auf das winzigste Zeichen von Schwäche lauerte. Vergebens.

»Und, Nelly, was sagst du dazu? Fall gelöst, meinst du nicht?«

»Ich weiß nicht, was ich sagen soll, Tano. Die Nachricht klingt zu phantastisch, um wahr zu sein. Das Muskelrelaxans beispielsweise, musste man das lange suchen?«

»Nein, es stand auf dem Nachttisch. Hast du was dagegen?«, schaltete sich Marco ein. Er klang ungehalten, aber ein rasiermesserscharfer Blick von Nelly erinnerte ihn daran, wer von ihnen das Sagen hatte.

»Die Autopsie wird uns jedenfalls noch ein paar Einzelheiten zu diesem mutmaßlichen Selbstmord geben können. Er hat keine Nachricht hinterlassen. Der Todeszeitpunkt liegt vermutlich zwischen sechs und zehn oder elf Uhr des gestrigen Abends. Aber Parodi hat sich nicht festlegen wollen, dazu wird uns Nardini noch was sagen.«

»Wenn es tatsächlich Gianluca Sonni ist, der Mörder, meine ich, dann hat er sich seine Opfer womöglich bei Don Silvanos Verein ›Mani amiche‹ gesucht. Er ist da früher mal als Junkie untergekommen und hat später dann selbst ehrenamtlich mitgeholfen. Und er hat sich gehütet, uns das zu erzählen. Alle Opfer sind dort gewesen, wenn auch aus unterschiedlichen Gründen.«

Die Blicke der Anwesenden waren jetzt auf Nelly gerichtet, die seelenruhig fortfuhr: »Weiß man etwas über den toten Südamerikaner? Ist das wirklich Cortez?«

»Ja, er ist es. Pedro Ventura hat ihn identifiziert. Ich komme gerade aus dem San Martino. Ich habe Dottor Lojacono begleitet.«

Die Antwort kam von Gerolamo, der lautlos eingetreten war. Die beiden sahen sich an, dann stand Nelly auf.

»Gut, könnte sein, dass der Schrecken jetzt ein Ende hat. Palmieri?«

»Wir haben ihn angerufen. Morgen früh um neun treffen wir uns hier in meinem Büro, um Bilanz zu ziehen. Laurenti und ich haben die Pressekonferenz auf zehn Uhr verschoben.«

»Bestens. Also dann bis morgen. Einen schönen Abend allerseits. Gerolamo, kommst du bitte einen Moment?«

Ehe jemand etwas sagen konnte, waren Nelly und Gerolamo zur Tür hinaus.

Die Kommissarin und der Chefassistent gingen ein paar Minuten lang schweigend nebeneinander her. Sie waren neben dem Präsidium in den Park am Corso Aurelio Saffi eingebogen. Gerolamo wagte nicht zu sprechen und atmete möglichst leise, um sich bloß nicht bemerkbar zu machen, denn er wusste, dass die Kommissarin kurz davor war, zu explodieren.

»Scheiße, Scheiße und noch mal Scheiße!«, Nelly ließ sich auf eine Bank fallen, und Gerolamo tat es ihr gleich. »So ein Schwachsinn! Eine Pressekonferenz, na, großartig! Dabei ist gar nichts sicher! Wenn die wenigstens Gianluca Sonnis Autopsie abwarten würden, ehe sie es herausposaunen!!«

»Ich war dabei, als sie ihn gefunden haben, Dottoressa, mit Dottor Auteri. Sonni hat ein großes Hämatom im Nacken. Parodi wusste nicht, was er davon halten sollte. Er könnte mit dem Hinterkopf gegen die Wanne geknallt sein, aber der Arzt war nicht vollends davon überzeugt. Er hat sich die Glatze gekratzt und dreimal gesagt: ›Möglicherweise‹ ...«

»Irgendwas stinkt an der ganzen Sache, Gerolamo. Gianluca ist uns sozusagen auf dem Silbertablett serviert worden. Versteh mich nicht falsch, ich bin die Erste, die sich freut, wenn diese Geschichte zu Ende ist, aus und vorbei, aber ... Ist Parodi sich bezüglich des Todeszeitpunktes sicher?«

»In der Wohnung war es bullenheiß, die Fenster waren verrammelt, Parodi meinte, es sei sehr schwer zu sagen. Montag gegen Abend, hat er erst mal gemeint. Vielleicht zwischen sechs und elf. Aber das ist nur eine grobe Vermutung, das letzte Wort überlässt er wie immer Nardini. Die äußeren Umstände beeinflussen ...«

»Ja, verdammt, ich weiß, ich weiß. Und die Fenster waren verrammelt, sagst du? Wieso sollte einer, der sich das Leben nehmen will, dabei vor Hitze eingehen wollen? Er hätte wenigstens die Fenster auflassen können, findest du nicht? Sie zu schließen, macht es schwer, den exakten Todeszeitpunkt festzustellen. Eine seltsame Überlegung für einen Selbstmordkandidaten.«

Dann erzählte Nelly Gerolamo, was sie am Morgen und am Nachmittag herausgefunden hatte, wie perplex sie gewesen sei, dass alle sechs Frauen auf irgendeine Weise mit Don Silvanos Verein zu tun gehabt hatten. Endlich eine Verbindung.

»Ich würde mir auch die wohltätigen Damen von ›Eine Chance für die Frauen‹ näher ansehen, Dottoressa, und dann noch mal ›Mani amiche‹, und auch diesen ARCI-Club ›Speranza‹.«

»Tja, Gerolamo, genau das habe ich vor. Immerhin sind die Ermittlungen noch nicht offiziell abgeschlossen, es fehlt noch Gianlucas Autopsie. Vor allem der letzte Mord an dem Südamerikaner leuchtet mir nicht ein, der passt nicht rein. Drei Opfer diesmal, ein Mann und zwei Frauen, an zwei verschiedenen Fundorten. Ist der arme Gianluca Sonni etwa Superman, oder was? Klar, es ist möglich, dass sie ihn kannten und ihm vertrauten, aber einen kräftigen Kerl wie Cortez zu überwältigen ... und wo überhaupt? Habt ihr in seiner Wohnung Spuren gefunden? Kampfspuren, meine ich?«

»Nein, die Spurensicherung hat nichts dergleichen gefunden. Vielleicht hat er sie unter Drogen gesetzt, ehe er sie ermordet hat, dann hat er die Frauen zum Ufer gebracht, und dem Mann ... hat er die Kehle durchgeschnitten und sich dann seiner entledigt.«

»Ist dir klar, was das für einen logistischen Aufwand bedeutet? Und wie groß die Gefahr ist, entdeckt zu werden? Himmel, es ist ohnehin schon schwierig genug, eine Leiche loszuwerden, aber drei, und dann an so verschiedenen Orten!«

»Wir müssen ohnehin erst mal die Autopsie der letzten Opfer und die toxikologischen Untersuchungen abwarten. Ich denke, die sind von jemandem, dem sie vollends vertrauten, unter Drogen gesetzt worden. Und Gianluca würde passen.«

Nelly hob resigniert die Hände.

»Ja, wenn er unbedingt passen soll, würde Gianluca passen ...

Vielleicht bin ich es, die gerade am Rad dreht, Gianluca, die Hitze, dieser beschissene Irre, das Abi, das Kind …«

Nelly biss sich auf die Zunge, und Gerolamo runzelte die Stirn.

»Das Kind? Welches Kind?«

»Äh … das Kind von der Nieto Llosa, weißt du, der Ärmste. Felipe, der hat jetzt niemanden mehr … Na ja, vergiss es, lass uns nach Hause gehen. Morgen ist schließlich auch noch ein Tag, um ›Vom Winde verweht‹ zu zitieren.«

Sie war aufgestanden, und der Chefassistent folgte ihr schweigend. Am Ausgang des Parks verabschiedeten sie sich hastig und gingen in unterschiedliche Richtungen davon. Unterwegs beschloss Nelly, dass man das Abitur der beiden Kinder verdammt noch mal feiern müsse, und kaufte in einem piekfeinen Delikatessenladen, den sie sonst nie betrat, eine riesige Portion Fisch-Antipasto und eine mittelgroße Pasqualina mit Artischocken. In einer Konditorei nicht weit von zu Hause fand sie kurz vor Ladenschluss wie durch ein Wunder eine Sachertorte und bei Beppe zwei Flaschen Prosecco. Als sie nach Hause kam, war sie in Gedanken vollauf mit der Gestaltung des Abends beschäftigt. Endlich bahnten sich Erleichterung und Stolz über die Prüfungsergebnisse der Kinder einen Weg durch den täglichen Albtraum der Ermittlungen. Ein kurzes Luftschnappen.

Sie öffnete die Tür. Dunkelheit, Stille. Zuerst dachte sie, es sei niemand da, dann erkannte sie draußen den Widerschein einer flackernden Kerze, trat auf die Terrasse und sah im letzten Licht der Abenddämmerung Mau und Monica eng umschlugen dasitzen und schweigend auf den erleuchteten Hafen hinunterblicken. *Die Liebe, die Jugend, das Leben …* Die Katzen bemerkten sie als Erste und kamen ihr miauend entgegen, dann drehten auch die Kinder sich lächelnd und mit von der Hitze und den Anstrengungen des Tages erschöpften Gesichtern zu ihr um.

»Komm her, mein Schatz, lass dich umarmen! Du auch, Moni! Toll gemacht!«

Sie drückte erst den sehr viel größeren Mau an sich, der nur aus Sehnen und Knochen bestand, und dann die viel kleinere, weiche und runde Monica. Die beiden fingen an, wie zwei Indianer singend um sie herumzutanzen, uhu, uuh, uhu, au, au au, und endlich ließ Nelly sich zu einem spontanen Lachen hinreißen. Als sich alle wieder beruhigt hatten, kündigte sie eine Überraschung zum Abendessen an und stürzte sich, begleitet von hysterischen Jubelschreien, in die Küche. In Windeseile machte sie sich frisch, Blitzdusche und Blümchenkleid, dasselbe, was sie beim Abendessen mit Tano getragen hatte, stellte die Torte in den Kühlschrank, die Flaschen ins Eis, richtete das Antipasto auf einer Platte und die Pasqualina auf einem Teller an und machte einen schnellen Salat mit Tomaten und Zwiebeln. Monica ging ihr zur Hand und deckte den Tisch auf der Terrasse. Die Katzen waren aufgeregt wegen der ausgelassenen Stimmung und der vielen Menschen, immerhin waren sie in letzter Zeit den ganzen Tag allein gewesen. Eine halbe Stunde später saßen alle drei um den Tisch herum. Inzwischen hatten die abendlichen Schatten das letzte Tageslicht geschluckt, das letzte Mondviertel nahm unmerklich ab, die Kerzen malten flackernde Arabesken auf ihre Gesichter. Sie entspannten sich.

Mit vollem Mund berichteten Mau und Monica von den Aufregungen der Prüfung, den Ängsten, den miesen Tricks der Lehrer, dem finalen Triumph. Ein wahres Epos mit den Guten, den Bösen, der entscheidenden Schlacht und dem Sieg unserer Helden. Sie waren noch immer völlig aufgekratzt, übertönten einander, redeten gleichzeitig. Nelly genoss den Moment mit fast schmerzlicher Freude und ließ Vergangenheit und Zukunft hartnäckig außen vor. Die Sachertorte wurde mit Jubel empfangen, das Eisfach hatte den Prosecco einigermaßen kalt gekriegt, der bis zum letzten Tropfen geleert wurde. Beide Flaschen.

Dann machte sich plötzlich ein unnatürliches, beklemmendes Schweigen breit. Nelly versuchte, davon abzulenken, und erzählte von den Ermittlungen, doch es war klar, dass den beiden die

Ermittlungen momentan herzlich egal waren. Sie sah ein, dass ihre Versuche zwecklos waren, und ergab sich dem Unausweichlichen. Sie hielt den Mund und wartete. Mau zerknüllte die Papierserviette, Moni knetete ihre Hände. Schließlich brachte sie das Thema zur Sprache, das in der Luft hing.

»Nelly, du weißt doch, dass ich ein Kind erwarte? Dass ich schwanger bin?«

»Ja, Mau hat's mir gesagt.«

»Ich ... wir haben darüber geredet, auch heute in Lavagna, nach der Prüfung, aber ... Na ja, ich bin diejenige, die es zur Welt bringen muss, mich trifft's am härtesten, ob ich nun abtreibe oder nicht, ich stecke in der Klemme, echt in der Klemme. Ich wünschte, ich wäre nie geboren.« Ihre grünen Augen füllten sich mit Tränen.

»Was redest du da für'n Scheiß, Liebste, sag doch nicht so was, du bist nicht allein, ich bin bei dir, ich tue alles, um ...« Mau wollte sie umarmen, doch sie stieß ihn brüsk zurück.

»Leck mich, Mau, was tust du denn schon? Machen sie's etwa dir weg, wenn ich es nicht will, kriegst du es etwa, wenn wir's behalten? In unserem Alter? Früher oder später wirst du mich hassen, *addio* Mailand und Super-Designhochschule, wie soll das gehen? Und ich will an der Mailänder Akademie Bühnenbildnerin lernen, kannst du mir sagen, wie das mit 'nem Kind gehen soll?«

Moni brach in verzweifeltes Schluchzen aus. Mau sah sie hilflos an und fühlte sich wie der letzte Dreck, als hätte er diese Situation als Einziger und voll und ganz zu verantworten. Nelly wartete, bis sich das Mädchen ein wenig beruhigt hatte. Sie hoffte die richtigen Worte zu finden.

»Ich verstehe dich, Monica, ich verstehe, dass du Panik kriegst, das Gefühl hast, in der Klemme zu stecken, in einer Sackgasse. Selbst wenn die Umstände und der Zeitpunkt perfekt wären, würde es dir womöglich genauso gehen. Das ist total normal, wenn man schwanger ist.«

Monika sag sie zweifelnd an.

»Aber sicher doch, unser Körper schlägt uns ein Schnippchen, er agiert gegen uns oder zumindest ohne unsere Zustimmung, er setzt sich über unseren Willen hinweg. Wir verwandeln uns von Subjekten in Objekte, so zumindest kommt es uns vor.«

»Aber ich bin sicher, dass ich unter anderen Umständen superfroh wäre, ein Kind zu bekommen. Bei all den Geschwistern, die ich habe … Und außerdem habe ich kleine Kinder immer gemocht.«

Wieder Tränen. Nelly fühlte sich überflüssig und ohnmächtig. Sie konnte den Kindern, die sie so sehr liebte, nicht helfen. Wieder versuchte Mau zaghaft, Moni den Arm um die Schultern zu legen, doch sie schüttelte ihn ab. Nelly tat ihr Sohn leid, er war ja selbst kaum mehr als ein großes Kind. Es war noch nicht allzu lange her, dass er auf der Terrasse mit Dinosauriern gespielt hatte. *Hör auf, sentimentale Kuh.*

»Tja, jetzt ist es nun mal so, wie es ist.« Ihr Ton war ruhig und fest. »Wenn du dich entscheidest, abzutreiben, macht man einen Beratungstermin, und dann nimmt die Sache ihren Lauf, es sei denn, du änderst deine Meinung.«

Moni hörte sofort auf zu weinen und blickte sie erwartungsvoll an.

»Doch was gemacht ist, ist gemacht, will sagen, solltest du es dann bereuen, ist es zu spät. Das könnte ein ziemlich harter Schlag für dich sein. Vorher weiß man es nie, keiner weiß, wie er darauf reagiert. Wenn ihr hingegen beschließt, es zu behalten, diesmal im Plural: Was dann?«

Nelly hatte die Aufmerksamkeit ihres Publikums errungen. Die beiden hörten ihr reglos und konzentriert zu.

»Du, Mau, könntest auch in Genua Design studieren, du bist gut, und ich glaube nicht, dass das Probleme gäbe. Später kannst du deinen Master noch immer irgendwo anders machen, wenn du willst. Und du, Moni, gehst hier auf die Akademie, hier hast du mehr Unterstützung, nicht so sehr durch mich, weil ich arbeiten muss, aber durch deine Familie …« Moni schüttelte den Kopf und wollte etwas sagen, aber Nelly hob die Hand.

»Und außerdem kostet das Leben hier weniger. Mailand ist höllisch teuer, die Designschule ist privat. Ist es das wert? Wer gut ist, kann meiner Meinung nach auch hier sein Rüstzeug erwerben. Mau hat ein ganz passables Monatsgeld, vor seinem Tod hat sein Vater für ihn eine Versicherung abgeschlossen, und bis zum Ende des Studiums ist er gut versorgt. Ich könnte auch ein bisschen beisteuern, und du, Moni, wie sieht es finanziell bei dir aus?«

»Meine Großmutter mütterlicherseits hat mir eine Wohnung mit sieben Zimmern in Carmine vererbt. Sie ist vermietet, doch wenn ich sie brauche, würden die bestimmt ausziehen. Der Vertrag ist begrenzt, und sie ist möbliert. Mein Vater würde mir sicher Geld geben. Der ist natürlich gegen Abtreibung, so katholisch, wie er ist. Auf meine Mutter kann ich nicht zählen. Nach dieser Geschichte, du weißt schon, sind meine Eltern getrennt, und sie hat schwere psychische Probleme. Sie geht dauernd zur Therapie oder verkriecht sich bei den Nonnen.«

Wie immer, wenn sie von ihrer Mutter sprach, wurden ihre Augen feucht. Nelly wusste, dass dies für die Freundin ihres Sohnes ein wunder Punkt war. Sie ging nicht weiter darauf ein.

»Also, das Wohnproblem wäre geregelt, das Geld sollte reichen, ihr studiert, und du nimmst dir ein paar Stunden täglich einen Babysitter. Derweil geht das Leben weiter, und der oder die Kleine wird größer, kommt in den Kindergarten, dann in die Schule, und ihr findet eine Arbeit und lebt euer Leben wie zahllose andere auch. Wie alle, die sich lieben und sich zusammentun. Amen.«

Wieder folgte Stille. Jeder dachte nach. Das von Nelly entworfene Szenario war greifbar, machbar. Man verzichtete auf etwas und brachte dafür etwas anderes auf den Weg. Ein konkretes Projekt. Oder man ging zurück auf Los, und das Leben war wieder ein unbeschriebenes Blatt. Oder fast.

»So oder so, es ist keine Tragödie, Monica, hast du verstanden? So oder so brauchst du dir keine Vorwürfe zu machen. Jeder tut das, wonach er sich fühlt und was er kann. Niemand kann dir etwas Derartiges aufbürden, wenn du noch nicht bereit dazu bist. Und niemand«, sie machte eine Pause und blickte ihrem Sohn in die Augen, der verlegen auf seinem Stuhl herumrutschte, »wird es tun. Also, keine Bange, egal, wie die Entscheidung ausfällt. Im Moment stehen alle Wege offen. Du musst nur gründlich darüber nachdenken.«

»Du hast gut reden. Ich bin schließlich diejenige, die ...«, hob Moni mit weinerlicher Stimme an und begann wieder zu schluchzen.

»Du hast recht, ich bin nicht diejenige, die. Aber ich bin auch nicht diejenige, die nicht aufgepasst hat. Ich weiß, dass es dazu zwei braucht, doch in dieser Hinsicht sind wir Frauen nun mal von Natur aus benachteiligt. Aber auch bevorteilt. Ein Kind zu bekommen ist großartig. Schau dir diesen kleinen Scheißer an.« Sie streichelte Mau zärtlich die Wange, der lächelte. »Ich habe es nie bereut, ihn in die Welt gesetzt zu haben. Und du scheinst auch nicht ganz unglücklich darüber zu sein, dass es ihn gibt, oder?«

Moni verzog das Gesicht zu einer Art Lächeln. Nelly fühlte sich mit einem Mal sehr erschöpft. Die Anspannung, die sie durch den langen Tag getragen hatte, war plötzlich einer überwältigenden Müdigkeit gewichen. Sie sagte den Kindern gute Nacht und zog sich in ihr Zimmer zurück. Es war nach Mitternacht. Das Display ihres Handys, das auf dem Nachttisch lag, leuchtete auf. Sie drückte auf eine Taste und las: »Bist du noch wach?« Es war Tano. »Nein«, schrieb sie zurück, streckte sich auf dem Bett aus und fiel mit einem Gefühl grimmiger Befriedigung in den Schlaf.

XII

Pünktlich um neun treffen sich das Ermittlungsteam und Palmieri im Büro des Polizeivizes. Diesmal hat Nelly die Uniform angelegt, für die sie zwar nicht sonderlich viel übrig hat, die ihr aber sehr gut steht. Amanda macht sich ihr schlankes, zierliches Figürchen zunutze und hat sich ebenfalls in die Uniform geworfen. Die Männer sind allesamt geschniegelt, soweit die gnadenlose Hitze es zulässt. Im Präsidium herrscht Siegesstimmung, die allgemeine Befriedigung ist fast greifbar. Alle setzen sich, Palmieri in einem blendend weißen Anzug, der ihn fast unwirklich erscheinen lässt, das Gesicht in einer undurchdringlichen Miene verschlossen, Tano trägt Uniform (zum Niederknien) und versucht vergeblich, Nellys Blick zu erhaschen. Marco Auteri, sportlich in tabakfarbenen Hosen und beigefarbenem Sakko, aufgekratzt, weil dieser heikle und tags zuvor noch unlösbar scheinende Fall endlich abgeschlossen ist und weil er mit seiner Vermutung von Anfang an richtiggelegen hatte. Dem von Commissario Nelly Rosso herangezogenen Superprofiler zum Trotz.

»Gleich kommt Laurenti, dann kann's losgehen.«

Tano bricht das Schweigen und sieht sie unsicher an.

»Und was will er der Presse sagen? Dass wir den Schuldigen gefunden haben und der Fall gelöst ist? Dass die Sache damit erledigt ist?«

»Na ja, Nelly, so ungefähr. Zumindest wird er sich sehr optimistisch geben, auch wenn wir die Autopsieergebnisse erst am späten Vormittag bekommen.«

»Entschuldige, Tano, aber wäre es nicht besser gewesen, die Ergebnisse abzuwarten und die Pressekonferenz zu verschieben, um nicht eventuell hinterher etwas richtigstellen zu müssen?«

»Ich habe mit Volponi am Telefon gesprochen, er drängt darauf, dass wir den Fall so schnell wie möglich abschließen. Laurenti hat auch nicht länger warten wollen. Und Alessandro«, der Profiler nickte, »ebenso wenig. Wie du bemerkt haben wirst, entspricht Sonni dem Profil. Das Alter stimmt, er ist männlich, einsam, Schwierigkeiten mit Frauen, die Mutter ist von zu Hause weg, als er noch klein war, also Hassgefühle gegen das schwache Geschlecht, der Vater ist vor zwei Jahren gestorben. Er hat eine Drogenvergangenheit, Probleme mit sich selbst, eins kommt zum anderen. Es besteht sogar die konkrete Möglichkeit, dass er alle Mädchen bei ›Mani amiche‹ getroffen hat, wie du herausgefunden hast. Und das bestärkt unsere Theorie.«

»Und die Köpfe? Wo sind die Köpfe? Haben wir die gefunden?«

Tano und die anderen sehen sie genervt an wie einen Spielverderber. Der Polizeivize weiß nicht, was er antworten soll, und trommelt mit den Fingerspitzen auf die Tischplatte.

»Nein«, gibt er widerwillig zu, »die Köpfe sind nicht da. Nicht mal die Unterhosen. Und auch der Ort nicht, an den er die Opfer gebracht hat, und auch das Werkzeug nicht, mit dem er die Köpfe abtrennte, ebenso wenig der Ducato oder das Transportmittel, mit dem er sie erst lebend und dann tot durch die Stadt kutschiert hat. Es fehlen noch so einige Puzzleteilchen, du hast recht, Nelly. Doch das heißt nicht, dass die Grundkoordinaten falsch sind. Er hat das Narcuron mitgehen lassen. Er hat sich umgebracht, weil wir drauf und dran waren, ihn zu schnappen.«

»Auf der Narcuron-Packung sind Sonnis Fingerabdrücke. Und möglicherweise hat er sich umgebracht, weil er zum zweiten Mal an einem Fundort gesehen wurde, also reine Logik …«, schaltet sich Auteri mit unsicherer Stimme ein.

»Marco, ich habe nur ein paar der Fragen gestellt, die uns die Journalisten um die Ohren hauen werden. Nur ein paar. Ich sage nochmals, es wäre besser gewesen, die Pressekonferenz um ein paar Stunden oder einen Tag zu verschieben. Aber jetzt ist es zu spät, basta, Schwamm drüber.«

»Sie sind von Sonnis Schuld nicht überzeugt, Nelly? Wieso nicht?«

Palmieri mustert sie aufmerksam. *Argwöhnisch wie immer. Feindlich.*

»Weil unser Mörder eine, wie Sie mich gelehrt haben, raffinierte und intelligente Person ist, Alessandro, ein planvoll vorgehender Serienkiller, und Gianluca Sonni war ein ziemlich schlicht gestrickter, plumper Kerl. Der leicht die Kontrolle verlor. Und weil«, sie sieht ihm direkt in die Augen, »die Köpfe unauffindbar sind. Und auch die Unterhosen der Opfer. Seine Trophäen, wie Sie es nennen. Und aus zahlreichen anderen Gründen, die ich gerade genannt habe und die zu klären wären. Wie auch immer, das Wichtigste ist, dass Laurenti nicht von einem gelösten Fall spricht, dass er uns das Türchen einen Spaltbreit offen lässt, damit wir gegebenenfalls zurückrudern können. Wir haben Sonni gefasst, und wir haben ihn wieder laufen lassen. Verflixt noch mal, versteht ihr denn nicht, wir haben ihn laufen lassen, weil eine ermordet wurde, während er im Kittchen saß. Versteht denn keiner, was das heißt? Wollen wir uns wirklich damit zufriedengeben?«

Ein bleiernes, beklommenes, ebenso ratloses wie gereiztes Schweigen erfüllt den Raum. Dann ringt sich Tano durch, etwas zu sagen.

»Ja, das alles ist leider wahr. Falls er nicht schon selbst daran gedacht hat, werde ich Laurenti raten, die ungelösten Punkte mit einem eventuellen Komplizen zu erklären. Das ist sowieso das Wahrscheinlichste. Aber das ist schrecklich, die öffentliche Meinung will endlich beruhigt sein, stattdessen kriegen sie von uns zu hören, dass es mindestens zwei Mörder gibt. Einer ist tot, aber der andere läuft noch frei herum.«

»Wir sagen ihnen nur die Wahrheit, Tano, und schützen uns vor unschönen Überraschungen und berechtigter Kritik.«

»Ich kann Dottoressa Rosso nicht ganz widersprechen. Die zeitliche Unstimmigkeit während des dritten Mordes ist entscheidend – selbst wenn das in Sonnis Wohnung gefundene Muskelrelaxans seine Beteiligung belegt. Es wäre allerdings möglich, dass das dritte Opfer, durch dessen Fund Sonni das erste Mal entlastet wurde, lediglich das Werk eines sogenannten Trittbrettfahrers war, eines psycholabilen Nachahmers, der die Verbrechen eines Serienkillers kopiert, um ebenfalls Aufmerksamkeit zu bekommen. In Amerika heißen solche Leute *copycat*. Das ist nicht ausgeschlossen und gibt Anlass zu der Hoffnung, dass es sich dabei um einen Einzelfall und nicht um einen Komplizen gehandelt hat.«

»›Lediglich‹ und ›Einzelfall‹ klingt für mich ziemlich vage und fragwürdig. Wenn dieser …« – »Trittbrettfahrer, Nelly.« – »Danke, Alessandro. Wenn dieser andere Irre unseren Mörder einmal kopiert hat, wieso sollte er es nicht noch mal tun?«

»Himmel, wie entsetzlich ... Ah, guten Tag, Dottor Laurenti.«

Laurenti ist wie aus dem Ei gepellt, ganz in Blau und sehr elegant. Weißes Hemd, gelbblaue Krawatte. Er wirkt ziemlich hibbelig.

»Guten Tag, alle miteinander. Die Journalisten warten bereits, wollen wir gehen?«

»Einen Moment bitte, Dottor Laurenti. Zuerst müssen wir noch ein paar Punkte klären.«

Tano hält ihn zurück und sieht dem überraschten und gereizten Staatsanwalt ruhig ins Gesicht.

Die Pressekonferenz war ein Albtraum. Nach einer hektischen Unterredung mit Esposito und Palmieri hatte Laurenti den Tenor der Pressemitteilung erheblich abgewandelt, doch es war klar, dass er innerlich kochte. Die »Divergenzen«, die ihn von einem vollen Erfolg trennten, machten ihn rasend, doch er musste der versammelten Presse und dem Fernsehen einige davon servieren. Alarm vorbei oder nur aufgehoben oder unterbrochen, ein Mörder, zwei, eine Gruppe, die Journalisten gingen schließlich, abgespeist mit einem Haufen Gerede und wenigen Informationen bis auf die, dass ein verhafteter und wieder auf freien Fuß gesetzter Verdächtiger zweifellos in die Verbrechen verwickelt war und sich höchstwahrscheinlich umgebracht hatte, weil die Polizei kurz davor war, ihn zu fassen. Es war auch nicht ausgeschlossen, dass man es mit einer satanischen Sekte zu tun hatte, mit einer Gruppe Fanatiker. Die Sache mit der satanischen Sekte war auf Palmieris Mist gewachsen und von Laurenti dankbar aufgenommen worden, gab es doch im Augenblick weder Beweise dafür noch dagegen. Sollte noch etwas passieren (sprich, kopflose Leichen), könnte man die Theorie wieder aus dem Hut ziehen, wenn nicht, umso besser.

Kaum war die Pressekonferenz vorüber, hatte Staatsanwalt Laurenti Palmieri untergehakt und war mit ihm verschwunden, um die letzten Einzelheiten des gemeinsamen, für die kommende Woche avisierten Fernsehauftritts zu klären. Nelly nahm unterdes Marco zur Seite, keiner hörte, was sie ihm sagte, doch am Ende war der Vizekommissar sehr blass und sah aus wie ein geprügelter Hund, während Nelly grußlos in ihrem Büro verschwand.

Die Autopsieberichte lagen hübsch geordnet auf ihrem Schreibtisch, Valeria lebe hoch. Heißhungrig stürzte sie sich darauf, überflog sie eilig, ging sie mehrmals durch und hatte sich gerade Gianluca Sonnis Bericht noch einmal vorgenommen, als die Tür aufflog und Tano mit grimmigem Gesicht ins Zimmer trat. Sie blickte auf und sah ihn an, als hätte man sie in einem äußerst heiklen Moment gestört. Er schloss die Tür, zog sich einen Stuhl heran und setzte sich vor ihren Schreibtisch. Gespanntes Schweigen.

»Nelly, ich wollte mit dir über gestern reden. Ich weiß nicht, was mit dir los war, aber …«

»Was mit *mir* los war?«

Oje, Gewitter im Anmarsch, dachte Tano.

»Schon gut, schon gut, lass uns nicht wieder damit anfangen, vielleicht ist es die Hitze, die uns alle kirre macht, aber seit einiger Zeit benimmst du dich ziemlich merkwürdig. Du scheinst was gegen Auteri zu haben, gegen die Sacco …« *Nicht mehr Amanda?* »… gegen mich. Von Palmieri ganz zu schweigen, wie du den immer anguckst – ich erkenne dich nicht wieder.«

»Stell dir vor, mir geht's genauso, aber nicht mit mir, sondern mit dir und den anderen, und lass Palmieri aus dem Spiel, der gehört nicht zu uns und steht auf einem ganz anderen Blatt. Also, fassen wir zusammen: Marco hat sich von Anfang an auf Gianluca Sonni versteift – hör auf, den Kopf zu schütteln, und lass mich ausreden –, und als er ihn tot in der Badewanne fand, konnte er sein Glück nicht fassen. Vor lauter Freude hat er einen regelrechten Blackout, glaubt blind, dass es Selbstmord war, und vergisst die winzige Kleinigkeit, dass das dritte Opfer ermordet wurde, während Sonni im Knast saß, sieh einer an, aber wen juckt das schon. Außerdem vergisst er, mit mir zu reden, seiner direkten Vorgesetzten. Die Sacco kann sich endlich fühlen wie Sherlock Holmes, weil sie eine Fährte erschnüffelt hat, und führt sich auf wie eine Diva. Laurenti wittert Ruhm und dreht völlig durch, und du behandelst mich wie ein Stück Dreck, weil ich für ein Stündchen mein Handy ausgeschaltet habe. Weißt du, was ich denke? Hättet ihr den Fall heute Morgen für abgeschlossen erklärt, würden wir jetzt bis zum Hals in der Scheiße stecken.«

Tano hatte sich in seinem Stuhl aufgerichtet. Während Nelly geredet hatte, war er immer röter geworden und schien kurz davor, in die Luft zu gehen. Doch er schluckte die Kröte und musste ihr am Ende recht geben, es blieb ihm keine andere Wahl.

»Neuigkeiten?«, fragte er schließlich versöhnlich mit einem Blick auf die Berichte, die Nelly vor sich hatte.

»Du hast bestimmt eine Kopie davon auf deinem Schreibtisch liegen. Nardini vermutet, dass Sonni unter Drogen gesetzt wurde (Roipnol? – die toxikologischen Untersuchungen stehen noch aus), jedoch wieder zu sich gekommen ist, als er in die Wanne gelegt wurde und man ihm die Pulsadern aufgeschnitten hat. Also haben der oder die Mörder ihm einen kräftigen Schlag auf den Kopf verpasst, und den Rest kennen wir.«

Tano stieß einen leisen Pfiff aus, seufzte und schien plötzlich lebhaft an der Landschaft vor dem Fenster interessiert zu sein. Es war offensichtlich, dass er mit sich rang.

»Verdammt, Nelly, was war ich für ein Idiot, ich weiß wirklich nicht, was uns alle geritten hat! Du hast klar gesehen, und ich hatte auch Zweifel, aber ich wollte, ich *wollte* einfach, dass er es ist, verstehst du, und dass dieser elende Albtraum ein Ende hat. Jetzt sind wir wieder ganz am Anfang.«

»Nicht ganz. Inzwischen wissen wir, dass die Opfer etwas gemeinsam hatten, nämlich ›Mani amiche‹. Und dass sich Sonni das Muskelrelaxans verschafft hat, entweder, um es selbst zu benutzen, oder um es einem Bekannten weiterzugeben, der ihn schließlich ausgeschaltet hat, weil er ihn nicht mehr für verlässlich hielt. Hier kann man ansetzen, vielleicht kommt etwas Brauchbares dabei heraus.«

»Und die anderen Berichte?«

»Auch hier ein nicht unerheblicher Hinweis. Diego Cortez, der Freund von der Nieto Llosa, und auch die beiden Frauen sind unter Drogen gesetzt worden, und zwar erwiesenermaßen mit Roipnol, möglicherweise alle am selben Ort. Dann ist den Frauen das übliche Muskelrelaxans verabreicht worden. Dem Mann hingegen hat man die Kehle mit einem Rasiermesser oder etwas Ähnlichem durchgeschnitten, dann wurde er in die Säcke gesteckt und in den Container geworfen – bevor die Frauen ans Ufer des Bisagno gebracht wurden. Für ihn gab's keine Gnade, man hat ihn wie Abfall behandelt, aber immerhin hat er den Kopf behalten.«

»Der nützt ihm jetzt auch nichts mehr …«

»Stimmt.«

Eine Weile saßen sie schweigend da, dann fragte Tano: »Wieso hast du mir gestern Nacht ›*Nein*‹ zurückgeschrieben?«

»Weil ich müde und sauer und durcheinander war, und halb

betrunken dazu. Ich hatte keinen Bock auf noch mehr Stress, das ist alles. Ich hab das Abitur meines Sohnes gefeiert und mit ihm und seiner Freundin über das Kind geredet, das die beiden erwarten. Ob es zur Welt kommen soll oder nicht. Das hat mir gereicht.«

Tano runzelte die Stirn und verzog auf sehr neapolitanische Art das Gesicht, um seiner Überraschung Ausdruck zu geben. Er stieß einen langen Pfiff aus.

»Wie schrecklich, Nelly. Wie alt ist dein Sohn? Und sie?«

»Beide neunzehn.«

»Abtreibung und fertig, die sollen gar nicht erst daran denken, sich so jung aneinander zu binden, ein Kind in die Welt zu setzen. Bloß nicht! Oder wollen die sich das Leben ruinieren?«

Nelly kniff die Lippen zusammen, die ganze Sache war so kompliziert, und er machte sie so einfach.

»Ich habe mir nicht angemaßt, in die eine oder andere Richtung Druck zu machen, ich weiß gar nichts mehr, egal, was ich sage, ich fühle mich falsch und überheblich und dumm. Ich habe versucht, konkret und objektiv zu sein, die Risiken und Vorteile beider Möglichkeiten aufzuzeigen. Du … sprichst aus Erfahrung, stimmt's?«

»Klar, das weißt du doch, ich habe den Fehler meines Lebens gemacht, so jung zu heiraten, weil sie schwanger war. Jetzt müssen wir beide mit den Konsequenzen leben.«

»Dein ältester Sohn, wie heißt er noch …« – »Massimo.« – »Massimo, genau, wie alt ist der jetzt?«

»Fast achtzehn. Stell dir vor, der ist größer als ich. Wir sehen aus wie Brüder. Spielt Tennis wie ein Gott.«

Als er Nellys spitzbübisches Lächeln sah, hielt er inne und wurde sauer.

»Klar, sicher, jetzt, da es ihn gibt und ich ihn kenne, natürlich, das ist großartig, aber wen würde es kratzen, wenn es ihn nicht gäbe? Und mein Leben und das seiner Mutter wären anders verlaufen.«

»Es ist sinnlos, sich darüber den Mund fusselig zu reden, sie müssen entscheiden. Die sind nicht nur auf dem Papier volljährig und erwachsen oder wenn's darum geht, zu vögeln. Die müssen mit solchen Sachen fertig werden. Wenn sie miteinander schlafen können, müssen sie auch mit den Konsequenzen leben.«

»Was für eine puritanische Einstellung. Die Verantwortung.«

»Es ist besser, den Dingen ins Gesicht zu sehen, mein Lieber.«

»Ich habe damals auch so gedacht, oder besser, mein Vater hat mich gezwungen, so zu denken. Aber es ging nicht um sein Leben. Es ging um meins.«

»Immerhin nehme ich nicht diese entsetzliche Verantwortung auf mich, jemanden zu irgendetwas zu zwingen.«

»Ach, am Ende entziehen wir uns doch der Verantwortung, oder nicht, Nelly?«

Nelly wollte gerade zurückschießen, als es an der Tür klopfte. Marco, Amanda und Tommi traten zögernd ein und wurden über den neuesten Stand in Kenntnis gesetzt, wie er sich aus den Berichten ergab. Marco knetete sich niedergeschlagen die Stirn, Amanda tat so, als wäre nichts und als ginge sie die ganze Sache nichts an. Tommi wischte sich mit dem Taschentuch den Schweiß von der Stirn.

»Nelly, es schien alles so ... Und das Fläschchen Muskelrelaxans, und die Tatsache, dass Sonni zum zweiten Mal an einem Fundort auftauchte ...«, brachte Marco schließlich vor.

»Stimmt, aber wenn du dich erinnerst, Marco, wurde er laut seiner Aussage das erste Mal mit einem Anruf an den Fundort gelockt. Wenn er damals nicht gelogen hat, wer weiß, ob es am Montagmorgen nicht genauso war. Er wird es uns nicht mehr sagen können.«

»Und das Muskelrelaxans? Dass er es besorgt hat, steht doch wohl fest. Und um was damit zu tun? Um es jemandem zu geben ...«

Amanda Saccos Stimmchen klang frech und aggressiv. Nelly

drehte sich um und musterte sie, als sähe sie sie zum ersten Mal, doch ehe sie antworten konnte, kam Tano ihr zuvor.

»Nehmen wir einmal an, er hat tatsächlich das Medikament entwendet, dann könnte er es zusammen mit anderen für die Morde verwendet haben – Theorie der Gruppe, des Täterpaars, wie auch immer – oder es für jemand anderen geklaut haben, der ihn darum gebeten oder ihn beauftragt hat. Vielleicht sogar ohne zu wissen, wozu. Und dieser Jemand hat ihn umgebracht, weil er befürchtete, Gianluca, der die Sache inzwischen durchschaut hatte, könnte uns zu ihm bringen. Oder in einem Verhör einknicken.«

Der Polizeivize hatte ausgesprochen, was Nelly dachte, und sie nickte. Während die Anwesenden noch über die neue Sachlage nachgrübelten, fiepte das Handy der Kommissarin.

»Gemma? Ja, Rosso hier. Wie? Wir müssen uns den Anruf anhören, fragen, ob man ihn zurückverfolgen konnte ... Wir sind sofort da.«

Nelly sprang auf.

»Er hat sich bei der Journalistin Gemma Pieretti gemeldet.«

Tano beschloss, sie zu begleiten, Lombardo setzte sich ans Steuer, und sie machten sich auf den Weg zum »Secolo«. Marco und Amanda sahen sich zerknirscht an. Tommi tat so, als wäre er nicht da, und träumte von einem kalten Bier.

Gemmas Kinn war vorgereckter denn je, ihre vollen Lippen ebenfalls, und ihre Augen blitzten begierig. Tano und Nelly hörten zum dritten Mal die Aufzeichnung des Anrufs, den das Mädchen vor einer halben Stunde erhalten hatte.

»In der schwärzesten Finsternis wird das Licht scheinen, alle werden es sehen, selbst die, die es jetzt verleugnen. Wir werden die Dämonen, seine Feinde, für immer verjagen, in der Nacht des schwarzen Mondes.«

Dieselbe verstellte Stimme des ersten Anrufs, den sie ein paar Tage zuvor erhalten hatte, bestätigte die Journalistin. Keine Möglichkeit, das Telefonat zurückzuverfolgen, dazu war es viel zu kurz.

Das ist auch eine Art Presseerklärung, sehr viel bündiger und sibyllinischer als die von Laurenti. In der Nacht des schwarzen Mondes … Verdammt!

Heute war Mittwoch. Hastig blätterte sie in ihrem Kalender, und die anderen taten das Gleiche. Donnerstag, Freitag, Samstag, Sonntag, Montag … am kommenden Dienstag wäre Neumond. Er könnte in der Nacht von Montag auf Dienstag oder in der von Dienstag zuschlagen. Oder in beiden, wie bereits geschehen. Während Nelly mit dem Finger über die Seiten fuhr und die Zeit zwischen den Mondphasen errechnete, waren die anderen, der Chefredakteur und der Direktor inbegriffen, bereits damit fertig und sahen sie besorgt an. Dann ergriff der Direktor Solari, ein kräftiger, grauhaariger Mann mit blauen Augen, das Wort. Er sah Tano ernst und angespannt an.

»Also Neumond. Schwarze Finsternis. Was erwartet uns? Und die beruhigenden Worte eurer Pressemitteilung von heute Morgen, alles heiße Luft? Müssen wir davon ausgehen, dass hinter den Verbrechen tatsächlich ein zweiter Mörder oder gar eine satanische Sekte steckt? Dürfen wir dieses Telefonat veröffentlichen, Dottor Esposito? Es könnte potentielle Opfer warnen.«

Der Polizeivize wusste nicht, was er sagen sollte, doch er ließ es sich nicht anmerken.

»Wieso heiße Luft, ich würde sagen, durch diesen Anruf werden einige unserer Vermutungen bestätigt, wie zum Beispiel die mögliche Existenz von Komplizen, meinen Sie nicht? Die Nachricht zu veröffentlichen würde nur Panik schüren, und selbst wenn potentielle Opfer gewarnt wären, heißt das noch lange nicht, dass sie auch in der Lage wären, sich zur Wehr zu setzen gegen diesen oder diese Wahnsinnigen: Der große, kräftige Sonni hat's nicht geschafft, die drei Südamerikaner haben es nicht geschafft, also ist es offenbar nicht so einfach …«

»Weil sie sich nicht bedroht fühlten, deshalb. Sie kennen ihn oder sie, sie lassen ihn oder sie arglos an sich heran. Aber wo locken diese Mörder sie hin, um sie dann zu ermorden, wie transportieren sie sie? Einen Kopf abzutrennen ist ein Riesenakt, das ganze Blut, man braucht das richtige Werkzeug, einen sicheren Ort …«

Die Journalisten und Tano hörten Nelly zu und nickten betroffen. Der Lieferwagen vielleicht? Nelly meinte, es sei ein Ducato gewesen, aber sie hatte sich das verflixte Nummernschild nicht notieren können. Soweit sie sich erinnern konnte, war es zum Teil verdeckt gewesen. Die klassische Suche nach der Nadel im Heuhaufen. Es war eine Fahndung durchgeführt worden, das Auto konnte schließlich gestohlen und dann irgendwo abgestellt worden sein. Doch es war nichts dabei herausgekommen.

Gemma zupfte sie am Ärmel und nahm sie beiseite.

»Dottoressa, ich muss dringend unter vier Augen mit Ihnen reden. Es ist sehr wichtig.«

»Worum geht's?«

Als Gemma merkte, dass die Kollegen neugierig herübersahen, flüsterte sie hastig: »Ich rufe Sie später an«, und wandte sich ab.

Plötzlich erinnerte sich Nelly an das Versprechen, ihr ein Interview mit Palmieri zu verschaffen. Sie entschuldigte sich für ihre Vergesslichkeit, doch die Journalistin zuckte wortlos mit den Schultern, grinste geheimnisvoll und sagte, das hätte sie schon selbst erledigt. Ehe Nelly fragen konnte, was sie damit meinte, klingelte Gemmas Handy, und sie ging ran. Tano machte Nelly ein Zeichen. Man wollte ihre Meinung dazu hören, ob es ratsam sei oder nicht, die Nachricht oder deren Wortlaut zu veröffentlichen. Sie gesellte sich zu der Gruppe, man fing an zu diskutieren, und als sie sich suchend nach der Journalistin umdrehte, war diese verschwunden.

XIII

Für den folgenden Tag hatten sich Nelly und Gerolamo um fünf Uhr nachmittags beim ARCI-Club »Speranza« verabredet, in einer der ältesten Gassen der Altstadt, direkt hinter der Via dei Giustiniani. An der Ecke desselben Gebäudes war die Pizzeria »El Barrio«, in der Pedro Ventura arbeitete. Die Rollläden waren noch heruntergezogen, denn das Lokal öffnete in dieser irren Hundstagshitze erst abends. Der Club hingegen war geöffnet, und zwei von einer verschossenen Markise geschützte Tischchen auf dem Gehsteig luden zu einer Pause und einem kühlen Getränk ein. Nelly und Gerolamo traten ein, um sich ein wenig umzusehen. Man stieg einige Stufen hinab und stand in einem recht niedrigen, äußerst stimmungsvollen und für die Altstadt typischen Gewölbe. Die Atmosphäre war »ethno« oder versuchte zumindest, es zu sein. Arabische Musik, marokkanische Tischchen, Wasserpfeifen, Poster von Orten rund ums Mittelmeer und Stierkampfplakate an den Ziegelwänden. Hinten, eingekeilt in einen gotischen Bogen, befanden sich der Tresen mit Flaschen und Gläsern, eine Vitrine mit Snacks und Brötchen und die Tageskarte: Minestrone alla Genovese und Geschnetzeltes mit Erbsen.

Hinter dem Tresen stand ein nach Altachtundsechziger aussehender Mann Mitte vierzig. Er spülte Gläser und redete mit einem kräftigen Kerl mit raspelkurzen mittelblonden Haaren, der ihnen den Rücken zugewandt hatte. Nelly durchfuhr es heiß und kalt. Der Gast war Giuliano Zanni, Federico Manaras Assistent. Sie schnappte einen Namen auf: »Gianluca«. Entschlossen ging sie, Gerolamo im Schlepptau, auf die beiden zu.

»Guten Tag, Dottor Zanni. Sind Sie öfters hier?«

Der andere drehte sich um und blickte sie überrascht an.

»Ah, Sie sind's, Dottoressa … Rossi, nein, Rosso, entschuldigen Sie! Darf ich Ihnen Giagio Anfosso vorstellen, er leitet den Club ›Speranza‹. Was ihre Frage betrifft, ja, hin und wieder, wenn ich die Zeit finde.«

»Polizei, wenn ich richtig verstanden habe.«

Giagios (Giangiacomo? Giangiorgio?) Stimme klang alles andere als begeistert. Er war ziemlich groß, robust, kahl an den Schläfen und hatte einen graumelierten Zopf im Nacken. Er trug ein hellblaues, offenes Hemd und eine Jeans-Bermuda. Große Nase, braune Augen. Nelly stellte sich und Gerolamo knapp vor und kam dann sofort zur Sache.

»Kannten Sie Gianluca Sonni, Dottor Zanni? Und Sie, Signor Anfosso?«

»Aber natürlich«, bejahten beide im Chor.

»Der hat Unterstützung von ›Mani amiche‹ bekommen, und später hat er bei uns als Helfer angefangen. Hier hat er auch öfter mit angepackt, stimmt's, Giagio?«

Der andere kniff verärgert die Lippen zusammen und warf Zanni einen vorwurfsvollen Blick zu, der Nelly nicht entging.

»Ja, gerade wollte ich dir sagen, es kommt mir einfach unglaublich vor, was über Gianluca behauptet wird, der war so ein guter Junge. Ein anständiger Kerl. Ich glaube, der ist da mit reingezogen worden. Der war zu gutmütig, das war seine Schwäche, jemandem, der nett zu ihm war, hat er nix abschlagen können.«

»Kam er oft?«

»Sonntagnachmittag habe ich ihn das letzte Mal gesehen. Ich musste weg, Teresa war nicht da, und er hat von vier bis acht hier ausgeholfen.«

»Bei der Zeit sind Sie sich sicher?«

»Klar, ich hab ihn noch begrüßt, als er gekommen ist, ihm gesagt, wann meine Geschäftspartnerin Teresa Tealdo kommt, um ihn abzulösen, und bin weg. So war's, und dann habe ich ihn nicht mehr gesehen. Als ich wiederkam, war Teresa seit einer halben

Stunde da, sie ist vor acht gekommen. Er war schon weg. Himmel noch eins, was für ein Pechvogel!«

»Sie können uns also nicht sagen, wer am Sonntagnachmittag hier war? Diego Cortez und seine Freundin Dolores zusammen mit Ermelinda Ventura, zum Beispiel?«

Giagio wollte gerade etwas sagen, als eine gutaussehende Frau um die vierzig aus einem seitlichen Bogengang heraustrat und ihm ins Wort fiel.

»Nein, weder Giagio noch ich haben sie gesehen, und wenn Gianluca sie gesehen hat, kann er uns das nicht mehr sagen, der Ärmste.«

Nelly blickte sie fragend an.

»Ich bin Teresa Tealdo, Giagios Lebensgefährtin und Partnerin hier im ›Speranza‹. Angenehm.«

Sie war eine flinke, sportliche Frau, sehr viel kleiner als ihr Partner, mit braunem Haar und ausdrucksvollen braunen Augen. Seit rund zwei Jahren kümmerten sie sich um das ›Speranza‹, erklärte sie, und sie kannten Gianluca gut, er half immer gern und suchte Gesellschaft, denn er war ein schrecklich einsamer Mensch. Nein, soweit sie wussten, hatte er keine Freundinnen. Sie und Giagio Anfosso waren der harte Kern des Clubs, aber drum herum gab es neben Gianluca noch drei oder vier Helfer, die für sie einsprangen, wenn sie mal wegmussten. Mitglieder, aber hauptsächlich Leute, für die der Club eine Art Ersatzfamilie war. Sie aßen oft mit ihnen und halfen beim Aufräumen. Teresa nannte Namen und Adressen, Gerolamo schrieb mit. Auf die Frage, ob sie die drei Südamerikaner gekannt hatten, nickten sie.

»Klar kannten wir sie, die kamen ab und zu hier vorbei, nicht oft, weil sie malochten wie die Esel, vor allem die beiden Frauen. Die Armen, was für ein furchtbares Ende! Und der arme Pedro, wie der das jetzt wohl packt, allein mit den Kindern …«

Teresa war sehr viel gesprächiger als ihr nervös wirkender Freund. Wer weiß, vielleicht hatte er was gegen Bullen. Oder es gab andere Gründe. Was den Besuch der drei im Club und den Zeitpunkt, zu dem sie gesehen worden waren, anbelangte, hatten sie bisher nur die Aussage von Avvocato Manara, aber vielleicht war eines der anderen aushelfenden Mitglieder am Samstag im Club gewesen und konnte etwas Genaueres sagen.

»Kennen Sie Avvocato Manara, Signora Tealdo?«

»Sicher, der kommt ab und zu, aber in letzter Zeit sehr selten. Früher, als er mit Flores ausgegangen ist, war er oft hier.«

Verärgerter Blick von Giagio, fragender Blick zurück von Teresa. Flackern in den Augen von Zanni. Oder hatte sich Nelly das eingebildet?

»Wer ist Flores?«

»Na, eine Immigrantin aus Santo Domingo, ein bildschönes Mädchen, dem der Avvocato die Aufenthaltsgenehmigung besorgt hat. Ich weiß nicht, ob die beiden ein Paar waren, aber so ungefähr ein Jahr lang sah man sie oft zusammen. Dann muss irgendetwas vorgefallen sein, und ich glaube, sie ist nicht mehr in Genua. Oder sie ist in ein anderes Viertel gezogen, keine Ahnung, geht mich ja auch nichts an.«

»Seit wann haben Sie sie nicht mehr gesehen, diese Flores?«

»Flores Echevarría, heißt sie, glaube ich – hm, Giagio, was meinst du, das werden zwei, drei Monate sein, oder?«

Giagio lässt als Antwort ein Knurren vernehmen, was die Frau jedoch nicht abhält.

»Warten Sie, falls es Sie interessiert, ich muss irgendwo noch ein Foto haben. Wir hatten hier im Club ein Karnevalsfest organisiert, der Avvocato und Flores waren dabei.«

Teresa zog eine Schublade auf, kramte ein paar Minuten darin herum, holte schließlich triumphierend einen Packen Fotos hervor, sah sie durch und zog einen Farbabzug heraus. Manara war als Zorro verkleidet, die Maske war verrutscht und gab das Gesicht mit der großen Nase und den im Blitzlicht zusammengekniffenen Augen preis. Neben ihm saß eine atemberaubende, als Odaliske kostümierte Mulattin. Soweit man es auf dem nicht gerade brillanten Foto sehen konnte, eine echte Schönheit. Sie lächelte verschmitzt, hatte lebhafte Augen und einen üppigen Busen. Flores Echevarría. Sie mochte zwischen zwanzig und fünfundzwanzig sein.

»Was machte diese Flores, wo hat sie gearbeitet?«

»Sie hat bei ›Mani amiche‹ als Sekretärin gearbeitet, in ihrer Heimat war sie Buchhalterin oder so was Ähnliches gewesen.«

»Sie, Dottor Zanni, kannten sie natürlich. Haben Sie mit ihr zusammengearbeitet?«

»Logisch kannte ich sie. Sie arbeitete für Chicco, ich meine, für Avvocato Manara, in seinem Büro. Dann ist sie irgendwann ohne eine Erklärung gegangen. Ohne einen Gruß. Wir haben ein paar Postkarten aus Mailand bekommen, dann aus der Schweiz. Eine Zeit lang war der Avvocato am Boden zerstört, enttäuscht, wissen Sie, aber dann hat er sich wieder berappelt.«

War es Einbildung, oder wirkte der Junge befangen? Er sah weg, normalerweise blickte er seinem Gegenüber gerade ins Gesicht.

»Wo wohnte sie?«

»Keine Ahnung, irgendwo in der Altstadt, glaube ich. Ja, jetzt, wo ich drüber nachdenke ... Via dietro il Coro della Maddalena, Sie können nachsehen, im Verein haben wir noch ihre Akte.«

Abermals Unsicherheit in der Stimme, nervöse Hände, ein paar Mal war er von einem Fuß auf den anderen getreten. Die beiden Polizisten sahen sich an. Noch eine Südamerikanerin, vielleicht weggezogen, vielleicht verschwunden ... Vielleicht hatte die Mordserie früher begonnen, als sie glaubten?

»Könnten wir gleich noch bei ›Mani amiche‹ vorbeischauen und einen Blick reinwerfen, Dottor Zanni?«

»Meinetwegen.« Ohne ein weiteres Wort stürzte er seinen kalten Tee hinunter. Die Hand, die das Glas hielt, zitterte leicht.

»Noch eine Frage, Signor Anfosso, hat Ihr Club ein Fahrzeug?«

Der Mann blinzelte. Er konnte sich der direkten Frage nicht entziehen.

»Wir haben einen Ducato, und Gianluca und die anderen haben uns überredete, ein Motorboot zu kaufen, um fischen zu gehen, Fisch ist teuer, wissen Sie, und so … Außerdem hatten sie Spaß damit …«

Nelly und Gerolamo traf fast der Schlag.

»Und wo steht der Ducato? Welche Farbe hat er?«

»In einer Garage um die Ecke. Er ist weiß. Das Boot liegt in Priaruggia.«

»Wer hat Zugriff darauf?«

»Na ja, wir vom Club, Gianluca inbegriffen. Und beim Boot – Mario und Pino. Aber auch ein paar Freunde von Gianluca, die ich gar nicht kenne, sind damit ein paar Mal rausgefahren.«

»Gerolamo, schreib dir die Namen und Adressen der anderen auf, die den Lieferwagen und das Boot benutzt haben. Sind die Fahrzeuge mit einem Schriftzug oder mit einem Aufkleber versehen? ›Speranza‹ vielleicht?«

»Ja, wie unser Club. In Schwarz. Der arme Gianluca war regelrecht besessen von diesem Wort. Er meinte, ohne Hoffnung könne man nicht leben.«

»Die Spurensicherung muss sowohl den Lieferwagen als auch das Boot untersuchen, vorausgesetzt, sie sind an ihrem Platz. Es könnte sein, dass in Ihrem Lieferwagen die Leichen transportiert wurden.«

Giuliano und Teresa wurden blass und starrten Nelly mit offenen Mündern an. Giagio wurde rot vor Wut.

»*Belinate* – Schwachsinn! Wollen Sie endlich begreifen, dass Gianluca mit dieser Geschichte nichts zu tun hat! Noch nicht mal Blut konnte der sehen! Ihr solltet lieber den richtigen Mörder suchen, statt Leuten auf den Sack zu gehen, die sich den Arsch aufreißen, um anderen zu helfen.«

»Belinate hin oder her, Signor Anfosso, Sie werden meinem Assistenten Privitera und unseren Fachleuten von der Spurensicherung zeigen, wo der Wagen steht und auch wo das Boot liegt.

Und wenn wir Ihnen auf den Sack gehen, dann nur, um herauszufinden, ob Ihr Freund Gianluca schuldig ist oder nicht, und gegebenenfalls den wahren Mörder zu finden. Da werden Sie doch wohl nichts dagegen haben, oder?«

Grimmig schnaufend gab Anfosso Gerolamo die Namen, nahm einen Schlüssel aus der Schublade. Nelly bestellte Celsi her, dankte Teresa für ihre Hilfsbereitschaft und verließ mit Gerolamo, der die ganze Zeit über nicht ein Wort gesprochen hatte, das Lokal. Sie verabschiedeten sich knapp voneinander, und Nelly machte sich mit Zanni auf den Weg zu »Mani amiche«.

In Don Silvanos Verein herrschte wie immer rege Betriebsamkeit. Menschen unterschiedlicher Nationalität kamen und gingen, im Innenhof spielten ein paar nordafrikanisch aussehende Jungen mit ein paar südamerikanisch wirkenden in Trikots und kurzen Hosen Basketball. Die Lacher und Frotzeleien hallten durch das Gebäude. Nelly wunderte sich über die Mischung und vor allem über die herzliche, freundschaftliche Atmosphäre. Zanni meinte, Don Silvano vollbringe Wunder, sein Ziel sei besonders die Freundschaft zwischen jungen Leuten unterschiedlicher Herkunft, und Sport sei der beste Kitt. Im Büro machte Zanni mit ernstem, verschlossenem Gesicht den Computer an und tippte Flores Echevarrías Namen ein. Doch die Datei des Mädchens war verschwunden.

»Wie, verschwunden? Hatten Sie vorhin nicht gesagt, sie sei noch da?«

»Na ja, das letzte Mal, als ich hineingesehen habe, war sie noch da. Was soll ich Ihnen sagen? Ich bin auch völlig platt.«

»Wann haben Sie das letzte Mal hineingesehen? Und warum?«

Einen Moment lang stand Zanni mit gesenktem Kopf da. Eine bleierne Last schien auf ihm zu liegen. Seine Verwirrung und Ratlosigkeit waren nicht zu übersehen.

»Dottoressa Rosso, ich muss Ihnen etwas anvertrauen. Etwas, das niemand wissen soll. Etwas sehr Privates.«

Er wand sich vor Verlegenheit, konnte kaum sprechen, verhaspelte sich.

»Na los, Dottor Zanni, ich höre.«

»Flores und ich … wir liebten uns.«

Er schluckte, wurde rot, auf seinem Gesicht erschien der einfältige Ausdruck hoffnungslos Verliebter, dann verzog er schmerzvoll den Mund.

»Aber war sie nicht mit Avvocato Manara zusammen?«

»Mit Chicco? Ach was, Sie haben doch das Foto gesehen und ihn kennengelernt, das glauben Sie doch wohl selbst nicht. Flores war jung und extrovertiert. Er eine alte Kirchenmaus. Als sie nach Genua kam, hat er sie unter seine Fittiche genommen, und dafür war sie ihm dankbar. Sie wissen ja, wie Männer sind, er hatte sich Hoffnungen gemacht. Um ihn nicht vor den Kopf zu stoßen, wollte sie ihm nicht sagen, dass sie mich liebte, und als wir es dann sagen wollten, ist sie plötzlich sang- und klanglos verschwunden. Nur die lächerlichen Postkarten hat sie geschickt.«

Wütend riss er eine Schublade auf, kramte darin herum und holte drei abgegriffene Postkarten hervor, die offenbar x-mal hin und her gedreht worden waren. Eine war vom Castello Sforzesco, darauf stand: »*Gracias a todos, con mi cariño*,* Flores«. Die anderen beiden kamen aus Lugano und Zürich und waren mit: »*Estoy bien, soy muy feliz*«** und »*Os quiero a todos*«*** beschrieben. Gedankenverloren betrachtete Nelly die Ansicht des Luganer Sees und das Foto von der Züricher Altstadt, und ein eisiger Schauder lief ihr über den Rücken. Die Schweiz, Palmieri arbeitete häufig in der Schweiz, aber was sollte Alessandro mit Flores Echevarría zu tun haben? Gab es da eine Verbindung?

»Dottor Zanni, kennen sie Palmieri, den Kriminologen?«

* (Span.) Danke für alles, liebe Grüße.

** (Span.) Mir geht es gut, ich bin sehr glücklich.

*** (Span.) Ich hab euch alle lieb.

»Den Sie für die Aufklärung dieser Verbrechen zu Rate gezogen haben? Ich habe sein Foto in der Zeitung gesehen.«

»Ist Ihnen bekannt, ob er mit ›Mani amiche‹ in Kontakt stand oder mit dem ARCI-Club ›Speranza‹? Oder ob er Flores kannte?«

»Palmieri? Auf keinen Fall, vor diesem Artikel in der Zeitung habe ich nie was von dem gesehen oder gehört, wie denn auch? Der bewegt sich doch in ganz anderen Kreisen. Wieso diese Frage?«

»Nur so, aber sagen Sie, ist Ihnen nie in den Sinn gekommen, dass sich die schöne Flores vielleicht nicht freiwillig aus dem Staub gemacht haben könnte? Dass sie Sie gar nicht verlassen wollte, sondern dass ihr etwas zugestoßen ist?«

Giuliano Zanni wurde grün im Gesicht. Er sah aus, als müsse er sich gleich übergeben.

»Wollen Sie damit sagen, Flores könnte … jemand hätte …«

»Es tut mir leid, Giuliano«, unbewusst hatte sie ihn beim Vornamen genannt, denn trotz seiner beeindruckenden Größe sah er aus wie ein verstörter, verängstigter kleiner Junge, »aber Ihre Freundin passt genau ins Beuteschema unseres oder unserer wahnsinnigen Mörder. Immigrantin, dunkel, jung … und sie hatte mit ›Mani amiche‹ zu tun.«

»O Gott, o Gott, nein … nicht Flores!«

Nelly wusste nicht, was sie sagen sollte. Giuliano Zanni schien kurz vor dem Zusammenbruch zu stehen. Dann brach er in haltloses Schluchzen aus. Sie wartete geduldig, bis er sich wieder ein wenig gefasst zu haben schien.

»Ich hab's gewusst, dass ich mich nicht dermaßen irren konnte, wieso habe ich nur auf meinen beschissenen verletzten Stolz gehört, wieso bin ich nicht sofort zur Polizei gegangen, ich verdammtes Arschloch! Flores, mein armer Schatz …« In klassischer Verzweiflung vergrub er den Kopf in den Händen.

»Giuliano, erlauben Sie, dass ich Sie so nenne?« Mattes Nicken.

»Es ist nur eine Vermutung, aber ... Angesichts dessen, was danach passiert ist, wenn auch nicht unmittelbar nach Flores' Verschwinden, die Morde an all den Frauen, die mit Ihrem Verein zu tun hatten, das hätte Sie doch misstrauisch machen können, meinen Sie nicht? Dann hätten wir uns sehr viel schneller auf ›Mani amiche‹ konzentrieren können. Vielleicht wären wir dann schon sehr viel weiter, verstehen Sie?«

»Ich war blind vor Eifersucht, vor Wut. Ich habe gedacht, sie hätte mich verarscht, sie hätte einen anderen und wäre mit dem abgehauen. Im Grunde bin ich genau wie Chicco Manara.«

»Wie meinen Sie das?«

»Er war eifersüchtig auf Flores, auch wenn er kein Recht dazu hatte, deshalb haben wir bis zuletzt gezögert, ihm von uns zu erzählen. Um ihm nicht wehzutun, ihn nicht vor den Kopf zu stoßen. Er ist ein netter Kerl, wenn auch ein bisschen eigen. Als sie verschwunden ist, hat er kein gutes Haar an ihr gelassen, er meinte, Frauen seien unzuverlässig, alles Nutten, und er hätte sie ein paar Mal mit andern Männern gesehen. Er hat sich bei mir ausgekotzt. Ich war auch rasend eifersüchtig ... wir haben uns fast gegenseitig getröstet.«

»Wer hat auf die Daten Ihres Rechners Zugriff?«

»Nur ich, mit meinem Passwort.«

»Und wie erklären Sie sich dann das Verschwinden von Flores' Daten?«

»Ich kann es mir beim besten Willen nicht erklären.«

»Sie wissen doch sicher, wo sie gewohnt hat.«

»Ja, Via dietro il Coro della Maddalena. Ich war dort, aber der Vermieter hat mir gesagt, er hätte einen Brief von Flores vorgefunden. Darin stand, sie sei fort und sie lasse ihm die Miete für den letzten Monat da. Ihre Sachen waren alle weg. Das klang doch alles logisch, oder?«

»Stimmt, aber Flores selbst ist nicht mehr gesehen worden seit ...«

»Seit dem 20. April. Ich kann mich noch genau daran erinnern, sie saß da, wo Sie jetzt sitzen.«

»Und der Brief an den Vermieter, haben Sie den?«

»Nein, den habe ich vor seinen Augen zerrissen, er war stinkwütend. Er war auf dem Computer geschrieben, auch die Unterschrift.«

»Also gibt es nur diese Postkarten, darf ich die haben? Haben Sie etwas Handschriftliches von Flores? So dass wir sicherstellen können, dass die Karten von ihr stammen?«

»Das ist ihre Handschrift, ganz sicher ... oder es sieht aus wie ihre. Ich Blödmann, ich Blödmann! Hier«, er zog eine Akte heraus und entnahm ein Blatt Papier mit handschriftlichen Notizen am Rand. »Das hat Flores vor meinen Augen geschrieben.«

»Hören Sie, ich werde diese Postkarten und dieses Blatt Papier von einem Graphologen, der für uns und das Gericht arbeitet, untersuchen lassen und sage Ihnen dann Bescheid. Bis dahin reden Sie mit niemandem – mit niemandem, haben Sie verstanden? Auch nicht mit Manara und Don Silvano. Sie verhalten sich wie immer und halten die Augen offen, und sollte Ihnen irgendetwas auffallen, sagen Sie es mir. Egal, was.«

Giuliano Zanni nickte wie in Trance, den leeren Blick ins Nichts gerichtet. Nelly überließ ihn seinen Gewissensbissen und Erinnerungen und überlegte im Weggehen, dass sich die Überraschungen seit ihrer Ankunft im Verein und im Club regelrecht überstürzten. Der Anwalt Manara, verliebt wie ein Pennäler! Was konnte eine späte Vernarrtheit in ein junges, schönes Mädchen – Flores war einundzwanzig, hatte Giuliano gesagt –, das so extrovertiert und sexy war wie die Südamerikanerin, bei einem derartig verschlossenen, vermutlich schüchternen und verklemmten Mann, der mit alten Leuten zusammenlebte, hervorrufen? Was konnte die Enttäuschung in ihm auslösen? Hatte er von Giuliano gewusst? Oder hatte ihn das freiwillige oder unfreiwillige Verschwinden der Mulattin tatsächlich genauso überrascht? Wie eine

Schlafwandlerin ging Nelly durch die Gassen. Selbst die Hitze – noch immer vierunddreißig Grad, obwohl es fast acht Uhr abends war – schien ihr nichts mehr auszumachen. Der Asphalt glühte wie ein Ofen, die Mauern strahlten die tagsüber gespeicherte Hitze ab. Die letzten Rollläden wurden herabgezogen, die Altstadt stank unbeschreiblich. Die Passanten glichen Zombies, die zu erschöpft waren, um nach Opfern zu suchen.

Als Nelly unversehens aufblickte, stand plötzlich mitten vor ihr auf der Gasse Madame Claire und sah ihr grimmig entgegen. Für einen Moment dachte sie, sie wäre eine Erscheinung, wie die von Roger/Robert in der Nacht in Sant'Apollinare. Dann wurde ihr klar, dass es wirklich Claire war, in Fleisch und Blut und dazu noch wütend. Sie hatte die Hände in die Hüften gestemmt und den Kopf stolz erhoben.

»Commissario, du bist verschwunden. Ich muss mit dir reden.«

»Ich auch mit dir, Claire. Aber ich hab nicht tatenlos rumgesessen und Däumchen gedreht. Außerdem ist es nicht so lange her, dass wir uns gesehen haben.«

Claire schnitt ihr mit einer unwirschen Geste das Wort ab und ging neben ihr her.

»Sie haben gelogen, Malina und dieser Gianluca, der sich umgebracht hat. Sie, Paulette und er, haben sich nicht am Strand kennengelernt. Sie sind ein paar Mal zusammen dort gewesen, aber kennengelernt haben sie sich dort nicht. Sue hat es mir leider erst jetzt gestanden. Aber vielleicht kann es noch nützlich sein. Wie auch immer, das erste Mal haben sie sich in einem Verein gesehen, wo die Mädchen hingegangen sind, um sich beraten zu lassen und rechtlichen Beistand zu bekommen. ›Mani amiche‹, er wird von einem katholischen Priester geleitet, Don Silvano. Malina wollte die nicht mit hineinziehen, aus Angst, sie würden ihr dann nicht mehr helfen, ihre Kinder hierherzuholen, hat Sue gesagt.«

»Inzwischen bin ich auch darauf gekommen, aber es wäre tatsächlich hilfreich gewesen, es vorher zu wissen. Sämtliche Opfer waren bei den ›Mani amiche‹, vielleicht sogar noch ein früheres, das nie gefunden wurde, womöglich die Erste der Serie. Du bist nie bei diesem Verein gewesen, Claire?«

»Als ich nach Italien kam, vor Jahren. Sie haben mir geholfen, meine Aufenthaltsgenehmigung zu bekommen. Aber ich und Don Silvano ... wir haben unterschiedliche Ansichten über das Leben. Also beschränke ich mich darauf, ihm die Mädchen oder Männer zu schicken, die juristische Probleme haben, aber ich halte mich von seinem Verein fern.«

Nelly konnte sich lebhaft vorstellen, dass die Ansichten des Geistlichen und der senegalesischen Madame weit auseinanderliefen, und ging nicht weiter darauf ein. Als würde sie mit sich selbst reden, fuhr Claire fort:

»Ich habe für Religion nicht viel übrig. Für keine Religion. Ich respektiere sie alle, bleibe aber lieber auf Abstand. Ich bin mit dem Katholizismus groß geworden, eine Minderheit im Senegal, doch in meinem Dorf wurde der uralte animistische Glaube praktiziert. Ich stand in einem inneren Konflikt, und am Ende habe ich mir meine eigene Religion geschaffen. Eine freie Religion. Das Wichtigste für mich ist die Freiheit. Für alle schwer, für eine Frau fast unmöglich. Für eine schwarze, afrikanische, mittellose Frau allemal.«

»Das kann ich mir vorstellen.«

»Ich weiß nicht, ob du dir das wirklich vorstellen kannst, Commissario. Jedenfalls will ich keine Männer neben und erst recht nicht über mir haben. Niemand schreibt Claire vor, was sie zu tun und zu lassen hat. Das habe ich mir vor langer Zeit geschworen. Meine Mädchen können machen, was sie wollen, sie können frei über sich und ihren Körper verfügen. Sie benutzen ihn zwar, um Geld zu verdienen, denn etwas anderes haben sie nicht, aber ich lege ihren Verdienst beiseite, nachdem ich mir meinen Anteil genommen habe, versteht sich. Wenn wir erst genug zusammenhaben, gründen wir eine Kooperative und importieren Objekte,

Kleider und Stoffe aus dem Senegal und aus anderen afrikanischen Ländern. Die Mädchen und ihre Kinder können zur Schule gehen und etwas werden. Wir können unser Leben bestreiten. Paulette wollte deshalb Wirtschaft studieren. Verfluchter Simba. Verflucht sei er.«

Madame Claires Gesicht hatte sich vollkommen gewandelt. Zum ersten Mal sah Nelly, welches Feuer und welche Leidenschaft in dieser Frau loderten. *Von wegen miese Ausbeuterin, ich kann verstehen, dass sich die Mädchen bei so einer gut aufgehoben fühlen.* Claire seufzte, sie war es nicht gewohnt, dass ihr jemand hinter die Kulissen blickte.

»Man muss an etwas glauben, für etwas kämpfen, findest du nicht, Commissario?«

Wieder eine fundamentale Frage, wie die, die Marco ihr ein paar Tage zuvor gestellt hatte. Nelly war zu durcheinander, um angemessen darauf einzugehen. Sie nickte abwesend, und die beiden Frauen gingen weiter zu Claires Haus.

»So wie es aussieht, haben wir den Lieferwagen gefunden. ›Speranza‹.«

»Es ist nicht dieser Gianluca gewesen, den ihr ganz zu Anfang festgenommen habt. Zumindest hat er sie nicht umgebracht. Vielleicht war er ein Diener, ein Handlanger von Simba.«

»Nein, er war es nicht, auch wenn viele Anzeichen darauf hindeuten, es war nicht Gianluca, oder zumindest nicht allein; Simba ist noch immer auf freiem Fuß.«

»Er ist zerfressen von Hass, Schmerz und Verzweiflung. Eine menschliche Bombe.«

»Hattest du ›Kontakt‹ zu ihm?«

»Ich bin entsetzt über die Schwingungen, die mich erreichen, aber nichts ist klar. Manchmal sehe ich ein Haus auf dem Land, ein weißes Haus, umgeben von bösen Schatten. Das reine Übel. Sei vorsichtig, Commissario. Er ist ganz nah, ganz nah an dir dran. Immer näher. Nimm das hier.«

Sie legte ihr eine dünne Lederschnur mit einem Ledersäckchen um den Hals. Nelly betrachtete es verblüfft.

»Was ist das?«

»Das ist nicht wichtig, wichtig ist nur, was es tut. Es wird dich vor dem Bösen schützen.«

Sie schloss die Augen, murmelte einige unverständliche Formeln und strich mit den Händen über das Säckchen.

Ach, du Jammer, Magie und Aberglaube vom Feinsten. Ich glaube nicht an diesen Kram, habe nie an so was geglaubt, aber auf keinen Fall will ich die Gefühle dieser Frau verletzen. Nelly nahm ihre Hand und sagte sanft: »Danke, Claire.«

Als Nelly sich abends, frisch aus der Dusche, die Haare trocken rubbelte, rief Gerolamo an. Im Boot keinerlei Spur, es schien in der letzten Zeit gar nicht benutzt worden zu sein. Der Ducato war bei der Spurensicherung und würde am nächsten Tag haarklein unter die Lupe genommen werden. »Gut«, war Nellys Kommentar. Sie verabschiedete sich, vergewisserte sich, dass Mau und Monica sich den ganzen Tag nicht hatten blicken lassen und auch keine Nachricht hinterlassen hatten, und setzte sich auf die Terrasse, um endlich in Ruhe Palmieris Akte weiterzulesen. Also, wo war sie stehengeblieben … ah, ja, beim Selbstmord der Mutter.

Nach dem Tod der Eltern hatte der gerade volljährige Alessandro ein beträchtliches Vermögen geerbt, war Vormund der Schwester Giacinta geworden, hatte das Haus verlassen und war ins Ausland gegangen, um sein Studium fortzusetzen. Schwester? Palmieri hatte also eine Schwester. Wann geboren? Nelly suchte und wurde fündig: Wenige Tage vor dem Selbstmord der Mutter! Sie stieß einen leisen Pfiff aus. Was für eine furchtbare Geschichte.

Die Mutter war also schwanger, als der Vater ums Leben kam, sie hatte das Mädchen geboren, dann hatten sie die Leiche gefunden, und sie – vielleicht hatte sich in dieser Situation noch eine postnatale Depression hinzugesellt – hatte sich umgebracht. Palmieri hatte von manisch depressiven Krisen gesprochen, hm. Jedenfalls hatte der junge Alessandro den Mut gehabt, mit einem Neugeborenen fortzugehen und es aufzuziehen. Was war denn da so merkwürdig dran? Der Mann war ständig in Bewegung gewesen, von Stadt zu Stadt, von Land zu Land. Zuerst blutjung während des Studiums, und dann hatte seine Karriere ihn in der Welt herumkommen lassen.

Anfangs wird er sich ein Kindermädchen genommen haben, dann hat er die kleine Schwester vielleicht in ein Internat gesteckt oder sie einer Privatlehrerin anvertraut. An den nötigen Mittel hat es schließlich nicht gemangelt. Nelly versuchte sich vorzustellen, wie sich ein Junge in Maus Alter gefühlt haben muss, von einem auf den anderen Tag alleingelassen, mit einem Neugeborenen auf dem Arm. Autsch! Das erinnerte sie daran, dass Mau womöglich auch bald ein Neugeborenes schuckeln müsste, und sie verdrehte die Augen.

Doch Hut ab vor Alessandro, der sich nicht hatte entmutigen lassen und seinen Bruderpflichten nachgekommen war. Das ließ ihn in ihrer Gunst ein kleines bisschen steigen. Wer weiß, wo diese Giacinta Palmieri jetzt war, sie musste ungefähr ... Nelly rechnete kurz, sechsundzwanzig sein. Auch darüber hatte sich Valeria schlau gemacht, und beim Lesen der folgenden Zeilen hielt Nelly die Luft an. Denn Giacinta Palmieri war nie sechsundzwanzig geworden. Sie war tot, vor fünf Jahren in Amerika ermordet. Keine weiteren Einzelheiten.

Damals lebte sie in Philadelphia und studierte Musik am dortigen Konservatorium. Welches Instrument, stand nicht da. Sie war als Kind mit dem Bruder in die Staaten gegangen und dort geblieben, bis sie das Gymnasium beendet hatte. Dort hatte auch Alessandros fulminante Kriminologenkarriere begonnen, doch nach dem tragischen Ende der Schwester – *schon wieder ein tragisches Ende, wie das der Eltern. Nicht zu fassen, Alessandro ist echt vom Unglück verfolgt!* – hatte er den Lehrstuhl in Mailand angenommen. Dazu hielt er Vorlesungen an der Uni Bern, wo man einen Master in Kriminologie machen konnte. Er wohnte in Lugano und kehrte nur noch geschäftlich nach Amerika zurück.

Ihre Zweifel an dem Mann, für dessen Mitarbeit in Genua sie sich so nachdrücklich eingesetzt hatte, wurden schier erdrückend. Auch das Stimmchen fing wieder wie besessen an zu flüstern. *Und wenn er Simba wäre? Wenn er Simba wäre? Wie ist die Schwester ums Leben gekommen? Ihr wird doch wohl nicht zufällig der Kopf gefehlt haben? – Ich muss Valeria sagen, dass sie da nachhaken soll, o Himmel.* Verärgert über ihre letztlich irrationale Reaktion, versuchte Nelly wieder auf den Teppich zu kommen. Welchen Grund gab es dafür, diesem Mann zu misstrauen, ihn gar zu verdächtigen? Zur Zeit der Morde war er im Ausland gewesen (*war* er im Ausland gewesen? Valeria sollte auch das, wenn möglich, überprüfen), hatte keinerlei Verbindung zu »Mani amiche«, wo sich die Opfer getroffen hatten, hatte seine Mutter offenbar geliebt und ein Mädchen großgezogen, das in Amerika ein tragisches Ende gefunden hatte. Er hatte eine große (unglückliche, unselige?) Liebe, das hatte er ihr selbst während des berühmten Abendessens in Sant'Apollinare gestanden. Er war nie verheiratet gewesen, schien Frauen gegenüber jedoch nicht verklemmt oder schüchtern zu sein und wirkte auch nicht sonderlich aggressiv. *Basta, hör auf damit, Nelly. Du übertreibst.*

Sie las die detaillierten Angaben zu Palmieris Karriere zu Ende, die Valeria peinlich genau zusammengetragen hatte, dann legte sie den Kopf zurück und ließ mit geschlossenen Augen die Informationen der letzten beiden Tage Revue passieren. Bislang gab es bei »Mani amiche« drei mögliche Verdächtige, Don Silvano, den Anwalt Manara und den jungen Zanni. Nelly schloss grundsätzlich nichts und niemanden von vornherein aus. Don Silvano war ein auf seinem Gebiet erfolgreicher Mann, okay, ein Geistlicher, doch er hatte ihr die äußerst seltsame Koinzidenz vorenthalten, dass sämtliche Opfer mit seinem Verein und mit ihm zu tun gehabt hatten. War das wirklich nur Angst vor schlechter Publicity? Heiliger hin oder her, er war trotzdem nur ein Mensch, hätte Gerolamo gesagt.

Dann Manara, diese hagere, blinde und kirchenfromme Ratte, nichts als Heim, Büro und Wohltätigkeit. Der sich in eine Frau verguckt hatte, die nichts für ihn war … Und dann Giuliano Zanni, jung, verliebt, eifersüchtig. Und wenn Flores nicht mit Manara, sondern mit ihm Schluss machen wollte? Und er durchgedreht ist? Er wirkte erschüttert, am Boden zerstört bei der Vorstellung, sie könnte ermordet worden sein, aber Nelly hatte in ihrer Laufbahn bereits einige gute Schauspieler kennengelernt.

Die geschlossenen Lider erwiesen sich als fatal. Allmählich hörte Nelly auf zu denken, ihr Atem wurde ruhiger, und sie schlief zurückgelehnt im Korbsessel ein, derweil die Blätter aus Palmieris Akte von ihrem Schoß auf den Boden rutschten. Der Übergang war so sanft und unmerklich, dass Nelly den Eindruck hatte, wieder aufzuwachen, sich jedoch gewahr wurde, dass das nicht möglich war, weil sie träumte.

Mist, ich träume schon wieder, schon wieder ein verdammter Traum …

Der Bewusstseinsfunke wich der Neugier, denn die Szene, die sich vor ihr auftat, war äußerst interessant. Im Hintergrund ein weißes Haus mit dunkelgrünen Fensterläden. Vor dem Haus auf einer mit Primeln und Gänseblümchen übersäten Frühlingswiese räkelte sich genüsslich ein sehr dunkelhäutiges, fast schwarzes Mädchen mit langem, glattem Haar und einer hinreißenden Figur. Sie war barbusig und trug eine winzige rote Bikinihose. Offensichtlich genoss sie die bereits warme Sonne. Sie lachte, zwischen den rosigen Lippen blitzten strahlend weiße Zähne, und Nelly erkannte sofort die Flores von dem Foto wieder, ihr einladendes, aufreizendes, womöglich völlig argloses und spontanes Lächeln, das gar nicht verführen wollte. Das soll einer den Männern erklären. Sie redete und gestikulierte, und ihre sehr langen, lackierten

Fingernägel leuchteten in dem gleichen Rot wie die Bikinihose. Sie griff sich oft an die dicke goldene Kette, die sie um den Hals trug, mit einem Medaillon daran, das Nelly anfangs nicht richtig erkennen konnte, es sah aus wie ein Heiligen- oder Madonnenanhänger, ja es war … die Madonna von Fatima. Dann wurde die Sonne von einem Schatten verdunkelt.

Eine Gestalt hatte sich zwischen die Sonne und das Mädchen geschoben. Nelly wurde kalt, eine Klinge sauste durch die Luft und trennte Flores' Kopf sauber ab. Sie sah das Blut spritzen, konnte den Täter jedoch nicht erkennen. Der Kopf kullerte über das Gras neben den leblosen, schönen Körper des Mädchens, veränderte wie im schlimmsten Horrorfilm seine Miene, machte ein trauriges Gesicht, hüpfte immer weiter hin und her wie der abgetrennte Schwanz einer Eidechse und fing schließlich an zu reden. Er schrie. Schrie einen Namen. Zitternd und schweißgebadet fuhr Nelly aus dem Schlaf und blickte verstört um sich.

O Gott, wie real das alles gewesen war, und sofort nahm sie die Ereignisse des Traums als gegeben hin. *Flores ist tot, und es war Simba. Er hat sie auf der Wiese des Hauses ermordet, das Claire in der Trance vor sich gesehen hat. Scheiße! Sie war das erste Opfer. Frühling … vor zwei, vielleicht drei Monaten. Danach ein langes* cooling off, *würde Palmieri sagen, und dann der Wiederholungszwang des Mörders, der Drang, dieses Gefühl noch einmal zu erleben. Doch wo ist er, wem gehört dieses Haus? Es könnte überall sein, in den Hügeln landeinwärts oder an der Küste. Und wer ist der Mörder? Leider habe ich sein Gesicht nicht gesehen. Das Gesicht sehen? In einem Traum? Ein toller Beweis, sehr witzig, Nelly. Ich geh zu Laurenti und sage: Es war der und der, Dottor Laurenti. – Ach, wie wunderbar, Dottoressa Rosso! Beweise? – Aber klar, hieb- und stichfeste, Dottor Laurenti, ich hab's geträumt.*

In ihrem Albtraum hätte sie genauso gut Carlo als Mörder vor sich sehen können, hätte das etwa bewiesen, dass er es war? Absurd. Wie immer verwurstete ihr Unterbewusstsein Informationssplitter, würfelte sie durcheinander, und dabei kam nur Blödsinn heraus. Doch die Kette und der Bikini, wenn man das eine oder das andere finden würde, das wäre ein konkretes Indiz … nicht für Tano oder Laurenti und noch weniger für das Schwurgericht, aber für sie. Verschwitzt, durcheinander, die Bilder des Albtraums noch immer vor Augen, tappte Nelly mit schmerzendem Kopf, enger Brust und leerem Magen ins Schlafzimmer, warf sich aufs Bett und sank in ein erholsames Dunkel.

XIV

Mau war in seinem Zimmer und schlief, die verdiente Ruhe nach dem Prüfungsstress. Nelly machte sich einen Kaffee, schmierte sich ein paar Zwiebackscheiben mit Butter und Marmelade, gab den Katzen zu fressen – oje, Silvestro war nicht da, wer weiß, wo er sich die Nacht herumgetrieben hatte –, zog sacht die Wohnungstür zu, um Mau nicht aufzuwecken, schlich wie ein Dieb und ohne einen Blick hinein an Beppes Weinlokal vorbei und kam verschwitzt und leicht außer Atem im Präsidium an. Nicola war nicht da. *Vielleicht ist er schon nach Hause gefahren, hoffentlich.* Sie hatte ihr Büro kaum betreten, als Marco mit einem ungewohnten Gesichtsausdruck in der Tür stand. In den letzten Tagen war sie auf den Vizekommissar nicht besonders gut zu sprechen. Trotzdem bat sie ihn herein und wartete ab, was er zu sagen hatte.

»Du bist sauer auf mich, Nelly, du hast mir den Kopf gewaschen, und du hattest recht. Ich habe mich dir gegenüber unmöglich verhalten. Ich weiß nicht, was mich geritten hat, ich stehe in letzter Zeit ganz schön neben mir. Vielleicht sollte ich Palmieri bitten, mich in Therapie zu nehmen.«

»Mal abgesehen davon, das Palmieris Honorar ziemlich gepfeffert sein dürfte, bin ich mit dir voll und ganz einer Meinung. Aber ich bin nicht mehr sauer auf dich, Marco. Zumindest nicht mehr so wie gestern.«

»Zu meiner Entschuldigung kann ich nur sagen, dass die Geschichte mit Luciana mich fertigmacht. Aber ich glaube nicht, dass du Lust hast, dich von mir vollheulen zu lassen, und außerdem will ich mich damit nicht herausreden.«

»Wieso, was ist denn noch passiert?«

Marco Auteri starrte auf einen Punkt an der Wand, als wäre dort etwas Lebenswichtiges zu sehen, seufzte und presste hervor:

»Es ist aus. Es gibt kein Zurück mehr. Sie hat einen anderen und heiratet im September. Ende der Geschichte.«

Man sah, dass er litt wie ein Hund. Nelly wusste nicht, was sie sagen sollte. »Das tut mir leid« ging gar nicht, obwohl es ihr tatsächlich sehr leid tat für ihren Kollegen. Stattdessen sagte sie: »Lass den Kopf nicht hängen. Das passiert nun mal, Beziehungen zerbrechen. Ich hatte geglaubt, ihr rauft euch noch mal zusammen, aber offenbar war der Riss zu tief.«

Er machte den Mund auf, als wollte er etwas sagen, klappte ihn wieder zu und nickte nur. Die frische Wunde brannte, und um ihn aus seinem Selbstmitleid zu reißen, lenkte Nelly das Gespräch auf die Arbeit. Sie berichtete ihm, was der vorige Tag an Neuigkeiten gebracht hatte, natürlich ohne Claire und den Albtraum zu erwähnen. Die Annahme, es könnte ein erstes Opfer geben, von dem sie nichts geahnt hatten, ließ Marcos Spürsinn wieder wach werden.

»Und die Ärsche von ›Mani amiche‹ haben das Verschwinden dieser Flores nicht gemeldet? Da steckt doch was dahinter, die muss man sich noch mal richtig zur Brust nehmen. Soll ich mich darum kümmern?«

»Ja, ich möchte, dass du dich mit Avvocato Manara verabredest und ein bisschen mit ihm plauderst, bei ihm zu Hause.«

»Wieso bei ihm zu Hause?«

»Ich will, dass wir ein genaues Bild davon haben, wie er wohnt. Mir ist wichtig, dass du dir das persönlich anschaust und mir davon berichtest. Ach, und wir suchen ein Haus auf dem Land, im Hinterland womöglich, mit Rasen davor, frag mich bitte nicht, wer mich darauf gebracht hat. Ein … ungewöhnlicher Informant. Komm schon, sieh mich nicht so an. Also, versuch rauszukriegen, ob Manara, Zanni oder vielleicht Don Silvano oder sonst irgendjemand, der regelmäßig bei ›Mani amiche‹ arbeitet, so ein Haus besitzt, und wo. Und red mit der Spurensicherung wegen des Lieferwagens vom ›Speranza‹. Wir sprechen uns, wenn du alles zusammenhast.«

»Wird gemacht, Chef.«

»Gut. Ich bin gespannt.«

Kaum war Marco weg, fragte Nelly nach Gerolamo, der noch nicht aufgetaucht war und hatte ausrichten lassen, er verfolge eine Spur, die mit den Lieferwagen zu tun habe. Sie bedankte sich bei Valeria für die Recherche, lobte sie und merkte sofort, dass etwas nicht stimmte. Valeria blickte zu Boden und wich ihr aus. *Verflixt noch mal, was ist denn noch?* In letzter Zeit war die Stimmung im Büro immer unerträglicher geworden, es herrschte eine gereizte, aufgeladene Atmosphäre. *Ist es der glühende Sommer? Oder die Geschichte mit dem Serienkiller? Oder sind es alte Probleme, die hochkochen?*

»Stimmt was nicht, Valeria?«

Nelly versuchte, möglichst neutral und freundlich zu klingen. Sie schätzte Valeria, sie mochte sie, aber diesem merkwürdigen Verhalten musste sie auf den Grund gehen.

»Dottoressa Rosso, ich weiß nicht, ob ich mit Ihnen darüber sprechen soll. Ob das eine gute Idee ist.«

Ach, du Scheiße, ich wusste es. Na los, spuck's schon aus.

»Wo wir schon dabei sind, kannst du auch gleich damit rausrücken, oder? Worum geht's? Persönliche Probleme (*wetten, die auch noch?*), Arbeit? Du kannst mir alles sagen, das weißt du doch.«

Valeria seufzte, blickte sie zögernd an und gab sich einen Ruck.

»Es geht nicht um mich, Dottoressa … sondern um Sie. Es gibt Gerüchte …«, sagte sie hastig.

»Gerüchte? Klär mich auf, Valeria, was für welche?«

»Über Sie und Dottor Esposito«, haspelte die Arme hervor und blickte wieder zu Boden.

»Aha. Und wer bringt die in Umlauf, diese Gerüchte?«

»Dottor Lojacono erzählt herum«, atemlose Pause, »dass er Sie eng umschlungen mit Dottor Esposito in dessen Büro erwischt habe.«

Als sie sah, wie Nelly die Backen aufblies, brachte sich Valeria wohlweislich in Sicherheit:

»Ich glaub das ja nicht, Dottoressa, ich kenne Sie ja, aber Dottor Lojacono ist eine solche Schlange, und Dottoressa Sacco tritt das begeistert breit, demnächst heißt es noch, Sie hätten vögelnd auf dem Schreibtisch gelegen ... da ist es doch besser, wenn Sie und Dottor Esposito Bescheid wissen, nicht wahr?«

»Absolut. Danke, Valeria, dass du mich ins Bild gesetzt hast. Lojacono ist ein mieses Arschloch, und die Sacco ... wahrscheinlich würde die selbst gern auf Espositos Schreibtisch liegen, oder sie versucht, einen Vorgesetzten zu verunglimpfen, damit sie freie Bahn hat. Keine Sorge, meine Liebe«, schob sie nach, als sie sah, wie sich die Sekretärin auf ihrem Stuhl wand, »ich kümmere mich drum. Aber geben die Kollegen denn was drauf?«

»Ich gebe gar nichts auf diesen Mist, und selbst wenn, Dottoressa, Sie sind beide erwachsen, geimpft und ledig, aber trotzdem sind diese Unterstellungen à la Clinton im Oval Office, wie soll ich sagen ... es ist halt nicht schön, wenn so was die Runde macht.«

»Mach dir keinen Kopf, und danke noch mal.«

Nelly begab sich schnurstracks zu einem zerknitterten, hemdsärmeligen Tano – es herrschten an diesem Morgen schon wieder dreißig Grad im Schatten, das Durchhaltevermögen der Genueser und Nicht-Genueser wurde auf eine harte Probe gestellt – und schloss sorgfältig die Tür hinter sich. Sie setzte sich und versuchte, ihm so ruhig wie möglich von dem dominikanischen Mädchen von »Mani amiche« zu erzählen, das plötzlich verschwunden war, wie sie tags zuvor erfahren hatte. Dann schlug sie die Beine übereinander, blickte ihn ernst und mit von Mattigkeit und Anspannung gezeichnetem Gesicht an, spürte den Druck, der sich bleiern auf sie herabsenkte, und ärgerte sich insgeheim, dass sie ihr

Fläschchen Effortil nicht eingesteckt hatte. Tano bemerkte, dass Nelly trotz ihrer Bemühungen, distanziert und sachlich zu bleiben, kurz davor stand, zusammenzuklappen. Rote Flecken bedeckten ihren Hals, und sie blinzelte unentwegt, um die Lichtpünktchen zu verjagen, die vor ihren Augen tanzten.

»Was ist los, Nelly, geht's dir gut? Du machst ein Gesicht … Hast du heute Morgen genug Flüssigkeit zu dir genommen, soll ich dir einen Kaffee kommen lassen? Der bringt deinen Kreislauf wieder auf Touren.«

»Ich brauche alles andere als einen Kaffee, Tano. Ich muss dir etwas Unerfreuliches erzählen. Etwas Privates, was dich und mich betrifft. Man sollte es zwar nicht überbewerten, aber wir müssen uns überlegen, wie wir uns dazu verhalten wollen.«

Als Nelly ausgeredet hatte und gegangen war, ließ Tano Lojacono in sein Büro rufen, und nur die beiden Männer wissen, was gesagt wurde, doch als der Kommissar das Büro seines Vorgesetzten verließ, war er kreidebleich. Kurz darauf war Amanda Sacco an der Reihe, die beim Herauskommen Mühe hatte, die Tränen zurückzuhalten. Fürs Erste war die Sache damit erledigt.

Als Nelly den Raum betrat, in dem Valeria am Computer saß, klammerte sie sich an die Klinke, ihr wurde schwarz vor Augen, und sie sackte zu Boden, glücklicherweise in Zeitlupe, so konnte die Sekretärin sie noch auffangen und verhindern, dass sie böse mit dem Kopf aufschlug. Sie rief Hilfe, Nelly musste sich mit einem Kissen unter den Knien auf dem Fußboden ausstrecken, hatte sich jedoch sofort wieder gefangen und wehrte sich vehement dagegen, dass ein Krankenwagen gerufen wurde. Also, bitte! Die äußerst besorgte Valeria flößte ihr einen dreifachen Espresso mit viel Zucker und ein Gebräu aus Magnesium und wer weiß noch was ein, um »die Mineralsalze wieder aufzufüllen«.

Als Tano rund eine Stunde später davon erfuhr und besorgt in ihr Büro kam, war Nelly bereits wieder wohlauf, grinste ihn breit an und sagte mit einem Augenzwinkern in Valerias Richtung:

»Jetzt wird es auch noch heißen, ich sei schwanger!« Das schallende Gelächter der drei ließ die Schreibtischsklaven auf der gesamten Etage hochschrecken und sich wundern, wie jemand bei 90 Prozent Luftfeuchtigkeit, wie es panikmacherisch im Fernsehen geheißen hatte, noch die Kraft zu lachen aufbrachte.

Freitag, früher Nachmittag. Nelly saß in ihrem Büro und wählte schon seit mehreren Minuten erfolglos eine Nummer auf ihrem Handy. Dass niemand antwortete erfüllte sie mit einer diffusen Unruhe. Sie fluchte leise. Valeria stand in der Tür und sah sie fragend an.

»Ich verstehe das nicht, Valeria. Gemma Pieretti, diese Journalistin vom ›Secolo‹, hatte gesagt, sie wolle mich unter vier Augen sprechen, aber dann hat sie sich nicht mehr gemeldet, und jetzt erreiche ich sie nicht. Ihr Handy scheint abgeschaltet zu sein. Hat die vielleicht hier im Büro angerufen?«

Als Valeria verneinte, schüttelte Nelly ratlos den Kopf. Obwohl sie sich nach dem morgendlichen Schwächeanfall noch immer leicht benommen fühlte und einen Kopf wie aus Watte hatte, war Nelly nicht einmal der Gedanke gekommen, nach Hause zu gehen und sich auszuruhen. Die Stunden und Minuten bis Montag – es war bereits Freitag –, bis Neumond und bis zu einem neuen grausamen Verbrechen verstrichen unaufhaltsam, es war keine Zeit zu verlieren. Unterdessen hatte die Suche nach namenlosen, nicht identifizierten Frauenleichen begonnen, die in den vergangenen drei Monaten gefunden worden waren, man hatte sich über Interpol auch an die Schweizer Polizei gewandt, um herauszufinden, ob eine gewisse Flores Echevarría in das Land eingereist war und ob es von ihr irgendeine Spur gab.

Also, Gemma Pieretti hat sich nicht gemeldet und ist nirgends zu finden. Seltsam, es schien so dringend zu sein … Sie rief in der Redaktion an, nichts, niemand hatte sie gesehen. Ach, ja, sie hatte wissen lassen, sie werde heute später kommen, weil sie etwas recherchieren müsse, und für den Nachmittag habe sie ein paar Interviews geplant.

Zur selben Zeit, es war drei Uhr, klingelte Gemma Pieretti, mit Aufnahmegerät und winziger Kamera bewaffnet, am Gartentor der Villa Camelia. Sie war schrecklich aufgeregt. Erfolg war für sie noch berauschender als Sex, und das hier war wirklich ein absoluter Volltreffer. Palmieri hatte sich bei ihrer Interviewanfrage nicht geziert, im Gegenteil, er was sehr höflich und interessiert gewesen. Allerdings hatte er sie gebeten, keinen Fotografen mitzubringen und mit niemandem darüber zu sprechen, denn das, was er ihr zu sagen hätte, würde der Polizei womöglich nicht schmecken. Er musste sie nicht lange bitten: Gemma verfolgte eine konkrete Spur und hatte nicht vor, den Knochen mit jemandem zu teilen. Was sie dem Kriminologen sagen wollte und die Fragen, die sie ihm stellen würde, waren dermaßen saftige Bissen, dass jeder andere davon ausgeschlossen bleiben musste, um den Überraschungseffekt nicht zu schmälern. *Zum Teufel mit Dottoressa Rosso, dann liest sie meinen Artikel eben in der Zeitung!* Die Journalistin war auch ein bisschen nervös, zwang sich jedoch, ruhig und tief zu atmen, während sie sich den blau-grün geblümten Rock glattstrich, den sie wohlüberlegt mit einem orangefarbenen Top kombiniert hatte. Zwar war ihr Kleidung relativ schnuppe, aber diese Gelegenheit erforderte nun mal ein Minimum an Schick. Sie sah hoch, und das Tor sprang von alleine auf. Gemma betrat den menschenleeren Garten, nur das hohe Zirpen der Grillen durchbrach die Siestastille.

In dem Moment, in dem Gemma die Villa Camelia betrat, stieg Marco die Marmortreppe zur Wohnung der Familie Manara hinauf. Er war mit dem Anwalt verabredet. Er klingelte und horchte. Von drinnen war Rascheln und Flüstern zu hören, dann machte eine beleibte, ältliche Hausangestellte die Tür auf und bat ihn herein. Die Wohnung war ziemlich dunkel, man konnte eine geräumige Genueser Wohndiele erkennen, einen blankgebohnerten Terrazzoboden mit Blumendekor, schwere Samtvorhänge, hinter denen sich die Türen verbargen, die in die anderen Zimmer oder zu einem Flur führten. Der Eingang war mit einer riesigen vergoldeten Spiegelkonsole (aus dem achtzehnten Jahrhundert? Echt?) und einem amarantrot bezogenen Samtsofa möbliert. Die Frau, die mühsam vor ihm her watschelte, führte Marco in ein rechter Hand gelegenes Arbeitszimmer. Ein großer Raum, eingerichtet wie eine Anwaltskanzlei aus früheren Zeiten, mit zwei wuchtigen, gelblich verglasten Gründerzeitregalen, dunklen ledernen Polsterstühlen mit hohen Lehnen und einem dazu passenden Schreibtisch mit Löwenfüßen. Die Atmosphäre war düster, beklemmend. Die Fenstertür hinter den gestärkten, bodenlangen Stickgardinen war leicht angelehnt, links und rechts davon hingen schwere, verschossene Brokatvorhänge. Ein Geruch nach alten Büchern, verwelkten Blumen, nach … Friedhof hing in der Luft, schoss es Marco durch den Kopf.

Was für ein Blödsinn! Ich bin regelrecht besessen von der Arbeit, von den Morden, von dem Grauen, in dem wir Tag für Tag herumwühlen. Verärgert über die finstere Assoziation, versuchte er sich durch die Stiche an der Wand abzulenken. Vor der an manchen Stellen brüchigen Seidentapete hing eine beachtliche Sammlung von Genueser Stadtansichten, sehr wertvollen, so urteilte Marco, der genug von der Materie verstand, um zu erkennen, dass die Stiche authentisch waren und ein kleines Vermögen wert sein mussten. Er versuchte, nicht an Luciana zu denken.

Am Tag zuvor, als er unangekündigt bei ihr vorbeigegangen war, um mit ihr zu reden und sie umzustimmen, war sie ihm wie eine Fremde erschienen, es sei aus, hatte sie ihn angeschrien, mit einer Stimme, die nicht wiederzuerkennen war. Peinlich berührt dachte er an den sinnlosen Versuch, sie in die Arme zu nehmen, sie gewaltsam an sich zu drücken, an ihre heiseren, hysterischen Schreie, die

Heftigkeit, mit der sie ihn zurückgestoßen, ihm in die Lippe gebissen hatte – unwillkürlich tastete er nach der Verletzung, an seine Flucht aus der Wohnung, die sie jahrelang geteilt hatten. »Du Schwein!«, hatte sie ihm hinterhergebrüllt, und er war irgendwo im Hafen gelandet, hatte sich bei der Hitze tatsächlich wie ein Schwein besoffen und sich dann eine Nutte gesucht. Er hatte eine blutjunge gefunden, er hätte sie nicht einmal wiedererkannt noch gewusst, aus welchem Winkel der Erde sie stammte, er erinnerte sich nur vage, dass sie ihn bis zu ihrer winzigen Parterrewohnung in irgendeiner verkommenen Altstadtgasse geschleift hatte. Er hatte sie mit Gewalt genommen, hatte sich vorgestellt, Luciana zu ficken, ihr wehzutun. Danach – er bemühte sich, die wirren, zusammenhanglosen Bilder in eine Reihenfolge zu bringen – musste er auf dem Bett zusammengebrochen und eingeschlafen sein.

Am Morgen war er in einer finsteren, engen Gasse zwischen Hundescheiße und Müll erwacht, der aus den vollgstopften Containern quoll. Wer weiß, wer ihn dorthin gebracht hatte, das Geld war aus seinem Portemonnaie verschwunden, doch sämtliche Papiere waren noch da. *Die werden gesehen haben, dass ich Bulle bin, und wollten keinen Ärger haben …* Der Gedanke zog ihn noch mehr herunter. Das Apartment, in dem er sich vorübergehend einquartiert hatte, war zum Glück nicht weit, eine Dusche, um den Geruch nach Sperma, fremder Frau und Scheiße runterzuwaschen, zwei große Tassen Kaffee, zwei Aspirin. *Und da ist er, frisch zur Stelle, der unerschrockene Vizekommissar Auteri.* Ein bitteres Lachen stieg in ihm auf. *Dämlack, Idiot, es ist deine Schuld, dass du sie verloren hast, merk dir das. Du bist wirklich lächerlich. O Scheiße, dieses Mädchen … ich hab es blutig geschlagen. Hab ich es nur geschlagen?* Ihn durchschoss das Bild einer Frau, die zu schreien versuchte und der er den Mund zuhielt, während er auf sie eindrosch. *Ich mieser Feigling! Ich hab auf Luciana eingeschlagen, hab mich an diesem armen Mädel abreagiert, ich war außer mir. Und was, wenn ich sie umgebracht hätte? Vielleicht habe ich sie umge-*

bracht! Wie gelähmt stand er da, dann kramte er fieberhaft nach dem Päckchen roter Gauloises und zündete sich mit zitternden Fingern eine an. Abermals wanderte sein Blick über die Wände, über die eingerahmten Zeugnisse verschiedenster Familienmitglieder, die von den Abschlüssen mit Bestnoten an unterschiedlichen Fakultäten zeugten, meist in Rechtswissenschaften, und über die Klassenfotos, auf denen lächelnde und ernste Kindergesichter zu sehen waren.

Als er gerade eines davon betrachtete und sich fragte, wer von den Jungen wohl der Anwalt sei, den er noch nicht kannte, betrat ein alter Herr das Zimmer. Er war hochgewachsen, hager und gebeugt, makellos gekleidet, Krawatte inklusive (bei der Hitze!). Der graue Anzug schlotterte um seinen Körper, er musste aus einer Zeit stammen, in der sein Besitzer mindestens fünfzehn Kilo mehr gewogen hatte. Er musterte Marco vorwurfsvoll, sein schiefes, verstörtes Gesicht, die Zigarette zwischen seinen Fingern, die Asche, die auf den Teppich fiel.

»Ich weiß zwar nicht, wer Sie sind, Signore, aber in diesem Haus wird nicht geraucht. Oder sehen Sie irgendwo einen Aschenbecher?«

Von der leicht gebrochenen, aber energischen und entrüsteten Stimme des Alten zur Ordnung gerufen, suchte Marco hektisch nach etwas, worin er die Zigarette verschwinden lassen konnte, doch vergeblich. Mit gemessener Geste öffnete der Alte die Tür einer der beiden Bücherschränke und nahm einen bronzenen Gegenstand heraus, dessen Funktion zwar nicht ersichtlich war, der jedoch zum Ausdrücken einer Zigarette dienen konnte, und hielt ihn ihm hin. Übertrieben gründlich drückte Marco den Stein des Anstoßes an der Metalloberfläche aus und stellte sich vor.

»Vizekommissar Marco Auteri von der Genueser Polizei, ich habe einen Termin bei Avvocato Federico Manara.«

»Ah, bei Chicco«, sagte der Alte leicht angewidert und stellte sich seinerseits salbungsvoll vor.

»Professor Lucrezio Manara, ich bin der Onkel. Und was will unsere Polizei von diesem Schwachkopf von einem Neffen?«

Marco traute seinen Ohren nicht ob dieser Äußerung, die so wenig zu der würdevollen Erscheinung seines Gegenübers passen wollte, doch ehe er in die Verlegenheit kam, darauf etwas erwidern zu müssen, erschien Federico Manara selbst, gerade noch rechtzeitig, um das wenig schmeichelhafte Urteil seines Onkels zu hören, und errötete leicht. Marco fiel sofort die eklatante Ähnlichkeit zwischen den beiden auf. Federico Manara sah aus wie der Alte, nur vierzig Jahre jünger. Einzig sein ruheloser, ausweichender Blick unterschied sich von dem festen, stechenden des Onkels und verlieh seinem Gesicht etwas Weichliches, Unstetes.

»Guten Tag, Onkel, würde es dir etwas ausmachen …«

»Schön, dann auf Wiedersehen, Dottor Auteri.« Der alte Herr verschwand, wie er gekommen war, und ließ die Tür offen, die Manara hastig zudrückte.

»Vizekommissar Auteri, sehr erfreut.«

»Sehr erfreut, Dottore, seit Ihrem Anruf habe ich mich gefragt, was der Grund Ihres … Hausbesuches sein könnte.«

»Logistik, sonst nichts, ich sagte Ihnen ja bereits, dass ich mehrere Termine hier in der Gegend habe, und da ich mit Ihnen sprechen wollte und Sie so freundlich waren …«

»Na schön. Und, was gibt es?«

Er forderte Marco nicht auf, sich zu setzen, und warf einen vielsagenden Blick auf die Uhr. Offenbar wollte er die Sache schnell erledigt wissen. Marco nahm unbeirrt auf einem der hochlehnigen, ledernen Polsterstühle Platz und setzte sich bequem zurecht. Manara verstand den Wink und ließ sich mit einem ungehaltenen Schnauben auf dem Stuhl hinter seinem Schreibtisch nieder, der wuchtiger als die anderen war und Armlehnen hatte, eine Art kleiner Thron.

»Der Grund meines Besuches ist Flores Echevarría, Avvocato.«

»Ich verstehe nicht.«

Die grauen Äuglein hinter den dicken Brillengläsern waren, soweit überhaupt möglich, noch kleiner geworden. Manara drückte sich gegen die hohe Rückenlehne, blinzelte und wiederholte mit einem Räuspern: »Ich verstehe nicht …«

»Sie kannten sie, oder nicht?«

»Natürlich kannte ich sie, sie hat ungefähr ein Jahr bei uns gearbeitet, ich habe ihr die Arbeits- und Aufenthaltserlaubnis besorgt, denn sie war eine fähige und fleißige Person.«

»Wirklich? Das ist alles?«

»Was soll das heißen, das ist alles? Eine Hilfsempfängerin wie andere auch, die für uns gearbeitet hat, Punkt. Und die uns, wie Sie bestimmt wissen, verlassen hat, um … in die Schweiz zu gehen, glaube ich, aber Giuliano kann Ihnen gewiss mehr dazu sagen. Er hat sich mit ihr getroffen, außerhalb des Büros, meine ich.«

Er klang giftig, und seine Unruhe war nicht zu übersehen.

»Und Sie, Avvocato Manara, haben Sie sie nicht außerhalb des Büros getroffen? Ich habe da etwas ganz anderes gehört.«

Die Augen hinter der Brille hatten sich in zwei Schlitze verwandelt. Unmöglich zu erraten, was er dachte, doch ein Schaudern schien seinen Körper zu durchfahren, ein unmerkliches Beben, für das Marcos wunde, blankliegende Nerven empfänglich waren, da er dieses Beben und seine Ursache kannte: Verlust, Schmerz. Wut. Ruhig wartete er auf die Explosion, doch sie kam nicht.

»Ich weiß nicht, wer Ihnen so etwas erzählt hat. Mein Interesse für Signorina Echevarría war stets ausschließlich beruflicher Natur. Natürlich habe ich mich in der ersten Zeit um sie gekümmert, als sie allein war und keine Freunde hatte, und sie war mir dafür sehr dankbar, doch mehr war da nicht. Wir waren alle wie vor den Kopf geschlagen, als sie so plötzlich gegangen ist.«

»Und wenn sie gar nicht gegangen wäre?«

»Wie, wenn sie gar nicht gegangen wäre?« Er blinzelte verdattert.

»Will sagen, wenn sie gegangen wäre, aber ins Jenseits?«

Manara wirkte ehrlich verblüfft.

»Aber was reden Sie da? Wieso sollte ... Hat die Polizei etwa ...«

»... ihre Leiche gefunden? Nein, Avvocato, aber das kann immer noch geschehen. Und auch, wenn wir sie nicht finden, gibt es konkrete Anlässe zu dieser Vermutung. Wir gehen davon aus, dass sie das erste Opfer des Serienmörders oder der Serienmörder war, die in Genua gerade ihr Unwesen treiben. Und der oder die sich ihre Opfer offenbar unter Ihren – wie Sie es nennen – Hilfsempfängerinnen sucht beziehungsweise suchen.«

Manara sah abermals auf die Uhr, dann sprang er auf. Widerwillig tat Marco es ihm gleich. *Dafür, dass er innerlich eine total verängstigte und panische Ratte ist, hat der sich großartig unter Kontrolle.*

»Interessante Vermutung, aber ohne jede Grundlage, habe ich recht, Dottor Auteri? Ich bin überzeugt, dass Flores in der Schweiz ist und sich bester Gesundheit erfreut. Ich habe seit Monaten nichts von ihr gehört. Entschuldigen Sie mich, ich habe einen wichtigen Termin.«

Als sie zusammen zur Tür gingen, trat die füllige Hausangestellte hinter einem Vorhang hervor und sagte in herrischem Ton: »Chicco, wo du schon losgehst, bring Brot fürs Abendessen mit, das übliche, und vergiss es nicht wieder, es ist nämlich keins mehr da.«

Als er sich vor der Haustür von Marco verabschiedete, fühlte sich Manara zu einer Erklärung bemüßigt: »Angiolina war mein Kindermädchen, wissen Sie, sie hält mich noch immer für einen kleinen Jungen. Auf Wiedersehen, Dottor Auteri.« Im Laufschritt eilte er die Salita Santa Caterina hinauf und verschwand.

XV

Ein glühend heißer Samstag auf der Autobahn Richtung Norden. Nelly fuhr Tanos klimatisierten Dienstwagen. Im Croma konnte man es mit der Hitze aufnehmen. Ihre Entscheidung war so plötzlich gekommen, dass sie selbst ganz überrascht gewesen war, und dennoch hatte etwas sie davon abgehalten, dem neugierigen Polizeivize den Grund und das Ziel ihrer Reise zu nennen. Zu gern hätte er gewusst, was sie vorhatte, doch er kannte Nelly und wusste, dass sie sowieso immer tat, was sie wollte. Er hatte ihr einen besorgten Blick zugeworfen, sie eindringlich gebeten, auf ihren Kreislauf achtzugeben, und sie mit fürsorglichen Ermahnungen überhäuft. *Als wäre er mein Ehemann oder mein Vater. Die Männer kennen wirklich keinen Mittelweg, entweder sind sie gleichgültige Arschlöcher oder sie betutteln einen wie eine alte Tante.* Sie war genervt und gerührt zugleich. Es war ungefähr elf Uhr, und die Autobahn, die sie nach Lugano in die Schweiz bringen sollte, war befahren, aber nicht übermäßig voll. Sie hatte die alte LKW-Straße gewählt, weil sie kürzer war, erreichte anderthalb Stunden später die Mailänder Umgehungsstraße und fädelte sich auf die Autobahn Richtung Como-Chiasso ein.

An der Grenzraststätte hielt sie an, um (wie sie Tano versprochen hatte) etwas zu trinken, und stellte sich in die Schlange der Touristen, die der Hitze in die Schweiz oder nach Nordeuropa zu entfliehen versuchten. In zwei Stunden – ihre persönliche Rekordzeit – hatte sie Lugano erreicht und bog nach rechts Richtung Melide ein, wo Palmieri seinen Wohnsitz hatte. Sie fuhr am See entlang, aus dessen tiefblauem Wasser die Berge wie Riesen herauszuwachsen schienen. Rechter Hand säumten Villen die Straße, deren Parks bis an den See reichten. Links waren Häuser mit Gärten und Garagen. Die Gegend erinnerte an die ligurische Küste, und dennoch war es anders. Die Luft war reglos und heiß, aber kein bisschen schwül. Alles sah gepflegt und ordentlich aus. Italien und doch nicht mehr Italien, war Nellys Eindruck. Italien, wie es hätte sein können? Die Hausnummer auf einem rechts gelegenen Gartentor zeigte ihr an, dass sie ihr Ziel erreicht hatte. Sie fuhr noch ein Stück weiter bis zum Dorfausgang, parkte den Wagen in einer Haltebucht und ging zu Fuß zurück, während die leicht hysterische Aufregung, die sie bis dahin angetrieben hatte, zu schwinden drohte.

Was zum Henker hat mich bloß geritten? Ich komme nach Melide am Luganer See, um Palmieris Haus anzuglotzen und was zu tun? Wieso kam mir das plötzlich so schrecklich wichtig vor? Was, bitte, glaube ich hier zu finden, das weiße Haus mit der Wiese aus meinem Traum? Du bist echt nicht mehr ganz bei Trost, Nelly, Tano hat recht, wenn er dich ansieht wie eine arme Irre. Wenn Volponi da gewesen wäre, der hätte dich sofort einweisen lassen.

Sie fühlte sich erschöpft und niedergeschlagen. Unterdessen hatte sie das Gartentor der Villa erreicht. Der weitläufige Garten (oder müsste man korrekterweise sagen: Park?) war von einer sehr hohen weißen Mauer umgeben, die nur von einem breiten Garagentor unterbrochen wurde. Jenseits der Mauer waren ein schmales Sträßchen und Stufen zu sehen, die zu einem hochmodernen, strahlend weißen Gebäude hinabführten. *Von wegen altes weißes, ligurisches Haus. Du hast echt voll danebengehauen, Sherlockine Holmes.* Die Villa war halb von hohen, immergrünen Pflanzen verdeckt, und in den gepflegten Beeten überwogen, harmonisch arrangiert, Oleander-, Jasmin- und – *Sieh an, auch hier!* – Kameliensträucher. Zahlreiche Zitrusbäume, ein paar Palmen. *Unser Profiler lässt es sich richtig gutgehen.* Nicht allzu weit entfernt war ein Mann dabei, die Blumen zu wässern, und Nelly rief nach ihm. Er sah auf, entdeckte Nelly und kam lächelnd auf sie zu.

»Guten Tag, ich bin eine Kollegin von Professor Palmieri, Dottoressa Mazza, von der Uni Mailand. Ist der Professore da? Wir haben uns vor zwei Wochen in Zürich gesehen, und er hat mich eingeladen, bei ihm vorbeizuschauen, wenn ich in der Nähe wäre.«

»Tut mir leid, Signora, Dottor Palmieri ist nicht da … Aber was haben Sie denn, ist Ihnen nicht gut?«

Tatsächlich spielte Nellys Kreislauf ihr wieder einmal einen bösen Streich. Ein schwarzer Vorhang fiel vor ihren Augen herab, und der Gärtner, die Villa und die malerische Schweizer Landschaft verschwanden jäh im Nichts.

»Was jetzt? Ich kann den Professor nicht erreichen, er geht nicht ran. Meinst du, wir sollten einen Krankenwagen rufen?«

»Wenn sie mit Essig und einem nassen Lappen auf der Stirn nicht wieder auf die Beine kommt, wohl schon, schließlich können wir sie schlecht hierbehalten … Sie ins Haus zu bringen war vielleicht schon zu viel. Wer weiß, wer sie ist, vielleicht wird der Professore böse.«

Nelly hielt die Augen geschlossen, ihr Kopf drehte sich immer noch, sie hatte versucht, sie zu öffnen, doch die Decke hatte angefangen zu kreiseln, und sie hatte die Augen sofort wieder zugemacht. Nach und nach kam ihr zu Bewusstsein, wo sie war und weshalb. Sie versuchte, ein Lid zu heben und erblickte einen geräumigen Salon. Sie lag auf einem … weißen Sofa – selbstverständlich – aus weichem Leder. Auf ihrer Stirn lag ein kühler, feuchter, nach Essig riechender Lappen, ihre Beine ruhten auf mehreren Kissen, und die beiden, die leise murmelnd neben ihr standen, waren der Gärtner von vorhin und eine schlanke, patent wirkende Frau um die fünfzig, womöglich die Haushälterin, die sich miteinander berieten. Der Gegenstand ihrer Unterredung war zweifellos sie. Krankenwagen? Um Gottes willen. Sie war drin, durch einen glücklichen Zufall war es ihr gelungen, in Palmieris Haus zu gelangen, und diese Gelegenheit würde sie sich bestimmt nicht entgehen lassen.

»Was ist passiert? Wo bin ich?« Angemessen schwächliche Stimme.

»Oh, die Signora ist wieder zu sich gekommen. Wir haben Sie ins Haus gebracht, weil Ihnen am Gartentor plötzlich unwohl wurde, Sie sind in Ohnmacht gefallen, was für ein Schreck! Wie fühlen Sie sich?«

Die beiden traten unsicher näher, die Situation war peinlich und unerwartet, und sie wussten nicht, wie sie sich verhalten sollten. Nelly versuchte sie nach Kräften zu beruhigen. Sie hatte gehört, dass sie Palmieri nicht erreicht hatten, noch ein glücklicher Zufall! Er wäre sofort darauf gekommen, dass Nelly zu seinem Haus gefahren war, um dort herumzuschnüffeln, und wer weiß, was dann passiert wäre.

»Oh, das müssen die Fahrt und die Hitze gewesen sein. Ich habe einen schwachen Kreislauf, deshalb klappe ich manchmal zusammen, aber das geht schnell wieder vorbei, keine Sorge. Könnte ich vielleicht einen Kaffee bekommen?«

Die beiden schienen froh zu sein, etwas tun zu können. Die Frau rief ein dunkelhaariges, in strahlendes Weiß gekleidetes Dienstmädchen – *Wo man hinschaut, weiß, Alessandro hat echt 'nen Tick!* –, trug ihr auf, einen Kaffee zu bringen, und während sich der Gärtner wieder an seine Arbeit machte, blieb sie neben Nelly stehen und musterte sie ausdruckslos. Bewachte sie. Nelly sah sie milde lächelnd an.

»Es tut mir leid, Ihnen diese Umstände zu machen, aber zum Glück ist mir das hier passiert und nicht hinterm Steuer, ich will mir gar nicht ausmalen, was das bedeutet hätte. Haben Sie Alessandro, ich meine, Professor Palmieri erreicht? Haben Sie ihm gesagt, was passiert ist? Dass ich hier bin?«

»Das Mobiltelefon scheint ausgeschaltet zu sein, aber wir versuchen es gleich noch mal. Signora ...«

»Dottoressa Mazza, Manuela Mazza. Wie ich bereits vor meinem Schwächeanfall sagte, bin ich eine Kollegin des Professors und wollte ihn überraschen, aber die Überraschung hatte ich dann. Auch, du liebes bisschen, jetzt fällt's mir wieder ein … Alessandro ist doch nach Genua gefahren, das letzte Mal, als wir uns gesprochen haben, hat er mir das gesagt, wie dumm von mir!«

Die Frau wurde ein wenig lockerer. Das war ein Beweis, dass die vom Himmel gefallene Signora den Professore tatsächlich kannte. Ihr Lächeln wurde freundlicher und weniger misstrauisch.

»Ja, der Professore ist in Genua.«

»Bestimmt wegen dieser Sache mit dem Serienmörder. Er hat mir erzählt, er würde die Polizei als Berater unterstützen. Ich habe wirklich einen Kopf wie ein Sieb, ständig vergesse ich etwas. Tja, jetzt trinke ich fix meinen Kaffee, und dann bin ich auch schon wieder weg.«

Die Haushälterin schien erleichtert. Das Dienstmädchen kam mit einem Tablett herein und stellte es auf das rosa Marmortischchen vor dem Sofa. Auf dem Tablett standen eine Espressotasse, eine kleine Kaffeemaschine, eine Zuckerdose voller Rohrzuckerwürfel und eine Dose Kaffeesahne, die verriet, dass man nicht in Italien war. Das Dienstmädchen verschwand, ein Telefon klingelte, die Haushälterin ging ebenfalls hinaus, und Nelly schenkte sich Kaffee ein und blickte sich neugierig um. Neben dem weißen Sofa, auf dem sie halb lag, gab es noch ein zweites Ecksofa, auf dem sich ebenfalls wunderschöne rote und goldgelbe Wildseidekissen häuften. Zum strengen Geschmack des Hausherren gesellte sich hier etwas Weibliches. *Ach du grüne Neune, und wenn er mit einer Frau zusammenlebt und die plötzlich reinkommt und mich verpfeift?* Die Blumenvasen, Vorhänge und Farbkombinationen, die antiken Gegenstände in der Louis-XVIII-Vitrine, die – echten? – Andy Warhols an den Wänden und die zahlreichen silbergerahmten Fotos auf der Biedermeierkommode zeugten zweifellos von einer Frau. In einer Ecke des Salons stand ein Flügel. *Hier lebt todsicher eine Frau …* Nelly erinnerte sich an seine Worte:

»Eine lange Pein.« *Lebt sie noch immer hier mit ihm, oder ist sie gegangen? Vielleicht haben sie sich getrennt, könnte doch sein …*

Sie war aufgestanden und betrachtete eines der Fotos. Es zeigte Alessandro mit einer jungen, dunklen und attraktiven Frau, die Nelly an jemanden erinnerte. Genau, sie erinnerte an Alessandros Mutter, sie mochte ungefähr genauso alt sein, wie die Frau auf dem Gemälde in der Villa Camelia gewesen war, doch diese hier musste sehr viel jünger sein, denn das Foto war offenbar erst vor kurzer Zeit entstanden. *Auf diesem Bild hier hat er dichtes Haar und einen Bart, so wie jetzt, aber …* Die Stimme der Haushälterin, die lautlos wieder hereingekommen war, riss sie aus ihren Gedanken. Sie hatte gesehen, dass Nelly das Foto betrachtete.

»Kannten Sie Signora Titta, Dottoressa?«

Kannten Sie … Signora … Nelly beschloss, alles auf eine Karte zu setzen.

»Ja, natürlich, was für ein Jammer …«

»Wirklich, was für ein Jammer, der Professore ist nicht mehr derselbe, seit die Signora fort ist.«

»Nur zu verständlich, nach so einem Schlag …«

Die Haushälterin hatte angebissen. Sie stellte sich neben Nelly und betrachtete das Paar auf dem Foto.

»Die Signora war so erschüttert, wegen des Kindes, wissen Sie, das arme kleine Ding, ich hab's natürlich nicht gesehen, aber wer's gesehen hat, sagt, es war einfach schrecklich, ein Schock für beide Eltern, aber für die Mutter …«

»Ja, der arme Alessandro … Aber vielleicht kommt Titta ja zurück.«

Die Frau wurde wieder nüchtern. Ihr war bewusst geworden, dass sie gegen ihre Pflichten verstoßen hatte. Dass sie zu viel mit einer vollkommen Unbekannten geplaudert hatte. Kühl und entschieden, nicht noch Weiteres preiszugeben, schloss sie: »Vielleicht. Darüber wären wir alle sehr glücklich.«

»Wo, bitte, ist das Badezimmer?«

Die Haushälterin begleitete sie zum Gästeklo im Erdgeschoss und nicht, wie Nelly gehofft hatte, ins Obergeschoss, doch inzwischen hatte sie hinreichend vielversprechende Informationen über das Privatleben des geheimnisvollen Profilers gesammelt. Sie versicherte der Haushälterin, dass sie alleine gehen könne, bedankte sich herzlich für die Hilfe, ließ dem lieben Alessandro, den sie höchstwahrscheinlich in Genua treffen würde, wo sie jetzt hinfahren würde (Ehrenwort!), herzliche Grüße ausrichten, hastete zum Auto und machte sich mit quietschenden Reifen und ungeachtet möglicher Schweizer Strafzettel auf den Rückweg. Wieder hielt sie an der Grenze, um etwas zwischen die Zähne zu kriegen. Bestimmt war sie in Ohnmacht gefallen, weil sie seit dem Morgen nichts gegessen hatte. Während sie einen Toast nach dem anderen verschlang, dachte sie über die Eindrücke nach, die Alessandros Haus in ihr hinterlassen hatten, und über die erhaschten Informationsbröckchen.

Palmieri lebte also mit einer jungen Frau zusammen, die die Bediensteten für seine Ehefrau hielten oder zumindest »Signora Titta« nannten. Dass er verheiratet wäre, war allerdings nicht bekannt. Allerdings war das Zusammenleben ohne Trauschein heutzutage nichts Besonderes mehr. Er hatte sich eine Frau gesucht, die der Mutter erstaunlich ähnlich sah. Sie hatten vor kurzem ein Kind bekommen, das offenbar krank gewesen und dann gestorben war, und aufgrund (?) dieses Traumas hatte seine Partnerin ihn verlassen. Er war am Boden zerstört. Wer wohl diese Titta war? Irgendwie musste man mehr über sie herausfinden. Verschwunden, fortgegangen – vielleicht ein ähnliches Verschwinden wie das von Flores? Vielleicht war Titta ermordet worden?

Na, klar! Komm schon. Wenn es nach dir ginge, wäre Alessandro für das Verschwinden sämtlicher Frauen in der Schweiz und in Italien verantwortlich. Nur, weil seiner Frau und ihm ein Unglück zugestoßen ist und sie ihn obendrein noch verlassen hat. Aber immerhin weiß ich ein bisschen mehr über ihn. Der scheint wirk-

lich vom Unglück verfolgt zu sein, unser toller Profiler, und von einer vollkommen verbohrten, paranoiden Genueser Kommissarin außerdem.

Nelly lächelte bitter. Instinktiver Argwohn und professionelle Sachlichkeit lieferten sich ein ermüdendes Tauziehen. Eingehüllt in die erfrischende Kühle der Klimaanlage erreichte sie gegen Abend Genua, doch statt ihre Neugier zu befriedigen, hatte ihre Schweizer Stippvisite sie noch mehr entfacht. Gemma ging noch immer nicht ans Handy. Zu müde, um sich darüber den Kopf zu zerbrechen, stellte Nelly den Wagen im Präsidium ab und ging schnurstracks nach Hause. In Maus Zimmer sah es aus, als hätte eine Bombe eingeschlagen. Einen Moment lang dachte sie, es wäre eingebrochen worden, Diebe oder sonst irgendwelche Leute hätten nach etwas gesucht: Der Schrank stand sperrangelweit auf, die Schubladen waren herausgerissen und durchwühlt, das Bett und der Boden waren übersät mit Klamotten. Ein einziges Durcheinander. Doch dann fiel ihr Blick auf eine Nachricht von Mau auf der Kommode. Sie las sie mehrmals, und es dauerte eine Weile, bis ihr Hirn sich in Gang setzte, die Müdigkeit machte sie lahm im Kopf, außerdem war die Nachricht klar und unverständlich zugleich.

»Ma, Monica und ich haben das Sparschwein geknackt und sind für ein paar Tage zum Campen an die Versilia gefahren, um nachzudenken. Wir hören voneinander. Küsse, Mau.«

Wie bitte? Es gab eine Entscheidung von solch einer Tragweite zu treffen, die Zeit verstrich unerbittlich, wenn man abtreiben wollte, musste man sich beeilen, und die beiden hatten nichts Besseres zu tun, als sich ein paar schöne Tage an der Versilia zu machen?

Meine liebe Nelly, du bist eben zu alt, um die beiden zu verstehen, schluck's einfach. Du kannst nichts tun außer abwarten. Und jetzt ab ins Bett, aufgeräumt wird morgen – vielleicht.

Sie hatte sich schon ausgezogen und wollte sich gerade ins ungemachte Bett fallen lassen, als das Klingeln des Telefons in ihr mattes Hirn drang; fluchend ging sie ran.

»Nelly? Wo, zum Teufel, hast du den ganzen Tag gesteckt?«

»Ich war Schmetterlinge fangen, Carlo, was sonst? Sag mir was Erfreuliches, na los. Kommst du nach Genua?«

»Nein, verdammt, ich schaff's einfach nicht, ich hatte gehofft, mir zwischen Einlaufen und Auslaufen ein paar Tage freischaufeln zu können, aber es gibt Reparaturarbeiten am Tank und noch ein paar andere Sachen, die ich überwachen muss, es geht einfach nicht, verdammter Mist.«

»Nicht sauer sein, Liebster, ich weiß, wie sehr du's wolltest, ich hab's mir auch so sehr gewünscht, aber was soll man machen. Vielleicht ist es besser so. Hör mal, ich bin völlig am Ende und will nur noch ins Bett. Ich drück dich.«

»Es tut mir so leid, Liebling. Wie läuft's denn?«

»Es ist unerträglich heiß hier. Man geht ein. Ciao, mein Lieber, halt die Ohren steif, ja?« Als sie auflegte, fühlte sie sich wie der letzte Dreck.

XVI

Der Sonntag war wie im Fluge vergangen. Keine Neuigkeiten sind gute Neuigkeiten, war inzwischen Nellys Motto, deren Beklommenheit mit jeder Stunde wuchs. Schon war es wieder Montag. Montagmorgen. Vier Wochen waren seit dem ersten Fund am Righi vergangen. Simba konnte in dieser Nacht wieder zuschlagen, und niemand hätte ihn aufgehalten.

Auf ihrem Weg zum »Secolo« versuchte Nelly vergeblich, sich zu erinnern, wie sie am Samstagabend ins Bett gekommen war. Das Letzte – ziemlich Unerfreuliche –, was sie noch wusste, war, dass sie Carlo den Hörer quasi ins Gesicht geknallt hatte, alles andere war gelöscht. Sie hatte gehofft, dass er noch einmal anrufen würde, damit sie sich entschuldigen konnte, doch er hatte sich nicht mehr gemeldet. Betrübt blickte sie sich um.

Die Stadt schien eine Atomkatastrophe hinter sich zu haben. Es bewegte sich nur noch, wer unbedingt musste. Die Alten hatten sich in ihren Wohnungen verschanzt und hockten vor ihren Ventilatoren, um ja nicht im Krankenhaus oder gar auf dem Friedhof zu landen. Die Statistiken, welche die verschiedenen Sommer hinsichtlich ihrer Gefahr für Leib und Leben vor allem der Senioren miteinander verglichen, hatten den diesjährigen bereits zum klaren Sieger gekürt, indes Meteorologen und Medien ihm reißerische Namen gaben: der afrikanische Sommer, der Glutsommer, der Mördersommer. Das Ozonloch und so weiter und so fort. *Wieso tut uns Simba eigentlich nicht den Gefallen und krepiert vor Hitze, und alle sind glücklich und zufrieden? Ach ja, Löwen mögen's gern heiß, anders als ich, zum Glück habe ich zehn Tropfen Effortil genommen und obendrein das Fläschchen in der Tasche, ich kann schließlich nicht alle paar Schritte umkippen.*

Nelly hatte gewisse Mühe, klar zu denken, sie musste sich regelrecht zusammennehmen, als sie die Redaktion der Genueser Zeitung betrat. Mit einem solchen Empfang des Direktors hatte sie allerdings nicht gerechnet. Kaum hatte er sie erblickt, eilte er mit grimmiger, besorgter Miene auf sie zu und streckte ihr die Hand hin.

»Danke, dass Sie sofort gekommen sind, Dottoressa Rosso, die Polizei hat diesmal wirklich schnell reagiert!«

»Was meinen Sie, Signor Solari? Ich bin wegen Gemma hier …«

»Ganz genau. Unsere Mitarbeiterin scheint verschwunden zu sein. Ihr Lebensgefährte, Signor Sastri, ist vorhin bei Ihnen im Präsidium gewesen … Wie, Sie wissen nichts davon? Sie sind gar nicht deshalb hier?«

Nein, sie wusste nichts davon. Gemma hatte ihr gesagt, sie wolle mit ihr sprechen, dann hatten sie nichts mehr voneinander gehört, und seit vorgestern hatte sie immer wieder vergeblich versucht, die Journalistin auf dem Handy zu erreichen, deshalb war sie hier. Verschwunden, seit wann? Ermanno Sastri war am späten Sonntagabend nach Hause gekommen. Er war das ganze Wochenende nicht in Genua gewesen, weil er an einem Ju-Jutsu-Workshop in Verona teilgenommen hatte. Am Freitag hatte er das letzte Mal mit Gemma gesprochen, so gegen zwei, meinte er. Dann hatte er sie nicht mehr erreicht, sich aber keine Gedanken gemacht. Erst, als er Sonntagabend nach Hause kam und sie nicht da war, hatte er angefangen, sich zu sorgen. Er hatte ihre Mutter und die Schwester angerufen, aber die wussten von nichts. Der Mann hatte eine Weile gewartet und war immer unruhiger geworden. Doch Gemma hatte sich nicht gemeldet. In der Nacht hatte er in den Krankenhäusern angerufen, dann hatte er den Morgen abgewartet und sich auf den schnellsten Weg zur Zeitung gemacht. Als ihm dort auch niemand etwas sagen konnte, war er zur Polizei gerannt.

In dem Moment war Nelly aufgetaucht, und logischerweise hatte der Direktor gedacht, es sei wegen der Vermisstenanzeige von

Gemmas Freund. Sie gingen zum Schreibtisch der Journalistin, durchsuchten die Schubladen und Zettelkästen. Für den Computer brauchte man ein Passwort, man musste einen Fachmann kommen lassen, und das würde ein Weilchen dauern. War es möglich, dass dieser Sastri nicht die Wahrheit sagte, dass etwas zwischen den beiden vorgefallen war, fragte Nelly, die routiniert alle Möglichkeiten in Betracht zog. Solari zuckte mit den Schultern. Er hatte keine Ahnung. Die ehrgeizige junge Kollegin gab auf der Arbeit nicht viel von sich preis und hatte vor allem immer eine Heidenangst, die anderen könnten ihr Ideen und Informationen klauen. »Sie ließ nie was durchblicken, nur zu Ermanno hat sie am Freitagmorgen gesagt, sie hätte am Nachmittag ein wichtiges Interview bezüglich der Ermittlungen zu den geköpften Frauen.«

»Und das sagen Sie mir jetzt, Signor Solari?«

»Aber Sie sind doch noch keine zehn Minuten hier, Dottoressa, was …«

Nellys Handy klingelte. Es war Tano. Er erzählte, Sastri sei bei ihnen und hätte Gemma als vermisst gemeldet. Nelly erklärte ihm, rein zufällig sei sie gerade bei der Zeitung und habe es bereits erfahren. Tano bat sie, so schnell wie möglich zu ihm zu kommen, er würde Tommi Bentivegna zum »Secolo« schicken. Palmieri sei auch bei ihm im Präsidium. Dann legte er auf.

»Wie ich Dottor Esposito bereits gesagt habe, Dottoressa Rosso, Freitagnachmittag um drei hatte ich eine Verabredung mit Signorina Gemma Pieretti, und sie war pünktlich bei mir. Ich habe ihr das vereinbarte Interview gegeben. Rund eine Stunde haben wir über meine Karriere und über Serienmörder gesprochen. Gegen vier ist sie gegangen. Sie wollte etwas über meine Ermittlungsmethoden wissen und hat auch ein paar private, recht indiskrete Fragen gestellt, und ich muss sagen, ich habe nicht auf alles geantwortet. Sie hat sich bedankt und ist gegangen. Das ist alles, was ich weiß.«

Ermanno Sastri, ein großer, gut gebauter Mann um die dreißig in einem hellblauen Lacoste-Hemd, das seine Muskeln zur Geltung brachte, starrte Alessandro aggressiv und feindselig an. Wer wusste schon, ob der Kerl die Wahrheit sagte. Schließlich war er der Letzte, der seine Gemma gesehen hatte.

»Wenn Sie sofort die Zeitung angerufen hätten, wenn man früher von ihrem Verschwinden gewusst hätte ... Ist denn überhaupt sicher, dass ...«

»Verzeihen Sie, Signor ...« – »Sastri« – »Ja, also, Signor Sastri, wie hätte ich denn auf dergleichen kommen sollen? Ich bin schließlich kein Hellseher, ich habe erst heute Morgen erfahren, dass die Signorina nicht auffindbar ist, nämlich als mich der Polizeivize Esposito angerufen hat. Und was heißt schon verschwunden, besonders viel Zeit ist noch nicht vergangen, kaum achtundvierzig Stunden. Wie sind Sie denn eigentlich am Freitag auseinandergegangen? Gab es vielleicht Meinungsverschiedenheiten? Einen Streit? Das kommt bei Paaren schon mal vor ...«

Sastri lief violett an und fuhr in seinem Stuhl hoch, als wollte er aufspringen und dem Kriminologen an die Gurgel gehen.

»Was redest du da für eine Scheiße, du Arschloch, was erlaubst du dir? Was für Meinungsverschiedenheiten? Gemma und ich haben uns mit einem Kuss verabschiedet, wie immer, du mieses Schwein, was willst du damit sagen ...« Die Muskeln des Ju-Jutsu-Meisters spannten sich bedrohlich, und der Profiler hob eine seiner gepflegten Hände, um einem möglichen Angriff Einhalt zu gebieten.

»Ich wollte gar nichts damit sagen, also bitte. Es war nur ein Gedanke. Nicht ich führe die Ermittlungen, sondern die Polizei.«

»Ganz ruhig, ihr beiden, es ist gut jetzt. Vielen Dank für Ihre Hilfe, Signor Sastri, wir suchen Ihre Freundin und melden uns bei Ihnen, sobald wir mehr wissen. Sie können jetzt gehen. Sie nicht, Alessandro, bitte bleiben Sie noch, und du auch, Nelly.«

Als Sastri unter lauten Flüchen und bösen Blicken in Palmieris

Richtung zur Tür hinaus war, musterte Tano abwechselnd Nelly und den Profiler und gab sich schließlich einen Ruck.

»Stimmt es, Nelly, dass du am Samstag im Haus von Dottor Palmieri in Melide am Luganer See warst?«

Seine Stimme klang ruhig und neutral. Keiner außer ihm konnte wissen, wie viel Mühe ihn das kostete. Alessandro hatte sich auf seinem Stuhl leicht vorgebeugt, die Lippen halb geöffnet, und mit seiner Mähne sah er jetzt tatsächlich aus wie ein zum Sprung bereites Raubtier, das Nelly mit einem Bissen verschlingen wollte. Nelly atmete sehr tief ein, ehe sie antwortete.

»Ja, das stimmt. Ich war dort.«

»Und hast falsche Angaben zu deiner Person gemacht und dir unter einem Vorwand Zutritt zu seinem Haus verschafft?«

»Das stimmt nicht. Mein Kreislauf hat schlappgemacht, und ich bin ohnmächtig geworden. Der Gärtner und die Haushälterin waren so gut und haben mich ins Haus gebracht und mir einen Kaffee angeboten. Das ist alles.«

»Sie hat gesagt, sie heiße Manuela Mazza, sind das etwa keine falschen Angaben?«

»Das kann man so oder so sehen. Meine Mutter hieß Mazza mit Nachnamen. Ich bin dort vorbeigekommen und dachte mir, ich schau mir mal an, wo Sie wohnen, Alessandro, um mir ein genaueres Bild von Ihnen zu machen. Schließlich haben Sie ebenfalls fleißig Informationen über mich und möglicherweise auch über die anderen Ermittler eingeholt, und da wollte ich Ihnen nicht nachstehen.«

Mit eisigem Lächeln wandte sie sich an den Polizeivize.

»Weißt du, Tano, unser Berater beschränkt sich nicht darauf, Profile von Kriminellen zu erstellen, er macht unsere gleich mit. Gratis, hoffe ich, oder setzen Sie die auch mit auf die Rechnung?« Die Frage ging an Palmieri, der vor Wut bebte.

»Das ist eine bodenlose Unverschämtheit, Nelly. Was Sie getan haben, ist untragbar. Dafür werden Sie sich noch verantworten müssen, diese unentschuldbare Einmischung in meine Privatsphäre kann ich einfach nicht durchgehen lassen.«

»Sind Sie sicher, dass Sie noch mehr Aufmerksamkeit auf Ihre Privatsphäre ziehen wollen, Alessandro? Halten Sie das wirklich für eine gute Idee?«

Tanos Blicke wanderten zwischen Nelly und Palmieri hin und her wie bei einem Tennismatch. Im Augenblick empfand er vor allem neugierige Verwunderung.

»Jetzt reicht's. Das Maß ist mehr als voll. Was bezwecken Sie mit diesen schäbigen Drohungen?«

»Wie ist Ihre Schwester Giacinta gestorben? Wo ist Ihre Partnerin Titta? Sie können mir darauf antworten oder weiter von Privacy faseln, wie Sie wollen, ich bekomme es so oder so heraus.«

Das Blut wich ganz langsam aus Palmieris Gesicht, wie eine Welle, die sich vom Strand zurückzieht. Seine Lippen wurden weiß, einzig eine rote Linie unter den Augen blieb in seinem kalkweißen Gesicht stehen. Der könnte jetzt jemanden ermorden, dachte Tano. Nelly hingegen ließ sich nichts anmerken, doch innerlich zitterte sie unter Palmieris vernichtendem, hasserfülltem Blick. Als Alessandro sich wieder im Griff hatte und das Blut allmählich in seine Wangen zurückkehrte, ließ er sich mit einem tiefen Seufzer gegen die Stuhllehne fallen. *Hut ab vor so viel Selbstbeherrschung.* Nelly und Tano sahen ihn abwartend an.

»Gut, vielleicht sollten wir uns alle beruhigen und vernünftig miteinander reden. Meine arglose Prahlerei, wie viel ich über Sie weiß, scheint mich in Ihren Augen zu einem Verdächtigen gemacht zu haben, stimmt's, Nelly?«

Du bist verdammt gerissen, es wird nicht leicht sein, dich bloßzustellen, falls du etwas zu verbergen hast. Mal sehen, wie du dich herauswinden wirst …

»Dieser nette Herr hier wusste von Roberto, von seinem Tod, von meinen Beziehungen, sogar den Namen meines Sohnes wusste er. Er macht sich über seine Mitarbeiter schlau, um besser mit ihnen zusammenarbeiten zu können, hat er gesagt. Frag ihn was über dich, Tano. Über dein Privatleben.«

Der Polizeivize wandte sich mit strengem Blick an den Experten. Palmieri war vom Kläger zum Angeklagten geworden und musste sich verteidigen.

»Stimmt das, Alessandro? Wie erklären Sie Ihr Verhalten?«

»Da ist nichts Verwerfliches oder Geheimnisvolles dran, ich informiere mich über die Menschen, mit denen ich zusammenarbeiten soll, um sie näher kennenzulernen und besser mit ihnen kooperieren zu können. Auch wenn meine Methode dieses Mal«, er warf Nelly ein schräges Lächeln zu, »offenbar nicht gefruchtet hat. Ich bedaure das Missverständnis.«

»Ich hab's auch nicht gern, wenn jemand hinter meinem Rücken in meinem Privatleben rumschnüffelt, Alessandro. Vielleicht hätte Nelly sofort mit mir darüber reden sollen, dann hätten wir entsprechend handeln können, aber ihr jetzt etwas anzuhängen, geht mir gegen den Strich. Nur, wie heißt es so schön: Wer anderen eine Grube gräbt … Sie müssen noch zwei Fragen beantworten, wenn ich nicht irre.«

Sein Ton ließ keine Widerrede zu. Esposito würde nicht lockerlassen. Palmieri presste die Lippen aufeinander und fuhr mit der Zungenspitze darüber.

»Der Funke im Pulverfass also. Ich habe nichts zu verbergen. Nelly hätte alles von mir erfahren können, ohne ihre Gesundheit zu gefährden und Benzin zu verplempern, eine freundliche Nachfrage hätte genügt. So schmerzhaft und intim diese Dinge auch sind, ich habe stets alles darangesetzt, sie aufzuarbeiten und zu überwinden. Das ist mein Job, und den übe ich auch an mir selbst aus.«

Nelly und Tano musterten ihn wachsam und lauschten auf die kleinste Unstimmigkeit, doch inzwischen hatte sich Palmieri wieder vollkommen im Griff. Er zupfte die Bundfalte seiner weißen Hosen zurecht, strich sich mit der üblichen Geste über den Bart und starrte an die Decke wie auf eine Leinwand, die Bilder aus der Vergangenheit zeigte, und vielleicht war es für ihn tatsächlich so.

»Meine Mutter war gerade unter der Erde, und ich war allein mit meiner kleinen Schwester Giacinta. Zum Glück hatten meine Eltern mir ein kleines Vermögen hinterlassen. Ich habe ein Vollzeitkindermädchen eingestellt und mit ihm und dem Baby dem Haus den Rücken gekehrt, ich konnte nicht mehr dort leben. Es hat lange gebraucht, ehe ich meine Abneigung gegen Genua und die Villa Camelia überwunden hatte. Jahre. Ich bin zum Studium nach Padua gegangen, dann nach Deutschland, danach nach London und schließlich nach Amerika. Ich war ein Junge mit einem Kind, habe mich nie von Giacinta trennen wollen, und das war dauerhaften Beziehungen nicht gerade zuträglich. Kein Mädchen ist begeistert von einem Mann mit einem kleinen Kind, das ihn dauernd in Beschlag nimmt.« Er lächelte betrübt.

Wie er sich in Szene zu setzen weiß! Aber er scheint ehrlich zu sein.

»In Amerika ging es uns gut. Meine Arbeit wurde geschätzt, ich hatte mich als Kriminologe spezialisiert und unterrichtete eine Zeit lang sogar in Harvard. Unterdessen wurde Giacinta größer, sie hatte eine Leidenschaft für Musik und ist nach Philadelphia gegangen, um zu studieren.«

Wieder hielt er inne, blickte sie an, ohne sie zu sehen, und wandte sich erneut seinem Film an der Zimmerdecke zu.

»Vor fünf Jahren wollte sie ein Konzert in New Orleans besuchen. Sie ist losgefahren, aber nie in New Orleans angekommen. Man hat das leere Auto an der Bundesstraße gefunden. Sie können sich vorstellen, wie es mir ging. Ich war in Los Angeles und bin sofort dorthin. Wir haben sie überall gesucht. Drei Monate später hat man sie in einem Wald in Wisconsin gefunden. Das, was von ihr noch übrig war, halb verscharrt, von Tieren angefressen … der Witterung preisgegeben … Es hat einiges gebraucht, um diesen Resten einen Namen zu geben.«

»Schon gut, Alessandro, das muss sehr schmerzhaft für Sie sein.«

»Das ist nicht ›sehr schmerzhaft‹, Tano, es ist verheerend, aber ich will es zu Ende bringen, Klarheit schaffen. Als der Fall für abgeschlossen erklärt wurde, habe ich meine Sachen gepackt und Amerika verlassen. Ich bin mit den Ermittlern in Kontakt geblieben, der Mörder hatte in den vorangegangenen Jahren bereits ein Dutzend andere auf die gleiche Weise umgebracht, er wurde wenig später gefasst. Ich war nicht in der Lage, an den Ermittlungen mitzuwirken, ich war zu befangen. Ich glaubte den Verstand zu verlieren. Mein Vater, meine Mutter, jetzt sie ...«

Er wirkt glaubhaft, es könnte alles wahr sein. Trotzdem bin ich nicht restlos überzeugt, wieso nicht? Nelly mustert ihn kalt und schweigend, doch Alessandro scheint es nicht zu bemerken.

»Zum Glück hat mir ein Mädchen, eine Freundin von Giacinta und ihre Kommilitonin am Konservatorium, Tiziana Rolandi – Titta – in dieser Zeit sehr beigestanden. Nach Abschluss der Ermittlungen ist sie mir nach Europa gefolgt. Hier habe ich mich Hals über Kopf in die Arbeit gestürzt. Wir sind nach Melide gezogen, wollten irgendwann heiraten. Wir waren glücklich, bis zur Geburt unseres Sohnes Cristiano vor vier Monaten. Der Kleine hatte eine angeborene Missbildung, er hat nur drei Wochen gelebt. Meine Lebensgefährtin ist in eine heftige Depression verfallen und hat mich ohne ein Wort verlassen.«

»Wo ist sie jetzt, Alessandro?«

»In Amerika, glaube ich, sie hat nicht gesagt, wo sie hinwollte. Ich habe sie gesucht, bisher leider ohne Erfolg. Ich hoffe, dass ich sie irgendwann finde und sie zu mir zurückkommt.«

Der letzte Satz war so leise gesprochen, dass Tano und Nelly ihn kaum verstanden. Palmieri wirkte wie ausgepumpt und als wäre er in eine ganz eigene, nur ihm zugängliche Welt abgedriftet. Minutenlang sagte niemand etwas. Dann räusperte sich Tano, um Alessandro aufzurütteln, der nur mühsam aus seinem ganz persönlichen Albtraum zu erwachen schien.

»Ja, Nelly, das also ist mein Geheimnis, das große Mysterium, das Sie bis nach Melide getrieben hat. Eine Frage hätte genügt, meinen Sie nicht?«

Er erhob sich, noch gebückter als sonst und ohne jemanden anzusehen.

»Ich bin froh, wenn jetzt alle Missverständnisse geklärt sind. Sie entschuldigen mich doch?« Er ging hinaus. Ein paar Sekunden lang saßen Nelly und Tano wie versteinert da.

»Was für eine traurige Geschichte, was für ein Unglück, dieser Mann scheint vom bösen Blick, von einem bösen Zauber verfolgt zu sein. Wie viel Kraft braucht es, um solche Schicksalsschläge wegzustecken.«

Tanos weiche, sentimentale Seite war zum Schwingen gebracht worden. Er wirkte gerührt. Nelly schnaubte entnervt.

»Na schön, Unglück hat er reichlich erlebt, da gibt's nichts zu zwacken. Vielleicht sogar ein bisschen zu viel, um wahr zu sein, meinst du nicht?«

»Glaubst du ihm nicht? Wir können alles haarklein überprüfen.«

»Seine Wut auf mich ist auf einen Schlag verpufft, als ich ihm gesagt habe, dass es keine gute Idee wäre, wenn wir in seinem Privatleben rumwühlten. Bis dahin hat er den Entrüsteten gemimt, er wollte mir ordentlich einheizen, und dann hat er sich plötzlich am Riemen gerissen und uns eine astreine Geschichte vorgesetzt, keine Frage, aber mit den Drohungen war plötzlich Schluss – oder siehst du es anders?«

»Nelly«, Tano klang wie ein Vater, der mit seiner dickköpfigen Tochter spricht und langsam die Geduld verliert, »was willst du? Was hat er dir getan, dieser Alessandro Palmieri? Du hast ihn gewollt, bisher hat er sich als professionell und nützlich, wenn auch nicht unabdingbar erwiesen, doch seit einer Weile hast du dir in den Kopf gesetzt, er hat was mit diesen Morden zu tun, stimmt's? Du verdächtigst ihn. Bist du eigentlich völlig übergeschnappt? Liegt's an der Hitze, dass dein Kreislauf und dein Hirn verrückt spielen? Was für Indizien hast du denn, was für Beweise?

Kannst du mir das sagen? Gibt es etwas, das ich nicht weiß? Das ich wissen sollte?«

»Ich weiß, es klingt verrückt, aber etwas sagt mir, dass er damit zu tun hat, dass er nicht der ist, der er zu sein vorgibt. Ja, ich verdächtige ihn«, sie beugte sich vor, »und nicht erst seit gestern, muss ich mir ehrlicherweise gestehen. Aber ich könnte nicht sagen, was mich darauf gebracht hat.« Sie hob die Hand, denn Tano wollte ihr ins Wort fallen. »Schon gut, schon gut, vielleicht mache ich einen Riesenfehler, ich werde versuchen, ihm gegenüber objektiver zu sein.«

»Nelly, was ist mit dir los?«

»Wenn ich's wüsste! Auch diese Sache, dass Gemma verschwunden ist, und just nach einer Verabredung mit ihm, verdammt, wollen wir denn da nichts machen?«

»Und an was hättest du da gedacht, an einen Durchsuchungsbefehl für Villa Camelia? Glaubst du, er hält sie im Haus gefangen? Oder vielleicht durchsuchen wir sämtliche anderen Wohnsitze, die Alessandro sein Eigen nennt?«

»Sämtliche anderen Wohnsitze … Er hat doch auch eine Villa am Meer oder ein Haus, wenn ich mich richtig erinnere, wo ist das? Ist das vermietet oder frei? Auf den Hügeln, im Hinterland …«

»Jetzt reicht's, Nelly, willst du mich vollkommen irre machen?«

»Und wenn er sie dort hingebracht hätte? Wenn er sie dort hinbringen würde? Vielleicht lebt sie noch …«

»Nelly, komm zu dir, was redest du da?«

Doch Nelly verabschiedete sich hastig mit einem »Wir sehen uns« und ließ ihn verdattert sitzen.

Valeria gab ihr die Adresse des Hauses am Meer, und Nelly wollte sich gerade auf den Weg machen, als Gerolamo mit Tommi hereinkam. Sie wirkten erschöpft (am frühen Morgen!) und frustriert. Niemand hatte etwas gesehen oder gehört, ein totaler Reinfall. Der Ducato vom Club ›Speranza‹ schien sauber zu sein, keine Spur, die darauf hindeutete, dass damit blutige Leichen transportiert worden wären. Nelly nutzte die Gelegenheit, um Tommi nach Pieve zu schicken, zu Palmieris Haus am Meer. Er sollte sich umsehen, herausfinden, ob es bewohnt war oder nicht, ein Foto machen. Sie wollte es sehen. Und vor allen Dingen wissen, welche Farbe es hatte. Die beiden sahen sich ratlos an, Tommi steckte die Adresse ein und machte auf dem Absatz kehrt. Nelly bat Valeria, Alessandros Angaben über die Schwester und das Verschwinden seiner Lebensgefährtin zu kontrollieren, und verließ ohne den leisesten Schimmer, was sie als Nächstes tun sollte, das Büro.

Auf den Stufen vor dem Präsidium wurden ihr plötzlich die Knie weich. Sie fing sich wieder und ging durch die sengende Sonne zur Bar an der Ecke Via Brigata Liguria und Via Macaggi. Während sie einen Orangensaft und einen Cappuccino bestellte, klingelte ihr Telefon. Es war Marco, der gerade ins Büro gekommen war. Er wollte sie sofort sehen. Sie sagte ihm, wo sie sei, und kurz darauf betrat er bereits die Bar und ließ sich neben ihr auf einen Stuhl fallen. Er hatte einen Dreitagebart und einen verstörten Blick, bestellte einen Kaffee und betrachtete gedankenverloren seine Hände. Nelly wartete einen Moment und platzte schließlich heraus:

»Na und, wie ist es am Samstag bei Manara gelaufen? Was ist los, du wirkst ein bisschen belämmert, wenn ich mal so sagen darf.« Unruhig rutschte sie auf ihrem Stuhl hin und her und runzelte die Stirn.

»Ich wirke nicht nur so, ich bin belämmert. Aber zu fünfzig Prozent funktioniere ich noch: der berufliche Teil. Also, dieser Anwalt ist ein ziemlich merkwürdiger, zwielichtiger Typ. Schmierig. Einerseits ist der eine ganz arme Sau. Er lebt in einer Art Draculaschloss.« Nelly zog die Augenbraue hoch, und er korrigierte sich. »Kleiner Witz, er lebt in einer riesigen alten, großbürgerlichen Wohnung voller alter Leute, die ihn wie ein verblödetes Kind behandeln, die Haushälterin – sein ehemaliges Kindermädchen – inbegriffen. Zum Sich-Umbringen, wenn du mich fragst. Ich würde es da keinen Tag aushalten, zwischen Onkelchen und

Kinderfrau, den Vati hab ich glücklicherweise nicht kennengelernt. Und wenn ich daran denke, dass bis vor kurzem auch noch seine Mutti da rumspukte! Eine Stimmung wie zu Allerseelen, nur schlimmer. Er schluckt alles, wirkt aber wie ein Dampfkochtopf kurz vorm Explodieren. Was die Südamerikanerin betrifft, er muss total verknallt in sie gewesen sein, und er knabbert noch immer dran, dass sie ihn nicht gewollt hat und verschwunden ist.«

»Hat er dir das gesagt?«

»Machst du Witze, ich hab's gemerkt. Gespürt.«

»Na, dann bin ich ja nicht die Einzige, der die Hitze die Intuition geschärft hat. Willkommen im Club, Marco!«

Marco blieb ernst und bedachte sie mit einen leicht verstörten Blick. »Ich hab's gespürt, weil es mir selbst genauso geht. Dieser Mann hat noch eine Wut im Bauch, dass man Angst bekommen kann. Der könnte jemanden umbringen. Der könnte diese Frau umgebracht haben.«

»Aber könnte er auch sechs andere umgebracht und vielleicht noch Gemma Pieretti entführt haben?«

»Gemma Pieretti entführt?«

»Sie ist verschwunden. Seit Freitagnachmittag. Sie sollte Palmieri interviewen, das hat sie auch getan, dann hat sie die Villa Camelia verlassen und sich in Luft aufgelöst. Seitdem hat sie niemand mehr gesehen.«

»Ach, du Scheiße. Jedenfalls, ja, ich glaube, der ist zu allem fähig, der ist innerlich vollkommen von der Rolle. Er reißt sich mit Mühe zusammen, aber keine Ahnung, wie lange noch. Das ist mein Eindruck.«

»Verdammter Mist, und wir haben nichts in der Hand. Nichts. Ihn festnehmen, aber auf welcher Grundlage? Laurenti macht uns fertig, der will auf Nummer sicher gehen. Außerdem hat Manara kein Haus auf dem Land oder am Meer, das hat mir Valeria gesagt.«

»Kannst du mir mal diese Sache mit dem Haus auf dem Land erklären, wer hat dir das eigentlich eingeflüstert?«

Nelly ging elegant darüber hinweg, und Marco fragte nicht weiter.

»Du hast eben gesagt, du hast seine Wut gespürt, weil es dir genauso geht. Noch immer wegen Luciana, falls ich dich das fragen darf?«

Die Kommissarin beugte sich vor und musterte den Kollegen unbewusst wie einen Verdächtigen. Marco Auteri zögerte. Er wirkte plötzlich noch erschöpfter.

»Ja, aber jetzt ist es vorbei, die Wut, meine ich, die Krise. Im Grunde war ich auf mich selbst wütend, weil ich sie nicht verstanden habe, weil ich sie habe ziehen lassen wie der letzte Idiot. Aber das war ein Gefühl, Nelly ... ich hätte alles fertiggebracht, sie erschossen, mich erschossen. Ich habe etwas getan, für das ich mich mein Leben lang schämen werde, ich kann's niemandem erzählen, aber ich weiß jetzt, wie sich einer fühlt, der jemanden umbringt, ich erkenne mich selbst nicht wieder, ich ... ich mache mir Angst. Und widere mich an.«

Nelly hatte dieser traurigen Beichte schweigend gelauscht. Marco ließ sich fast vornüber auf den Tisch sinken, so kraftlos war er. Nelly war zutiefst erschüttert, den Freund so zu sehen, und versuchte ihn irgendwie zu trösten, zu beruhigen. Marco schluckte noch zwei Aspirin gegen die hämmernde Migräne, Nelly gab zehn Tropfen Effortil in ihr Wasser. Schließlich riet sie ihm, nach Hause zu gehen und zu schlafen. Er sagte, er sei körperlich und psychisch am Ende und wolle versuchen, ihren Rat zu befolgen. Sie blickte ihm nach, er wirkte abgemagert, völlig ausgelaugt. Kopfschüttelnd fragte sie sich, was dieser mörderische Sommer mit ihm, mit ihr, mit allen anstellte.

Nelly versuchte ihre Gedanken zu ordnen, die wie wild gewordene Atome durch ihren Kopf sausten, schlenderte langsam und ohne ein bestimmtes Ziel Richtung Altstadt und fragte sich, was aus Amanda geworden war. Sie hatten sich nicht mehr gesehen und gesprochen, doch inzwischen musste sie Tanos Wutausbruch wegen der in Umlauf gebrachten Gerüchte verdaut haben. Und wenn nicht, Pech für sie. Sie rief sie auf dem Handy an.

»Sacco? Ich bin's, Rosso. Wo bist du?«

»Wir überprüfen die Alibis der Mitarbeiter bei ›Mani amiche‹. Und hören uns ein bisschen um.«

»Gut. Gerolamo kommt auch, um dir zu helfen. Wir hören uns später.«

Während sie in der Via Luccoli gedankenverloren vor einem Schaufenster stand und eine Kette aus rotem Korallenschaum betrachtete, die ihr gefiel, spürte Nelly einen bohrenden Blick im Nacken. Es kitzelte regelrecht. Sie drehte sich um und entdeckte Balmir, den Zuhälter von Lena und Samira, der in einiger Entfernung hinter ihr stand und sie anstarrte. Auf seiner Visage lag ein unschlüssiger Ausdruck. Untypisch für einen schmierigen, aber knallharten Typen wie ihn.

»Balmir, wie läuft's?«, sagte sie, ehe sie darüber nachdenken konnte. Auf seinem Gesicht erschien ein breites Grinsen, er kam auf sie zu, blickte sich um und raunte:

»Können Sie mir unauffällig folgen, Commissario? Ich muss mit Ihnen reden, aber es soll keiner sehen, dass ich mit der Polizei rede. Sonst denken meine Freunde noch, ich bin ein Informant.«

Was hatte sie denn noch zu verlieren? Außerdem machte es sie neugierig, dass einer wie Balmir Kontakt zu ihr suchte. Er verabschiedete sich mit einer verschwörerischen Geste, machte auf dem Absatz kehrt und ging Richtung Piazza Banchi davon. Sie schlenderte wie von ungefähr hinter ihm her und gab dabei acht, dass niemand sie beobachtete. Auf der Piazza Banchi bog er in die Via San Luca ab, dann nach rechts Richtung Palazzo Spinola di Pellicceria. Ein paar Gassen weiter, Nelly glaubte schon, der Typ wollte sie verarschen, bog er in ein enges Gässchen ein und verschwand nach ein paar Schritten in einem Hauseingang. Nelly zögerte kurz, steckte die Hand in die Tasche, umfasste den Knauf ihrer Pistole und trat ebenfalls ein. Drinnen war es dunkel und kühl. Das grelle Sonnenlicht draußen hatte sie fast blind gemacht, sie kniff die Augen zusammen und entdeckte Balmirs hagere Silhouette neben dem Treppengeländer. Ein Lichtkegel fiel durch ein Fenster ganz oben im Treppenschacht auf ihn herab und ließ ihn wie einen Außerirdischen aussehen, der gerade sein Raumschiff verlassen hatte oder es betreten wollte. Instinktiv trat der Mann aus dem Licht ins schützende Dunkel. Seine Zähne leuchteten weiß, als er zu reden anfing.

»Commissario, ich spreche für viele andere, die lieber nicht in Erscheinung treten möchten. Kollegen und andere.«

Nelly blickte ihn angestrengt an, doch es war unmöglich, seinen Gesichtsausdruck auszumachen.

»Es sind viele schreckliche Dinge passiert. All diese Frauen. Schrecklich auch für unsere Arbeit, sehr schrecklich. Lena, Samira, die anderen ermordeten Frauen … Der, der so was tut, muss gefasst werden.«

Pause, Seufzer. Der Polizei einen Wink zu geben musste ihm wirklich schwerfallen.

»Die drei Südamerikaner, die, die umgebracht worden sind, saßen Sonntagnachmittag zusammen vor dem Club ›Speranza‹. Der Anwalt von ›Mani amiche‹ kommt vorbei, lang und grau – *was für eine treffende Beschreibung für Manara* –, grüßt, redet mit denen und geht weiter. Kurz darauf stehen sie auf und gehen in dieselbe Richtung wie der Anwalt, nach … hier.«

Nelly spürt, dass sich endlich etwas bewegt, wie ein winziger Riss in einem riesigen Deich. Wird er ihn zum Einsturz bringen können? Oder wird er sich gleich wieder schließen, ohne dass etwas geschieht?

»Die Südamerikaner sind in dieses Haus gegangen, hier rein, wo wir gerade sind.«

Dieses Arschloch von Balmir machte eine ewig lange Kunstpause und stellte Nellys Nerven auf eine harte Zerreißprobe. Doch sie schwieg und wartete. Ein wenig enttäuscht von der mangelnden Reaktion seines winzigen Publikums, entschloss sich Balmir, zum Schluss zu kommen.

»Niemand ist hier rausgekommen, zumindest hat man keinen rauskommen sehen. Für lange Zeit. Seltsam, was? Unerklärlich. Dann werden die beiden Frauen tot am Bisagno gefunden und der Mann gleich hier um die Ecke. Balmir hat keine Antworten, die musst du finden.. Balmir und seine Freunde helfen, denk daran, Commissario. Einen schönen Tag.«

Also hatte sich das preisgekrönte Unternehmen Zuhälter & Co. dazu durchgerungen, der Polizei einen Tipp zu geben. Bravo, Jungs, Kleinvieh macht auch Mist. Manara verheimlichte etwas, das war jetzt klar. Aber hatte er das Haus ebenfalls betreten, vor den Südamerikanern? Sie wollte Balmir fragen, doch der hatte sich bereits an ihr vorbeigedrückt, die knarzende Tür aufgestoßen und war in der schattigen Gasse verschwunden. Nelly stand unschlüssig da, dann rief sie Gerolamo an, der zehn Minuten später bei ihr war. Er war bei »Mani amiche« gewesen, um die Adressen und Alibis der Mitarbeiter zu überprüfen. Nelly wartete vor der Tür auf ihn und erzählte ihm die neuesten Neuigkeiten. »Minghia!!!«, war sein Kommentar, mit drei Ausrufezeichen.

Sie betraten das Haus und nahmen sich die Bewohner vor, jeder eine Wohnung pro Geschoss. Erster Stock, Rentner mit Katze rechts, drei Studenten links. Zweiter Stock, unklare Anzahl sudanesischer Einwanderer rechts, altes Pärchen mit Hund links. Dritter Stock, mehrere Studenten oder Angestellte, die sich die rechte Wohnung teilten. Junges, hippes Künstlerpaar in der frisch renovierten Wohnung links. Vierter Stock: Die Alte aus dem zweiten Stock links hatte gesagt, dort würde gerade saniert, und tatsächlich fehlte die Eingangstür, an deren Stelle ein Vorhang aus dickem Plastik hing.

Ein paar Maurer und ein Elektriker arbeiteten grimmig und schweißtriefend vor sich hin wie einst vielleicht französische

Zuchthäusler auf Martinique. Nein, samstags arbeiteten sie nicht hier, sondern in einem anderen Palazzo in der Via Maddalena. Regelmäßig? Ja, regelmäßig. Wer war der Eigentümer der Wohnung, in der sie gerade arbeiteten? Ein stinkreicher Architekt. Wo war er jetzt? Auf Weltreise, um es sich gutgehen zu lassen, dieser Mistkerl. Das ganze Stockwerk würde zusammengelegt werden, ein Wahnsinnsloft würde daraus werden, sie sollten nur mal auf die Terrasse gehen. Nelly und Gerolamo traten hinaus und mussten zugeben, dass der Architekt einen guten Griff getan hatte. Aber der sollte ja schließlich auch was davon verstehen.

Von der geräumigen, aus zwei Zimmern zusammengelegten zukünftigen Wohnküche gelangte man durch einen bisher türlosen Durchgang auf eine Rampe, die auf die große, mit Baumaterial vollgestellte Terrasse hinausging. Über der Rampe und der Terrasse wölbte sich ein behelfsmäßiges, weißgelbes Glasdach, eine Art altes Gewächshaus, das bestimmt noch verschwinden würde. Von der Terrasse aus gelangte man ... wohin? Nelly und Gerolamo fühlten sich wie zwei Kinder bei der Schnitzeljagd. Sie hielten den Atem an. Ja, links grenzte die Terrasse an eine Mauer, eigentlich nur ein Mäuerchen, zumindest dort, wo sie halb eingebrochen war, und von da gelangte man über eine Eisenleiter problemlos in einen verwahrlosten, mit alten Gerätschaften und Kartons vollgemüllten Hof.

Sie kletterten in den engen, stinkenden Schacht und blickten sich um. Zwei uralte, mittelalterlich anmutende Gitter und eine nagelneue Tür. Sie drückten auf die Klinke. Es war offen. Ein paar Stufen führten in einen weiten, kellerartigen Raum mit Tonnengewölbe, der mit Kisten und Kartons vollgestopft war. Ein Lager. Von dort gelangte man in einen Garagenraum. Es war Platz für ein bis zwei Autos oder einen großen Lieferwagen. Die Ausgangstür war verschlossen. Von außen verriegelt. In gespanntem Schweigen gingen die beiden zurück, zuerst wollten sie die Untersuchung des Gebäudes abschließen, in dem laut Balmir (vielleicht) Manara und bestimmt die drei Südamerikaner verschwunden waren, wenn auch nicht gemeinsam mit dem Anwalt.

Der letzte Stock bestand aus zwei Mansardenwohnungen. In der rechten, bereits sanierten, wohnte eine junge Geologin aus wohlhabendem Hause, die gerade auf Sardinien war (Information der Alten, die offenbar über alles und jeden im Haus bestens Bescheid wusste), die linke war frei und stand zur Miete. Oder vielleicht zum Verkauf, sie wusste es nicht genau. Ging das über ein Maklerbüro? Ja, eine Weile war es das Maklerbüro in der Via Ferretto gewesen, aber in letzter Zeit war niemand mehr aufgetaucht. Bei der Hitze, wer weiß. Fiebrig standen Nelly und Gerolamo vor der verschlossenen Tür, und das nicht nur wegen der afrikanischen Temperaturen.

»Geh zu dem Maklerbüro, von dem die Alte geredet hat, Gerolamo, das ist nicht weit von hier, lass dir den Schlüssel geben, wenn sie ihn haben, und wenn sie sich anstellen, gibt's einen polizeilichen Befehl. Oder wir dringen sofort ein und lassen uns den Durchsuchungsbefehl nachträglich ausstellen.«

Gerolamo verschwand kommentarlos. Nelly lehnte sich an die Mauer und fühlte, wie ihr schwindelig wurde. Sie schloss die Augen und sah Manara vor sich, der unbemerkt von der Alten im Zweiten die Treppe hinaufschlich, die Tür öffnete, eintrat. Wie eine Spinne im Netz auf seine drei Fliegen wartete. *Aber wieso, mein Gott, wieso?* Ein Mann auf der Kippe, meinte Marco, ein Dampfkochtopf. Bereit, all diese Menschen und Flores zu töten, vorausgesetzt, sie war getötet worden. War ihr Kopf Simbas erste Trophäe gewesen? Wartete die Antwort hinter dieser Tür? Hatte er seine Opfer dorthin gelockt, dort …?

Nelly vergaß die Zeit, sie lehnte an der bröckeligen Mauer und phantasierte vor sich hin. Als sie Schritte auf den Stufen hörte, öffnete sie die Augen und sah Gerolamo mit einem Schlüsselbund in der Hand auf dem Treppenabsatz auftauchen, stolz wie ein Jagdhund, der ein Wachtelnest aufgestöbert hat. Das Maklerbüro hatte keine Schwierigkeiten gemacht. Den Namen des Eigentümers wussten sie nicht, ein Verein hatte sie mit der Vermietung beauftragt, ›Mani amiche‹. Na, bitte!!!

Sie öffneten die Tür und traten ein. Eine winzige, dunkle Diele. Ein seltsam schimmeliger, abgestandener Geruch. Die Fenster waren geschlossen, die alten, abgeblätterten Fensterläden ebenfalls. Sie stießen beides auf, ohne dass sich die Temperatur in den Zimmern merklich änderte, und die Hitze, die hereinströmte, hätte einem Holzofen alle Ehre gemacht. Das Licht durchflutete die Zimmer. Die Wohnung war in einem schlechten Zustand. Dic Aussicht war ziemlich trostlos, sie ging auf den Innenhof und die Brandmauern der noch unsanierten Häuser hinaus. Die Räume waren so gut wie leer. Nur in einem Zimmer standen ein altes Sofa und zwei Sessel, allesamt mit ehemals tabakfarbenem Samt bezogen. Dazu ein wackeliges Tischchen. In der einstigen Küche, die auf einen kleinen Balkon mit schmiedeeisernem Geländer hinausging, stand ein womöglich aus den vierziger Jahren stammendes, blassgrün gestrichenes Küchenbuffet für Töpfe, Teller und Gläser. Das Spülbecken aus grauweißem Genueser Marmor trug an der Stelle, wo der Wasserhahn getropft hatte, gelbliche Streifen, auf einem Bord standen säuberlich aufgereiht ein paar frisch gewaschene Gläser. Jemand hatte hier etwas getrunken, doch es waren keine Flaschen zu sehen, nur ein paar alte, verstaubte in einem Karton, die seit Urzeiten niemand mehr angefasst hatte. Alte Zeitungen, Kartons voller wertlosen Krimskrams. Nelly und Gerolamo fotografierten jedes Detail, ohne etwas anzurühren.

»Die Spurensicherung muss dieses Loch auf den Kopf stellen.«

»Ja, natürlich, Gerolamo, aber zuerst müssen wir mit Don Silvano reden. Möglicherweise ist diese Wohnung dem Verein überlassen worden. Wir müssen herausfinden, was er damit vorhat und wer außer dem Maklerbüro noch die Schlüssel dazu hatte. Manara vielleicht. Wir müssen aufpassen. Auf welcher Grundlage lassen wir die Spurensicherung kommen? Wir lassen sie natürlich kommen, aber wir könnten Ärger kriegen. Besser, Don Silvano ist einverstanden. Unser Informant wird sich hüten, auszusagen, mal abgesehen davon, dass nicht er es war, der die drei und vielleicht Manara in diesem Haus hat verschwinden sehen. Jedenfalls können sie nur hierhergekommen sein, hier in diese Wohnung. Ich sehe es so: Wenn sie nicht aus der Haustür wieder rausgekommen sind, können sie das Haus nur durch die Wohnung unten, die des Architekten, verlassen haben, und zwar auf dem Weg, den wir auch genommen haben. Auf eigenen Beinen oder nicht. Ruf Valeria an, die soll diese Adresse kontrollieren und rauskriegen, ob der Eigentümer tatsächlich ›Mani amiche‹ oder irgendeiner vom Verein ist. Ich setze mich mit Don Silvano in Verbindung und sage ihm, wie der Stand der Dinge ist. Ruf die Spurensicherung an, die sollen kommen, und ich rufe Sacco an und frage, ob Manara noch da ist, du meintest vorhin, er sei da gewesen. Wenn dem so ist, soll sie ihn aufhalten, wir kommen sofort und nehmen ihn in die Mangel.«

Während Gerolamo sich ans Telefon hängte, wählte Nelly Amandas Handynummer, doch sie antwortete nicht. Seltsam, das Handy war aus, zu dieser Zeit, im Dienst? Sie wies Gerolamo an, auf die Spurensicherung zu warten und herauszufinden, ob jemand im Präsidium verfügbar war, der den Besitzer der verrammelten Garage ausfindig machen und die Schlüssel dazu auftreiben könnte. Dann machte sie sich, elektrisiert von den Neuigkeiten, aber auch mit einem mulmigen Gefühl auf den Weg zu »Mani amiche«. Schon bald sollte sie erfahren, dass sie allen Grund dazu hatte.

Der Anwalt Manara war dabei gewesen, als Gerolamo Nellys Anruf erhalten hatte, und Amanda Sacco ebenfalls. Gerolamo hatte die Inspektorin zur Seite genommen und ihr gesagt, wo die Kommissarin gerade war und dass er zu ihr kommen sollte. Er hatte nicht bemerkt, dass der Mann, der zu weit weg gestanden hatte, um zuzuhören, seine Lippen gelesen hatte. Nachdem Gerolamo fort war, war der Anwalt zaghaft auf Amanda zugetreten und hatte sie gebeten, ihm zu folgen, er habe etwas Interessantes gefunden, was für die Ermittlungen womöglich von entscheidender Bedeutung sein könnte. Amanda war nicht von gestern und wusste genau, dass Manara aufgrund seines Profils und der Sachlage als Täter infrage kam, doch die Vorstellung, etwas herauszubekommen und vor Tano Esposito gut dazustehen, nachdem sie sich derart in die Nesseln gesetzt hatte und sich von ihm hatte den Kopf waschen lassen müssen, war einfach zu verlockend. Und dazu am helllichten Tag und mit einem Haufen Leute um sich herum, außerdem wusste jeder, dass sie hier war, was war schon dabei. Also hatte sie beschlossen, ihm zu folgen. Es war ein Fehler, vielleicht der letzte, den Amanda machen würde.

»Was soll das heißen, sie waren hier und sind es nicht mehr? Und wo waren Sie, Giuliano?«

»Wo war ich, wo war ich, in meinem Büro war ich, bin rein- und rausgerannt, dann habe ich einen Anruf gekriegt und bin eine halbe Stunde im Rathaus gewesen, um ein paar Anträge auf den Weg zu bringen. Hier bei uns ist immer viel los, woher soll ich wissen, wo Chicco und Ihre Kollegin hingegangen sind? Am besten fragen wir, ob irgendjemand was gesehen hat.«

Der Anwalt und die Polizistin hatten sich offenbar in Luft aufgelöst. Wieder einmal musste Nelly feststellen, wie unzuverlässig Zeugenaussagen waren, selbst, wenn sie in bestem Glauben gemacht wurden. Einer hatte sie im ersten Stock gesehen, ein anderer im vierten, wieder ein anderer hatte sie gar nicht gesehen, dann sagte ein Junge, er hätte sie zusammen weggehen sehen. Eine Putzfrau schwor, sie hätte gesehen, wie die Sacco auf die Toilette gegangen sei. Ja, nein, vielleicht, na ja … sie waren mitten in der Menschenmenge, die bei »Mani amiche« herumwuselte, vom Erdboden verschluckt worden. Nelly ließ sich ein Glas Wasser geben, um einem Schwächeanfall vorzubeugen, und rief im Präsidium an, um für die Suche Verstärkung anzufordern. Ein einziger, vollkommen erschöpfter Polizeibeamter namens Alberighi kam. Sie suchten das ganze Gebäude ab. Don Silvano war nicht da, Giuliano und ein paar der vom Verein Betreuten halfen mit und führten sie durch das Labyrinth des renovierten mittelalterlichen Hauses. Keller mit eingeschlossen.

Nichts. O Mist. Amanda verschwunden, wie Gemma. Vom Aussehen passen sie auch noch ins Schema. Nicht zu groß, schlank, jung, dunkel. Allerdings sind sie keine Immigrantinnen. Aber was denke ich denn da? Möglicherweise gibt es eine ganz andere Erklärung, und Amanda und Manara tauchen gleich wieder auf …

Nelly versuchte, ruhig zu bleiben, obwohl Amanda Saccos Handy noch immer ausgeschaltet war, ohne dass es dafür eine Erklärung gegeben hätte, und der momentane Hauptverdächtige verschwunden war. Mit der Inspektorin? Ohne sie? Die Mobiltelefone der beiden blieben stumm. In seinem Büro in der Via XX Settembre war er nicht, zu Hause ebenso wenig. Er hatte sich wie Amanda bei »Mani amiche« in Luft aufgelöst. Nelly spürte eine mit Panik gemischte Übelkeit in sich aufsteigen. Ihr Kopf weigerte sich, daran zu denken, welche Folgen das Verschwinden der Journalistin und der Kollegin haben könnte, was mit den beiden geschehen konnte, wenn Manara tatsächlich Simba war. Und diese Vermutung verhärtete sich immer mehr.

Oh, welch süßer Gedanke, dass bald alles vorbei sein wird, verbraucht, im Strudel des Nichts verschwunden. Das Opfer wird erbracht werden, und die Rettung ist zum Greifen nah. Alles Elend hinter sich lassen, die Trübsal, die Qualen der Leidenschaft. Ja, er hatte alles durchschaut, die Verheißung erfüllte sich, die Befreiung von den Ketten, die die Seele fesseln, wird sein wie ein Geschenk. Ein sauer verdientes Geschenk. Wieso begreifen die Menschen nicht, wie einfach es ist, dem Leiden ein Ende zu setzen und eine höhere Daseinsebene zu erreichen? Das Bewusstsein zu erlangen, wie klein und nichtig alles ist. Dass selbst ein bedeutungsloses oder abartiges

Leben im absoluten Licht des reinigenden Augenblicks einen Wert bekommen kann. Der Schmerz ist zwar noch da, doch nur vage, wie ein verkapseltes Virus, das keinen Schaden mehr anrichten kann. Selbst der Drang zu handeln, das befreiende Opfer zu wiederholen, wird bald ein Ende haben. Bald wird alles im Nichts der mondlosen Nacht vergehen. In der Nacht des schwarzen Mondes. Und das Warten wird ein Ende haben.

Während sie in der Eingangshalle von »Mani amiche« mit einem geradezu widerwärtig süßen Kaffee aus dem Automaten in der Hand an der Wand lehnte, um einer neuen Ohnmacht vorzubeugen, und von dem hektischen Durcheinander um sie herum nichts mitbekam, hörte Nelly, wie jemand sie rief. Ganz deutlich. Sie sah sich suchend um und erblickte im Spiegel rechts an der Wand Claires Gesicht. Doch vor dem Spiegel stand keine Claire, nur ihr Spiegelbild war zu sehen. *Eine Vision, und jetzt höre ich auch noch Stimmen. Ich bin reif für die Zwangsjacke.* Sie schüttelte den Kopf, schloss die Augen, öffnete sie wieder, und das Bild war verschwunden. Aber die Stimme in ihrem Kopf drängte weiter: *Nelly! Komm!* Taumelnd wich sie den Schatten aus, die sie umgaben, trat auf die Gasse hinaus – so glaubte sie zumindest – und machte sich auf den Weg in Richtung Via Balbi. Doch statt die vertrauten Stadtfassaden vor sich zu sehen, befand sie sich plötzlich auf einem Pfad im Grünen, auf dem Land. Kies knirschte unter ihren Füßen, und sie blieb verwirrt stehen. Mit einem Mal war es dunkel geworden, und Nelly fürchtete zunächst, sie sei erblindet, weil sie nichts mehr sehen konnte. Nach und nach ließen sich unten in nicht allzu weiter Ferne die Lichter der Stadt erkennen, die in der nächtlichen Dunkelheit flimmerten, und dahinter, jenseits der Küstenlinie, das schwarze Meer. Inzwischen war ihr zu Bewusstsein gekommen, dass sie sich wieder in einem Traum oder zumindest in einem Niemandsland außerhalb der Wirklichkeit bewegte, und die Angst wich einer gespannten Neugierde. Sie sah einen Schatten und erkannte ihn. Claire war dort. Ohne ihr Beachtung zu schenken, ging die Schwarze auf einen bestimmten Punkt rechts von ihnen zu. Nelly folgte ihr ohne das winzigste Geräusch. Endlich konnte sie ein schwaches Flackern ausmachen, ähnlich einer Kerzenflamme, das von den Fenstern eines flachen, langgestreckten, von Bäumen und Büschen halb verdeckten Gebäudes zu kommen schien. Nelly hielt den Atem an, und auch ihr Herz schien stillzustehen. Der Himmel war schwarz, schwarz auch der Garten und das Meer jenseits der lichtgesprenkelten Stadt, die zwischen dem Gesträuch hindurchblitzte. Vor ihr nur das fahle Glimmen eines schwachen Feuers. Eine heftige Übelkeit stieg in ihr auf, sie hatte das Gefühl, sich in ihrem Traum oder Albtraum übergeben zu müssen. Sie trat in Claires Schatten und schlüpfte hinter ihr durch die angelehnte Tür ins Haus.

Der Notarzt beugte sich über Nelly. Im Krankenwagen hatte man sie intubiert, um die Atmung zu sichern, und ihr einen Tropf mit einer salzhaltigen Lösung gesetzt. Die Krankenschwester maß ihren Blutdruck. Vor wenigen Minuten war sie bewusstlos eingeliefert worden, ein weiteres Opfer der afrikanischen Hitze dieses seltsamen Sommers. Ihre Werte waren äußerst niedrig, ein regelrechter Kollaps. Eine weitere Krankenschwester bereitete in Rekordzeit die Adrenalinspritze vor. In der Notaufnahme des Galliera-Krankenhauses ging es hektischer zu als auf der Piazza De Ferrari zur Stoßzeit, Ärzte und Pfleger, die selbst kurz vor dem Zusammenbruch standen, wuselten hin und her und versuchten, die Kontrolle über das Chaos zu behalten. Nellys Blutdruck sank weiter, der Arzt murmelte heiser: »Die geht uns flöten. Herzstillstand. Schnell, wir müssen defibrillieren. Schnell, Martina, den Defibrillator!«

Nellys Blick schwankte, oder besser, ihre Vision schwankte und war nicht mehr ganz klar, es war, als ob die Luft flirrte wie bei einem Brand und die Bilder verzerrte. Die Frau lag bäuchlings auf einer Art Tischlerwerkbank und war bis zum Hals mit einem

Wachstuch bedeckt. Ihre Augen waren geschlossen, und nur, wenn man ganz genau hinschaute, konnte man sehen, dass sie noch lebte, so schwach ging ihr Atem. Die Hände und Füße waren fixiert wie für eine Operation. Die in einem Pentagramm aufgestellten Kerzen ließen flackernde Schatten und rötliche Lichtreflexe über den Frauenkörper und die Silhouette wandern, die am unteren Ende der Werkbank stand. Es war ein Mann, hochgewachsen, den Kopf unter einer weißen, Ku-Klux-Klan-artigen Kapuze versteckt, die bis auf Brust und Schultern reichte und nur zwei Schlitze für die Augen freiließ. Er trug eine fast bodenlange weiße Tunika. Konzentriert und in sich gekehrt schien er eine Art Gebet zu murmeln. Eine Videokamera an der Wand zeichnete alles auf. Als er sein Gebet beendet hatte, machte er wispernd drei Runden um die Werkbank. Er ging ganz dicht an Nelly vorbei, ohne sie zu sehen. *Na klar, ich bin ja auch nur als Geist oder so hier. Er kann mich nicht sehen, und ich kann ihn nicht aufhalten.*

Plötzlich öffnete die Frau auf der Bank mühsam die Augen. Obwohl sie nichts sehen konnte, spürte sie die tödliche Gefahr. Nelly fuhr zusammen, als sie Amanda erkannte. Sie wirkte wie gelähmt, konnte nicht sprechen, doch man sah, dass sie allmählich mitbekam, was um sie herum passierte. Die Angst in ihren Augen ließ daran keinen Zweifel, sie hatte begriffen, was los war. Sie konnte sich nicht umdrehen und den Mann nicht sehen, doch sie hörte seine Stimme, spürte seine Gegenwart. Genau das hatte der Mann gewollt: Er stellte sich neben ihren Kopf, damit sie ihn sehen konnte. Und es begann eine Predigt, die Nelly wie der reinste Wahn erschien.

Sie, Sünderin und Opfer zugleich, sollte froh sein, dass jemand sich die Mühe machte, ihre unsterbliche Seele zu retten. Der Augenblick der Befreiung war nah, er würde sie durch das Opfer läutern. Sie müsse keine Angst haben, sagte er, doch Nelly sah, wie der Mann eine Erektion bekam, sein Glied wurde steif und hob den Stoff der Tunika, es war offensichtlich, dass die Angst in ihren

Augen den Mistkerl aufgeilte. Er salbaderte noch ein bisschen von Rettung und Opfer, dann griff er jäh nach einem rasiermesserscharfen, japanisch anmutenden Schwert, das an der Wand lehnte, stellte sich rechts neben den Kopf der Frau, hob das Schwert mit beiden Händen in die Höhe und ließ es mit aller Wucht auf den Hals seines Opfers niedersausen. Der Schlag, das spritzende Blut, die unendlichen Sekunden, der Kopf, der mit noch immer weit aufgerissenen, ins Leere gerichteten Augen wie in Zeitlupe zu Boden fiel, und das Dreckschwein sank blutüberströmt auf die Knie und verfiel in eine Art Ekstase.

Claire und Nelly, zwei Schatten im Dunkel, war es, als hätten sie einem Opferritual beigewohnt, durchgeführt von einem teuflischen Priester, der aus der düsteren Vergangenheit der Menschheit aufgetaucht zu sein schien. Unterdessen veränderte der am Boden liegende Frauenkopf blitzschnell sein Aussehen, erst war es der von Paulette, dann der der anderen Opfer. Das letzte Gesicht ließ Nelly vor Schreck erstarren: Es war das ihre.

Sie meinte zu schreien, doch in Wirklichkeit kam ihr nur ein schwaches Stöhnen über die Lippen, kaum mehr als ein Seufzen, das die Krankenschwester erleichtert und der Arzt triumphierend zur Kenntnis nahmen. Der Blutdruck stieg, die Gefahr war gebannt, die noch einigermaßen junge und kernig wirkende Frau hatte es geschafft. Der Arzt ließ sie in der Obhut der Krankenschwester und ging hinaus, um die beiden, die neben der Tür standen und sich dort weder durch gute Worte noch durch Drohungen hatten wegbewegen lassen, in Kenntnis zu setzen.

»Dottor Esposito, Assistente Privitera, Dottoressa Rosso hat es geschafft, sie ist außer Lebensgefahr. Blutdruck und Atmung sind normal, sie muss sich lediglich ausruhen und unter Beobachtung bleiben.«

»Wann können wir zu ihr?«

Tano und Gerolamo hatten gleichzeitig gesprochen. Der Arzt sah sie verdattert an, dann hob er die Hände, als wollte er ihren

Überschwang bremsen. Nicht so hastig, bitte. Dottoressa Rosso müsse zu Kräften kommen, brauche Ruhe, sie sollten ein wenig Geduld haben und später wiederkommen. Wann, später? Gegen acht Uhr abends. Die beiden setzten sich und hatten nicht die Absicht, sich von dort wegzubewegen. Der Mediziner schüttelte missbilligend den Kopf und kehrte ins Krankenzimmer zurück, wo Nelly inzwischen die tonnenschweren Lider geöffnet hatte. Er trat ans Bett und nahm ihre Hand.

»Wie geht es Ihnen? Wenn es Ihnen Mühe macht, müssen Sie nicht sprechen, antworten Sie einfach nur mit Nicken oder Kopfschütteln.«

»Aber was … ich kann … bestens sprechen, ich muss aufstehen, ich muss … sofort …«

Doch ihre Stimme war noch unsicher und schwach. Als der Arzt sah, dass die Frau versuchte, sich auf den Ellenbogen zu stützen und sich aufzusetzen, machte er der Krankenschwester ein Zeichen, die ihr ein Beruhigungsmittel spritzte und Nelly zurück ins Traumland beförderte, doch glücklicherweise nicht zurück in den Albtraum, aus dem sie gerade aufgetaucht war.

In der Zwischenzeit hatte sich Marco zu den beiden anderen gesellt, die vor Nellys Krankenzimmer saßen. Er wirkte etwas weniger aufgelöst, aber äußerst besorgt. Er hatte vom Zusammenbruch der Kommissarin gehört und dass es ernst sei. Die anderen beruhigten ihn, sie sei außer Gefahr, und brachten ihn rasch auf den neuesten Stand der Ermittlungen. Sie erzählten ihm von Balmirs Wink, von der Wohnung, in die Manara womöglich die drei Südamerikaner gelockt hatte.

Es war herausgekommen, dass sie Federico Manaras Mutter gehört hatte, die sie in ihrem Testament »Mani amiche« überlassen hatte. Momentan stand sie leer. Zuerst hatte Don Silvano daran gedacht, sie zu vermieten, doch wegen ihres schlechten Zustandes hatte Manara ihn überredet, sie sanieren zu lassen. Auch die Garage hatte Signora Manara gehört und war nun im Besitz des

Vereins. Sie war nicht nur problemlos über die Wohnung zu erreichen, sondern auch nur einen Steinwurf von der Gasse entfernt, in der man Diegos Leiche gefunden hatte. In der Garage war für gewöhnlich ein blauer Ford Transit abgestellt, der dem Verein gehörte. Heute war er nicht da, doch es wäre auch Platz genug für ein weiteres Auto oder einen Lieferwagen.

Marcos Miene wurde immer ungläubiger, als sie ihm berichteten, dass nicht nur der Anwalt, sondern auch Amanda Sacco verschwunden waren. Am helllichten Tag wie vom Erdboden verschluckt, mitten in Genua, umringt von Dutzenden von Menschen, am Sitz von »Mani amiche«. Ob sie zusammen gewesen waren, ließ sich nicht sagen, die Zeugenaussagen waren widersprüchlich, manche sagten ja, manche nein. Die Beobachtungsgabe der Menschen schien von der anhaltenden Hitze außer Kraft gesetzt worden zu sein. Don Silvano Traverso war wegen eines Kongresses in Turin nicht in der Stadt und momentan nicht zu erreichen, sein Handy war ausgeschaltet. Tatsache war, dass alle verschwunden waren und es nur noch ein Tag bis zum berüchtigten Neumond war. Sie kamen zu dem Schluss, dass sie keine Zeit zu verlieren hatten und Nelly später besuchen würden, und kehrten auf dem schnellsten Weg ins Präsidium zurück, wohin Tano Alessandro Palmieri dringlich bestellt hatte. Auch Laurenti würde zugegen sein.

Seit dem Tag, als er selbstsicher, beherrscht und seines guten Rufes gewiss nach Genua gekommen war, schien sich Alessandro Palmieri verändert zu haben. In Tanos Büro musterte Marco ihn prüfend und bemerkte die Risse, die sich in seinem Panzer aufgetan hatten. Der Polizeivize hatte ihm auch von der Sitzung oder vielmehr von der Auseinandersetzung erzählt, die am Morgen in diesem Büro stattgefunden hatte, als der berühmte Kriminologe unter Nellys unerbittlichem Beschuss die Wunden seiner privaten Vergangenheit bloßgelegt hatte. Alessandros Augen hatten ihre unerschütterliche Ruhe verloren, sie waren unruhig, nervös, und auch die schönen, schlanken Hände waren in ständiger Bewegung, sosehr ihr Besitzer auch versuchte, sie ruhig zu halten. Selbst seine blendend weiße Kleidung schien von der allgemeinen Entkräftung in Mitleidenschaft gezogen zu sein, das Hemd war zerknittert, die Hose weniger makellos als sonst.

Er gefiel Marco so besser, er wirkte menschlicher. Er hatte nie verstanden, weshalb Nelly so verbissen darauf bestanden hatte, ihn zu Rate zu ziehen, doch noch weniger verstand er, weshalb sie ihn jetzt verdächtigte. Das war völlig unsinnig, auf welcher Grundlage? Die Zeiten stimmten nicht überein, der Experte – Valeria hatte das kontrolliert – hatte fast für jeden Tag und für alle fraglichen Stunden, in denen die Morde vermutlich begangen worden waren, ein Alibi. Angesichts der neuesten Ergebnisse war es mindestens genauso hirnrissig, ihn zu verdächtigen wie Gianluca, der zumindest in direkter Verbindung mit diesem irren Anwalt Manara gestanden hatte – Marco war überzeugt, dass er irre war – und ihm womöglich im Wissen oder ohne zu wissen, dass die Opfer damit ruhiggestellt werden sollten, das Medikament verschafft hatte. Jetzt saß Alessandro Palmieri fast verloren da, getroffen von den neuesten Entwicklungen und vor allem von Gemmas und Amandas Verschwinden. Was Laurenti anbetraf, war offensichtlich, dass ihm der Verlauf der Dinge gar nicht schmeckte. Von wegen Erfolg und Triumph, ihnen stand das Wasser bis zum Hals.

»Das ist kein bisschen konsequent, ich begreife das nicht, weder die Journalistin noch Inspektor Sacco entsprechen seinem bisherigen Beuteschema. Und was diesen Avvocato Manara betrifft, sprechen die Indizien zwar gegen ihn, doch Indizien brauchen bekanntlich Beweise. Ihrer Beschreibung nach, Marco, würde er dem Profil entsprechen, ja, psychologisch passt das. Habt ihr eine Idee, wo der geblieben sein könnte?«

»Bisher tappen wir komplett im Dunkeln, der Vater, der Onkel und die Brüder haben ihn weder gesehen noch von ihm gehört.

Verschwunden, wie die beiden Frauen. Wenn er sie in seiner Gewalt hat und wir sie nicht rechtzeitig finden, vorausgesetzt, er ist es wirklich …«

Tano wollte die naheliegende, grauenvolle Schlussfolgerung nicht aussprechen. Dann durchzuckte ihn ein Gedanke.

»Don Silvano ist nicht zu erreichen, er ist zu einem Kongress nach Turin gefahren, sagt die Sekretärin von ›Mani amiche‹, aber wozu gibt's diese Scheißtelefone eigentlich, wenn sie eh abgeschaltet sind, sobald man sie braucht?«

»Wir haben eine Fahndung für Federico Manara herausgegeben. Wir haben Beamte zu seinen Immobilien geschickt, um nachzusehen, ob er dort ist, und ich sitze gerade an einer Recherche zu den Häusern und Wohnungen seiner Angehörigen. Wer weiß, vielleicht kommt ja was dabei heraus.«

Valeria war wie immer auf dem Posten, sie war einfach nicht unterzukriegen.

»Super, Valeria, sehr gut. Kannst du dich mit der Sekretärin dieses Kongresses in Turin in Verbindung setzen? Wir können Don Silvano nicht erreichen, vielleicht können die ihn für uns ausfindig machen.«

Valeria machte sich sofort an die Arbeit, das Adrenalin schien die Auswirkungen der Hitze aufzuheben und ihr unbegrenzte Energie zu spenden. Insgeheim hoffte sie nur, dass sie nicht auch noch im Krankenhaus landen würde wie Commissario Rosso. Seltsam allerdings, dass Nelly so zusammengeklappt war, eine starke Frau wie sie. Die jedoch zugegebenermaßen zu solchen plötzlichen Aussetzern neigte. Früher war das auch schon vorgekommen, allerdings nie so heftig und lebensbedrohlich. Sie blickte zum Himmel auf und seufzte, hin und wieder hörte man fernes Donnergrollen über dem Meer oder den Bergen, doch der so sehr herbeigesehnte Wolkenbruch blieb aus. Die Zeitungen und das Fernsehen kündigten ihn Woche um Woche, Tag um Tag an und ließen ihn zu einer Fata Morgana werden. Der Himmel sah aus wie versteinert.

Es brauchte nur ein paar Telefonate, und Valeria eilte zu Tano zurück, um ihm zu berichten, was sie herausgefunden hatte: Don Silvano war gar nicht nach Turin gefahren, sein für zwei Uhr nachmittags angesetzter Vortrag war gestrichen worden. Als die erste Sprachlosigkeit überwunden war, in der die beiden sich alarmierte Blicke zugeworfen hatten, verabschiedeten sich Tano und Marco von Alessandro, sprangen in den Dienstwagen des Polizeivizes und rasten zu »Mani amiche«, wo ein verstörter Giuliano Zanni allein zurückgeblieben war, um die Stellung zu halten, und sich mit Bedürftigen und Journalisten herumschlug, die angesichts des morgendlichen Polizeiaufgebots Wind von den Neuigkeiten bekommen hatten und ein bisschen herumschnüffeln wollten.

Nein, er hatte Don Silvano weder gesehen noch gesprochen. Ja, er hatte eine kleine Wohnung im obersten Stock. Was, durchsuchen, weshalb, warum, er könne die Verantwortung nicht übernehmen ... Doch am Ende musste er ihnen den Zweitschlüssel aushändigen. Don Silvanos winzige Behausung bestand aus einem Wohnzimmer mit Pantryküche, einem Bad und einem kleinen Schlafzimmer. Sie war spartanisch eingerichtet, wie eine Mönchszelle. Kein Fernseher, kein Computer, offensichtlich nutzte der Geistliche diese Räume hauptsächlich zum Schlafen. Sie gingen in sein Büro, auch Giuliano fing an, sich Sorgen zu machen, und sperrte sich nicht, doch das Passwort des Computers kannte er nicht. Tano war ein Computercrack, und nach einer halben Stunde hartnäckigen Herumprobierens hatte er es geknackt.

Eine Datei mit dem Namen »Opfer« machte sie stutzig. Sie enthielt minutiöse Recherchen über die ermordeten Frauen, über Diego, über ihre Besuche, ihre Kontakte zu »Mani amiche«. Es war alles fein säuberlich vermerkt, Daten, Termine. Auch sehr intime Informationen, wie ein paar gewollte Schwangerschaftsabbrüche von Lena und Samira, und ein Vermerk, der Giuliano erschütterte: Flores war zum Zeitpunkt ihres Verschwindens schwanger gewesen. Wie benommen starrte er auf den Bildschirm.

Dann wandte er sich ab, um den anderen nicht zu zeigen, dass er weinte. Schließlich hatte er sich wieder im Griff.

»Woher konnte Don Silvano das alles wissen?«, fragte er und sah Tano an. »Das von Flores wusste noch nicht einmal ich, dabei könnte es mein Kind sein. Wieso hat er all diese Informationen gesammelt? Und hier, was ist das?«

»Es tut mir leid, Dottor Zanni, aber ich muss Sie bitten, den Raum zu verlassen, Sie sind in dieser Sache nicht unbefangen, und diese Informationen waren nicht für Sie bestimmt.«

Ungeachtet seiner Proteste wurde Giuliano höflich vor die Tür gesetzt. Bei ihrer Suche stießen Tano und Marco auf eine weitere Datei mit dem Namen »Verdächtige«, und hier wurde die Sache richtig interessant. Sie enthielt Aufzeichnungen über Gianluca Sonni, Giuliano Zanni und vier andere Mitarbeiter und ehemalige Betreute von »Mani amiche« namens Guido Valli, Maurizio Speroni, Giobatta Boero und Rosario Barbero. Die ersten beiden waren als Minderjährige wegen Vergewaltigung vorbestraft worden, einer hatte eine Beziehung zu Malina gehabt, ein anderer war mit Flores ausgegangen. Also hatte Don Silvano Flores zu den Opfern gezählt. Genaueste Vermerke, Fakten, Treffen, Äußerungen, Beziehungen. Und ein Profil jedes Einzelnen, das Palmieri alle Ehre gemacht hätte. Don Silvano ermittelte auf eigene Faust. Aus Gerechtigkeitssinn? Um »Mani amiche« von einem möglichen Mörder zu befreien? Und wieso hatte er nicht mit der Polizei zusammengearbeitet und ihr seine Informationen zur Verfügung gestellt?

Eine Datei mit Namen »Alibi« und eine weitere namens »Wahrscheinlichkeiten« tauchten auf, jedoch waren beide leer. Gelöscht. Sie fanden auch eine mit dem Namen »Chicco«, deren Inhalt ebenfalls gelöscht war. Tano versuchte, die Daten wiederherzustellten, doch ohne Erfolg. Jemand hatte ganze Arbeit geleistet. Die leeren Files bewiesen, dass der Computer manipuliert worden war.

»Ahnt der gute Mann überhaupt, dass er sein Leben riskiert?«

»Mein lieber Marco, ich will den Teufel nicht an die Wand malen, aber vielleicht ist es schon zu spät ... Derjenige, der diese Dateien gelöscht hat, weiß, dass Don Silvano ihm nachspioniert. Und der Pater ist verschwunden.«

»Und wenn das ein gerissener Trick von Don Silvano wäre, um den Verdacht ... von sich selbst abzulenken? Woher weiß der Kerl so viele intime Einzelheiten über diese armen Frauen? Und wenn der Gottesmann sie allesamt gefickt hätte und eine unsägliche Schuld zu verbergen hätte? Na, was meinen Sie, Dottor Esposito?«

»Ich würde mich nicht wundern, wenn's so wäre. Wir ermitteln, und da gilt nicht die Unschuldsvermutung, sondern die Schuldvermutung. Wir müssen den Priester so bald wie möglich finden.«

Sie öffneten die Tür und ließen den aufgelösten und verstörten Giuliano herein. Hatte Don Silvano noch andere Adressen? Nein, oder doch, er hatte noch das Haus seiner Großeltern in der Nähe von Casella, hin und wieder machte er mit betreuten Kindern einen Ausflug dorthin oder verbrachte ein paar Wochen Sommerferien dort, aber er selbst sei dort noch nie gewesen. Schön, Adresse her, und den Computer nähmen sie mit. Falls Don Silvano sich melde, solle er ihnen umgehend Bescheid geben. Dann rauschten die beiden davon und ließen ihn mit einem Haufen Zweifel und offener Fragen zurück.

Der klimatisierte Dienstwagen raste die Autobahn Richtung Busalla entlang. Nach der Ausfahrt fuhren sie nach Casella weiter, bogen an der Brücke nach rechts auf eine unbefestigte, abschüssige Straße ein, die am Kiesbett des Flusses entlangführte und von einer Baustelle und einigen geparkten Baufahrzeugen flankiert war. Dann folgten sie der schmalen, kurvigen Straße, die sich durch einen Wald aus teils durch die Hitze schon herbstlich braunen Kastanien, Steineichen und Buchen emporschlängelte. Sie erreichten ein Plateau. Rechts eine schmale, unbefestigte Straße, auf der der Croma nur mühsam vorankam, und schließlich kam ein altes Bauernhaus aus Feldsteinen inmitten einer weiten, ebenen Wiese in Sicht. Das Tageslicht schwand, und der Mond war fast nicht mehr zu sehen. Am nächsten Tag war Neumond. Hinter dem Haus ein halb verdorrter Gemüsegarten, ein paar Obstbäume, ein Heuschober und ein Holzschuppen. Dieses Stück Land hatte Don Silvano Traversos Vorfahren womöglich Jahrzehnte oder gar Jahrhunderte ernährt.

Aus den Fenstern drang kein Lichtschein, sie waren geschlossen, die Vorhänge zugezogen. Die beiden Männer gingen um das Haus herum. Auf der Rückseite parkte ein Toyota Corolla. Die Schlüssel steckten. »Er ist im Haus«, flüsterte Tano Marco zu, ohne jemand Bestimmtes zu meinen. Sie legten die Hände an die Pistolen, zogen sie heraus, entsicherten sie und näherten sich vorsichtig der dunkelgrünen Metalltür, dem einzig neuen Element inmitten der alten Steinmauern. Die Tür war verschlossen. Was tun? Klopfen? Tano beschloss, auf anderem Weg hineinzugelangen. Auf der linken Hausseite reichte eine Glyzinie bis zu einem augenscheinlich angelehnten Fenster im ersten Stock. Der gewundene Stamm war sehr dick, die Zweige hatten ein Holzgerüst überwuchert und bildeten eine Laube. Mit ein bisschen Geschick ließ sich das Fenster erreichen. Auf Tanos Zeichen kletterte Marco die Holzstruktur hinauf. Kurz darauf drückte er das Fenster auf, machte ein Zeichen, dass er hineinkletterte, und verschwand.

Angespannt und nervös blickte sich Tano um, im Haus war nicht das kleinste Geräusch zu hören. Die Natur ringsherum war seltsam still, selbst die Vögel schienen den Atem anzuhalten. Einige Minuten vergingen und die Unruhe des Polizeivizes steigerte sich zur Besorgnis, da öffnete Marco endlich die Tür und winkte ihn herein.

»Alles okay, im Haus ist keine lebende Seele«, sagte er und sah ihn vielsagend an, »nur eine, die gerade beim lieben Herrgott auf der Matte steht.«

Tano hatte verstanden.

»Der Priester?«

»Der Priester.«

Sie traten in eine riesige alte Bauernküche, die jeden Nostalgiefan in Ekstase versetzt hätte. Fast alles war noch original, wie in einem Bauernmuseum. Der Backtrog, das Bord mit den alten Keramiktellern, der lange Tisch aus massivem Nussholz, die geflochtenen Stühle, der gusseiserne Ofen in der Ecke mit dem Topf darauf, der riesige steinerne Kamin an der Stirnwand. Das elektrische Licht, das Tano beim Eintreten angeschaltet hatte, passte nicht in diese Umgebung, die eher für das schummrige Licht einer Petroleumleuchte geschaffen war. An den Wänden hingen alte, für das Landleben einst unerlässliche Gerätschaften, ein Pflug, eine hölzerne Harke, ein Maultierjoch, eine Röstmaschine, eine Kaffeemühle und noch andere Dinge, deren Zweck Marco nicht kannte. Auf dem Tisch stand eine noch verschlossene Weinflasche.

Marco gab Tano ein Zeichen, ihm zu folgen, und sie betraten einen zweiten Raum, eine Art Abstellkammer. Von dort aus ging es in eine Diele, von der eine Steintreppe ins obere Stockwerk führte. Zwei Türen führten in zwei weitere Zimmer, eines diente als Wohnzimmer, das andere als spartanisch eingerichtetes Arbeitszimmer. Beim Eintreten schlug Tano ein allzu bekannter Geruch entgegen, der Geruch des Todes.

Die Hitze in den geschlossenen Räumen hatte den Verwesungsprozess von Don Silvanos Leiche offenbar beschleunigt. Der Priester saß in einem alten, mit verschossenem, hellblau geblümtem Chintz bezogenen Bergère-Sessel. Der Polizeivize hielt mit den Augen jedes Detail fotografisch fest. Das Opfer saß zurückgelehnt, die Unterarme auf den Lehnen. Der Kopf war unnatürlich zurückgebogen, wie in einem Krampf, die aufgerissenen Augen stierten etwas an, was sie nicht mehr sehen konnten. Um den Hals – und wer ihn gewürgt hatte, musste das mit ungeheurer Kraft getan haben, denn die Haut war bis aufs Fleisch zerfetzt – eine Goldkette mit dem Bildnis der Madonna von Fatima. Nelly hätte diese Kette etwas gesagt, doch den beiden sagte sie nichts oder allenfalls, dass Don Silvano aus Hohn mit einem Heiligenbild ermordet worden war. Die Hände auf den Lehnen waren zu Krallen verkrampft, die Finger gruben sich in den Stoff. Auf seinem Gesicht lag keine Angst, nur blankes Erstaunen. Es sah aus, als hätte Don Silvano nicht den mindesten Argwohn gegen seinen mörderischen Gast gehegt, dem er bedenkenlos den Rücken zugewandt hatte.

Während Tano im Präsidium anrief, nahm Marco das Zimmer unter die Lupe. Auch hier einfache dunkle, »ärmliche« alte Möbel, an den Wänden Bilder längst Verstorbener in Kleidung aus dem neunzehnten oder frühen zwanzigsten Jahrhundert, ein paar sepiabraune Fotografien milchgesichtiger Soldaten in Uniform, den Ellenbogen auf eine kleine Holzsäule gestützt, mit jugendlich argloser Kühnheit im Blick. Das jüngere Hochzeitsfoto eines Brautpaares, vielleicht aus den fünfziger Jahren. Die Ähnlichkeit der Frau mit Don Silvano war nicht zu übersehen, zumindest nicht, wenn man den jungen, energischen Seminaristen betrachtete, der Marco von einem anderen, vielleicht vor fünfundzwanzig Jahren gemachten Foto ansah. Das haut hin, überlegte Marco, der Priester musste zwischen vierzig und fünfzig Jahre alt sein. Er hatte Don Silvano nie lebend gesehen, und das von der starren, verblüfften Fratze entstellte Gesicht des Toten hatte nicht viel Ähnlichkeit mit dem jungen Mann, der aussah, als wollte er es mit sämtlichen Herausforderungen des Lebens aufnehmen. Der Lebensstandard der Familie musste sich im Lauf der Zeit erheblich verbessert haben, auf dem Hochzeitsfoto war der Vater gut gekleidet, die Mutter elegant und gepflegt. Vielleicht lebten sie damals schon in der Stadt.

Marco war wie gebannt von den alten Fotos, alte Fotos waren ein kleiner Tick von ihm, sie erzählten viel über den, der sich mit ihnen umgeben hatte. Plötzlich stutzte er, nahm eines von der Wand, hielt es ins Licht und betrachtete es konzentriert.

»Was machst du mit dem Foto, du stehst da wie vom Donner gerührt«, fragte Tano erstaunt, der eben von der Erkundung des Dachgeschosses zurückkam. »Oben ist nichts Interessantes, wie mir scheint, aber vielleicht findet die Spurensicherung doch noch was Brauchbares.«

»Verdammt, Dottor Esposito, schauen Sie mal.«

Tano blickte ratlos auf das Klassenfoto, das Marco ihm unter die Nase hielt, und versuchte mit gerunzelter Stirn zu verstehen, was den Vizekommissar so erregte. Allmählich begriff er.

»Ist das nicht Manara als Junge?«

»Genau. Und nicht nur das, der Anwalt hat das gleiche Foto in seinem Büro hängen. Ein Foto der 10 b des D'Oria-Gymnasiums, Anno Domini 1979. Schauen Sie, Don Silvano hat ziemlich lange Haare, Manara sieht weniger … vogelscheuchenartig aus als heute, aber die beiden da nebeneinander, das sind sie.«

»Und was ist daran so besonders? So seltsam finde ich das nicht. Beide sind Genueser, gleiches Alter, gleiche Schule, dann wird der eine mittelmäßiger Anwalt, der nur dank seiner Verwandtschaft überlebt und sich mit Leib und Seele der Wohltätigkeitsarbeit verschreibt. Der andere wird Priester, engagiert sich sozial und zieht einen Riesenverein hoch, dem der Erste seine Arbeit unentgeltlich zur Verfügung stellt. Na und, wo ist das Problem?«

»Aber der eine wird derzeit für eine Mordserie verdächtigt, die mit ebendiesem Verein zu tun hat, und der andere, der auf eigene Faust ermittelt hat, ist gerade abgemurkst worden und sitzt sozusagen noch warm vor uns. Und er vertraute seinem Mörder.«

Tanos Blick ruhte nachdenklich auf Don Silvanos Leiche. »Auf jeden Fall ist das ein schwerer Schlag für die Stadt, dass dieser Mann, den alle kannten und verehrten und der so vielen armen Schluckern geholfen hat, jetzt tot ist. Und wenn dann noch herauskommt, dass es Manara war, immerhin ist seine Familie auch bekannt, ganz zu schweigen von der Journalistin und unserer Amanda Sacco, die unauffindbar sind … Das alles ist der pure

Wahnsinn, so was hab ich noch nicht erlebt. Was soll ich bloß Volponi sagen?«

In dem Moment kündigten Sirenen das Eintreffen der Nachhut an, und der makabre Frieden des Ortes wurde von Celsi und seiner Mannschaft gestört, Männern, die in Overalls und mit Köfferchen in der Hand herumwuselten, Fragen stellten, Anweisungen gaben, fluchten, maßen, fotografierten, eintüteten. Parodi untersuchte die Leiche, er wirkte ausnahmsweise betroffen.

»Bei dieser Wahnsinnshitze – und die Fenster waren geschlossen, haben Sie mir gesagt – braucht es eingehendere Untersuchungen, um den genauen Todeszeitpunkt festzustellen. Übern Daumen und bei der Temperatur würde ich sagen, zwischen acht Uhr abends und Mitternacht. Zum Glück macht Nardini die Autopsie. Ich ... ich kannte Don Silvano, ein erstklassiger Mann, er hat in all diesen Jahren mehr für viele Menschen geleistet als alle Institutionen zusammen. Wir waren befreundet.« Er war offensichtlich bewegt.

»Haben Sie ihn in letzter Zeit gesehen, Dottore? Haben Sie ihn gesprochen?«

»Wir haben vor ein paar Tagen telefoniert, wir wollten zum Forellenangeln nach Martina fahren, dort habe ich ein Haus. Wir hatten uns für Anfang August verabredet. Ich kann's einfach nicht glauben. Don Silvano ... da tut einer nur Gutes, und das hat er dann davon.«

Dottor Parodi schüttelte fassungslos den Kopf.

In dem Moment kam Laurenti herein, gefolgt von Palmieri. Der Staatsanwalt wirkte völlig verwirrt, seine zur Schau getragene Überheblichkeit hatte einen Dämpfer bekommen, und das wollte viel heißen. Was war denn bloß los? An diesem Tag schien der Teufel höchstpersönlich aus der Hölle gekommen zu sein, um in der Stadt sein Unwesen zu treiben. Eine Journalistin, ein Anwalt und sogar eine Polizeiinspektorin hatten sich anscheinend in Luft aufgelöst, ein bekannter und geachteter Priester wurde in seinem

Landhaus erwürgt, womit musste man denn noch rechnen? Und was gab es Neues, was hatte man unternommen, verdammt? War man sich sicher, dass diese Dinge mit den enthaupteten Frauen zu tun hatten, hundertprozentig sicher? Was würden die Medien sagen, o Gott, die Medien. Und der Fernsehauftritt mit Palmieri, vielleicht sollte man den besser verschieben …

Palmieri sah sich still und leise um und schien von dem Wortschwall, der sich über Tano und Marco ergoss und den die beiden reglos und ohne zu widersprechen über sich ergehen ließen, nichts mitzubekommen. Dann erfüllte ein unwirkliches Schweigen das Zimmer. Laurenti blickte Zuspruch heischend in die Runde, traf jedoch nur auf ausweichende oder unterkühlte Blicke. Er nahm sich zusammen.

»Nun ja, Dottor Esposito, ich wollte damit sagen, so eine richtig tolle Figur machen wir dabei alle nicht, finden Sie nicht?«

»Durchaus, Dottor Laurenti, durchaus. Alles scheint bei ›Mani amiche‹ zusammenzulaufen. Doch die Zusammenhänge sind nicht klar. Wir müssen diesen Manara finden, der ist momentan unser Hauptverdächtiger, und vor allem die Pieretti und Amanda, möglichst lebend.«

Laurenti hatte sich wieder eingekriegt. Er gab seine üblichen Anweisungen und machte sich mit der dringenden Bitte, umgehend über jede weitere Entwicklung informiert zu werden, aus dem Staub. Palmieri blieb. Er studierte alles eingehend mit seiner typischen abwesenden Miene und wirkte wieder so selbstsicher wie zu Beginn der Ermittlungen.

»Und, Alessandro, was meinen Sie?«

»Nun ja, dem Profil nach ist Federico Manara geradezu perfekt. Das Gewaltpotential, das in ihm schlummert, ist enorm. Bis es explodiert. Außerdem ist er mit der Sacco verschwunden, und die Wohnung gehörte seiner Mutter. Sie sagten mir, er sei mit Don Silvano seit der Schule befreundet gewesen … Das Wichtigste ist, ihn und die Frauen rechtzeitig zu finden.«

Tano und Marco nickten nachdenklich und alarmiert. Genau, rechtzeitig. Tano rief im Galliera-Krankenhaus an. Dottoressa Rosso schlafe, ihre Werte seien allesamt normal, doch sie sei noch immer unter Beobachtung. Don Silvanos Leiche wurde abtransportiert, nach und nach leerte sich der Tatort, und das alte Haus versank in der dunklen Stille der Sommernacht.

Amanda Sacco blinzelte ein paar Mal, ihr Kopf schmerzte, ihre Zunge war belegt. Sie brauchte nicht lange, um zu merken, dass sie sich nicht rühren konnte. Sie war fest mit Paketklebeband gefesselt, die Hände hinter dem Rücken und auch die Füße. Die Beine waren angewinkelt, die Knie bis vors Gesicht hochgezogen, der Mund ebenfalls verklebt. Sie versuchte, die Panik niederzukämpfen, die unaufhaltsam in ihr aufstieg und ihr buchstäblich die Haare zu Berge stehen ließ. Sie wusste nicht, wer sie in seiner Gewalt hatte, doch es war der Mörder, so viel war gewiss. Das Letzte, das sie erinnerte, war der pferdegesichtige Manara, der mit ihr redete und ihr sagte … Was hatte er gesagt? Und dann war es dunkel geworden. Auch der enge, niedrige Ort, an dem sie sich befand, war dunkel, doch nach und nach konnte sie etwas erkennen und hörte eine andere Person, ehe sie sie sehen konnte, ein gepresstes Atmen ganz dicht neben ihr.

Von oben, durch einen schmalen Schlitz in der Wand, ein Fenster vielleicht, sickerte schwaches Licht herein. Amanda kniff die Augen zusammen und erkannte das Gesicht der Person, die zusammengeschnürt wie sie selbst neben ihr lag.

Es war Gemma, die Journalistin. Sie wirkte bewusstlos, ihre Augen waren geschlossen. An der hinteren Wand des kleinen Raumes lag jemand zusammengekauert und für Amanda unsichtbar im Dunkel und wimmerte leise.

XVII

Nelly erwachte mit einem seltsamen Gefühl, das sie bald als Appetit deutete. Das Licht, das durch die Fenster fiel, war nicht mehr grell, fast so, als wäre später Nachmittag und nicht früher Morgen, wie seltsam. Sie schwang die Beine aus dem Bett, wurde vom Tropfschlauch zurückgehalten und merkte, dass sie nicht in ihrem eigenen, sondern in einem Krankenhausbett lag.

Sie versuchte sich zu erklären, wie sie dort hingekommen war. Sie waren bei »Mani amiche« gewesen, hatten Amanda und Avvocato Manara gesucht ... hier riss der Faden ab, oder nein, das Letzte, woran sie sich erinnerte, war Claire in dem dunklen Garten, sie beide im von Kerzenlicht erhellten Raum, in dem ein gesichtsloser Priester sein »Opfer« dargebracht hatte. Bei der Erinnerung weiteten sich ihre Augen vor Angst und ohnmächtigem Grauen. Ihr jäh wechselnder Puls löste bei dem Apparat, an den sie angeschlossen war, ein Piepsen aus, und eine kleine, kräftige und resolut wirkende Krankenschwester kam herein.

»Was ist los? Heute Nacht war alles normal ... was haben wir denn?« Sie lächelte Nelly freundlich an, die sie sofort mit Fragen bombardierte und endlich erfuhr, was tags zuvor geschehen war. Inzwischen schien alles wieder in Ordnung zu sein, Blutdruck und Herzschlag normal, bis jetzt zumindest. Ob sie sich vielleicht aufgeregt habe? Und ob, entgegnete Nelly, sie könne auf keinen Fall hierbleiben, sie habe zu tun. Die Schwester kniff die Lippen zusammen und rauschte ohne eine Antwort hinaus. Nach ein paar Minuten erschien ein Arzt in der Tür.

»Dottoressa Rosso, ich habe gehört, Sie wollen uns schon verlassen? Davon kann ich Ihnen nur abraten. Wir haben Sie gestern mit Ach und Krach wieder zurückgeholt, und um sicherzugehen, dass Sie wieder voll hergestellt sind, müssen Sie ein paar Tage zur Beobachtung hier bleiben.«

»Das ist unmöglich, kommt gar nicht in Frage! Mir geht's blendend, wo muss ich unterschreiben?«

Die Einwände und Drohungen des Arztes prallten an der Halsstarrigkeit der Kommissarin ab, und eine Stunde später, nachdem sie einen ausgiebigen Imbiss in der Bar gegenüber dem Krankenhaus zu sich genommen und festgestellt hatte, dass es sechs Uhr abends war und sie sich bestens fühlte, betrat Nelly unter der Verblüffung der Anwesenden Tanos Büro. Der Polizeivize, Marco und Gerolamo hatten dagesessen und sich fluchend die Köpfe zerbrochen.

»Nelly, was machst du denn hier? Bist du verrückt geworden? Weißt du eigentlich, was du uns gestern für einen Schrecken eingejagt hast? Die Ärzte meinten ...«

»Es ist mir scheißegal, was die Ärzte meinten, sie haben gute Arbeit geleistet, und jetzt geht's mir prima, geht mir also nicht auf die Ketten und erzählt mir, was während meines Blackouts passiert ist.«

Jeder Widerstand war zwecklos. Nelly wurde also auf den neuesten Stand gebracht, sie erzählten ihr von dem Mord an Don Silvano und dass man Gemma, Amanda und Manara bisher nicht hatte finden können. Die einzige Neuigkeit des Tages war eine E-Mail, die diese Drecksau an den Direktor des »Secolo« geschickt hatte und die wie folgt lautete:

»Das scheinheilige Schwein von Don Silvano hat für seine Sünden in dieser Welt gebüßt und muss sich nun vor einem höheren Gericht verantworten. Opfer und Erlösung, das ist der Doppelbegriff, der die Hand des Gerechten führt. Bald, sehr bald, wird alles vollbracht sein. In der Nacht des schwarzen Mondes.«

»›Scheinheiliges Schwein‹ ... Und die Kette um seinen Hals, mit der er erwürgt wurde, sieht aus wie die von Flores.« Nelly musterte eingehend das Foto von Don Silvano, das am Tatort gemacht worden war. »Sein Mörder wirft ihm etwas vor, was mit den Frauen im Allgemeinen und mit Flores im Besonderen zu tun hat. Vielleicht war Manara in seiner Eifersucht überzeugt, dass sie etwas mit dem armen Don Silvano hatte, wer weiß? Teufel noch mal, kann das denn sein, dass der verschwindet, ohne die kleinste Spur zu hinterlassen?«

»Die Kette sieht aus wie die von Flores? Wie kommst du denn darauf, Nelly?«

Überrascht und mit gerunzelter Stirn sah Tano sie an.

»Äh … ähm … ich glaube, auf dem Foto von ihr und Manara beim Karneval, das wir im ARCI gesehen haben, hatte sie die um, ich bin mir sogar sicher.«

Genau in dem Moment hatte Nelly das Foto wieder vor sich gesehen, und die goldene Kette. *Deshalb habe ich davon geträumt. Ich hatte sie auf dem Foto gesehen.*

Seit dem Vortag war man sämtlichen Möglichkeiten nachgegangen, doch ohne Erfolg. Palmieri war nicht da, er war wegen einer dringenden Angelegenheit in die Schweiz gerufen worden und würde erst am nächsten Tag wiederkommen, hatte sie aber gebeten, ihn auf dem Laufenden zu halten. Doch sein Handy war abgeschaltet oder zumindest nicht erreichbar. Nach kurzem Zögern fasste sich Nelly ein Herz.

»Gemma Pieretti und unsere Amanda sind in einem Haus in den Hügeln über der Stadt, mit einem terrassierten Grundstück ringsherum. Auf einer dieser Terrassen steht ein langgestrecktes, niedriges Gebäude, eine Art Hütte oder ein Geräteschuppen, irgend so was. Dorthin hat er sie alle gebracht und ermordet. Und jetzt hält das Dreckschwein Amanda und Gemma aller Wahrscheinlichkeit nach dort gefangen und wartet auf den sogenannten ›schwarzen Mond‹.«

Sie beschrieb ihrem sprachlosen Publikum die Szene, die sie während ihrer Bewusstlosigkeit mit angesehen hatte, hütete sich jedoch, Claire zu erwähnen. Als sie geendet hatte, folgte ein halb verblüfftes, halb alarmiertes Schweigen, die drei Männer zogen die Augenbrauen hoch und tauschten vielsagende Blicke. Die arme Frau, die Hitze, der Zusammenbruch. Doch Nelly war fest entschlossen, sich nicht so leicht abservieren zu lassen.

»Verdammt, ich bin doch die Erste, die bei solchem Kram skeptisch wird! Ich bin nicht verrückt, ich weiß nicht, wie es geschehen ist, aber ich habe wirklich alles gesehen, ich war dort. Und bei dem, was ihr in der Hand habt, könnt ihr doch genauso gut meiner Vision glauben oder was es sonst war, meint ihr nicht? Was habt ihr denn in der Hand, na los, raus mit der Sprache!«

»Nelly, sei doch vernünftig, keiner bezweifelt, dass du diese entsetzliche Szene geträumt hast, und es ist auch nicht ausgeschlossen, dass sich alles tatsächlich mehr oder weniger so abgespielt hat, warum nicht, aber hast du in deinem Traum vielleicht auch die Adresse dieses Hauses mit Garten gesehen?«

Nelly warf ihm einen halb verzagten, halb wütenden Blick zu.

»Tano, du kannst dich gern ein andermal über mich lustig machen, aber ist dir denn nicht klar, dass wir diesen Ort so schnell wie möglich finden müssen, wenn Amanda und Gemma nicht so enden sollen, wie ich es geträumt habe? So, wie alle anderen geendet sind? Es ist fast sieben Uhr abends, und heute ist Neumond.«

»Na schön, nehmen wir einmal an, du hast … das zweite Gesicht gehabt, sagt man das so? Wo fangen wir an? Seit heute Morgen sitzen wir hier und brüten vor uns hin, ohne den kleinsten Anhaltspunkt … Ich mein's ernst und nehme dich auch nicht auf den Arm, jetzt ist sowieso schon alles egal. Also, denk nach, gab es irgendeinen Hinweis darauf, wo sich das Haus befand?«

»Es liegt in den Hügeln, man konnte unten die Stadt sehen. Als ob es am Righi wäre … oder in Apparizione, so was in der Art …«

Nelly ließ mutlos den Kopf sinken, da stürzte Valeria ohne zu klopfen in das Büro. Sie wedelte aufgeregt mit einem Zettel. Manaras Onkel Lucrezio habe ein Haus bei Apparizione, das der Beschreibung entspreche, hier sei die Adresse, allerdings …

Sie konnte nicht ausreden, da waren sie schon aufgesprungen, Tano hatte ihr den Zettel mit der Adresse aus der Hand gerissen, und in null Komma nichts stand Valeria allein im Zimmer.

»Super, Valeria. Gut gemacht, Valeria, sehr gute Arbeit, Valeria!«, äffte sie laut in das leere Büro hinein. Sie schnaubte wütend. Da riss man sich beide Beine aus, gab alles, und von den großen Herren kam noch nicht einmal ein Dankeschön. In dem Moment streckte Nelly den Kopf noch einmal zur Tür herein, blies ihr einen Luftkuss zu, rief jubelnd: »Du bist großartig, Valeria!« und verschwand wieder. Mit einem zufriedenen Lächeln kehrte Valeria an ihren Platz zurück.

Tano, Marco, Nelly, Tommi und Gerolamo, Giorgio Razzi und Lombardo - zu siebt machten sie sich in zwei Autos auf den Weg über Borgoratti nach Apparizione und hielten nach der gesuchten Adresse Ausschau. Sie hüteten sich vor Sirenen und Blinklicht, die Parole lautete Überraschung. Als sie in der Nähe waren, parkten sie das Auto an der Straße und legten das unbefestigte Wegstück bis zum Gartentor und der Garage des halb hinter Grün versteckten Hauses zu Fuß zurück. Es lag einsam, die anderen wenigen Katen oder Bauernhäuser befanden sich in einiger Entfernung. Ein idealer Ort, um ungesehen und ungestört zu bleiben. Um in aller Seelenruhe sein Ding zu machen. Die Garage war direkt von der Straße aus zugänglich, doch die Tür war abgeschlossen. Blitzschnell knackten sie das Schloss. Darin stand ein weißer Ducato mit einem schwarzen Aufkleber auf der Seite: »Speranza«. Identisch mit dem des ARCI-Clubs. Nur dass sich der Aufkleber mühelos abziehen und wieder anbringen ließ. Nelly und die Männer tauschten vielsagende Blicke. Hier war er also, der verdammte Lieferwagen.

Von der Garage ging eine Art überdachter Durchgang ab, der sich seitlich vom Haus fortsetzte. Die andere Tür führte in einen Abstellraum mit ebenfalls zwei Türen: eine führte in die Küche des Hauses, die andere in den Keller. Tano machte Tommi, Gerolamo und Lombardo ein Zeichen, die linke Tür zu nehmen und das Haus und den Keller zu untersuchen. Er, Marco, Nelly und Giorgio Razzi nahmen den überdachten Durchgang, der auf ein einstöckiges Ziegelgebäude zuführte, das, halb hinter Büschen versteckt, auf einer relativ kleinen, tiefer gelegenen Terrasse in der abendlichen Dunkelheit lag. Alle trugen kugelsichere Westen, selbst Marco, der die Dinger hasste. Knorrige Bäume (Oliven?), die in der Finsternis kaum zu erkennen waren, wuchsen auf den schmalen Terrassen, deren Trampelpfade und Verbindungsstufen sich nur erahnen ließen. Aus der Tiefe scholl wie ein fernes Echo das gedämpfte, vielstimmige Rauschen der Stadt empor.

Das weiße Haus mit den grünen Fenstern wirkte unbewohnt, es brannte kein Licht. Die dunklen Schemen der Polizisten schlüpften lautlos wie Marder auf Hühnerjagd hinein und durchsuchten es rasch. Alles in Ordnung. Tanos Anweisungen folgend, verteilten sie sich auf die Zimmer und schlichen die Treppe hinauf, um das obere Stockwerk zu kontrollieren. Dunkelheit. Stille. Leere. Niemand war im Haus, und es gab keinerlei Anzeichen, dass sich in letzter Zeit jemand darin aufgehalten hatte. Im Keller standen ein paar Pritschen. Jemand war kürzlich hier gefangen gehalten worden. Ein starker Schimmelgeruch hing in der Luft, typisch für unbelüftete Räume. Gerolamo, Tommi und Lombardo, die sich im Keller und im Haus umgesehen hatten, kehrten in die Garage zurück und folgten Tano, Marco und Nelly, die sich auf den Weg zum Ziegelgebäude gemacht hatten und gerade die Tür erreicht hatten, die es mit dem Durchgang verband. Nelly nahm Tano zur Seite und flüsterte ihm ins Ohr:

»Er ist da drin, ich bin sicher. Das ist der Ort, den ich im Traum gesehen habe. Ich war auf der anderen Seite, ich bin … von außen reingekommen, aber ich bin mir hundertprozentig sicher.«

Tano bedeutete ihr, auf die anderen zu warten, dann zog er die Tür ganz vorsichtig, um kein Geräusch zu machen, einen Spaltbreit auf.

Nellys Herz raste. Sie erkannte alles wieder, die Gerüche, die fernen, gedämpften Geräusche und vor allem den niedrigen, langgestreckten Bau, in dem sie mit Claire »gewesen« war. Tano trat zur Seite, damit Marco und sie ebenfalls etwas sehen konnten, und sie erstarrten: Das, was sie sahen, entsprach haargenau Nellys Schilderungen: Der Mann mit der Kapuze, eine Frau – Amanda Sacco! -, die festgebunden auf einer hölzernen Werkbank lag, die im Pentagramm aufgestellten Kerzen, das gezückte japanische Schwert. Zum Glück stand der Mann noch zu Amandas Füßen und nicht neben ihrem Kopf, er schien gerade sein Gebet zu beenden. Auf Tanos Zeichen hin stürmten die Männer mit gezogenen Waffen das Gebäude.

»Ergib dich, du Arschloch, du hast keine Chance! Wirf das Schwert weg, Hände hinter den Kopf, und rühr dich nicht von der Stelle!«, brüllte Tano und hielt den Kapuzenmann mit seiner Beretta in Schach, während die anderen ihre Maschinenpistolen auf ihn richteten. Einen Moment lang war alles in der Schwebe. Offenbar hatten die Polizisten den Mann in der Tunika völlig überrumpelt. Er hatte sich sicher gefühlt und schien wie erstarrt vor Überraschung, als hätte man einen Film angehalten.

Du Ärmster, haben wir dir deine kleine Privatshow verdorben, du bist am Arsch, du elende Drecksau.

Es sah aus, als würde der Mann sich ergeben. Er ließ die Hand mit dem Schwert sinken, legte es auf den Boden, doch als die Männer auf ihn zustürzten, um ihn festzuhalten, wand er sich flink wie eine Schlange heraus, hechtete zu einem Fenster, warf sich geschickt gegen die berstende Scheibe und verschwand. Die Polizisten stürzten hinaus, um ihn zu fassen. Doch in der Finsternis war es unmöglich, zu erkennen, in welche Richtung er geflohen war. Fluchend, wie es sonst nicht seine Art war, befahl Tano den Männern, ihn nicht entkommen zu lassen, und nahm die Verfolgung auf, während Giorgio Razzi und Lombardo sich um Amanda kümmerten und einen Krankenwagen riefen.

Nelly, Gerolamo und die anderen rannten hinaus in die Dunkelheit und machten die Taschenlampen an, doch es war Vorsicht geboten, der Kerl konnte irgendwo eine Waffe versteckt haben, außerdem kannte er die Gegend sehr viel besser als sie. Licht zu machen war also nicht ungefährlich. Nelly entschied sich für die Dunkelheit und knipste die Taschenlampe aus. Schwarze Nacht war eine recht treffende Beschreibung für das, was sie im wörtlichen und übertragenen Sinne umgab. Sie war dermaßen mit Adrenalin vollgepumpt, dass sie die Angst, die ihre Arme mit Gänsehaut überzog, nicht spürte.

Sie lief talwärts die Terrassen entlang, und die Lichter der Stadt schienen näher zu kommen. *Wo zum Henker hat sich das Arschloch verkrochen …* Vorsichtshalber hielt sie sich an stärkeren Zweigen und Sträuchern fest und versuchte, so wenig Geräusche wie möglich zu machen. Sie folgte ihrem Instinkt, bis eine Art sechster Sinn sie jäh innehalten ließ. Etwas hatte sie erstarren lassen, ein heftiges Panikgefühl hatte ihre Beine gelähmt, die jetzt so sehr zitterten, dass sie sich nicht vom Fleck rühren konnte. Starr wie eine Salzsäule und mit aufs Äußerste geschärften Sinnen stand Nelly da und machte in der Finsternis vor sich einen unmerklich dunkleren, schwärzer als schwarzen Schatten aus.

An einen Stamm geklammert, machte sie mühsam einen tastenden Schritt nach vorn. Ihr Fuß fand keinen Halt. Vor ihr war nichts als Leere. Sie stand am Rand eines Abgrundes, dessen Tiefe in der Dunkelheit nicht zu erkennen war, der jedoch, da waren sich Nelly und ihr Körper sicher, tief genug war, um sie irgendwo dort unten in eine leblose Marionette zu verwandeln.

Instinktiv zog sie sich mit einem Ruck zurück und klammerte sich an den Stamm, als plötzlich etwas ihre rechte Schulter streifte und der Mann, der sie mit Schwung hatte hinabstoßen wollen, mit einem erstickten, eher überraschten denn angstvollen Schrei in die dunkle, blinde Tiefe stürzte.

Nelly war dermaßen verdattert, dass sie nicht sagen konnte, wie viel Zeit zwischen der Todesgefahr, die sie nur gestreift hatte, und dem dumpfen Aufprall, der aus dem dunklen Nichts zu ihr empordrang, vergangen war. *Verfluchter Mistkerl, endlich hat's dich erwischt!* Völlig benommen spürte Nelly, wie jemand ihren linken Arm ergriff, und wollte schon schießen, als Gerolamos vertraute Stimme ihr ins Ohr flüsterte: »Alles in Ordnung, Dottoressa?« Sie begann dermaßen heftig zu zittern, dass sie sich fast selbst in den Abgrund befördert hätte. Gerolamo zog sie zu sich herauf und nahm sie fest in die Arme, bis das Zittern nachließ.

»Nelly? Privitera? Seid ihr das?«

Tanos gedämpfte Stimme klang ganz nah.

»Macht mal Licht, der muss da unten irgendwo sein, tot oder schwer verletzt. Er hat versucht, mich runterzustoßen, aber genau in dem Moment hab ich einen Schritt zur Seite gemacht, und er ist selbst runtergestürzt. Den hat's garantiert völlig zerlegt, fliehen kann er jedenfalls nicht mehr.«

Wenige Minuten später war die Umgebung wie durch Zauberhand in Licht getaucht. Lombardo war ins Haus zurückgekehrt, hatte den Sicherungskasten gefunden und sämtliche Lampen im Haus und ein paar Gartenlaternen auf den Terrassen angeschaltet. Die grausige Dunkelheit verwandelte sich mit einem Mal in eine romantische, nächtliche Idylle, es fehlten nur noch die bunten Lichterketten. Jetzt konnte man sich sicher auf den Wegen und Stufen zwischen den Terrassen bewegen.

Als ihr klar wurde, dass sie allein dank einem tierischen Instinkt an der Kante einer rund ein Dutzend Meter tiefen Betonmauer stehen geblieben war, die das Erdreich womöglich vor Erosion schützen sollte, überkam Nelly ein Schwindel, und sie musste daran denken, dass sie nur vierundzwanzig Stunden vorher bewusstlos im Krankenhaus gelegen hatte. Unter Gerolamos besorgtem Blick ließ sie sich erschöpft aufs vertrocknete Gras fallen. Sollten Marco und die anderen die Stufen längs der Mauer hinabsteigen.

Doch kaum war Marco unten angekommen und versuchte, das, was wie eine große Fläche gewalzter Erde aussah, mit der Taschenlampe auszuleuchten, rief sie ungeduldig: »Und, ist er da unten oder nicht? Habt ihr ihn gefunden?«

Inzwischen waren auch die anderen unten angekommen; man sah die Lichtkegel der Taschenlampen, die sichtbar machten, was bis eben noch undurchdringliche Finsternis gewesen war: Sträucher, Büsche, Bäume. Doch keiner hörte sie oder wollte antworten. Nelly beherrschte sich noch ein paar Minuten, dann brüllte sie: »Was, zum Teufel, macht ihr da unten, seid ihr alle taub? Ist Manara nun da oder nicht?«

Marcos Antwort wurde von einer Brise heraufgeweht, die sich über dem Meer erhoben hatte, doch Nellys Ohren rauschten so sehr, dass sie nichts verstand.

»Was? Ich verstehe dich nicht, verdammt. Jetzt reicht's, ich steig selbst runter!«

»Tun Sie's nicht, Dottoressa, ich sehe doch, dass Sie noch nicht wieder ganz auf dem Damm sind. Ich gehe, ich bin gleich wieder zurück, warten Sie bitte hier.«

Zähneknirschend sah sie zu, wie Gerolamo sich zu den anderen Schemen gesellte, die sich dort in der Tiefe bewegten, als folgten sie einer eigenen, geheimen Choreografie. Tano und Tommi waren unterdessen zurückgerannt, um Amanda zu helfen und das Gebäude des Grauens unter die Lupe zu nehmen, und sie waren noch nicht wieder zurückgekehrt.

Nelly fühlte sich plötzlich sehr weiblich und schwach, was sie noch ungehaltener machte. Sie hatte keine Kraft mehr, und nur die Anspannung bewahrte sie vor einem neuen Zusammenbruch. Sie lehnte sich gegen einen dicken Stamm, brach in Schluchzen aus und schimpfte sich dafür eine blöde Kuh. Nach und nach beruhigte sie sich wieder, sie fühlte sich erleichtert, doch wo waren eigentlich alle geblieben? Die Zeit hatte eine seltsame, zähe und unvorhersehbare Dimension angenommen ... *Wie in »Alice im*

Wunderland«, jetzt kommt gleich das Kaninchen vorbei und sagt: »Ich werde zu spät kommen, viel zu spät, zu spät, viel zu spät …«

»Nelly, alles in Ordnung?«

Marco kam die Treppe herauf, gefolgt von Gerolamo, der sie mit besorgt gerunzelter Stirn musterte.

»Verdammt noch mal, wie lange wollt ihr mich noch schmoren lassen, liegt der tote Manara nun dort unten oder nicht? Oder ist er nur verletzt? Oder ist er uns entwischt?«

»Nein, Manara ist nicht da unten …«

»O Scheiße, das ist unmöglich, aus dieser Höhe müsste der sich mindestens ein Bein gebrochen haben …«

»Lass mich ausreden, da unten liegt kein toter Manara, sondern …«

»Palmieri!«, platzte Nelly heraus.

»Nelly, bitte entschuldige, wenn ich das sage, aber du bist echt wie besessen, da ist weder Manara noch Palmieri. Da unten ist unter anderem ein von Eisenstangen gehaltener Holzstapel, und der Typ hat sich darauf aufgespießt. Kein schöner Anblick. Es ist … Giuliano Zanni. Er war unser Mann, und wir hatten's nicht geblickt.«

Das Geheul der Krankenwagensirenen zerriss den nächtlichen Frieden, und nacheinander bevölkerten Beamte der Spurensicherung, der Gerichtsmediziner, Sanitäter und Totengräber die Terrassen. Palmieri war nicht zu erreichen. Nelly, noch immer völlig vor den Kopf geschlagen angesichts der Neuigkeit, dass Giuliano Zanni für all die grausamen Verbrechen verantwortlich war, hatte sich zu Tano und den andern in das »Opfer«-Gebäude begeben. Amanda wurde gerade mit geschlossenen Augen und intubiert auf einer Trage herausgebracht. Die Nachricht, dass sie Zanni gefunden hatten, schien Tano nicht sonderlich zu überraschen. Mit ernster und düsterer Miene führte er sie zu einer Art Paravent, der in der hinteren Ecke des großen Raumes stand, sagte nur: »Haltet euch fest«, und trat zur Seite.

Vor ihnen am Boden lagen zwei Körper: eine Frauenleiche ohne Kopf, und Avvocato Manara, zwar mit Kopf, aber ebenfalls tot, die Kette der Madonna von Fatima um den Hals. Erwürgt, genau wie Don Silvano. Die kurzsichtigen Augen waren aus den Höhlen getreten, die blau angelaufene Zunge ragte aus dem Mund. Der Anblick war entsetzlich, doch Tano war noch nicht fertig. Er hob ein weißes Tuch hoch, unter dem ein Korb mit Gemma Pierettis Kopf zum Vorschein kam. Nelly beschloss, dass es für diesen Tag reichte, und sank wie ein zartes, tuberkulosegeschwächtes Rokokofräulein abermals in Ohnmacht.

XVIII

Die Morgensonne fiel noch harmlos durch das große Fenster, und als Nelly die Augen öffnete, stellte sie zu ihrer großen Beunruhigung fest, dass es ihr langsam zur Gewohnheit wurde, in einem Krankenhausbett aufzuwachen. Dann erinnerte sie sich an all das Grauen der letzten Nacht und konnte sich nur mit einem Gedanken einigermaßen beruhigen: Es war vorbei. Giuliano Zanni, der junge Anwalt von »Mani amiche«, der Assistent von Federico Manara, war Simba gewesen. Und er war tot.

In dem Augenblick lugte ein Kopf zur Tür herein. Es war Tano, mit einem riesigen Blumenstrauß in der Hand (gelb gesprenkelte rosa Rosen) und einem verschmitzten Lächeln auf den Lippen. Er war in Uniform.

»Na, Nelly, gehörst eben doch zum schwachen Geschlecht, was?«

Sie musste lachen. In einem anderen Moment wäre sie sauer geworden, aber jetzt nicht. Sie ließ sich gegen das Kissen fallen und winkte ihn herein, er trat neben das Bett, küsste sie sanft auf die Wange, ließ ihr die duftenden Rosen in den Schoß regnen und zog sich einen Stuhl heran.

»Danke, Tano, wie wunderschön. Sag, wie geht es Amanda Sacco?«

»Körperlich einigermaßen. Sie liegt ein paar Türen weiter, und nachher gehe ich auch zu ihr, aber es heißt, sie sei schwer traumatisiert. Es wird eine Weile dauern, bis sie die Erinnerungen an den Kerl und an diese Schlachtbank überwunden hat. Sie hat gesehen, wie Gemma Pieretti ermordet wurde und auch Avvocato Manara. Er hat ihn vor den Augen der beiden Frauen in Zeitlupe erdrosselt. Dann war Gemma an der Reihe. Das arme Mädchen, für sie sind wir zu spät gekommen. Danach wollte er unserer Amanda das Gleiche angedeihen lassen. Kannst du dir vorstellen, wie die sich gefühlt hat, von wegen den Tod vor Augen! Der schiere Horror, ist noch milde ausgedrückt.«

»Aber wieso hat er das getan? Wieso?«

»Glaubst du wirklich, so etwas kann man erklären? Allerdings, halt dich fest!, kennen wir seine Sicht der Dinge. Er war nicht nur ein Serienkiller, sondern auch noch schreibwütig, er hat alles mit buchhalterischer Genauigkeit festgehalten, jedes Verbrechen, er hat keine Frage offengelassen, er war in seine »Arbeit« verliebt, erklärt, wie er's angestellt hat, wann und wie er sie geschnappt und transportiert hat. Er benutzte den vor Monaten in einer anderen Region geklauten Ducato mit einem falschen Nummernschild, das identisch mit dem vom Club »Speranza« war, und er hatte denselben Aufkleber, um die Spuren zu verwischen.

Wir wissen nicht, wie er's geschafft hat, uns Amanda und Avvocato Manara unter der Nase wegzuschnappen, das wird uns Amanda sagen, wenn's ihr besser geht. Alle haben ihm vertraut, ist ja klar, der nette, freundliche Jurist von ›Mani amiche‹, so ein tüchtiger Junge. Diese Ärmsten sind ihm wie reife Birnen in den Schoß gefallen, und bei uns stand er auch nicht ganz oben auf der Verdächtigenliste. Don Silvano muss ihm irgendwie auf die Schliche gekommen sein, deshalb musste er sterben.«

»Aber die drei Südamerikaner? Es stimmt schon, Balmir hat Manara nicht in die Wohnung gehen sehen, aber sie gehörte seiner Mutter ...«

Tano hob beschwichtigend die Hände.

»Ich muss dir noch eine brandneue Neuigkeit erzählen: Zanni war der leibliche Sohn von Lucrezio Manara. Hat alles Valeria herausgefunden, diesmal hat sie sich echt selbst übertroffen. Sie hatte es schon gestern gewusst, aber wir hatten sie nicht ausreden lassen. Der berühmte Gräzist hat ihn erst spät bekommen, da war er schon weit über fünfzig, und zwar von einer Hausangestellten, einer gewissen Margherita Zanni. Er hat ihn zwar nie anerkannt, ihm aber das Studium finanziert und dafür gesorgt, dass sein Bruder und sein Neffe, also Manaras Vater und Manara selbst, ihm einen Job in ihrer Kanzlei gaben. Das ist ihm nicht gut bekommen, denn das Söhnchen hat seine juristischen Kenntnisse dazu genutzt, ihn auf Anerkennung der Vaterschaft zu verklagen, mit Vaterschaftstest und allem. Der Prozess stand noch bevor. Jedenfalls ist in den Jahren, die er allein mit seiner Mutter und ihren wechselnden Männern verbracht hat, bis sie schließlich mit einem nach Modena gezogen ist und ihn mit gerade mal sechzehn Jahren mittellos und allein zurückgelassen hat, sein Hass auf die Frauen und auf Manara geboren. Aber nicht deshalb hat er seinen Cousin umgebracht«, Tano hob die Hand, damit Nelly ihn nicht unterbrach, »nein, nein, nein, das war nur das Sahnehäubchen auf der Torte. Aber du bist müde, ruh dich aus, wir reden weiter, wenn es dir wieder besser geht.«

»Was, du spinnst wohl?! Wenn du mir nicht sofort alles erzählst, werde ich vor Neugier platzen, und dann bist du schuld an meinem vorzeitigen Ende. Los, Tano, spuck's aus!«

Nelly rutschte im Bett hin und her, und ein paar Rosen glitten zu Boden.

»Du bist wirklich unverbesserlich! Na schön, jedenfalls war die Wohnung, die du mit Gerolamo gefunden hast, der Köder, den Zanni für Diego und seine Freundin Dolores ausgelegt hat. Ihre Freundin, die in Nervi im Nachbarhaus gearbeitet hat, konnte sich erinnern, dass Dolores ihr angedeutet hatte, sie würden sich vielleicht eine Wohnung anschauen. Das arme Mädchen hatte sich wahrscheinlich von ihrem Freund überreden lassen, ihrer ›Wohltäterin‹ zu kündigen und mit ihm zusammenzuziehen, wer weiß? Und das Haus in Apparizione … das Haus in Apparizione hat ihm das Väterchen zur Verfügung gestellt, um ihn bei Laune zu halten. Früher oder später hätte er sich sowieso mit ihm einigen müssen, spätestens nach Anerkennung der Vaterschaft. Aber die Schlüssel und den Zugang hatte Giuliano schon seit einem Jahr. Die Zukunft sah rosig aus für ihn, aber inzwischen war er völlig durchgedreht. Offenbar wegen Flores.

Sie hat das Fass zum Überlaufen gebracht. Sie hat es mit allen getrieben, schreibt er, Don Silvano eingeschlossen. Wegen des Alters und der Kohle, die er aller Wahrscheinlichkeit nach von seinem Vater bekommen hätte, habe sie ihn sich als Freund gehalten, aber ansonsten habe sie nach Herzenslust in der Gegend rumgevögelt. Wahr? Falsch? Über sie hat er sich seitenweise ausgelassen.

Er hat sie im Affekt ermordet, weil sie ihm gestanden hatte, dass sie schwanger sei, und er war fest davon überzeugt, der Vater wäre Don Silvano. Er hat sie verbrannt und irgendwo in der Nähe des Hauses verscharrt. Wir suchen noch. Da hat es bei ihm Klick gemacht. Die Fundorte der Leichen sind Stellen, an denen er sie mit anderen Männern gesehen hat, er ist ihr nachgeschlichen, war völlig besessen. Im Grunde war es immer sie, die er umgebracht hat, die er wieder und wieder ›geläutert‹ hat. Die Position der Leichen … angeblich hat sie so geschlafen. Nur die Sache mit den verschwundenen Köpfen … die verstehe ich beim besten Willen nicht.«

»Steht darüber nichts in seinen Aufzeichnungen?«

»Nicht explizit. Er muss an einer Art schizoider Persönlichkeitsspaltung gelitten haben, an manchen Stellen nennt er sich ›er‹, der Rächer, der Gerechte. Außerdem hatte er religiöse Wahnvorstellungen und war davon besessen, die Frauen, die in einer ähnlichen Lage wie seine Mutter und seine Geliebte waren, zu ›retten‹, von den Widrigkeiten des Lebens und der Sünde zu ›befreien‹. Er hat sich an Don Silvano gerächt, der Flores in seinen Augen missbraucht hat (was noch zu beweisen ist) und ihn verdächtigte, und das Gleiche gilt womöglich auch für Manara. Es sieht so aus, als sei der arme Avvocato impotent und seine Schwärmerei für Flores rein platonisch gewesen. Meiner Meinung nach hat auch Manara was gerochen, und das war der Hauptgrund, weshalb er ihn umgebracht hat.«

»Aber wie konnte er ihn und Amanda am helllichten Tag bei ›Mani amiche‹ schnappen und verschwinden lassen?«

»Das wird uns, wie gesagt, Amanda erzählen, sobald es ihr ein bisschen besser geht. Er muss sie betäubt und irgendwo versteckt haben, und später hat er sie dann weggebracht. Noch steht sie unter Schock und kann nicht sprechen. Hoffen wir mal, dass sie sich wieder berappelt. Um elf ist eine Pressekonferenz, deshalb bin ich so geschniegelt. Und du ruh dich jetzt aus.«

»Ach was, ruh dich aus, ruh dich aus! Gestern war ich bei der Aktion dabei«, sie schwang die Beine aus dem Bett, »und jetzt unterschreibe ich und gehe. Und sieh mich nicht so an, ich bin nicht verrückt. Oder war mein Traum etwa nicht real, na?«

Tano breitete resigniert die Arme aus und schüttelte den Kopf. Nelly rief die Krankenschwester und verlangte nach einem Arzt. Ihre Ohnmacht sei längst nicht so ernst gewesen wie ihr Zusammenbruch vor zwei Tagen, meinte der, und sei vor allem der Schwäche und der Anspannung geschuldet gewesen. Er verschrieb ihr ein paar kreislaufstärkende Mittel und entließ sie ohne Probleme.

Nelly zog sich an und machte sich auf den Weg zu Tano, der gerade bei Amanda war. Die Ärmste stand unter Beruhigungsmitteln und war völlig abwesend. Auf Bitten der Ärzte ließen sie sie in Ruhe. Tano brachte Nelly im Auto nach Hause und begleitete sie in die Wohnung. Die Katzen waren halb verrückt vor Hunger und strichen ihnen so lange maunzend um die Beine, bis sie eine doppelte Portion Futter bekamen. Tano setzte sich auf die Terrasse und ließ den Blick über die lichtüberflutete Stadt und das in der Morgensonne funkelnde Meer gleiten, während Nelly unter die Dusche sprang.

Das laue Wasser rann wohltuend an ihr herab, doch die Bilder der vergangenen Nacht ließen sie nicht los, das sinnlose Grauen des Wahnsinns. Giuliano Zanni, der nette, offene junge Kerl, ein verrückter, durchgeknallter Psychopath mit zwei Leben, dem »normalen« und dem tief in seinem Innern verborgenen, heimlichen, voller Obsession, Hass und Tod. Allein mit seinen Wahnvorstellungen. Das Stimmchen zischte unnennbare Dinge, oder besser Dinge, die Nelly nicht hören wollte. Der Albtraum war vorbei, Ende, aus.

Halt die Klappe, blöde Kuh. Sie massierte sich eine straffende Creme in die noch feuchte Haut, erinnerte sich daran, dass sie eine Frau war und dass das Leben nicht nur aus Grauen und Verbrechen bestand, schlüpfte in ihr geliebtes blau-weiß geblümtes Kleid und trat ins Wohnzimmer, als Tano gerade ans Telefon ging und sagte: »Ciao, Maurizio, wie geht's? ... Schön, freut mich. Warte, ich geb dir deine Mutter.« Er hielt ihr den Hörer hin. »Dein Sohn.« Ach ja, Mau. Bestimmt hatte er schon ein paar Mal auf ihrem Handy angerufen und sie nie erreicht.

»Ciao, Schätzchen, wie geht's? Ach, ja? Du hast mich nicht erreicht? Alles in Ordnung, keine Sorge, ich hatte wahnsinnig viel um die Ohren. Der Fall ist gelöst, ja, es war ein Jurist von ›Mani amiche‹. Du wirst es in der Zeitung lesen. Und Monica?«

Tano sah, wie Nelly die Augen verdrehte und eine Grimasse schnitt.

»Und wann kommt ihr wieder? Was habt ihr beschlossen? ... Ah, noch nichts ... Gebt euch mal 'nen Ruck, die Zeit rennt. Was macht wer hier? Kümmer dich um deinen eigenen Kram, mein Schatz, ja, mach's gut, Küsse.« Sie legte auf.

Tano sah sie spitzbübisch an.

»Hat er dich gefragt, was ich hier mache?«

»Genau.«

»Meinst du, es würde ihn nerven, wenn zwischen uns beiden ...«

»Keine Ahnung, aber das steht ja wohl auch gar nicht zur Debatte, oder?«, frotzelte sie.

»Ach, käme ich für dich denn nicht in Betracht, als Mann, meine ich?«

»Das habe ich nicht gesagt, nur bin ich ja schon vergeben ...

Aber entschuldige mal«, fügte sie hinzu, als sie sah, dass Tanos Blick sich verfinsterte, »würdest du mich denn in Betracht ziehen, als Frau …?«

»Ja. Ohne eine Sekunde drüber nachzudenken.«

Scheiße, er meint's ernst, o Mist, ausgerechnet mir muss das passieren.

Sie beschloss, die Sache spaßig zu nehmen.

»Ich werd's mir merken. Du gefällst mir, Tano, und das weißt du genau. Es gibt keine Frau, der du nicht gefällst«, schob sie hastig hinterher, als sie sah, dass er einen Schritt auf sie zu machte, doch zu spät, er nahm sie in die Arme und küsste sie. Ein richtiger Kuss auf den Mund, den Nelly ohne zu zögern erwiderte.

Es war nicht leicht, sich loszumachen, doch irgendwie schaffte sie es.

»Tano, das ist jetzt eine ganz seltsame Situation, ich …«

»Schon gut, Nelly, ich will dich nicht drängen. Du hast Carlo, du liebst ihn, aber jetzt weißt du's. Was ich empfinde, meine ich. Denk darüber nach, und keine Sorge, ich nehm's nicht krumm, wenn ich einen Korb kriege.«

Das glaub ich gern. Hast ja auch noch nie einen bekommen, doch sie sagte nichts, streichelte seine Wange und ließ ihre Augen für ihr Herz sprechen.

»Ja, Tano, auch wenn es vielleicht besser wäre, es nicht zu wissen.«

Wieder küssten sie sich. Diesmal war es noch schwieriger, sich loszumachen, und Nelly beschloss, dass dies entschieden zu weit ging und sie bald keinen Widerstand mehr leisten könnte. Mühsam schob sie ihn von sich.

»Na los, gehen wir, sonst kommen wir noch zu spät, und um nichts in der Welt will ich unsere Pressekonferenz verpassen.«

Schweren Herzens ließ Tano sie los. Sie gingen schweigend die Treppe hinunter und sagten bis zum Präsidium kein Wort.

Laurenti hatte den Pressetermin auf elf Uhr angesetzt. Es

herrschte heilloses Gewusel, Volponi war vor einer Stunde in aller Eile eingetroffen, um sich mit unverdienten Lorbeeren zu schmücken. Überall heitere, lächelnde Gesichter, selbst die Hitze schien erträglicher geworden zu sein. Marco begrüßte sie herzlich, Gerolamo lächelte froh, sie wieder auf den Beinen zu sehen.

Nelly ging als Erstes zu Valeria, um ihr ein Lob auszusprechen: »Ciao, Valeria, ich hab gehört, was du so alles herausgefunden hast, großartig, du bist wirklich eine Wucht.«

»Danke. Wie geht es Ihnen, Dottoressa Rosso? Wie schön, dass Sie wieder auf den Beinen sind. Und was die Recherchen betrifft, das ist mein Job, ich mag ihn, hab auch ein paar gute Quellen, und das Internet natürlich, und wenn es dann noch zu etwas nütze ist … Aber wie geht es Dottoressa Sacco?«

»So wie es einer Frau geht, die dem Tod ins Gesicht geblickt hat: völlig durch den Wind. Hoffen wir, dass sie sich bald wieder gefasst hat. Ach, übrigens, Palmieri?«

»Ich weiß nicht, ob der wieder in Genua ist und an der Pressekonferenz teilnimmt. Er hat heute Morgen angerufen und gesagt, wenn er's schafft, kommt er. Er war noch in Mailand.«

»Sicher?«

»Das hat er gesagt. Soll ich's kontrollieren?«

»Ach was, war nicht so ernst gemeint. Lass uns gehen, die Pressekonferenz wartet.«

Der Saal war brechend voll, Gemmas Kollegen in der vordersten Reihe, betroffene Gesichter. Die Techniker der regionalen und nationalen Fernsehsender hantierten mit Scheinwerfern und Kabeln herum. Ein paar Vertreter von »Mani amiche« waren da, die Sekretärin, ein paar alte Förderer und eine Gruppe ehemaliger und derzeitiger Bedürftiger, die ehrlich betroffen oder nur neugierig waren. Ein echter Löwenkäfig. *Löwen, Simba, Simba ist tot, wo Claire wohl gerade ist, ob sie schon davon gehört hat, aber klar, solche Neuigkeiten verbreiten sich wie ein Lauffeuer, wer weiß, ob sie zufrieden ist? Beschwichtigt?*

Nelly stellte sich neben Tano. Volponi, der Polizeichef, grüßte sie mit einem kurzen Kopfnicken und nahm unter dem Bild des Staatspräsidenten hinter einem wuchtigen Schreibtisch Platz, neben dem die Nationalflagge stand. Er war graumeliert und kräftig und steckte wie immer in gestreifter Krawatte und einem anständigen Maßanzug, der ihn ins Schwitzen brachte. Er hatte sie in diesem brütend heißen Sommer mit einem Haufen Morde am Hals vor sich hin köcheln lassen und es nicht für nötig befunden, sich aus seinem Feriendomizil herzubequemen, und jetzt saß er frisch und munter da und heimste die Lorbeeren ein. Neben ihn setzte sich der sehr viel jüngere, schlankere und elegantere, aber nicht minder hassenswerte Laurenti, leicht genervt darüber, dass der bullige Polizeichef wieder aufgetaucht war, um ihm die Show zu stehlen. Tano Esposito, von Natur aus elegant, unverschämt gut aussehend und verführerisch in seiner perfekt sitzenden Uniform, braungebrannt, mit blauen Augen, die allzu oft die ihren suchten, dieser Mistkerl, er nahm auf der anderen Seite des Polizeichefs Platz. Das Sperrfeuer begann.

Vieles, was bekanntgegeben wurde, war auch für Nelly neu, Einzelheiten, die sie noch nicht kannte. Beispielsweise hatte man die Unterhosen der Opfer gefunden. Plötzlich entdeckte sie Palmieri, der abgehetzt in den Saal schlüpfte. Er drängte sich durch die Menge, suchte sich unweit von ihr einen Platz, und sie nickte ihm grüßend zu. Laurenti warf ihm einen schiefen, Volponi einen ratlosen Blick zu. Palmieri war ihm noch nicht begegnet, und er fragte sich, wer das sein mochte. In dem Moment stellte ein Journalist die Frage, die sie alle erstarren ließ.

»Sehr schön, die Rekonstruktion ist durch und durch logisch, meinen Glückwunsch an die Ermittler, allerdings, wären Sie ein wenig früher dran gewesen, würde unsere Kollegin Gemma noch leben ... Aber, die anderen Köpfe, wo sind die? Haben Sie die gefunden oder nicht?«

In dem Augenblick wusste Nelly, was das elende Stimmchen ihr seit Stunden zuraunte. *Wo sind die Köpfe? Habt ihr sie gefunden?* Aller Augen richteten sich auf Volponi, der entnervt zu Laurenti hinüberblickte, welcher seinerseits Tano indigniert ansah, der wiederum völlig gelassen blieb und mit ruhiger Stimme antwortete:

»Die anderen Köpfe sind tatsächlich noch nicht gefunden worden, aber die Suche nach dem Versteck, in dem Zanni seine Trophäen aufbewahrte, läuft auf Hochtouren, wir rechnen bald mit neuen Ergebnissen.«

Während das Geplänkel noch eine Weile weiterging, konnte Nelly an nichts anderes mehr denken. Das Haus war für Zanni ein sicherer Ort gewesen. Der alte Manara hatte ihm die Schlüssel gegeben, nur er ging dorthin. Die Köpfe mussten dort sein, wenn auch vielleicht versteckt. Bisher hatte man vergeblich gesucht, aber wenn sie dort waren, würden sie sie finden. *Wenn* sie dort waren. Sie schauderte leicht, Tano hatte es gesehen und warf ihr einen besorgten Blick zu.

»Alles gut, Nelly? Komm schon, hier ist alles unter Kontrolle, geh nach Hause. Entspann dich, wir sehen uns morgen, und wenn dir nicht danach ist, in ein paar Tagen. Am besten machst du gleich drei Tage frei und kommst wieder, wenn's dir besser geht. Es gibt zwar noch einiges zu tun, wir müssen die ganzen Puzzlesteinchen zusammensetzen, aber das ist reine Formsache, der Mörder ist tot, der Fall erledigt. Außerdem haben wir mindestens 90% Luftfeuchtigkeit. Ich wollte nach Thailand fahren, aber was soll ich da, wenn ich's hier gratis haben kann?«

»Kümmerst du dich um Volponi und die anderen? Ach, und grüß Palmieri von mir, wenn er fährt.«

»Soll ich mich in deinem Namen bei ihm entschuldigen, weil du ihn verdächtigt hast?«

Seine blauen Augen funkelten verschmitzt. Nelly spürte, wie sich eine ungekannte Müdigkeit bleiern auf ihre Schultern legte und sie fast zu Boden drückte. Ihr war, als könnte sie sich nicht mehr rühren und würde es niemals bis nach Hause schaffen. Ohne sein Lächeln zu erwidern, antwortete sie, das würde sie, wenn überhaupt, schon selbst tun. Sie versuchte, den Saal unbemerkt zu verlassen, was ihr nur zum Teil gelang, denn in dem Moment, als sie aus der Tür schlüpfen und nach Hause in ihr Bett verschwinden wollte, nach dem sie sich über alles sehnte, tauchte Alessandro Palmieri hinter ihr auf. Sie spürte ihn, noch ehe sie seine Stimme hörte und sich nach ihm umdrehte.

»Und, Nelly, offenbar gab es für ihr Theorem keine Beweise, es leckte nach allen Seiten.«

»Und was, bitte, wäre mein Theorem, wie Sie es nennen?«

»Na, kommen Sie, verstecken Sie sich jetzt nicht hinter dem erhobenen Zeigefinger, Ihr untrüglicher Spürinstinkt«, *Himmel, wie viel Ironie in der Stimme, wie viel Gift in seinen Katzenaugen*, »hatte es auf mich abgesehen. Vielleicht werden Sie eines Tages, wenn sich die Gelegenheit ergibt, die Güte haben, mir zu erklären, worauf ihre Annahmen fußten. Das würde mich vom menschlichen und beruflichen Standpunkt aus sehr interessieren.«

Seine Stimme unter dem höflichen Deckmantel klang herausfordernd und hart, seine Augen waren eisig. *Jetzt habe ich mir noch einen Feind gemacht. Was soll's, einer mehr oder weniger.* Sie lächelte ihm zu und fühlte sich himmelweit entfernt von diesem Saal voller Menschen, von ihrem Arbeitsplatz, von diesem Mann, den sie vergeblich zu durchschauen versucht hatte. Vielleicht verbarg sich tatsächlich nichts hinter dem äußeren Schein, gar nichts, genau, wie er gesagt hatte. Sie zuckte die Achseln.

»Ihr Interesse ehrt mich. Wieso nicht? Falls Sie mal in der Gegend sind, sehr gern. Ein Schwätzchen unter Freunden, was, Alessandro? Aber jetzt muss ich wirklich los. Auf Wiedersehen, und … alles Gute. Menschlich und beruflich.«

Ohne auf eine Antwort zu warten, schlüpfte sie hinaus und traf Marco vor dem Eingang, der gerade eine Zigarette rauchte. Auch er war endlos weit weg von allem und jedem und sah den Rauchkringeln nach, die sich in der Luft auflösten. *Wie unsere Träume.*

Wie die Liebe. Was für eine trostlose Vorstellung. An irgendeinem Traum müssen wir doch festhalten ... aber wie hält man den Rauch fest, wie fängt man ihn ein? Oh, Carlo, komm schnell nach Hause, ich brauche dich, brauche uns, komm, ich bitte dich, ehe ich irgendeinen Mist baue.

Marco blickte durch sie hindurch, er schien in diesen elenden Tagen mit einem Schlag gealtert zu sein. Dann lächelte er sie an, ein trauriges, weises und warmes Lächeln.

»Gehst du schon, Nelly? Willst du denn nicht deine Lorbeeren einsammeln?«

»Statt Lorbeeren einzusammeln, muss ich zusehen, wie ich mich selbst wieder einsammele, diese Geschichte hat mich ein paar Jahre meines Lebens gekostet. Ich gehe heim und hoffe, mindestens drei Tage am Stück zu schlafen. Und dann ist da noch mein Sohn mit seinen Problemen, die zwangsläufig auch meine sind, man kann halt nie durchschnaufen, um es mal salopp auszudrücken.« Sie legte ihm eine Hand auf die Wange und sah ihm forschend in die Augen. »Und du, wie geht's dir, Marco? Besser?«

»Ich kann dieser irren Geschichte mit all der damit verbundenen Anspannung und dem grausigen Ende nur danken, dass sie mich von mir selbst ferngehalten und verhindert hat, dass ich genauso ende wie Zanni.« Er grinste – es hatte scherzhaft klingen sollen, enthielt aber auch ein Körnchen Wahrheit, wie seine Stimme verriet. »Aber ich habe verstanden, dass uns von den geisteskranken Kriminellen manchmal nur eine ganz, ganz dünne Wand trennt, Nelly, so dünn«, sagte er und zeigte mit Daumen und Zeigefinger eine unsichtbare Winzigkeit.

Sie nickte, obwohl sie ihn nicht verstanden hatte, sie konnte ihn nicht verstehen, überlegte er und dachte an die Szene in der Wohnung der Prostituierten und daran, wie es ihm gefallen hatte, sie zu schlagen, ja, es hatte ihm gefallen, er war betrunken gewesen, aber er erinnerte sich an den Genuss, den ihm ihr angstverzerrtes Gesicht bereitet hatte. Er wandte den Blick ab, sah zu Boden, und als er wieder aufsah, waren Nellys Augen woanders. Sie beobachtete Palmieri, der herausgekommen war und mit einem hochgewachsenen, gebeugten alten Herrn mit finsterem Gesichtsausdruck redete. Der Mann versuchte etwas zu sagen, doch Alessandro ließ ihn nicht zu Wort kommen, er schien ihn hypnotisieren zu wollen, ein echter Schlangenbeschwörer, dachte Nelly. Endlich gelang es dem Herrn, den Monolog des Profilers zu unterbrechen, er sagte ein paar knappe, trockene Sätze und verabschiedete sich.

»Den kenne ich, das ist der Onkel von Avvocato Manara, der Vater von Zanni. Lucrezio Manara, der Gräzist.«

»Ach ja? Echt?«

Nelly starrte Marco von ganz weit weg an, ihr Hirn weigerte sich, ihre Gedanken zusammenzufügen, Marco folgte dem gebeugten Alten mit dem Blick, dann Palmieri, der ins Präsidium zurückkehrte, und als er sich zu Nelly umdrehte, sah er sie davongehen. Sie blickte sich kurz um und winkte ihm zu. Er warf die Zigarette zu Boden und trat sie länger als nötig aus.

Nelly hielt ein vorbeifahrendes Taxi an und ließ sich nach Hause bringen. Als sie die Wohnungstür hinter sich zugeworfen hatte, ging sie in die Küche, trank gierig zwei Gläser Wasser, riss das Telefonkabel aus der Buchse, schloss die Fensterläden, nicht ohne für Durchzug zu sorgen, zog sich nackt aus und streckte sich nur halb mit einem Laken bedeckt auf dem Bett aus. Binnen weniger Minuten, in denen ein Gefühl der Schwerelosigkeit sie überkam und sie im Geiste das blaue Meer und das ewige Rollen der Wellen vor sich sah, hörte die Welt auf, für sie zu existieren.

XIX

»Ma? Huhuu, Ma, wach mal auf! Was ist, hast du Drogen genommen? Weißt du wenigstens, was für ein Tag heute ist? Es ist Freitag.«

Maus besorgte Stimme drang aus wattiger Ferne an Nellys Ohr und holte sie aus dem Tiefschlaf, der nur von kurzen, tranceartigen Pausen unterbrochen gewesen war. Zwei ganze, herrliche, erholsame Tage im Nichts. Mittwoch war die Pressekonferenz gewesen. Jetzt war es schon Freitag? Sie rieb sich wie ein Kind die Augen und blickte blinzelnd ihren Jungen an. Braungebrannt, spindeldürr, verschreckt. Weshalb? Weil sie so tief geschlafen hatte?

»Was ist los, Mau? Alles okay?«

»Ein Dreck ist okay. Richtig scheiße isses. Im Zug zurück hat Moni Blutungen bekommen, ich hab sie ins Krankenhaus gebracht. In die Notaufnahme des Galliera, sie haben sie dabehalten wegen Gefahr einer Fehlgeburt. Dann bin ich nach Hause gerannt, weil ich dich nicht erreichen konnte.«

Die Schläfrigkeit war mit einem Mal verschwunden. Nelly sprang aus dem Bett, zog sich in Windeseile an, und zusammen machten sie sich auf den Weg ins Krankenhaus.

Es hat wohl geregnet, während ich geschlafen habe, es ist nicht mehr so heiß oder vielleicht auch nur weniger schwül, jedenfalls kann man wieder atmen. Angenehm überrascht blickte sich Nelly um. Die Leute auf der Straße sahen dynamischer aus, nicht mehr so schlapp wie in den vergangenen Tagen.

Mau war still und angespannt, er rannte fast, und bei seinen langen Beinen hatte sie Mühe, mit ihm Schritt zu halten. Sie hatten die Altstadt durch die Porta Soprana verlassen und gingen die Via Fieschi hinauf und am Palazzo della Regione vorbei. Nach den

Übelkeitsanfällen, dem Zusammenbruch, der Hitze und der mit unfreiwilligem Fasten verbundenen zweitägigen Schlafkur – in den kurzen Wachphasen hatte sie nur Fruchtsaft, Wasser oder Milch zu sich genommen – war Nelly nicht mehr in Form und bald völlig außer Atem. Mau sah sie fragend an.

»Was ist denn mit dir passiert, Ma, wegen den paar Metern bergan machst du schon schlapp?«

Nelly sah sich gezwungen, zu erzählen, was ihr passiert war, während er und Moni fort waren, natürlich ohne zu dramatisieren, doch Mau war dennoch tief getroffen und machte ihr Vorwürfe, dass sie ihm nicht Bescheid gesagt hatte. Und wenn sie draufgegangen wäre? Und er war nicht bei ihr? Wie hätte er denn dagestanden? Nelly lachte, redete die Ereignisse noch einmal klein und hakte sich bei ihm unter, um sich den Berg hinaufziehen zu lassen. Kurz darauf tauchte die inzwischen allzu vertraute Fassade des Galliera-Krankenhauses vor ihnen auf, das sie in den letzten Tagen gleich zweimal von innen gesehen hatte.

Sie betraten das alte Gebäude durch den Haupteingang, bogen nach rechts ab und stiegen eine ausladende Marmortreppe hinauf. Im ersten Stock ein langer Korridor mit riesigen Fenstern auf der linken Seite, die einst auf einen Garten hinausgegangen waren und jetzt auf einen Teppich von Autodächern blickten. Rechts lagen die Stationen, auch die gynäkologische.

Im kleinen Wartezimmer saß steif und kerzengerade, mit starr geradeaus gerichteten Augen, Federica Pittaluga, Monicas Mutter, zusammen mit Manuela, einer der Schwestern. Manuela lächelte, als sie Nelly und Mau sah, doch die Mutter bemerkte sie nicht oder tat zumindest so.

Nelly hatte Federica seit über einem Jahr nicht gesehen, seit jenem Frühjahr, das das Leben ihrer Familien auf den Kopf gestellt hatte und Mau und Monica fast das Leben gekostet hätte*. Die

* Siehe Rosa Cerrato, »Schnee an der Riviera«.

Ereignisse waren noch zu lebendig, die Wunden frisch. Federica und Gianandrea Pittaluga lebten seither getrennt, und die Frau hatte einen psychischen Zusammenbruch erlitten, gefolgt von einer schweren Depression.

Während Mau verschwand, um sich nach Monica zu erkundigen, suchte sich Nelly einen Platz in Sichtweite, wenn auch in gebührendem Abstand, und musterte sie eingehend. Ihr kantiges Gesicht sah älter aus, der Mund hatte einen verächtlichen, bitteren Zug. Federica hatte nie viel gelacht oder gelächelt, auch vorher nicht, doch jetzt schien sie vollends vergessen zu haben, wie das ging. Eine steile, strenge Falte hatte sich ihr zwischen den Augen in die Stirn gegraben. Manuela, die Tochter, fasste sich ein Herz, stand auf und trat auf Nelly zu.

»Guten Tag, Nelly, wie geht's?«

»Gut, danke, und euch?«

Das Mädchen hob leicht die Schultern, verzog das Gesicht und machte eine kaum merkliche Kopfbewegung zur Mutter hinüber, die den Weggang der Tochter nicht bemerkt zu haben schien. Die beiden sahen sich sehr ähnlich, bis auf den Mund, und wenn man sie nebeneinander sah, wurde deutlich, was die Zeit und vor allem die Wechselfälle des Lebens aus einem Menschen machen konnten. *Vor nicht allzu langer Zeit, vor zwanzig, fünfundzwanzig Jahren, hat Federicas steinernes Gesicht einmal ausgesehen wie Manuelas. Glatt, weich, zart, mit dem Leuchten eines Menschen in den Augen, für den die Zukunft voller Verheißungen ist. Mist. Und das bleibt dann von der Zukunft.* In dem Moment öffnete sich die Tür, durch die sie hereingekommen waren, und eine Krankenschwester schob eine Rollliege herein, auf der reglos und noch immer unter Betäubung, auch wenn sie ab und zu die Augen öffnete, Monica lag. Die drei Frauen sprangen auf und fragten im Chor: »Wie geht es ihr?«

Ohne zu antworten, klingelte die Krankenschwester an der Tür zur Station, legte den Finger auf die Lippen und flüsterte: »Sie hat das Kind leider verloren. Aber es geht ihr gut, alles in Ordnung.« Sie machte ihnen ein Zeichen, ihr zu folgen. Mau kam aus der Station, stürzte ans Bett und erfuhr, was geschehen war. Seine Augen füllten sich mit Tränen, er griff nach Monicas zierlicher Hand.

Mit einem Mal fuhr Federica hoch und wetterte los. Da seien sie, die Verantwortlichen für das, was ihrer Tochter zugestoßen sei, dieses Schwein und seine ehrenwerte Mutter, die hatten sie zur Abtreibung gedrängt, zum Mord, jawohl, nachdem er sie außerhalb der Ehe geschwängert hatte, und so wäre es bestimmt noch eine Weile weitergegangen, wenn die Oberschwester, die in ihrem kleinen Büro am Stationsflur saß, bei dem Geschrei nicht aufgesprungen wäre, sie am Arm gepackt und ohne viel Federlesens vor die Tür gesetzt hätte. Manuela eilte ihr nach und versuchte vergeblich, sie zu beruhigen.

»Was ist denn das für eine Irre?«

»Die Mutter. Es geht ihr nicht besonders«, antwortete Nelly und folgte der Rollliege.

»Offensichtlich«, sagte die Schwester trocken und wandte sich wieder ihrer Arbeit zu.

Die Krankenschwester, die sie aus dem OP begleitet hatte, und eine Kollegin hoben Monica behutsam ins Bett. Sie deckten sie zu und hängten sie an den Tropf. Sie lag in einem Dreibettzimmer. Vom ersten Bett an der Tür aus hatte eine alte Frau die Prozedur neugierig beobachtet.

»Was hat denn die arme Kleine? Die ist ja noch ein halbes Kind!«

Die beiden Krankenschwestern taten so, als hätten sie nichts gehört, und gingen hinaus. Ein paar Minuten später kam ein großer, stämmiger Arzt in einem grünen Chirurgenkittel herein und trat ans Bett. Monica hatte die Augen geöffnet und sah sich benommen um, er fühlte ihren Puls und fuhr ihr beruhigend mit der Hand über die Stirn.

»Alles ist gut, Signorina. In ein paar Tagen bist du wieder wie neu. Und du kannst noch so viele Kinder bekommen, wie du willst.«

»Das Kind?« Mau, der neben Monica saß wie ein treuer Hund neben seinem unglücklichen Herrchen, flüsterte dem Arzt eine Frage zu, deren Antwort er bereits wusste.

Der Arzt schüttelte nur den Kopf und machte Nelly ein Zeichen, ihn kurz vor die Tür zu begleiten. Spontaner Abort zu Beginn des dritten Monats, möglicherweise aufgrund hormoneller Störungen, doch dem Mädchen ging es bestens, es bestand keinerlei Gefahr. Sie musste lediglich ein paar Tage zur Beobachtung bleiben und würde einige Transfusionen bekommen, denn sie hatte reichlich Blut verloren.

»Sagen Sie«, er sah Nelly eindringlich an, »wollten die beiden das Kind?«

Sie breitete die Arme aus. »Ich weiß es nicht, sie hatten sich noch nicht entschieden.«

»Sie sind sehr jung, vielleicht ist es besser so, später können sie so viele Kinder bekommen, wie sie wollen.«

Für ihn war der Fall erledigt. Er verabschiedete sich und verschwand im nächsten Krankenzimmer. Monica hatte begriffen und schluchzte im Bett leise vor sich hin. Mau drückte sie an sich und murmelte ihr tröstende Worte ins Ohr.

Um sich nicht völlig überflüssig zu fühlen, ging Nelly Zeitungen und Zeitschriften, Mineralwasser, Fruchtsäfte, ein schönes rosa Spitzennachthemd und Binden kaufen, Ultra, wie die Krankenschwester gesagt hatte. Sie fühlte sich entsetzlich leer, das virtuelle Kind hatte bereits einen Platz eingenommen, und jetzt war es nicht mehr da. War es gut oder schlecht, dass es so gekommen war? Schwer zu sagen, und vor allem sinnlos. Es war so gekommen, und basta. Maus und Monicas Leben waren wieder ein unbeschriebenes, wenn auch ein wenig zerknittertes Blatt.

Als Nelly zurückkam, war Monica mit einem schmerzvollen Ausdruck auf dem blassen Gesicht eingeschlafen. Sie schickte Mau etwas essen, dann setzte sie sich neben das Mädchen und versteckte sich hinter einer Zeitschrift, um sich nicht die komplette gynäkologische Vita der alten Patientin anhören und auf deren neugierige Fragen antworten zu müssen.

XX

So war der vorige Tag vergangen, im Krankenhaus, an Monis Bett, die entweder unter Beruhigungsmitteln schlief oder weinte. Abends war Manuela glücklicherweise ohne Federica wiedergekommen, um Nelly und Mau abzulösen. Mau dachte gar nicht daran, sich wegzubewegen, aber schließlich war er doch mit Nelly nach Hause gegangen und in einen tiefen, ohnmachtsähnlichen Schlaf gefallen.

Das war Freitag gewesen, der letzte Tag, den sich Nelly freigenommen hatte, und jetzt war Samstagmorgen. Vom Meer her wehte wieder eine heiße Brise, als hätte jemand einen Föhn auf höchste Stufe gestellt, und Mau war gleich nach dem Aufwachen ins Krankenhaus gerannt, während seine Mutter sich fürs Büro fertigmachte.

Auf einem Stuhl am Eingang lag, nachlässig hingeworfen, die Post der letzten Tage, sie hatte sie nicht geöffnet. Abwesend ging sie sie durch. Dann nahm sie einen großen, braunen Umschlag in die Hand und wog ihn prüfend. Ziemlich schwer. Sie ging ins Nebenzimmer, um ihn zu öffnen. Kaum sah sie den Namen des Absenders, kam sie sich vor wie ein Kind vor einem unverhofften Weihnachtsgeschenk. Denn dieser Brief kam geradewegs aus dem Jenseits.

Er war von Gemma Pieretti. Vor lauter Ungeduld hätte Nelly fast eines der inliegenden Blätter zerrissen. Sofort war ihr klar, dass sie möglicherweise den unmittelbaren Grund für den Tod der Journalistin in den Händen hielt. Der Laptop, den sie stets bei sich getragen hatte, war mit ihr zusammen verschwunden und auch in Zannis Wohnung nicht wieder aufgetaucht. Es gab keine Backups ihrer Arbeit, doch ein letzter Funken Umsicht hatte sich offenbar gegen den professionellen Ehrgeiz der jungen Frau durchgesetzt und sie vor ihrem letzten Interview dazu gebracht, diesen Umschlag an die Kommissarin loszuschicken.

Er enthielt nichts Entscheidendes, keinen triftigen Beweis, doch obwohl einige wichtige Mosaiksteinchen fehlten, setzte sich vor Nellys innerem Auge ein Gesamtbild zusammen. Wenn das, was aus diesen Blättern hervorging, ein Zufall war, so war er unglaublich, ja, geradezu unwahrscheinlich, und Nelly glaubte schon seit einer ganzen Weile nicht mehr an Zufälle. Sie steckte den Umschlag in die Tasche und machte sich auf den Weg ins Präsidium. Sie musste mit Tano reden.

Instinktiv machte sie nicht bei Beppe halt, wieso eigentlich nicht, jetzt, da alles vorbei war, aber sie hatte keine Lust, war viel zu eingenommen von der Neuigkeit und hatte es eilig. Ihre physischen und mentalen Kräfte waren zurückgekehrt, doch in ihrem Innern flimmerte noch ein leises Zittern, ein verkappter Schmerz, eine ungestillte Unruhe.

Sie bog um die Ecke und wäre beinahe mit Claire zusammengestoßen, die dort stand, als hätte sie auf sie gewartet. Und so war es auch. Sofort konfrontierte sie Nelly mit der Frage, die alle seit vier Tagen umtrieb.

»Wo sind die Köpfe, wo ist der Kopf von Paulette, von Malina?«

Nelly wusste es nicht, und da Angriff nun einmal die beste Verteidigung ist, fragte sie kaltschnäuzig zurück, was denn mit ihren Visionen sei, ob sie ihr nichts darüber verrieten, in welcher Höhle Simba seine Trophäen aufbewahrte?

»Und, liebe Claire, wusstest du eigentlich, dass unsere letzte kleine, körperlose Nachtwanderung mich fast das Leben gekostet hätte?«

Claire wurde nachdenklich und sann minutenlang über Nellys Worte nach.

»Also«, schloss sie befremdet, »waren die Köpfe wirklich nicht dort, in dem weißen Haus auf dem Land. Das ist sehr merkwürdig.«

»Nein, zum Henker«, bestätigte Nelly ungehalten, »da war nur ein frisch runtergeschnittener, und zwar der von der armen Journalistin. Dieses miese Schwein hat sein Geheimnis mit in die Hölle genommen. Dafür waren die Filmaufnahmen seiner Spektakel allesamt da. Und auch die Unterhosen der Opfer. Ich habe die Kassetten noch nicht sichten können, aber mir wurde gesagt, das sei nichts für schwache Mägen, und meiner ist in letzter Zeit leider ein wenig empfindlich.«

»Ich wusste, dass an dieser Geschichte etwas nicht stimmt.«

Ausnahmsweise wirkte Claire nicht mehr ganz so selbstsicher wie sonst.

»Ich werde versuchen, eine Reise zu machen, obwohl die letzte auch für mich nicht ganz ungefährlich war. Eine ungeheure psychische Kraft hat mir den Zugang verwehrt. Dahinter stand, wie du selbst gesehen hast, das reine Grauen.«

Ohne zu grüßen, drehte sie sich um und verschwand wie ein Schatten in der Gasse. Nelly schauderte trotz der Hitze. Sie fragte sich, was es dieser elenden Geschichte, die nun endlich abgeschlossen zu sein schien, noch hinzuzufügen gab. Doch Gemmas Umschlag brannte ihr in der Tasche und ließ ihr keine Ruhe. Statt ins Präsidium zu gehen, nahm sie den Weg Richtung Salita Santa Caterina und zum Haus der Manaras. Die Begegnung mit Claire hatte ihre Unruhe noch gesteigert, und ihr war das Bild von Palmieri in den Sinn gekommen, der mit dem alten Professor Lucrezio gesprochen hatte.

Vielleicht hatte er etwas über den Tod seines leiblichen Sohnes in Erfahrung bringen wollen und war mit Palmieri zusammengestoßen, oder vielleicht war Palmieri von Tano beauftragt worden, dem alten Herrn als Psychologe und Psychotherapeut möglichst schonend beizubringen (aber wie konnte man diese Geschichte jemandem schonend beibringen?), was sein Sohn getan hatte und wie er gestorben war.

Außerdem wollte sie mehr über Giuliano Zanni wissen, der

fähig gewesen war, sein inneres Chaos dermaßen perfekt hinter der Maske des offenen, herzlichen Jungen zu verstecken. Wie gut hatte der Vater ihn gekannt? Wie war ihre Beziehung wirklich gewesen? Vielleicht würde man auf diesem Weg auf eine Spur stoßen, die zu den verschwundenen Köpfen führte. Vorausgesetzt, die Kollegen hatten nicht bereits alles abgegrast, während sie zuerst im Schlummerland geweilt und später bei Monica im Krankenhaus gesessen hatte.

Sie kramte das Handy aus der Tasche und wählte Tanos Nummer. Der Polizeivize, der mit Laurenti und Volponi in einem Meeting saß, war kurz angebunden und legte gleich wieder auf.

Während Nelly die Via XXV Aprile entlangging und die Piazza Fontane Marose erreichte, rissen die Schönheit der restaurierten Palazzi und der wiedergefundene Glanz der Stadt sie unwillkürlich aus ihren Gedanken. Eine Pracht, ein Schmuckstück! Genua war Nellys große Liebe, ein Fest für Augen und Seele, ein Trost auch und vor allem, wenn die Probleme ihr über den Kopf zu wachsen schienen.

Sie bog in die Salita Santa Caterina ein und stand wenige Minuten später vor dem alten Palazzo, in dem sie sich vor Jahren vergeblich abgemüht hatte, Deutsch zu lernen. Früher hatte er in Genua nur die Deutsche Bibliothek geheißen. Sie klingelte, sagte, wer sie war, und fürchtete schon, man würde ihr nicht aufmachen. Einen Augenblick herrschte Schweigen, dann öffnete sich das Tor mit einem Klicken, und ohne genau zu wissen, was sie eigentlich wollte und wonach sie suchte, trat Nelly ein.

Marcos Beschreibung der Wohnung und die darin herrschende Atmosphäre war so treffend gewesen, dass Nelly das Gefühl hatte, schon einmal hier gewesen zu sein und auch das alte Kindermädchen zu kennen, das ihr mit einem grimmigen »Tag, kommen Sie rein« die Tür öffnete. Sie führte sie in das gleiche Arbeitszimmer, in dem Marco den Anwalt getroffen hatte, und Nelly betrachtet die Drucke, Stiche und Fotos. Das berühmte Klassenfoto mit

Don Silvano und Federico Manara, Jahre bevor ihre Leben durch die Hand desselben Mannes ein jähes Ende finden sollten.

»Dottoressa Rosso, richtig? Von der Polizei Genua, Mordkommission. In diesem von Toten wimmelnden Haus. Es würde meinen geliebten griechischen Tragödien alle Ehre machen. Was wollen Sie?«

»Professor Lucrezio Manara?«

»Leider. Ich habe Ihnen aus Neugier geöffnet. Das ist alles, was mir noch geblieben ist, aber besser als nichts, finden Sie nicht? Die Lebenden sind neugierig, die Toten nicht mehr. Mein Bruder hat wenigstens noch zwei weitere Söhne, und der, den er verloren hat, Friede seiner Seele, war nicht gerade der am besten gelungene.«

Nelly beschloss, sofort zur Sache zu kommen.

»Wie Sie wissen, Professore, sind die Köpfe der Opfer unauffindbar. Das macht den Schmerz für die Angehörigen noch größer. Ich dachte, dass Sie mir vielleicht helfen könnten.«

»Die Opfer … von Giuliano. Meinem Sohn. Muss ich mich denn verantwortlich fühlen? Für diesen Jahre zurückliegenden schwachen Moment, der zu seiner Geburt geführt hat?«

»Es tut mir leid, Professore, diese Frage müssen Sie jemandem stellen, der mehr davon versteht, ich fürchte, sie gehört zu den zahllosen Fragen, auf die ich keine Antwort habe. Die Fragen, die ich an Sie habe, sind sicher etwas leichter zu beantworten. Wie war ihr Verhältnis zu Giuliano?«

»Als er klein war, habe ich versucht, ihn aus meinem Leben rauszuhalten, um seine Mutter von mir fernzuhalten. Vielleicht, nein, ganz bestimmt war das der Fehler.« Mit nach innen gerichtetem Blick ließ er die Vergangenheit Revue passieren. »Sie war eine niederträchtige, gierige, rücksichtslose Frau, und ich habe ihn ihr überlassen, um sie nicht in meiner Nähe zu haben. Später … war es dann natürlich zu spät.«

»Später, wann?«

»Als sie mit einem Mann abgehauen ist und ihn ohne einen Cent zurückgelassen hat, ein halbes Kind. Er hat mich aufgesucht, und ich habe ihm ein Monatsgeld gegeben und ihm das Studium finanziert. Ich habe ihm eine kleine Wohnung in der Altstadt besorgt. Ein hübscher, intelligenter Junge, er ähnelte mir.« Die Stimme schien zu zittern, doch der Alte hatte sich sofort wieder im Griff. »Doch der Schaden war bereits angerichtet, er hasste mich, und es gab schon erste Anzeichen des Übels.«

»Des Übels?«

»Plappern Sie mir doch nicht alles nach, Dottoressa! Ja, des Übels, der psychischen Störungen, der Krisen, des Hasses, der ihn zerfleischte, des Hasses auf seine Mutter, auf mich.«

»Ihr Sohn litt an psychischen Störungen? Und das wussten Sie?«

Der Mann machte eine Handbewegung, als wolle er sagen, »jetzt ist es eh zu spät«.

»Dass er Probleme hatte, wusste ich, natürlich, aber ich hätte niemals gedacht ... Entschuldigen Sie, aber das, was er getan hat ... sieht das für Sie etwa nach einem geistig gesunden Menschen aus?«

Nelly ging auf die müde Ironie und den ohnmächtigen Schmerz des Professors nicht ein.

»Aber wollten Sie ihn nicht anerkennen? Lagen Sie darüber nicht sogar im Rechtsstreit?«

»Zuerst wollte ich ihn nicht anerkennen, aber in letzter Zeit war ich zu allem bereit, um ihm zu helfen, damit er wieder gesund würde, es ihm besser ginge, wir waren dabei, uns zu einigen. Zum Zeichen meines guten Willens hatte ich ihm Casa Marianna überlassen, Sie wissen schon, das Haus ... wo er dann ... Er war dort gern, auf dem Land, ich hatte gehofft ... Aber es war zu spät.«

Die sonst so kräftige, herrische Stimme erstarb in einem tonlosen Wispern. Er starrte auf seine ineinander verklammerten Hände und sah noch gebeugter aus als sonst.

Einen Augenblick lang respektierte Nelly sein Schweigen, doch die Frage brannte ihr auf der Zunge. Sie gab sich einen Ruck.

»In welchem Verhältnis stehen Sie zu Alessandro Palmieri, Professor Manara?«

Der Professor hob jäh den Kopf, runzelte die Stirn und blickte sie mit seinen tränenerfüllten Augen direkt an.

»Alessandro … aber wieso interessiert Sie das?«

»Ich habe Sie zusammen gesehen, am Mittwoch bei der Pressekonferenz. Auch ich lebe von der Neugier. Das gehört zu meinem Beruf.«

Der Alte überlegte einen Moment, dann …

»Ich kenne Alessandro schon ewig, er war ein Klassenkamerad von Silvano und Chicco.«

Nelly starrte ihn an, während sie versuchte, die Neuigkeit, die wie eine Bombe in ihr Hirn eingeschlagen war, zu verdauen. Palmieri kannte Don Silvano und Federico Manara also seit Kindertagen, hatte das aber nie erwähnt. Während der ganzen Ermittlungen kein einziges Wort. Er hatte vor Don Silvanos Leiche gestanden und geschwiegen. Schließlich sagte sie das Dämlichste, was ihr einfallen konnte: »Aber auf dem Klassenfoto ist Palmieri nicht drauf.«

Sie zeigte auf das Foto, das eingerahmt an der Wand prangte.

»Ach, das Foto. So ist es. Es ist das Foto des Abiturjahrgangs, kurz vor den Prüfungen. Alle waren da, nur Alessandro fehlte. Lassen Sie mich nachdenken … Ach, richtig, jetzt fällt es mir wieder ein: An dem Tag war seine Schwester geboren worden, und er ist nicht in die Schule gegangen.«

»Haben Sie ihn oft gesehen, Palmieri, meine ich? In jenen Jahren? Und welche Beziehung hatte er zu Don Silvano und Ihrem Neffen?«

Professor Lucrezio zögerte abermals, sein Blick wanderte durch das Zimmer, er presste die Lippen zusammen, schien mit sich zu ringen. Offenbar fiel es ihm nicht leicht, darüber zu sprechen.

»Alessandro hat es nicht gern, wenn ich davon rede, er hat mir sogar verboten, darüber zu sprechen, aber inzwischen … was nützt es noch? Lächerlich, diese Heimlichtuerei, es hat doch nichts geholfen … jetzt ist sowieso alles vorbei.«

Der Alte schwankte, Nelly befürchtete, er würde in Ohnmacht

fallen, und ergriff instinktiv seinen Arm. Ungehalten machte er sich los.

»Heimlichtuerei weshalb?«

»Aus beruflichen Gründen, natürlich! Er war Giulianos Psychotherapeut. Ich hatte ihn bei ihm in Behandlung gegeben, in der Hoffnung, eine Therapie könnte ihn heilen, aber stattdessen … Als er sich bereiterklärt hat, ihn zu therapieren, hat er mich gebeten, niemandem davon zu erzählen, weder Silvano noch Chicco, diesem Armleuchter, noch meinem Bruder. Das sei die Voraussetzung für eine erfolgreiche Behandlung, meinte er. Es war seine Bedingung. Eigentlich sollte ich auch jetzt nicht darüber sprechen, er hat es mir befohlen, und es gibt dafür auch keinen Grund, denn inzwischen … inzwischen … Gehen Sie, bitte. Gehen Sie.«

Er wankte und stützte sich mit der linken Hand gegen die Wand. Nelly murmelte ein »Auf Wiedersehen«, floh aus dem Zimmer, stieß im Eingang mit der Kinderfrau zusammen, trug ihr auf, sich um den Professor zu kümmern, und rannte aus dem Haus, um diesem Strom unstillbaren Schmerzes zu entkommen, der ihr wie zähe Lava folgte.

Von der Piazza De Ferrari rief sie Gerolamo an. Er solle auf der Stelle zu ihr kommen, egal, was er gerade mache, und zwar direkt zur Villa Camelia - ohne es zu merken, hatte sie den Namen französisch ausgesprochen, mit der Betonung auf der letzten Silbe –, Palmieris Haus in Albaro, sie würde mit dem Bus hinfahren, er solle auch dem Polizeivize Bescheid sagen, damit er ebenfalls so schnell wie möglich dorthin käme, möglichst mit einem Durchsuchungsbefehl, ja, es gab Neuigkeiten, nein, für Details sei keine Zeit, sie hatte die Haltestelle erreicht, der Bus kam gerade, und sie stieg ein.

Zum Glück war in der Stadt wenig Verkehr. Nelly konnte es kaum abwarten, anzukommen, doch war Palmieri überhaupt zu Hause? War er überhaupt noch in Genua? Höchstwahrscheinlich war er inzwischen in die Schweiz oder sonst wohin gereist, und dabei hatte sie so viele Fragen an ihn, zu viele Fragen, auf die es noch keine Antwort gab. Sie war in Albaro angekommen und stieg aus. Auch wenn Alessandro nicht mehr da war, das Haus stand an seinem Platz. Vielleicht würden sie dort die Antworten finden.

Natürlich war das Haus noch dort. Verschlossen und verrammelt, wie sie befürchtet hatte. Es sah aus, als sei es seit Jahrzehnten unbewohnt. Kein Auto stand vor der Tür, niemand war zu sehen. Er war abgereist und hatte seine Geheimnisse und die vieler anderer mitgenommen, die ineinander verschlungen waren wie der knorrige Stamm der Glyzinie, der sich um das Zaungestänge gewunden hatte, fast eins mit ihm geworden war und es verbogen und zerdrückt hatte wie eine Python ihre Beute. Schlangen, Beute, Schlangenaugen.

Unschlüssig stand Nelly da und starrte durch das Gartentor auf den Park und das Haus jenseits der Grundstücksmauer. Dann fasste sie einen Entschluss. Zum Teufel, sie würde sich bestimmt nicht von einer dämlichen Mauer und einem blöden Gartentor aufhalten lassen, nicht jetzt, jetzt erst recht nicht. Ringsherum friedliche Stille, lauernde Leere, wie in einem Albtraum. Nelly blickte sich um, lief durch eine enge Seitengasse an der Mauer entlang und prüfte die Möglichkeiten. Sie stieß auf ein zweites Gartentor, das kleiner und weniger einsehbar war als das erste und womöglich nicht von einer Kamera überwacht wurde. Es sah aus, als sei es schon seit Jahren nicht mehr benutzt worden.

Sie blickte sich noch einmal um, nichts. Links und rechts vom Gartentor standen zwei runde Prellsteine. Sie stellte sich mit einem Fuß auf einen der Prellsteine, setzte den anderen auf die Querstangen des Gartentors und zog sich behände bis zur Mauer hinauf. Obwohl sie versuchte, den scharfen Zaunspitzen auszuweichen, blieb sie mit ihrem blau geblümten Kleid daran hängen und riss sich ein Loch hinein. Innerlich fluchend kletterte sie auf der anderen Seite hinunter. Kein Alarm, sie hatte recht gehabt, umso besser. *O Mist, hab ich sie noch alle, was mache ich denn hier*, doch sie wusste, dass sie keinen Rückzieher machen würde. Ihr schien, als seien die letzen Tage und Wochen auf diesen einen Punkt, auf diesen Moment zugelaufen. Sie hatte Angst, doch die Erregung war stärker als jede Furcht.

Sie umrundete das Haus, Türen und Fenster sahen verrammelt aus. Beim zweiten Rundgang entdeckte sie auf der Rückseite des leicht erhöhten Erdgeschosses einen halb angelehnten Fensterladen. Wieso war ihr der nicht gleich aufgefallen? Es war so einfach, sie würde noch nicht einmal einbrechen müssen, was sowieso schwierig geworden wäre, denn sie hatte nur ihren treuen Allzweck-Leatherman bei sich. Sie klammerte sich an der Jungfernrebe fest, die am Haus emporwuchs, kletterte zum Fenster, das in rund zwei Meter Höhe lag, und stieß behutsam die angelehnten Klappläden auf. Das Fenster stand offen, ob vor ihr bereits Diebe hier gewesen waren? Sie war drin.

Das Haus empfing sie mit würzig duftender Dunkelheit. Sie stand in einer geräumigen Küche, zog die Handschuhe an, die sie immer in der Tasche hatte, und konnte nach und nach einen langen Arbeitstisch mit Herd und Abzugshaube erkennen, die weißblauen Kacheln an der Wand, die modernen Küchengeräte. Zögernd näherte sie sich dem Kühlschrank und riss ihn auf, er war leer. Sie seufzte erleichtert auf. *Mensch, Nelly, was hast du denn erwartet? Dass die Köpfe hübsch aufgereiht da drin liegen?*

Im Erdgeschoss eine Folge von Wohnzimmern und Salons, ein englisch anmutendes, holzgetäfeltes Arbeitszimmer mit Regency-Möbeln und Kamin, vielleicht eine wehmütige Reminiszenz des Vaters an die Jahre in England? Doch ein Bild oder ein Foto des Botschafters war nirgends zu entdecken. Stattdessen hing ein weiteres Bild der Mutter über dem Kamin, diesmal war sie allein und blickte mit gedankenverlorener Miene auf das ferne Meer hinaus. Die Ähnlichkeit mit Alessandro war frappierend, nur die Augen waren völlig anders, ihre waren dunkel und leicht schräg, Alessandros hingegen bräunlichgrün mit gelben Sprenkeln. Wie die einer Katze oder einer Schlange.

Nelly schnüffelte überall herum, in Schubladen, Schränkchen, Sekretären, Truhen. Das Haus eines wohlhabenden, kultivierten, allseits interessierten und gebildeten Mannes. Besonders das Arbeitszimmer hatte es ihr angetan, sie versuchte, den Aktenschrank mit den Patientenkarten aufzubrechen, doch der war gepanzert und hielt den Angriffen von Nellys Leatherman mühelos stand. Um keine allzu sichtbaren Spuren zu hinterlassen, musste Nelly aufgeben, beschloss aber, es mit Gerolamo, einem echten Experten in diesen Dingen, noch einmal zu versuchen. So leichfüßig, wie es die Hitze und ihre siebzig Kilo Lebendgewicht zuließen, stieg sie die Treppe hinauf, öffnete eine Tür und trat in ein dämmriges Zimmer. Nach und nach gewöhnten sich die Augen an das spärliche Licht, und über ihr tat sich der Himmel auf. Mit einem Schauder stellte sie fest, dass es sich um die Decke handelte, die wie im Erdgeschoss bemalt war, nur dass der Mond unten im ersten Viertel war, hier war er voll und leuchtete silbrig vom blauen Himmelsgrund.

O mein Gott, wieso habe ich das nicht gleich kapiert? Deshalb hatte ich das Gefühl, dass in diesem Haus etwas faul ist. Deshalb hat er mich gehasst, als ich von den Mondphasen sprach. Ich hatte ins Schwarze getroffen, aber wie ist es möglich, dass Alessandro etwas mit den Morden zu tun hat? Es war Zanni, das steht fest … Na los, jetzt finden wir auch noch das letzte Viertel und den Neumond.

Es war genau, wie Nelly gedacht hatte. Das erste Schlafzimmer, das mit dem Vollmond, war ganz in Gelb und Gold gehalten, das zweite mit dem letzten Viertel in Karminrot und das letzte und größte, in dem der Geist der Frau, die es eingerichtet hatte, trotz all der Jahre noch immer spürbar war, ganz in Weiß: Teppich, Wände, Bett, Sessel und Boudoir. Das Ankleidezimmer hing noch immer voll mit stark nach Jasmin duftenden und ausnahmslos weißen Morgenröcken und Kleidern.

Unwiderstehlich angezogen, streichelte Nelly über einen der

Morgenröcke, feinste Seide, ein haptischer und visueller Genuss für jede Frau. Spiegel warfen ihr Bild zurück, der Frisiertisch, an dem die Hausherrin sich geschminkt hatte (vor langer Zeit Camélia? vor kurzem Titta?), war mit weißer Spitze bedeckt und mit Cremetiegeln und Flakons vollgestellt. Auch hier hing wie in den anderen Schlafzimmern ein in schlichtes, dunkles Holz gerahmtes Pergament mit einem einzigen, in kursiven Lettern geschriebenen Satz darauf, der Nellys Aufmerksamkeit erregte. Im ersten Zimmer stand ›Wertvoll wie Gold‹, im zweiten ›Rot wie Blut‹, im dritten ›Weiß wie die Unschuld‹. In diesem Haus mussten, um es milde auszudrücken, merkwürdige Leute gewohnt haben.

Nellys eingehende Durchsuchung brachte nichts zutage. Auf der gleichen Etage gab es noch drei Bäder, zwei weitere Salons, einen großen Raum voller Schränke und eine Treppe, die auf den Dachboden mit den niedrigen Fenstern führte, über dem sich das mächtige, schiefergedeckte Pyramidendach erhob. Hier hatte offenbar einst die Dienerschaft gewohnt, jetzt rochen die Zimmer muffig und abgestanden, konnten es aber der Größe und Höhe nach mit jeder heutigen Durchschnittswohnung aufnehmen. Zwei kleine Duschbäder, eine Waschküche und eine Bügelkammer, alles in perfekter Ordnung. Die Wäsche lag gebügelt und zusammengefaltet auf einem Tisch, als hätten unsichtbare Hände soeben ihr Tagwerk beendet. Alles war bereit und in Erwartung des Hausherrn und der Hausherrin.

Verflixt noch eins, nichts und wieder nichts. - Was meinst du denn mit ›nichts‹?, gurrte ihr das Stimmchen zu. Die Köpfe sind nicht hier, aber was hast du erwartet, dass sie hier in der Waschküche liegen? Nachdenklich stieg Nelly die Treppe wieder hinunter. Die bemalten Decken belasteten Alessandro nicht zwangsläufig, und wenn Giuliano Zanni sein Patient gewesen war, hatte er sie vielleicht während seiner Therapiesitzungen gesehen und eine perverse Inspiration aus ihnen bezogen. Doch hatte Alessandro das nicht bemerkt? Die Übereinstimmungen zwischen den Verbrechen und den Zimmerdecken in seinem Haus, auf denen die Mondphasen abgebildet waren, konnten ihm unmöglich entgangen sein. Wieso hatte er dazu geschwiegen? Warum hatte er auch seine alte Bekanntschaft mit Silvano Traverso und dem Anwalt Federico Manara so sorgsam geheim gehalten? Und dann war da noch Gemmas Umschlag …

Unterdessen war Nelly wieder in der Küche angekommen, durch die sie das Haus betreten hatte. Unwirsch und enttäuscht von ihrer ergebnislosen Durchsuchung blickte sie sich um. *Gerolamo und Tano sind vielleicht schon da, ich muss raus hier und ihnen entgegengehen.* Doch genau in dem Moment sickerte ein Lichtstrahl durch das Fenster und fiel auf eine geschlossene Tür, die sie noch nicht untersucht hatte. Sie drückte die Klinke, die Tür ließ sich mühelos öffnen. Sie tastete rechts nach dem Lichtschalter, und ein trübes Licht ging an.

Vor Nellys neugierigen Augen erschien eine Steintreppe, die in einen niedrigen Raum hinunterführte, der Keller, dachte sie. Tatsächlich tat sich ein geräumiger Keller vor ihr auf, an dessen Wänden ringsum Regale voller Flaschen und Vorräte standen. Während sie den Raum abschritt, stieß sie mit dem Fuß gegen eine leichte Erhebung im Boden. Das Licht flackerte. Seltsam, es war nichts zu sehen, die Terracottafliesen waren neu und makellos. Die Bodenwelle verschwand unter einem alten, wuchtigen Schrank. Sie öffnete die Schranktüren, er war leer. Wie merkwürdig, dachte Nelly, er war so riesig, dass man ihn mühelos betreten konnte, und das tat sie auch und tastete mit den Händen die Innenwände ab. Nichts, nur glattes Holz. Sie klopfte sie ab. Die Rückwand klang hohl. Dahinter war es hohl.

Sie war aus dem Staunen noch nicht heraus, da fing die Rückwand an, sich sacht unter ihren Händen zu bewegen, sie glitt zur Seite, verschwand in der Mauer und gab eine tintenschwarze Öffnung frei. Atemlos beugte Nelly sich vor und versuchte etwas zu erkennen. Mit zitternden Händen tastete sie an den Wänden nach einem Licht, um zu sehen, wohin die Öffnung führte.

Weg hier, hau ab, drängte das Stimmchen, das vor Angst plötzlich ganz artig geworden war, *hol die Männer und komm mit ihnen wieder*. Instinktiv streckte sie die Hände aus und berührte eine andere Mauer, sie schob den Fuß vor, und das war ein Fehler: Sie verlor das Gleichgewicht und stürzte mit einem überraschten, angstvollen Schrei in die leere Finsternis. Sie polterte eine enge Stiege hinunter, schlug hart auf dem Boden auf, ein jäher Schmerz im rechten Arm, wieder entfuhr ihr ein Schrei, diesmal lauter, der zu einem Wimmern verebbte. Ihre Tasche war ihr aus der Hand gerutscht und lag nun irgendwo auf dem Boden, es war zu dunkel, um sie zu sehen. Die Tasche mit der Pistole, dachte sie trotz des stechenden Schmerzes.

Mühsam setzte sie sich auf, sie konnte sich nicht auf den Arm stützen, sie konnte ihn nicht beugen, war er gebrochen? Ihr Hirn war vollkommen eingenommen von diesem bohrenden Schmerz. Leise stöhnend rappelte sie sich hoch, hob den unversehrten Arm und tastete die Wand nach einem Lichtschalter ab, da war er, endlich Licht, Gott sei Dank. Es war schummrig, aber ausreichend, um einen kurzen unterirdischen Gang zu erkennen, der etwas weiter vorn nach links abbog.

Leise stöhnend und schmerzgekrümmt blickte Nelly sich suchend um und entdeckte die Tasche. Sie kniete sich unsicher hin, zog die Pistole heraus, steckte sie in den Ausschnitt ihres Kleides, um die Hand frei zu haben, kam irgendwie wieder auf die Füße und schleppte sich, von einer unwiderstehlichen Kraft getrieben, voran. Der Gang endete vor einer gepanzerten, aber – unglaublich! – unverschlossenen Tür. Obwohl sie wusste, welches Risiko sie einging, trat Nelly über die Schwelle.

Tano und Gerolamo saßen an der Piazza San Francesco d'Albaro im Auto und grübelten jeder für sich über Nellys dringende Einbestellung nach, die im Nichts geendet war. Schlimmer noch, in ihrem Verschwinden und dem beharrlichen Schweigen ihres Telefons.

Das verheißt nichts Gutes.

Dachten sowohl Tano als auch Gerolamo. Aber wieso? Was konnte das schon wieder für eine Neuigkeit sein, die Nelly Pfeffer in den Arsch geblasen hatte? Und vor allem: Wo war sie? Die Ermittlungen der Serienmorde waren abgeschlossen, Giuliano Zanni war tot, Palmieri nicht mehr in Genua. Man hatte sich am Vorabend gesehen, der Kriminologe hatte gesagt, dass er früh am nächsten Morgen abreisen würde, und seine Villa war tatsächlich verschlossen. Doch auch er war auf seinem Handy nicht zu erreichen.

»Da ist was faul, Dottor Esposito. Diese Sache schmeckt mir gar nicht.«

Gerolamo sah seinen Vorgesetzten beunruhigt an und riss ihn aus seinen Gedanken. Tano bedauerte, dass er aufgehört hatte zu rauchen. Ihm fehlte ein notwendiges Ventil, und das nur, um ein oder zwei Jahre länger zu leben, verdammt. Er nickte nachdenklich. Sie warteten und hofften, Nelly plötzlich um die Ecke biegen zu sehen. Sie waren noch nicht bereit, loszufahren und die Sache auf sich beruhen zu lassen. Beide kannten sie gut genug, und wenn sie gesagt hatte, sie sei auf dem Weg dorthin, dann war sie das auch. Es sei denn, etwas war passiert. Etwas Schlimmes.

»Also, Privitera, wiederhol noch mal ganz genau, was Dottoressa Rosso dir gesagt hat.«

Zum dritten Mal musste Gerolamo sein letztes Telefonat mit Nelly Wort für Wort wiederholen.

Der weite, unterirdische Raum, an dessen dunkelblau gestrichener Kappendecke zahllose Sterne glänzten, wurde von ringsum angebrachten, geschickt versteckten Strahlern erhellt, die allesamt auf seine Mitte ausgerichtet waren. Die Luft war gut, irgendwo mussten sich Luftschächte befinden. Dort in der Mitte stand eine Glasvitrine, wie man sie aus Museen für wertvolle Exponate kennt. Nelly schleppte sich darauf zu, um besser sehen zu können. Sie zitterte, doch nicht wegen des bohrenden Schmerzes, der von ihrem rechten Arm ausging.

Sie zitterte vor blankem Grauen, vor animalischer Urangst, wie ein Tier, das instinktiv eine ihm unbekannte Gefahr wittert.

Verschlossen in mit Flüssigkeit (Formalin?) gefüllten Behältern, sah sie dort die Köpfe der ermordeten Frauen, Paulette, Malina, Lena, Samira, Dolores, Ermelinda und ... ja, sie war es wirklich, die Frau von den Bildern, o Gott, Alessandros Mutter. Sie waren aufgestellt wie in einer Installation, auf unterschiedlich hohen Glasebenen, die sich langsam drehten und zugleich um einen Mittelpunkt rotierten. In der Mitte stand unbewegt der Kopf der Mutter, die anderen umkreisten ihn wie Planeten die Sonne. Oder besser, wie Sterne den Mond. Über der Installation waren silberne Nachbildungen des Mondes in seinen verschiedenen Phasen angebracht, eine schwarze, matte Scheibe stellte den Neumond dar; sie drehten sich ebenfalls langsam.

Nelly schien es, als würden diese zu Kunstobjekten, zu entmenschlichtem Handwerk degradierten Gesichter, die fast wie Wachspuppenköpfe aussahen, sie aus galaktischen Entfernungen und mit einer drängenden Frage in den blicklosen Augen anstarren. Das Schrecklichste daran war, dass diese Zurschaustellung eine eigene Schönheit und perverse Vollkommenheit besaß. Ihr Schöpfer musste einen ausgeprägten Kunstsinn haben. Dieser und tausend andere wirre und abgedrehte Gedanken durchschossen Nellys traumatisiertes Hirn, als plötzlich etwas Hartes sie heftig am Kopf traf und alles dunkel wurde.

Noch ehe Nelly wieder ganz bei sich war, spürte sie den stechenden Schmerz im Arm und wusste, dass sie keinen Albtraum gehabt hatte und noch immer dort war, im »Ausstellungsraum«, wo die Köpfe sich noch immer bewegten, sie hingegen sich nicht bewegen konnte, weil sie sorgfältig gefesselt war. Halb sitzend, halb liegend lehnte sie an der Wand, während rechts von ihr im Halbdunkel jemand auf einem Stuhl saß und sie anstarrte. Sie spürte es, noch ehe sie das weiße Blitzen der sich bewegenden Augen sah.

Als er bemerkte, dass sie zu sich gekommen war, griff der Schemen den Stuhl und setzte sich ihr gegenüber, so dass der Widerschein der Scheinwerfer ihn schwach beleuchtete. Alessandro Palmieri lächelte sie an, doch noch nie hatte ein Lächeln in Nelly solch heftige Angst ausgelöst.

»Tja, liebe Nelly, Sie haben es also einfach nicht lassen können, herumzuschnüffeln, weiterzubuddeln. Es war alles vorbei, alles in schönster Ordnung. Aber ich habe es geahnt, ich habe gespürt, dass Sie kommen würden. Sie und Ihr verdammter Dickschädel. Wieso wollten Sie unbedingt sterben?«

Nellys Angst mischte sich mit dem absurden Triumphgefühl, trotz allem recht gehabt zu haben. Es gelang ihr, ihm zu antworten.

»Camélias Kopf. Er ist hier mit den anderen. Sie hatten ihn also gefunden. In einem einzigen Zeitungsartikel über den Selbstmord ihrer Mutter war die Rede davon gewesen, dass sie beim Sturz von der Überführung auf ein Stahlseil gefallen war. Ihr Kopf war sauber abgetrennt worden und im Unterholz verschwunden. Die Suche war ergebnislos geblieben. Gemma, die Journalistin ... sie war auf diesen Artikel mit dem makaberen Detail gestoßen. Ihre Entdeckung hat sie das Leben gekostet, stimmt's?«

Nelly versuchte, den Schmerz, der sie fast in die Ohnmacht trieb, zu ignorieren. Während sie geredet hatte, war ihre anfangs heisere und zitternde Stimme sicherer geworden. Alessandro lächelte wieder. Ein grausiges Lächeln.

»Natürlich hatte ich Camélias Kopf gefunden. Ich hatte ihn wie verrückt stundenlang im Wald gesucht. Vielleicht bin ich damals tatsächlich verrückt geworden. Vor Schmerz. Vor Wut. Ich habe es niemandem erzählt, dass ich ihren Kopf hatte. Der Artikel ... ich dachte, es gäbe davon keine Kopien mehr. Ich bin gründlich gewesen, aber nicht gründlich genug. Und was Gemma betrifft, dieses dämliche, ehrgeizige und hinterhältige Gör. Sie hat die einzige noch existierende Kopie aufgestöbert und eins und eins zusammengezählt. Sie hatte einen Verdacht ... und wollte auf eigene Faust die Wahrheit herausfinden, einen Knüller landen und der Polizei zuvorkommen. Sehr unvorsichtig von ihr. Aber wie haben Sie von dem Artikel erfahren, Nelly? Ich habe ihren Laptop zerstört, die CD, alles.«

»Sie hat uns eine Kopie geschickt, im Präsidium wissen es jetzt alle, sie werden Sie suchen, mich suchen ...«

»Unsinn, ein lächerlicher Versuch, mir Sand in die Augen zu streuen. Das ist die einzige Kopie«, er hielt ihr Gemmas Umschlag unter die Nase, den sie am Morgen geöffnet und dann in die Tasche gesteckt hatte, »stimmt's? Gestern Abend habe ich mich von Esposito und den anderen verabschiedet. Keiner verdächtigte mich, die haben rein gar nichts bekommen. Wir sind als beste Freunde auseinandergegangen.«

»Inzwischen könnte im Präsidium auch eine Kopie eingetroffen sein, außerdem wissen Tano und mein Assistent Privitera, dass ich auf dem Weg zu Ihrem Haus war, sie werden gleich hier sein, wir waren verabredet ...«

Diesmal brach Alessandro in herzhaftes Lachen aus und warf den Kopf zurück.

»Sehr gut, sehr gut, Sie kämpfen bis zum Schluss, das gefällt mir. Der Poststempel auf dem Umschlag ist mehrere Tage alt, da ist ganz bestimmt kein zweiter unterwegs, sonst wäre der längst angekommen. Und was den lieben Tano und diesen Sizilianer mit der Grabesmiene angeht – Gerolamo, richtig? –, die waren schon hier, sie haben vor einem Stündchen ratlos und bedripst am Gartentor gestanden, geklingelt, einen Moment gewartet und sind wieder gegangen. Ihr lieber Esposito wusste, dass ich heute in aller Herrgottsfrühe nach Lugano abfahren würde, das Haus ist zu, und von Alessandro und Nelly Rosso keine Spur. Einer ist weg und hat ein schönes Alibi, und die andere – puff!! – hat sich in Luft aufgelöst!«

Er schnippte mit den Fingern. Nelly lief es eiskalt über den Rücken, vor Schmerz und vor nackter Angst, die in ihr aufstieg.

Ich muss ihn zum Reden bringen. Dieser Mistkerl ist nicht nur wahnsinnig, sondern auch exhibitionistisch. Er liebt es, sich zur Schau zu stellen und zu zeigen, wie großartig er ist. Er will bewundert werden. Doch vor allem war sie schreiend neugierig. Ihre Gier, die ganze Geschichte zu erfahren, war so übermäßig, dass sie einen Augenblick lang sogar die Todesangst in den Hintergrund drängte.

»Aber wie ist das möglich, was haben Sie mit dieser Geschichte zu tun, Alessandro? Ich hab von Anfang an, oder besser, seit meinem ersten Besuch hier gespürt, dass etwas nicht stimmte, dass Sie womöglich darin verwickelt sind, aber Zanni ist der Mörder, er hat sie umgebracht, oder? Alles passt zusammen, Spuren, DNA, Vergleiche …«

Palmieri unterbrach sie höhnisch.

»Dein Spatzenhirn gibt sich redlich Mühe, schafft's aber nicht, was, Nelly? Giuliano ist der Mörder, na und? Eine schöne Denkaufgabe. Ich wette, du bist ganz schlecht mit Kreuzworträtseln, auch mit Bilderrätseln und Scharaden, und bei der reinen Mathematik liegst du genauso daneben wie bei Ratereimen für Kinder. Du knackst noch nicht mal den ersten Schwierigkeitsgrad beim Sudoku. Eine echte Flasche. Eine Loserin. Wo findet die Polizei eigentlich solche wie dich? Beim Töpfeschrubben in irgendwelchen Vereinsküchen? Oder beim Kloputzen? So was Unprofessionelles wie du ist mir seit Jahren nicht mehr untergekommen, aber ich wusste, dass du noch mal hier rumschnüffeln würdest, nicht lockerlassen würdest. Wie gesagt, Pech für dich.«

Seine Stimme war voller Hass, und das verächtliche Du traf Nelly wie ein Peitschenhieb. Sie versuchte sich in eine etwas erträglichere Position zu bringen und lehnte sich gegen die kalte Mauer.

»Ja, vielleicht bin ich unfähig, aber bis hierher bin ich immerhin gekommen, richtig? Und du, was bist du, Alessandro?«

Sie war ebenfalls automatisch zum Du übergegangen und gab

ihm einen herablassend ironischen Ton. Alessandro, der nichts davon zu bemerken schien, antwortete ernst.

»Ein Genie. Ein Wesen, das dem Durchschnitt der gewöhnlichen Sterblichen, den Nullen wie dir und deinen armseligen Kollegen, die allenfalls einen Hühnerdieb schnappen können, himmelweit überlegen ist.«

»Und das Genie zeichnet sich dadurch aus, dass es arme, wehrlose und unschuldige Frauen umbringt und köpft?«

»Das Genie zeichnet sich dadurch aus, dass es frei ist und über allem steht, auch und vor allem über der Moral beschränkter Hausfrauen, wie du eine bist, und der Feiglinge, die ein armseliges Dasein fristen und noch nicht einmal wissen, dass sie am Leben sind. Das merken sie erst, wenn sie sterben. Ein Aufflammen, und dann nichts mehr. Zumindest haben sie eine wahre Emotion gehabt. Und die Frauen zumal«, er holte tief Luft und stieß sie zornig wieder aus, »sind niemals unschuldig. Sie tun Böses, täuschen und betrügen mit jedem Atemzug. Sie verlassen die, die sie lieben. Sie sind das Übel.«

Er wollte weit ausholen, seine Augen blitzten, sein Atem ging heftiger. Nelly schmerzten der auf den Rücken gedrehte Arm und die zusammengeschnürten Fußknöchel, das Blut konnte nicht richtig zirkulieren. Sie versuchte, nicht daran zu denken.

Er machte eine Handbewegung, als wollte er eine Fliege verscheuchen, doch das befriedigte Grinsen, das seine Lippen verzerrte, verriet Nelly, dass er es genoss, sie in seiner Gewalt und als Publikum zu haben, ein privilegiertes, da dem Tode geweihtes Publikum, dem man alles rückhaltlos erzählen und vor dem man sich endlich die Maske vom Gesicht reißen konnte. Das einzige Publikum, dem man sein wahres Ich, seine wahre Größe zeigen durfte. *Du willst reden, ordentlich angeben, du Drecksau, na los, mach doch. Sag mir, wie toll du bist und wie irre clever. Ich bin ganz Ohr und werde dir schon die richtigen Leckerlis zustecken.* Sie behielt ihre Tonart bei.

»Und du, was hast du von diesem ganzen widerwärtigen Theater gehabt, wenn es doch Giuliano war, der den befreienden Akt der Rache und/oder Läuterung auf Kosten der Frauen durchgeführt hat? Lass mich raten, hängt es mit dem Tod deiner Mutter zusammen? Liegt da der Hund begraben? Und was hat das mit diesem albernen Gedöns um den Mond und seine Phasen zu tun?«

Nelly hatte das Messer in die Wunde gestoßen und sah das Blut spritzen. Alessandro rührte sich nicht, doch seine Finger krallten sich um die Armlehnen seines Stuhls, er knirschte mit den Zähnen, und sie glaubte schon, er würde ihr sofort an die Gurgel gehen.

»Du weißt noch nicht mal, wovon du sprichst, elende Nutte.«

Er war kreideweiß geworden, und nur seine Lippen leuchteten bläulichviolett in dem hageren Gesicht. *O mein Gott, es ist aus.* Nelly konnte den tödlichen Zorn in seinen irren Augen sehen. Doch er riss sich abermals zusammen. Das Bedürfnis zu reden war einfach zu groß.

»Aber wie dem auch sei, ja, die Wurzeln meiner Veranlagung liegen dort. In Camélias Tod. Das begreift sogar eine Dilettantin wie du. Doch die Folgen daraus sollten noch jahrelang schlummern. Als sie sich umgebracht hat, habe ich ihren Kopf präpariert, um ihn aufzuheben, um mich nicht von ihm trennen zu müssen, das war alles. Die Mondphasen … waren ein Tick von ihr. Sie vergötterte den Mond, hat ihn an die Zimmerdecken malen lassen. Sie richtete sich nach den Sternen, nach den Bewegungen der Planeten. Deshalb hatte ich ihr den Spitznamen Diana gegeben. Das war so ein Spiel zwischen uns. Dann hat sie mich verlassen … aber sie hat mir ein riesiges Geschenk hinterlassen, sie, meine Kleine. Meine Schwester. Meine Tochter.«

Nelly war fassungslos. Das also war das Geheimnis dieses Hauses. All das blendende Weiß konnte niemals ausreichen, die Fäulnis zu überdecken, die Alessandros Worte an die Oberfläche brachten. Er nahm sie und die Situation, in der sie sich befanden, gar nicht mehr wahr. Das Magma seiner Gefühle und Leidenschaften war hervorgebrochen, erfüllte den Raum und überschwemmte Nelly mit Grauen und Mitleid angesichts dieser unfassbaren Geschichte und ihrer Protagonisten.

Alles hatte in jenem Bett begonnen, in dem weißen Zimmer, in einer Nacht, in der der Vater nicht da war. Alessandro schlief bei seiner Mutter, wie immer, wenn der Vater nicht zu Hause war. Er war dreizehn, und sie war wie so oft unglücklich. Sie hatte lange geweint und ihn unter den Laken an sich gedrückt, ihn geküsst und gestreichelt. Alles war passiert wie in einem Traum, Ödipus' Traum war Wirklichkeit geworden zwischen dem hingerissenen Jungen und der jungen, unerfüllten und unglücklichen Frau.

Zwischen Tränen, Vorwürfen, Zurückweisung und Leidenschaft hatte sich die inzestuöse Beziehung Jahr um Jahr fortgesetzt, während er zum Mann heranwuchs. Camélia hatte nicht mehr mit Alessandros Vater schlafen wollen. Ein schwerer Fehler, denn wie sollte man dem greisen und eifersüchtigen Ehemann die plötzliche Schwangerschaft erklären? Natürlich vermutete er einen jüngeren Rivalen, und damit lag er richtig, auch wenn er nicht ahnte, dass es sich um seinen eigenen Sohn handelte. Geschrei, Schläge, Forderungen, abzutreiben, die reinste Hölle, bis Alessandro beschloss, sich und seine Mutter zu befreien, und den Vater auf der Segeltour umbrachte. Er hatte ihn betäubt und dann ins Meer geworfen.

Doch sie, Camélia – seine Stimme bebte vor Zorn – hatte den Liebhabersohn betrogen. Sie hatte nicht standgehalten. Statt sich über ihre endlich gewonnene Freiheit zu freuen und ihm dankbar zu sein, hatte sie begonnen, sich Vorwürfe zu machen. Sie sagte, sie sei eine Sünderin, sie habe ihn ruiniert, aus ihm, ihrem Sohn, einen inzestuösen Mörder gemacht. Nach der Geburt der Tochter war es noch schlimmer geworden, sie verfiel in eine abgrundtiefe Depression, und als man die Leiche des verfluchten Alten fand, brachte sie sich um.

Alessandro durchlitt die wieder lebendig gewordenen Erinnerungen mit der gleichen Leidenschaft und Wut wie damals. Seine Stimme war ein Fauchen, die Fäuste waren geballt.

»Sie hat mich betrogen. Alleingelassen. Dazu hatte sie kein Recht. Nach all dem, was ich für sie, für uns getan hatte … Ich habe sie genauso wahnsinnig gehasst, wie ich sie geliebt hatte. Es gelang mir nur, ihr zu verzeihen, weil sie mir sich selbst in Klein überlassen hat. Aber es ist furchtbar, gleichzeitig zu lieben und zu hassen. Ich habe sie so sehr geliebt und so sehr gehasst. Sie hatte kein Recht, das zu tun«, murmelte er wie zu sich selbst, »mich zu verlassen.«

Nelly war von Alessandros Worten und dem wechselnden Mienenspiel auf seinem Gesicht dermaßen in Bann geschlagen, dass sie die Aussicht, sein nächstes Opfer zu sein, und die höllischen Schmerzen in ihrem Arm fast vergessen hatte. Sie hatte nicht gewagt, ihn zu unterbrechen, doch als sie merkte, dass er in seinen Erinnerungen versank, stichelte sie weiter.

»Und als sie, die kleine Schwestertochter, gestorben ist …«

Er schwieg, und auf seinen Lippen lag ein höhnisches Lächeln.

»In Amerika, der Serienkiller …«

Alessandro antwortete mit einem sarkastischen Lachen. Er wollte sich schier totlachen über ihren Einwand, das war offensichtlich, doch weniger offensichtlich war der Grund für seine Heiterkeit. Jetzt musste er völlig durchgedreht sein.

»Ach, meine kleine Hobbypsychologin, du willst wissen, ob Giacintas Tod das traumatische Ereignis war, das in mir etwas … ausgelöst hat? Die Sammelleidenschaft für Köpfe? O nein. Nicht ihr Tod. Auch sie hatte mir ein Geschenk hinterlassen. Titta. Ihre Kommilitonin vom Konservatorium. Sie hat die Leere in meinem Herzen gefüllt, nachdem meine Liebe, meine Frau von mir gegangen war.«

»Deine Liebe? Deine Frau?«

Endlich begriff Nelly. Die Bestätigung für ihre Vermutung kam von Alessandro selbst. Er hatte das Mädchen großgezogen, und dann hatte sich die familiäre Verführung wiederholt, er hatte den Inzest zur Perfektion der Liebe glorifiziert, zu einem Privileg all jener, die sich nicht von sinnlosen gesellschaftlichen Regeln unterwerfen lassen. Als Giacinta zwölf Jahre alt war, hatte er sie zu seiner Geliebten gemacht. Das Mädchen war ihm dankbar, es vergötterte ihn. Alessandro war alles für sie. Sie war einverstanden und anfangs sogar stolz darauf, dass er sie so sehr liebte und anderen Frauen vorzog, doch mit der Zeit ging ihr auf, was für ein ungewöhnliches und seltsam perverses Verhältnis das war, und das hing wie ein Schatten über ihrer Beziehung.

Giacinta wuchs heran, sie war eine Frau geworden, und irgendwann würde die wahre Natur ihrer Beziehung herauskommen. Um das zu vermeiden, hatte Alessandro ein äußerst verlockendes Stellenangebot angenommen, das sie zurück nach Europa führen sollte. Doch – langes Zögern, ein Suchen nach den passenden Worten – der Plan war von Giacintas Tod durch die Hand eines Serienmörders vereitelt worden. Allein die Liebe Tiziana Rolandis, einer italienischstämmigen Studentin und Freundin der Schwester, hatte ihn vor dem totalen Zusammenbruch bewahrt. Sie waren zusammen nach Europa zurückgekehrt, an den Luganer See gezogen und hatten dort ein paar glückliche Jahre verbracht. Sie wollten heiraten.

»Irgendwann sagte Titta mir, dass sie ein Kind erwarte. Wir haben es bekommen. Alles schien perfekt, doch es litt an einer äußerst seltenen Missbildung, die weder durch die Fruchtwasseruntersuchung noch durch den Ultraschall diagnostiziert worden war. Es konnte nicht überleben. Als der Kleine starb, ist sie auch eingebrochen, sie war einer Liebe wie der unseren nicht gewachsen, wertvoll wie Gold, rot wie Blut, weiß wie die Unschuld. Auch sie hat mich betrogen, verlassen. Allerdings hat sie sich nicht umgebracht wie meine Mutter, die sich mir auf ewig entzogen hat. Sie ist einfach nur fortgegangen und hat es mir unmöglich gemacht, sie aufzuspüren. Bis jetzt zumindest.

Ich … kann gar nicht sagen, was ich durchgemacht habe. Die ganze verfluchte Vergangenheit ist über mich hereingebrochen, die perfekte Liebe, die Leidenschaft, Camélias enthaupteter Körper, der wie eine Reliquie bewahrte Kopf … Giacinta, ihr Tod, und jetzt Titta, die mich alleinließ. Ich glaubte die Kontrolle zu verlieren. Ich bin fast verrückt geworden, die meisten Menschen würden mich wohl für wahnsinnig halten, das ist mir klar. Aber in meinen Augen bin ich es nicht. Ich habe nur zu sehr geliebt und bin zu tief enttäuscht worden. Verfluchte Frauen und ihre Schwäche.

In genau dieser Zeit hat mich der alte Lucrezio Manara gebeten, mich seines Sohnes anzunehmen. Es war die Begegnung zweier verwandter Seelen, zweier von allzu großer Liebe, von Schmerz, Verlassensein und Hass gezeichneter Schicksale. Zusammen haben wir unsere … gemeinsame Therapie absolviert. Ich war das Hirn, er der Vollstrecker. Das Unerträgliche ertragen, das war unser Ziel.«

Er hatte sie fast vergessen. Jetzt, wo er seinen Vertrauten und Leidensgefährten verloren hatte, war das Bedürfnis, zu reden, die ganze Wirrnis, die ihn innerlich auffraß, und das Gegenmittel, das ihn am Leben hielt, zu beichten, übermächtig.

»Und wer hat nun gemordet, du oder Giuliano Zanni? Oder ihr beide?«

Alessandros Gesicht verzog sich zu einem Ausdruck überlegener Schläue. Er spannte sie eine Weile auf die Folter.

»Giuliano Zanni war ein idealer Sklave. Schwach, voller Probleme, ohne Selbstvertrauen und mit einer verquasten Religiosität, die den Hass auf diese Nutte von seiner Mutter und auf den abwesenden Vater verbrämte. Doch der Knackpunkt für ihn war die Geschichte mit Flores. Er hatte sich unsterblich in eine Frau verliebt, die unwürdig war, weil eine Frau. Die naheliegende Erkenntnis, dass sie nicht mehr war als ein dahergelaufenes Flittchen, hat in ihm die latente Psychose ausgelöst.

Nachdem er sie umgebracht hatte, ist er zu mir gekommen,

denn ich hatte ihn seit einer Weile in Behandlung, und hat sich mir rückhaltlos geöffnet. Ich habe ihm versprochen, ihn von seinem Leiden, den inneren Konflikten und Gewissensbissen zu befreien, die er beim Überwinden der Hemmschwelle empfand – dabei hatte er sie schon durch den Mord an Flores überwunden, obgleich es sich dabei um eine Affekthandlung und nicht um einen freiwilligen, gewollten und genossenen Akt gehandelt hat. Nicht um die Erhebung des Hasses zu einem Ritual.

Ich war zu dem Zeitpunkt völlig neben mir, außer mir. Titta hatte mich verlassen, all die alten Wunden waren wieder aufgebrochen. Giuliano und ich waren am gleichen Punkt, in der gleichen seelischen Verfassung. Ich war sein Meister, er mein Vollstrecker. Eine für beide Seiten erfolgreiche Therapie. Dank mir hat er vor seinem Tod das Glück kennengelernt. Die Erlösung und Befreiung vom Schmerz durch die Opferung unwürdiger Existenzen. Ach, du wolltest wissen, wer von uns beiden tatsächlich gemordet hat. Typisch für einen begrenzten Verstand wie deinen.« Er machte eine Kunstpause und beugte sich vor. »Die Frauen und dieser Diego gehen auf Giulianos Konto, und auch dieses arme Würstchen Sonni, der das Muskelrelaxans für ihn hat mitgehen lassen, weil er ihn für einen Freund hielt und ihm blind vertraute, doch dann hat er was gerochen, zwar spät, aber immerhin.«

Sosehr sie sich auch bemühte, konnte sie ein leises Stöhnen nicht unterdrücken. Lachend fuhr er fort.

»Ich habe ihm die kleine Journalistenschlange übergeben, aber umgebracht hat er sie. Giuliano war richtig gut, da kann man wirklich nicht meckern. Er hat es geschafft, den armen Chicco, der ein idealer Verdächtiger war, und deine Kollegin vor den Augen von Dutzenden von Leuten aus ›Mani amiche‹ herauszuschleusen. Aber es wissen nun mal nicht alle, dass es unter dem Palazzo einen geheimen Gang gibt, durch den man bei einer alten Garage in Porto Antico herauskommt, wo er seinen Ducato geparkt hatte. Er hat sie dort versteckt, geknebelt und bewusstlos, und ist seelenruhig zurückgekommen, um bei der Suche zu helfen. Abends hat er sie dann zur Casa Marianna gebracht. Chicco Manara mussten wir ausschalten, weil er zufällig den geheimen Gang und den Lieferwagen entdeckt und begriffen hatte, dass sie mit den Verbrechen in Zusammenhang standen. An dem Tag wollte er es eurer Amanda sagen und zeigen, aber Giuliano hat sie belauscht und ist ihnen gefolgt.«

»Dann hast du ja sozusagen eine weiße Weste …«

Nelly stichelte, und er sprang sofort darauf an.

»Ich habe meinen lieben Klassenkameraden Silvano kaltgemacht. Er war schon immer ein halbes Genie. Schade nur, dass er einen so begrenzten Moralbegriff hatte. Er hatte mich angerufen, weil er Giuliano verdächtigte. Er wollte mich heimlich treffen, um mit mir darüber zu reden, und ist ins offene Messer gerannt. Wir hatten uns in seinem Elternhaus verabredet. Ich konnte ihn einfach nicht am Leben lassen. Die Botschaft in Giulianos Stil war mein Werk. Zufrieden, Commissario?«

Er erhob sich mit einer abschließenden Handbewegung und machte einen Schritt auf sie zu. In den Fingern hielt er eine goldene Kette mit einem Medaillon: die Madonna von Fatima.

Nelly begriff, dass alles gesagt war, es war aus. In einem Versuch, sich von ihm zu entfernen, presste sie sich gegen die Mauer und zog die letzte Karte aus dem Ärmel.

»Heute Morgen, ehe ich hergekommen bin, war ich bei Lucrezio Manara. Er hat mir gesagt, dass Giuliano bei dir in Therapie war. Dass du mit Don Silvano und seinem Neffen Chicco zur Schule gegangen bist. Er wird es auch Tano sagen, er wird dich verdächtigen und gegen dich ermitteln, wenn ich verschwinde. Es kommt alles heraus. Du kommst nicht durch, auch wenn du mich umbringst.«

»Danke für die Vorwarnung. Den Alten lass nur meine Sorge sein, um den kümmere ich mich, sobald du für immer abgetreten bist. Allerdings wird dir nicht das Privileg der anderen zuteil, du verschwindest einfach, mit deinem nichtsnutzigen Kopf auf den Schultern, wenn das für dich ein Trost ist.«

Tano und Gerolamo hatten einen Entschluss gefasst. Die Sorge um Nelly war einfach zu groß, und sie konnte nur dort sein, wo auch Gemma verschwunden war, um woanders tot und ohne Kopf wieder aufzutauchen. Als sie die Gartenmauer abschritten, entdeckte Gerolamo auf einer der Zaunspitzen des kleinen Gartentors einen Stofffetzen. Weiß-blau. Er stieg auf den Prellstein, hielt sich an der Querstange fest und angelte nach dem Stück Stoff.

»Dottor Esposito, schauen Sie mal. Das stammt von einem Frauenkleid. Von ...«

»... Nellys Kleid«, schloss Tano. »Sie ist von hier aus eingedrungen, dieses leichtsinnige Frauenzimmer. Los, hilf mir, wir nehmen denselben Weg.«

Nacheinander erklommen sie das Tor. Es war einen Versuch wert. Es war nicht ausgeschlossen, dass Nelly in ernsten Schwierigkeiten steckte, und selbst wenn sie nicht mehr dort war, wären sie zumindest nicht tatenlos geblieben. Sie umrundeten die Villa jeweils von links und rechts, trafen sich vor dem Haupteingang wieder und blieben unschlüssig stehen. Beide hatten das angelehnte Fenster gesehen, verständigten sich mit einem kurzen Kopfnicken und standen im nächsten Moment wie Nelly in der dämmrigen Küche. Stille, Halbdunkel. Sie fingen an, das Haus systematisch zu durchsuchen.

Nelly versuchte sich loszuwinden, doch Alessandro drückte sie gegen die Mauer und packte sie am Hals, sie biss ihm in die Hand, er ließ sie los und verpasste ihr eine schallende Ohrfeige. Nelly konnte sich nicht mehr wehren. Halb benommen bekam sie gerade noch mit, wie er ihr die Kette um den Hals legte und zuzog. In dem Moment ließ ein Geräusch ihn herumfahren, und das, was er sah, machte ihn starr vor Schreck. Ein riesiger Schwarzer stand mit einer Axt in der Hand vor der Glasvitrine. Wie in Zeitlupe hob er den Arm und ließ sie mit aller Wucht auf die Glaskonstruktion niedersausen.

Nelly blinzelte und schlug die Augen gerade rechtzeitig auf, um zu sehen, was vor sich ging. »Robert …«, röchelte sie erstickt und starrte mit offenem Mund auf das unfassbare Szenario. Die Glassplitter spritzten umher, der Kopf der Mutter war vom Axthieb gespalten worden, die anderen kullerten in alle Richtungen, dann ertönte Alessandros Schrei, ein unmenschliches, heiser anschwellendes Brüllen, ein tierisches Jaulen, das die Mauern der Villa erschütterte, die Stufen empor in sämtlichen Zimmern widerhallte und gedämpft an Tanos und Gerolamos Ohren drang, die unten an der Treppe standen und sich entgeistert anstarrten.

Von den Schreien aus der Tiefe geleitet, stürzten sie in die Küche, folgten ihnen in den Keller, begriffen sogleich, dass sie aus dem großen Schrank kamen, rissen ihn auf, sahen die offene Rückwand und das Licht von unten, das die steilen Stufen und den Gang schwach erleuchtete. So schnell sie konnten, hasteten sie die Stufen hinunter, die Nelly hinabgestürzt war, durchquerten mit gezückten Pistolen den unterirdischen Gang und erblickten eine Szene, die sie in ihrem Leben nicht mehr vergessen würden: Die unversehrte Installation mit den Köpfen in der Mitte des Raumes und Alessandro Palmieri, der wie ein Besessener »NEIN, NEIN, NEEEIIIIIN« jaulte, mit dem Nichts, mit der Luft kämpfte und völlig außer sich herumfuchtelte, als wollte er irgendetwas zurückhalten, das nur er allein sah.

Plötzlich verlor er das Gleichgewicht und taumelte mit voller Wucht gegen die Glaskonstruktion. Als er zu Boden stürzte, schlug er mit dem Kopf dagegen, sie ging zu Bruch, eine der Scherben bohrte sich in seine Kehle und durchtrennte die Halsschlagader. Das Blut spritzte, der Tod trat binnen weniger Minuten ein, ohne dass die beiden vor Grauen und Fassungslosigkeit versteinerten Männer den kleinsten Rettungsversuch unternehmen konnten.

Erst als Alessandro Palmieri reglos in seinem Blut lag, umgeben von Glasscherben, zerborstenen Behältern, aus denen die Flüssigkeit sickerte, und den Köpfen der Opfer, derweil sich der Mond in seinen verschiedenen Phasen über ihnen unaufhörlich weiterdrehte, erst da blickten sich die beiden um und entdeckten, an einer Mauer am Boden kauernd, Nelly. Sie hatte die Kette noch immer um den Hals, hustete röchelnd und starrte mit aufgerissenen Augen in die Mitte des Raumes. Die beiden Männer stürzten zu ihr, Gerolamo hielt ihren Kopf, Tano rief Verstärkung und einen Krankenwagen und meinte zu hören, wie sie etwas murmelte. Einen Namen.

»Robert … Robert.«

Dann verlor sie das Bewusstsein.

XXI
Nach dem Sturm

Die Psychologin Nora Risso blickt aus dem weit geöffneten Fenster, durch das die Frische des heißersehnten Sommerwolkenbruchs hereinweht. Eigentlich ist es kein Wolkenbruch, sondern ein regelrechter Sturm mit allem, was dazugehört. Der Wind wirbelt die Blätter auf dem Schreibtisch ihrer Praxis in der Via Maragliano auf, doch die Erleichterung über das Ende der drückenden Hitze ist so groß, dass die Frau nicht im Traum daran denkt, die Fenster zu schließen. Auch das Geräusch des Regens ist eine seit langem erträumte Wohltat. Entspannt lehnt sie sich in ihren Sessel, und es ist nicht allein die Tatsache, dass die afrikanische Hitze zwar nicht überwunden, so doch zumindest unterbrochen scheint, die sie so zufrieden macht.

Der »Secolo«, der aufgeschlagen vor ihr liegt, feuert weiterhin Artikel und Berichte zu den entsetzlichen Ereignissen des Sommers ab. Genua ist in die weltweiten Top Ten der Serienkiller aufgestiegen. Die Leser lechzen nach Informationen und Enthüllungen. Das Grauen verkauft sich wie warme Semmeln. Und sie ist, wenn man so will, beruflich rehabilitiert worden und genießt ihren Moment des Ruhms. Einer der Beiträge ist ein Interview mit ihr, Nora Risso, die als Erste ein Gutachten über Gianluca Sonnis mentalen Zustand verfasst hatte, dann aber von der Polizei ausgebootet wurde, welche sich einen anderen Profiler gesucht hatte, nämlich – was für ein Zufall – den Urheber der Verbrechen selbst, diesen Alessandro Palmieri, dessen Tod ebenso abseitig und grauenvoll war wie seine Neigungen.

Bei genauerem Hinsehen sind längst nicht alle Einzelheiten geklärt, es gibt noch viele offene Fragen. Wie ist Palmieri gegen die Glasvitrine gestürzt, die momentan in aller Munde ist: Hat einer der Polizisten, die gerade noch rechtzeitig gekommen sind, um das Leben von Kommissarin Nelly Rosso zu retten, ihn gestoßen? Oder beide? Der Polizeivize, der Chefassistent und die Kommissarin versichern alle drei, er habe sich in einem Anfall von Wahn dagegengeworfen.

Doch das ist nicht der einzige Grund für ihren Triumph. Nora lächelt boshaft: Sie hat zwei Protagonisten der Geschichte in Behandlung, Amanda Sacco und Nelly Rosso selbst. Die beiden waren zutiefst verstört – eine milde Umschreibung für vollkommen paranoid – durch ihre unschönen Begegnungen mit Zanni, dem Vollstrecker der Morde, und dem berüchtigteren Drahtzieher Palmieri. Grauenvolle Familiengeschichten, Inzest, verstoßene leibliche Kinder, Geheimnisse, und das in Familien, die in Genua seit Generationen dafür bekannt sind. Was für ein Glücksfall für die Journaille und alle anderen, die daran verdienen, man kann nur hoffen, dass die Welle noch lange anhält.

Und jetzt der Clou: Sie ist zu »Verbrechen zahlt sich nicht aus« eingeladen worden, der meistgesehenen Sendung zum Thema Kriminalität, zusammen mit Laurenti, dem jungen Staatsanwalt, der neben Tano Esposito der Mann der Stunde ist. Doch während der schöne Polizeivize nichts fürs Rampenlicht übrig hat, kann Laurenti scheinbar nicht genug davon bekommen. *Vielleicht endet unser guter Staatsanwalt noch im Dschungelcamp. Ein blöder Narziss, aber was soll's? Ganz Italien wird uns sehen, wird mich sehen … Was soll ich bloß anziehen, mal schauen …* Jemand klopft an der Tür und reißt sie aus ihren Gedanken. »Herein!«

Es ist Nelly Rosso, ihr rechter Arm ist noch in Gips, aber insgesamt hat sie sich wieder recht gut erholt, wenn man bedenkt, was sie durchgemacht hat, stellt Nora kritisch fest. Es hätte noch viel schlimmer kommen können.

Die Kommissarin schenkt ihr ein breites Landmädellächeln, grüßt und nimmt in dem Sessel vor dem Schreibtisch Platz. *Wenn es nach mir ginge, könnte ich auf diese Sitzungen gut verzichten, lieber würde ich ein paar Mal ins Meer springen, aber Tano hat so hartnäckig darauf bestanden: Geh zur Risso, du musst mit jemandem reden, darüber, was dir passiert ist, geh zur Risso … ich bitte dich … Am Ende blieb mir nur die Wahl, ja zu sagen oder ihn zu erwürgen. Was soll's, entspann dich. Dann plaudern wir halt.*

Nelly seufzt und stellt sich auf die Sitzung ein. Nora Risso versucht vor allem, weitere Einzelheiten aus ihr herauszukitzeln, das ist ihr klar, und sie ist nicht bereit, die alles andere als berufliche Neugier der Psychologin zu befriedigen, so geschickt sie sie auch kaschiert. Sie bleibt vage und lässt sich vor allem nicht über die Beziehung Alessandros zu seiner Schwester und zu Titta aus, der unauffindbaren Freundin, von der man zu fürchten beginnt, dass sie tot ist, womöglich umgebracht von ihm selbst oder von Zanni.

Nelly blickt gedankenverloren hinaus in den strömenden Regen, der auf die hitzegeplagte Stadt niedergeht und den glühenden Asphalt zum Dampfen bringt. Die Psychologin respektiert ihr Schweigen und hofft, dass es früher oder später zu einer Öffnung kommt.

Zum x-ten Mal sieht die Kommissarin die Szene vor sich, die sie seit drei Wochen nicht loslässt, das Ende der Geschichte im Keller der Villa Camelia. Der hünenhafte Schwarze, die Vitrine in Trümmern und der gespaltene Kopf der Mutter, dann Alessandros Ringen mit dem Mann, der ihn schließlich mit Wucht in die Glasscherben schleudert und tötet. Das ist das, woran sie sich erinnert oder zumindest zu erinnern meint, das sind die Bilder, die ihre Augen gesehen haben, doch Tano und Gerolamo haben eine andere Wirklichkeit gesehen. Sie kann und will ihnen nicht widersprechen, das wäre lächerlich, die Risso würde sie sofort in die Klapsmühle schicken. Manchmal denkt sie, dass sie früher oder später sowieso dort enden wird, wenn sie sich nicht damit abfindet, dass das Unerklärliche nicht zu erklären ist.

»Dottoressa Rosso ...«

»Ach, ja, entschuldigen Sie, wo waren wir stehengeblieben?«

Nirgendwo, und sie werden auch diesmal nirgendwo hinkommen.

Wieder ein Schlag ins Wasser, die blöde Kuh verarscht mich doch. Genervt sieht Nora zu, wie Nelly sich mit dem gleichen breiten, entwaffnenden Lächeln von ihr verabschiedet, mit dem sie hereingekommen ist.

Es hat aufgehört zu regnen, der Donner grollt fern im Westen, die Wolken ziehen weiter, um den Franzosen Erleichterung zu bringen. Nelly denkt an die letzte Begegnung mit Claire vor zwei Tagen. Sie trug ein rotschwarzes Gewand, hielt sich würdevoll wie immer und wurde von Roger begleitet. Sie waren ins Präsidium gekommen, um zu fragen, wann sie Paulettes und Malinas Köpfe erhalten könnten, um sie zu begraben.

Nelly war auf Roger zugegangen und hatte ihm spontan gesagt: »Danke, du hast mir das Leben gerettet. Entweder du oder Robert, wie auch immer, danke.« Er hatte sie verdattert angesehen, einen fragenden Blick zu Claire hinübergeworfen, die lächelnd die Schultern hochgezogen und den Kopf geschüttelt hatte:

»Aber was sagst du da, Commissario, ihr Europäer seid vielleicht abergläubisch, was glaubst du denn, gesehen zu haben? Du warst völlig außer dir, du hast eine Erscheinung gehabt, und basta. Vielmehr habe ich dir zu danken, dass du Simba gejagt und endlich zur Strecke gebracht hast.«

Unter Nicolas erstauntem Blick hatte sie ihr einen Kuss auf die Wange gedrückt und war gegangen, aufrecht wie immer, mit Roger im Schlepptau. Ach, und sie hat sie eingeladen, doch einmal auf ein senegalesisches Essen vorbeizukommen. *Vielleicht mache ich's. Vielleicht. Warum nicht?*

Langsam schlendert Nelly weiter Richtung Büro. Sie denkt an Mau, verschlossen und unglücklich, weil Monica keine Gelegenheit auslässt, ihn schlecht zu behandeln, als wolle sie sich für alles, was passiert ist, an ihm rächen. *Ständig ist sie gereizt und überempfindlich, weint bei jeder Kleinigkeit, hoffen wir mal, dass es vorbeigeht.* Sie müssen sich entscheiden, ob sie in Genua oder Mailand studieren wollen, ob sie zusammenbleiben oder sich endgültig trennen wollen. Bisher gibt es nichts Definitives, nur ein Hin- und Hergezerre, das alle aufreibt. In tiefen Zügen atmet sie den blei- und abgasgesättigten Dampf ein, der von den Gehsteigen und Straßen aufsteigt, scheiß drauf – was für eine Erleichterung nach den vergangenen Wochen! In wenig mehr als einem Monat wird sie sich endlich Urlaub nehmen und mit Carlo in die Camargue fahren.

Auch wenn es ihr jetzt unmöglich erscheint, zu einem normalen Leben zurückzukehren, mit ihm spazieren zu gehen, mit ihm zu schlafen, mit ihm zu lachen. Dieser Wahnsinnsmonat, in dem Simba die ganze Stadt verrückt gemacht und allerorten seine Spuren aus Blut und Grauen hinterlassen hat, wird sich wie ein Albtraum in Luft auflösen. Und auch Tanos Küsse werden sich auflösen wie der Rest eines Traumes beim Erwachen …

Unterdessen ist sie beim Präsidium angekommen. Nicola ist wieder ganz der Alte und lächelt ihr entgegen. Seinem Vater geht es glücklicherweise besser. Lojacono läuft ihr über den Weg und wirft ihr grußlos einen ätzenden Blick zu, *alles in Ordnung, alles wie immer, ich bin wieder daheim. Du mich auch, Lojacono.*

»Ciao, Valeria, gibt's was Neues?«

Nelly erwartet keine positive Antwort, sie hat von Neuigkeiten mehr als genug, doch stattdessen … Valeria sieht sie an, als wollte sie sagen: Und ob!! Und weist mit einem Kopfnicken in Richtung Tanos Büro. Nelly macht sich auf den Weg und fragt sich genervt, was zum Teufel denn jetzt noch ist. Sie klopft und tritt, ohne eine Aufforderung abzuwarten, ein.

Als sie in der Tür steht, sieht sie sie von hinten, sie hat Tano gegenüber Platz genommen, der hinter seinem Schreibtisch sitzt, und dem Ausdruck seines braungebrannten Gesichtes nach zu urteilen, muss es sich um ein echtes Hammerweib handeln. Sie sieht den Nacken mit dem hellblonden Haar, kurz geschnitten wie bei einem Jungen, als Jungs noch kurz geschnittene Haare hatten. Tano sieht Nelly an und macht ihr ein Zeichen, näher zu kommen und sich auf den Stuhl neben seinem Gast zu setzen. Sie gehorcht, und er stellt sie einander vor. Für Nelly ist das nicht nötig, sie hat sie auf dem Foto in Melide gesehen, in Alessandros Villa.

Tiziana Rolandi erinnert an Jean Seberg in ihren besten Zeiten, vielleicht ist sie sogar noch schöner, mit unglaublich goldfunkelnden Augen. Das vermutlich dunkle Haar ist schwedisch blond gefärbt. Sie trägt ein weich fallendes rotes Leinenkostüm mit einer weißen Seidenbluse darunter und originellen Goldschmuck um den Hals und an den Ohren. In Nellys Kopf wird ein fernes Echo laut, ›wertvoll wie Gold …‹.

Die junge Frau mustert sie kühl und gefasst. Sie war gerade dabei, dem Polizeivize ihre Geschichte zu erzählen, doch das Eintreten der Kommissarin scheint sie nicht sonderlich zu stören. Sie zögert nur einen winzigen Moment, dann fährt sie fort.

Mit seiner rasenden Eifersucht hatte Palmieri ihr gemeinsames Leben unmöglich gemacht. Sie blickt auf ihre Hände, die im Schoß liegen, es kostet sie Mühe, das nächste Thema anzuschneiden. Sie hatten sich ein Kind gewünscht, und sie hatte gehofft, er würde dadurch vielleicht weniger … krankhaft an ihr hängen. Doch leider war das Kind … nicht gesund, ja, und ist nach kurzer Zeit gestorben. Das hatte Alessandro dermaßen aus dem Gleichgewicht gebracht, dass sie Angst vor ihm bekam. Er war wie von Sinnen. Er machte sie für den Tod des Kleinen verantwortlich.

Weil sie nicht wusste, wie sie sich vor ihm retten sollte, hatte sie sich in der französischen Schweiz in einem Kloster versteckt, wo verzweifelte Frauen auf der Suche nach einem Unterschlupf ohne viele Fragen aufgenommen wurden. Jetzt hatte sie die Nachricht von … ähm, Alessandros Tod gelesen und war hergekommen.

Tano hatte Mühe, seinen Blick von ihrem Gesicht abzuwenden. Dann riss er sich los und wandte sich an Nelly.

»Signora Rolandi ist Alessandro Palmieris alleinige Erbin, vor einer Stunde war die offizielle Testamentseröffnung. Sobald alle Untersuchungen abgeschlossen sind, kann sie Villa Camelia in Besitz nehmen, die anderen Immobilien und der übrige Besitz sind bereits verfügbar.«

Tano ist wie verwandelt, wie immer, wenn eine neue Frau seine Aufmerksamkeit auf sich zieht. Selbst seine Stimme klingt sonorer und sein Lächeln ist noch verführerischer als sonst. Nelly beobachtet die Szene wie von ganz weit weg. Titta – genau, so hat Alessandro Palmieri sie genannt – scheint sich ihrer Wirkung auf Männer im Allgemeinen und auf den Polizeivize im Besonderen nicht bewusst zu sein. Obwohl sie anwesend ist, scheint sie ganz woanders zu sein, ihr Blick ist unruhig, mit nervösen Bewegungen zieht sie sich einen brillantbesetzten Ring vom Finger, der ein Vermögen wert sein muss, und steckt ihn wieder auf. Der verzauberte Blick des Mannes lässt sie völlig kalt. *Wie belämmert der sie anglotzt, so ein Blödmann, fehlt nur noch, dass er sabbert.* Nelly mustert den Vize verärgert.

»Ich danke Ihnen für Ihr Entgegenkommen und Ihre Diskretion, all das muss … schrecklich gewesen sein«, flüstert die junge Frau im Aufstehen, und Tano erhebt sich ebenfalls. »Trotz allem hätte ich nie geglaubt, dass Alessandro zu … dem, was in der Zeitung steht, fähig war.«

Tano begleitet die Frau zur Tür, man sieht, dass er ihr gern etwas sagen, sie vielleicht zum Mittagessen einladen würde, doch Nellys Gegenwart hält ihn davon ab. Titta reicht ihm die kleine, zarte Hand, die er mit den Lippen streift, und geht hinaus, dicht gefolgt von Nelly, die dem verdattert dreinblickenden Polizeivize die Tür vor der Nase zuschlägt.

»Verzeihen Sie, Signora Rolandi, darf ich Ihnen etwas sagen?« Die Frau dreht sich mit erhobener Augenbraue um.

Was will die denn?

»Weiß wie die Unschuld, wertvoll wie Gold, rot wie Blut ... ist Ihre inzestuöse Liebe, stimmt's, Signora Giacinta Palmieri?«

Nelly hat leise gesprochen, mit den Fingern die Bluse, die Kette und das Kostüm berührt und sieht ihr in die goldfunkelnden Augen, die sich sofort mit Tränen füllen. Die Frau taumelt, Nelly packt sie entschlossen beim Arm und begleitet sie ohne ein weiteres Wort aus dem Präsidium und über die regenfeuchte Straße in die gewohnte Eckbar. Sie setzen sich an denselben Tisch, an dem Nelly vor Tagen mit Marco Auteri gesessen hat. Die Kommissarin bestellt zwei Bourbon Four Roses ohne alles. Die Frau hält den Kopf gesenkt und schluchzt leise in sich hinein.

Nelly wartet. Von diesem Gespräch hängt ab, was sie tun wird, hat sie beschlossen. Sie kippen den Bourbon hinunter und bestellen zwei weitere. Allmählich beruhigt sich Titta. Sie hebt leicht den Kopf und starrt an der Kommissarin vorbei ins Leere. Und erzählt.

Alessandro war besessen von der Tatsache, dass sie nicht heiraten konnten. In Amerika wusste jeder, dass sie Bruder und Schwester waren. Er wollte nach Europa und ein neues, unbeschwertes Leben anfangen. Sie heiraten, Kinder bekommen. Der Zufall, das Schicksal half ihnen. Tiziana Rolandi war Waise und allein, sie ähnelte Giacinta körperlich und vom Typ her, sie hatten sich am Konservatorium kennengelernt und sich angefreundet, zusammen gelernt. Die Ärmste wurde Opfer eines Serienmörders, und Alessandro nutzte die Chance, um die Identität der beiden Mädchen zu vertauschen. Er identifizierte Tizianas so gut wie unkenntliche Leiche als die Giacintas, und so war Giacinta Palmieri verschwunden, und Tiziana Rolandi war frei, nach Europa zu gehen und Alessandro vor den Augen der Welt zu lieben. Hatte Alessandro Nelly von ihnen erzählt? Von ihrer ... Beziehung? Dort im Keller? Dass sie nicht Tiziana, sondern Giacinta war? Sie sieht Nelly bang an, wartet auf eine Antwort, versucht, sich zu beruhigen, trinkt ein paar Schlucke mit zitternder Hand. Nelly sieht sie an, während ihr Hirn auf Hochtouren läuft. Sie beschließt zu bluffen.

»Ja, Alessandro hat es mir gesagt. Dass ihr ein Liebespaar wart. Kurz bevor er versucht hat, mich zu erwürgen. Er hat mir auch von Tiziana erzählt. Allerdings klang seine Version ein wenig anders als die, die Sie mir gerade aufgetischt haben.«

Sie beugt sich zu der Frau hinüber und stößt aggressiv hervor: »Der Zufall, wie sie es nennen, waren der Wille und die Hand Alessandros. Er hat die arme Titta umgebracht. Und Sie wussten davon, sie waren sogar einverstanden. Sie waren seine Komplizin.«

Giacinta fährt halb vom Stuhl hoch, stößt dabei ihr fast leeres Glas um, reißt den Mund auf, ist sprachlos und lässt sich wieder auf den Sitz fallen.

»Nein, das kann er Ihnen nicht gesagt haben. Das ist unmöglich. Welchen Grund sollte er gehabt haben, mich zu beschuldigen, zu lügen? Dass er Tiziana umgebracht hat«, seufzt sie resigniert, »ja, das wusste ich, leider. Aber das hat alles Ale gemacht und mich vor vollendete Tatsachen gestellt. Ich konnte nichts mehr für die arme Tiziana tun, und genauso wenig konnte ich der amerikanischen Polizei alles erzählen und ihn auf den elektrischen Stuhl schicken. Niemals hätte ich … Ich habe ihn zu sehr geliebt.«

Die letzten Worte sind ein Wispern, doch sie weint nicht mehr. Sie sieht sie an, als erwarte sie eine Antwort, eine Absolution, die Nelly ihr nicht erteilen kann. Sie wirkt wie ein Tier in der Falle. Ihr Blick wandert nervös von Nelly zum Tresen und über die Wände des Lokals. Es sieht aus, als würde sie nach einem Ausweg suchen. Doch wie vor etwas flüchten, das man im Kopf hat? Wie den Erinnerungen, den offenen Fragen entfliehen?

»Wieso hat Ale all diese grauenvollen Dinge getan? Ich … wäre zu ihm zurückgekehrt, ich hielt es gar nicht ohne ihn aus. Nicht einmal, nachdem die Missbildung des Kindes und sein Tod mir bewusst gemacht hatten, was wir taten. Wir sind … Monster. Ich werde nie wieder lieben, niemals Kinder haben, nie mehr. Im

Grunde wäre es besser gewesen, wenn auch ich gestorben wäre. Ende, aus. Jetzt muss ich mit dem Gedanken leben, dass diese armen Frauen meinetwegen gestorben sind. Weil ich ihn alleingelassen habe.«

Sie senkt den Kopf und sitzt reglos da. *Eine gebrochene Frau … oder eine großartige Schauspielerin?* Nelly muss sich entscheiden.

Einige Minuten lang sitzt sie schweigend da und mustert diese rund zwanzig Jahre jüngere, weibliche Ausgabe von Alessandro, die schön ist wie eine Blume. Eine Blume, die aus einer verfehlten Kreuzung hervorgegangen ist. Im Geheimnis ihrer Geburt, im Rätsel um ihr missgebildetes Kind und ihre Flucht liegt der Grund für den grausamen Tod so vieler Ahnungsloser, die nichts damit zu tun hatten. Die Wurzel für all das sinnlose Leid. Sie sitzt da wie eine Marionette ohne Fäden, obwohl sie jung ist, schön wie die Sonne und seit ein paar Stunden steinreich, denn dem ohnehin mehr als beträchtlichen Familienvermögen hat Alessandro Palmieri noch sein eigenes aus zwanzig erfolgreichen Berufsjahren hinzugefügt. Nelly versucht sich vorzustellen, wie es ist, als kleines Mädchen in den Fängen eines Besessenen zu leben.

Schließlich hebt Giacinta den Blick, ihre gelbgesprenkelten Augen sind matt.

»Werden Sie mich verhaften, Commissario? Mich anzeigen?«

Nelly hat keine Zeit mehr, zu überlegen. Sie hat noch nie Richter sein müssen und es auch nie sein wollen. Zu viel Verantwortung. Und trotzdem muss sie sich entscheiden. Sofort. Sie blickt ihr direkt in die Augen, um die Wirkung dessen zu sehen, was sie sagen wird.

»Weder noch, Signorina Palmieri. Für mich sind und bleiben Sie Tiziana Rolandi. Ich hoffe, dass dieses arme Mädchen mir vergibt, was ich tue. Ich glaube, dass Sie für eine Schuld, die nur zu einem winzigen Teil die Ihre ist, gebüßt haben und büßen. Wenn es ein Fehler ist, Sie laufen zu lassen, Pech für mich. Zu allem anderen äußere ich mich nicht, über Ihre Zukunft müssen Sie entscheiden.

Versuchen Sie, diesen ganzen Ballast ins Meer zu werfen«, und sie zeigt auf das Kostüm, die Bluse, die Kette. »Befreien Sie sich von Villa Camelia und von der Vergangenheit, wenn es Ihnen möglich ist. Mit leichtem Gepäck reist es sich besser. Viel Glück.«

Nelly macht dem Kellner ein Zeichen und lässt sich den Bon geben. Sie zahlt, steht auf und verlässt die Bar, ohne sich noch einmal nach der schönen, rot gekleideten Frau umzusehen.

Während sie energischen Schrittes nach Hause geht, murmelt sie in sich hinein: »Vielleicht ist sie wirklich eine Mörderin oder zumindest die Komplizin eines Mörders, und ich habe sie laufen lassen. Wie heißt es so schön: Der Apfel fällt nicht weit vom Stamm ... Man kann nur hoffen, dass sie nicht irgendwann anfängt, Männerköpfe zu sammeln.«

Bei diesem Gedanken wirft sie den Kopf zurück und bricht in ein lautes, freudloses Lachen aus. Ein Passant dreht sich verblüfft nach ihr um und sieht sie an, als wäre sie verrückt geworden.

Leseprobe aus

Diana Lama

Eine Leiche zu Ferragosto

atb Frühjahr 2011

Der Haufen in der Sonne verwesender Algen stank, als wäre eine Leiche darunter begraben.

Und wirklich lag dort eine Leiche.

Als der Bagger begann, mit großen Schaufelladungen die modrigen Meeresabfälle aufzunehmen, stiegen dichte Verwesungsschwaden in die warme Nachmittagsluft auf.

Dann stießen die Metallzähne auf Widerstand und zogen einen Arm unter den Algen hervor, daran hängend den übrigen Körper: schwarz, aufgedunsen, nackt und völlig unkenntlich, aber stinkend wie ein alter Hundekadaver.

Die wenigen Zuschauer, die träge an der Brüstung der kleinen Piazza lehnten und das Spektakel verfolgten, schraken zurück, manch einer bekreuzigte sich.

Es war der erste greifbare Hinweis darauf, dass dieser Sommer in Pioppica anders werden würde.

Es hatte schon frühere, weniger deutliche Anzeichen gegeben, doch keinem der Urlauber oder Dorfbewohner waren sie aufgefallen.

Donnerstag, 9. August

Maresciallo Simone Santomauro gehörte zu denjenigen, die an einem Donnerstag Anfang August auf einer der Bänke der Piazzetta die nachmittägliche Brise genossen. Als er die aufgeregten Stimmen am Strand hörte, legte er das Buch, in dem er gelesen hatte, beiseite, stellte sein Glas Mandelmilch weg und trat ans Geländer. Zehn Sekunden später war er schon die kleine Treppe hinuntergehechtet und näherte sich mit umsichtigen, aber entschlossen Schritten, bei denen seine nackten Füße im verdorrten

Algenteppich versanken, dem Grüppchen auf dem übel riechenden Haufen.

»Bitte nichts anfassen. Lassen Sie alles so, wie es ist.«

»Wer sind Sie denn?«, fragte ein muskulöser Mann in Trägerhemd.

»Maresciallo Santomauro. Carabiniere«, erwiderte er knapp und kurzerhand darüber hinwegsehend, dass er in T-Shirt und Badehose nicht unbedingt auf Anhieb als Polizei-Feldwebel zu erkennen war. Andererseits war dies sein erster freier Tag seit Wochen und angesichts dessen, was da aus den Algen hervorlugte, wohl auch erst mal der letzte.

»Wer von Ihnen hat die Leiche gefunden?« Die Menschen wichen auseinander und bildeten einen Kreis um die Leiche und den Mann im Trägerhemd, als wollten sie die gegenseitige Zugehörigkeit demonstrieren.

»Ich habe sie gefunden, Di Gregorio Giuseppe, genannt Peppenuzzo. Ich bin der Baggerführer«, und er trat stolz einen Schritt vor, als sichere ihm der Umstand, die Leiche ausgegraben zu haben, besondere Rechte an dem verfaulenden Schatz in seinem Rücken.

»Gut, dann halten Sie sich hier zu meiner Verfügung und passen auf, dass niemand näher kommt. Die anderen können gehen«, sagte Santomauro an die Schaulustigen gewandt, die in der Zwischenzeit immer zahlreicher geworden waren. »Es sei denn, jemand hat eine Aussage zu machen. Hier gibt es absolut nichts zu sehen.«

Widerwillig und mit schlurfenden Schritten löste die Menge sich allmählich auf, während Peppenuzzo, die Arme vor der haarigen Brust verschränkt, wie einpflockt neben der Leiche Wache hielt, mit der zufriedenen Miene dessen, dem man seine wohlverdienten Rechte zugestanden hat. Santomauro eilte wieder die Stufen hinauf und rief von einem der Münztelefone auf der Piazzetta das zuständige Carabinieri-Revier an.

Für eine eigene Wache war das Dörfchen Pioppica Sotto, das nur im Sommer von Urlaubern bevölkert wurde, zu klein und gehörte daher zu dem wenige Kilometer entfernten Pioppica Sopra, von dem es, wie die Namen Unter- und Ober-Pioppica schon besagten, bis vor kurzem ein Ortsteil gewesen war. Seit undenklichen Zeiten standen die beiden Ortschaften in erbittertem Wettstreit, und wo die Ober-Pioppicaner die größere Altstadt und mehr ständige Einwohner für sich verbuchen konnten, brüsteten sich die Unter-Pioppicaner mit der größeren Grundfläche, auf der es nicht nur zahlreiche schöne Ferienvillen gab, sondern auch einige illustre Sommergäste, die seit Jahrzehnten dieses winzige Fleckchen im süditalienischen Cilento zu ihrem Feriendomizil erklärt hatten.

Die Carabinieri jedoch waren über jedes lokalpatriotische Schachern erhaben. Dank der Regel, dass Carabinieri stets fern ihrer Heimat eingesetzt werden, zählte Santomauro eine bunte Mischung aus allen möglichen Regionen Italiens zu seinem Trupp. Trotzdem war Kampanien gut vertreten, nicht zuletzt durch ihn.

Es war schon eine Weile her, dass der Maresciallo als Erster am Fundort einer Leiche eingetroffen war. Um den Tod festzustellen – reine Formsache, aber unabdingbar –, musste er unter den Schaulustigen am Geländer nur den örtlichen Arzt ausfindig machen; danach blieb ihm nichts weiter übrig, als zu warten. Zuerst würden seine Männer kommen, dann das Einsatzkommando der Carabinieri aus dem nächstgrößeren Vallo della Lucania, schließlich der Rechtsmediziner, der in der Gegend Urlaub machte und nicht mehr Eile als nötig an den Tag legen würde. Der Staatsanwalt, ebenfalls aus Vallo, bemühte sich in den Sommermonaten für Todesfälle normalerweise gar nicht erst her, da es sich fast immer um Ertrunkene handelte.

Dieser Fall lag allerdings anders.

Peppenuzzo war noch auf seinem Posten, der Kadaver ebenso. Santomauro ging in die Hocke und dankte innerlich dem Himmel, dass er keine besseren Sachen als seine Badeshorts und ein altes Poloshirt anhatte. Der Verwesungsgeruch, der von der Leiche ausging, war unerträglich und wurde von den verfaulenden

Algen, auf denen sie ruhte, noch verstärkt. Ein fast greifbarer Gestank, der in tausend kleinen Tröpfchen aufzusteigen und sich in Kleidern und Haaren, auf Händen und Zunge festzusetzen schien. Doch er musste dichter ran, um das, was bis vor einigen Tagen ein Mensch gewesen war, aus der Nähe zu betrachten. Wahrscheinlich eine Frau, überlegte Santomauro, auch wenn sich das wegen der fortgeschrittenen Verwesung nicht mit Sicherheit sagen ließ. Die Ratten und Krebse hatten ihre Arbeit bereits begonnen; die Augenhöhlen waren zwei dunkle Löcher, an Händen und Füßen fehlten die Glieder, ebenso das Gewebe an Wangen, Nase, Kinn sowie große Stücke aus den Leisten und der Brust. Die schlimmsten Verletzungen jedoch waren ihr ohne Zweifel von Menschenhand zugefügt worden. Zahlreiche, tiefe Wunden klafften in ihrem Oberkörper, im Unterleib, in den verdrehten und aufgedunsenen Beinen und Armen. Trotz der Zerstörung durch Tod und Zersetzung sah man, dass es ein gut gebauter Körper gewesen war. Die dichten schwarzen Haare lagen wie ein Kranz um ihren Kopf, die Beine waren lang und schmal. Ein Gedanke nahm im Geiste des Maresciallo Gestalt an.

»Seit wann liegen die Algen hier?« Fragend wandte er sich an den Baggerführer, der neugierig und beinah misstrauisch jede seiner Bewegungen verfolgte.

»Mal sehen … heute ist Donnerstag … seit Sonntag. Sonntag Nachmittag wurden sie am ganzen Strand zusammengekehrt, und heute sollte ich alles wegschaffen, fürs Wochenende. Das machen wir in der Hochsaison zwei oder drei Mal.«

Santomauro nickte, während er gedankenverloren die in der Ferne heulenden Sirenen wahrnahm. Der Rechtsmediziner würde das Seine dazu sagen, doch in einem war er sich schon sicher: Die Frau in den Algen war seit mindestens zehn Tagen tot.

»Vierzehn Tage, über den Daumen gepeilt.«

Professor Leandro de Collis streifte sich die Schutzhandschuhe ab und warf sie angeekelt hinter sich. Untadelig wie immer, selbst im flaschengrünen Lacoste-Hemd und gleichfarbigen Shorts, überragte er mit seinen ein Meter neunzig die Carabinieri, die sich wie Kakerlaken um den Leichnam zu schaffen machten. Der Blick, mit dem er sie bedachte, war kaum freundlicher als der, mit dem er eine Ansammlung von Schaben gemustert hätte.

»Hoffentlich richten sie keinen Schaden an. Der Abtransport fällt nicht in mein Ressort, aber ich will nicht dafür verantwortlich gemacht werden, wenn Ihre Männer etwas verbocken. Mit dem Material tue ich selbstverständlich mein Möglichstes, aber erwarten Sie bitte keine Wunder. Sie hören von mir.«

Ein Nicken des aristokratischen Hauptes mit dem schlohweißen, sorgsam gepflegten Haar, und weg war er. Erst als das Brummen des sich entfernenden Ferraris an sein Ohr drang, hörte Santomauro auf, die Zähne zu fletschen.

Ganz abgesehen davon, dass er die Verstorbenen, die das Pech hatten, auf seinem Seziertisch zu landen, als Material bezeichnete, woran der Maresciallo sich niemals gewöhnen würde, war es das ganze Gehabe des Professors, das bei ihm ein Gefühl von Schmirgelpapier auf nackter Haut auslöste. Bis vor wenigen Jahren hatte de Collis den Lehrstuhl für Rechtsmedizin an der Universität Rom innegehabt, woran er jedermann unaufhörlich erinnerte. Und das, obwohl er den Lehrstuhl hatte abgeben müssen und ziemlich überstürzt die unumgängliche Demission eingereicht hatte, um einen aufkeimenden Skandal um den illegalen Handel mit Augenhornhaut und Sperma von Leichnamen zu vertuschen.

Nun arbeitete er im Krankenhaus von Vallo della Lucania und schmückte sich immer noch mit dem Professorentitel, der wie gottgegeben an ihm hängen geblieben war, und obwohl er unbestritten der beste Rechtsmediziner der Gegend war, empfand Santomauro den Umstand, mit ihm zusammenarbeiten zu müssen, immer wie einen Tritt in die Eier. Im Sommer nun residierte der

Professore leider in einer wunderschönen Villa in der Nähe von Pioppica, so dass seine Präsenz – und mit ihr der Tritt ins Gemächt – garantiert war.

»Maresciallo, die Spurensicherung ist abgeschlossen. Der Leichnam wird jetzt weggebracht. Soll ich Sie zur Wache mitnehmen?« In Habachtstellung und diensteifrig wie immer stand der Gefreite Cozzone vor ihm. Santomauro seufzte. »Nein, danke, Pasquale, ich komme mit meinem Wagen nach, dann kann ich im Anschluss an den Bericht gleich nach Hause fahren.«

Es widersprach all seinen Prinzipien, einen Untergebenen mit dem Vornamen anzureden, doch bei Pasquale Cozzone war er gezwungen, eine Ausnahme zu machen. Klein gewachsen, fast an der Grenze des für das Heer vorgeschriebenen Mindestmaßes, dazu geplagt von einer außergewöhnlich großen Anzahl Muttermale, die sich dick und haarig über sein Gesicht verteilten, schleppte Cozzone – ansonsten ein perfekter Untergebener, diszipliniert und intelligent – noch ein weiteres Übel mit sich herum, das um einiges schwerer wog als seine Statur und die Leberflecken. Er hatte sich um Abhilfe bemüht, indem er ein hochkompliziertes Verfahren eingeleitet hatte, um offiziell seinen Nachnamen zu ändern, doch nach langen, mühevollen und schmiergeldintensiven Jahren hatte er lediglich erreicht, dass ein Vokal geändert wurde, von Cazzone in Cozzone. Und Santomauro, der sich noch nicht daran gewöhnt hatte, wollte kein Risiko eingehen und nannte ihn lieber beim Vornamen. Die nicht ganz so mildtätigen Kollegen spielten oft und gerne die Vergesslichen, so dass der arme Cozzone nach wie vor innerhalb und außerhalb der Carabinieri-Wache der Mega-Schwanz Cazzone blieb.

Eins ergab das andere, und so konnte Santomauro erst um neun Uhr abends nach Hause fahren. Eigentlich stand ihm als Revierkommandant eine Wohnung vor Ort zu, doch er verzichtete auf dieses Privileg. Nicht weil ihm die Lokalität nicht gut genug war, im Gegenteil. Das Gebäude der Carabinieri lag am Rand der Straße, die sich von Pioppica Sopra nach Censola hinaufzog, und die Unterkünfte waren so gelegen, dass sie eine grandiose Aussicht aufs Meer boten und von der Straße her uneinsehbar waren. Der Maresciallo jedoch hatte seinen Platz lieber an Brigadiere Manfredi abgetreten, der Familie hatte. Er selbst lebte allein und konnte so in aller Ruhe das Fischerhäuschen mit direktem Zugang zu einem einsamen Strand genießen und sich gleichzeitig Manfredis ewiger Dankbarkeit sicher sein.

Im Sommer schlossen die Geschäfte von Pioppica Sotto nicht vor dem späten Abend, um möglichst viele Kunden anzulocken, bevor sie dann in ihre winterliche Lethargie zurückfielen. So konnte Santomauro, der keine Vorräte mehr hatte, sich noch etwas Mozzarella in Myrtenblättern mit hausgemachtem Brot kaufen. Er parkte am Ortsausgang und lief zu Fuß den Trampelpfad hinab, der zu seinem Haus führte. Es war noch nicht dunkel, und er konnte sehen, wo er hintrat, was aber keinen Unterschied machte: Mittlerweile kannte er jeden Stein auf dem Weg und hätte ihn auch mit geschlossenen Augen gehen können. Er lebte seit einem Jahr dort, und der Ort hatte sich um ihn gelegt wie das Schneckenhaus um die Schnecke. Es war seine Zuflucht, die Höhle, in der er sich als frisch nach Pioppica Gezogener verkrochen hatte und von der er sich nun nicht mehr trennen würde, selbst wenn man ihm eine Luxusvilla in den Wohnanlagen Sigmalea oder Krishnamurti schenkte.

Er deckte den Tisch auf der Terrasse und trug eine Kerze hinaus. Auf dem Meer spiegelte sich die dünne Sichel des zunehmenden Mondes. Die Myrte duftete nach Myrte, das Brot war köstlich, und vor ihm stand ein Teller mit vollreifen Feigen von den beiden Bäumen im Garten. Langsam entspannte er sich und wollte schon fast zu seinem Buch greifen, als das Klingeln des Telefons durch die Stille schrillte. Ruhig stand er auf; vorbei die Zeiten, als er noch gehetzt aufgesprungen war und mit klopfendem Herzen den Hörer abgenommen hatte zwischen Bangen und Hoffen, eine gewisse Stimme zu hören und nur diese.

Es war Manfredi, wie er schon vermutet hatte.

»Also, da haben wir eine ganz schön harte Nuss zu knacken«, fiel der Brigadiere wie üblich mit der Tür ins Haus.

»Ach, das ist noch lange nicht gesagt«, erwiderte Santomauro gedehnt. »Vielleicht meldet sich ja morgen jemand, der die Leiche kennt, und sagt, es sei seine arme Tante aus dem Kloster, er habe selbst gesehen, wie sie sich in die Tiefe gestürzt hat.«

»Was redest du da, Simone! Das sieht doch ein Blinder, dass die sich nicht selbst umgebracht hat! Die ist doch in Scheiben geschnitten wie ein Parmaschinken!« Eine Pause folgte und dann ein tiefer Seufzer. »Schon klar, du hast mich wieder mal drangekriegt. Ich gehe dir aber auch immer auf den Leim, Himmelarsch, keine Ahnung warum, immer gebe ich dir eine Steilvorlage.«

»Reg dich nicht auf, Totò, du weißt doch, dass ich dich mag. Bist du gerade erst zurückgekommen?«

»Ja, bei den *Grotte Verdi* gab's eine Schlägerei, du weißt schon, die Bar an der Straße nach Ascea: drei Leichtverletzte und zwölf zertrümmerte Tische. Zwei Polinnen, Dienstmädchen in Sigmalea, du kannst es dir denken, blond, schlank, lange Beine, einer unserer Gockel hat sich aufgeregt, ein anderer hat's ihm übel genommen, und schon war die schönste Prügelei im Gange. Und rate mal, was eine der Damen zu mir gesagt hat, als ich sie nach Hause fuhr?"

»Was denn, du hast sie sogar nach Hause gefahren? Das muss ich Maria Pia erzählen.«

»Nein, um Himmels willen, für wen hältst du mich? Heiße ich etwa Gnarra? Wenn ich die beiden dagelassen hätte, wären es morgen vier gewesen. Also, diese Christine hat mit diesem Deutschen-Akzent der Polinnen gesagt: ›Ihr kamt gerade, als es am lustigsten war.‹ Ganz schön freches Mundwerk! Aber hübsch, solche Augen. Und Beine!«

»Also muss ich doch mal mit Maria Pia sprechen.«

Es war ein altes Spiel zwischen ihnen, das mit Maria Pia, Brigadiere Totò Manfredis legendärer Ehefrau, einer tollen Köchin, liebevollen Mutter, einer witzigen, intelligenten und ganz nebenbei auch bildhübschen Person. Der Brigadiere war ein glücklicher Mann, mit dem man hervorragend zusammenarbeiten konnte, gewissenhaft und mit guter Intuition. Hin und wieder machte Santomauro sich einen Spaß daraus, ihn auf den Arm zu nehmen, doch letztlich schätzte er ihn sehr.

»Mal im Ernst, Totò, ab morgen müssen wir uns wirklich reinknien. Ich seh schon die Schlagzeilen vor mir: ›Geheimnisvoller Triebtäter überzieht Cilento-Küste mit Blut. Urlauber fliehen. Wer ist als Nächster dran?‹«

»Na komm! So schlimm wird's schon nicht werden.«

»Schlimmer! Im Sommerloch reißen sich die Journalisten doch um jede Meldung. Ein Mord im Sommer zieht immer. Vor allem wenn die Versager von Polizei und Carabinieri es nicht schaffen, ihn aufzuklären.«

»Lass bloß die Polizei aus dem Spiel, das ist unsere Sache. Hast du irgendeine Idee?«

»Nichts, was die Bezeichnung verdiente. Nur eins … Wann war noch mal Neumond, Anfang dieser Woche?«

»Montag oder Dienstag, glaube ich. Das kann ich herausfinden. Warum, ist das wichtig?«

»Nein, war nur so ein Gedanke. Wir reden morgen darüber.«

Während er die letzte Zigarette in der Abendfrische rauchte, überlegte Santomauro, was vorgefallen sein mochte. Vielleicht war es ja kein vorsätzlicher Mord gewesen, zumindest der blinden Gewalt nach zu urteilen, mit der die Messerstiche angebracht worden waren. Das Versteck der Leiche hingegen war sehr sorgfältig gewählt. Eine mondlose Nacht, ein Haufen Algen, die noch einige Tage dort verrotten würden … Ja, aber warum? Es gab viele Orte, an denen man eine Leiche für wesenlich länger verschwinden lassen konnte, vielleicht sogar für immer. Warum also die ganze Mühe, mit einer in Verwesung befindlichen Leiche bis Neumond zu warten und sie dann im Dunkeln an einen Ort zu bringen, wo sie auf jeden Fall früher oder später entdeckt werden würde?

ROSA CERRATO
Schnee an der Riviera
Nelly Rosso ermittelt
Kriminalroman
Aus dem Italienischen von
Verena von Koskull und Esther Hansen
341 Seiten
ISBN 978-3-7466-2527-0

Gestatten: Rosso, Nelly Rosso

Anfang vierzig, stattliche eins achtzig, rote Locken, Sommersprossen und kein bisschen zimperlich. In ihrem ersten Fall nimmt es die eigensinnige Kommissarin mit einer skrupellosen Drogenbande, einer etwas zu einflussreichen Genueser Familie und einer Handvoll Jugendlicher auf, die nicht wissen, was sie tun. Wenn nur nicht einer davon ihr Sohn Mau wäre …

»Ein Krimi mit Klasse, der den Leser von der ersten bis zur letzten Seite gefangen hält. Rosa Cerrato ist in jeder Hinsicht eine Grande Dame des Kriminalromans.« Il Giornale

Mehr Informationen erhalten Sie unter www.aufbau-verlag.de oder in Ihrer Buchhandlung

atb aufbau taschenbuch